SCHADUWLEVEN

D1674239

Van Erica James verschenen eerder:

Een dierbare tijd
Verborgen talent
Oude vriendschap
Zussen voor altijd
Italiaans voor beginners
De kleine dingen

ERICA JAMES

Schaduwleven

Deze uitgave bevat tevens de eerste achttien pagina's van *De kleine dingen*, de volgende roman van Erica James. Zie pagina 443 e.v.

Zesde druk, vijfde in deze uitvoering, juli 2010

Oorspronkelijke titel: *Tell it to the Skies*
Oorspronkelijke uitgever: Orion Books Ltd., Londen
Copyright © 2007 by Erica James
The right of Erica James to be identified as the author of this work has been asserted by her in accordance with the Copyright, Designs and Patents Act 1988
Copyright © 2008, 2009 voor deze uitgave:
Uitgeverij De Kern, De Fontein bv, Postbus 1, 3740 AA Baarn
Vertaling: Milly Clifford
Omslagontwerp: Wil Immink Design
Omslagillustratie: Trevillion Images, Mark Bauer
Auteursfoto omslag: Bill Morton
Opmaak binnenwerk: V3-Services, Baarn
ISBN 978 90 325 1168 5
NUR 302

www.dekern.nl

Alle personen in dit boek zijn door de auteur bedacht. Enige gelijkenis met bestaande – overleden of nog in leven zijnde – personen berust op puur toeval.

Alle rechten voorbehouden. Niets uit deze uitgave mag worden verveelvoudigd en/of openbaar gemaakt door middel van druk, fotokopie, microfilm, elektronisch, door geluidsopname- of weergaveapparatuur, of op enige andere wijze, zonder voorafgaande schriftelijke toestemming van de uitgever.

Voor Edward en Samuel,
die het allemaal de moeite waard maken.

*'De mens handelt nooit zo volledig
en met blij gemoed slecht
als wanneer hij dat
uit godsdienstige overtuiging doet.'*

Blaise Pascal 1623-1662

*'Ons resten geloof, hoop en liefde, deze drie.
Maar de grootste daarvan is de liefde.'*

1 Korintiërs 13:13

Heden

1

HET GEBEURDE ZO snel.

Ze had haastig van de marktkant van de Rialtobrug gelopen terwijl ze probeerde de massa toeristen in het middengedeelte bij de winkels te vermijden, toen een gezicht in de menigte verscheen alsof het speciaal voor haar belicht werd. Vlug draaide ze zich om, om beter te kijken. En op dat moment verloor ze haar evenwicht en kwam languit op de natte stenen terecht terwijl de inhoud van haar handtas om haar heen verspreid lag.

Op elk ander moment zou Lydia ontzet zijn geweest over dit verlies van waardigheid, maar het enige wat haar kon schelen, terwijl een luidruchtige groep Amerikanen haar overeind hielp, was de man door wie ze was uitgegleden. Ze tuurde naar de overvolle trappen om zijn gestalte te ontwaren door de fijne motregen heen, maar hij was allang weg.

Als hij er al geweest was, dacht Lydia terwijl ze zich in de stoel liet zakken en de donzige zachtheid van de kussens om zich heen voelde. De dokter was tien minuten geleden vertrokken, met de belofte dat hij de volgende ochtend een paar krukken zou laten bezorgen. Haar enkel was nu deskundig verbonden en rustte op een poef. *Dottore* Pierili had als afscheid tegen haar gezegd dat ze haar voet zo lang mogelijk moest ontzien. Hij had gewild dat ze naar het ziekenhuis ging om een foto te laten maken, voor de zekerheid, maar ze had zijn advies beleefd maar vastberaden afgewimpeld. Een verband, rust en pijnstillers waren genoeg.

'Ik begrijp nog steeds niet hoe je thuis hebt kunnen komen,' zei Chiara terwijl ze de woonkamer binnenkwam met een dienblad met kopjes en een theepot. Ze zette het dienblad op een tafel tussen twee hoge ramen die uitkwamen op een balkon, met uitzicht op de Rio di San Vio. Het zwakke, weemoedig stemmende decemberlicht was bijna verdwenen, en in de grote kamer hing een zachte gloed.

Strategisch geplaatste lampen schiepen een bekoorlijke, serene sfeer, waardoor het Lydia's favoriete kamer in het appartement was. Ze was een onverholen liefhebster van mooie dingen; juist daardoor was ze naar Venetië gekomen. Hier werd ze omgeven door zo veel schoonheid die ze nergens anders bij elkaar had gezien. Door de prachtige maar afbrokkelende architectuur van Venetië, gecombineerd met de trotse geschiedenis, was een diep trieste en alom aanwezige soort identiteit ontstaan die Lydia bijzonder aantrok. De schijnbare geïsoleerdheid ervan raakte haar; hier had ze het gevoel dat ze zich kon afscheiden van de rest van de wereld.

Ze zou haar eerste blik op Venetië nooit vergeten. Het was vroeg in de avond en toen de *vaporetto* in de baai kwam, lag opeens de stad voor haar, drijvend als een onbetaalbaar kunstwerk in de verte, terwijl de lage zon weerkaatste op de vergulde koepels en *campanili*. Het was liefde op het eerste gezicht. Vanaf dat moment was ze een gewillig slachtoffer van de bevende schoonheid van Venetië en de betovering waarmee het haar in zijn greep hield. Zelfs ondanks de talloze uitdagingen die de stad het hoofd moest bieden – de toenemende dreiging van *acqua alta*, de toenemende menigten die zich verdrongen in de smalle *calli*, en de graffiti (bijna het ergste van alles in Lydia's ogen) die zich als een epidemie verspreidden door Venetië – bleef het de stad van haar dromen. Zelfs de meedogenloze refreinen van 'Volare' en 'O Sole Mio!', afkomstig van de gondeliers als ze door de kanalen voeren met hun ladingen knikkende en glimlachende Japanse toeristen, konden haar liefde voor haar geadopteerde thuis niet verminderen.

'Je bent of de dapperste of de stomste vrouw die ik ken,' zei Chiara terwijl ze haar een kop thee gaf.

Lydia glimlachte. Ze zag dat Chiara de moeite had genomen om haar favoriete porseleinen kopje en schotel uit de kast te pakken. 'Ongetwijfeld het laatste,' antwoordde ze. 'Dat zou jouw vader beslist hebben gezegd.'

'Waarschijnlijk heb je nog meer schade berokkend door erop te lopen, dan toen je viel.'

'Ook op dat punt zou hij het met je eens zijn geweest. En hij zou hebben gezegd dat ik beter had moeten weten als vrouw van zesenveertig.'

Chiara liep met haar eigen kop thee door de kamer en installeerde zich in de leunstoel met hoge rug naast Lydia. Daar had Marcello altijd gezeten, met zijn hand uitgestrekt naar Lydia terwijl hij stil de *Gazettino* zat te lezen.

'Weet wel dat deze regeling maar een dag of twee geldt,' zei Lydia, omdat ze duidelijk wilde maken dat ze binnenkort gewoon weer aan het werk zou zijn.

Chiara, met haar vierentwintig jaar, wierp Lydia een gebiedende blik toe. Haar ogen glansden donker in het gedempte licht. 'O nee, helemaal niet. We kunnen het heel goed zonder je redden.'

'Dat zit me juist dwars. Ik wil niet dat jullie gewend raken aan mijn afwezigheid.'

'Goed idee. Een staatsgreep door de directie!'

Door het schelle gerinkel van de telefoon in de hal schoot Chiara overeind. Binnen enkele seconden bleek dat het telefoontje niet voor Lydia bestemd was. Heel egoïstisch hoopte ze dat het niet een van Chiara's vriendinnen was die vanavond met haar uit wilde gaan. Ze had behoefte aan gezelschap.

Die behoefte had niets te maken met haar verstuikte enkel, en alles met het feit dat ze niet alleen wilde zijn. Als ze alleen was, zou ze misschien blijven stilstaan bij dat gezicht in de menigte. En dat was iets wat ze beslist niet wilde. Een avond met Chiara zou de beste afleiding zijn.

Lydia was er trots op dat zij en Chiara niet de gewone moeder-dochterrelatie hadden. Om te beginnen was Lydia Chiara's moeder niet, maar haar stiefmoeder. Dat was een naar etiket dat Lydia zo snel mogelijk had verwijderd. Chiara had haar trouwens toch altijd bij haar voornaam aangesproken.

Lydia had dit nooit aan iemand verteld, maar Chiara was degene voor wie ze het eerste was gevallen. Haar liefde voor Marcello, Chiara's vader, was pas later gekomen. Ze hadden elkaar vijftien jaar geleden ontmoet, toen Chiara negen was en Lydia het verzoek had gekregen om het kleine meisje Engels te leren. Ze kreeg een telefoontje als reactie op een van haar advertenties waarin ze haar diensten aanbood, en drie dagen later kwamen een gedistingeerd uitziende signore Marcello Tomasi en zijn enige dochter in haar appartement in Santa Croce. Ze was een heel verlegen, introvert kind en het duurde niet lang voor Lydia achter de oorzaak kwam: haar moeder was, zoals haar vader op zachte toon uitlegde, de afgelopen winter overleden. Niemand had meer kunnen meevoelen met het jonge meisje. Lydia wist precies hoe het was als je hele wereld op zijn kop stond. Ze wilde niets liever dan Chiara's verdriet wegnemen en zorgen dat er een glimlach op haar gezicht kwam.

De lessen begonnen altijd om vier uur op zaterdagmiddag, en ze vonden plaats in Lydia's kleine keuken. Dat leek haar een minder intimiderende omgeving voor dit broze kind dan het formele bureau in de zitkamer. Er stond altijd een pot verse, warme chocolademelk op de tafel, en een blik verrukkelijke amandelkoekjes van de *pasticceria* in de buurt. Lydia's andere leerlingen kregen alleen thee of koffie of vruchtensap, als ze dat in de koelkast had staan. Geleidelijk aan kreeg haar jonge leerling meer zelfvertrouwen, en dat hield in dat ze er niet steeds uitzag of ze in tranen kon uitbarsten als ze iets niet goed had gedaan.

Marcello Tomasi kwam zijn dochter altijd halen zodra de klok van de San Giacomo dell'Orio vijf uur sloeg. Dan overhandigde hij het overeengekomen bedrag aan geld, informeerde of de les van de volgende week zaterdag vaststond, en wenste Lydia vervolgens goedenavond. Op een dag echter, toen Lydia de voordeur opende om hen uit te laten, deed Chiara iets wat alles veranderde. Ze wenkte haar vader dat hij zich moest bukken, hield een hand tegen haar mond en fluisterde iets in zijn oor. Hij kwam overeind, schraapte zijn keel, wreef met een hand over zijn gladgeschoren kin en zei: 'Chiara wil u graag uitnodigen voor haar verjaardagsfeest volgende week.'

De gedachte aan een kamer vol opgewonden, lawaaiige Italiaanse kinderen trok Lydia niet aan. Alsof hij haar gedachten had gelezen, zei Marcello Tomasi: 'Het is geen groot feest. Ik denk dat Chiara het heel leuk zou vinden als u wilt komen. En ik ook,' voegde hij eraan toe.

Het feest was groter dan hij Lydia had doen geloven, maar het was een familiefeest met alleen neefjes en nichtjes van Chiara, van wie de meesten jonger waren dan zij en zich gelukkig uitstekend gedroegen. Nadat ze de enige dochter van deze man zes maanden les had gegeven en een sterke, beschermende band met haar had opgebouwd, terwijl ze met hem amper een paar woorden had gewisseld, was het vreemd om in zijn huis te zijn. Het had iets intiems. Opeens kreeg ze een opwelling om rond te snuffelen en meer te weten te komen over deze onberispelijk geklede, zwijgzame man. Ze wist dat hij op het vasteland werkte in Marghera, het industriegebied dat over het algemeen werd beschouwd als het Beest ten opzichte van de Belle Venetië. Ze had ook van Chiara gehoord dat hij heel, heel belangrijk was en dat er een heleboel mensen voor hem werkten. Aan het huis te zien, een stijlvol gerestaureerd gebouw van twee verdiepingen op een steenworp afstand van Ca'Doro, had hij een uitstekende smaak en leidde hij een comfortabel leven. Maar deze weinige details waren niet genoeg voor Lydia; ze wilde weten wat hij deed om zich te vermaken. Las hij? En als dat zo was, wat voor boeken? Naar welke muziek luisterde hij? Wat at hij 's avonds? En nog belangrijker: wie kookte er voor hem? Deed hij dat zelf, of had hij hulp? Chiara had het nooit over iemand gehad.

Ook al had ze de moed gehad om naar antwoorden te zoeken in Marcello's persoonlijke spullen, dan ontbrak de gelegenheid daartoe. Chiara pakte haar opgewonden bij de hand en stelde haar in overdreven Engels voor aan haar vele familieleden. 'Dit is miss Lydia, mijn heel aardige Engelse lerares... Dit is miss Lydia, mijn heel aardige Engelse lerares.' Er werd steeds in het Italiaans geantwoord, maar dat vond Lydia geen probleem. Ze sprak al Italiaans sinds haar achttiende. Ze mocht dan pas twee jaar in Venetië zijn, maar ze had een redelijke versie van het lokale dialect, *la parlata*, onder de knie, dat volgens haar alleen maar was verzonnen om buitenstaanders te ergeren.

Iedereen op het feest was heel hartelijk en gaf haar om beurten bordjes met lekkere hapjes of schonk haar glas bij met prosecco. Ze zorgde er echter voor dat ze niet te lang bleef, want tenslotte was dit een familiefeest. Vlak nadat de kinderen voor de volwassenen hadden gezongen, op de piano begeleid door Fabio, Marcello's broer – blijkbaar een familietraditie – probeerde ze zo discreet mogelijk weg te gaan. Marcello kwam haar te hulp door Lydia mee te nemen.

'Ik hoop dat u het niet te vervelend vond,' zei hij toen ze buiten in de tuin stonden. Door de koele avondlucht besefte ze hoe warm ze het binnen had gehad en hoeveel prosecco ze had gedronken. Ze voelde haar wangen gloeien.

'Ik heb het heerlijk gevonden,' zei ze naar waarheid. Ze had echt genoten.

'Was het niet te overweldigend?'

'Helemaal niet. Het was fijn om Chiara zo blij te zien. Ze is een schat van een kind. U bent vast heel trots op haar.'

'Dat is ze, en dat ben ik. Ik weet niet of u het beseft, maar ze heeft zich erg aan u gehecht.'

'Dat is wederzijds. Ik vind het altijd leuk als ze er is.'

'Hebt u het morgenavond druk?'

'Dat denk ik niet. Waarom?'

'Wilt u met me uit eten gaan?'

En dat, zes maanden nadat ze haar hart verloor aan zijn dochter, was het begin van haar relatie met Marcello. Een man die tien jaar ouder was dan zij en totaal niet paste in haar beeld van een typische Italiaan. Hij was niet zo'n luidruchtige Italiaanse man die voortdurend tekeergaat over politiek en corruptie onder de hoge heren, en die beweert dat hij alles zo zou kunnen veranderen als hij de kans krijgt. Evenmin had hij de ergerlijke gewoonte om na elke zin *'Ascoltami!'* ('Luister naar me!') te schreeuwen. En nooit greep hij tijdens een gesprek haar arm beet om er zeker van te zijn dat hij haar volle aandacht had. Hij had juist een kalme en intelligente gereserveerdheid. Hij besefte en accepteerde dat er een deel van haar was dat hij nooit zou kennen of begrijpen. 'Je leven is als een fotoalbum met hier en daar lege plekken waar sommige foto's zijn verwijderd,' zei hij op de dag dat hij haar ten huwelijk vroeg.

'Vind je dat erg?' vroeg ze.

'Nee,' antwoordde hij. 'Ik denk dat ik juist het meeste hou van die mysterieuze leemtes.'

Misschien had ze hem meer over zichzelf verteld als hij had aangedrongen.

Het geluid van Chiara's blije lach terwijl ze met wie dan ook in gesprek was aan de telefoon, drong door Lydia's gedachten heen en niet voor het eerst vroeg ze zich af hoe dat verlegen kind van vijftien jaar geleden had kunnen opgroeien tot deze zelfverzekerde, zorgeloze jonge vrouw, een jonge vrouw die haar beide ouders had verloren voor ze eenentwintig was. Lydia wilde graag geloven dat zij een bijdrage had geleverd dat Chiara over het verlies van haar moeder heen kwam – Marcello geloofde van wel – maar ze had het kind alleen gegeven wat zij zelf nooit had ervaren op die leeftijd: liefde en stabiliteit.

Lydia had nooit echt zelf kinderen gewild. Maar het voelde precies aan zoals het moest om Chiara in haar leven te hebben.

Die nacht sliep ze slecht. Haar slaap werd verstoord door flarden van dromen. In een van de dromen klonk een sirene die *acqua alta* aankondigde. Venetië zonk. Het water klotste tegen haar voeten terwijl ze wanhopig haar best deed om thuis te komen bij Chiara. Maar ze was verdwaald. Elke *calle* die ze in rende, liep dood. De sirene bleef maar klinken. De oude, houten pilaren kraakten en kreunden en uiteindelijk begaven ze het, en de gebouwen stortten in en gleden langzaam maar zeker de lagune in.

Met een schok werd ze wakker. Terwijl ze in het donker lag te denken, herinnerde ze zich een Bijbelverhaal uit haar jeugd, over de man die zijn huis op zand had gebouwd. Dominee Digby had zijn lange, benige vinger beschuldigend naar haar opgeheven. Hij vroeg of ze begreep wat het verhaal haar moest leren.

Nu ze eenmaal de ene herinnering had toegelaten, kwamen talloze andere op. Haar volgende fout was dat ze te veel betekenis hechtte aan de droom. Was haar leven uiteen aan het vallen? Had ze haar leven gebouwd op een fundering die op het punt stond om in te storten?

Ze trok het dekbed over haar hoofd en gaf de schuld aan dat gezicht in de menigte. Wie was hij? Een geest?

2

DE VOLGENDE OCHTEND arriveerde het beloofde stel krukken, evenals een stroom van bezoekers, de hele dag door, die allemaal door Chiara waren gestuurd om Lydia bezig te houden.

'Weer iemand die is gestuurd om me gezelschap te houden, neem ik aan,' zei Lydia vermoeid nadat ze Marcello's broer, Fabio, boven had gelaten. Zijn natte, verfomfaaide uiterlijk was een duidelijk bewijs van hoe het weer buiten was. De onderkant van zijn jas was doorweekt, zijn ingeklapte paraplu droop op de marmeren vloer en zijn broekspijpen waren in zwarte, kniehoge rubber laarzen gestopt.

'Wil je liever dat ik je met rust laat?' vroeg hij. Uit zijn jaszakken haalde hij een zak *biscotti* en een fles Vin Santo. Met een glimlach liet hij die voor haar neus bungelen. 'Ik kan deze altijd zelf houden.'

'Nou, omdat je zoveel moeite hebt gedaan, laat ik je misschien wel blijven.' Ze keek toe terwijl hij zijn jas en laarzen uittrok en liep vervolgens onhandig op haar krukken door de gang, waarbij ze voorzichtig over de kleden stapte. Fabio volgde op zijn kousenvoeten. 'Wat die lieve Chiara vergat met haar goede bedoelingen,' zei Lydia, zich bewust dat ze niet erg vriendelijk klonk, 'in haar poging om me de hele dag bezig te houden, was dat ik als een jojo heen en weer moet lopen om jullie allemaal binnen te laten.'

'In dat geval blijf ik maar tot ze terug is, dan hoef je je niet meer in te spannen.'

'Nu maak je dat ik me een ondankbaar kreng voel.'

Hij lachte. 'En met zo weinig moeite, *cara*.' Hij zette zijn presentjes op de salontafel en hielp haar om zich op de bank te installeren.

'Waarom ben je niet hard aan het werk?' vroeg ze.

'Ik ben de baas. Ik kan vrij nemen wanneer ik wil.'

'Ik zal tegen Paolo zeggen dat je dat hebt gezegd.'

Weer lachte hij. 'Paolo was degene die erop stond dat ik alles uit mijn handen moest laten vallen om naar jou te gaan nadat Chiara had gebeld.'

'Aha, dus hij krijgt de schuld.'

'Ik denk dat je iets moet drinken om die scherpe tong van je te verzachten.' Hij pakte een paar glazen uit de keuken en schonk een royale hoeveelheid Vin Santo in. Toen opende hij het pakje *biscotti* en gaf het aan Lydia. Van al haar bezoekers die dag was Fabio waarschijnlijk het meest welkom. Als Marcello's jongere broer hadden de twee mannen slechts vaag op elkaar geleken, maar ze hadden een sterke band gehad en daaruit bleek dat ze uit hetzelfde hout waren gesneden.

'Hoe kwam het dat je je enkel hebt verstuikt?' vroeg Fabio nadat hij met Lydia had geklonken en was gaan zitten.

'Dat is te dom om te vertellen.'

'Och, kom, ik ben er wel aan toe om eens te lachen.'

'Ik dacht dat je hier was om míj te laten lachen?'

'Ik zie meteen of iets hopeloos is. Wat heb je gedaan? Een arme toerist uit de weg geschopt en je evenwicht verloren?'

Ze glimlachte, maar zei niets. In plaats daarvan doopte ze een koekje in haar wijn en zoog eraan, zich bewust dat Fabio haar aandachtig gadesloeg. Ze wist maar al te goed dat hij de geringste verandering in haar zou merken.

'Wat is er, *cara*?' zei hij. 'Je lijkt jezelf niet. Je ziet er zo afwezig uit.'

Ze wenste dat haar zwager niet zo gevoelig en opmerkzaam was. Toen Marcello vier jaar geleden aan een hartaanval was gestorven, had ze op zijn schouder uitgehuild en had ze zijn hand en die van Chiara vastgehouden tijdens de begrafenis. Hij was er altijd voor haar geweest. Ze had een keer als grap gezegd dat het maar goed was dat hij homo was, anders zouden anderen vast een verkeerd idee krijgen over hen. Maar nu had ze graag gewild dat hij niet zoveel om haar gaf.

'Het komt omdat ik geen kant uit kan,' zei ze terwijl ze naar haar enkel wees. 'Ik voel me zo nutteloos.'

Fabio, die helemaal niet overtuigd leek door haar uitleg, leunde achterover en sloeg zijn benen over elkaar. 'Het heeft toch niets met Chiara te maken?' vroeg hij.

Ze nam een slokje en genoot van de droge, zoete warmte in haar keel. 'Alles is prima met Chiara,' zei ze. 'En ik heb toch net verteld wat me mankeert?'

Fabio keek haar twijfelend aan. 'Dus als het niet Chiara is,' drong hij aan, 'komt het dan door je werk? Je hebt een heel bedrijf opgebouwd. Het begint je toch niet te veel te worden?'

Ze schudde haar hoofd. 'Met het werk gaat alles goed.' Weer was dit naar waarheid. Het kon niet beter gaan met het bedrijf dat zij en Marcello samen waren begonnen. Vlak nadat hij haar ten huwelijk had gevraagd, had Marcello aangekondigd dat hij van plan was om ontslag te nemen bij het chemische bedrijf waar hij manager van de afdeling Wetenschappelijk Onderzoek was. Hij had altijd gevonden dat zijn werk niet strookte met zijn liefde voor Venetië – gezien de gevolgen van het industrieterrein voor de lagune – maar hij had zijn geweten gesust door te zeggen dat beter iemand als hij iets te zeggen had in hoe dingen moesten gebeuren, dan iemand die het niets kon schelen. 'Ik wil iets heel anders doen,' zei hij tegen haar. 'En het moet iets zijn wat we samen kunnen doen.' Algauw kwamen ze op het idee om een verhuurbedrijf te beginnen, in het begin voor individuele eigenaren, maar uiteindelijk om zelf in huizen te investeren. Het duurde niet lang of ze hadden een indrukwekkend bestand met appartementen die ze cliënten konden aanbieden, van wie het merendeel Engels, Amerikaans, Frans en Duits was. Na de dood van Marcello, en omdat ze het ergste verdriet letterlijk had weggewerkt, was het agentschap nog succesvoller geworden. Nu werkte een betrouwbaar team van meisjes in het pas uitgebreide kantoor, onder wie Chiara, die twee jaar geleden bij het agentschap was komen werken nadat ze haar studie in Bologna had voltooid. Fabio en zijn partner Paolo hadden als architecten hun aandeel geleverd door alle restauraties in de huizen op zich te nemen. Ze hadden ook toezicht gehouden op het werk dat in dit appartement was gedaan, waar zij en Marcello pas achttien maanden voor zijn dood waren ingetrokken.

Lydia besefte heel goed de ironie van haar werk. Net zoals de vele Venetiërs die bitter klaagden over het aantal toeristen in Venetië, moedigde zij die toeristen aan om te komen, omdat ze ervan moest leven. Daarbij kwam ook het controversiële feit dat het aantal inwoners van Venetië afnam. Er ging amper een dag voorbij of er stond wel een artikel in de krant over jonge bewoners die gedwongen waren op het vasteland te gaan wonen, omdat ze de torenhoge prijzen in Venetië niet konden opbrengen. Prijzen die werden opgedreven door investeerders van buitenaf. Het was een probleem waar iedereen het over eens was: er moest iets aan gedaan worden. Maar intussen ging het leven door en verdienden de inwoners de kost op de beste manier die ze kenden, namelijk door toeristen met open armen te ontvangen en kaal te plukken.

'Als het niet Chiara of je werk is wat je dwarszit,' zei Fabio, 'is het dan eenzaamheid?' Hij zweeg even, en Lydia zag dat hij de volgende woorden zorgvuldig koos. 'Vind je het tijd om verder te gaan?'

Fabio had al een poos discreet laten doorschemeren dat ze iemand moest zoeken die Marcello's plaats kon innemen. Lydia glimlachte. 'O, Fabio, ik weet dat je bezorgd bent over me en dat stel ik echt op prijs. Maar dat is het niet. Helemaal niet.'

'Sei sicura?'

'Ja, dat weet ik zeker. Eerlijk gezegd heb ik het meestal te druk om aan zoiets te denken.'

'Dat is niet gezond.'

'Maar zo is het wel.'

'Dan wordt het misschien tijd om te veranderen. Wanneer ben je voor het laatst op vakantie geweest?'

'Doe niet zo belachelijk. Wat moet ik nu met een vakantie?'

Hij schudde verslagen zijn hoofd, dat hoopte ze tenminste, maar toen verraste hij haar door te zeggen: 'Soms denk ik dat je je uiterste best doet om jezelf te straffen. En ik heb werkelijk geen idee waarom.'

Je weet de helft nog niet, dacht ze grimmig.

3

CHIARA KWAM VROEG naar huis en meteen voelde Lydia aan dat er iets was. Vanaf het moment dat ze haar jas had opgehangen en haar paraplu te drogen had gezet, leek het appartement te galmen van haar gelach en gepraat. Ze begroette Fabio met haar gewone hartelijkheid, maar de omhelzing duurde beslist langer dan normaal en er lag voortdurend een glimlach op haar gezicht. Ze was blij. Uitgelaten.

Nu Fabio weer weg was, sloeg Lydia Chiara gade terwijl die de gordijnen sloot en de rommel van een dag vol bezoek wegruimde terwijl ze voortdurend liep te neuriën. Ze bevond zich in een eigen wereldje. Ongetwijfeld. Maar waardoor was Chiara in zo'n uitzonderlijk vrolijk humeur?

Na hier een poosje over te hebben gepeinsd, ging Lydia naar Chiara in de keuken. Ze stond voor het hoge raam en staarde afwezig naar haar weerspiegeling in het glas. Op het fornuis stond de ketel te koken en een wolk van stoom steeg op. Toen Lydia besefte dat Chiara in deze stemming het niet eens zou merken als het plafond instortte, ging ze naar het fornuis en draaide het gas uit.

Chiara draaide zich langzaam naar haar om. 'Mag ik je iets vragen, Lydia? Iets persoonlijks?'

'Natuurlijk,' zei Lydia. 'Zeg het maar.'

'Heb jij ooit echt een moment van openbaring meegemaakt?'

Ze had alles verwacht, maar niet dat Chiara dit zou vragen. Ze moest denken aan het moment waarop haar eigen leven veranderde en de angst die haar erna had vervuld. Het was lang geleden gebeurd, maar toch was ze nooit vergeten hoe resoluut ze was geweest. Of hoe overtuigd ze was dat ze goed had gehandeld.

'Ik weet niet hoe het gebeurde,' vervolgde Chiara, zich blijkbaar niet bewust dat Lydia geen antwoord had gegeven, 'maar ik keek in zijn ogen en ik wist dat niets ooit meer hetzelfde zou zijn. Klinkt dat gek? Klink *ík* gek?'

'Tja,' zei Lydia, die zich voor het blok gezet voelde, 'dat is iets waar ik even voor moet gaan zitten. Vertel eens. Over wiens ogen heb je het?'

Chiara goot heet water op een zakje met pepermuntthee in een beker en zei: 'Beloof je dat je niet overhaast zult reageren en zeggen dat ik stom doe?'

Lydia, die nu aan tafel zat met haar krukken tegen de rugleuning van een andere stoel, zei: 'Heb ik dat ooit eerder gedaan tegen jou?'

Chiara wierp het druipende theezakje in de vuilnisbak. 'Nee, maar alles heeft een begin. Zal ik iets te drinken maken voor je?'

'Nee, dank je. Maar kom zitten en vertel me wie er zo'n effect op je heeft. Hij moet wel heel bijzonder zijn.'

Chiara lachte en kwam bij haar aan tafel zitten. 'Ja, zo zou ik het ook beschrijven. Ik wist wel dat je het zou begrijpen. Hij heet Ishmael en ik heb hem vandaag ontmoet, en hij is... nou ja, hij is, o, ik weet niet, hij is de eerste man van wie ik zo ondersteboven ben. Maar dit weet ik wel: hij is *quello giusto*.'

Hij is de ware. Lydia wist niet of ze blij of ongerust moest zijn. Het was heerlijk dat Chiara iemand had ontmoet die zo'n indruk op haar had gemaakt, maar een volslagen vreemde? Terwijl ze haar uiterste best deed om Chiara's uitgelaten stemming niet te bederven, vroeg ze: 'Hoe ben je deze bijzondere man tegengekomen?'

'Hij kwam vanmorgen op kantoor. Hij is een cliënt van ons en hij is nu in Ca' Tiziano. Maria Luisa zou hem eigenlijk het appartement laten zien, maar ze moest opeens Luca van school halen omdat hij koorts had, dus nam ik het over. En...' Ze zweeg even om op adem te komen, en Lydia verwachtte bijna tromgeroffel. 'En daar stond hij voor mijn bureau, en mijn hart sprong bijna uit mijn borst. Ik overdrijf niet, dat zweer ik je. Het was maar goed dat ik zat, anders zouden mijn knieën het hebben begeven.'

'Lieve help,' was alles wat Lydia wist te zeggen. 'Denk je dat hij merkte wat voor effect hij op je had?' Ze moest er niet aan denken dat Chiara zo openhartig was en daardoor gekwetst kon worden. Maar als deze zogenaamde Ware in een van hun appartementen verbleef, dan was zijn aanwezigheid in Chiara's leven slechts tijdelijk. Hij zou weggaan uit Venetië en Chiara's hart zou betrekkelijk onbeschadigd achterblijven. Maar zodra Lydia dit had gedacht, vroeg ze zich af of ze zo negatief reageerde omdat ze bang was dat Chiara bij haar zou weggaan. Geen enkele vriend had ooit hun hechte band bedreigd, dus was Lydia misschien jaloers, beschouwde ze Chiara als haar beste vriendin en was ze bang om haar kwijt te raken? Ze deinsde terug voor dit onwelkome inzicht en dwong zich om enthousiast te doen voor Chiara.

'Ik weet niet of hij iets heeft gemerkt,' zei Chiara. 'Maar nadat ik hem het appartement had laten zien, vroeg hij of het tegen de werkregels was om zaken met plezier te verenigen, en of hij me mocht meenemen om ergens iets te drinken. Hij zei dat hij nooit eerder in Venetië was geweest en dat hij alle kennis die ik had op prijs zou stellen.'

'Tja, we kunnen het hem niet kwalijk nemen dat hij van de gelegenheid gebruikmaakte,' zei Lydia.

Chiara keek Lydia met een verdedigende blik aan over haar dampende beker heen. 'Je klinkt zo afkeurend.'

Lydia glimlachte op een geruststellende, verzoenende manier; dat hoopte ze tenminste. 'Ik denk dat ik me gedraag als een saaie vrouw van middelbare leeftijd die alleen maar het beste met je voorheeft. Wat weet je tenslotte van hem?'

'Toevallig aardig wat,' zei Chiara uitdagend. 'Hij is Engels en hij is twee dagen geleden in Venetië aangekomen en hij logeerde in het Monaco voordat hij introk in Ca' Tiziano. Hij volgt hier een spoedcursus Italiaans omdat hij in de lente aan een nieuwe baan begint in Padua. En vergeet niet dat hij niet bepaald arm kan zijn als hij zich Ca' Tiziano kan veroorloven.'

Volgens Lydia nauwelijks genoeg bewijs om haar vrees weg te nemen. 'Wanneer ga je ergens iets met hem drinken?'

Voor het eerst sinds het gesprek leek Chiara onzeker. Ze draaide een haarlok rond haar vinger, net zoals ze als kind had gedaan als ze iets voor zich wilde houden. 'Als je het niet erg vindt, hoop ik hem over een halfuur te zien. Ik wilde hem meenemen naar de kerstmarkt, je weet wel, om hem iets van de sfeer hier te laten proeven.'

'Natuurlijk vind ik het niet erg,' zei Lydia. 'En veel plezier. Je verdient het wel nadat je zo veel met mij en die enkel van me hebt moeten stellen.'

'Meen je dat?' Het lieve kind stond al bijna overeind.
'Ik meen alles wat ik zeg,' zei Lydia.
Even later belde Chiara met haar mobiele telefoon, bond ze een sjaal om haar hals en knoopte ze haar jas dicht. 'Weet je zeker dat het wel gaat?'
Lydia glimlachte. 'Ophoepelen en wegwezen! En vergeet je paraplu niet.'
'Ciao, ciao.'
Met een blije lach sloeg Chiara de deur achter zich dicht.

In de stilte die volgde, kon Lydia een van Renzo's muziekstudenten in het appartement beneden op een viool horen spelen. Buiten pufte langzaam een motorboot voorbij, waardoor het water tegen de zijkanten van het kanaal klotste. Verder weg sloegen de klokken van de Gesuati het hele uur.

Ze sloot haar ogen en zag in gedachten hoe Chiara – ademloos en glimlachend – deze onbekende man ontmoette in de fraai verlichte Campo San Stefano. Ze zag hoe ze de speciaal opgerichte houten stalletjes van de kerstmarkt bekeken met een beker warme wijn in de hand, terwijl ze proefden van de vele soorten salami, olijven en kaas. Chiara zou hem waarschijnlijk voorstellen aan haar vriend Felice, die er elke dag zwart-witfoto's van Venetië verkocht. Daarna zouden ze in een bar wijn met spuitwater gaan drinken en vast wel meer vrienden en vriendinnen van Chiara tegenkomen. In een kleine stad kwam je altijd wel een bekende tegen.

Of misschien zouden ze alleen willen zijn...

Ze pakte haar krukken en stond vastberaden op. Dit meelijwekkend gedrag moest ophouden. Chiara was een volwassen vrouw die verliefd kon worden op wie ze maar wilde. Lydia kon haar niet altijd in bescherming nemen. Had ze die fout niet eerder gemaakt, door te denken dat alleen zij alle lasten moest dragen en verantwoordelijk was voor degenen van wie ze hield?

4

VIER DAGEN LATER liep Lydia bijna tegen de muren op. Geestelijk gezien dan. Haar enkel was aan de beterende hand, maar ze kon nog steeds niet de vier trappen af die haar naar de buitenwereld zouden brengen. Hoe onwaardig het ook zou zijn, ze was in de verleiding om op haar zitvlak naar beneden te gaan, maar daar wilde Chiara niets van weten. Het enige wat Lydia had weten te bereiken, was dat ze aan de keukentafel op haar laptop mocht werken. Dat kind begon echt een tiran te worden!

Nu, terwijl ze wachtte tot Chiara thuiskwam van haar werk, verveelde Lydia zich vreselijk. En ze was ook gespannen. Chiara nam voor het eerst Ishmael mee naar huis. 'Je zult hem vast heel aardig vinden,' had Chiara die ochtend tijdens het ontbijt gezegd. 'Dat weet ik zeker.'

Lydia had haar best gedaan om voldoende belangstelling te tonen voor wat Chiara gelukkig maakte, en de vele vragen voor zich te houden die ze haar wilde stellen. Niet dat Chiara haar veel kans had gegeven voor een ondervraging; als ze niet op haar werk was, was ze wel uit met Ishmael en dan kwam ze pas thuis als Lydia al naar bed was. Tot Lydia's ergernis wist ze niets meer van deze jongeman dan vier dagen geleden.

Talloze malen had ze de opwelling bedwongen om aan de meisjes op kantoor te vragen of zij iets wisten over de cliënt die in Ca' Tiziano verbleef. Lydia werd alleen weerhouden om de telefoon te pakken door de angst dat Chiara erachter zou komen dat ze zo stiekem had gedaan. En ze wist dat er een grens was die een ouder nooit mocht overschrijden: ze moest respect hebben voor Chiara's privacy.

Toen Lydia de sleutel in het slot hoorde, kwam ze overeind van de bank. Gewapend met slechts één kruk bleef ze staan met een vastberaden verwelkomende glimlach op haar gezicht.

Chiara's reactie toen ze Ishmael voor het eerst zag, mocht dan tot gevolg hebben gehad dat haar hart bijna uit haar borst sprong, maar Lydia was helemaal geschokt.

Terwijl haar brein in paniek was, verloor haar lichaam alle kracht. Ze steunde zwaar op haar kruk en voelde het bloed uit haar wegtrekken. Dat moest zichtbaar zijn geweest, want terwijl Chiara haar en Ishmael aan elkaar voorstelde, vroeg ze opeens: 'Lydia, gaat het wel?'

'Ja, hoor.' Maar dat was helemaal niet zo. Hoe kon het ook? Hoe kon ze in dezelfde kamer staan met de man door wie ze was uitgegleden op de trappen van de Rialtobrug... de man die ooit alles voor haar had betekend?

Alleen was het niet dezelfde man. Dat kon niet. Dat was niet mogelijk. Er waren tientallen jaren voorbijgegaan sinds ze hem voor het laatst had gezien; hij moest ook ouder zijn geworden. Maar toch was hij het, ondanks alles. De donkere, intelligente ogen waren hetzelfde, net als dat smalle gezicht, waarvan de trekken leken te zijn aangebracht door een groot kunstenaar. Zijn korte, dunne haar was ook meteen bekend: lichtbruin met een gouden gloed. En net zo bekend waren zijn verbleekte corduroybroek en zwarte coltrui. En natuurlijk zijn versleten zwartwitte basketbalschoenen. Precies zoals zij ze had gezien. Hij was precies zoals ze zich hem herinnerde, tot zijn hoekige, fragiele lichaamsbouw aan toe.

Dat was haar eerste indruk geweest toen ze Noah voor het eerst zag, toen hij negen was. Hij leek zo zwak, helemaal niet in staat om voor zichzelf op te komen. Ze had niet geweten of ze hem moest minachten of medelijden met hem moest hebben. Hij had iets vreemds, onaards, en pas later besefte ze dat het een enorme innerlijke kracht was. Dat was veel sterker dan uitschelden of bedreigingen, waartoe zij en haar leeftijdgenootjes vaak hun toevlucht namen.

Maar dat was *Noah*, zo hielp Lydia zichzelf herinneren. Deze dubbelganger heette Ishmael. Hij moest wel heel wat jaren ouder zijn dan Noah was geweest toen ze hem voor het laatst had gezien. Er kon maar één verklaring zijn voor wat ze zag, maar was dat mogelijk?

'Ik weet dat dit als een cliché klinkt, signora Tomasi, maar het lijkt wel of u een geest hebt gezien.'

Weer kreeg ze een schok. De stem was ook hetzelfde. Zo'n stem die je ervan overtuigde dat je nergens veiliger kon zijn dan bij hem, dat je samen de hele wereld aankon, wat er ook op je pad kwam.

'Noem me alstublieft Lydia,' zei ze terwijl ze haar hand uitstak. Chiara stond naar haar te staren. Hij gaf haar een hand en hun blikken ontmoetten elkaar. Ze zei: 'Ik kan me niet herinneren of Chiara me uw achternaam heeft verteld. Wat is die?'

'Solomon,' antwoordde hij met een innemende glimlach... weer een trekje dat ze eerder had gezien. 'Ik weet het,' zei hij schouderophalend. 'Ik heb de meest Bijbelse naam die je kunt verzinnen: Ishmael Solomon. Dat komt door mijn vader, die een vreemd soort humor heeft. Hij heeft die naam gekozen. Hij zei dat hij als kind was opgezadeld met de naam Noah, en dat hij geen reden zag om mij van iets dergelijks te vrijwaren.'

Door het gonzen in haar oren kon Lydia Ishmael als van een grote afstand horen praten. Zijn stem werd steeds zwakker naarmate de jaren terugdraaiden en de herinneringen zich verdrongen om op de loop te gaan met haar ongeloof. Achtentwintig jaar had ze Noah Solomon verbannen naar de donkerste, meest onbereikbare dieptes van haar vroegere leven. En wat een moed en hartbrekende moeite had dat gekost. Maar nu was hier een jongeman die dat alles kon veranderen. Was het toeval dat hij hier in Venetië was? Dat moest wel. Maar hoeveel kans bestond er dat zoiets gebeurde?

De vragen tolden door haar hoofd, maar het was nu niet het moment om daar aandacht aan te besteden. Misschien geïrriteerd door haar vreemde gedrag had Chiara Ishmael meegenomen naar een van de ramen. Ondanks de kou had ze het geopend zodat ze met hun tweeën op het balkon konden staan dat uitkeek over de smalle *rio*. Ze wees over het water bekende punten aan op Giudecca, waar lichtjes uitnodigend twinkelden in het donker. 'Dat is de Rendentore,' legde Chiara uit, 'een kerk die door Palladio werd gebouwd om het einde van de pest te vieren in 1576. Rendentore betekent verlosser. En daar,' zei ze terwijl ze opkeek naar Ishmael, 'is de Mulino Stucky.' Lydia zag de zachte, verloren glimlach op Chiara's gezicht en de verblindende glimlach van Ishmael. Bijna onmerkbaar werd de kloof tussen hen gedicht.

Lydia liet hen alleen en hobbelde naar de keuken. Ze had tijd voor zichzelf nodig. Tijd om na te denken over wat de gevolgen van deze avond konden zijn.

'Lydia,' fluisterde Chiara. 'Wat mankeert je in vredesnaam? Vind je hem niet aardig?' Chiara was bij Lydia in de keuken gekomen om Ishmael wat privacy te geven toen hij op zijn mobiele telefoon werd gebeld.

'Doe niet zo raar, ik vind hem heel aardig. Hij is een innemende jongeman.'

'Waardom deed je dan zo dramatisch zo-even? Zoals hij al zei, het leek wel of je een geest had gezien.'

Lydia had vaak de waarheid wat geforceerd of eromheen gedraaid als ze het nodig vond, maar ze had nooit echt gelogen tegen Chiara. Nu wilde ze echter liegen of het gedrukt stond. 'Hij doet me denken aan iemand die ik vroeger kende,' zei ze. 'Dat is alles.'

'O ja? Wie?'

'O, zomaar iemand.'

'Vroeg je daarom naar zijn achternaam? Om te kijken of er verwantschap was?'

'Tjonge, wat zijn we scherpzinnig vandaag.'

Chiara hief haar armen op. 'Scherpzinnig? *Stai scherzando!* Je maakt een grapje! Een dove dronkaard met één oog zou je reactie nog gemerkt hebben. Ik moet er niet aan denken wat Ishmael van je moet hebben gedacht.'

'Ik betwijfel of hij het heeft gemerkt. Hij heeft veel meer belangstelling voor jou dan...'

'Sorry.'

Ze draaiden zich allebei vlug om. Ishmael stond in de deuropening en stopte zijn mobieltje in zijn zak. 'Dat was mijn moeder,' zei hij. 'Ze wilde controleren of ik wel schoon ondergoed aanheb.'

Weer raakte Lydia even in paniek toen ze hem zo plotseling zag. Ze lachte beleefd om zijn grapje, maar de frons op Chiara's voorhoofd verontrustte haar.

'Ti vedrò più tardi,' mompelde Chiara binnensmonds, op een duidelijke toon van Wacht-maar-tot-ik-terug-ben. *'Parleremo.'* In het Engels zei ze tegen Ishmael: 'Klaar?'

'*Sì*,' antwoordde hij. 'Maar ik had graag dat je in het Italiaans tegen me praat. Daarom ben ik hier, vergeet dat niet.'

Vanuit het raam in de woonkamer keek Lydia Chiara en Ishmael na, die langs de *fondamenta* in de richting van de Zattere liepen. Ze kenden elkaar pas een paar dagen, maar aan de manier waarop ze hun paraplu deelden met hun hoofden naar elkaar toe, hun stappen aan elkaar aanpasten en Ishmael zijn hand op haar rug liet rusten, kon Lydia zien dat ze net een stel leken dat al een poos bij elkaar was. Er was een prettige ongedwongenheid tussen hen die Lydia maar al te goed kende. Met een zucht legde ze haar voorhoofd tegen het koude glas. Waarom was hij hier? Wat had hem naar Venetië gebracht? Er waren talloze scholen in Italië waar hij zich had kunnen inschrijven. Wat was er zo bijzonder aan het instituut in Campo Santa Margherita?

Ze deed de gordijnen dicht en berispte zichzelf omdat ze zo paranoïde deed. Het was duidelijk waarom hij hiernaartoe was gekomen. Venetië was een van de mooiste steden ter wereld. Miljoenen bezoekers kwamen elk jaar naar de stad, en overtroffen verre in aantal de 62.000 inwoners. Voor zover ze wist was Noah misschien een van die toeristen geweest; misschien was ze hem in een *calle* gepasseerd zonder het te weten. Ze schudde haar hoofd. Onvoorstelbaar. Ze zou hebben geweten dat hij er was. Ze zou zijn aanwezigheid net zo scherp hebben gevoeld als een speldenprik.

Terwijl ze midden in de kamer bleef staan, vroeg ze zich af wat ze nu moest doen. Wat kon haar het beste kalmeren? Werk?

Wie hield ze voor de gek? Hoe kon ze aan werk denken nu ze net de zoon van Noah had ontmoet?

Het was riskant, gezien haar enkel, maar ze kon zich niet bedwingen, opende de deur van de gangkast en sleepte een aluminium trap tussen de rommel uit. Langzaam hobbelde ze naar haar slaapkamer, zette de trap voor de inbouwkast, liet haar kruk op de vloer vallen en beklom langzaam en pijnlijk de treden.

Door pure vastberadenheid kwam ze eindelijk boven. Zwetend en vol pijn gunde ze zich even rust, waarbij ze op haar andere voet ging staan om haar enkel te ontzien. Er waren drie kastjes, en toen ze het middelste opende, hoopte ze dat ze de juiste keus had gemaakt, dat haar geheugen haar niet in de steek had gelaten. Ze moest zich uitrekken om helemaal in het kastje te kunnen reiken, en op de tast duwde ze een overvloed aan handtassen, sjaals, hoeden, ceintuurs, kleerhangers en ongewenste cadeaus zoals tafellinnen opzij. Eindelijk vonden haar vingers wat ze zocht.

Met het houten kistje onder haar arm daalde ze heel voorzichtig de trap af. Uitgeput kwam ze beneden en ging dankbaar op de rand van het bed zitten met het kistje van olijfhout op haar schoot. Toen ze weer op adem was gekomen, liet ze haar handen over het houtsnijwerk glijden, maakte de twee koperen sloten open en tilde het deksel op; het zwaaide soepel open op de scharnieren.

Ze verwijderde de beschermlaag van verkleurd vloeipapier en legde het opzij. Het eerste voorwerp dat ze eruit haalde was een goedkope, dof geworden poederdoos. Ze drukte op de sluiting en het deksel klapte open. De doos was meer dan veertig jaar oud, maar de geur die opsteeg herinnerde onmiskenbaar aan Lydia's moeder. Ze klikte de poederdoos dicht en pakte het volgende voorwerp, een lange, smalle sieradendoos, bedekt met verschoten donkerblauw fluweel. Erin lag, genesteld in de vouwen van witte zijde, een halsketting, een parel die als een traan aan een tere, zilveren ketting hing. Vervolgens pakte ze een dunne, in leer gebonden gedichtenbundel: *Het complete werk van Christina Rossetti*. Alles wat nu nog overbleef in de houten kist was een gekreukte map. Ze zette de kist op het bed en leegde de inhoud van de map op haar schoot.

De eerste foto die ze zag, was een kleine zwartwitopname van haar ouders. Haar moeder droeg een witomrande zonnebril in de stijl van Jackie Onassis, en haar haar was zo getoupeerd dat het wel een suikerspin leek. Haar vader was in hemdsmouwen en had een arm om het door een ceintuur ingeregen middel van zijn vrouw geslagen.

De volgende foto was van Lydia, zittend op een drempel. Voor zo'n jong kind had ze een verrassend dikke haardos en donkere wenkbrauwen die elkaar bijna raakten boven haar neus. Met haar opeengeklemde lippen en vooruitstekende kin terwijl ze in de lens tuurde, zag ze er opvliegend uit. Ze leek een vreemd kind, een kind op wie mensen niet altijd vriendelijk reageerden. In haar armen had ze een veel knapper meisje, Lydia's kleine zusje Valerie. Valerie had het te druk met kauwen op de voet van een pop die bijna net zo groot was als zij, om zich druk te maken over de camera.

De overige foto's waren in kleur. Op de kleinste van de twee waren twee grijnzende tieners – Lydia en Noah – gekheid aan het maken voor de camera. Ze waren in de keuken en hadden koekenpannen op hun hoofd gezet.

De laatste foto was van Noah, en van alle foto's was deze in de slechtste staat. Elke kreuk en scheur herinnerde Lydia eraan dat ze deze foto een poos overal met zich mee had gedragen, in een zak of soms verstopt in haar beha omdat ze bang was de foto kwijt te raken. Ze draaide hem om. De inkt was vervaagd, maar ze kon nog de vorm van een hart onderscheiden en het woordje dat erin geschreven stond: Noah. Ze draaide de foto weer om en hield hem schuin in het licht om hem beter te kunnen zien. En ja, haar herinnering had haar niet in de steek gelaten; Ishmaels gezicht was bijna identiek aan dat van Noah. Ze staarde naar de fijne gelaatstrekken, de zelfbeschouwende intensiteit van zijn blik, de suggestie van een glimlach achter de ernstige gelaatsuitdrukking. Ze herinnerde zich de dag waarop ze die foto had gemaakt. Een dag zoals de vele waarop ze hadden gezworen dat niets hen ooit kon scheiden.

Maar dat gebeurde wel.

Een voor een legde ze de foto's op het bed, en hoewel ze zich altijd als regel had gesteld dat ze het nooit zou doen, stond ze zichzelf nu toe om te denken aan alles wat ze kwijt was geraakt. Als ze in het verleden in de verleiding kwam, in de wetenschap dat ze zich naderhand alleen maar leeg en eenzaam zou voelen, had ze de opwelling bedwongen door aan alles te denken wat ze ervoor in de plaats had gekregen: Marcello en Chiara, en de liefde en steun van de familie Scalatore. Ze had geluk gehad, hield ze zichzelf steeds voor.

Maar vandaag was het anders. Vandaag was de gouden regel niet belangrijk. Ze had het gevoel dat het spel voorbij was en ze eindelijk kon toegeven aan het intense gevoel van verlies dat haar het grootste deel van haar leven als volwassene had achtervolgd. Maar bij de pijn kwam een nieuwe emotie: de wrede steek van jaloezie en verraad. Noah had zonder haar een eigen leven geleid.

Hij was getrouwd. Hij had een zoon gekregen. Allemaal zonder haar. Ze wist dat ze onredelijk was. Wat had hij anders moeten doen?

Tranen sprongen haar in de ogen en de foto's werden wazig. Ten slotte kon ze ze niet meer zien. Vol overgave huilend ging ze op het bed liggen en drukte haar gezicht in de sprei.

Ze schrok op van het geluid van de intercom en sprong van het bed. Te laat dacht ze aan haar enkel en ze slaakte een kreet toen de pijn door haar heen schoot.

Weer zoemde de intercom. Ze veegde haar gezicht af met haar handen en pakte haar kruk om te kijken wie het was.

Toen ze Fabio's opgewekte stem hoorde vragen of hij boven mocht komen, raakte ze in paniek. 'Het komt nu eigenlijk niet goed uit,' zei ze in de intercom, omdat ze niet wilde dat iemand haar zag. 'Ik voel me niet zo goed.'

'*Davvero?*' zei hij. 'Ik kwam zonet Chiara tegen en daar zei ze niets over.'

'Het is niets ernstigs.'

'In dat geval, en als het niet besmettelijk is, laat me dan binnen en dan zal ik je een paar uur verwennen. Ik weet niet wat ik moet doen, want Paolo heeft me in de steek gelaten en is naar Milaan gegaan.'

Lydia wist dat het geen zin had om tegen Fabio in te gaan.

'*Dio mio!*' riep hij uit toen hij de vier trappen op was gerend en ze de deur had geopend. 'Je ziet er echt ziek uit.' En toen: '*Cara*, je hebt gehuild! Wat is er? Wat is er gebeurd?'

Ze opende haar mond om te ontkennen, maar er kwam alleen een gesmoorde kreet uit. Ze stond op het punt om weer in tranen uit te barsten. Ze deed een stap achteruit en kreeg daar meteen spijt van. Haar enkel klopte weer van de pijn.

Zonder nog iets te zeggen en met een indrukwekkend gebaar tilde Fabio haar op, droeg haar naar de woonkamer en zette haar voorzichtig neer op de bank. Hij trok zijn jas uit, gooide die op een stoel en knielde naast haar neer.

'Waarom moet uitgerekend jij me zo zien, Fabio?' zei ze. 'Als het een ander was geweest, had ik die voor de gek kunnen houden.'

'Ik denk dat je een beetje overdrijft als je vindt dat je goed toneel kunt spelen,' zei hij met een glimlach. 'Maar terwijl ik bedenk hoe ik erachter kan komen waardoor je van streek bent, vertel jij me wie die knappe *ragazzo* is die bij Chiara was. Waar komt hij opeens vandaan? Ze zijn een mooi stel samen, vind je niet?'

De connectie was te veel en opnieuw kon Lydia tot haar grote ergernis haar tranen niet langer bedwingen. Toen ze merkte dat Fabio hulpeloos om zich heen keek om een doos tissues te vinden, zei ze: 'Mijn slaapkamer, naast het bed.'

Pas toen hij de kamer had verlaten, besefte ze haar fout. Meteen hield ze op met huilen en zag ze haar slaapkamer voor zich: de open kast, de trap, de foto's...

Toen hij terugkwam, had hij een doos tissues in de ene hand en de foto's in de andere. Hij gaf haar de tissues en terwijl ze haar neus snoot, legde hij de foto's op de salontafel alsof hij een spelletje patience wilde doen. 'Je had nooit op die trap mogen klimmen,' zei hij. 'Je had wel een ongeluk kunnen krijgen.'

'Dat ben ik met je eens. Het was heel dom van me.'

'Maar ik moet zeggen dat je er *bellissima* uitziet met die pan op je hoofd.' Hij glimlachte. Toen wees hij naar een foto waarop Lydia Valerie droeg. 'En dit ben jij met de *piccolina*?'

Ze knikte.

'En deze mensen?'

'Mijn ouders.'

'En als ik niet beter wist,' zei hij, 'dan zou ik zeggen dat dit de knappe *ragazzo* is die ik zojuist heb gezien met Chiara.' Hij draaide zich om en keek haar aan. 'Je hoeft niets te zeggen als je het niet wilt, maar is hij je zoon? Een kind over wie je ons nooit iets hebt verteld?'

Ze moest bijna lachen. 'Nee! Maar ik heb een sterk vermoeden...' – ze wees naar de foto van Noah – '... dat hij de vader van Chiara's nieuwe vriend is.'

'Ongetwijfeld,' zei Fabio. 'Heeft hij lang geleden iets voor je betekend?'

Lydia aarzelde even voor ze antwoordde. Wilde ze wel dat dit gesprek verder zou gaan? Of was het te laat? In haar hart wist ze het wel. De aanwezigheid van Ishmael Solomon hier in Venetië was een katalysator van iets wat ze niet kon tegenhouden. Het zou gewoon stom zijn om nu tegen Fabio te liegen. 'Ja,' zei Lydia. 'Hij was alles voor me. We dachten dat we altijd bij elkaar zouden blijven.'

'Wat is er dan misgegaan? Of was het gewoon een kwestie van twee jonge verliefden die volwassen werden en uit elkaar groeiden?'

'Zoiets.' Een beter antwoord wist ze niet te bedenken. De waarheid was veel te ingewikkeld. En zelfs na al die tijd leek het haar beter dat alleen zij en Noah de waarheid kenden. Maar als Ishmael en Chiara echt een serieuze relatie kregen? Wat dan? Kon Lydia dan blijven doen alsof Ishmaels vader en zij geen verleden hadden gehad? Dat kon niet, want zodra uitkwam dat ze opzettelijk haar relatie met Noah verborgen had gehouden, zou Chiara willen weten wat ze zo geheim had willen houden.

'Lydia,' zei Fabio. 'Je weet dat ik je nooit zou dwingen om iets tegen je wil in te doen, maar ik heb Marcello moeten beloven dat, als hem ooit iets zou overkomen, ik altijd meer dan gewoon een zwager voor je zou zijn.'

'En dat ben je ook. Je bent de beste vriend die ik me zou kunnen wensen.'

Opeens keek hij ernstig. 'Marcello heeft me ooit iets gezegd dat ik nooit ben vergeten. Hij zei dat hij het idee had dat je al je hele leven een onmogelijke last meetorst. Mijn broer had gelijk, nietwaar? En het heeft te maken met deze foto's die je verborgen hebt gehouden zo lang als ik je ken. Vertel me toch wat die last is. Dan weet ik dat ik de wens van mijn broer om goed voor je te zorgen, ben nagekomen.'

Dat is niet eerlijk! wilde Lydia roepen. Je mag niet op deze manier misbruik maken van Marcello. Toch voelde ze haar vastberadenheid afbrokkelen. En toen nog verder. Die lieve Marcello. Zo bezorgd en intuïtief. 'Het spijt me, Fabio,' wierp ze tegen. 'Ik zou niet weten hoe ik dat zou moeten doen. Ik weet niet eens waar ik moet beginnen. Het is zo'n lang verhaal.'

'Dat ben ik niet met je eens. Ik denk dat je precies weet waar je moet beginnen. Waarschijnlijk heb je elk woord al duizenden keren in je hoofd opgeschreven.'

Lydia keek om zich heen en vergeleek de elegante charme van haar huis met het zachtrode zijden behang, de antieke meubels en de weelderige kroonluchters van Murano-glas met het saaie, liefdeloze huis waarin ze was opgegroeid, waar zelfs de muren waren doordrongen van de haat en spanning. Ze huiverde, en voelde de kilte alsof ze er weer terug was.

Toen voelde ze Fabio's hand op haar arm en wist ze dat als ze iemand op de wereld kon vertrouwen, hij diegene was.

TOEN

5

LYDIA GAF ALTIJD zichzelf de schuld. Als ze haar moeder niet had lastiggevallen over die buikspreekpop, dan was het allemaal niet gebeurd.

Het begon allemaal toen de ouders van Diane Dixon haar zo'n pop hadden gegeven omdat ze zo dapper was geweest toen haar amandelen geknipt werden. Lydia wist niet waarom er zo'n heisa om werd gemaakt. Je was diep in slaap als de dokter je amandelen verwijderde, en als je wakker werd mocht je alleen maar ijs eten. Wat was daar zo dapper aan? Toen Diane weer op de been was en naar school mocht, nam ze haar buikspreekpop mee en ze hadden zich allemaal verdrongen om hem te bekijken. De ogen gingen heen en weer en de mond ging hard open en dicht, afhankelijk van hoe je de hendel in de rug hanteerde. Hij was gekleed in een mooi, rood pak met een zwarte strikdas en glimmende zwarte schoenen. De armen en benen bungelden losjes aan het harde lijf als slappe worsten. Lydia vond dat Diane de stem niet goed deed, vooral niet als ze hem dat rare liedje van de Beatles probeerde te laten zingen, iets over dat iedereen in een gele onderzeeër woonde, maar dat kwam misschien omdat Diane geen amandelen meer had. Lydia dacht dat zij het veel beter zou kunnen.

Omdat haar negende verjaardag naderde, ging Lydia haar moeder bewerken. Ze gaf hints en plaatste opmerkingen wanneer ze maar kon, en ze zei dat ze niets liever wilde dan een buikspreekpop net als die Diane Dixon had. Elke keer als ze boodschappen gingen doen, zorgde ze ervoor om voor de etalage van de speelgoedwinkel te blijven staan waar volgens Diane haar ouders de pop hadden gekocht, en waar er zelfs een, overeind gehouden door vloeipapier, was tentoongesteld in een doos. Ze wees haar moeder erop en vanaf toen zorgde ze ervoor dat ze altijd een reden vond om stil te staan voor de etalage. Opeens merkte ze dan dat haar veters los waren of dat een afgezakte sok moest worden opgetrokken, en terwijl zij op de stoep hurkte, dwong ze haar moeder in gedachten om naar de buikspreekpop te kijken, die met wijd open ogen door de ruit naar hen staarde, smekend om te worden meegenomen naar huis.

En dat huis was een appartement in de woning van meneer Ridley. Lydia vond meneer Ridley niet aardig. Hij keek altijd zo raar naar haar moeder, alsof hij honger had. Hij likte steeds langs zijn lippen. Bijna elke dag kwam hij naar hun appartement boven met de mededeling dat hij moest kijken of alles het nog deed. 'Zo!' zei hij dan terwijl hij aan de badkraan morrelde. 'Dat dacht ik al. Er moet een nieuw leertje in.' Hij leek heel bezorgd dat er niets mocht lekken – geen gas en geen water – en controleerde regelmatig of er ergens iets mankeerde. Hij zei dat hij zijn plicht als huisbaas niet zou nakomen als hij niet goed voor zijn huurders zorgde. 'En je moeder is een heel speciale huurder,' zei hij op een dag tegen Lydia, toen mam bij de dokter was en meneer Ridley had aangeboden om op Lydia en haar zus te passen. 'Het is niet goed dat je moeder helemaal alleen is,' zei hij terwijl hij achter de elektrische kachel in de woonkamer tuurde waarbij zijn enorme achterwerk de lucht in stak.

'Ze is niet alleen,' zei Lydia verontwaardigd. Ze had zin om hem een schop tegen zijn achterwerk te geven. 'Ze heeft mij en Valerie.'

'Kinderen zijn leuk en aardig, maar ze heeft een man nodig.'

Als meneer Ridley – griezel Ridley, zoals Lydia hem heimelijk noemde – zulke dingen zei, wenste ze dat haar vader nog leefde. Voor hij stierf woonden ze in een leuk huis met een tuin en een kleine visvijver die haar vader op een dag had bedekt met een groen net. 'Want we willen niet dat je kleine zusje erin valt,' zei hij.

'Was je niet bang dat ik erin zou vallen toen ik een baby was?' had Lydia hem gevraagd. Ze was er al snel achter dat baby's alle aandacht kregen.

'We woonden hier niet toen jij een baby was.'

Baby's waren saai, vond Lydia. Valerie deed niets anders dan in haar wieg liggen en gekke jammergeluidjes maken als ze haar fles wilde. Het was moeilijk om je voor te stellen dat ze de trap af zou lopen naar de tuin en de vijver, terwijl ze nog niet eens naar het voeteneind van haar bedje kon kruipen. Iedereen had tegen Lydia gezegd dat het leuk zou zijn om een zusje te hebben. Nou, dat was niet zo.

Hun vader kwam om het leven toen hij onderweg naar zijn werk werd aangereden door een vrachtauto en hij van zijn motor viel. Het regende en de vrachtwagenchauffeur zei dat hij hem niet had gezien, en toen hij hem wel zag was het te laat. Lydia had de agente dit alles aan haar moeder horen vertellen terwijl zij boven aan de trap stond. 'Is er iemand die bij u kan komen, mevrouw Turner?'

'Nee,' klonk zwak het antwoord van haar moeder. 'Er is niemand.'

Lydia had het nooit vreemd gevonden dat haar ouders geen vrienden of familie hadden, hoewel ze zich een keer had afgevraagd waarom haar moeder erop stond dat ze niet te dikke maatjes mochten worden met de buren. Volgens mam was het laatste wat ze nodig hadden wel nieuwsgierige buren die om de paar minuten op de deur kwamen kloppen om een kommetje suiker te lenen.

'Waarom zouden ze om suiker vragen?' had Lydia willen weten. 'Waarom niet iets lekkers zoals koekjes of chips?'

'Het maakt niet uit wat ze vragen, ze doen het alleen om hun neus in onze zaken te steken.'

'Je moeder is graag op zichzelf,' had Lydia's vader vaak tegen haar gezegd, meestal als ze vroeg of een vriendinnetje mocht komen spelen. Hij legde uit dat het kwam omdat haar moeder in een weeshuis was opgegroeid. Haar ouders waren allebei gestorven toen ze nog heel jong was, en omdat ze steeds andere mensen om zich heen had, had ze geleerd om zich af te sluiten. 'Je moeder houdt niet van veel drukte, schat.'

Haar vader had wel ouders, maar Lydia had zelfs nog nooit een foto van hen gezien. Om de een of andere reden had haar vader hen niet meer gesproken sinds hij met haar moeder was getrouwd.

Op de dag nadat pap was gestorven, ging de telefoon en vanaf haar permanente positie boven aan de trap – waar ze Valerie in haar bedje kon horen en haar moeder beneden hoorde huilen – luisterde Lydia naar het eenzijdige gesprek. In het begin beefde de stem van haar moeder en stokte soms, maar opeens werd ze boos en kwamen de woorden luid en snauwend. 'Hebben jullie nu je zin? Jullie hadden liever dat hij dood was toen hij met mij trouwde, en nu is hij dood!' De telefoon werd op de haak gegooid.

Hun zin? Waarom zou iemand zijn zin hebben omdat pap dood was?

Een paar dagen later kwamen Lydia en Valerie voor het eerst in het huis van een van de buren. Het was de dag van paps begrafenis en mam had gezegd dat Lydia en haar zusje niet mee konden, en dat mevrouw Marsh van hiernaast had aangeboden op hen te passen. Mevrouw Marsh was aardig. Nadat ze Valerie in haar kinderwagen buiten bij de achterdeur had gelegd om haar wat frisse lucht te geven, bond ze een schort met strookjes om en zei tegen Lydia dat ze wat lekkers gingen bakken. Ze leek helemaal niet zo iemand voor wie mam haar had gewaarschuwd, zo'n bietsende, nieuwsgierige steekneus die alles over hen te weten wilde komen.

Lydia was teleurgesteld toen haar moeder hen kwam halen. Mevrouw Marsh had haar net aan de keukentafel gezet met een kop thee met melk en een plak cake met glazuur. Mevrouw Marsh bood mam een kop thee aan, maar haar moeder schudde haar hoofd. 'Neem dan een paar plakken cake mee,' zei mevrouw Marsh.

'Nee, dank u.' Haar moeder klonk kortaf.

'Als ik verder iets kan doen, zegt u het maar.'

'Dat is niet nodig, dank u.'

'Dan moet u het zelf maar weten.' Nu klonk mevrouw Marsh net zoals haar moeder.

Vanaf toen was mam niet meer dezelfde. Ze bleef tot na de middag in bed liggen en liet het aan Lydia over om Valerie eten te geven en te verschonen. Als ze beneden kwam, ging ze in haar nachthemd op de bank liggen en staarde naar het plafond. Gelukkig was het zomervakantie en kon Lydia voor haar zusje zorgen. Elke dag hoopte ze dat haar moeder beter zou worden, maar dat gebeurde niet.

Lydia miste haar vader zo erg dat het diep vanbinnen pijn deed, maar ze miste haar moeder ook. Ze miste haar kussen, zelfs die waarbij haar rode lippenstift afgaf op haar wang. Ze miste het zingen van haar moeder en hoe ze uren voor de spiegel zat om haar haar te doen. Om haar moeder zich beter te laten voelen, knielde Lydia vaak naast de bank en streelde haar slappe, droge handen, en dan fluisterde ze tegen haar dat alles snel beter zou worden.

Op een ochtend stond Lydia op een stoel in de tuin de luiers op te hangen die ze net in de gootsteen had gewassen, toen ze stemmen hoorde. Ze kwamen van de andere kant van de schutting, uit de tuin van mevrouw Marsh. Lydia hoorde mevrouw Marsh zeggen dat op nummer tien de boel uit de hand liep. De stem van een andere vrouw zei: 'De gordijnen zijn bijna de hele dag dicht. Ze heeft vast een inzinking.'

'Maar vraagt ze om hulp? Natuurlijk niet! Ze is echt een verwaand mens. Denkt dat ze beter is dan wij. Ik heb alleen medelijden met haar kinderen.'

Lydia hing vlug de laatste luiers aan de waslijn, maar toen ze van de stoel stapte, zag ze dat een paar ervan nog vuil waren. Twijfelend tussen het feit dat ze schone, droge luiers nodig had voor Valerie en de buren nog iets te geven om over te roddelen, rukte ze de vuilste van de lijn en droeg de stoel naar binnen. Ze wierp de luiers in de gootsteen om ze later weer te wassen, en nadat ze een kop thee had gezet voor haar moeder in de hoop dat ze daardoor uit bed zou komen, ging ze naar boven. Valerie was wakker en lag te gorgelen als een bad dat leegliep, maar haar moeder sliep nog steeds.

'Ik heb een kop thee meegenomen, mam,' zei Lydia terwijl ze de kop en schotel op het stoffige, rommelige nachtkastje zette. Haar moeder bewoog, maar deed haar ogen niet open. Lydia wilde de gordijnen opentrekken om wat licht binnen te laten, maar ze bedacht zich. In plaats daarvan liep ze op haar tenen naar de kaptafel en pakte met ingehouden adem de portemonnee van haar moeder uit haar handtas. Heel stilletjes pakte ze eruit wat naar ze hoopte genoeg zou zijn.

Een halfuur later had ze Valerie met een kruimelig koekje in de wandelwagen gezet en liepen ze naar de winkel. De wandelwagen was groot, en Lydia kon er amper bovenuit kijken. Pap had altijd tegen haar gezegd dat ze meer moest eten opdat ze groot en sterk zou worden.

Ze was eerste van haar klas geweest met rekenen, en dus kostte het haar geen moeite om de prijzen van de winkel op de hoek op te tellen. Wat melkpoeder voor Valerie, een blikje gekookte ham, een brood, een pot jam en een pakje instantpudding met aardbeiensmaak. Ze aarzelde bij de flessen frisdrank, maar besloot er geen te kopen omdat ze die alleen bij speciale gelegenheden mocht van haar moeder.

Meneer Morris sloeg de artikelen aan op de kassa en legde ze in het rode boodschappennet dat Lydia had meegebracht. 'Helemaal alleen?' vroeg hij toen ze had betaald en de tas in het rek onder de wandelwagen had gelegd.

'Nee. Mijn moeder is op het postkantoor.' De leugen gleed van haar tong als boter van warm geroosterd brood.

'Doe haar mijn groeten,' zei hij terwijl hij de deur openhield voor Lydia. 'En zeg dat ik het heel erg vind van je vader.'

Lydia reed de wandelwagen de straat op en bedacht net dat mannen altijd aardiger tegen haar moeder waren dan vrouwen, toen ze besefte dat ze bijna voor het postkantoor was. Ze hield haar pas in en toen ze een blik over haar schouder wierp, zag ze dat meneer Morris nog in de deuropening van zijn winkel stond. Ze bleef staan en deed alsof ze op haar moeder wachtte.

Er kwamen nog veel meer dagen als deze. Dat waren de makkelijke. Toen de school weer begon, woonden ze niet meer op Larch Road nummer tien. Dat had te maken met geld. Net zoals Lydia had geleerd dat baby's alle aandacht kregen, leerde ze nu dat geld de sleutel was tot alles.

Hun nieuwe huis was flat A in Appleby Avenue 64. Nummer 64 was een groot, halfvrijstaand huis met voor en achter een betegelde tuin en de eigenaar, meneer Ridley, had van de bovenverdieping een appartement gemaakt. Op de dag dat ze er kwamen wonen, bood hij aan de weinige meubels die ze hadden, naar boven te dragen. Lydia was zo gewend om haar moeder 'Nee dank u, dat kunnen we zelf wel' te horen zeggen, dat ze met verbazing zag dat haar moeder glimlachte en zei: 'Graag, heel vriendelijk van u.'

Het duurde niet lang voor ze alles hadden uitgepakt, zo weinig hadden ze. Valeries bedje was niet meegekomen en Lydia moest nu haar bed met haar zusje delen. Zelfs de grote wandelwagen waar haar moeder zo trots op was geweest, was verkocht en vervangen door een tweedehands opvouwbare wandelwagen die naar braaksel stonk totdat Lydia hem met een desinfecterend middel had schoongemaakt. Nu rook hij als de toiletten op school.

Iedereen deed anders tegen haar toen ze weer op school was. Ze hoorde hen in de rij in de kantine over haar fluisteren. Haar beste vriendin, Jackie, was ook verhuisd tijdens de vakantie, maar ergens ver weg. Ze had niet naar Lydia geschreven zoals ze had beloofd. In de pauzes was er niemand om mee te spelen en niemand om aan te vertellen wat er die zomer was gebeurd. In plaats daarvan schreef ze het allemaal op voor hun nieuwe onderwijzeres, juffrouw Flint, nadat die de klas had verteld dat ze hen het beste kon leren kennen als ze alles las wat ze in de vakantie hadden gedaan. Dus heel voorzichtig, zoals hun was opgedragen, schreef Lydia de datum van die dag – 4 september 1968 – boven aan de bladzij van haar splinternieuwe schrift en ze hield pas op met schrijven toen juffrouw Flint dat zei. Maar toen Lydia aan de beurt was om voor de klas te gaan staan en op te lezen wat ze had geschreven, werd juffrouw Flints gezicht rood. 'Dank je, Lydia,' onderbrak ze haar, al had Lydia nog maar een heel klein stukje voorgelezen. 'Dat was... ja, dat was... Lieve help. Ga maar weer zitten.'

Het onderwerp geld was zelden uit Lydia's gedachten. Dat kwam hoofdzakelijk omdat haar moeder haar er voortdurend aan herinnerde dat ze geen geld hadden. 'Onze situatie is veranderd,' merkte ze vaak op. 'We zijn nu arm, Lydia, dus vraag me alsjeblieft nooit om iets onbelangrijks.' En weg bleven de nieuwe schoenen die Lydia zo hard nodig had, en het schoolreisje naar het zwembad. 'Misschien mag ik gratis mee als we op school vertellen dat we het niet kunnen betalen,' had Lydia geopperd. Ze kreeg een harde klap voor haar opmerking en haar moeder zei dat niemand mocht weten dat ze geen geld hadden. Met wat ze zelf een briljante ingeving vond, opperde ze vervolgens: 'Ik weet wat! Probeer werk te vinden!' Haar ontging blijkbaar iets, want weer haalde haar moeder naar haar uit.

Het kon toch niet zo'n dom idee zijn geweest, want niet lang daarna kondigde haar moeder aan dat ze een baan had. Maandag zou ze gaan beginnen bij de slijterij in de buurt. De eigenaar was een man die meneer Russell heette, en mam moest daar werken van zes tot tien uur 's avonds. 'Wie past er op ons als u weg bent?' had Lydia gevraagd.

'Je bent een groot meisje, Lydia. Je hebt geen oppas nodig.'

'Ik ben pas acht.'

'Over een paar maanden word je negen. En meneer Ridley is trouwens beneden als er iets aan de hand is.'

Griezel Ridley had vieze vingernagels en streek er altijd mee door zijn vette haar dat vol roos zat. Ze trok haar neus op bij de gedachte aan hem. Haar moeder zei: 'Je kunt op zijn minst kijken of je blij voor me bent. Tenslotte was het jouw idee dat ik een baan zou nemen.'

In het begin was het fijn dat mam uit werken ging. Er kwamen geen opmerkingen meer over het feit dat ze arm waren. Geen oorvijgen meer. En het beste van alles was dat mam af en toe een fles frisdrank meebracht en doosjes gezouten pinda's. Ze zag er ook meer uit zoals vroeger. Haar haar zat leuk en ze deed weer parfum en make-up op, en opende en sloot regelmatig haar poederdoos met een zakelijke klik. Ze hadden zelfs een kleine kalkoen met Kerstmis, en Lydia mocht helemaal zelf de plastic kerstboom versieren.

Maar in het nieuwe jaar, eind januari, had Lydia net Valerie naar bed gebracht toen ze beneden de voordeur hoorde dichtslaan. Ze ging kijken wat er aan de hand was. Toen ze over de balustrade tuurde, zag ze haar moeder tegen de voordeur leunen en toen kwam griezel Ridley de gang in. Mam huilde.

'Wat is er, Bonnie?' vroeg griezel Ridley. Lydia vond het vreselijk als hij haar moeder bij haar voornaam noemde; het leek niet juist.

'Ik ben ontslagen.'

'Waarom?' Griezel Ridley stond nu naast mam.

Ze begon harder te huilen en griezel Ridley kwam nog dichterbij. 'Wat kunnen vrouwen toch wraakgierig zijn,' bracht ze uit tussen haar tranen door. 'De vrouw van meneer Russell had het recht niet om dat soort dingen tegen me te zeggen. Alsof ik haar man zou willen! En nu kan ik de huur van deze week niet betalen.'

Griezel Ridley legde een hand op de arm van haar moeder. 'Breek jij je mooie hoofdje maar niet over zo'n kleinigheid. We kunnen vast wel iets regelen.'

6

WEER WAREN ZE officieel arm. Er ging nauwelijks een dag voorbij of haar moeder legde haar hoofd in haar handen en zei wat een schande het was om bijstand te ontvangen. 'Bijstand ontvangen' was een nieuwe uitdrukking voor Lydia, en ze begreep niet waarom er zo moeilijk over werd gedaan. Als iemand mam geld wilde geven, dan was dat toch goed? Haar moeder eiste dat niemand ooit mocht weten dat ze naar de Sociale Dienst ging en in de rij moest staan met een heleboel andere mensen tot ze een cheque kreeg, die ze vervolgens op het postkantoor kon inwisselen voor echt geld om eten voor die week te kopen. Als het betaaldag was, droeg ze altijd haar grote zonnebril en een sjaal onder haar kin geknoopt om haar haren te bedekken.

Mam maakte zich voortdurend zorgen over wat anderen van haar vonden. Elke avond moest Lydia twintig minuten haar schoolschoenen poetsen. Blijkbaar kon je veel zien aan iemands schoenen. Vooral als ze niet gepoetst waren. Mam zei dat de mensen zouden denken dat ze niet voor Lydia zorgde als ze haar gezicht er niet in kon zien weerspiegelen. Lydia had liever vieze, afgetrapte schoenen die goed pasten dan het glimmende paar dat te strak zat en haar tenen samenkneep, maar ze bleef naar beneden kijken en ging door met poetsen.

Af en toe maakte mam zich niet druk over Lydia's schoenen en bleef ze in bed liggen, met de opmerking dat ze niet kon opstaan omdat de slaappillen die de dokter haar had gegeven, haar duizelig maakten. En als ze niet duizelig was van de pillen, voelde ze wel een van die denderende hoofdpijnen opkomen, zoals ze het noemde. Toen begon ze op een dag anders te ruiken. Als Lydia bij haar in de buurt kwam, deed haar adem Lydia denken aan gelukkiger tijden, als er iets bijzonders te vieren was en mam een glas sherry dronk en pap wat hij altijd een bodempje whisky noemde. Maar wat vierde mam in haar eentje als Lydia op school zat?

In elk geval hield het in dat haar moeder vaker een beter humeur had. Als het Goed Humeurdag was, kreeg Lydia als ze uit school kwam een handvol wisselgeld en moest ze patat gaan halen voor het avondeten. Andere traktaties kwamen in hun leven, zoals ijs als toetje, of een gang naar de snoepwinkel waar Lydia zo lang als ze wilde mocht kiezen uit de stopflessen roze garnalen, witte suikermuisjes, felgekleurde toverballen en pepermuntkussentjes. Dan mocht ze ook tot laat opblijven, zolang ze maar stil was terwijl haar moeder haar platen van Engelbert Humperdinck draaide. 'Please Release Me', 'There Goes My Everything' en 'The Last Waltz' werden steeds weer opgezet. Soms, als mam in een heel goede bui was, liet ze Lydia met haar dansen en draaide ze haar rond door de kleine kamer zonder op de meubels te letten en dan zei ze dat binnenkort hun leventje wel weer in orde zou komen. Dan omhelsde ze Lydia en kuste haar welterusten, en verzekerde haar dat hun geluk ten goede zou keren. Terwijl de zoete sherryadem van haar moeder Lydia's ogen deed tranen, wilde ze niets liever dan geloven dat ze gelijk had.

Tijdens een week tot laat durende Engelbert Humperdinck-sessies besloot Lydia dat ze nergens kwam met haar hints over de buikspreekpop. Over een paar dagen was ze jarig. Het moment was gekomen om haar moeder tijdens een van haar goede buien gewoon om het cadeau te vragen. En waarom niet nu, want haar moeder was net naar de vuilnisemmer beneden gelopen met een lege fles en ze kwam nu binnen om Lydia en Valerie welterusten te kussen. Neuriënd liet ze zich op het bed zakken, zonder te merken dat ze op Lydia's voeten zat. Lydia probeerde haar voeten weg te trekken zonder dat haar moeder het merkte. 'Mam, je weet toch dat ik vrijdag jarig ben? Ik vroeg me af of je nog weet wat ik zo heel graag zou willen hebben.'

Ze moest de bui van haar moeder helemaal verkeerd hebben ingeschat, want opeens zat haar moeder met haar hoofd in haar handen te huilen. 'Hoe kun je om een cadeau vragen terwijl we geen geld hebben?' riep ze. 'Hoe kun je zo egoïstisch zijn?'

'Maar ik dacht dat we geld hadden. Ik dacht dat het geld van de Bijstand...'

'Dat is niet genoeg!' schreeuwde haar moeder tegen haar. Toen sprong ze van het bed en sloeg haar armen om zich heen. 'En als je het echt wilt weten, heb ik niets meer in mijn portemonnee en komt er volgende week pas geld.' Ze huiverde en snoof.

Lydia wriemelde verward met haar tenen. Waar ging al het geld dan naartoe? Valerie, aan de andere kant van het bed, voelde de veranderde sfeer aan en begon ook te huilen.

Mam draaide zich kwaad om naar Lydia. 'Kijk eens wat je hebt gedaan!'

Lydia was ontzet. Was ze egoïstisch? Was het verkeerd van haar om een cadeau voor haar verjaardag te willen?

Een uur later, toen Valerie diep in slaap was, hoorde Lydia de slaapkamerdeur opengaan. Licht viel naar binnen. 'Ben je wakker, Lydia?'

Lydia deed haar ogen dicht en bleef heel stil liggen.

'Lydia?'

Ze opende haar ogen. Misschien kwam haar moeder zich verontschuldigen en zeggen dat ze toch geld had gevonden voor een cadeau. 'Ja, mam?' fluisterde ze.

Haar moeder kwam binnen en ging naast het bed staan. 'Wees niet boos op me,' zei ze. Haar stem klonk zwak en hortend. 'Je weet hoe moeilijk ik het heb. Zullen we doen of je volgende maand jarig bent? Dat spaar ik wat geld en dan kopen we voor je wat je wilt. Wat vind je daarvan?'

Lydia zei niets. Ze staarde alleen naar haar moeder en dacht aan al die sherryflessen die beneden in de vuilnisemmer lagen te rinkelen.

Toen Lydia de volgende dag van school naar huis liep, bleef ze voor de etalage van de speelgoedwinkel staan. Het hart zonk haar in de schoenen. De buikspreekpop was weg. Die ochtend was hij er nog geweest, maar nu zat op zijn plaats een enorme pop met blond haar in een glanzende roze jurk met een gele strik om het middel.

Lydia duwde de deur open en de winkelbel rinkelde. 'Heeft u nog meer buikspreekpoppen?' vroeg ze aan de vrouw achter de toonbank.

'Helaas niet. Vanmiddag heb ik de laatste verkocht. Eerlijk gezegd was ik blij dat ik hem kwijt was. Hij lag al weken in de etalage stoffig te worden. Wat vind je van een leuke pop?'

Een leuke pop? Die waren voor baby's! Vol afschuw dat ze voor een klein kind werd aangezien, en woedend dat er nu geen hoop meer was dat ze voor haar verjaardag zou krijgen wat ze wilde, beende Lydia naar huis. Haar schooltas bonkte tegen haar heup. Ze wilde net onder haar schoolblouse de sleutel pakken die ze aan een touw om haar hals droeg, toen ze de vuilnisemmers onder het raam van griezel Ridley zag staan. Ze wierp een blik op het raam boven en toen weer op de vuilnisemmer.

Er gingen minuten voorbij.

Toen gooide ze haar schooltas op de grond, tilde het deksel van hun emmer, waarop 64a geverfd stond. De inhoud stonk, maar dat kon haar niets schelen. Ze rommelde erin tot ze alles had wat ze wilde, en toen ze klaar was deed ze het deksel er weer op en ging naar binnen. Ze kon griezel Ridley aan de telefoon horen praten.

Boven lag Valerie op de bank te slapen met haar duim in haar mond, en haar tong en wangen bewogen ritmisch.

'Ben jij dat, Lydia?' De vraag ging samen met het sluiten van een keukenkastje. Met haar nieuwe besef herkende Lydia de schuldige klank, die ze nu al maanden hoorde als ze 's middags uit school kwam.

Haar moeder verscheen in de deuropening van de kamer. Met haar ene hand streek ze haar haren glad en met de andere bedekte ze haar mond. 'Hoe was het op school vandaag?' vroeg ze.

'Ik wil je iets laten zien,' zei Lydia.

'O, iets wat je op school hebt gemaakt?'

'Nee. Kom mee. Het is beneden.'

'Wat doe je geheimzinnig. Is het een verrassing voor me?'

Wacht jij maar af, dacht Lydia gemeen. Ze opende de voordeur en liep voor haar moeder uit naar buiten. Ze wilde de uitdrukking op haar gezicht kunnen zien. 'Daar,' zei ze. 'Dat is de reden waarom ik mijn verjaardag niet op de dag zelf mag vieren.'

Haar moeder snakte naar adem en maakte een vreemd, jammerend geluid. Maar Lydia negeerde haar. Na maanden haar gevoelens voor zich te houden, haar vader te missen en nooit iets te zeggen om haar moeder niet van streek te maken, ontplofte er iets in haar. 'Daarom wilde je niet het enige cadeau voor me kopen dat ik echt graag wilde,' schreeuwde ze. 'Ik haat je en ik wou dat jij dood was gegaan en niet pap!' Ze schopte naar de rij sherryflessen die ze zorgvuldig naast elkaar had gezet. Drie ervan vielen kapot tegen de stenen muur en de rest wankelde en viel om.

Heel even was ze bang door wat ze had gezegd en gedaan. Ze voelde haar maag bijna tot haar knieën zakken. Toen ze naar het gezicht van haar moeder keek, trok er een huivering door haar heen en kwam haar adem hortend naar buiten. Maar ze kon niet terugdraaien wat er was gebeurd en het enige wat ze kon bedenken was vluchten; vluchten van die uitdrukking op haar moeders gezicht. Ze zette het op een lopen en rende de straat door. Ze wist niet waar ze naartoe ging, alleen dat ze nooit meer naar huis kon. Nooit meer! Terwijl ze bijna verblind was door de tranen, voelde ze de pijn van het steeds weer wegstoppen van het feit dat ze wilde dat haar vader nog leefde. Waarom moest juist hij doodgaan?

Toch ging ze wel naar huis, toen het donker werd en begon te regenen en haar knorrende maag haar eraan herinnerde dat ze geen avondeten had gehad. Ze vond het ook niet prettig dat de mensen zo naar haar keken en zich waarschijnlijk afvroegen waarom ze zo laat nog op straat was.

Zachtjes deed ze de voordeur achter zich dicht en botste tegen griezel Ridley op, die net naar beneden kwam. Hij had een zelfgenoegzame grijns op zijn gezicht en hees zijn broek op. Hij leek heel voldaan met zichzelf. Waarschijnlijk had hij weer iets gerepareerd in het appartement. 'Zo, je bent dus weer boven water?' zei hij.

Mam was al in haar nachthemd en versleten peignoir toen Lydia binnenkwam. Raar, mam ging bijna nooit zo vroeg naar bed. Ze was een tissue aan het verscheuren en liet de flarden op het kleed vallen. Weer voelde Lydia zich schuldig over wat ze had gedaan. 'Het spijt me, mam,' zei ze.

'Mij ook,' zei haar moeder op strakke toon. 'Meer dan je ooit zult weten. Ik hoop alleen dat je op een dag beseft wat ik voor je heb gedaan en dan begrijpt hoe moeilijk het voor me is geweest.'

Het gaat altijd om haar, dacht Lydia toen ze veilig en warm in bed lag naast Valerie. Waarom dacht haar moeder nooit dat het voor haar ook moeilijk was?

Op de ochtend van haar negende verjaardag werd Lydia met een gevoel van verwachting wakker, hoewel ze wist dat de dag niet anders zou zijn dan alle andere. Ze kon er niets aan doen. Het was een gewoonte. Haar vader had altijd zoiets bijzonders gemaakt van verjaardagen; hij zei dat ze iets waren om van te genieten en te vieren. Door de gedachte aan haar vader werd ze meteen verdrietig. Wat was hun leven anders sinds haar vorige verjaardag, toen ze acht werd en Val nog geen twee was. Toen leefde pap nog en woonden ze in hun mooie huis. Alles was heerlijk geweest. Nu was alles afschuwelijk.

Valerie was al uit bed en speelde op de vloer met Lydia's schooltas, waarvan de inhoud nu verspreid lag over het kleine, versleten kleed. Ze keek Lydia stralend van trots aan, terwijl een potlood uit haar mond stak. Lydia probeerde streng te kijken, maar dat lukte niet. Niet als Val zo naar haar glimlachte. Ze pakte alles bij elkaar, trok haar schooluniform aan en nam Valerie mee naar de keuken, waar ze haar in haar kinderstoel zette. Mam mocht voor de verandering eens haar luier verwisselen. Ze zou blij zijn als haar zus eens zindelijk werd gemaakt. Ze wist zeker dat zij op die leeftijd geen luiers meer droeg. Binnen een mum van tijd begon Valerie te protesteren, alsof ze aanvoelde dat ze werd gebruikt om wraak te nemen op hun moeder. Ze begon zich in allerlei bochten te wringen en te huilen, haar gezichtje verwrongen als dat van een oude vrouw.

'O, goed dan,' gaf Lydia toe. Tien minuten later was de kletsnatte luier vervangen. Lydia had geen schone kunnen vinden, dus gebruikte ze een handdoek uit de keukenla. Het kon haar niets schelen wat haar moeder zou zeggen. Als ze uitgerekend vandaag niet uit haar bed kon komen, waarom zou Lydia dan iets kunnen schelen?

Ze had Valerie juist weer in haar kinderstoel gezet en twee sneden brood onder de grill gelegd, toen mam de keuken in kwam schuifelen. Ze was niet aangekleed, maar in haar handen had ze een grote, slecht ingepakte doos. Aan de ene kant was een grote kier waar de randen van het papier elkaar niet raakten. 'Gefeliciteerd met je verjaardag, Lydia,' zei ze.

Lydia wist niet wat ze moest zeggen. Misschien droomde ze. Ze kon elk moment wakker worden en dan zou de dag opnieuw beginnen. Toch wist ze dat ze niet droomde, en daarbij wist ze bijna zeker wat er in de doos zat. Ze zou de vorm en grootte overal herkennen. Ze voelde haar gezicht gloeien van schaamte en spijt. Hoe had ze aan haar moeder kunnen twijfelen? Hoe had ze zo gemeen tegen haar kunnen zijn?

'Wil je het niet?' spoorde haar moeder haar aan.

'Ik dacht dat we geen geld hadden,' mompelde Lydia opgelaten.

Na een korte stilte, waarin Lydia merkte dat haar moeder naar alles keek behalve naar haar, zei ze: 'Je hebt het aan meneer Ridley te danken. Hij... heeft me het geld gegeven.' Ze hield haar het cadeau voor. 'Neem het dan.'

Lydia aarzelde niet. Het interesseerde haar niet waar het geld vandaan kwam, zolang ze maar eindelijk had wat ze al die tijd had gewild. 'Dank je,' zei ze toen ze zich haar manieren herinnerde. Ze legde de doos op tafel en trok voorzichtig aan het plakband. Ze scheurde nooit cadeaus open; ze nam graag de tijd, om het moment zo lang mogelijk te laten duren.

Maar toen het papier eraf was, kon ze wel huilen. Het was niet de buikspreekpop, maar de lelijke pop met het blonde haar die ze in de etalage had gezien.

Achter haar rook ze de geur van geroosterd brood dat verbrandde.

7

HET WAS ZOMERVAKANTIE en ze hadden de middag doorgebracht aan het graf van haar vader. Het was precies een jaar geleden dat pap op zijn motorfiets was doodgereden. Mam huilde bijna de hele terugweg in de bus en ging toen naar bed. Het was pas zes uur, maar ze zei dat ze hoofdpijn had. Dat betekende dat Lydia en Valerie stil moesten zijn. Valerie was nu drie en hoewel ze niet veel zei – ze sloeg liever gade – kon ze een heleboel kabaal maken met de potten en pannen in de keuken. Als je haar ook maar twee seconden niet in de gaten hield, had ze al een kastdeurtje opengetrokken en sloeg ze pannendeksels tegen elkaar alsof het cimbalen waren. Dus terwijl hun moeder haar hoofdpijn lag uit te slapen, durfde Lydia Val niet uit het oog te verliezen. Ze hield haar bezig met broodjes jam, een bad, en een heel lang verhaal voordat ze haar eindelijk kon instoppen met Belinda Bell. Dat was de lelijke pop die hun moeder voor Lydia's verjaardag had gekocht. Val had die opgeëist en sjouwde de pop bijna overal mee naartoe.

Lydia wist niet hoe lang ze zelf had geslapen, toen ze wakker werd van een geluid. Ze ging zitten, omdat ze dacht dat het Valerie was die naar het toilet wilde. In het donker tuurde ze naar de andere kant van het bed. Valerie lag diep in slaap. Maar zodra ze haar hoofd op het kussen had gelegd, hoorde ze weer dat geluid. Iemand was aan het zingen. Mam? Weer ging Lydia zitten en ze spitste haar oren. Het zingen hield abrupt op en de deur ging open. Er viel geen licht naar binnen, maar Lydia kon nog net haar moeder zien in het donker. Ze had nog steeds haar kleren aan, maar om de een of andere vreemde reden droeg ze ook haar zonnebril en een sjaal van chiffon.

'Ik wil dat jullie allebei meegaan,' fluisterde haar moeder dringend.

'Waarom? Waar ga je naartoe?'

'Spreek me niet tegen, Lydia. Juist vandaag niet.'

Terwijl Lydia haar kleren wilde pakken die naast het bed lagen, zei haar moeder: 'Je hoeft je niet aan te kleden. Trek alleen je schoenen aan en een vest.'

Op ongeduldig aandringen van haar moeder droeg Lydia een nog slapende Valerie naar beneden en zette haar in de wandelwagen met een deken over haar heen.

Haar moeder maakte zachtjes de voordeur open en ze gingen naar buiten. Het was stil in de straat; er was niemand te zien. In het licht van de straatlantaarn keek Lydia op haar horloge. Het was tien over een in de nacht.

'Kom,' fluisterde haar moeder. Haar adem rook kleverig zoet. Sherry.

'Maar waar gaan we dan naartoe?'

'Dat zul je wel zien.'

'Is het ver?'

Zonder te antwoorden liep haar moeder de straat in; haar hakken klikten in de stilte. Lydia ging achter haar aan met de wandelwagen.

Het leek wel of ze al uren liepen. Een paar auto's hadden hen gepasseerd en een ervan had vaart geminderd terwijl de bestuurder naar Lydia had getuurd terwijl ze holde om haar moeder bij te houden. Ze waren nu in een buurt die Lydia niet kende, maar in elk geval liep mam niet meer zo hard. Ze was weer gaan zingen en werd kwaad op zichzelf omdat ze de tekst van 'Please Release Me' door de war haalde. Elke keer als ze het verkeerd had, stampte ze met haar voet en begon ze opnieuw. Als Lydia niet zo gespannen was geweest van angst, zou ze hebben meegezongen om haar moeder te helpen.

Nu waren er geen straatlantaarns, en de enige huizen lagen ver van de weg af. Het was moeilijk om te zien waar ze liepen; een paar keer had ze Valerie bijna in een greppel gereden. Stel dat ze verdwaalden en de weg terug niet meer konden vinden?

Toen ze aankwamen bij wat een bruggetje leek, bleef haar moeder plotseling staan. 'We zijn er.' Ze zei het alsof alles opeens heel gewoon leek, en ze liep door een opening in de haag. Lydia gleed van een helling af en kon nog maar net de wandelwagen vasthouden. Doornstruiken en twijgen schuurden langs haar benen terwijl ze overeind probeerde te blijven. Haar moeder lette niet op de worsteling van haar dochter en bleef onder aan de helling wachten. Lydia was zo duizelig en uitgeput, dat ze bijna begon te huilen. Waarom deed haar moeder dit? Waarom kon ze niet gewoon doen, zoals andere moeders?

'Mam, kunnen we alsjeblieft even gaan zitten en dan naar huis gaan?' vroeg ze.

'Niet zo zeuren, Lydia. We beleven een avontuur. Wil je niet een avontuur beleven dat je nooit zult vergeten?'

'Jawel,' zei ze onzeker. 'Maar waarom hier?'

'Vind je het dan niet mooi?'

Twijfelend keek Lydia om zich heen. 'Het is te donker om iets te zien.'

Haar moeder begon met haar voet in het gras te duwen alsof ze iets zocht. 'Je vader en ik kwamen hier vaak voordat jij werd geboren. Dan gingen we hier liggen en keken we naar de sterren. Kom, dan gaan we dat nu ook doen.'

Bijna rillend van de kou, maar blij dat ze even kon rusten, ging Lydia in het zachte, vochtige gras naast haar moeder liggen. Even later voelde ze dat ze wegdoezelde, maar een hand schudde haar door elkaar. 'Kijk,' zei mam, terwijl ze nu naast haar zat. 'Ik heb je lievelingsreep gekocht. Die vind je toch zo lekker?'

'Ja, mam,' zei Lydia slaperig. 'Dank je.'

'Ga je hem niet opeten?'

Lydia haalde de wikkel van de ietwat gedeukte chocoladereep en nam een hap. Toen bood ze hem haar moeder aan.

Maar die schudde haar hoofd. 'Hij is voor jou. Eet op. Als Valerie wakker wordt, heb ik een paar chocolaatjes voor haar.' Ze zette haar zonnebril af en trok aan de knoop van haar hoofddoek. Die moest ze te strak hebben aangetrokken, want ze gaf het op. Terwijl Lydia op een hap chocolade met pinda's kauwde, vroeg ze zich af hoe haar moeder de weg naar hier had kunnen vinden met die rare zonnebril op in het donker.

'Is de lucht niet prachtig?' De stem van haar moeder klonk opeens zacht. Ook haar gezicht was verzacht. Lydia dacht hoe jong en knap ze was. Ze wenste dat zij op een dag ook zo knap zou zijn. Dat mensen zich zouden omdraaien om naar haar te kijken, net zoals ze nu bij mam deden. Of vroeger. De laatste tijd had ze gemerkt dat mensen vaak hun blik afwendden. 'Er komt geen eind aan,' mompelde haar moeder terwijl ze nog steeds naar de lucht keek. 'Je vader zei altijd dat als je een probleem hebt, je dat niet voor je moet houden. Dan moet je het aan de lucht vertellen. Ik wil dat je me iets belooft, Lydia.'

Lydia vond het niet fijn als haar moeder haar vroeg om iets te beloven; meestal waren het onmogelijke dingen.

'Het is belangrijk dat je dit moment onthoudt en wat ik ga zeggen. Je moet beloven dat je altijd voor je zusje zal zorgen. Beloof je dat?'

Terwijl Lydia's oogleden zo zwaar waren dat niets ter wereld ze open kon houden en het warme, doezelige gevoel van slaap haar omhulde, mompelde ze dat ze natuurlijk voor Val zou zorgen. Dat deed ze toch al sinds pap was gestorven?

'En ik wil dat je nog iets zult onthouden...'

Maar Lydia hoorde niet wat dat was. Ze droomde over haar vader. Hij droeg haar mee in de donkere lucht, boven de bomen en daken en schoorstenen, steeds hoger. Hij zei dat alles nu in orde zou komen. 'Vertel het aan de lucht, Lydia, en alles komt goed.' Het was fijn om weer in zijn armen te liggen. Ze voelde zich zo veilig en gelukkig.

Lydia las het in de krant. Dat wist niemand – ze dachten dat ze de kranten hadden verstopt – maar ze vond er een en las het zo vaak dat ze het uit haar hoofd kon nazeggen.

> *Een weduwe van zevenentwintig, moeder van twee kinderen, heeft zich voor een trein geworpen terwijl haar kinderen langs de spoorbaan lagen te slapen.*
>
> *De treinbestuurder, zelf vader van twee kinderen, die anoniem wenst te blijven, zei dat hij niets kon doen om het te verhinderen. 'Ik kon niet bijtijds afremmen,' vertelde hij over het drama, dat even voor vijf uur in de ochtend plaatsvond op zo'n drie kilometer van het station van Maywood. 'Ik denk dat ik er nooit overheen zal komen,' voegde hij eraan toe. 'Het was afschuwelijk.'*

Men is van mening dat de vrouw, Bonnie Turner, woonachtig op Appleby Avenue 64a, nooit de dood van haar man heeft kunnen verwerken. Hij kwam een jaar geleden om het leven tijdens een motorongeluk. Volgens buren was haar geestelijke toestand al enige tijd onstabiel voor ze zich van het leven beroofde.

Haar moeder zou het vreselijk hebben gevonden dat iedereen dit over haar te lezen kreeg. Lydia vond het ook vreselijk. Maar nu was er zo veel wat ze vreselijk vond. Zoals de mensen in het kindertehuis die niet wilden luisteren als ze zei dat zij en Valerie hier niet hoefden te wonen, dat ze het heel goed zelf konden redden in het appartement. Ze had geprobeerd om uit te leggen dat ze heel goed voor haar zusje kon zorgen. Maar ze bleven zeggen dat zij en Valerie daar niet alleen konden wonen, dat het niet mocht; het was tegen de wet. 'En je school dan?' vroegen ze. Hoe kon ze naar school gaan én voor Valerie zorgen? En wie moest de huur betalen?

Achter in de auto naast Valerie met Belinda Bell op schoot – en twee vrouwen van het kindertehuis voorin – staarde Lydia uit het raam naar het wazige landschap dat voorbijvloog. Ze waren op weg naar een plaats die Swallowsdale heette, in Yorkshire. Daar woonden de ouders van haar vader en dat zou hun nieuwe thuis worden. Ze had verhalen gelezen over kinderen die hun ouders verloren en bij volslagen vreemden moesten wonen. Zij beleefden altijd opwindende avonturen.

Ze duwde haar gebalde vuisten tegen haar ogen en dacht aan de woorden van haar moeder: 'Wil je niet een avontuur beleven dat je nooit zult vergeten?'

8

ZE WIST ZEKER dat ze maar een paar minuten geslapen had, maar toen Lydia haar ogen opende, werd ze wakker in een totaal andere wereld. Ze moesten een onvoorstelbare afstand hebben gereden. Ze had nog nooit zoiets gezien. Er was zo veel van. Leegte. Kilometers. Het ging maar door zover ze kon zien, niets dan golvende groene velden met kriskras erdoorheen rare muurtjes die eruitzagen alsof ze niet goed gebouwd waren. Ze waren niet van baksteen als gewone muren, maar van vuile grijze stenen. In sommige velden stonden schapen. Ze wees ernaar voor Valerie, maar Valerie had geen belangstelling. Ze klampte zich vast aan Lydia met haar warme rode gezicht tegen Lydia's hals, waar haar mond een koele vochtige plek op haar huid maakte.

De weg waarover ze reden kronkelde voor hen uit. Hij ging ook omhoog en omlaag; het leek een beetje op die keer dat haar vader haar op de kermis in een attractie had meegenomen. Naderhand was ze misselijk geweest. Ze hoopte dat ze niet zou overgeven als ze bij het huis van hun grootouders kwamen.

Ze sloot haar ogen en luisterde naar de twee vrouwen die voorin zaten te praten. De ene zei tegen de andere dat ze er bijna waren. Lydia zorgde er nu voor dat ze altijd goed naar de gesprekken van anderen luisterde. Het was de enige manier om te weten te komen wat er gaande was. Ze ontdekte dat de ouders van pap eigenlijk niet wilden dat Lydia en Valerie bij hen kwamen wonen. Nou, welkom bij de club! Lydia wilde ook niet bij hen wonen. Niet als ze van die mensen waren die blij konden zijn omdat haar vader dood was. Ze vocht tegen de pijnlijke strakheid in haar keel. Ze wilde niet huilen. Niet als ze wist dat Valerie erdoor van streek raakte.

Ze opende haar ogen en concentreerde zich op het landschap dat voorbijkwam. Het was veranderd. De velden waren een beetje groezelig en vlekkerig en hier en daar waren muurtjes ingestort.

Het zag er niet erg vriendelijk uit. In de verte, ineengedoken als een zwarte kat in een kom, zag ze iets wat op een stad leek. De gebouwen leken allemaal schots en scheef door elkaar te staan. Vijf hoge, zwarte schoorstenen stootten rook uit in een saaie, grauwe lucht. Midden tussen de schoorstenen stond opeens een kerk, en de toren zag eruit alsof die ook had moeten roken. Verder weg verrees een heuvel die afkeurend over de stad leek uit te kijken. Op de helling stonden hier en daar groepjes bomen en huizen, en nog meer van die rare muurtjes. Toen de auto omlaag reed naar de stad, zag Lydia een bord langs de weg: Swallowsdale.

Ze stopten voor een huis aan het einde van een lange straat met rijtjeshuizen. Elk huis leek te zijn gebouwd met dezelfde zwart uitgeslagen stenen waar de wankele muurtjes op de velden van waren gemaakt. Hadden ze hier nooit van bakstenen gehoord? Achter de rij huizen was een bult van een heuvel.

Lydia staarde naar het huis waarvoor ze geparkeerd stonden. Het leek groter te zijn dan alle andere. Ze voelde haar maag omdraaien toen achter een van de ramen beneden de vitrage bewoog.

'Ziezo,' zei de vrouw op de voorbank op een belachelijk opgewekte toon. 'We zijn er.' In de afgelopen weken had Lydia gemerkt dat volwassenen de irritante gewoonte hadden om te zeggen wat overduidelijk was, als ze zenuwachtig waren en niet wisten wat ze anders moesten zeggen.

De voordeur werd geopend door een magere vrouw met haren die de kleur hadden van een grauwe, regenachtige dag. Het was uit haar gezicht getrokken in een slordige knot. Scherpe ogen gleden over Lydia en haar zusje. 'Jullie zijn later dan ik had verwacht,' zei ze met haar handen voor zich ineengeslagen.

'Ja, dat spijt ons, mevrouw Turner,' zei de vrouw die hen had gereden. 'Het duurde langer dan we hadden gedacht.' Ze stak haar hand uit. 'Ik ben Janet en dit is mijn collega, Deirdre. En dit zijn natuurlijk uw kleinkinderen, Lydia en Valerie.'

Weer voelde Lydia de scherpe ogen over haar en Val glijden. Lydia vermoedde dat het ogen waren die niets over het hoofd zagen.

Ze werden naar de zitkamer gebracht. Even leek niemand te weten wat ze moesten zeggen, en toen opperde Deirdre dat 'de meisjes' misschien wel een glas sinaasappelsap zouden lusten na de lange reis.

Hun grootmoeder kneep haar lippen op elkaar. 'In dit huis verspillen we geen geld aan buitensporigheden als sinaasappelsap,' zei ze. 'Niet als onze Lieve Heer ons water heeft gegeven om te drinken.'

'Water is vast ook goed, mevrouw Turner.'

Lydia zag dat de twee vrouwen een blik wisselden toen ze alleen werden gelaten. Behalve dat Lydia naar volwassenen luisterde, zorgde ze er ook voor dat ze hen aandachtig gadesloeg.

'Zo,' zei Janet. 'Is dit niet fijn, Lydia? Wat vind je van je nieuwe thuis?'

Lydia keek om zich heen door de sombere kamer. Koud. Saai. Ellendig. Lelijk. Dat waren de beste woorden ervoor. Er was niets leuks te zien, in elk geval niet in deze kamer, alleen twee rechte fauteuils aan weerskanten van de haard, een kleine rechte bank waar Janet en Deirdre op zaten, en een bijna lege boekenkast met glazen deuren. Daarop bevond zich een houten kruis en het grootste boek dat Lydia ooit had gezien. De vloerbedekking had een modderig groene kleur. Er waren geen televisie, geen platenspeler, geen ornament, geen schilderij te bekennen. Niets van de vrolijke dingen die haar moeder zo leuk vond, zoals haar bolle, rode vaas, haar prent van de zigeunervrouw die gitaar speelde, en haar verzameling platen van Engelbert Humperdinck. Ze vroeg zich af wat deze mensen 's avonds deden als ze geen televisiekeken. Zonder antwoord te geven op Janets vraag zei ze: 'Hoe moet ik ze noemen?'

'Wie, Lydia?'

'Meneer en mevrouw Turner. De ouders van mijn vader. Mijn grootouders.'

Weer wisselden de twee vrouwen een blik. 'Dat kun je beter met hen overleggen als wij weg zijn,' zei Deirdre.

Lydia liep naar het raam. Ze tilde de vitrage op en keek naar de kleine voortuin. Ze had er niet op gelet toen ze van de auto naar de voordeur liep, maar nu zag ze dat alles heel keurig was. Aan weerskanten van het korte pad lag een border vol blauwe en witte bloemen. Twee ronde bloembedden met rode rozen erin, waren omgeven door oranje goudsbloemen. Daar was in elk geval kleur, dacht ze. Ze wist niet waarom, maar door de aanblik had ze zin om naar buiten te rennen en op elke bloem te trappen en de blaadjes te verpletteren tot er niets meer van over was.

Meneer Turner, hun grootvader, kwam vlak nadat Janet en Deirdre vertrokken waren. Na een kort gesprek met zijn vrouw in de keuken kwam hij naar de zitkamer, waar Lydia en Val moesten wachten.

Hij gelastte Lydia dat ze voor hem moest komen staan, en hij bekeek haar terwijl hij boven haar uittorende. Net als zijn vrouw had hij grijs haar, maar hij was lang niet zo mager als zij. Hij zag er sterk en krachtig uit, als een reus. Hij had onvriendelijke, verbleekte blauwe ogen en zijn haar, met een scheiding opzij, was vet en zat tegen zijn hoofdhuid geplakt. Hij had niet een echt grote neus, maar Lydia vond vanaf waar zij stond dat hij de grootste neusgaten had die ze ooit had gezien, grote gaten vol donkere haren. Hoe kon zo'n afschuwelijke man de vader van haar vader zijn? Pap had altijd geglimlacht. Hij was de aardigste, grappigste man die ze ooit had gekend. Deze man was dat helemaal niet. Hij was koud. Zo koud als de winter.

Terwijl hij haar zwijgend bleef bekijken, werd ze zich bewust van haar dikke, onuitgekamde haar, en van haar kleren die gekreukt waren door de lange autorit. Opeens dacht ze aan haar schoenen. Ze durfde niet naar beneden te kijken, maar ze kon zich niet herinneren wanneer ze die voor het laatst had gepoetst. Mam zou woedend op haar zijn geweest.

De man verraste haar door zich opeens te bukken en zijn gezicht vlak voor het hare te brengen. 'Je lijkt precies op je moeder,' merkte hij op. Hij spuwde het woord 'moeder' uit alsof hij er een nare smaak van in zijn mond kreeg. Lydia moest haar best doen om niet terug te deinzen. 'Het valt nog te bezien of je haar goddeloze manieren ook hebt geërfd,' voegde hij eraan toe terwijl hij overeind kwam. Hij knipte met zijn vingers en wuifde haar weg. Toen richtte hij zijn aandacht op Valerie, die zich achter Belinda Bell verschool op de bank.

Op Vals uiterlijk had hij niets aan te merken. Hij schraapte alleen zijn keel en zei dat het bijna tijd was om te eten.

Het eten bestond uit gepocheerde vis, gekookte aardappelen en kool. Niemand zei iets tijdens de maaltijd, alleen boog hun grootvader in het begin zijn hoofd en dankte God voor het eten dat op tafel stond. Voorheen had Lydia alleen op school een dankgebed horen zeggen. In de afschuwelijke stilte kon je alleen de klok horen tikken. De vis was taai en smakeloos – niet zoals de lekkere gebakken vis die Lydia uit de patatwinkel haalde – en de aardappelen waren keihard en bedekt met iets wat wel op gemaaid gras leek. Wat mankeerde er aan patat? Of aan aardappelpuree? Lydia dwong zich om alles naar binnen te werken, bang om iets te laten staan, terwijl ze tegelijkertijd probeerde om Val te helpen met eten. Maar Val moest er niets van hebben. Wiebelend op haar kussen – er was geen kinderstoel – hield ze haar mond stijf dicht, en opende die alleen om tegen Lydia te fluisteren dat ze naar het toilet moest.

Toen de beproeving van het avondeten voorbij was, nam hun grootmoeder hen mee naar boven om hun de slaapkamer te laten zien, en ze zei dat ze hun koffertjes moesten uitpakken voordat ze naar bed gingen.

Toen Lydia alleen was met Val, begon ze meteen met uitpakken, maar de aanblik van hun weinige kleren in de grote kast die niet erg lekker rook, bezorgde haar een nieuw inzicht. De kleren waren oud en versleten, soms zelfs haveloos. Ze wist wat haar grootmoeder zou denken als ze die zag: dat mam geen goede moeder was geweest.

Had haar grootvader dat bedoeld met goddeloze manieren?

9

'HET IS MÍJN haar en dat mag u niet knippen als ik het niet wil.'

Lydia's grootvader kwam naar haar toe met de schaar in zijn hand. 'Doe de deur dicht, Irene. Dan handelen we dit af.'

Ze waren boven in de slaapkamer. Lydia en Valerie hadden hun nachtpon nog aan. Ze waren nog maar net wakker toen de deur werd geopend en hun grootouders hen samen in bed hadden gevonden. 'Maar we slapen altijd samen,' had Lydia geprobeerd uit te leggen toen hun grootvader wilde weten wat er aan de hand was. Hij negeerde haar en trok het laken en de deken terug, alsof hij wilde controleren of er nog iemand in bed was; hij zag alleen Belinda Bell. Een vrouw in het kindertehuis had geprobeerd om hen niet meer bij elkaar te laten slapen, maar nadat Val ziek was geworden van het huilen, had ze haar pogingen laten varen.

'Blijf daar niet zitten,' had hun grootvader gezegd. 'We hebben niet de hele dag de tijd.'

Wat hadden ze verkeerd gedaan? Hadden ze te lang geslapen? Pas toen had Lydia gezien dat haar grootmoeder een schaar en een borstel in haar handen had. Een kille huivering was door haar heen gegaan. Ze had een hand op haar haar gelegd, dat wild en verward zat na haar slaap. Ze was vergeten om het de vorige avond te vlechten.

Hun grootmoeder was naar voren gekomen. 'Ik wil niet dat jullie als een stelletje wilden onder dit dak wonen. Korter haar is makkelijker schoon te houden.'

'Maar ik wil mijn haar niet laten knippen,' had Lydia gezegd. 'Ik vind mijn haar goed zoals het is.' Dat was niet helemaal waar. Ze dacht nooit aan haar haren. Ze kon zich niet eens herinneren wanneer het voor de laatste keer geknipt was. Mam knipte het als ze er zin in had, en vaak had ze haar een pony gegeven die zo oneffen was als de tanden van een krokodil.

Haar grootvader had door zijn neus adem ingesnoven en die weer uitgeademd door zijn mond.

'Het is míjn haar en dat mag u niet knippen als ik het niet wil,' had Lydia verklaard.

Toen had haar grootvader de schaar van zijn vrouw overgenomen en haar gezegd om de deur dicht te doen. 'Je zult één ding moeten leren,' zei hij tegen Lydia. 'Wat jíj wilt, telt niet. Je woont nu in óns huis en je hebt je aan ónze regels te houden. Als ik zeg dat je haar geknipt moet worden, dan gebeurt dat. Is dat duidelijk?'

Nu de deur dicht was, wist Lydia dat ze niet kon ontsnappen. Ook besefte ze dat ze beter kon doen alsof het haar niets kon schelen. Haar grootouders mochten doen wat ze wilden en haar interesseerde het niet.

Dus bleef ze midden in de kamer tussen de twee bedden staan, opzettelijk met haar gezicht naar de spiegel op de kaptafel, zodat ze kon zien hoe haar grootvader haar haren afknipte. Ze stak haar kin naar voren om te bewijzen dat ze niet bang voor hem was. Ze vetrok zelfs geen spier toen hij de eerste knip op oorhoogte deed en een lange, dikke lok op de vloer viel. Ze beet haar kiezen op elkaar, kneep haar lippen samen en staarde zonder te knipperen naar haar spiegelbeeld, terwijl ze zichzelf voorhield dat het er niet toe deed. Ook omwille van Valerie zou ze kalm blijven, alsof alles heel normaal was. Knip, knip, ging de schaar. Maar ze bewoog zich niet.

Toen haar grootvader klaar was en de vloer om haar heen vol haar lag, zei hij: 'Je lijkt nog steeds meer een kind van Satan dan van God, maar het is een begin.'

Ik zie eruit als een jongen, dacht Lydia. Een lelijke, magere jongen. Alles in haar gezicht leek kaal en groter. Haar jukbeenderen leken verder uit elkaar, haar kin puntiger, haar ogen groener, haar huid bleker. Het ergste van alles was dat haar wenkbrauwen dikker en donkerder leken. Ze legde een hand op de borstelige haarplukken die overal op haar hoofd overeind staken. Ze hoorde in gedachten al de scheldwoorden waarmee ze zou worden geplaagd. Wc-borstel. Kokoskop.

Ze was zo in beslag genomen door haar spiegelbeeld – deze nieuwe persoon die zij niet was – dat ze niet merkte dat achter haar Valeries haar ook werd geknipt. 'Nee!' riep ze terwijl ze zich vlug omdraaide. 'Niet Valerie!' Maar het was te laat. Het mooie, zijdeachtige blonde haar van haar zusje lag in slierten op de vloer.

Toen sloot Lydia haar hart voor deze mensen. Nog nooit had ze iemand zo gehaat.

Tijdens het ontbijt werden twee dingen besloten. Het eerste was dat Lydia en haar zusje deze walgelijke vreemden grootvader en grootmoeder moesten noemen. Oma mocht niet. En opa evenmin. Een reden ervoor werd niet gegeven. Net zoals er geen reden werd gegeven toen Lydia het over de zitkamer had en te horen kreeg dat ze die de voorkamer moest noemen.

Het tweede besluit was dat hun grootmoeder hen mee zou nemen om nieuwe kleren te kopen. Dat was in elk geval iets om naar uit te zien.

Ze kregen te horen dat ze onder aan de trap moesten wachten terwijl hun grootmoeder zich gereedmaakte om hen mee uit winkelen te nemen. Hun grootvader had het huis al verlaten om het werk van God te doen. Lydia had geen idee wat dat inhield. Was er een kantoor in de buurt waar haar grootvader werkte met mensen die ook zo gekleed waren om Gods werk te doen? En wat voor werk was dat dan? En waarom kon God dat niet alleen doen?

Terwijl Valerie naast Lydia op de onderste tree zat, streek ze over het lange, doffe haar van Belinda Bell. Lydia legde een hand tegen haar eigen haar. Ze vroeg zich af hoe lang het zou duren voordat ze eraan gewend was dat het zo kort was. Ze miste de zwaarte en de warmte ervan. Mam zou het vreselijk vinden.

Verkeerd! Mam *zou het vreselijk hebben gevonden.*

Terwijl ze keek hoe haar zusje over het haar van Belinda Bell streek, dacht ze aan de blonde lokken van Valerie die nu met die van haar in de vuilnisbak lagen. Ze voelde zich warm en misselijk. En slecht. Heel slecht. Had ze haar moeder maar niet zo aan haar hoofd gezeurd over die buikspreekpop, dan zou dit allemaal niet gebeurd zijn. Als zij niet zo egoïstisch was geweest, dan zou mam niet zo van streek zijn geraakt dat ze geld moest lenen van meneer Ridley en dan...

Ze slikte en deed weer een poging. Het was van belang dat ze zichzelf strafte met de waarheid. Haar moeder had zelfmoord gepleegd door haar. En Lydia zou dat voor de rest van haar leven nooit vergeten, opdat ze altijd zou weten wat een slechte dochter ze was geweest. En om dat goed te maken, zou ze haar belofte aan haar moeder houden. Ze zou haar uiterste best doen om voor Valerie te zorgen.

Ze voelde een hand. Het was die van Valerie. Er lag een frons op haar mooie gezichtje, en ze streek met haar vingertoppen over Lydia's hoofd. Lydia forceerde een glimlach.

'Vind je dit leuk?' vroeg ze.

Valerie schudde triest haar hoofd, en haar blauwe ogen stonden groot en verontrust.

Mam had altijd gezegd dat Val zo laat was met praten omdat Lydia haar nooit het woord gunde. Maar sinds de dood van mam zei Val amper nog een woord. Daar was Lydia ongerust over. Stel dat Val helemaal niet meer wist hoe ze dat moest doen?

Aan het eind van de straat waar hun grootouders woonden, was een bushalte. Terwijl ze in de warme zon op de bus wachtten, merkte Lydia dat iedereen in de rij elkaar blijkbaar kende en dat ze gezellig stonden te kletsen. De vrouwen droegen kleurige mouwloze jurken, en sommigen hadden glimmende tassen bij zich die bij de kleur van hun ceintuurs en schoenen met naaldhakken pasten. Dat alles deed Lydia denken aan haar moeder voordat pap was gestorven. Een oudere vrouw met bijgetekende wenkbrauwen die op en neer gingen terwijl ze grapjes maakte, droeg een roze hoofddoek. Hier en daar waren rollers te zien. Lydia had het idee dat ze over haar grootmoeder roddelden, die een donkerblauwe plooirok droeg en een grijze katoenen bloes die tot haar kin was dichtgeknoopt. Ze had geen make-up op, behalve een laagje wit poeder, en met haar platte veterschoenen en grote boodschappentas die ze met beide handen omklemde, zag ze er zo saai uit dat je haar bijna over het hoofd zou zien. Geen van de andere vrouwen zei iets tegen haar, maar ze keken wel vol aandacht naar Lydia en haar zusje. Er waren twee knopen af van haar vest en de omslagen waren gerafeld; haar rok was veel te kort en de zool van haar linkersandaal liet los aan de voorkant. Beschaamd verstopte ze zich achter de kinderwagen, zodat niemand haar schoen kon zien. Wat jammer dat ze haar hoofd niet kon verstoppen.

Ze zaten amper in de bus of ze moesten al uitstappen. Lydia was teleurgesteld. Ze had de rit zo leuk gevonden. Toen ze al die open ruimte met de zon erop zag, had ze haar sokken en sandalen willen uittrekken en rennen tot ze buiten adem was en in het gras moest gaan liggen om bij te komen. Vervolgens zou ze zich over een van de steile hellingen laten rollen en het uitschreeuwen van het lachen.

Het was druk in de stad. 'Is het altijd zo?' vroeg ze aan haar grootmoeder terwijl de mensen zich om hen heen verdrongen.

'Het is zaterdag. Marktdag.'

Lydia had al wat kramen gezien met hun felgekleurde luifels. Terwijl ze naar de kramen met kleding aan de overkant van de straat wees, zei ze: 'Gaan we daarheen, naar de markt?'

'Hou op met wijzen! En nee, we gaan niet winkelen bij de heidenen.'

'Wat is een heiden?'

'Iemand die goddeloos is.'

'Wat is goddeloos?'

Haar grootmoeder bleef staan en keek haar streng aan. 'Iemand die goddeloos is, is een persoon die te veel vragen stelt. Doe wat je wordt gezegd en wees stil.'

Lydia liep hier net over na te denken toen haar grootmoeder een scherpe draai naar rechts maakte en haar meenam door een smalle straat. Aan het einde stond een haveloos gebouw met een dak van ijzeren golfplaten en een groot kruis boven de deur. Op een bord stond: DE KERK VAN DE BROEDERS EN ZUSTERS IN CHRISTUS. Haar grootmoeder ging meteen naar binnen.

Vlak achter de deur zat een oude vrouw met een bril en konijnentanden achter een kleine schragentafel. Voor haar stond een blik van Quality Street en een boekje kaartjes. 'Dag, zuster Irene,' zei ze terwijl Lydia's grootmoeder in haar portemonnee wat geld zocht. Ze scheurde een kaartje af en nadat ze naar Lydia en Valerie had gekeken, zei ze: 'Zijn dit de...' Ze liet haar stem dalen. '... de kinderen over wie je ons hebt verteld?'

'Ja, zuster Muriel. Zoals je ziet hebben ze hard nette kleren nodig.'

De rare vrouw staarde weer door haar dikke bril naar Lydia en Valerie. Vooral naar Lydia. Lydia wilde haar hoofd met haar handen bedekken en schreeuwen dat het niet haar schuld was dat ze er zo vreselijk uitzag. 'Zuster Vera en zuster Joan gaan over de kinderkleding,' zei de vrouw. 'Je kunt hen naast het boekenkraampje van dominee John vinden.'

Nieuwsgierig keek Lydia om zich heen door de warme, benauwde zaal. Mensen verdrongen zich voor tafels waarop allerlei spullen hoog opgestapeld lagen. Mam zei altijd dat ze nog liever doodging dan van die vieze kleren dragen die van andere mensen waren geweest. 'Je weet nooit wat voor bacteriën je oploopt van tweedehands kleren,' zei ze dan huiverend. Lydia snoof voorzichtig. Het rook muf in de zaal. Voor de zekerheid besloot ze haar adem in te houden.

Terwijl haar grootmoeder al doorliep, volgde Lydia met de wandelwagen. Een paar keer reed ze tegen de hielen van haar grootmoeder en dan kreeg ze steeds een woedende blik toegeworpen. Toen ze bij de tafel met kinderkleding kwamen, kromp Lydia weer ineen onder de blikken van twee andere vrouwen. Ze hoorde dat haar grootmoeder hen begroette als zuster Joan en zuster Vera. Ze waren met haar grootmoeder aan het praten toen een van hen, een grote vrouw met borsten zo groot als kussens, zei: 'Is er iets met dat kind? Ze ziet helemaal rood.'

De drie vrouwen keken naar Lydia. 'Lydia?' zei haar grootmoeder. 'Lieve help, wat is er met jou aan de hand?'

Lydia kon het niet meer volhouden. Ze blies de adem uit die ze had ingehouden, en hoestte en sputterde en ademde diep in. Als er van die bacteriën waren waarvoor haar moeder haar had gewaarschuwd, dan had ze die nu vast ingeademd.

Haar grootmoeder wendde zich af met een afkeurend geluid. 'Die slet van een moeder heeft hun geen manieren bijgebracht.'

'God zij dank zijn ze nu in jouw handen, zuster Irene.'

'Inderdaad, God zij dank,' herhaalde de andere vrouw, die tot Lydia's verbazing een snor had boven haar roze, rubberachtige lippen. 'Op een dag zullen ze je dankbaar zijn.'

'Ze horen zich in het bloed van Christus te wassen, dat zal ze leren.'

'Amen.'

'De jongste lijkt niet zo moeilijk,' zei de grote vrouw met de zware boezem. 'Ze heeft iets onschuldigs.' Valerie, die wist dat ze het over haar hadden, klemde Belinda Bell tegen zich aan, liet haar kin op haar borst zakken en sloot haar ogen. 'Maar die andere kijkt zo zuur.'

'Dat komt omdat ze op haar moeder lijkt.'

Zuster Vera en zuster Joan schudden hun hoofd. 'We zullen voor je bidden, zuster Irene,' zeiden ze in koor.

Lydia schuifelde weg. Om iets te doen te hebben, pakte ze een jurk van de stapel kleren. Die had een zachtroze kleur en een roomkleurige kraag. Hoe had iemand daar afstand van kunnen doen? Het was precies zo'n jurk die Lydia graag zou aantrekken voor een feest. 'Leg die maar neer,' zei haar grootmoeder terwijl ze de jurk uit haar handen rukte. 'Veel te opzichtig. In ons huis staan we geen ijdelheid toe. Hier, ga deze passen. Vooruit, achter de tafel.'

Lydia was ontzet. Niet alleen omdat de kleren die haar werden aangereikt net zo lelijk waren als die van haar grootmoeder, maar omdat iedereen zou kunnen toekijken terwijl ze die paste. 'Ze passen heus wel,' zei ze wanhopig.

'Die lamlendige, spilzieke moeder van je mag dan zo dom zijn geweest om geld te verspillen aan kleren die je niet pasten, maar dat ben ik niet. Doe wat je gezegd is en ga achter de tafel.'

Met een vuurrood gezicht gehoorzaamde Lydia. Toen ze in haar onderbroek stond, die met de gaten, die bijeen werd gehouden met een veiligheidsspeld, wenste ze dat ze van die dodelijke bacteriën kreeg waar haar moeder haar voor had gewaarschuwd, en dat ze ter plekke zou sterven.

'Ze is wel een beetje mager, hè?' was een van de opmerkingen die ze hoorde terwijl haar grootmoeder haar hoofd ruw door de hals van een grove, rode wollen trui duwde. Vervolgens moest ze een nog grovere, blauw en groen geruite broek aantrekken. Een dikke grijze jas werd aan de aankopen toegevoegd. 'Die kan wel voor de winter. Misschien twee winters, als we boffen. Trek alles uit en pas dit.'

Toen haar grootmoeder eindelijk klaar met haar was en haar aandacht op Valerie richtte, vluchtte Lydia naar de boekenkraam. 'Heeft u ook kinderboeken?' vroeg ze aan de man achter de tafel, terwijl ze zich afvroeg of hij de man was die de vrouw bij de ingang dominee John had genoemd.

'Hier,' zei hij, terwijl hij haar naar het middelste gedeelte van de tafel bracht.

'Zijn het allemaal verhalen over God?' informeerde ze nadat ze de inhoud van de doos had bekeken en niets van haar gading had gevonden.

Hij schonk haar de vriendelijkste glimlach die ze sinds tijden had gezien. 'Eerst had ik er nog een paar van Enid Blyton,' zei hij, 'maar die zijn allemaal al weg. Houd je niet van Bijbelverhalen? Daar heb ik er genoeg van.'

Ze had eigenlijk nooit gedacht aan Bijbelverhalen. Ze kende die over Kerstmis en Pasen en over een man in een leeuwenkuil, o ja, en die over de ark van Noach, maar leuk vinden was iets heel anders. Deze verhalen werden op school behandeld. 'Sommige vind ik wel mooi,' zei ze beleefd. Toen zag ze een boek boven op een stapel aan de achterkant van de tafel, en ze kwam op een idee. 'Mag ik dat boek even zien, alstublieft?'

Hij gaf haar het woordenboek. 'Wat ben jij een scherpzinnig meisje.'

'Wat betekent scherpzinnig?'

Hij lachte en tikte op het boek in haar handen. 'Kijk zelf maar.'

Ze sloeg de pagina's om tot ze het woord 'scherpzinnig' vond. *Scherpzinnig: begaafd met een bijzonder scherp en fijn onderscheidend oordeel, getuigend van een scherp verstand.* Ze liet het tot zich doordringen en keek toen op. 'Het lijkt me leuk om dat te zijn,' zei ze.

'Dat is het ook.'

'Bent u dominee John?'

'Ja. En met wie heb ik het genoegen?'

Ze bloosde. 'Ik ben Lydia Turner.'

Hij stak een hand uit. 'Dag, Lydia, prettig om met je kennis te maken. Ik had gehoord dat jij en je zus zouden komen.'

Lydia had nooit eerder iemand een hand gegeven. Opgelaten deed ze wat ze dacht te moeten doen en toen zei ze: 'Is dominee uw voornaam?'

'Eigenlijk is het mijn titel. Officieel heb ik de leiding over de kerk hier.' Hij lachte. 'Hoewel niet iedereen dat met me eens zou zijn.'

In de war gebracht vroeg Lydia: 'Is het een echte kerk?'

‘O ja, echter kun je ze niet vinden.’

Lydia was niet overtuigd. Ze wist zeker dat kerken een toren moesten hebben, met klokken erin en ramen van gekleurd glas. ‘Waarom noemen mijn grootmoeder en haar vriendinnen elkaar zuster?’

‘Zo noemen we elkaar hier, omdat we allemaal broeders en zusters zijn in Christus. Wil je me even excuseren? Ik denk dat ik nog een klant heb.’

Hij liep naar de andere kant van de tafel. Lydia herinnerde zich een woord dat ze wilde opzoeken, en bladerde door het woordenboek. Goddeloos: *ongelovig, zondig, misdadig. Slecht.*

Ze sloeg het boek dicht. Dat klonk niet zo prettig om te zijn. Was ze slecht? Toen ze die ochtend met Valerie onder aan de trap had gezeten, had ze zichzelf stout gevonden. Had ze het verkeerd? Was ze nog erger, dus slecht?

Ze herhaalde het woord een paar keer in gedachten.

Slecht.

Slecht.

Slecht.

Hoe vaker ze het herhaalde, hoe meer ze wist dat het waar was. Ze was inderdaad slecht. Kijk maar naar wat ze haar moeder had laten doen.

Als om te bewijzen hoe waar dat was, stopte ze het boek onder haar vest en liep ermee weg.

10

DE VOLGENDE OCHTEND zag Lydia nog een stukje van zichzelf verdwijnen. Terwijl ze voor de spiegel stond en naar haar blote, onbekende gezicht keek, knoopte ze een bloes met korte mouwen van een vreemde dicht. Ze vroeg zich af wie het eerst had gedragen. De knopen zaten aan de verkeerde kant, dus het moest een jongen zijn geweest. Wat voor jongen? Een aardige jongen? Een snotterende, kinderachtige jongen? Of een gemene pestkop? De donkerblauwe korte broek die haar grootmoeder voor haar had uitgekozen, had op elke zak een wit anker. Hij was veel te groot en te wijd voor haar, en haar benen leken wel witte stokken. Ze trok een paar sokken aan en stak haar voeten in bruine sandalen met een zachte, rubberen zool. Rond haar tenen was wel twee centimeter ruimte. Ruimte om te groeien, had haar grootmoeder gezegd. Ze zaten zo prettig na haar veel te kleine schoenen, dat het Lydia niet kon schelen wie ze voor haar had gedragen, of hoe lelijk ze waren.

Vervolgens hielp ze haar zusje met aankleden. Lydia was blij dat haar grootmoeder leuke kleren had uitgekozen voor Valerie. In het gele gesmokte jurkje en witte vest zag ze eruit om op te eten, en Lydia kon het niet laten om haar gladde wangetje te kussen zoals haar moeder vroeger haar op de wang kuste.

Toen ze de vorige dag terugkwamen van de rommelmarkt, had hun grootmoeder de wasmachine uit de hoek van de keuken geschoven, die aangesloten op de kraan boven de gootsteen, en terwijl hun nieuwe tweedehands kleren – inclusief hemdjes, sokken en onderbroeken – lagen te weken in sop, moesten Lydia en Valerie hun oude kleren halen zodat hun grootvader er later op de avond een vuurtje van kon stoken. Ze waren naar bed gegaan met de geur van rook en as in hun neus, en met de angst wat er nog verder van hen zou worden afgepakt. Valerie verloor Belinda Bell niet meer uit het oog, en Lydia had de enige foto's die ze had van mam en pap en Valerie, met de poederdoos van mam, verstopt. Ze was op een stoel geklommen en had ze verstopt onder de stoffige kap van het gordijn.

Vandaag werden ze meegenomen naar de kerk. Terwijl Lydia achter in de auto van hun grootvader zat en haar benen plakten tegen de door de zon warm geworden vinylbekleding, dacht ze aan het woordenboek dat ze van dominee John had gestolen. Had hij misschien gezien wat ze had gedaan? Zou hij er vandaag ook zijn en tegen iedereen zeggen dat ze een dievegge was?

Ze had het boek in de wandelwagen van Valerie mee naar huis gesmokkeld en het in de la van haar nachtkastje gelegd. Toen ze het boek stiekem meenam, had ze iets van opwinding gevoeld, net zoals toen ze twee vingers omhoog had gestoken achter de rug van Griezel Ridley. Maar die opwinding had niet lang geduurd. En ze had er alleen maar een naar gevoel aan overgehouden.

Het was net zo warm en muf in de zaal als de vorige dag, maar nu waren er geen schragentafels, alleen rijen houten stoelen met een gangpad in het midden. De meeste stoelen waren bezet. Er waren geen andere kinderen te zien. Terwijl ze achter haar grootouders liep, voelde Lydia dat alle blikken op haar gericht waren. Kwam het door haar haar? Of omdat ze allemaal wisten wie ze was? Had dominee John niet gezegd dat hij wist dat zij en Valerie zouden komen? Of was het nog erger? Had hij iedereen verteld over het woordenboek?

Halverwege het gangpad herkende Lydia zuster Muriel en zuster Joan. Omdat ze zich herinnerde dat zuster Joan haar gisteren in haar haveloze onderbroek had gezien, boog ze haar hoofd en hield haar blik op de houten vloerplanken gericht. Toen ze plaats hadden genomen, helemaal vooraan, zag Lydia nog een bekend gezicht. En lichaam. Zuster Vera zat op nog geen anderhalve meter van hen vandaan achter een piano, en ze zat zo hard op de toetsen te slaan dat Lydia haar handen over haar oren wilde leggen. Naast haar, met Belinda Bell op schoot, deed Valerie precies wat Lydia had gewild. Bij elke aanslag van haar dikke handen op de toetsen, wiebelden en schudden de enorme borsten van de vrouw.

Lydia was nooit eerder meegenomen naar een kerk. Hun vader wilde er nooit iets van weten. Hij had gezegd dat hij nog liever over hete kolen wilde lopen dan dat hij ooit nog een voet in een kerk zou zetten. Hij had gezegd dat hij er meer dan genoeg van had meegemaakt tijdens zijn jeugd. Ze nam aan dat dit de kerk was waar hij als kind was gekomen. Misschien had hij wel op deze stoel gezeten. Lydia had haar ouders nooit over God horen praten, maar haar grootouders praatten bijna over niets anders. En als het niet over God ging, dan was het wel over Jezus.

Iets wat Lydia al een tijd bezighield, was wat de leerkrachten tijdens de ochtendbijeenkomst altijd zeiden: als je doodging en goed was geweest en in God geloofde, dan ging je naar de hemel. Maar moest je regelmatig naar de kerk om echt in God te geloven? Als dat zo was, dan waren mam en pap vast niet toegelaten in de hemel, omdat ze nooit naar de kerk waren gegaan. En stel dat Lydia en haar zusje elke week mee naar de kerk moesten met hun grootouders, betekende dat dan dat zij wel naar de hemel gingen als ze dood waren, en dat ze niet bij hun ouders konden zijn?

Hoe meer Lydia erover nadacht, hoe beter het haar leek om dan maar slecht te zijn. Ze dacht aan het gestolen woordenboek in haar nachtkastje, en ze verwelkomde haar slechtheid.

Tijdens de dienst keek Lydia naar van alles en nog wat, behalve naar het gezicht van dominee John. Ze staarde naar de vrouw die op een tamboerijn sloeg terwijl zuster Vera de toetsen van de piano molde. Ze staarde naar haar onbekende sandalen en wriemelde met haar tenen in het ruime, zachte leer. Ze plukte aan de ankers op haar korte broek. Ze draaide de pagina's van het psalmboek om, om te zien of er iets interessants in te lezen viel. Toen iedereen met gebogen hoofd en gesloten ogen het Onzevader opzei, draaide ze zich om en keek gefascineerd toe toen een kale man achterin opstond en met zijn handen in de lucht iets zei wat ze niet verstond. Was hij een buitenlander? Lydia hoorde haar grootmoeder de woorden 'de kluts kwijt' mompelen. Lydia nam zich voor om dat op te zoeken in het gestolen woordenboek. Maar ondanks al deze afleiding bleef ze zich zorgen maken over dominee John. Ze was zo overtuigd dat hij wist wat ze had gedaan, dat ze wenste dat hij haar uit haar lijden zou verlossen en haar de straf zou geven die hij in gedachten had.

Toen de dienst was afgelopen, ging een luik ratelend omhoog en was er een toonbank te zien met kopjes en schoteltjes, en een schaal koekjes. Achter de toonbank, met een grote bruine theepot in haar handen, stond een glimlachende vrouw met een gedeukt hoedje met bloemen op haar hoofd. Toen Lydia beter keek, zag ze dat er een namaakroodborstje tussen de bloemen zat. Ze vroeg zich net af hoeveel koekjes ze in haar zakken kon stoppen om die later met Val op te eten, toen ze een stevige hand op haar schouder voelde. 'Wat vond je van de dienst, Lydia?'

Geschrokken keek ze op. Dominee John keek op haar neer. Eindelijk had hij haar opgezocht. Ze stak haar kin naar voren en trok haar lelijkste gezicht, dat waarvan pap altijd zei dat het nog een meute wilde honden zou afschrikken. 'Het ging wel,' zei ze.

Hij glimlachte. 'Je vond het zeker nogal saai, hè?'

Ze liet zich niet bedriegen door de glimlach. Of door zijn vriendelijkheid. Ze wist wat hij deed; hij probeerde haar te paaien met wat losse opmerkingen om haar daarna in het bijzijn van iedereen de les te lezen. Nou, als hij dat wilde, dan deed ze wel mee. 'Wie was die rare man die opstond tijdens het Onzevader?' vroeg ze. 'Is hij een buitenlander? Of is hij...' – ze besloot de nieuwe woorden uit te proberen – '... de kluts kwijt?'

De glimlach werd breder. 'Broeder Walter uit zich op verschillende manieren. Dat is een gave van God. Niet iedereen heeft die. En niet iedereen hier vindt dat prettig. Ik dacht dat je deze wel leuk zou vinden.'

Lydia was zo bezig geweest om zichzelf te beschermen met haar lelijke gezicht, dat ze niet had gezien wat dominee John in zijn handen had. Hij stak haar een stapel boeken toe.

'Nadat je gisteren weg was, vond ik deze Enid Blytons in een doos onder de tafel. Ze zijn helaas niet in een heel goede conditie. Ik heb ook een kinderbijbel voor je.'

Ze stopte haar handen in haar zakken en staarde argwanend naar de boeken. 'Maar ik heb geen geld. Ik kan ze niet betalen.'

'Ik hoef er ook geen geld voor. Ze zijn een cadeau van mij voor jou.'

'Maar...'

'Maar wat, Lydia?'

Ze keek naar de vloer. 'Ik verdien ze niet,' zei ze, terwijl ze wenste dat hij niet zo aardig deed. Of hield hij haar op een gemene manier voor de gek? Opdat ze deze boeken zou aannemen en hij haar vervolgens zou beschuldigen dat ze die ook had gestolen? Of... of was hij echt aardig en had hij niet gezien wat ze gisteren had gedaan? Had ze zichzelf misschien voor niets druk gemaakt?

'Je denkt toch niet aan dat woordenboek, Lydia?'

Oei! Weg was haar hoop.

Toen ze niet antwoordde, zei hij: 'Je had het alleen maar hoeven vragen, en dan had ik je het wel gegeven.'

Ze keek op en ze voelde zich krimpen vanbinnen. Hij had zo'n aardig, vriendelijk gezicht. De schaamte sijpelde door haar heen als zand in een zandloper. 'Gaat u tegen iemand zeggen wat ik heb gedaan? Tegen mijn grootouders?'

Hij bukte zich, zodat zijn vriendelijke gezicht op gelijke hoogte was als dat van haar. 'Wil je dat?'

Ze schudde haar hoofd, niet in staat iets te zeggen.

'Dan blijft het ons geheim. Neem de boeken maar mee en ga iets drinken en een koekje eten.'

'Dank u,' wist ze uit te brengen. Ze pakte de stapel aan en wilde net weggaan toen haar iets te binnen schoot. 'Mag ik u iets vragen?'

Nu stond hij weer rechtop. 'Natuurlijk.'

'Als iemand niet in God gelooft en niet elke week naar de kerk gaat, waar gaat die dan naartoe als hij doodgaat?'

Hij krabde achter zijn oor en keek peinzend. 'Daar zou ik me geen zorgen om maken, Lydia. Denk liever aan hoeveel Jezus van je houdt en wat een goede vriend je aan hem hebt.'

Van Jezus was ze niet zo zeker, maar Lydia vond dat ze aan dominee John een heel goede vriend had.

11

IN DE LANGE, smalle tuin van hun grootouders waren veel plekken waar ze niet mochten komen, zoals de frambozenstruiken, het bed met aardbeien, de schuur, de emmer waarin dingen verbrand werden, de kastanjeboom en de composthoop. Composthopen waren blijkbaar gevaarlijk; als je er op een zonnige dag in viel, kon je je lelijk verbranden. Lydia en haar zus hadden opdracht gekregen om nooit bij die plekken in de buurt te komen, en daardoor waren ze des te aanlokkelijker. Als niemand keek, doorkruiste Lydia met opzet de onzichtbare grenzen en plukte ze van de aardbeien of de frambozen. Ze had zelfs met een stok in de composthoop staan porren om te zien of die in brand zou vliegen, maar helaas gebeurde dat niet. Het liefst wilde ze het slot op de schuurdeur achter in de tuin openbreken en binnen rondsnuffelen. Op een dag, toen haar grootmoeder bezig was met de was en haar grootvader op zijn werk was – hij had ook nog een baan bij de gemeente behalve het werk voor de Heer waar hij de meeste avonden aan besteedde – had ze op haar tenen door het vuile raam naar binnen getuurd. Ze begreep niet waarom haar grootvader de moeite nam om de deur op slot te doen als er toch niets kostbaars in de schuur was. Voor zover ze kon zien hing er alleen een heleboel gereedschap aan haken boven twee slordige planken. Op de bovenste plank zag ze een roestig blik met de afbeelding van een rat op de voorkant en de woorden 'rattengif' eronder. Op de grond stond een klapstoel naast een stapel oude aardewerk potten en er hing een koperen lamp aan het plafond. Die leek op de stinkende petroleumlamp die haar vader in de schuur had hangen waar hij zijn motorfiets stalde. Op de grond, onder een stapel zakken, meende Lydia een hoek van een tijdschrift te zien. In de twee weken dat zij en haar zus bij hun grootouders woonden, had Lydia haar grootvader alleen de Bijbel zien lezen, en dat deed hij elke ochtend voordat hij in zijn auto stapte en naar zijn werk reed. Na het avondeten, als Lydia haar grootmoeder met de afwas hielp, deed hij het weer. Dus wat las hij als hij helemaal alleen in de schuur was?

Vandaag, terwijl Valerie haar middagdutje deed en hun grootmoeder de kreukels eruit hamerde met een heet strijkijzer en klaagde over het extra werk dat ze nu moest doen, overtrad Lydia weer de grenzen die haar grootvader had gesteld en klom ze in de kastanjeboom naast de composthoop. Het was de eerste keer dat ze in een boom klom – de kinderen in de boeken die ze graag las, deden het steeds – en tot haar verrukking en verbazing vond ze het heel makkelijk. Het leek alsof de takken zo voor haar waren geplaatst dat ze zich eraan kon optrekken; ze voelde zich zo licht en soepel als een aap. Binnen een mum van tijd zat ze hoog boven de tuin op een dikke, stevige tak en deed ze of ze op een paard zat en galoppeerde over het land aan de andere kant van de tuinmuur. Ze was nog steeds niet gewend aan wijde, open vlaktes. Of aan hoe anders het eruit kon zien, al naar gelang het weer. In het zonlicht leken de hellingen en velden groen en zacht en verwelkomend, maar bij regen werden ze ongenaakbaar en woest. Sommige velden waren helemaal geen velden, maar heidegrond. Ze kon alleen nog niet het onderscheid maken.

Ze opende haar mond wijd en slokte lucht in die zoet en melkachtig was door de geur van pas gemaaid gras uit een van de naburige tuinen. Zo lekker rook het niet altijd. Op sommige dagen, als de wind uit een andere richting kwam, bracht die de bittere, roetachtige geur van de stad met zich mee.

Terwijl ze haar benen om de tak klemde, stelde ze zich voor dat ze weg galoppeerde en de droefheid over haar moeder en vader en de wrede strengheid van haar grootouders achter zich liet. Ze besloot dat dit haar plekje zou worden, waar een geheime zon altijd door de dansende bladeren van de boom op haar neer zou schijnen.

Ze vroeg zich af hoe oud de boom was. Was haar vader als kind tot hoog in de takken geklommen? Als ze goed keek, zou ze dan ergens zijn naam gekerfd zien staan in de bast? Dan zou ze haar naam naast die van hem kerven. Alleen al de gedachte dat ze haar vader in zijn voetstappen volgde, vervulde haar met een mengeling van geluk en eenzaamheid. Om haar vader dichter bij zich te voelen, liep ze vaak door het huis terwijl ze dingen aanraakte die hij moest hebben aangeraakt toen hij klein was: de deurkrukken, de trapreling, de kranen in de badkamer, de lichtknoppen. Maar het hielp niet echt. Er was niets in het huis dat haar aan haar vader deed denken. Geen foto's. Geen spelletjes of puzzels waarmee hij ooit speelde. Geen lievelingsboeken. Het leek alsof hij hier nooit was geweest.

In de verte kon ze een bosgebied zien op de helling van de heuvel. Het leek interessant om er te spelen. Ze vroeg zich af wat er aan de andere kant van de heuvel was. Waren daar huizen waar andere kinderen woonden? In de straat van haar grootouders waren geen kinderen van haar leeftijd. Ze had een groep puisterige tieners zien rondhangen bij de bushalte of de telefooncel, die voetbalden met een blikje terwijl een sigaret aan hun onderlip bungelde. Ze verlangde ernaar dat de school zou beginnen. Tot nu toe had ze alleen de boeken van dominee John als gezelschap.

Haar grootouders keurden de boeken niet goed. Ze zeiden dat ze alleen maar het boek hoefde te lezen dat de goede God had geschreven. Toen ze hen eraan herinnerde dat dominee John haar zelf de boeken had gegeven, sloeg haar grootvader met zijn vuist op tafel, zo hard dat zelfs haar grootmoeder schrok. Soms dacht Lydia dat haar grootmoeder net zo bang voor haar man was als Lydia. 'Spreek me niet meer tegen, jongedame,' had hij geschreeuwd met opengesperde neusvleugels. 'Ga naar je kamer en bid dat God je zal redden van je slechtheid.' Terwijl ze met een rammelende maag op bed lag omdat haar avondeten beneden onaangeroerd op tafel stond, had ze geprobeerd te bevatten wat er zojuist was gebeurd. Dominee John was als leider van hun kerk toch net als God en dan had hij toch altijd gelijk? Als dominee John goedkeurde dat ze Enid Blyton las, waarom deden haar grootouders dat dan niet?

Toen ze de volgende ochtend wakker werd, ontdekte ze dat al haar boeken verdwenen waren. Ze rende over de overloop naar de badkamer en opende het raam dat uitkeek over de tuin. Uit de zwarte schoorsteen van de metalen vuurkorf kwam rook. Beneden zag ze dat niet alle boeken verbrand waren. Twee waren de dans ontsprongen. Op de ontbijttafel lag de kinderbijbel die dominee John haar had gegeven, en het woordenboek. Ze schoof ze achteloos opzij en at haar ontbijt. Ze vertikte het om haar grootouders het genoegen te gunnen dat ze konden zien dat ze haar van streek hadden gemaakt.

Lydia sloeg haar ene been over de tak naast het andere en tuurde naar de tuin van de buren om te zien wat er aan de waslijn hing. Heel andere dingen dan haar grootmoeder te drogen hing. Ze zagen er duur uit en, zoals pap met een knipoog zou hebben gezegd, pikant. Kousen, petticoats en slipjes wapperden als zijden vlaggen in de zonneschijn. Er hing ook een zwart, doorzichtig nachthemd, naast beha's met kant en een step-in. Na de geboorte van Valerie had haar moeder ook een step-in gedragen, en daarmee leek haar buik zo plat als een plank. Ze raakte er ook buiten adem door, en pap had gezegd dat hij haar liever zonder die step-in zag.

Volgens haar grootmoeder was de buurvrouw een sletje. Lydia had het woord opgezocht en ontdekt dat het betekende dat ze onfatsoenlijk was. Verder las ze dat onfatsoenlijk betekende dat Het Sletje een slechte reputatie had. Maar waarom dan?

Lydia had haar grootmoeder in de kerk tegen zuster Vera horen praten over Het Sletje. Ze hadden een hele lijst met klachten die Lydia niet begreep. Wat was er verkeerd aan om een ontbijtbar in je keuken te hebben en een terras met fantasiebestrating, en om een nepbontjas te kopen uit een catalogus?

Nu wist Lydia dat Het Sletje een van de vrouwen was die ze bij de bushalte had gezien toen ze de eerste keer naar de stad gingen om kleren te kopen op de rommelmarkt in de kerk. Sindsdien had ze haar haar nog blonder geverfd. Lydia had haar nooit zonder make-up gezien. Ze was niet getrouwd, maar Lydia dacht niet dat ze eenzaam was, want af en toe kon Lydia 's avonds laat, als ze niet kon slapen, muziek en gelach horen door de muur van hiernaast.

De volgende zondag in de kerk hielp dominee John iedereen herinneren dat dit de laatste dag was om geld te verzamelen voor het weekend weg met de broeders en zusters. 'Wat voor weekend weg?' vroeg Lydia aan haar grootmoeder toen de dienst voorbij was en er kopjes thee werden uitgedeeld. Ze voelde dat de mensen opgewonden waren over iets; tijdens de thee en biscuitjes was het meestal niet zo druk. Het leek wel een feest.

'Ik heb je al eerder gezegd dat je alleen moet praten als er iets tegen je gezegd wordt, kind.'

'O, toe, zuster Irene, vertel het meisje toch waar we naartoe gaan.'

Deze aansporing kwam van een grappige, kleine vrouw met roze wangen, die glimlachte en zo hard knikte dat ze thee op haar schoteltje morste. Haar hoed gleed ook weg op haar hoofd. Lydia had gehoord dat zuster Lottie beroemd was om haar hoeden. Ze had er tientallen, allemaal versierd met bloemen en fruit en vogeltjes of andere dieren.

Haar grootmoeder kneep haar ogen samen tot spleetjes en Lydia wist dat ze iets heel vervelend vond. 'Niets om je druk over te maken,' zei ze afwerend tegen zuster Lottie. 'Het is maar een weekend in Scarborough.'

'Waar ligt Scarborough?' vroeg Lydia, vergetend dat ze moest wachten tot er iets tegen haar werd gezegd.

Haar grootmoeder wierp haar een woedende blik toe, maar zuster Lottie legde stralend een van haar in witte gymschoenen gestoken voeten over de andere. Lydia had nooit eerder een volwassene gezien die gymschoenen droeg. 'We gaan naar Yorkshire. Naar de zee. Is dat niet leuk?'

Tijdens de rit naar huis kon Lydia alleen maar denken aan pootjebaden in poelen tussen rotsen, in de golven springen, zandkastelen bouwen en gehakte nootjes likken van een ijsje. Zuster Lottie had gelijk; het zou leuk zijn. Ze was al eens met haar ouders naar de zee geweest. Daar had ze op een ezel gereden en zo veel suikerspinnen gegeten dat haar moeder haar een standje gaf en zei dat ze de volgende dag waarschijnlijk helemaal roze wakker zou worden. Dat was de dag waarop pap haar had meegenomen in een attractie en ze misselijk was geworden.

Tijdens de volgende dagen zorgde Lydia ervoor dat ze niets verkeerds deed. Haar grootvader hield haar voortdurend in de gaten en zei dat ze Scarborough kon vergeten als ze niet precies deed wat hij zei. Dus hielp ze haar grootmoeder zoveel mogelijk in huis, stofte af, boende, streek, maakte de wc schoon en zorgde voor Valerie. Elke avond als ze naast haar bed knielde – waarbij ze ervoor zorgde dat de slaapkamerdeur openstond zodat haar grootouders haar konden horen – bad ze hardop, zoals ze haar hadden geleerd: 'God, vergeef me voor mijn zondige karakter. God, neem mijn zonden weg en maak een beter mens van me. Dank u, God, voor mijn mooie nieuwe thuis en de goedheid van mijn grootouders, al verdien ik die niet. Amen.' Voordat ze in bed stapte, voegde ze er in stilte aan toe: 'Alstublieft, alstublieft, *alstublieft*, God, laat me naar de zee gaan.'

Het weekend weg straalde als een lichtpunt aan het einde van een heel donkere tunnel, en ze was bereid om alles te doen en te zeggen om ernaartoe te mogen.

Maar toen, op de dag voordat ze zouden vertrekken en nadat ze haar kleren en die van Valerie had klaargelegd om later die avond in een koffer te pakken, deed ze iets verkeerd. Terwijl Valerie een dutje deed en haar grootmoeder met de zusters theedronk tijdens een Bijbelbijeenkomst, was Lydia achter in de tuin. Het was een snikhete middag. Het had al heel lang niet geregend en de lucht zag er onweersachtig uit, zo zwaar en klef als stroop. Alle kracht leek uit haar lichaam te zijn verdwenen, en ze nam niet eens de moeite om in de kastanjeboom te klimmen. In plaats daarvan pakte ze een stok en speelde met de composthoop, terwijl ze deed of de zoetig ruikende rottende grasssprieten en schillen de ingrediënten waren voor een enorme taart die door elkaar moest worden geroerd voor hij in de oven ging. De hitte van het dampende mengsel was bijna net zo heet als een oven. Ze was zo verdiept in haar spel, dat ze de voetstappen van haar grootvader niet hoorde naderen. Ze keek pas op toen ze de sleutel in het hangslot van de schuur hoorde omdraaien. Ze hield haar adem in en bleef heel stil zitten, in de hoop dat hij haar niet zou zien. Het hielp niet. Hij had net de deur geopend en haalde iets uit zijn jasje, toen hij haar zag. Eerst keek hij geschrokken, alsof hij was betrapt omdat hij iets verkeerd deed. Toen werd de uitdrukking op zijn gezicht hard, en wist ze dat ze het voor haar kiezen zou krijgen. In een flits, voor ze tijd had om weg te rennen, was hij in de schuur verdwenen en weer naar buiten gekomen. Hij torende boven haar uit met zijn handen in zijn zij en blokkeerde haar de weg. Ze greep haar stok beet en deed haar best om hem aan te kijken en niet te laten zien hoe doodsbang ze voor hem was.

'Ik heb je gewaarschuwd dat je niet bij de composthoop mocht spelen,' zei hij. 'Wat zou er met je gebeuren als je niet luisterde?'

Er was iets angstaanjagends aan die langzame, stalen toon, en ze keek weg. 'Dat weet ik niet meer,' loog ze.

Hij pakte de stok af. 'Moet ik het je helpen herinneren?'

Ze hield haar blik op de stok gericht en schudde haar hoofd.

'Dus je weet wel wat ik heb gezegd?'

Ze slikte. 'Het spijt me heel erg. Ik zal het nooit meer doen.'

Hij duwde met het vieze uiteinde van de stok tegen haar borst zodat ze tegen de houten zijkant van de composthoop zakte. 'Nee, je zult het nooit meer doen. En weet je waarom je nooit meer in dit gedeelte van de tuin zult spelen?'

'Omdat ik dan problemen krijg?'

'Precies. Maar om er zeker van te zijn dat je zult doen wat je is gezegd, zal ik je een lesje moeten leren waardoor je je gedrag zult verbeteren. Steek je handen uit.'

Met haar lichaam klam van het zweet en terwijl haar hart tekeerging, deed Lydia wat hij zei en ze zette zich schrap, met gesloten ogen.

Haar gegil verscheurde de stille middag. Op een tak boven haar hoofd klapperde een geschrokken houtduif met zijn vleugels en vloog weg in de dreigende lucht.

12

ZE HAD GELUK. Dat hadden de mensen gisteren gezegd. Geluk dat ze niet erger gewond was geraakt. En ook geluk dat ze toch mee kon naar Scarborough.

Achter in de auto van hun grootvader, met Valerie op schoot en een koffer die tegen haar schouder stootte zodra ze een hoek omsloegen, hield Lydia zich voor dat zodra ze de zilte zeelucht rook, de pijn als bij toverslag zou verdwijnen. Haar handen en armen zaten vanaf de ellebogen tot de vingers in verband, en ze concentreerde zich om in gedachten haar tafels op te zeggen zodat ze de stekende pijn kon vergeten. De pijn was zo erg dat ze het verband er af en toe af wilde rukken om haar armen in twee denkbeeldige emmers met ijskoud water te dompelen.

Grootmoeder was woedend geweest toen haar grootvader Lydia mee naar binnen had genomen en haar Bijbelbijeenkomst met de zusters had verstoord. Hij had uitgelegd wat er was gebeurd: hij was vroeg thuisgekomen van zijn werk en had Lydia op de muur achter de composthoop zien rondhangen, ondanks dat haar ten strengste verboden was om in dat deel van de tuin te spelen. Hij zei tegen iedereen dat ze haar evenwicht had verloren en in de composthoop was gevallen toen hij tegen haar zei dat ze van de muur af moest komen. Haar grootmoeder had Lydia – die nog steeds onder de grassprieten en schillen zat – naar bed willen sturen zonder eten, maar toen had Lydia de kamer om zich heen zien draaien en gaf ze over op het kleed. Zuster Lottie had haar Bijbel laten vallen en haar kopje thee omgestoten toen ze haar te hulp schoot. 'Ze is in shock!' riep ze. 'Als ze zo erg verbrand is, moeten we haar in een koud bad stoppen!'

'Gewassen moet ze zeker worden,' zei zuster Vera met een van afkeer vertrokken gezicht.

'Ze mag blij zijn dat ze haar nek niet heeft gebroken,' zei zuster Joan.

'Ze boft dat ze nog leeft!'

Toen Lydia weer moest overgeven, werden de zusters haastig het huis uit gezet. Twintig minuten later, rillend van de kou, had ze klappertandend gesmeekt of ze uit het ijskoude badwater mocht. Haar grootmoeder had toen margarine op haar snel rood wordende armen gewreven en er verband om gedaan. 'Zo, meer kan ik niet doen,' zei ze. 'Je mag God danken dat je alleen je armen hebt verbrand.'

Terwijl de ruitenwissers heen en weer zwiepten – in de nacht was eindelijk het weer omgeslagen met de luidste onweersbui die Lydia ooit had gehoord – merkte ze dat haar grootvader in de achteruitkijkspiegel naar haar keek. Ze was niet langer dapper genoeg om terug te kijken, dus deed ze haar ogen dicht en probeerde te doen alsof hij niet bestond. Dat hij helemaal onder in de composthoop was begraven.

In de paar korte seconden dat ze had gewacht tot de stok met een klap op haar handen terecht zou komen, merkte ze opeens dat ze werd opgetild en dat haar armen in de composthoop werden gestoken. Ze slaakte een kreet van verbazing, maar toen, terwijl ze spartelde om zich los te maken uit zijn sterke greep, schreeuwde ze het uit door de felle hitte die zich over haar handen en armen verspreidde. Hij had haar gegil echter genegeerd, zei dat de straf voor haar eigen bestwil was en dat de hitte die ze nu voelde, niets was vergeleken bij het hellevuur dat haar wachtte als ze zo ongehoorzaam bleef. Toen hij haar ten slotte neerzette, zei hij: 'Als je dit aan iemand vertelt, zal ik je weer straffen. Begrepen?'

Tranen stroomden over haar wangen, en ze beloofde hem dat ze het tegen niemand zou zeggen.

De rest van de rit hield Lydia haar blik gericht op het grauwe, van regen doorweekte landschap achter de beslagen ruiten. Zolang ze maar niet de gemene ogen van haar grootvader in de spiegel zag. Zolang ze zich maar niet hoefde af te vragen waarom hij haar zo haatte. Of waarom ze niet zo dapper was geweest om aan iemand te vertellen wat er in werkelijkheid met haar gebeurd was.

De lucht was blauw en de zon scheen helder tegen de tijd dat ze in Scarborough aankwamen. Dominee John begroette hen bij het pension waar ze logeerden. Toen hij Lydia zag, hurkte hij voor haar neer. 'Arme Lydia,' zei hij. 'Zuster Lottie heeft me over je ongeluk verteld. Hoe voel je je?'

Met een droge, rasperige keel, en zich bewust dat haar grootvader achter haar stond – een van de koffers die hij droeg drukte tegen de achterkant van haar benen – zei ze: 'Ik voel me nu veel beter, dank u.'

'Er is niets aan de hand,' zei haar grootvader terwijl hij naar voren liep met de koffers. 'Een hoop heisa om niets. Dat zal haar leren om voortaan voorzichtiger te zijn. Waar zijn onze kamers?'

Lydia en Valerie hadden een eigen kamer. Het rook er naar sigarettenrook en een beetje naar vis. Er was geen raam om frisse lucht of licht binnen te krijgen, en de enige meubels bestonden uit een stapelbed. Op de achterkant van de deur hing een briefje met daarop: 'Geen zand achterlaten in de slaapkamers of gemeenschappelijke ruimtes. Geen natte handdoeken of badkleding laten drogen op de raambanken. Geen gasten terug voor vier uur. Klokslag halfelf 's avonds gaat de voordeur op slot.'

Omdat er geen ladekast was waar ze hun kleren in konden leggen, zei Lydia tegen haar zusje dat ze hun spullen het beste in hun koffer konden laten onder het onderste bed, waar Valerie zou slapen. Nu ze niets hoefden uit te pakken, slopen ze stilletjes terug naar de schemerig verlichte gang. De deur rechts van hen was dicht, maar Lydia kon de stemmen van haar grootouders horen. Ze kwam iets dichterbij en spitste haar oren om te horen wat ze zeiden. Ze hadden het blijkbaar over dominee John.

Opeens ging de deur ertegenover open en zuster Lottie verscheen. 'Is het niet prachtig?' zei ze terwijl ze haar handen in elkaar sloeg. Ze droeg kanten handschoenen en een andere hoed. Deze was van stro en versierd met echte bloemen – verwelkende boterbloemen en madeliefjes – en werd op zijn plaats gehouden door een geel lint dat met een grote strik onder haar kin was vastgebonden. Ze gaf een klopje op Valeries hoofd. 'Lief engeltje,' kirde ze. En toen tegen Lydia: 'Hoe gaat het met je armen, lieverd? Je hebt ons vreselijk laten schrikken gisteren. Echt waar.'

'Veel beter, dank u.'

'Daar ben ik blij om.' Ze glimlachte met kuiltjes in haar wangen en boog zich voorover. 'Zullen we heel ondeugend zijn en gaan wandelen voor het eten?' fluisterde ze. 'Jullie zijn vast net als ik en kunnen niet wachten om de zee te zien.'

Hoe graag Lydia ook meteen naar het strand wilde rennen, ze wist niet of het wel zo'n goed idee was om te gaan zonder dat haar grootouders het wisten. Maar ze wist ook dat ze vast nee zouden zeggen als ze hun om toestemming vroeg.

Zuster Lottie liep de gang al door met Valeries hand in de hare. 'Kom, Lydia,' riep ze over haar schouder. 'Laten we wat plezier maken!'

Ze passeerden zuster Joan en zuster Vera op de trap en Lydia zei, om niet in de problemen te komen: 'Wilt u tegen mijn grootouders zeggen dat zuster Lottie mij en mijn zus meeneemt naar het strand?'

'Zuster Lottie, je weet toch dat het over een uur tijd is om te eten?'

'O, ja, zuster Joan. We zijn ruimschoots op tijd terug, nietwaar, meisjes?'

Lydia vermoedde dat zuster Joan en zuster Vera zuster Lottie eigenlijk niet aardig vonden. Ze denken dat ze beter zijn dan zij, dacht Lydia terwijl ze zuster Lottie en Valerie volgde. De vrouw was misschien een beetje getikt – dat woord zou mam gebruikt hebben – maar wat dan nog? Zuster Lottie en dominee John waren de enige aardige mensen die ze had ontmoet sinds ze in Swallowsdale was.

De zon stond laag aan de hemel toen ze het strand bereikten, en mensen pakten hun spullen in om naar huis te gaan. Valerie was nog maar een baby geweest toen hun ouders hen hadden meegenomen naar zee, en ze hield Lydia's hand stevig vast terwijl ze ongerust om zich heen keek. Zuster Lottie stond heel stil naar de zee te staren. 'Is het niet prachtig?' zei ze glimlachend, terwijl ze haar armen uitstrekte. 'Door dit houd ik van God. Hij doet ons goed. Halleluja, en loof de Heer!' Haar stem klonk luider, en om hen heen waren mensen opgehouden met hun spullen inpakken en ze staarden naar hen. Zuster Lottie tilde haar rok op en holde naar het water. Iemand zei gniffelend: 'Dat ouwe mens is niet goed wijs.'

Iemand anders zei: 'Misschien mocht ze een dagje weg uit het gesticht.'

'Je moet wel knettergek zijn als je zo'n afschuwelijke hoed draagt, en dan die sokken en gymschoenen!'

Lydia voelde haar wangen rood worden. Eigenlijk wilde ze wegsluipen, doen alsof ze de vrouw niet kende over wie ze het hadden. Maar door iets wat veel sterker was dan schaamte, wilde ze het opnemen voor zuster Lottie. Wat maakte het uit dat ze een rare hoed droeg en kindergymschoenen? Wat maakte het uit dat ze niet helemaal goed wijs was? Als je daardoor vriendelijk en aardig was, dan wist Lydia wel wiens kant ze zou kiezen.

'Kom,' zei ze tegen Valerie. 'Dan gaan we kijken wat zuster Lottie aan het doen is.'

Valerie keek aarzelend naar het zand en de kiezels en stak haar armen uit om gedragen te worden. 'Het spijt me, lieverd,' zei Lydia. 'Dat kan ik niet. Nu niet. Misschien morgen.'

Toen ze bij zuster Lottie waren gekomen, had deze haar gymschoenen en sokken uitgetrokken. 'We gaan pootjebaden,' zei ze.

'Maar we hebben geen handdoek bij ons.'

'O, Lydia, die hebben we niet nodig. Maak je toch niet zo druk.'

Ze is meer een kind dan ik, dacht Lydia terwijl ze ging zitten en haar sandalen en sokken uittrok. Valerie schudde haar hoofd toen Lydia de gespen van haar sandalen wilde losmaken. 'Dan moet je hier heel braaf blijven zitten. Wil je dat voor me doen, Val?'

Valerie knikte. Maar ze ging niet zitten. 'Vies,' fluisterde ze terwijl ze om zich heen keek.

Het water was zo koud dat Lydia haar adem inhield en op haar tenen ging staan. Ze liet de golven over haar voeten spoelen en waagde zich toen iets dieper. Ze voelde het water trekken en lachte toen een golf vol zand en steentjes haar voeten kriebelde. Ze ademde de zoute lucht in, hief haar hoofd op om de zon op haar wangen te laten schijnen, en voelde iets van geluk doorbreken in de wolken in haar.

'Ik zei toch dat het leuk zou zijn?' zei zuster Lottie. De zoom van haar rok was nat, maar of ze had het niet gemerkt, of het kon haar niets schelen. Lydia was blij dat ze een korte broek droeg. Nu liep ze niet het risico dat die nat werd en ze een standje zou krijgen. Terwijl ze naar de zee keek, waar de golven glinsterden in de ondergaande zon, besefte ze dat ze voor het eerst met iemand anders dan haar grootouders alleen was sinds ze in Hillside Terrace 33 was komen wonen. En nog wel met iemand die misschien antwoord kon geven op enkele van de vragen die ze had.

'Zuster Lottie?'

'Ja?'

'Kent u mijn grootouders al lang?'

'O ja. Al toen ze trouwden.'

'Hebt u mijn vader gekend?'

'Natuurlijk. Hij was zo'n lieve jongen. De oogappel van je grootouders. Valerie lijkt heel veel op hem.'

'Echt waar?'

'Niet toen hij volwassen was, maar toen hij nog klein was. Hij had hetzelfde mooie, blonde haar.'

'Weet u waarom mijn grootouders blij waren toen mijn vader stierf?'

De oude vrouw hield scherp haar adem in en draaide zich om. 'Lieve help! Hoe kun je zoiets vreselijks zeggen?'

'Omdat het waar is. Ik heb mijn moeder aan de telefoon gehoord op de dag nadat hij was gestorven.'

'Nee, maar! Lieve kind, je bent veel te jong om dat soort dingen te begrijpen.'

'Wat voor dingen?'

Zuster Lottie zuchtte en raakte met een bevende hand het zilveren kruis aan dat ze om haar hals droeg. 'Je moet niet vergeten dat je grootouders heel veel van hun zoon hielden en dat ze het beste voor hem wilden.'

'Dat geloof ik niet. Ik heb hen nooit over hem horen praten. Ze hebben niet eens een foto van hem in huis. Ik heb gezocht en ik kan niets vinden dat ooit van mijn vader is geweest.'

Een grotere golf dan de vorige sloeg tegen hun benen. Zuster Lottie hees haar rok op, maar het was te laat. Doorweekt tot haar middel trok ze de natte plooien van nu doorzichtig katoen van haar magere benen en begon het water eruit te knijpen. 'Wat ben ik toch een domme gans,' zei ze lachend.

‘Dus waarom zijn er geen foto’s van mijn vader in huis?’ drong Lydia aan, terwijl ze tegelijkertijd keek of er niet nog meer grote golven kwamen.

‘Ze hadden een heleboel foto’s van hem,’ zei zuster Lottie. ‘In het hele huis. Maar toen... toen veranderde hij.’

‘Hoe dan?’

‘Hij stelde hen teleur. Hij kwam je moeder tegen, en helaas wendde hij zich toen af van God.’

‘Is dat alles?’

‘Dat betekende alles voor hen.’

‘En haten ze mij en Valerie daarom?’

Zuster Lottie keek geschokt. ‘Hoe kom je daar nu bij? Hoe zouden ze niet van jou en je zusje kunnen houden?’

Lydia wilde haar armen met het verband uitsteken en zeggen: ‘Kan iemand die van me houdt, me dit aandoen?’ Maar ze deed het niet. Ze klemde haar kaken op elkaar en haalde haar schouders op.

13

ZE RENDEN DE hele weg, zuster Lottie met Valerie in haar armen, terwijl Lydia haar aanspoorde. Maar toch waren ze te laat voor het eten. Ze zouden zelfs nog later zijn geweest als Lydia zuster Lottie niet had gesmeekt om op te houden met door de golven te waden en haar sokken en gymschoenen weer aan te trekken.

Haar grootmoeder wachtte hen op in de deuropening naar de eetkamer. Haar magere lijf was zo gespannen als een elastiek dat elk moment kon springen. 'Jullie zijn twintig minuten te laat voor het eten,' zei ze fronsend, met haar armen over elkaar geslagen. 'En voor het fatsoen zou ik me maar even omkleden, zuster Lottie.'

Zelfs Lydia moest toegeven dat zuster Lottie, met haar hoed scheef en haar natte rok, waar zich een witte lijn van zout op begon af te tekenen, er nogal slordig uitzag. Maar zuster Lottie leek zich er helemaal niet druk om te maken. 'We hebben het heerlijk gehad, zuster Irene,' zei ze ademloos en met stralende ogen. 'Werkelijk verrukkelijk. Je had erbij moeten zijn. We hebben zo'n plezier gehad.'

Wat moest het heerlijk zijn om zuster Lottie te zijn, dacht Lydia vol afgunst, om totaal niet te merken dat iemand misschien kwaad op haar was. Omdat ze zich maar al te goed bewust was van de stemming van haar grootmoeder en niets liever wilde dan in een goed blaadje te staan, zei ze: 'Zal ik Valerie mee naar boven nemen om onze handen te wassen?'

'Ja,' zei haar grootmoeder kortaf. 'En niet langer dan vijf minuten. En kam jullie haren. En geen gekheid boven!'

Het eten bestond uit een brij die een ovenschotel van gehakt met aardappelpuree moest voorstellen, met doperwten uit blik en waterige kool. Als toetje kregen ze perziken uit blik met gecondenseerde melk. Lydia en Valerie mochten geen gecondenseerde melk. Hun grootmoeder zei dat het te machtig was en dat ze anders maar misselijk werden. 'En zoiets als gisteren kan ik helemaal niet hebben,' zei ze met een blik naar zuster Vera en zuster Joan, 'na ook nog al het andere.' Lydia spitste haar oren bij die laatste woorden. Wat betekende dat? Ze wierp een blik op de gezichten van haar grootouders en keek toen om zich heen.

Aan de tafel naast die van hen zaten mensen die ze niet kende. Ze kwamen blijkbaar van hun zusterkerk hier in Scarborough. In het hele land waren er maar twee kerken zoals die van hen, maar door hier te komen en het woord te verspreiden, hoopten ze dat meer mensen zich zouden aansluiten, waardoor ze misschien een derde kerk konden opzetten. Aan een andere tafel zaten dominee John en zuster Lottie te praten met nog meer onbekende mensen, onder wie een man met zilvergrijs haar, diepe groeven langs zijn mondhoeken en een zwart ooglapje. Vol afschuw bleef Lydia er gefascineerd naar kijken. Wat was er achter dat ooglapje? Een afschuwelijk gat dat tot zijn hersens reikte? Ze huiverde en stopte een week stukje perzik in haar mond. Toen wenste ze dat ze het niet had gedaan.

'Wat heb ik je gezegd over naar mensen staren?'

'Het spijt me, grootmoeder,' zei Lydia gedwee. 'Wie is die man met dat lapje voor zijn oog?'

'Hij heet broeder Digby en niemand is de Heilige Geest meer toegewijd dan hij. Hij is een rechtschapen man die leeft naar de Bijbel. Hou nu op met die vragen en eet je bord leeg.'

De volgende ochtend stonden ze vroeg op, en meteen na het ontbijt liepen ze in een rij naar het strand met een doos vol tamboerijnen en gezangenboeken, plus een stapel brochures waarin mensen werden uitgenodigd om Jezus in hun leven toe te laten.

Lydia en Valerie kregen de taak om de brochures uit te delen terwijl de congregatie zong: 'Onward Christian Soldiers', 'All Things Bright and Beautiful' en 'For All the Saints'. Omdat het nog zo vroeg was en er een stevige wind waaide vanaf de zee, waren er niet veel mensen op de been. Lydia merkte al snel dat meer mensen de brochures aanpakten als ze die door haar zusje liet uitdelen. Waarschijnlijk omdat Valerie er zo lief uitzag. In tegenstelling tot Lydia kromp zij niet ineen van schaamte en wenste zij niet dat ze door de grond kon zakken.

Broeder Digby – hij heette voluit broeder Digby Pugh – leidde de dienst, en hij was heel anders dan dominee John. Nog nooit had Lydia zo'n luide stem gehoord. Af en toe schrok ze als hij zijn woorden uitschreeuwde. Ze zag dat het anderen ook overkwam, zelfs zuster Lottie. Hij bulderde en schreeuwde hen boven de wind uit toe over hoe sluw en gevaarlijk de duivel kon zijn, en dat hij de meest besmettelijke ziekte was die de mens kende. Hij waarschuwde hen om voortdurend op hun hoede te zijn. Vervolgens sloeg hij met een vuist op zijn geopende Bijbel en las: 'Ten slotte, zoek uw kracht in de Here, en in de kracht van zijn macht. Trek de wapenrusting Gods aan, om te kunnen standhouden tegen de listen van de duivel. Want wij strijden niet tegen mensen, maar tegen hemelse vorsten, heersers, machthebbers van de duisternis, tegen kwade geesten in hemelsferen.' Met een ruk hief hij zijn hoofd op, sloeg de Bijbel dicht en liet zijn ene oog met een doordringende blik over de congregatie glijden alsof hij iemand in het bijzonder zocht. 'Wie van jullie,' siste hij, terwijl hij een hand ophief en met een knokige vinger wees, 'heeft het kwaad toegestaan om zich tegoed te doen aan de demonen in jullie?' Lydia slikte en glipte naar links om zich achter zuster Vera te verschuilen. Toen ze dacht dat het veilig was om weer tevoorschijn te komen, zag ze dat de blik en de knokige vinger van broeder Digby op dominee John waren gericht.

Dominee John was heel bleek geworden.

Tegen etenstijd had iedereen het erover. De broeders en zusters in Christus hadden een crisis. Lydia, dralend op deurdrempels, heel langzaam Bijbels uitdelend, zich verschuilend in hoeken, of terwijl ze voorwendde of ze bad, deed uit al het geroezemoes informatie op als een op buit beluste ekster.

Schandalig!

Walgelijk!

Wie had dat kunnen denken?

Een man die we vertrouwden!

Hij heeft ons allemaal bedrogen!

Hiervoor zal hij in de hel branden!

Hij had ons allemaal mee de diepte in kunnen slepen!

Wat een geluk voor ons dat zuster Irene hem door heeft gekregen!

Dat waren slechts enkele van de flarden die Lydia opving, tot ze eindelijk achter de waarheid kwam. Dominee John werd uit de kerk gezet vanwege iets wat te maken had met goddeloze betrekkingen met een getrouwde vrouw in Keighley.

Toen haar grootouders zeiden dat ze weg moesten en zichzelf maar moesten zien te vermaken – ze hadden belangrijke zaken te bespreken met broeder Digby – nam Lydia Valerie mee naar boven en ging op zoek naar zuster Lottie. Ze zat op haar bed te huilen.

'Ik kan die vreselijke dingen die ze over dominee John zeggen, niet geloven,' zei ze snikkend, terwijl ze met haar zakdoek wapperde. 'Hij was zo'n goede man. Altijd geduldig en vol begrip. De vriendelijkste man die ik ooit heb gekend. De kerk zal nooit meer hetzelfde zijn zonder hem.' Ze drukte Lydia en Valerie tegen zich aan. 'Beloof me dat jullie nooit slecht over hem zullen denken. Jullie moeten je niet tegen hem keren, zoals de anderen.'

De volgende ochtend na het ontbijt kwam Lydia er niet alleen achter dat dominee John zijn koffer had gepakt en was vertrokken zonder afscheid te nemen, maar ook dat broeder Digby hun nieuwe leider zou zijn in Swallowsdale.

14

LYDIA WAS ALTIJD al angstig geweest als een nieuw schooljaar begon, maar een nieuw schooljaar op een nieuwe school zorgde ervoor dat ze niet kon slapen, hoofdpijn kreeg en dat haar maag zich in knopen leek te draaien. Haar vader zou hebben gezegd dat ze last had van de kriebelzenuwen. Dat vond ze altijd klinken alsof de kriebelzenuwen leuk zouden zijn, iets waarom je moest lachen.

Maar toen ze aan de ontbijttafel zat in haar tweedehands blauw met grijze schooluniform en een hap geroosterd brood probeerde door te slikken, en zich herinnerde dat ze een paar weken geleden had verlangd dat de school weer zou beginnen, kon ze niet lachen. Ze maakte zich niet alleen zorgen om zichzelf. Dit was sinds tijden de eerste keer dat zij en Valerie gescheiden zouden zijn. Lydia was zo gewend om alles voor haar zus te doen, dat ze zich niet kon voorstellen hoe Valerie het zonder haar moest redden. Evenmin kon ze zich voorstellen dat haar grootmoeder het geduld kon opbrengen om erachter te komen wat Valerie wilde, als ze af en toe niets anders deed dan met haar ogen communiceren.

Met een wee gevoel in haar maag liet Lydia het geroosterd brood staan en keek naar Valerie, die amper iets van haar cornflakes had gegeten. Ze plakten aan de zijkant van haar kom of dreven doorweekt in de melk. 'Toe, Valerie,' spoorde Lydia haar aan. 'Probeer wat meer te eten.'

Valerie wierp een veelbetekenende blik op Lydia's geroosterde boterham.

'Dat is anders,' zei Lydia. 'Ik hoef niet zoveel te groeien als jij. Beloof me dat je braaf bent bij grootmoeder als ik op school zit.'

Valerie knipperde met haar ogen, opzettelijk langzaam, precies zoals Belinda Bell met haar ogen knipperde als je haar langzaam achterover legde.

Uit de gang kwam het geluid van brieven die door de brievenbus werden geduwd, gevolgd door de haastige stappen van hun grootmoeder, die zich van de keuken naar de voordeur haastte. Hun grootvader was al naar zijn werk. Hij ontbeet zelden samen met hen. Hij klaagde dat ze zijn routine doorbraken.

Lydia hielp haar zusje van haar stoel met kussen op de grond en gaf een vluchtige kus op haar voorhoofd. 'Ik ben alweer terug voordat je zelfs maar hebt gemerkt dat ik weg was.'

Bij de bushalte stond een rij. Lydia herkende de puisterige tienerjongens. Ze zagen er anders uit in hun zwarte blazers en grijze broeken, groter en niet zo slordig. Ze hadden allemaal hetzelfde korte kapsel met een rand bleke huid boven hun oren en bij hun nek. Een groep meisjes in zwarte blazers en korte, grijze rokken lieten lange benen zien in witte kniekousen, en over hun schouders hingen sporttassen. Toen ze Lydia zagen, hielden ze op met praten en bekeken haar van top tot teen. Lydia had al dagen geoefend voor dit moment. Ze kneep haar ogen samen en keek strak terug, alsof ze een boze vloek over hen uitsprak. Het langste meisje nam een flinke trek van haar sigaret en zei: 'Brutaal wicht! Ik heb zin om haar in elkaar te timmeren. Ze moet leren om respect te hebben voor haar meerderen. Hé, pluizenbol, wat sta jij te staren?'

'Laat haar toch,' zei een van de jongens. 'Ze is nog maar klein.'

Lydia werd nijdig. Ze wist dat ze klein van stuk was, maar ook weer niet zó klein.

Iemand anders zei: 'Is dat niet de kleindochter van die godsdienstwaanzinnigen? Knettergek, zegt mijn moeder.'

Dankbaar dat de bende tieners zich een weg naar boven in de bus baande, ging Lydia beneden bij een van de ramen zitten. Haar grootmoeder had gezegd dat ze in de bus moest blijven tot de andere kinderen met hetzelfde uniform als zij uitstapten. Na een paar minuten waagde ze een blik over haar schouder naar de zitplaatsen achter haar. Een waas van blauw en grijs bevestigde dat ze in elk geval in de goede bus zat. Tijdens de rit dwong ze haar maag om tot rust te komen. Ter afleiding dacht ze aan de wenskaart die zuster Lottie voor haar had gemaakt. Die had ze gisterochtend in de kerk aan Lydia gegeven. Nadat dominee Digby een van zijn knokige handen op haar hoofd had gelegd en in bijzijn van iedereen bad dat ze een goed kind van Christus zou zijn en zich niet zou laten meeslepen door de goddelozen op haar nieuwe school.

Het eerste wat dominee Digby had gedaan toen hij naar Swallowsdale was gekomen, was van voor naar achter over het middenpad van hun kerk lopen en de vloer vegen met een bezem. Het was een symbool van zijn ambt, zei hij. Hij was naar hen gezonden om het oude weg te vegen en ruimte te maken voor het nieuwe. Vervolgens had hij een lijst met veranderingen opgelezen die hij wenste. Er mocht niet gegokt worden, zelfs niet met loterijkaartjes. Er mocht geen alcohol genuttigd worden. Televisie werd in de ban gedaan, net als roken, het lezen van horoscopen, permanentjes, parfum en haarverf, en het dragen van sieraden. Trouwringen waren toegestaan, maar niets van onnodige versierselen. Alleen bescheiden hoeden zonder versieringen mochten gedragen worden. Zuster Lottie had hoorbaar haar adem ingehouden.

Volgens dominee Digby waren dat allemaal werktuigen van de duivel, en hij wilde die uit de kerk hebben. 'Ze moedigen de zonde van trots en ijdelheid aan, laksheid, en nog erger, hebzucht,' donderde hij hen toe, waardoor de ruiten rammelden in hun sponningen. Hij verklaarde dat onder dominee John de kerk slap en kwetsbaar was geworden. Als ze een goddelijke kerk wilden zijn, was streng leiderschap vereist. Hij zwoer dat hij van hen allen straatevangelisten zou maken.

Pas onlangs was Lydia erachter gekomen dat het nog maar de vraag was geweest of ze naar school mocht. Ze had haar grootmoeder tegen zuster Vera horen zeggen dat ze bang was dat Lydia heidense manieren zou leren op school, en dat ze misschien beter thuis kon blijven. Vervolgens hadden ze dominee Digby's mening gevraagd, en hij had verklaard dat Lydia, omdat ze het enige schoolgaande kind in hun kudde was, hun geheime wapen zou worden. Uit naam van de broeders en zusters zou het haar taak worden om Gods Woord op school te verspreiden.

Zoals ze al had geweten, vlogen de lessen voorbij en duurden de pauzes een eeuwigheid. Op de speelplaats renden de jongens gillend als idioten rond en dromden de meisjes gearmd samen, waardoor ze Lydia vertelden wat ze duidelijk had begrepen: vriendschappen waren al lang geleden gesloten en ze hadden geen behoefte aan een nieuweling. Ze had tijdens de ochtendpauze geprobeerd met hen te praten, maar toen een van hen vroeg waarom ze een jongenskapsel had, trok ze een lelijk gezicht en liep weg.

Om iets te doen te hebben, liep ze rond het veld. Ze trok haar vest uit en bond het om haar middel – precies wat ze niet mocht van haar grootmoeder – en trok haar mouwen op. De brandwonden op haar armen waren genezen. Het stelde haar teleur dat ze geen flinke littekens kon laten zien, maar het enige wat was overgebleven, was een vage rode kleur op de binnenkant van haar armen.

Boven haar scheen de zon aan een schitterend blauwe hemel, en vogels zongen in de bomen. Het was een mooie dag, nog echt zomer. Maar in plaats dat het haar blij maakte, voelde ze zich er alleen maar lelijker en eenzamer door. Misschien hoorde ze zich zo te voelen. Dominee Digby zei dat God alles zag en hoorde en dat hij diegenen strafte die verkeerd hadden gedaan. Dominee Digby zei niet hoe God mensen strafte, maar misschien maakte hij hen alleen ongelukkig, net als haar.

In de dagen en weken die volgden, leerde Lydia enkele klasgenoten kennen, vooral degenen die door hun leerkracht, juffrouw Dillinger, om beurten naast haar moesten zitten. De eerste was een blond meisje, Zoe Woolf, die heel bekakt praatte. Ze kwam oorspronkelijk uit het zuiden van Engeland en zei dingen als 'veur' in plaats van 'voor'. Ze schreef al met een vulpen en werd als een van de knapste leerlingen van de klas beschouwd. Ze kon in het Frans vragen waar het toilet was, terwijl de rest nog maar net leerde tellen en '*bonjour*' en '*au revoir*' zeggen. Ze dacht dat zij de enige was met een eigen woordenboek, tot Lydia dat van haar uit haar schooltas pakte.

Vervolgens kwam een jongen naast Lydia zitten die Peter Day heette. Hij was geboren met een gat in zijn hart. Iedereen noemde hem Bena, naar het frisdrankmerk Ribena, omdat hij zo'n paarsrood gezicht had. Hij hoefde niet mee te doen met gym, maar hij werd er niet om gepest.

Daarna kwam een jongen die Jimmy Dodson heette, en die de bijnaam Jimmy Frommel had, omdat hij zo onhandig was. Iedereen vond het vreselijk als hij aan de beurt was om de melk uit te delen: 'O nee, júf!'

Na Jimmy kwam Lisa Fortune, voor wie Lydia in het geheim doodsbang was. Ze was nog in de buik van haar moeder toen de dokter haar moeder verkeerde medicijnen gaf, en toen Lisa werd geboren had ze maar één hand. Ze droeg een kunsthand met een haak eraan, en Lydia had nachtmerries waarin Lisa haar ermee achternazat over de speelplaats.

Ze had ontdekt dat in de andere klas een meisje zat dat ze beslist moest vermijden. Ze was groot, met dof, bruin haar in een lange paardenstaart, en ze had altijd haar groep vriendinnen om zich heen. Ze heette Donna Jones en gisteren nog had ze aan Lydia gevraagd wie ze was en hoeveel geld ze bij zich had. Nadat Lydia weer met succes haar lelijkste gezicht had getrokken, was ze weggelopen alsof ze Donna niet had gehoord. Even later kreeg ze spijt en tijdens de volgende pauze verstopte ze zich ondanks de stank in het buitentoilet tot de bel ging.

Terwijl ze vandaag door het veld om de school liep, hield ze in de gaten of ze niet ergens Donna Jones en haar bende zag. De problemen kwamen eerder dan ze had verwacht, toen ze een groep zingende meisjes en jongens zag. Uit nieuwsgierigheid kwam ze dichterbij. Toen zag ze dat ze een meisje op het gras in bedwang hielden. Donna Jones zat boven op haar. Uit het zingen begreep Lydia waarom: het arme meisje droeg voor het eerst een beha, en ze wilden zien wat ze erin had gestopt. Lydia voelde zich misselijk en ze wilde zo graag iets doen om er een eind aan te maken. Maar wat? Wat kon ze tegen zo'n hele groep beginnen? Misschien zouden ze haar ook aan zoiets walgelijks en wreeds onderwerpen. Zoals bijvoorbeeld haar onderbroek uittrekken.

Hoe ze zich ook schaamde en wist dat het verkeerd was, ze liep weg voor iemand haar kon zien.

15

EEN WEEK LATER, op een koude oktoberdag, veranderde het leven op school voor Lydia.

Na de ochtendbijeenkomst zagen zij en haar klasgenoten dat juffrouw Dillinger in hun klas op hen zat te wachten. Ze was niet alleen. Er was een bleke, magere jongen bij haar, wiens blikken alle kanten uit schoten. Het opvallendste aan hem was dat hij een lelijke beenbeugel had, een en al metaal en leren banden. Lydia had er al eens een gezien, maar niet van zo dichtbij.

'Dit is Noah Solomon,' kondigde juffrouw Dillinger aan toen ze op hun plaats zaten en de onbekende jongen bekeken. 'Ik wil dat jullie allemaal hem heel welkom heten.'

De enige lege plaats in de klas was naast Lydia, dus was het geen verrassing toen juffrouw Dillinger tegen de nieuwe jongen zei dat hij naast haar moest gaan zitten, met de woorden: 'Lydia is ook nieuw op deze school, dus zij kan je helpen met alles wat je wilt weten.'

Lydia zag hoe hij heel langzaam tussen de lessenaars door liep, terwijl zijn beenbeugel rammelde en kraakte. Aan de andere kant van de klas klonk gegiechel. Het woord 'spast' echode tegen de muren. Jack Horsley en Alfie Stone kregen meteen te horen dat ze hun mond moesten houden. Uiteindelijk liet hij zich op de stoel zakken terwijl hij zijn been liet uitsteken in het smalle gangpad. Terwijl Lydia deed of ze de bladzijden van haar boek voor de wiskundeles van die ochtend omsloeg, nam ze hem vanuit haar ooghoek op toen hij het blad van zijn lessenaar optilde. Zijn bovenlip was bedekt met zweet en hij leek zo mogelijk nog bleker. Hij had de donkerste ogen die ze ooit had gezien. Het duurde niet lang voor hij zich had geïnstalleerd. In zijn schooltas zaten blijkbaar alleen een aantekenschrift en een metalen blik. Toen hij het blik opende, zag ze drie potloden, een vlakgom, een puntenslijper, een plastic liniaal en een pen; een vulpen, net als die Zoe Woolf altijd gebruikte. Hij zag dat ze naar zijn spullen keek en sloeg het deksel dicht.

Om de een of andere reden maakte het niet uit als een meisje iets mankeerde, maar dat gold niet voor een jongen. Jimmy Frommel werd altijd gepest omdat hij zo onhandig was, maar Lisa Fortune met haar haak werd nooit lastiggevallen. Peter Day was de uitzondering. Ze wisten allemaal dat Bena door het gat in zijn hart elk moment kon doodgaan zodra iemand te hard met zijn vingers knipte. Dus tenzij de nieuwe jongen kon bewijzen dat hem iets heel ergs mankeerde, stond hem een hoop ellende te wachten. Naarmate de dag vorderde en het getreiter toenam, vond Lydia dat de taak die juffrouw Dillinger haar had opgedragen, niet haalbaar was. Hoe moest zij deze nieuwe jongen helpen? Het was hopeloos. Alles werkte tegen hem. Van zijn rammelende been, zijn splinternieuwe schoenen en zijn uniform – dat belachelijk veel te groot was – tot zijn bekakte stem. Hij zei niet veel, maar als hij zijn mond opendeed, klonk hij net als Zoe Woolf. En waarom probeerde hij zichzelf niet te redden in plaats van daar maar te staan met die rare, verbaasde uitdrukking op zijn gezicht?

De volgende dag, tijdens de ochtendpauze, kwamen Donna Jones en haar bende opdagen. 'Vooruit, spast,' zei Donna. 'Laat eens zien hoe je kunt rennen met dat ding aan je been.'

'Ik kan niet rennen,' zei hij.

Donna en haar vriendinnen verdrongen zich lachend om hem heen. 'Dan moet je het leren. Als je tenminste niet bezig bent met wegvaren op je ark!'

Lydia kon het niet verdragen om hem zo hulpeloos en kwetsbaar te zien staan. Ze liep erheen om haar aanwezigheid te laten merken.

Donna zag haar en lachte. 'Ik zie dat je een vriendinnetje hebt dat je moet beschermen. Maar als je niet beter kunt, zou ik maar leren om zo hard mogelijk te rennen, want dat zul je wel moeten.' Ze wierp Lydia een gemene blik toe. 'En jij niet alleen.'

Nu ze gezegd hadden waar het op stond, slenterden Donna en haar bende weg om iemand anders te treiteren.

‘Ik heb geen bescherming nodig.’ Dat waren de eerste woorden die de nieuwe jongen tegen Lydia zei.

‘Hoe kwam ik nou toch op dat idee!’ antwoordde Lydia.

‘En je bent mijn vriendin niet,’ voegde hij er nors aan toe.

Toen Lydia thuiskwam, drong pas goed tot haar door hoe onaardig hij was geweest. Wat een ondankbare snob! Wat haar betrof kon hij het voortaan zelf opknappen. Wat kon hij haar schelen? Hij kon zich allerlei moeilijkheden op de hals halen, maar zij had er niets mee te maken. Het was trouwens toch beter voor haar om niet met hem gezien te worden. Ze wilde niet dat iemand haar zou bestempelen als zijn vriendin.

Maar naarmate de dagen verstreken, keek ze toch steeds waar hij was. Ondanks dat ze niets van hem wist, was hij de enige die een beetje leek op een vriend. Ze was er inmiddels aan gewend dat hij als een stille schaduw naast haar zat in de klas, en dat ze boeken met hem moest delen. Om de een of andere reden stak hij nooit zijn hand op als juffrouw Dillinger een vraag stelde, hoewel Lydia er zeker van was dat hij de antwoorden wist, want hij kreeg bijna altijd een tien, en achter zijn naam op de kaart aan de muur stonden gouden sterretjes. Zijn handschrift was ook netjes, nog mooier dan dat van Zoe. Alle letters stonden op de lijn en liepen regelmatig schuin naar rechts. Niets van wat hij inleverde was ooit bevlekt, gekreukt of gescheurd. Toen hij op een dag niet keek, had Lydia een werkstuk van zijn lessenaar gestolen en geprobeerd om het thuis over te schrijven, zodat ook zij netjes zou leren schrijven en een echte pen mocht gebruiken in plaats van een potlood. Hij was ook beter in tekenen dan iedereen in de klas; als hij iets tekende, wist je meteen wat het was.

Ook al zou hij niet die lelijke beugel hoeven dragen, dan nog was hij anders dan de rest van de jongens in de klas, die geen van allen belangstelling voor hem toonden omdat hij niet kon voetballen of stoeien. Bena had ook geen belangstelling voor hem. Hij hield afstand, waarschijnlijk omdat hij begreep dat er niets goeds uit zou voortkomen als hij vrienden met hem werd.

Noah mocht dan een stille schaduw zijn tijdens de lessen, Lydia was heimelijk zijn schaduw op de speelplaats. Ze hield hem in de gaten en spitste haar oren, niet alleen of ze het rammelen en piepen van zijn beugel hoorde, maar ook of ze de scheldwoorden kon opvangen die hem altijd volgden. Ze vermoedde dat het een kwestie van tijd was, dat elk moment de pesterijen in iets zouden veranderen wat veel erger was.

En ze kreeg gelijk.

Op een dag na de middagpauze kwam ze hem tegen bij de achterkant van de bouwketen die als noodlokalen dienden. Hij was omringd door Donna en haar bende. Ze hadden zijn blazer afgepakt en doorzochten de zakken. Alles wat ze vonden, meest papiertjes en wat munten, gooiden ze op het gras. Iemand had zijn vulpen al kapotgemaakt en die op de stapel gegooid.

'En wat hebben we hier?' zei Donna triomfantelijk. 'Een tekening van iemand? Hé, ik weet wie dat is; dat lelijke kleine wicht met dat borstelhaar en die dikke wenkbrauwen. Heb je een oogje op haar? Heb je haar daarom getekend?'

Toen Noah geen antwoord gaf, verfrommelde Donna de tekening en wierp hem op de grond. Toen haalde ze nog iets uit een zak. 'O, wat schattig!' zei ze sarcastisch. 'Een foto van mammie en pappie! Kijk eens, iedereen!'

'Geef die terug, alsjeblieft,' zei Noah zacht.

'Ooo, geef die terug, alsjeblieft!' aapte Donna hem na. De anderen volgden als schapen haar voorbeeld.

'Als je hem zo graag terug wilt,' treiterde Donna, 'kom hem dan halen, stomme spast.' Ze hield de foto net buiten zijn bereik, en toen hij een stap in haar richting kwam, trok ze hem snel terug.

Lydia schaamde zich nog steeds diep als ze dacht aan de keer dat ze was weggelopen van dat arme meisje dat haar hulp zo nodig had gehad, op precies dezelfde plek. Dus toen ze zag dat Donna Noah opeens op de grond duwde en de foto verscheurde, en de snippers over hem uitstrooide terwijl hij overeind probeerde te komen, wist Lydia dat ze niet twee keer die fout kon maken. Ze kwam naar voren en met een opwelling van energie en in de wetenschap dat de anderen er niet op verdacht waren, stortte ze zich op Donna en wierp haar tegen de grond.

Beng! ging Donna's hoofd tegen het gras.

Beng! Nog een keer.

Beng!

Beng!

Vol woede had Lydia nog een hele tijd door kunnen gaan. Nog nooit was iets zo heerlijk en een en al voldoening geweest. Ze hoorde zichzelf tegen Donna schreeuwen terwijl ze de oren van het meisje vasthield, maar ze had geen idee wat ze zei. Ze wist wel dat ze niet alleen zo woedend was omdat Donna Noah had gepest.

Ten slotte ebde de ergste woede weg en Lydia liet Donna los. 'Als je nog één keer mij of mijn vriend te pakken probeert te nemen,' beet ze haar toe, 'dan vertel ik aan iedereen wat ik zonet met je heb gedaan. En dat zou je niet leuk vinden, hè? Iemand van mijn lengte die de grote, flinke Donna Jones voor de ogen van haar maatjes te kakken zet.' Ze kneep hard in Donna's oren. 'Begrepen?'

Donna knikte.

'Mooi.' Lydia stond op, en omdat ze wist dat het Donna nog meer zou vernederen, stak ze haar hand uit om haar overeind te helpen. Donna wreef over haar achterhoofd en weigerde haar hulp.

'Dat had je niet hoeven doen,' zei Noah toen ze alleen waren.

'Iemand moest het doen, anders zouden ze zijn doorgegaan om je het leven zuur te maken.'

'Ze kunnen mijn leven toch niet erger maken dan het al is,' zei hij somber.

Ze volgde zijn blik. Hij staarde naar de fotosnippers die op de grond lagen.

'Het zou minder vervelend voor me zijn als je me een duwtje wilt geven, zodat ik ze kan oprapen,' zei hij. 'Ik vind het vreselijk om hulp te vragen.'

'Wat is er met je been?' vroeg ze nadat ze de snippers had opgeraapt en hij ze in zijn zak had gestopt.

Hij keek haar recht in de ogen. 'Bedoel je of ik spastisch ben? En maakt dat verschil?'

'Ik vraag alleen wat er met je been is, sukkel.'

Hij haalde zijn schouders op. 'Het was een ongeluk.'

'Blijf je dat houden? Dat ding aan je been, bedoel ik.'

Weer haalde hij zijn schouders op. 'Dat weet ik niet.'

Zijn blik was nu gericht op het verfrommelde vel papier. Lydia vroeg: 'Wil je die ook?'

'Hoeft niet. Hij was niet erg goed.'

'Mag ik hem zien?'

'Liever niet.'

'Waarom niet, omdat je me lelijker hebt gemaakt dan ik ben?'

'Je bent niet lelijk.'

'Leugenaar.'

'Tot nu toe heb je me een sukkel en een leugenaar genoemd. Wil je verder nog iets zeggen?'

Ze raapte het verfrommelde papier op. 'Ja,' zei ze met een glimlach. 'Zullen we vrienden worden?'

16

HET WAS DE tweede dag van de herfstvakantie en Lydia miste Noah.

Ze had besloten om thuis niets over hem te vertellen, om hem als haar eigen geheim voor zich te houden. Hij was het enige goede dat haar sinds tijden overkomen was, en daarom was ze bang dat hij haar zou worden afgenomen. Ze had al zo veel verloren dat ze er niet aan moest denken om hem ook kwijt te raken.

Ze brachten al hun schoolpauzes samen door, meest met galgje spelen en boter-kaas-en-eieren, maar nog steeds wist ze niet veel over hem. Ze wist alleen dat hij rooms-katholiek was. Elke vrijdagochtend hoefden hij en nog een stuk of negen andere kinderen niet bij de ochtendbijeenkomst te zijn, zodat een man in een zwart gewaad op school met hen kon praten.

Hij was pas kortgeleden in Swallowsdale komen wonen, en had talloze operaties gehad aan zijn been, waardoor hij heel lang in het ziekenhuis had moeten liggen. De glimp die Lydia van de verscheurde foto had opgevangen, was het enige wat ze van zijn familie wist, en ze nam aan dat Donna gelijk had en dat het een foto van zijn ouders was. Wel raar om die mee naar school te nemen, net alsof je je lievelingsknuffel meenam. Het was vragen om moeilijkheden. Soms dacht ze dat hij zich opzettelijk tot doelwit maakte. Hij was of ontzettend stom, maar dat dacht ze niet, of het interesseerde hem gewoon niet hoe iemand tegen hem deed. Ondanks zijn stille bedachtzaamheid en zijn verbrijzelde been moest hij veel taaier zijn dan ze eerst had gedacht.

Maar iets wat hij die dag achter de noodlokalen had gezegd, liet haar niet los. *Ze kunnen mijn leven toch niet erger maken dan het al is.* Wat had hij daarmee bedoeld? Zo erg leek zijn leven niet. Goed, hij moest die afschuwelijke beugel dragen en hij kon niet hardlopen zoals de anderen, maar was dat zo erg? Hij kon beter tekenen en verven dan wie ook. Vergeleken bij haar – zij moest bij haar grootouders wonen omdat haar ouders dood waren – was een verbrijzeld been niet bepaald het einde van de wereld.

Ze vertelde hem opzettelijk weinig over haar leven en over haar grootouders. Ze wilde dat hij dacht dat ze net zo normaal was als ieder ander. Als hij de waarheid wist, zou hij misschien niet meer haar vriend willen zijn. Het was trouwens toch beter om alles gescheiden te houden. Hun vriendschap was nu gewoon goed. Het had geen zin om die ingewikkeld te maken.

Ze had het verfrommelde portret gehouden dat hij van haar had gemaakt, en in het begin had ze niet geweten wat ze ervan moest denken. Haar wenkbrauwen vielen inderdaad op, maar in plaats van het nijdige gezicht dat ze had verwacht, had hij haar... ja, niet zo kwaad en aardiger laten lijken. Nieuwsgierig had ze hem gevraagd wanneer hij het had getekend. Hij begon een beetje te blozen en zei dat hij het thuis had gedaan, uit zijn hoofd. Ze voelde zich extra gevleid dat hij haar niet alleen had willen tekenen, maar dat hij buiten school aan haar had gedacht. Nu had ze het portret gladgestreken en verstopt in de kinderbijbel die dominee John haar had gegeven.

Lydia miste dominee John ook, al had ze hem niet lang gekend. Ze vroeg zich vaak af waar hij was. Had hij nog steeds een relatie met die getrouwde vrouw uit Keighley? In haar woordenboek had ze gezien dat dit een manier was om te zeggen dat dominee John 'geslachtsgemeenschap' had met de vrouw. Van dat soort dingen wist ze wel, want toen Valerie in de buik van haar moeder groeide, had ze uitgelegd hoe Valerie daar was gekomen. Papa's 'dingetje' was in mama gegaan en had daar een zaadje geplant. Lydia wist ook dat 'geslachtsgemeenschap' een woord was waar volwassenen van gingen blozen waarna ze snel van onderwerp veranderden. En omdat ze zich zo vreselijk verveelde, leek het haar interessant om te zien wat voor reactie ze kreeg als ze het woord nu zei.

Ze was aan het helpen om theekopjes aan te reiken tijdens de Bijbelbijeenkomst van haar grootmoeder. Als gevolg van de nieuwe regels van dominee Digby waren de zusters nog somberder gekleed dan anders. Zuster Vera droeg haar halsketting of broche niet meer op haar grote boezem, en zuster Hilda's haar had niet langer die vreemde, paarse kleur, maar was sneeuwwit. Het haar van zuster

Mildred was ook anders. Voorheen was het net een kanten servet met strakke krullen geweest, maar nu was haar roze, kalende schedel nog zichtbaarder door de haarslierten die plat op haar hoofd lagen. En die arme oude zuster Lottie zag er helemaal verkeerd uit met die trieste hoed zonder bloemen. Alleen Lydia's grootmoeder zag er nog precies hetzelfde uit.

Terwijl ze zich concentreerde om geen thee te morsen terwijl ze de kopjes aan de zusters gaf, luisterde Lydia naar wat er werd gezegd. Ze wachtte het juiste moment af. Dat kwam toen ze net een kop-en-schotel aan zuster Joan gaf; bij de deur noemde zuster Mildred fluisterend de naam van dominee John. Toen de afkeurende geluiden waren weggestorven, zei Lydia: 'Wat betekent geslachtsgemeenschap, grootmoeder?'

Het leek wel of er een bom was ontploft. In de commotie die volgde, kreeg Lydia meteen spijt dat ze het had gevraagd. Wat had haar bezield? Als in slow motion zag Lydia hoe zuster Joan haar kop-en-schotel op het kleed liet glijden, terwijl naast haar zuster Vera zich verslikte in een koekje, waardoor haar boezem zo heftig begon te beven dat Lydia bang was dat de knopen van haar jurk zouden springen. Intussen legde zuster Hilda, bij wie Valerie op schoot zat, haar handen over Vals oren, en zuster Mildred trilde als een geleipudding. Zuster Lottie was vuurrood geworden en ze leek haar best te doen om niet te giechelen.

Maar het gezicht van Lydia's grootmoeder stond op onweer. Op handen en knieën zat ze aan de voeten van zuster Joan met een papieren servet over het kleed te wrijven. 'Ga nu meteen naar je kamer, Lydia. Je bent niet geschikt om in net gezelschap te zijn.'

Lydia deed de deur achter zich dicht en hoorde haar grootmoeder zeggen: 'Dat komt door die slet van een moeder van haar. Die lakte haar nagels rood, wisten jullie dat?'

Boven ging Lydia op haar bed liggen en vouwde haar handen achter haar hoofd. Wat had haar bezield? Waarom zei ze zoiets stoms dat alleen maar op problemen zou uitdraaien? Ze durfde niet te denken aan hoe ze gestraft zou worden, en ze stond op en liep naar het raam. Het was gaan regenen; in de verte zag ze de regen door de lucht snijden in een hoek die bijna horizontaal was. Op straat zag ze Het Sletje op haar hoge hakken lopen, haar korte regenjas strak om haar middel gesnoerd. Een paraplu beschermde haar getoupeerde haren en haar heupen wiegden heen en weer. Lydia vroeg zich af wat Noah aan het doen was. In elk geval zou hij meer plezier hebben dan zij.

Ze ging weer op bed liggen. Teleurgesteld, want ze had half gehoopt dat Valerie naar boven zou komen om haar gezelschap te houden. Sinds Lydia in september weer naar school was gegaan, was Val veranderd. Soms leek haar zus liever bij haar grootmoeder te zijn dan bij Lydia. In de kerk was ze ieders lievelingetje, en de zusters hadden alleen maar lieve woordjes voor haar en kriebelden haar onder haar kin. Soms ruzieden ze over wier beurt het was om haar op schoot te hebben.

Lydia was beslist niet jaloers. Wie wilde er nu bij zuster Vera op schoot zitten met het risico dat je stikte door die enorme boezem! Maar af en toe voelde ze zich genegeerd. In elk geval was Valerie gelukkig. Ze begon meer te praten en sliep in haar eigen bed, met alleen Belinda Bell als gezelschap. Lydia miste het om dingen voor haar te doen. Ze miste het dat zij als enige haar knikjes en het knipperen met haar ogen kon begrijpen. Het maakte haar van streek dat ze niet meer zo belangrijk was voor Valerie als vroeger.

'Je grootmoeder maakt zich zorgen om je.'

Normaal gesproken hoefde Lydia niet te veel na te denken over waar ze moest kijken als iets tegen haar gezegd werd, maar bij dominee Digby was dat anders. Ze kon het niet laten om van zijn goede oog naar het griezelige, zwarte lapje te kijken. Het was net een spelletje pingpong: goede oog, zwarte ooglap, goede oog, zwarte...

'Lydia, luister je wel?'

De schorre scherpte van zijn stem zorgde ervoor dat Lydia extra haar best deed en rechter ging staan. Beslist het goede oog. 'Ja, dominee Digby,' zei ze.

'Je grootmoeder heeft me gevraagd om met je te praten omdat ze bang is dat je toegeeft aan invloeden van buitenaf.'

'Eh, ik weet niet wat u bedoelt, dominee Digby,' loog ze. Ze wist precies waar dit over ging. Alleen had ze niet verwacht dat dominee Digby degene zou zijn die haar op haar kop zou geven.

Hij stond op uit zijn stoel, en zijn lange, magere lijf leek in het licht van het raam net een kraai toen hij met zijn rug naar haar toe bleef staan. 'Ik bedoel dat slechte mensen je lelijke woorden in de mond leggen, Lydia. Je grootmoeder vertelde me dat je gisteren een woord uitsprak dat een kind van jouw leeftijd niet hoort te weten of hardop durft te zeggen. En ik denk dat je wel weet over welk woord ik het heb.'

'Ik vroeg alleen wat het betekende.'

Dominee Digby draaide zich langzaam om. 'Maar waar hoor je dergelijke slechte woorden? Dat willen je grootouders en ik weten.'

Lydia dacht vlug na. Bang dat hij haar woordenboek zou afpakken als ze hem de waarheid vertelde, zei ze: 'Van grotere kinderen bij de bushalte.'

Zijn goede oog glinsterde haar tegemoet. Geloofde hij haar? Of had ze het zichzelf onmogelijk gemaakt? Zou hij nu eisen dat ze niet meer naar school ging? Haar blik gleed naar het zwarte ooglapje. Aan de andere kant van de deur hoorde ze haar grootmoeder tegen Valerie zingen dat Jezus haar als zonnestraaltje wilde.

'Sommige kinderen worden slecht geboren, Lydia. Wist je dat?'

Ze schudde haar hoofd, en vroeg zich af welke kant het gesprek nu zou uitgaan. Hij ging weer zitten. 'Helaas is dat zo,' zei hij. 'Heb je slechte gedachten, Lydia?'

Die had ze op dit moment. Waarom viel hij niet dood neer en liet hij haar met rust?

'Vertel me de waarheid, Lydia.'

'Soms,' zei ze op haar hoede.

Hij boog zich voorover en leunde met zijn ellebogen op de glimmende stof van zijn broek. 'Dat dacht ik al. Wat voor slechte gedachten heb je?'

In de hoop dat hij zo geschokt zou zijn dat hij haar verder met rust zou laten, zei ze: 'Soms wou ik dat ik dood was, omdat ik dan bij mijn vader en moeder kan zijn.'

Zijn goede oog puilde uit als een volle maan en hij schoot overeind. 'Alleen God besluit wie leeft en wie sterft,' zei hij streng. 'Daarom was het zo'n grote zonde wat je moeder heeft gedaan. Het was egoïstisch en verkeerd van haar. Je wilt toch niet zo zijn als zij, Lydia, een slechte ongelovige die haar kinderen in de steek liet langs een spoorweg?'

Opeens wilde Lydia wegrennen, de kamer uit. Waarom zei hij deze dingen tegen haar? Haar moeder was niet slecht geweest, maar ongelukkig. En het was helemaal de schuld van Lydia dat ze ongelukkig was geweest, en daarom deed ze wat ze had gedaan. Daarom had ze zelfmoord gepleegd.

'Je weet toch wat er met slechte mensen als je moeder gebeurt, Lydia? Ze gaan niet naar God in de hemel, maar naar de hel. Wil je daarheen? Lydia? Geef antwoord. Wil je daarheen?'

Tranen sprongen haar in de ogen. Ze wilde ja zeggen, als het betekende dat ze weer bij haar moeder kon zijn en zeggen hoe het haar speet. Maar ze wist dat dominee Digby haar pas met rust zou laten als ze hem het antwoord gaf dat ze dacht dat hij wilde horen. 'Nee,' probeerde ze.

'Harder, Lydia. Ik kan je niet verstaan.'

'Nee,' zei ze. 'Ik wil niet naar de hel.'

'Dan moet je veranderen. Je moet een kind zijn zoals God wil, niet dit wilde, onbeleefde, ongetemde duivelskind dat je moeder je heeft laten worden, zoals je grootmoeder zegt. Je moet die ellendige, jammerlijke persoon achter je laten, Lydia. Kun je dat?'

Ze slikte en knikte.

'Als ik een vraag stel, verwacht ik een fatsoenlijk antwoord, Lydia.'

'Ja, dominee Digby,' zei ze. 'Ik zal proberen een beter mens te worden.'

Die zondag werd in de kerk besloten dat Lydia de overgebleven pamfletten van hun weekend in Scarborough mee naar school zou nemen en ze daar uitdelen. Ze vermoedde dat het de kleingeestige manier was van haar grootmoeder om haar te straffen dat ze de Bijbelbijeenkomst met de zusters had bedorven. Niet dat ze van plan was om zoiets beschamends te doen. Ze zou ze gewoon allemaal in een vuilnisbak gooien.

17

LYDIA WAS TELEURGESTELD toen Noah de volgende ochtend nergens te bekennen was op school. Ze had zich er zo op verheugd om hem na een week weer te zien. Tijdens de ochtendpauze, nadat ze had aangeboden om te blijven en de klas in gereedheid te brengen voor de tekenles, vroeg ze aan juffrouw Dillinger of ze wist wat er aan de hand was met Noah.

'Zijn oom belde dat hij een afspraak in het ziekenhuis had,' zei juffrouw Dillinger terwijl Lydia jampotten met water vulde.

'Moet hij weer geopereerd worden aan zijn been?' vroeg ze bezorgd.

'Voor zover ik weet heeft zijn oom daar niets over gezegd.'

Toen de laatste jampot gevuld was, zette Lydia ze voorzichtig op de tafels die juffrouw Dillinger met kranten had bedekt. Toen drong tot Lydia door dat er iets vreemds was. Waarom had Noah's moeder of vader niet gebeld? Ze dacht aan de foto die hij altijd bij zich had, en omdat juffrouw Dillinger een spraakzame bui leek te hebben, zei ze: 'Brengt Noah's oom hem naar het ziekenhuis?'

'Dat denk ik wel.'

'Dus niet zijn moeder of vader?'

Juffrouw Dillinger, die vellen papier telde, hield op, maar ze zei niets. Lydia sloeg aandachtig haar gezicht gade; die aarzelende uitdrukking kende ze inmiddels maar al te goed. Die had ze duizenden keren gezien op de gezichten van andere volwassenen. Als juffrouw Dillinger geen antwoord op Lydia's vraag wilde geven, kon dat maar één ding betekenen: ze had iets ontdekt wat ze niet hoorde te weten.

'Lieve help,' riep juffrouw Dillinger opeens uit. 'Kijk eens naar de tijd, Lydia! En we zijn nog lang niet klaar. Ga vlug de penselen halen, die staan op de middelste plank naast de lijm.'

De volgende dag werd er opnieuw een kruisje gezet achter Noah's naam op de presentielijst. Zodra de gelegenheid zich voordeed, ging Lydia naar juffrouw Dillinger.

'Het spijt me, Lydia,' zei de onderwijzeres. 'Ik heb geen idee waar hij vandaag is; er is verder niets doorgegeven. Maak je geen zorgen. Morgen komt hij vast wel.'

Maar Lydia was ongerust. Ze wist zeker dat er iets ergs was gebeurd met Noah, en naarmate de dag vorderde werd ze zo ongerust, dat ze het ergste dacht toen het tijd werd om naar de bus te gaan. Ze zou haar vriend nooit meer zien.

De volgende dag was er nog steeds geen teken van Noah, en weer beweerde juffrouw Dillinger dat ze niet wist waar hij was. Lydia kwam tot de conclusie dat de vrouw loog. Er zat niets anders op; ze moest zelf achter de waarheid zien te komen. Omdat ze wist dat de directrice erop stond dat elk lokaal frisse lucht moest krijgen, wat voor weer het ook was, ging ze tijdens de middagpauze buiten het open raam van de lerarenkamer rondhangen. Een hele tijd ademde ze sigarettenrook in en luisterde hoe de leerkrachten klaagden over sommige kinderen. Alfie Stone en Jack Horsley werden het meeste genoemd. En Donna Jones.

Pas een paar minuten voordat de bel zou gaan, hoorde ze opeens haar eigen naam noemen. Ze ging zo dicht bij het raam staan als ze durfde, hield haar adem in en spitste haar oren. Ze hadden het over haar en Noah. 'Het is niet moeilijk om te begrijpen waarom ze zo goed met elkaar overweg kunnen,' zei iemand. 'Omdat ze zoveel gemeen hebben.'

'Maar dat is juist zo gek. Ik heb duidelijk het idee dat Lydia niets van Noah's achtergrond weet.' Lydia herkende de stem van juffrouw Dillinger. 'Anders had ze me er niet naar gevraagd.'

'Hoezo, wat vroeg ze dan?'

'Ze wilde weten of zijn ouders hem naar het ziekenhuis hadden gebracht. Noah heeft haar blijkbaar niets verteld.'

'Je hebt gelijk, dat is gek. Je zou toch denken dat hij iemand in vertrouwen zou willen nemen, vooral iemand die veel met hem gemeen heeft.'

'Of misschien vindt hij het gewoon te erg om te praten over wat er met zijn ouders is gebeurd. Wie kan hem dat kwalijk nemen?'

De bel ging, en iemand in de lerarenkamer zong: 'Verdraaid, het is weer tijd. Op naar de les tot onze spijt.'

De volgende dag bleef Noah's stoel leeg. Tijdens de ochtendpauze ging Lydia op zoek naar de persoon die haar waarschijnlijk het beste kon helpen. In de korte tijd dat ze op school zat, had ze veel verhalen gehoord over meneer Darby, de conciërge. Je wist altijd wanneer hij in de buurt was, want hij stonk naar desinfecteermiddel. Het gerucht ging dat hij het als aftershave gebruikte om de geur van gin te verbloemen, die hij de hele dag door dronk. Afhankelijk van naar wie je luisterde, was hij een van de daders van de Grote Treinroof die aan de politie wist te ontsnappen en zich gedeisd hield tot iedereen de roof was vergeten, of hij was een Russische spion op een geheime missie. Maar de twee dingen waarom hij werkelijk beroemd was, waren dat hij alles wist wat er op de school gebeurde, en zijn voorraad verloren pennen, vooral vulpennen. Sommige leerlingen zeiden dat hij na schooltijd door alle klassen liep en pennen uit de lessenaars haalde. Als je je pen terug wilde, moest je naar hem toe en een boete betalen omdat je zo stom was geweest om je pen kwijt te raken. Lydia had gehoord dat de jongens een hele sixpence moesten betalen om een pen terug te krijgen, maar dat de meisjes hem hun onderbroek moesten laten zien. Ze had nog nooit van een meisje gehoord dat het daadwerkelijk had gedaan, maar dat kwam misschien omdat ze zich te veel schaamden om het toe te geven.

Lydia klopte op de deur van meneer Darby. Ze hoopte dat ze hem niets zou hoeven betalen in ruil voor de informatie.

'Je bent hier nog niet zo lang, hè?' zei meneer Darby toen ze in de schemerige, bedompte ketelruimte kwam. 'Ben jij niet dat meisje dat haar moeder heeft verloren?'

Ze bewoog haar hoofd in een soort ja en nee, terwijl ze de opwelling probeerde te bedwingen om een hand voor haar gezicht te slaan. De stank van het desinfecteermiddel was zo sterk, dat ze bijna begon te kokhalzen.

'Wat is er? Heb je je tong verloren?' Hij hees zich overeind uit zijn stoel, en Lydia zag geschokt hoe twee enorme borsten naar haar staarden uit een krant op de tafel waaraan hij had gezeten. Haar grootmoeder zei dat vrouwen die hun naakte lijf lieten zien, smerige snollen waren. Maar Lydia vond dat de vrouw er heel schoon uitzag, helemaal niet smerig. Ze glimlachte zelfs heel vriendelijk. Haar borsten moesten heel zwaar zijn, want ze hield ze met beide handen op in de richting van degene die de foto had gemaakt.

'Wat kan ik voor je doen?' vroeg hij terwijl hij tegelijkertijd de pagina omsloeg. 'Ben je een pen kwijt?'

Lydia vermande zich en zei: 'Ik wil iets weten.'

'O ja?' Hij staarde naar haar en krabde over zijn kin. Lydia kon zijn nagel over de stoppelige huid horen krassen. 'En wat mag dat wel zijn?'

'Het gaat over een vriend van me, Noah Solomon.'

'En waarom denk je dat ik iets van hem zou weten?'

Ze haalde hulpeloos haar schouders op. 'Ik dacht gewoon...' Haar stem stierf weg. Hoe kon ze hem op een beleefde manier ervan beschuldigen dat hij alles wist wat er op school gebeurde omdat hij zo'n bemoeial was? Ze begon te denken dat het eigenlijk helemaal niet zo'n goed idee was geweest om hier te komen. Ze deed een stap achteruit naar de deur.

Opeens begon hij haar uit te lachen. 'Het is al goed, kind, kijk niet zo bang. Ik zal je heus niet opeten. Er zit trouwens toch te weinig vlees op je botten om een mus te voeren. Wat wil je weten over die vriend van je?'

'Ik wil weten wat er met zijn ouders is gebeurd.'

'O ja?'

'Ja,' zei ze zo overtuigend mogelijk. 'Dat is heel belangrijk voor me.'

Weer lachte hij, en toen ging hij zitten. 'Moet je dat bekakte stemmetje horen! "Het is heel belangrijk voor me"', aapte hij haar na.

Lydia was nooit eerder bekakt genoemd. Tot haar verbazing voelde ze opeens iets van trots.

'Goed dan,' zei hij. 'Ik zal je vertellen wat je wilt weten. Ga zitten.'

Lydia keek om zich heen en zag voor het eerst dat de ruimte één grote puinhoop was. Dweilen, bezems, emmers, blikken boenwas, vuile handdoeken, zeepdozen, kranten, lekke voetballen, blikken desinfecteermiddel en opgestapelde vuilnisemmers leken de ruimte te overheersen. Maar nergens zag ze een stoel.

'Toe maar,' zei meneer Darby. 'Pak een blik. Of is dat te min voor je?' Hij wees naar een groot blik bakolie.

'Hoort dit niet in de keuken te staan?' vroeg ze toen ze erop zat.

'Beschuldig je me misschien ergens van?' informeerde hij op scherpe toon.

Aha! Dus het gerucht dat hij dingen stal, was waar. 'Vertel me over Noah Solomon,' zei ze.

'Je bent wel een brutaaltje, hè? Laten we hopen dat je een sterke maag hebt, want die zul je volgens mij nodig hebben. Ja, het is een gruwelijk verhaal. Zit je goed?'

Ze knikte.

'Dan zal ik beginnen.'

18

LYDIA HOORDE NOAH voor ze hem zag. Ze hing net haar jas op terwijl ze Jack Horsley probeerde tegen te houden, die aan haar haren stond te trekken, toen ze het onmiskenbare geluid van blikkerige voetstappen hoorde.

Sinds haar bezoek aan meneer Darby in zijn stinkende ketelkamer gistermiddag – en ze had kunnen ontsnappen zonder hem ook maar iets te hoeven geven! – had ze zich afgevraagd wat ze tegen Noah moest zeggen als hij eindelijk weer naar school kwam. Ze wilde niets liever dan dat hij wist dat zij het wíst, maar ze had geen idee hoe hij zou reageren als ze iets in die richting zei. Nu hij er was, voelde ze zich opeens opgelaten en probeerde ze tijd te rekken. Ze deed of ze iets belangrijks zocht in haar jaszakken, terwijl ze hoorde hoe de anderen hun verwelkomende opmerkingen maakten. 'Kijk eens wie we daar hebben, die goeie ouwe spast! Je bent dus nog niet weggevaren in je ark?'

Noah zei geen woord, en toen alles uiteindelijk rustig werd en ze zeker wist dat alleen zij tweeën nog achter waren gebleven tussen de jassen en gymtassen, draaide Lydia zich om. Hij stond met zijn rug naar haar toe en leek bezig te zijn met wat zij zonet had gedaan: hij zocht in zijn jaszakken naar iets heel belangrijks. 'Hallo,' zei ze onhandig. 'Hoe gaat het met je been?'

Hij hield op met wat hij aan het doen was en keek haar met een verbaasd gezicht aan. 'Mijn been? Hetzelfde als altijd. Waarom vraag je dat?'

'Juffrouw Dillinger zei dat je maandag naar het ziekenhuis moest. Met je oom.'

'O, dat. Niets bijzonders.'

Het achteloze antwoord stak haar. Hoe kon hij na al haar ongerustheid zo afwijzend doen? Wist hij niet hoeveel ze om hem gaf? Vol verontwaardiging en zonder dat het haar iets kon schelen hoe hij zou reageren, zei ze: 'Waarom heb je me niet verteld over je ouders?' Meteen zag ze dat ze hem had overdonderd. En daar was ze blij om.

'Waarom heb je me niet over jóúw ouders verteld?' zei hij met een frons.

Dat liet ze niet op zich zitten. 'Je hebt er nooit naar gevraagd,' kaatste ze meteen terug.

'Nou, jij ook niet.'

Pas toen, terwijl ze probeerde te bedenken wat ze terug kon zeggen, besefte Lydia wat hij zonet had toegegeven: dat hij het wist over haar ouders. Maar hoe kon dat? Ze had er beslist nooit met iemand op school over gesproken. Weer leek meneer Darby alles over haar te weten.

Ze keek toe terwijl Noah zijn tas opraapte, en met spijt over haar uitbarsting vroeg ze: 'Mag ik je dan nu naar je ouders vragen?'

'Wat? Nu meteen?'

'Nee, doe niet zo gek. Later.'

Hij wierp haar een keurende blik toe. 'Goed,' zei hij. 'Na de lunch, aan het uiteinde van het veld. Onder de beuk.'

Er kwam maar geen einde aan de ochtend. Wie kon staartdelingen iets schelen, of wat die saaie oude monsieur Bertillon en die rare familie van hem in hun *maison* deden, terwijl je meer te weten kon komen over Noah's familie? Tijdens de ochtendpauze hielp Lydia hem om het werk in te halen dat hij was misgelopen, en hoe nieuwsgierig ze ook was, ze hield haar mond stijf dicht.

Maar nu waren ze onder de beuk, terwijl de kille novemberwind de gevallen bladeren aan hun voeten uiteen deed stuiven. Noah was blijkbaar tevreden om gewoon daar met haar te staan, maar Lydia niet. Ze besloot degene te zijn die de boel op gang zou brengen, om die tong van hem los te maken. 'Mijn moeder heeft zichzelf gedood door voor een trein te springen,' flapte ze eruit. Met de neus van haar schoen schopte ze tegen een steentje. 'Mijn zus en ik lagen op de spoorberm te slapen toen ze het deed.'

'Ik weet het,' zei hij alleen.

'Wie heeft het je verteld?'

'Maakt dat wat uit?'

'Was het meneer Darby, de conciërge?'

Noah schudde zijn hoofd. 'Nee. Het was Donna Jones.'

Het steentje raakte los en Lydia gaf er een schop tegen. Ze wenste Donna Jones waterpokken, de bof, mazelen, keelontsteking en eksterogen ter grootte van golfballen toe. Met daarbij nog een flinke aanval van diarree. Ze had geen idee hoe Donna Jones erachter was gekomen wat haar moeder gedaan had, of waarom ze er niets van had gezegd tegen Lydia, maar dat was nu niet belangrijk. 'Als je het wist, waarom heb je me er dan niet naar gevraagd?' vroeg ze aan Noah.

'Omdat we dan zouden hebben gepraat zoals nu.'

'Is dat zo erg?'

'Voor jou misschien niet, maar voor mij wel. Ik wil liever niet praten over wat er is gebeurd.'

'Denk je dat het voor mij zo makkelijk is om tegen mensen te zeggen dat mijn moeder zelfmoord heeft gepleegd?' Zodra ze het woord had uitgesproken, wilde Lydia het weer inslikken. Nooit eerder had ze hardop het woord 'zelfmoord' gezegd. Ze begon tegen een ander steentje in de grond te schoppen, zich ervan bewust dat haar wangen gloeiden van schaamte en opgelatenheid, hoewel ze niet begreep waarom.

'Was het heel erg voor je?' vroeg Noah.

Niemand had dit ooit eerder aan Lydia gevraagd. Er was over haar besloten en bepaald door wat haar moeder had gedaan, maar niemand had destijds ook maar aan haar gevraagd hoe zij zich voelde. En nu wist ze niet wat ze moest antwoorden. 'Er was te veel aan de hand om erover na te denken,' zei ze zonder op te kijken. 'En daarbij moest ik voor mijn zusje zorgen.'

'Je hebt geboft. Ik had niets om me af te leiden.'

Ze waagde het om even naar zijn gezicht te kijken. 'Had jij enig idee dat het zou gebeuren?'

'Er was veel ruzie en zo, maar ik was er totaal niet op voorbereid dat ik op een dag uit school thuis zou komen en...' Hij zweeg en wendde zijn blik af.

Lydia wachtte geduldig tot hij verder zou gaan. En bleef wachten.

Terwijl hij zijn been in de beugel verzette, zei hij ten slotte: 'Mijn moeder deed de achterdeur niet open toen ik aanklopte, dus keek ik door het keukenraam en zag mijn vader op de vloer liggen met zijn hoofd in de oven. Het klinkt nu stom als ik het zeg, maar ik dacht dat hij hem aan het repareren was. Hij was altijd aan het prutsen met dingen die het niet meer deden of kapot waren. Ik vond het niet eens gek dat hij zo vroeg terug was van zijn werk. Ik klopte op het raam om zijn aandacht te trekken, maar hij leek me niet te horen.'

'Merkte je niet dat hij zich niet bewoog?'

Noah wierp haar een nijdige blik toe. 'Ik had nooit eerder iemand meegemaakt die zelfmoord pleegde door met zijn hoofd in een gasoven te gaan liggen, dus misschien drong het daarom zo langzaam tot me door.'

Lydia had zich wel voor haar hoofd kunnen slaan door die onhandige opmerking. Het leek wel of ze kritiek had op Noah, of nog erger, hem de schuld gaf. Hoe zou zij het vinden als hij tegen haar zei dat ze haar moeder had kunnen redden als ze had geweigerd om midden in de nacht mee te gaan op die wandeling? 'Sorry,' zei ze. 'Let maar niet op mij en mijn grote mond.'

Hij boog zijn knie weer en vervolgde: 'Ik bleef maar aankloppen, en toen ik eindelijk begreep dat er iets ergs aan de hand was, sloeg ik een ruit van de achterdeur in en maakte het slot open. Ik deed het gas uit en sleepte mijn vader de tuin in. Ik probeerde hem te beademen zoals ik in een boek had gezien, maar hij was dood... ik was te laat.'

Lydia zag in gedachten hoe Noah met zijn beenbeugel het zware lichaam van zijn vader naar buiten probeerde te slepen. Ze vond het zo erg voor hem. Maar ze voelde ook afgunst. Zij had niet de gelegenheid gehad om te proberen haar moeder te redden. Geen laatste aanraking. Geen laatste vaarwel. Alleen die afschuwelijke angst toen ze wakker werd uit een diepe slaap door het vreemde geluid van metaal op metaal. Ze vermoedde vaag dat ze het had uitgeschreeuwd van de angst, maar dat wist ze niet zeker. Destijds had ze intuïtief begrepen dat haar moeder in gevaar was. Ze was opgesprongen en halsoverkop over de glibberige berm naar de spoorlijn gegleden. Geen moment had ze aan Valerie gedacht, die nog steeds in haar wandelwagen in de berm zat. Het duurde een poos voor iemand haar in de gaten kreeg, en toen klonk de schreeuw: 'Mijn god, laat ze het niet zien!' Een man en een vrouw kwamen naar haar toe en namen haar mee. Ze had geprobeerd zich los te wurmen, maar ze hielden haar stevig vast. Ze had tegen hen geschreeuwd: 'Maar mijn moeder is daar beneden, begrijpen jullie dat niet? Ik moet naar haar toe!'

'Lieverd, God moge je helpen, maar dat is je moeder niet,' zei de vrouw. In het begin had dit Lydia hoop gegeven. Ze had zich vergist! Wat dom van haar om te denken dat haar moeder zoiets vreselijks zou doen, dat ze zelfmoord wilde plegen en Lydia en Valerie zomaar achter zou laten. Maar haar opluchting vervloog al snel toen ze begreep dat de vrouw iets had bedoeld wat nog veel erger was: het lichaam dat ze niet mocht zien, was niet langer herkenbaar als dat van Lydia's moeder.

Een koude windvlaag bracht haar terug uit die vroege ochtend, en een regen van bladeren dwarrelde als koperkleurige confetti om haar voeten. Ze had een brok in haar keel en tranen stonden in haar ogen. Opgelaten probeerde ze nog een steentje los te wrikken uit de grond. Als Noah zijn verhaal kon vertellen zonder te huilen, dan kon zij dat ook. 'Wanneer heb je je moeder gevonden?' vroeg ze.

'Toen ik wist dat ik niets meer voor mijn vader kon doen, ging ik op zoek naar haar. Ik vond haar boven op hun bed. Ze was... Mijn vader had haar gewurgd.'

Hoewel ze dit verhaal al van meneer Darby had gehoord, was Lydia geschokt toen ze het Noah hoorde zeggen. Ze kon zich niet voorstellen dat haar vader ooit haar moeder dit had willen aandoen. Zelfs niet toen ze per ongeluk zijn motorfiets omver had gegooid en de lak had beschadigd. Je moest wel heel kwaad zijn om iemand met wie je getrouwd was, zo om het leven te willen brengen. Nieuwsgierig vroeg ze: 'Hoe wist je dat ze gewurgd was?'

'Destijds wist ik dat niet. Dat heb ik naderhand gehoord. En dat mijn vader het had gedaan. Hij had een brief voor me achtergelaten.'

Weer voelde Lydia een steek van afgunst. Haar moeder had geen brief voor haar achtergelaten. 'Heb je die nog?' vroeg ze.

Hij aarzelde, alsof hij spijt had van wat hij haar zojuist had verteld. 'Ja,' zei hij langzaam. 'Maar je moet zweren dat je het nooit aan iemand zal vertellen.'

'Natuurlijk zeg ik het tegen niemand. Aan wie zou ik het moeten vertellen?'

'Zweer je het?' Opeens leek hij nerveus en onrustig.

'Ik zweer het op...' Niet op het leven van haar moeder of vader, maar op wiens leven dan wel? 'Op het leven van mijn zus,' zei ze, in de hoop dat ze het noodlot niet tartte. 'Wat stond er in de brief?' vroeg ze toen.

'Niet veel. Alleen dat het hem speet dat hij zoveel ellende achter zich liet en dat hij hoopte dat ik hem niet zou haten om wat hij had gedaan.'

'En is dat zo?'

'Hoe kan ik hem haten? Hij werd gewoon gek, dat is alles.'

Dat is alles. Lydia dacht na. Was dat haar moeder die avond overkomen? Was ze gewoon gek geworden? Kon dat iedereen overkomen? Zouden zij en Noah op een dag ook gewoon gek worden? 'Wat vond de politie van die brief?' vroeg ze.

'Die heb ik nooit laten zien. Het was míjn brief. Persoonlijk, tussen mijn vader en mij. Daarom mag je er tegen niemand iets over zeggen.'

'Mag ík hem lezen?'

Een van zijn wenkbrauwen schoot omhoog. 'Waarom wil je dat?'

Het eerlijke antwoord was dat hoe meer Noah met haar deelde, hoe beter ze zich voelde. Het leek alsof zijn eigen afschuwelijke ervaring die van haar lichter maakte. Maar omdat ze dacht dat hij dit niet zou begrijpen, zei ze: 'We zijn toch elkaars beste vrienden? En beste vrienden delen alles.'

Toen hij niet meteen antwoord gaf, begon Lydia zich zorgen te maken. Stel dat ze zich had vergist en dat Noah haar helemaal niet als beste vriend beschouwde?

'Oké,' zei hij. 'Je mag hem lezen, maar denk aan wat je beloofd hebt.'

Opeens vond ze de brief niet meer belangrijk. Het enige belangrijke was dat hij hun vriendschap niet had ontkend.

19

NOAH WAS OVER twee dingen heel duidelijk.

Als eerste moest Lydia zich aan haar belofte houden dat ze tegen niemand iets over de brief zou zeggen, en ten tweede moest ze ergens buiten school met hem afspreken om de brief te lezen. Hij zei dat hij het niet kon riskeren om de brief mee naar school te nemen, voor het geval dat iemand hem in handen zou krijgen. Ze vermoedde dat hij vooral aan de handen van Donna Jones dacht. Maar sinds die dag achter de noodlokalen was Donna niet meer bij hen in de buurt geweest. Onlangs was Lydia hevig geschrokken toen ze Donna op een middag in een huis aan de andere kant van Hillside Terrace zag binnengaan, de mindere kant, zoals haar grootmoeder het noemde. Donna bleek een tante te hebben die daar woonde, en waarschijnlijk had ze daar gehoord dat Lydia's moeder zelfmoord had gepleegd.

Na de dag op het veld onder de beuk, toen Noah haar over zijn ouders had verteld, liet Lydia tegenover hem meer los over haarzelf, haar vader, Griezel Ridley, de adem van haar moeder die naar zoete sherry rook, en de buikspreekpop. Daarna vertelde hij haar dat de dood van zijn ouders in de kranten had gestaan, en niet alleen in de regionale in Lincoln, waar hij toen woonde, maar in de landelijke dagbladen. Lydia was er trots op dat ze Noah's vriendin was, omdat hij eigenlijk een beetje beroemd was. Ze was er ook trots op dat hij zo intelligent was, iets waar hij zich nooit op liet voorstaan. Heimelijk wilde ze zelf net zo intelligent zijn, en ze begon beter haar best te doen op school. Niets maakte haar zo blij als wanneer ze een beter cijfer kreeg dan Noah. Toen hij in het ziekenhuis lag, had hij blijkbaar alleen in encyclopedieën gelezen die zijn vader ooit voor hem had gekocht.

Lydia was blij dat de dood van haar moeder niet in de landelijke dagbladen was vermeld – alleen in twee regels in de *Maywood Gazette* – want ze moest er niet aan denken dat een heleboel mensen zouden weten hoe haar moeder om het leven was gekomen. Vooral niet de mensen op school. Toch leek het Noah niets te kunnen schelen dat iemand op school erachter zou komen wie hij was. Hij zei dat zijn naam en foto nooit in de kranten waren verschenen, dus waarom zou iemand denken dat hij iets met het verhaal te maken had? Hij vond het echter niet prettig dat de directrice en de leerkrachten op school op de hoogte waren gesteld door zijn oom. 'Ik vind het niet fijn dat ze me in de gaten houden,' gaf hij op een dag toe. 'Ze zijn vast bang dat ik gek word en rare dingen ga doen.'

Lydia was gefascineerd door die opmerking. 'Denk je dat je gek zult worden?' vroeg ze.

'Wie weet?'

Lydia was ook gefascineerd door Noah's oom. Noah zei weinig over hem, dus in de hoop dat hij haar meer zou vertellen, dacht ze dat ze hem kon overhalen door over haar grootouders en de zusters en broeders en hun kerk te vertellen. Tot haar teleurstelling zei hij alleen dat die kerk hem een beetje raar leek en dat die heel anders was dan de kerk waar zijn oom hem soms mee naartoe nam.

Het leek bijna onmogelijk om met Noah af te spreken waar en wanneer ze zijn brief kon lezen. Behalve naar school en de kerk en de tuin ging Lydia nergens naartoe waar ze alleen kon zijn met hem.

Er is altijd wel een manier, zei haar vader vroeger, en in de eerste week van december, toen de lucht elke dag de kleur van vuil afwaswater had, kreeg Lydia de gelegenheid om Noah buiten de school te ontmoeten.

Zuster Lottie lag in bed. Ze had bronchitis. De zusters baden voor haar en brachten om beurten schalen met voedzame gerechten, hoewel ze meestal te ziek was om ervan te eten. Er was besloten dat ook Lydia een keer op bezoek zou gaan bij zuster Lottie, en dus werd ze op een zondagmiddag op weg gestuurd met een thermosfles warme groentesoep en een kopie van dominee Digby's preek, die hij speciaal voor zuster Lottie had geschreven. Omdat dit een gouden gelegenheid was, had Lydia met Noah bij hem thuis afgesproken na haar bezoek aan zuster Lottie.

Ze had er echter niet op gerekend dat het zo lang zou duren voor ze bij zuster Lottie was. Uit de garage van haar grootvader werd een zware, roestige oude fiets tevoorschijn gehaald. Dat was het eerste wat Lydia zag, dat ooit van haar vader was geweest. Ondanks de olie die op de versnelling en ketting werd gespoten, maakte de fiets een oorverdovend lawaai als je op de pedalen trapte. Het zadel was hard en puntig en een roestige veer stak door het gebarsten leer, en dan moest ze ook nog rekening houden met de stang.

Kedong, kedong, kedong, gingen de pedalen. Heuvelafwaarts was zo erg niet, maar heuvelopwaarts was een ramp. Een paar keer moest ze vlug afstappen en de fiets duwen. Uiteindelijk kwam ze twintig minuten te laat in Cuckoo Lane, waar zuster Lottie woonde. Uitgeput en zwetend in haar dikke jas zette ze de fiets tegen het hek, haalde de mand van het stuur en liep het korte pad op naar het rijtjeshuis. Ze had gehoord dat ze zichzelf binnen moest laten, en na haar hand in de brievenbus te hebben gestoken, vond ze de sleutel aan een lang stuk touw. Binnen riep ze naar zuster Lottie. 'Hier, boven,' klonk zwakjes het antwoord, gevolgd door een hoestbui.

Lydia voelde zich net Roodkapje toen ze naar boven ging met de mand. Ze hield de leuning stevig vast. De smalle traploper was versleten en raakte hier en daar gevaarlijk los. In de hoeken van de geverniste treden lag stof. Omdat Lydia wist hoe precies haar grootmoeder was met huishoudelijke taken, en altijd tegen haar zei dat reinheid na godvruchtigheid kwam, vroeg ze zich af waarom niemand van de kerk, ook haar grootmoeder niet, had aangeboden om even schoon te maken sinds zuster Lottie aan bed gekluisterd was.

De arme vrouw zag er helemaal niet goed uit. Ze zat in een haveloos roze bedjasje tegen de kussens geleund, en haar gezicht was bijna net zo wit als de kussenslopen. Ze glimlachte toen ze Lydia zag. 'Wat een leuke verrassing,' zei ze. 'Is je grootmoeder er ook? Is ze beneden?'

'Nee, ik ben zelf gekomen. Ik heb de hele weg gefietst,' zei Lydia trots. 'Op de oude fiets van mijn vader.'

'Lieve help! Wat een avontuur! Maar ik ben bang dat ik op het moment niet erg gezellig ben.'

'Dat geeft niet. Ik heb iets te eten voor u meegebracht. O, en een preek van dominee Digby. Die moet ik u voorlezen terwijl u de soep eet.'

'Dat lijkt me niet erg leuk voor je. Je wilt vast liever ergens anders zijn.'

Lydia dacht aan Noah. Het plan was om zo snel mogelijk weer weg te gaan, maar Lydia's hart verzachtte nu ze bij zuster Lottie was en zag hoe ziek ze was. Deze vreemde, oude vrouw was altijd zo aardig voor haar geweest. 'Ik ben speciaal voor u gekomen,' zei ze opgewekt, terwijl ze haar jas uittrok en de mand op het voeteneind van het bed zette. 'Zal ik een kom uit de keuken halen voor de soep?'

Het huis van zuster Lottie was zo klein, dat het Lydia aan een poppenhuis deed denken. Vooral de keuken was heel klein; er was niet eens ruimte voor een tafeltje. Er was een witte porseleinen gootsteen met een houten afdruiprek, een groen met geel gasfornuis, twee planken waarop een theebus en wat blikken en potten stonden met haring, sperziebonen, rijstpudding, custardpoeder en leverpastei. In de hoek stond een koelkast te gonzen, en ernaast stond een kast waar Lydia een kom en een lepel vond.

Onderweg naar de trap duwde ze de deur open van de enige andere kamer, en gluurde naar binnen. Het was de voorkamer, en die stond vol grote en kleine meubels. Met het gebloemde behang, lampenkappen met franje, kanten kleedjes en antimakassars, boeken en overal tierelantijnen, leek het er overvol. De ingelijste foto's aan de wanden waren ouderwetse zwartwitfoto's, sommige heel oud, zo te zien aan de rare kleren die de mensen droegen. Ze deed de deur dicht en liep voorzichtig de trap op met het dienblad. Nu ze haar jas had uitgetrokken en was bijgekomen, besefte ze hoe koud het hier in huis was. Dat kon toch niet goed zijn voor iemand die ziek was?

Toen ze de soep in de kom had gedaan en de kussens van zuster Lottie had opgeschud opdat ze comfortabel kon zitten, zag ze dat achter haar stoel een kleine haard was. 'Zal ik de haard voor u aansteken?' vroeg ze. 'Het is hier zo koud.'

Het bleke gezicht van zuster Lottie verhelderde. 'Wil je dat doen? O, dat lijkt me heerlijk. Wat ben je lief voor me. Je bent een engel!'

Lydia had nog nooit een haardvuur gemaakt, maar dat zei ze niet tegen zuster Lottie. Ze pakte alles wat ze nodig dacht te hebben: de kolenkit uit de voorkamer, een tang, wat aanmaakhout uit een kist bij de achterdeur en een doos lucifers van de vensterbank achter de oven. Toch ontbrak er nog iets. 'Ik heb papier nodig,' zei ze tegen zuster Lottie. 'Heeft u misschien oude kranten?'

Zuster Lottie schudde haar hoofd, en toen vielen hun blikken tegelijkertijd op de tien pagina's dikke preek van dominee Digby, die Lydia nog moest voorlezen. 'Dan nemen we die,' zei Lydia vastberaden.

Zuster Lottie hield haar adem in en begon toen pijnlijk te hoesten. Haar gezicht werd er roze van. 'Denk je dat we dat wel mogen?' bracht ze moeizaam uit toen ze weer op adem was gekomen.

Lydia maakte al proppen van de preek en haalde haar schouders op. 'Van mij zal hij het niet horen. En ik kan u trouwens woord voor woord vertellen wat er in de preek stond.'

Zuster Lottie zakte terug in de kussens. 'Natuurlijk kun je dat. Je bent het slimste kleine meisje dat ik ooit heb meegemaakt.'

Lydia vermoedde dat zij, behalve Valerie, het enige meisje was dat zuster Lottie kende. 'Zo klein ben ik niet,' zei ze terwijl ze nog een stukje steenkool in de haard legde en een lucifer aanstak.

'Voor een oude vrouw als ik wel. En daarbij ben je een heel bijzonder meisje op wie ik heel erg gesteld ben.'

Het was zo lang geleden dat iemand zoiets aardigs tegen haar had gezegd, dat Lydia niets wist te antwoorden.

Vreemd, dacht ze naderhand toen ze wegfietste op de *kedong-kedong*-pedalen, dat ze zich zo verdrietig kon voelen door een onverwacht aardige opmerking. Je zou denken dat het een tegenovergestelde uitwerking zou hebben.

Het werd al donker toen ze op de weg kwam die volgens de kaart die Noah voor haar had getekend, regelrecht naar Upper Swallowsdale House zou voeren. Hij had haar verteld dat hij ergens in de rimboe woonde en dat ze moest uitkijken naar een hekje in de stenen muur rechts, en vervolgens naar een groot huis van grijze stenen.

Ze zag het hekje, en toen de heuvel te steil werd sprong ze van haar fiets en liep de laatste meters. Noah had uitgelegd dat zijn oom weg zou zijn, en dat hield in dat ze het huis voor zich alleen hadden.

Noah wachtte haar op bij de voordeur. 'Je bent laat,' zei hij geërgerd. 'Ik dacht al dat je niet meer zou komen.'

'Sorry, maar ik ben langer bij zuster Lottie gebleven dan ik van plan was.'

Meteen werd hij vrolijker. 'O, je bent er in elk geval, dat is het belangrijkste. Ga mee naar mijn slaapkamer.'

Lydia had Noah nooit een trap zien beklimmen – alles op school was op de begane grond – en ze wendde haar blik af toen ze zag hoeveel moeite het hem kostte. Discreet keek ze achterom naar de duistere hal beneden. Het was de grootste die ze ooit had gezien – ze was nooit eerder in zo'n groot huis geweest – maar toch merkte ze iets wat Noah haar nooit had verteld: hij en zijn oom waren arm. Nergens was een kleed te bekennen en de vloer was niet eens goed gelegd. Er lagen alleen versleten, glimmende stenen. Ze konden zich zo te zien niet eens elektriciteit veroorloven. In plaats van lampen hingen er kandelaars aan de muren met grappige spiegeltjes erachter. Smeltend kaarsvet droop op de stenen vloer eronder, en zorgde voor rommel op de bovenkant van een houten kast. Aan de wanden hingen vreemde, oningelijste schilderijen. Ze kon niet goed zien wat de schilderijen voorstelden, maar het leek of iemand ze misschien per ongeluk ondersteboven had opgehangen.

Op de overloop boven hingen nog meer schilderijen. Een ervan leek te zijn geschilderd met klodders blauwe en paarse verf, en er was een naakte vrouw op te zien die op een mooie bank lag met maar één uiteinde. Maar het was niet zo'n vrouw als meneer Darby had bekeken in zijn krant in de stookruimte. Deze had twee hoofden zonder ogen op lange, dunne, gebogen halzen. Lydia wendde vlug haar blik af. 'Na een poosje wen je er wel aan,' zei Noah.

Kregelig omdat ze was betrapt, zei ze: 'Wie is dat?' Ze wilde niet dat hij zou denken dat ze zo kinderachtig was om zich opgelaten te voelen.

'Mijn moeder.'

'Je moeder! Had ze twee hoofden?'

'Hij glimlachte. 'Nee, sukkel. Dat noemen ze abstracte kunst.'

'O, dat,' zei ze luchtig. Ze nam zich voor om het woord 'abstract' op te zoeken als ze weer thuis was.

'Dit is nog een schilderij van mijn moeder,' zei hij toen ze aan het einde van de overloop waren gekomen. 'Dat is op haar achttiende verjaardag gemaakt. Vind je het mooi?'

Dit schilderij was veel normaler. Het was een afbeelding van een knap meisje in een jurk met een laag decolleté en een halsketting om. Ze zat op een stoel, en achter haar was in een spiegel de vage weerspiegeling van een man te zien. Dit was een heel ander schilderij dan dat van de naakte vrouw. Er was veel minder verf gebruikt en de kleuren waren zacht en teer. Lydia vond het mooi.

'Zie je die man in de spiegel?' zei Noah. 'Dat is mijn oom. Hij en mijn moeder waren een tweeling.'

'Dus het was de verjaardag van hen allebei?'

'Ja. Mijn oom zegt dat dit het eerste schilderij was waar hij trots op kon zijn.'

'Heeft je oom dit geschilderd?' Lydia kon de verbaasde klank in haar stem niet tegenhouden. 'Heeft hij dat andere ook geschilderd?'

Noah knikte. 'Hij heeft alle schilderijen hier in huis geschilderd.'

Ze dacht aan de schilderijen beneden die ondersteboven leken te hangen. 'Is hij een echte kunstenaar?' vroeg ze twijfelend. 'Je weet wel, een die betaald wordt voor zijn schilderijen?'

'O, ja. Hij krijgt er heel veel geld voor. Ik wil ooit ook een kunstenaar worden zoals hij.'

Lydia dacht aan de kale stenen vloeren en de kaarsen, en ze hield haar mond. Deze keer was ze van mening dat zij iets wist wat Noah niet wist: dat zijn oom helemaal niet rijk kon zijn. Alleen arme mensen gebruikten kaarsen. Dat was bij hen ook gebeurd toen mam geen geld meer had voor de elektriciteitsmeter.

In Noah's slaapkamer brandden ook kaarsen. Vier stonden op de vensterbank, drie op de schoorsteenmantel, twee op het bureau naast het bed en nog twee op de boekenkast die vol stond met boeken en spelletjes. Schaduwen speelden over de wanden en het rook er aangenaam naar opgebrande lucifers. Maar het beste van alles was dat er een vuur brandde in de haard; achter een geblakerd metalen scherm knetterden houtblokken. Ze staarde gebiologeerd naar de flakkerende vlammen en wilde zeggen hoe prachtig het was dat hij een eigen vuur mocht hebben in zijn slaapkamer. Maar ze durfde het niet. Als Noah dit heel gewoon vond, wilde ze niet dat hij dacht dat ze zo makkelijk onder de indruk raakte. In plaats daarvan zei ze: 'Je boft dat je zo'n grote kamer hebt. Die van mij is veel kleiner en ik moet hem delen met Valerie.'

'Dat is vast leuker dan de hele tijd in je eentje te zijn.'

'Maar jij hebt in elk geval je oom. Hij klinkt heel...' Ze wilde zeggen: 'grappig', maar toen ze aan dat angstaanjagende portret van Noah's moeder met twee hoofden dacht, veranderde ze vlug van gedachten en zei: 'interessant'.

'Dat is hij zeker. Wil je iets eten?'

'Wat heb je?'

Uit de onderste la van zijn bureau pakte hij een gedeukt koekblik. Hij haalde het deksel eraf en hield haar het blik voor. Behalve in een winkel had Lydia nog nooit zoveel snoep bij elkaar gezien. Er waren Spangles, Smarties, Rolo's, Curly Wurlies en Milky Ways. 'Pak maar,' zei hij. 'Of wil je liever iets anders? Ik kan ook brood roosteren voor de haard als je dat liever wilt.'

Het leek Lydia een leuk idee om brood te roosteren bij het vuur, maar niet als Noah helemaal naar beneden moest om brood te halen. 'Dit is best,' zei ze. Ze pakte een rol Rolo's, haalde er een uit en deed de rest terug in het blik.

'Nee,' zei hij. 'Hou ze maar.'

'Echt waar?'

'Natuurlijk. Ik heb ook frisdrank als je die lust.'

Ze aarzelde. 'Moet je die dan beneden halen?'

'Ik heb hier alles wat ik nodig heb.' Hij ging naar de grote kledingkast aan de andere kant van de kamer en opende een van de deuren. Met open mond staarde ze naar wat bijna een kleine provisiekast was. Noah had meer eten in zijn kledingkast dan zuster Lottie in haar hele keuken. 'Goed, hè?' zei hij. 'Ik ben wat je noemt helemaal onafhankelijk.' Hij schonk twee bekers frisdrank in, gaf haar er een en gebaarde toen dat ze op het bed moest gaan zitten. 'Als je klaar bent, zal ik de brief van mijn vader pakken.'

Lydia nam kleine slokjes en liet de bubbels in haar neus sproeien. Ze keek om zich heen naar de prettig slordige kamer, naar de kaarsen en het vuur, de welgevulde provisiekast in de kledingkast, de telescoop voor het raam, de plastic vliegtuigmodellen die aan draden aan het plafond hingen, de scheikundeset en de wereldbol op het bureau, de posters van de Concorde en Neil Armstrong op de maan, de planken met boeken en spellen, en ze vroeg zich af of ze droomde. Noah's wereld was zo anders dan die van haar. Hij leek zoveel interessante dingen te hebben en zoveel vrijheid. Er was niemand die hem zo in de gaten hield als haar grootouders haar, waardoor ze geen plezier mocht hebben.

'Waar is je oom?' vroeg ze.

'In Londen. Hij is er gisteravond naartoe gegaan.'

'Londen? Bedoel je dat je hier helemaal alleen bent?'

'Dat gebeurt vaak. Daarom kon ik na de vakantie niet naar school.'

'Dus je had geen afspraak in het ziekenhuis?'

'O, dat wel, maar de volgende dag moest oom Brad naar Londen om wat schilderijen van hem tentoon te stellen. Daarom kon ik niet naar de bushalte voor school.'

'Belde niemand van school waar je bleef?'

'Er is wel gebeld, maar oom Brad had strikt opdracht gegeven dat ik niet mocht opnemen, voor het geval dat de school erachter kwam dat ik hier alleen was. Het laatste wat hij wil is dat ze zich ermee gaan bemoeien en het ons lastig maken.'

'Waarom heb je me dit niet eerder verteld?'

'Ik vind dat soort dingen nooit belangrijk.'

'Ik wel. Ik was ongerust over je.' Lydia bloosde om haar eigen bekentenis en liet toen een harde boer door de frisdrank. Ze sloeg een hand voor haar mond en begon te giechelen.

Noah lachte. 'Wedden dat je het niet nog een keer kunt?'

'Wedden van wel.' Ze forceerde haar keel en liet weer een bevredigend luide boer.

De volgende tien minuten zaten ze elkaar de loef af te steken met boeren, tot ze pijn in hun buik kregen van het lachen. Lydia kon zich niet herinneren wanneer ze zich de laatste keer zo gelukkig had gevoeld.

Ze maakten zoveel lawaai dat ze de voetstappen niet hoorden en ook niet dat de deur openging.

'Wat hoor ik hier voor plezier?' zei een mannenstem.

20

LYDIA HAD ZICH Noah's oom voorgesteld als een vriendelijke, vrolijke, afwezige, gezette man met een bril en een baard. Dat kwam zeker omdat ze wilde denken dat haar vriend een aardig en vriendelijk iemand had die voor hem zorgde.

Oom Brad, zoals Noah hem voor het eerst had genoemd die middag, was verre van gezet. Hij was lang. Slungelig lang en zo mager als een lat. Zijn haar had een matte blonde kleur en Lydia's grootouders zouden vol afschuw zijn geweest omdat het zo lang was. Het viel helemaal tot op de schouders van zijn roze en wit gebloemde overhemd. Ook droeg hij een paarse sjaal om zijn hals en een paarse fluwelen broek; die was beschamend strak tot vlak onder de knieën, waar de pijpen opeens heel wijd werden. Lydia had nog nooit iemand als hij gezien. Ze had gehoord over hippies en iets wat een beatnik werd genoemd, en ze vroeg zich af of hij er ook een was. Ze probeerde om niet te staren, maar hij zag er zo vreemd uit, als een felgekleurde langpootmug.

'Wie is dat leuke vriendinnetje, Noah?' vroeg hij vanuit de deuropening, waar hij achteloos tegen de post leunde. Zijn stem klonk niet erg duidelijk, maar een beetje lui, alsof hij de moeite niet hoefde te nemen.

'Ze heet Lydia.' In tegenstelling tot Lydia, die bloosde en nerveus opstond, bleef Noah op bed liggen, leunend op een elleboog.

Oom Brad zwaaide naar Lydia, één zwaai, alsof hij een ruit schoonveegde om erdoorheen te kijken. 'Hallo, Lydia,' zei hij. 'Leuk om kennis met je te maken.'

Lydia's blos werd nog dieper.

'Waarom ben je zo vroeg terug?' vroeg Noah aan zijn oom. 'Ik dacht dat je pas vanavond laat zou terugkomen.'

'Ik had er genoeg van. Iedereen die ik ontmoette was vreselijk saai.' Hij geeuwde uitgebreid, zonder ook maar moeite te doen zijn mond met zijn hand te bedekken. 'Man, man, wat heb ik een honger. Je hebt zeker niets voor me? Beneden is geen eten meer te bekennen.'

'Ga je gang.'

Oom Brad kwam de kamer binnen en slenterde naar de kledingkast. Hij pakte wat koekjes. 'Joost mag weten wat ik zonder hem zou moeten, Lydia,' zei hij terwijl hij luidruchtig kauwde en de kruimels door de lucht vlogen. 'Hij is een engel dat hij het met me uithoudt. Ik ben vast de ergste oom die er bestaat. Nietwaar, Noah?'

'Je valt wel mee,' zei Noah met een lachje.

'Zie je wat ik bedoel, Lydia? Hij is een engel. Ieder ander zou hebben gezegd dat ik moet ophoepelen en mijn eigen koekjes moet kopen. Maar deze jongen niet. Een hart van goud.' Hij streek met een hand door zijn lange blonde haar en liep terug naar de deur. 'Nou, dan laat ik jullie hippe vogels maar met rust. Sorry dat ik jullie heb gestoord.'

'Het wordt laat,' zei Lydia toen ze alleen waren. 'Ik moet weg.'

'Je hoeft echt niet weg omdat mijn oom thuis is.'

'Nee, ik moet echt gaan. Ik wil niet te laat thuiskomen, anders komen mijn grootouders er misschien achter dat ik niet alleen bij zuster Lottie ben geweest.'

Noah liet zich van het bed rollen en stond onhandig op. 'Kom je nog een keer?'

'Als ik weg kan, wel.'

'Ik begrijp niet waarom je je grootouders niet gewoon over me vertelt. Dan kun je komen wanneer je wilt.'

Lydia raapte haar jas van de vloer op en dacht aan hoe ze zouden reageren op die vreemde oom van Noah. 'Beter van niet,' zei ze. 'Het is trouwens leuk om een geheim te hebben.'

Pas toen ze weer op de lawaaiige fiets door het donker reed, schoot haar te binnen dat Noah was vergeten haar zijn geheime brief te laten zien.

De volgende dag met etenstijd kondigden Lydia's grootouders aan dat, omdat iedereen van de kerk het druk had voor Kerstmis, ze zich nuttig moest maken en elke dag na school zuster Lottie gezelschap moest houden. Hoewel ze het niet leuk vond dat zuster

Lottie ziek was, hield het in dat ze nu na elk bezoek stiekem naar Noah toe kon.

Zuster Lottie leek inderdaad heel zwakjes. Lydia kon zien dat alles haar moeite kostte. Misschien verveelde ze zich. De paar keer dat Lydia zich kon herinneren dat ze ziek in bed lag, had ze zich altijd verveeld.

Terwijl ze de as uit de haard haalde, een nieuw vuur aanstak en zuster Lottie een kom van de parelgortsoep van haar grootmoeder gaf, probeerde ze te bedenken wat de oude vrouw zou opbeuren.

'Hebt u uw mooie hoeden nog, zuster Lottie?' vroeg ze.

'Tegen niemand zeggen,' fluisterde de vrouw, alsof ze bang was dat iemand het zou horen, 'maar ik heb ze niet weggegooid zoals eigenlijk had gemoeten. Ik weet dat dominee Digby zegt dat het een zonde is om je te veel aan iets te hechten, maar ik kon geen afscheid nemen van mijn oude vriendinnen. Ze liggen in een doos onder het bed.'

'Zullen we kijken of ze nog in orde zijn? We kunnen ze opzetten, voor de zekerheid.'

Er kwam een glimlachje op het gezicht van zuster Lottie.

Het was stoffig onder het bed en de doos was groter dan Lydia had verwacht. Toen ze het deksel eraf had getild en de lagen vloeipapier had verwijderd, besefte ze dat ze maar een heel klein deel van zuster Lotties verzameling had gezien. 'Mag ik deze passen?' vroeg ze toen ze een lichtgroene hoed met voile zag. Ze liep naar de driedelige spiegel op de kaptafel om zichzelf te bewonderen. De voile wist haar wenkbrauwen fantastisch te maskeren. 'Die heb ik u nooit zien dragen,' zei ze terwijl ze haar gezicht naar links en rechts draaide. 'Hoe komt dat?'

'Zuster Vera zei een keer dat hij te chic was voor de kerk. Ze zal wel gelijk hebben gehad.'

Lydia hield haar mening over zuster Vera voor zich en liep terug naar de doos. 'Welke wilt u passen?' vroeg ze.

'Kies jij er maar een.'

Lydia zocht de hoed die ze zuster Lottie het meest had zien dragen, die met het kleine roodborstje dat achter de bloemen vandaan gluurde. 'Deze? Die vond ik altijd zo mooi staan.'

Zuster Lottie zette haar kom soep op het nachtkastje en pakte de hoed aan. Lydia haalde de handspiegel van de kaptafel. 'Kijk, nu lijkt u meer zoals vroeger. Voelt u zich nu niet beter?'

Zuster Lottie keek naar haar spiegelbeeld. Ze legde een hand op de verfrommelde bloemen die op de rand genaaid waren, en streelde ze zacht. Er kwam even een trieste en afwezige uitdrukking op het gezicht van de oude vrouw, en Lydia wist dat ze een fout had gemaakt. Zuster Lottie voelde zich helemaal niet beter door de hoeden.

Tien minuten later, met een schuldig gevoel omdat ze vroeg wegging, nam Lydia afscheid en ging naar Upper Swallowsdale. Het was aardedonker omdat de straatlantaarns niet brandden en er nauwelijks auto's reden, dus moest ze alleen bij het zwakke licht van haar fiets de weg naar Noah's huis vinden.

Zoals de eerste keer stond hij haar bij de voordeur op te wachten. De kaarsen in de gang flakkerden en sputterden in de koude tocht toen hij de zware houten deur sloot. Ze zag aan zijn gezicht dat hij blij was haar te zien. Haar hart zwol.

'Is je oom er?' vroeg ze.

'Maak je niet druk over hem. Hij is in zijn atelier bezig aan een nieuw schilderij. Kom mee naar boven.'

Noah's slaapkamer leek nog aantrekkelijker dan Lydia zich herinnerde. Op een deken voor het hoog brandende vuur stonden een bord met witte sneden brood, een pot jam en een pakje boter. 'Ik ga brood roosteren,' zei hij terwijl hij onhandig op de vloer ging zitten. Hij pakte een lange vork en prikte er een snee brood op. 'Wil jij het rooster voor me weghalen?'

Lydia deed wat hij vroeg en ging naast hem zitten. Binnen een mum van tijd beten ze in het warme brood, met glimmende lippen van jam en boter. Ik wil dat dit nooit voorbijgaat, dacht Lydia. Dit is volmaakt. Zo wil ik dat mijn leven is. Altijd. 'Kon ik maar hier bij jou wonen,' zei ze schuchter toen ze klaar waren met eten en hun vingers aflikten.

Hij glimlachte. 'Je zou snel van gedachten veranderen als je een week bij mijn oom zou wonen.'

'Hij lijkt me aardig. Je mag doen en laten wat je wilt en hij is helemaal niet streng.'

Noah haalde zijn schouders op. 'Soms lijkt het of hij het kind is en ik de volwassene. Er zijn dagen dat ik het zat ben.'

'Heb je grootouders?'

'Nee. Allemaal dood. Alleen ik en oom Brad zijn er nog. Wil je nu de brief van mijn vader lezen?' Zonder op haar antwoord te wachten kwam hij overeind en liep naar het bureau. Ze keek toe terwijl hij in de onderste la rommelde tot hij vond wat hij zocht. Ze besloot hem de moeite te besparen om zich weer op de grond te laten zakken, en ging op het bed zitten. Toen gaf hij haar heel voorzichtig de brief, alsof hij haar de kroonjuwelen overhandigde. Bijna bang om hem te lezen vouwde ze het velletje papier open. Het handschrift was slordig en beverig, en hier en daar bijna onleesbaar. Uit haar ooghoek zag Lydia dat Noah doelloos door de kamer drentelde.

Lieve Noah,

Het spijt me. Van alles. Geloof me alsjeblieft, ALSJEBLIEFT, als ik zeg dat het nooit mijn bedoeling is geweest. Ik hield van je moeder, maar ze wilde bij ons weggaan. Dat kon ik niet laten gebeuren. Ze was mijn wereld. Alles wat ik ooit heb gewild. Vergeef me, als je het kunt. Haat me niet omdat ik je alleen laat, maar ik kan niet zonder haar leven. Of met wat ik heb gedaan.

Vaarwel, Noah

Lydia vouwde de brief op en gaf hem terug aan Noah, die nu op het bed naast haar was komen zitten. 'Wanneer heeft hij het geschreven? Ik bedoel, wanneer is het gebeurd?'

'Dit jaar. Op drie april.'

Een paar maanden voordat zij haar moeder verloor, dacht Lydia. 'Ben je er kwaad om geworden?' vroeg ze.

'Ja. Jij ook?'

'Een beetje. Maar ik vond het verkeerd. Als iemand sterft hoor je je toch verdrietig te voelen? Toen ik boos was op mijn moeder om wat ze gedaan had, was het net of ik de verkeerde kleren aanhad. Kriebelig en te strak.'

Hij knikte. 'Oom Brad was kwaad. Zo kwaad dat hij met zijn auto tegen een stenen muur reed. Hij zei dat hij zich er beter door voelde. Maar alleen een poos. Hij wordt vaak dronken. Hij zegt dat het helpt.'

Lydia dacht aan haar moeder en al die lege sherryflessen. Haar moeder had alleen maar geprobeerd zich beter te voelen. 'Denk je dat wij het ook moeten proberen?' vroeg ze, half als grap maar ook half uit nieuwsgierigheid.

'Heb ik al gedaan.'

Lydia was onder de indruk. 'Hoe was het?'

'Smerig. Ik werd misselijk en toen ik wakker werd had ik vreselijke hoofdpijn. Ik snap niet hoe mijn oom het kan.'

Ze bleven even zwijgend zitten. Lydia bedacht juist hoeveel zij en Noah gemeen hadden, en dat ze zich door die gedachte veel beter voelde, gelukkiger en niet zo koud en kregel vanbinnen, toen ze een pijnlijke steek van schuld voelde. Ze had het recht niet om zich beter of gelukkiger te voelen, want in tegenstelling tot Noah, die er niets aan kon doen wat zijn vader had gedaan, was het helemaal haar schuld dat haar moeder zelfmoord had gepleegd. En niets kon ooit dat gevoel vanbinnen wegnemen.

Een plotselinge bons op de deur klonk, en Noah griste de brief uit Lydia's handen. Hij had hem net veilig in de la teruggelegd, toen oom Brad binnenstormde. De deur vloog tegen de muur. 'En wie mag jij wel zijn, jongedame?' wilde hij weten. Zijn haar zat wild en zijn gezicht zat onder de verfspetters.

'Dit is Lydia,' zei Noah. 'Ken je haar niet meer?'

Oom Brad wankelde de kamer binnen op zijn lange, dunne benen. Hij kwam naar het bed waar Lydia zat, staarde haar keurend aan, bukte zich en nam haar kin in zijn hand. Die rook naar terpentine. 'Nu je het zegt, zie ik iets bekends.' Doodsbang liet Lydia hem haar hoofd langzaam naar rechts en naar links draaien. 'Interessant profiel,' zei hij. Zijn adem sloeg haar tegemoet. 'En daarbij, jongedame, zul je op een dag een mooie vrouw zijn.' Abrupt ging hij overeind staan.

Lydia's gezicht gloeide. Was hij dronken en hield hij haar voor de gek?

Nog dagen daarna dacht Lydia aan de woorden van oom Brad. Een mooie vrouw. Op een dag zou ze mooi zijn. Iets in haar begon het te geloven, en vaak stond ze voor de spiegel om te zien wat haar gezicht ooit zou worden. Maar hoe vaker ze haar spiegelbeeld bestudeerde, hoe meer ze tot de conclusie kwam dat Noah's oom gek was. Ze was lelijk en dat zou ze altijd blijven.

21

IN HET JAAR dat Lydia elf werd, gebeurden er vier dingen.

Het was 1971 en in februari moest iedereen ophouden om ponden, shillings en penny's te gebruiken, en werd overgegaan op het decimale muntstelsel. Zuster Lottie was zo ongerust over het nieuwe systeem dat ze Lydia had gesmeekt om met haar te gaan winkelen. 'Tot ik het doorkrijg,' had de oude vrouw gezegd. 'Je weet hoe ik in de war kan raken.'

Toen, tijdens de zomervakantie, een paar dagen nadat oom Brad een televisie had meegenomen opdat Noah de astronauten op de maan kon zien rondrijden in een maankarretje, kreeg Noah het nieuws dat hij niet langer een beenbeugel hoefde te dragen. Zijn been was nog helemaal niet goed – hij liep nog erg mank – maar zonder de zware beugel kon hij zich makkelijker bewegen.

Een maand later, in september, begonnen Lydia en Noah met hun klasgenoten op de middelbare school. Vlak voor de herfstvakantie kwam Lydia uit school en hoorde dat haar grootmoeder geopereerd moest worden en een poos in het ziekenhuis moest blijven. 'Nu je grootmoeder er niet is, moet jij voor je zusje en het huishouden zorgen,' zei Lydia's grootvader tegen haar toen ze nog niet eens haar jas had uitgetrokken.

'Wat heeft ze?' vroeg Lydia.

'Dat doet er niet toe! Zorg maar dat je voor haar bidt. En nu uit de weg, ik heb dingen te doen.'

Lydia ging naar boven, naar haar zusje. Valerie was nu vijf en met haar lieve, engelachtige gezichtje en fijne blonde haren – die ze mocht laten groeien – was ze de oogappel van hun grootmoeder geworden. Er zat geen greintje kwaad in haar en ze gedroeg zich net zo volmaakt als ze eruitzag. Daardoor leek Lydia, die in het afgelopen jaar wel twaalf centimeter was gegroeid, natuurlijk nog meer op een onhandige, slungelige kwajongen. In tegenstelling tot Val mocht zij haar haren niet laten groeien en regelmatig moest ze op de keukenstoel zitten en toekijken hoe haar donkere krullen op de vloer vielen terwijl haar grootmoeder de schaar hanteerde. Het kon haar niets schelen. Niets wat thuis gebeurde, interesseerde haar. Ze had sinds lang geaccepteerd dat het enige belangrijke zich afspeelde buiten de muren van Hillside Terrace 33. De echte Lydia Turner bestond alleen in haar hoofd of als ze niet bij haar grootouders was. Het gelukkigste was ze bij Noah. Of bij zuster Lottie, die Lydia heimelijk als haar echte grootmoeder beschouwde.

Nadat Lydia zuster Lottie in vertrouwen had verteld dat Noah haar enige echte vriend was, stelde de oude vrouw voor dat Lydia hem op een zondagochtend mee naar de kerk zou nemen. Lydia wist dat ze het goed bedoelde, maar ze kon zich niets erger voorstellen dan Noah over te leveren aan de beschamende verschrikking van de broeders en zusters. Ze wilde zuster Lottie echter niet kwetsen en zei dat ze dacht dat hij niet geïnteresseerd zou zijn.

Ze vergiste zich. Toen Lydia aan Noah vroeg of hij met haar mee wilde naar de kerk, en uitlegde dat haar grootouders hem misschien goed zouden keuren als hij meeging en hem een geschikte vriend voor haar zouden vinden, had hij gezegd dat hij het zou doen, maar hij wilde wel weten waarom ze hem niet een geschikte vriend zouden vinden.

'Omdat ze willen dat ik alleen omga met gelovigen,' had ze geantwoord.

'Wat is een gelovige als hij thuis is?'

'Iemand die in God gelooft.'

'En doe jij dat?'

'Soms wel en soms niet.'

'Ik vind het best. Maar ik dacht dat je onze vriendschap geheim wilde houden?'

'Het heeft geen zin om die geheim te houden als ik je alleen op school kan zien.'

En dat was dus geregeld. De volgende zondag vroeg Noah of zijn oom hem wilde afzetten in het centrum van de stad, zonder te vertellen waar hij naartoe ging. Lydia had Noah laten zweren dat hij oom Brad niet in de buurt van de broeders en zusters zou laten komen, want je wist nooit wat ze van hem zouden vinden. Zuster Lottie was de eerste die Noah verwelkomde, en vlak na zijn komst verdrong iedereen zich nieuwsgierig om hem heen om te vragen wie hij was. Het verbaasde Lydia hoe ontspannen hij was bij volwassenen. Hij leek precies te weten wat hij moest zeggen om hen voor zich te winnen. Tijdens de dienst zong hij luid mee en zei zo oprecht 'amen' en 'loof de Heer' dat het leek of hij altijd al lid van hun kerk was geweest. Ze was trots dat hij omwille van haar zo overtuigend overkwam.

Zijn enige blunder was blijkbaar dat hij een kruis sloeg voor het altaar, dat eigenlijk niets meer was dan een tafel met een houten kruis erop. Lydia had geen idee waarom zo'n simpel gebaar zo'n reactie veroorzaakte, maar dominee Digby's oplettende oog puilde uit, en haar grootmoeder mompelde iets over paapse onzin. Toch was iedereen beleefd tegen hem tijdens de thee met koekjes, en ze zeiden dat ze hoopten dat hij terug zou komen. Naderhand zei hij als grap tegen Lydia dat de broeders en zusters hem accepteerden omdat volwassenen een kreupel kind niet kunnen weerstaan. Dit was gebeurd vlak voordat hij geen beenbeugel meer hoefde te dragen.

'Vond je het heel erg?' vroeg ze.

'Niet zo erg als ik had verwacht. Maar het is wel een raar stel. Mijn oom zegt dat de meeste kerken bestaan uit mensen die nergens anders bijhoren. Buitenbeentjes noemt hij ze.'

Daar dacht Lydia even over na. 'Maar dat zijn wij toch ook?' zei ze. 'Wij zijn buitenbeentjes die eigenlijk nergens bijhoren.'

'Dat is wel zo.'

'Vind jij dat erg?'

'Waarom? Wie wil hetzelfde zijn als ieder ander? Ik ben blij met wie ik ben. Ben ik trouwens geslaagd voor de test van je grootouders?'

'Ze hebben niets slechts over je gezegd, dus hopelijk wel. Ga je nog een keer mee naar de kerk?'

'Dat denk ik niet. Die eenogige mafkees van een dominee Digby vond ik een griezel. En oom Brad zou trouwens liever willen dat ik naar de St. Jozef ga. Hij gaat zelf niet vaak, maar dan moet ik altijd met hem mee.' De St. Jozef was de uit rode baksteen opgetrokken katholieke kerk naast de bioscoop, en Lydia had onlangs ontdekt dat om de een of andere vreemde reden iedereen die naar die kerk ging, links werd genoemd. Ze had Noah nooit gevraagd waarom of wat het betekende, bang dat ze dom zou lijken. En dat was iets wat ze altijd graag bij hem wilde vermijden.

'Je denkt toch niet echt dat God de wereld in maar zeven dagen heeft geschapen?' vroeg hij haar een keer.

Hij had de vraag zo geringschattend gesteld, dat ze had gezegd: 'Natuurlijk niet. Dat is een verhaal voor kinderen zoals Valerie.' Ze had niet gezegd dat ze het wel een mooie gedachte vond dat God zoveel macht had. Dat hij door even met zijn vingers te knippen, alles kon doen wat hij wilde en alles in orde kon maken.

Valerie geloofde echter elk woord dat dominee Digby zei over God en Jezus, net als alles wat haar grootmoeder haar vertelde. 'Ze is vol van Gods genade,' zei haar grootmoeder dan trots. 'Echt een kind van God.' Alles wat Valerie tekende of schilderde ging over een Bijbelverhaal. In de verhalen die ze op school schreef – ze zat nu op de lagere school – kwamen altijd mensen met Bijbelse namen voor, en als ze zong was het altijd een psalm. De zusters zeiden dat ze de stem van een engel had, en moedigden haar vaak aan om te zingen tijdens hun Bijbelse bijeenkomst. Valerie was totaal niet meer het zwijgende, angstige kind van vroeger; ze was vol zelfvertrouwen en praatte veel en was dol op hun grootmoeder.

Lydia had door schade en schande geleerd om te letten op wat ze nu tegen Val zei. Omdat ze het erg vond dat haar zusje zich hun moeder niet meer kon herinneren, had ze de fout gemaakt om iets van de herinneringen voor haar terug te brengen. Val had meteen haar kleurpotloden gepakt en een tekening van hun moeder gemaakt naar de beschrijving die Lydia haar had gegeven. Hun grootvader was woedend geweest toen hij de tekening zag, en had Lydia zo'n harde klap gegeven dat haar oor dagen erna nog tuitte. Ze werd ervan beschuldigd dat ze haar zus aan het hersenspoelen was, en ze werd zonder eten naar bed gestuurd. Lydia was eraan gewend geraakt dat ze om het minste of geringste werd gestraft. Er waren dagen, zelfs weken, dat ze niets goed leek te kunnen doen.

Toen Valerie zich bewust begon te worden hoe verschillend ze werden behandeld en erdoor van streek raakte, kreeg ze van haar grootmoeder te horen dat Lydia voor haar eigen bestwil gestraft moest worden, dat God dat wilde. Het was ook de wens van God dat Vals kleren splinternieuw waren en die van Lydia op rommelmarkten werden gekocht, omdat het zinloos was om geld te verspillen aan nieuwe kleren nu ze zo hard groeide.

Lydia vond Valerie in hun slaapkamer. Ze zat aan de kaptafel met gebogen hoofd, volkomen geconcentreerd. Ze keek op toen ze Lydia zag. 'Ik ben een kaart voor grootmoeder aan het maken,' zei ze. 'Ze ligt in het ziekenhuis.'

'Weet je wat ze heeft?' vroeg Lydia, terwijl ze het werk van haar zusje bewonderde. Val had een bed getekend met iemand erin die hun grootmoeder voorstelde, met linksboven in de hoek een glimlachende engel die met gevouwen handen aan het bidden was.

'Grootvader zei dat ze geopereerd moest worden.'

'Zei hij ook wat voor operatie?'

'Nee. Zo, ik ben klaar. Vind je hem mooi?' Valerie hield de kaart op. 'Ik wil dat hij heel bijzonder is, omdat ze zich dan misschien beter voelt.'

'Heel mooi,' zei Lydia. 'En je bent een heel knap en lief meisje dat je zoveel moeite hebt gedaan.' Ze meende wat ze zei, maar ze vond het vreselijk dat door Valeries liefheid haar slechte kanten zo werden benadrukt. Ze voelde zich er kleingeestig en gemeen door.

Maar, zo hield ze zichzelf voor, als haar grootouders haar op dezelfde manier behandelden als Valerie, dan zou het misschien anders zijn. Nu was Valerie het lievelingetje en Lydia het lastige kind. En daar kon Valerie niets aan doen. Ze mocht haar zusje daar nooit de schuld van geven. Valerie was gewoon te jong om te begrijpen wat er gebeurde.

De volgende dagen, voor en na school, kookte Lydia en deed ze de was en de strijk. Ze veegde en dweilde, stofzuigde en boende. Valerie hielp mee door af te wassen en de bedden op te maken terwijl Lydia haar huiswerk deed. Maar o wee als Lydia's grootvader thuiskwam van zijn werk en vond dat de koperen deurklopper en brievenbus niet goed gepoetst waren, of dat de kussens niet netjes lagen. En al die tijd zei hij er geen woord over wanneer hun grootmoeder weer thuis zou komen.

Die zondag bad iedereen in de kerk voor een volledig herstel van zuster Irene en naderhand, toen haar grootvader met dominee

Digby aan het praten was, vroeg Lydia aan zuster Lottie of zij wist wat haar grootmoeder mankeerde. Op zachte toon zei zuster Lottie: 'Ze komt binnenkort thuis. Probeer je geen zorgen te maken. Ze is veilig in Gods handen.'

'Maar wat heeft ze dan?'

Zuster Lottie keek of niemand luisterde. 'Het is een vrouwenoperatie.' Ze wapperde met haar hand over haar rechterborst. 'Daar zat een knobbel. De dokters dachten dat het kanker was. Maar goddank was het dat niet. Het zal lang duren voor die arme grootmoeder van je hersteld is van die drastische operatie. We moeten allemaal extra voor haar bidden. Kun je dat, Lydia?'

Bidden voor een vrouw die haar zo haatte? Dat dacht Lydia niet. Maar wat was het alternatief? Als hun grootmoeder stierf, zou ze al het huishoudelijk werk moeten blijven doen, en nog meer lijden onder het steeds slechter wordende humeur van haar grootvader.

Dus bad ze. Voor zichzelf en voor haar grootmoeder.

22

HUN GROOTMOEDER KWAM pas begin februari van het volgende jaar thuis. Ze was afgevallen en ze had holle wangen. Haar huid zag grauw. Ook haar houding was anders; haar magere schouders waren gebogen en ze hield haar armen om haar lichaam geslagen alsof ze het bijeen wilde houden. Lydia had zich vaak afgevraagd wat die 'drastische operatie' had ingehouden waar zuster Lottie het over had gehad, maar ze had geen idee. Het moest hoe dan ook erg zijn geweest, besloot ze terwijl ze toekeek hoe haar grootmoeder langzaam naar boven ging, naar bed.

De volgende dagen, als haar grootvader naar zijn werk was, kwam er een gestadige stroom bezoekers. 's Morgens kwam een verpleegster om te kijken hoe het met hun grootmoeder ging, en daarna hielden de zusters haar boven om beurten gezelschap. Als Lydia aan de gesloten slaapkamerdeur luisterde, hoorde ze hen bidden en psalmen zingen. Maar op een middag, toen zuster Lottie en zuster Joan kwamen, werden ze weggestuurd nog voordat Lydia de ketel had kunnen opzetten voor de thee. 'Je grootmoeder is zwak en depressief,' fluisterde zuster Lottie tegen Lydia voordat ze wegging. 'We moeten veel geduld met haar hebben.'

De enige persoon die hun grootmoeder blijkbaar om zich heen duldde, was Valerie. Dus holde Valerie naar boven zodra ze uit school kwam. Alleen zij kon hun grootmoeder overhalen om op te eten wat hun grootvader tussen de middag speciaal voor zijn vrouw meebracht.

Maar het geduld dat ze moesten hebben voor hun grootmoeder, was niets vergeleken bij wat Lydia moest doorstaan met hun grootvader. Hoe langer hun grootmoeder in bed bleef, hoe slechter zijn humeur werd. Ze had blauwe plekken als bewijs. Niets was ooit goed in zijn ogen. De thee die ze voor hem zette was te slap of te sterk. Het eten dat ze kookte was alleen maar geschikt voor de vuilnisbak. In de overhemden die ze voor hem streek zaten de scherpe vouwen op de verkeerde plaatsen. Hij leek niet met haar in één kamer te kunnen zijn zonder haar een luie slons te noemen of haar te beschuldigen van iets wat ze niet gedaan had. Al die tijd hield Lydia haar mond. Tot het haar uiteindelijk te veel werd en ze hem een grote mond teruggaf.

Ze was bezig met koken toen hij vroeg thuiskwam van zijn werk en aankondigde dat hij cornedbeef met aardappels wilde en niet het gehakt met de uien die ze aan het bereiden was.

'Maar we hebben geen cornedbeef,' zei ze.

'Dan ga je die maar kopen!' schreeuwde hij. Uit zijn broekzak haalde hij wat losgeld en wierp haar dat toe.

In de stromende regen rende ze naar de winkel op de hoek. Ze sprong over plassen en hield de capuchon vast van haar jas, die nu veel te klein was geworden.

Mevrouw Gorton van de winkel was minstens over de honderd en stokdoof. Het duurde vreselijk lang voor ze de klanten had geholpen die voor Lydia aan de beurt waren, en toen ze weer buitenkwam, was het bijna opgehouden met regenen. Ze was net bij de telefooncel toen ze haar naam hoorde roepen. Niet haar echte naam, maar de bijnaam die de groep oudere jongens en meisjes haar hadden gegeven op haar eerste dag op de lagere school. Nu ze op dezelfde middelbare school zat als zij, zag ze hen nog vaker.

'Hé, daar heb je de Kuif!' schreeuwde een van de jongens. 'Heb je iets te eten voor ons?'

Twee jongens kwamen naar haar toe. De ene trok haar capuchon af en woelde haar haren door de war terwijl de andere in haar zakken zocht. Hij vond alleen het blikje cornedbeef. Terwijl hij rook uitblies in haar gezicht, zei hij: 'Heb je geld?'

'Nee,' loog ze.

De andere jongen greep Lydia's hand beet die ze op haar rug hield, en wrong haar vingers open, waarna hij een munt van tien penny's vond. 'Bedankt!' zei hij triomfantelijk.

'Neem dat alsjeblieft niet,' zei Lydia. 'Anders krijg ik problemen.'

'Pech gehad! Had je maar niet tegen ons moeten liegen. Hoe gaat het met die heks van een opoe van je? Ik heb gehoord dat ze een van haar tieten hebben afgesneden. Die moet er niet uitzien in haar nakie. Die vent van haar wil het vast nooit meer met haar doen.'

Terwijl Lydia naar huis rende, voelde ze zich misselijk. Dat kon toch niet? Hoe kon dat deel van een vrouwenlichaam worden weggehaald? En dat haar grootouders 'het' deden, was walgelijke onzin. Ze waren veel te oud.

Buiten adem ging ze via de achterdeur naar binnen. Haar grootvader stond zijn handen te wassen bij de gootsteen. Val was nergens te bekennen. Ze was waarschijnlijk boven bij hun grootmoeder. 'Waarom bleef je zo lang weg?' wilde hij weten.

'Het spijt me,' bracht Lydia uit terwijl ze het blikje cornedbeef uit haar zak haalde en haar jas uittrok.

Hij droogde zijn handen af en zei: 'Waar is mijn wisselgeld?'

'Het spijt me,' zei Lydia weer, 'maar een van de jongens bij de telefooncel heeft het afgepakt. Ik probeerde hem tegen te houden, maar hij wilde niet luisteren.'

Met gesperde neusvleugels wierp hij haar een woedende blik toe. Langzaam liet hij de handdoek zakken. 'En dat moet ik geloven? Je hebt het zelf gehouden, leugenachtig kreng. Je hebt er snoep voor gekocht en dat onderweg naar huis opgegeten. Daarom bleef je zo lang weg!'

'Dat is niet waar. Echt niet. Een van de jongens...'

'Spreek me niet tegen!'

'Dat doe ik niet! Ik zeg alleen maar wat er is gebeurd!'

Hij keek nog dreigender en opeens, zonder dat Lydia erop bedacht was, gaf haar grootvader haar een harde klap tegen de zijkant van haar hoofd. De klap was zo hard dat haar hoofd naar opzij vloog en ze haar evenwicht verloor en met haar hoofd tegen de harde, koude vloer sloeg.

Ze voelde dat ze werd opgetild. Ruw. Alsof ze een zware zak aardappels was. Er klonken stemmen. Ze probeerde haar ogen te openen, maar dat kostte te veel moeite. Ze wist niet waarom, maar ze voelde zich duizelig en misselijk. Alsof ze te hard in de rondte was gedraaid. Een wazige deken van slaperigheid kwam over haar en ze gleed diep onder de aangename warmte ervan. Ze zag zichzelf tot heel ver wegzweven. In de verte zag ze haar moeder wenken. O, en daar was haar vader, die glimlachend zijn armen naar haar uitstrekte. Ze waren toch niet dood! De laatste jaren waren een afschuwelijke droom geweest. Ze holde naar haar vader en hij draaide haar rond. Ze tolden samen rond, hoog in de lucht, zo hoog dat ze zich boven de sneeuwwitte wolken bevonden. Wat heerlijk om te weten dat ze nooit meer bij die gemene ouders van hem hoefde te wonen. Zijn armen verstrakten om haar heen en hij zei haar naam. Steeds weer. 'Lydia... Lydia... Lydia...'

Alleen was het haar vader niet. De stem klonk helemaal verkeerd. Wie het ook was, die persoon bedierf haar heerlijke droom. Ze stak haar armen uit om zich aan haar vader vast te klampen, maar hij was verdwenen en ze viel uit de hemel. En er was niemand om haar op te vangen.

Ze sloeg haar ogen op.

'Aha, daar ben je,' zei een stem die ze niet herkende.

Lydia knipperde met haar ogen tegen het felle licht en probeerde haar omgeving te zien. Ze lag in een bed met een bruin en oranje gordijn eromheen. Een onbekende vrouw in een uniform keek op haar neer.

Maar waarom?

Verward wilde ze net vragen waar ze was toen ze stemmen hoorde en er aan het voeteneind van haar bed een kier in het gordijn kwam. Een man in een witte jas verscheen. Vlak achter hem stond haar grootvader. Lydia had hem bijna niet herkend met die bezorgde uitdrukking op zijn gezicht.

'Zo, jongedame,' zei de man in de witte jas. 'Het lijkt erop dat zuster Davies voor elkaar heeft gekregen wat ik niet kon; ze heeft je wakker gemaakt. Dan kan ik je misschien nu eens goed onderzoeken.'

Op zijn verzoek werden ze alleen gelaten. 'Je hebt geboft,' zei hij terwijl hij met een lampje in haar ogen scheen. 'Je hebt een flinke val gemaakt. En daarbij ook een hersenschudding opgelopen. Nu ben je de trotse eigenares van negen hechtingen, allemaal door mij persoonlijk aangebracht. Je grootvader zei dat je voortdurend streken uithaalt, en dat het een wonder is dat je niet eerder ernstige verwondingen hebt opgelopen.' Hij beluisterde haar borst met zijn stethoscoop.

Lydia slikte en streek met haar tong over haar lippen. 'Heeft mijn grootvader gezegd hoe ik gewond ben geraakt?'

‘Helaas niet. Hij weet alleen dat hij je op de keukenvloer zag liggen toen hij thuiskwam van zijn werk. Het is maar goed dat hij je toen vond, want wie weet wat er anders had kunnen gebeuren.’ Toen hing hij de stethoscoop om zijn nek en zei: ‘Jij kunt me zeker niet meer vertellen? Wat is bijvoorbeeld het laatste wat je je kunt herinneren?’

‘Ik... het spijt me, maar ik kan me niets herinneren.’

‘Geeft niet. Tijdelijk geheugenverlies is heel normaal in dergelijke situaties. Dat geheugen komt wel terug. Intussen blijf jij vannacht hier en dan kijk ik morgen hoe het met je gaat. Met een beetje geluk slaap je morgenavond weer in je eigen bed. Thuis is volgens mij altijd de beste plek. Je weet nooit wat je in een ziekenhuis kunt oplopen.’ Hij lachte om zijn eigen grap.

Maar Lydia lachte niet mee. Een bevende steek van angst vertelde haar dat thuis wel de laatste plek was waar ze zich veilig kon voelen.

23

LYDIA'S GROOTVADER KWAM haar halen, rechtstreeks vanuit zijn werk. Tegen de artsen en verpleegsters was hij een en al glimlach en beleefdheid. Hij bedankte hen voor hun hulp en verontschuldigde zich dat zijn onvoorzichtige kleindochter hun zoveel last had bezorgd. Maar eenmaal alleen met Lydia in de auto was de glimlach verdwenen. Met een strak gezicht zei hij, terwijl zijn handen het stuur omklemden: 'Weet je inmiddels al wat er gebeurd is?'

Ze aarzelde, omdat ze het juiste wilde zeggen. Ze voelde aan dat het beter was om niet lastig te zijn. Haar grootvader dacht waarschijnlijk dat ze deed of ze haar geheugen kwijt was om aandacht te trekken. Maar in werkelijkheid kon ze zich echt niet herinneren wat er was gebeurd. Ze had alleen een vaag beeld dat ze in de keuken bezig was met koken. Vanaf daar was alles weg.

Toen ze geen antwoord gaf, zei haar grootvader: 'Als je weet wat goed voor je is, dan veroorzaak je geen moeilijkheden. Je grootmoeder is ziek en we willen niet dat jij het nog erger maakt voor haar. Is dat duidelijk?'

Zo duidelijk als modder, dacht Lydia. Wat voor moeilijkheden dacht hij dat ze zou veroorzaken? 'Ja, grootvader,' zei ze braaf. Ze keek uit het raam van de auto en legde een hand op haar verbonden hoofd, in een poging om het helder te krijgen. De dokter had haar verzekerd dat haar geheugen elk moment kon terugkomen, dat het alleen op gang gebracht moest worden en dat alles dan in een flits duidelijk zou worden, of gestadig, zoals een druppende kraan. Ze hoefde zich nergens zorgen over te maken, had hij gezegd. Maar ze maakte zich wel zorgen. Hoe kon je een stuk van jezelf kwijtraken en je geen zorgen maken? Ze geloofde er niets van dat ze van een stoel was gevallen terwijl ze een koekblik uit een van de hoge keukenkastjes wilde pakken, zoals haar grootvader tegen de dokter had geopperd. Om te beginnen waren er helemaal geen koekjes meer in dat kastje omdat hun grootmoeder die alleen kocht voor de Bijbelbijeenkomsten met de zusters, en sinds haar operatie vorig jaar kwam iedereen nu bijeen bij zuster Vera.

Ze waren nu bijna thuis, en toen haar grootvader langs de winkel op de hoek reed, zag Lydia de gebruikelijke groep tieners rondhangen. Ze schopten een blikje naar elkaar over de straat. Haar grootvader toeterde luid om hen weg te jagen. De twee brutale jongens die de vorige dag haar geld hadden afgepakt, bleven gewoon staan. Toen haar grootvader weer met zijn vuist op de claxon sloeg, staken ze hun middelvinger omhoog en slenterden naar de stoeprand. Haar grootvader gaf gas en reed verder.

Lydia draaide zich opeens om, keek naar de groep jongens door de achterruit, en besefte dat ze zich iets van de vorige dag had herinnerd. De twee jongens... ze had wat geld in haar hand... een van hen had het afgepakt. Ze moest op weg naar de winkel of op de terugweg zijn geweest. Wat had ze moeten kopen?

Lydia keek weer voor zich en kneep haar ogen dicht. Dit was waar de dokter haar over had verteld; ze mocht het niet laten ontglippen. Heel voorzichtig probeerde ze de fragiele nieuwe herinneringen na te gaan om te zien wat er nog meer bij haar zou opkomen. Het regende... ze was vol walging naar huis gerend door wat de jongens over haar grootmoeder hadden gezegd... haar grootvader was in de keuken... hij had haar naar de winkel gestuurd... hij was kwaad en beschuldigde haar ervan dat ze van hem had gestolen... hij...

Lydia opende haar ogen. Haar grootvader had haar geslagen. Niet zomaar een oorvijg of por zoals ze gewend was, maar een heel harde klap waardoor ze was gevallen. Ze huiverde toen ze zich herinnerde hoeveel pijn het had gedaan, en ze wist dat het net zomin een ongeluk was geweest als die keer dat haar grootvader had beweerd dat Lydia in de composthoop was gevallen. Toen had ze zich verbrand; deze keer had hij haar een hersenschudding bezorgd en negen hechtingen. Ze veronderstelde dat ze in elk geval blij mocht zijn dat hij haar naar het ziekenhuis had gebracht. Was hij bang geworden omdat hij haar niet wakker kon krijgen? Had hij gedacht dat ze misschien doodging? En dat hij de schuld kon krijgen?

De auto kwam met een ruk tot stilstand. Ze waren thuis. Een rilling van angst ging door Lydia heen. Terwijl ze haar grootvader uit de auto zag stappen, wilde ze zeggen: *Ik weet wat je me hebt aangedaan; ik heb me alles herinnerd. Ik weet dat je tegen de dokter loog en dat je tegen iedereen zult liegen. Maar ik ken de waarheid.* Tot haar schaamte was ze echter te bang voor hem. Wie weet wat hij haar nog meer zou aandoen als ze hem kwaad maakte? Ze kon maar beter zwijgen en hem in de waan laten dat hij ermee was weggekomen. Want dat was toch ook zo?

Die avond toen ze naar bed gingen, liet Valerie Lydia beloven dat ze nooit iets zou doen om hun grootouders van streek te maken, vooral niet hun grootmoeder.

'Grootmoeder is heel ongerust,' fluisterde Valerie toen ze het licht hadden uitgedaan. 'Ze denkt dat we misschien bij haar worden weggehaald.'

Lydia draaide zich om naar Valerie. 'Waarom denkt ze dat?'

Toen Valerie geen antwoord gaf, besefte Lydia dat haar zusje huilde. Ze stond op en knielde naast haar bed. 'Wat is er, Valerie? Wat is er aan de hand?'

'Grootmoeder denkt dat jij alles gaat bederven door leugens over haar en grootvader te vertellen.'

'Wat voor leugens?'

'Dat ze niet aardig tegen je zijn.'

'Maar ze zijn ook niet aardig tegen me.'

'Alleen omdat je lelijke dingen doet en ze je proberen te redden opdat God niet boos zal worden. Ze zegt dat als jij slechte dingen over hen vertelt, op een dag iemand komt aankloppen en ons ergens anders zal laten wonen. Ergens heel ver weg, waar het niet leuk is en waar we nooit meer onze vrienden van de kerk zien.' Valerie begon harder te huilen. 'Ik wil niet ergens anders wonen, Lydia. Ik kan niet zonder grootmoeder. Ze zegt dat je niet van haar houdt. Je houdt toch wel van haar, Lydia?'

Lydia omhelsde haar zusje en suste haar met een kus. 'Doe niet zo raar, natuurlijk hou ik van haar. En we blijven hier altijd wonen. Wacht maar af.'

'Beloof je dat je niets zult doen om haar van streek te maken?'

'Dat beloof ik.'

24

ZE WAREN MONOPOLY aan het spelen. Lydia was veruit aan de winnende hand. Ze had alle beste straten en Noah's raceauto was net op Mayfair geland met vier huizen erop. 'Betaal, betaal, betaal!' riep ze.

Noah begon zijn geld uit te tellen. Hij had duidelijk niet genoeg.

'Weet je wat,' zei ze, 'ik hoef geen geld als jij me Fenchurch Street Station en King's Cross geeft.'

Hij wierp een blik op haar lange rij straten en stations. 'Dan heb jij alles.'

'O ja?' zei ze onschuldig. 'Ja, dat is zo.'

Hij wierp lachend zijn geld op het bord. 'Ik geef het op. Jij hebt gewonnen. Alweer. Zullen we brood roosteren? Ik rammel.'

'Oké. Ga jij maar roosteren, dan berg ik dit op.'

'Weet je zeker dat je niet eerst je winst wilt tellen?' zei hij plagend. 'Of me je overwinning inpeperen?'

'Dat hoef ik niet,' zei ze met een glimlachje. 'Ik weet precies hoeveel ik heb: achtduizend vierhonderdvijfenzeventig pond.' Ze wapperde met het stapeltje bankbiljetten onder zijn neus.

Hij moest ook lachen en liep naar de kledingkast. Daar haalde hij een witbrood uit, een bord, mes en een pot jam. Terwijl Lydia het spel opruimde, zag ze dat Noah de kaarsen op de schoorsteenmantel aanstak, en ze bedacht hoe vertrouwd deze kamer met alle rommelige, schaduwachtige hoekjes en nissen voor haar was. Dit was de beste plek ter wereld. Nergens anders kon ze zo gelukkig zijn.

Noah en zijn oom waren inmiddels niet meer de enigen die kaarsen gebruikten. Volgens Lydia's grootvader hielden de luie neomarxisten die in de mijnen en krachtcentrales werkten, het land in gijzeling door ervoor te zorgen dat er niet genoeg kolen en elektriciteit waren. Soms kregen ze op school geen warme maaltijd, maar alleen boterhammen. Volgens Noah, die zijn informatie van zijn oom kreeg, hadden de mijnwerkers hun steun nodig en wat was een beetje afzien vergeleken bij strijden voor een goede zaak en een nutteloze regering omverwerpen? Ted Heath, die volgens oom Brad niets meer was dan een patserige zeeman en een omhooggevallen sukkel omdat hij Groot-Brittannië aan de EEG had overgeleverd, zou de eerste zijn die tegen de muur werd gezet als het aan hem lag.

Sinds een poos had Lydia begrepen dat ze zich had vergist in oom Brad. Hij was helemaal niet arm. Zijn rare schilderijen werden voor veel geld verkocht in Londen, en zijn voorkeur voor kaarsen was gewoon een van zijn eigenaardigheden.

'Wil jij beneden even boter pakken?' vroeg Noah.

'Is je oom er?'

'Je bent toch niet bang voor hem?'

Ze stak haar kin naar voren. 'Ik ben nergens bang voor.'

Hij lachte. 'Dat weet ik. Daarom vind ik je zo leuk.'

Lydia zoog het onverwachte compliment als een spons op en ging met een kaars in haar hand naar de keuken. Langs de schemerige overloop met de vreemde schilderijen en verkreukelde kleden, over de brede trap naar beneden, de hal door, en via een ijskoude smalle gang waar Adolf de hertenkop op haar neerkeek vanaf zijn positie aan de muur. Aan een van zijn enorme geweitakken hing een politiehelm, die oom Brad volgens Noah had gestolen tijdens een dronkenmansruzie in een café toen hij nog student was.

Noah had gelijk toen hij Lydia plaagde dat ze bang was voor oom Brad, want dat klopte. Maar niet zoals ze bang was voor haar grootvader. Hij was alleen zo anders dan iedereen die ze kende. Hij kon vriendelijk zijn, chic en hooghartig, en dat alles tegelijkertijd. Ze wist nooit wat hij zou zeggen of doen. Soms begroette hij haar met de woorden: 'Hé, daar is een leuk grietje dat ik op een dag ga schilderen!' Andere keren, zelfs na al die tijd, deed hij of hij haar voor het eerst zag. Dat was als hij had gedronken, zei Noah. Of als hij een van die speciale sigaretten van hem had gerookt.

Oom Brad was nergens te bekennen, maar door het geluid van harde muziek in zijn atelier wist Lydia dat hij in de buurt was. Ze zag een ongeopend pakje boter in de koelkast en nam het haastig mee naar boven. Op een dag, zo hield ze zichzelf voor, zou zij in een groot huis als dit wonen. Zodra ze oud genoeg was zou ze weggaan uit Swallowsdale. Ze zou hard werken en zo veel geld verdienen dat ze zichzelf met mooie dingen kon omringen en al haar kleren zouden nieuw en mooi zijn. Daarom deed ze haar best op school en maakte ze haar huiswerk en leerde voor alle proefwerken. Rijk en slim zijn had niets te maken met dat je rijk geboren was. Dat had ze van Noah geleerd. Je hoefde alleen maar zijn boekenverzameling te zien – en wat zou ze graag al die fantastische encyclopedieën hebben – om te weten dat je kennis kon opdoen. En die keus had ze al heel lang geleden gemaakt, toen ze Noah's handschrift probeerde te kopiëren. Dat deed ze nu natuurlijk niet meer. Maar ze was zich er altijd van bewust dat hoe groter de indruk was die je op andere mensen maakte, hoe beter zij je behandelden. Precies wat haar moeder altijd zei: je schoenen poetsen maakte werkelijk verschil. Daarom had ze zichzelf aangeleerd om haar uitspraak te verbeteren door stiekem die van Noah na te doen. Thuis deed ze dat niet vaak omdat ze er dan van beschuldigd werd dat ze zich boven haar stand gedroeg, maar ze hield het gereed voor als de tijd kwam om weg te gaan uit Swallowsdale. Als je als een dame behandeld wilde worden, dan moest je zorgen dat je klonk als een dame. En dat wilde ze ooit worden.

En Noah en Valerie dan? vroeg een stemmetje in haar hoofd. Waar zijn zij als jij Swallowsdale vaarwel zegt?

O, dat was gemakkelijk. Ze moesten met haar mee. Ze kon hen niet achterlaten. Ze zou genoeg geld verdienen om voor hen drieën te zorgen.

Sinds haar 'ongeluk' twee weken geleden had Lydia extra haar best gedaan om haar grootvader gunstig te stemmen. Omwille van Valerie deed ze alles wat van haar werd gevraagd, hoe moeilijk of onredelijk het ook was. Het ergste was echter om te weten dat haar zusje nu voortdurend in angst leefde dat ze bij hun grootmoeder werd weggehaald als Lydia zich niet inhield. Wat wreed en sluw van hun grootvader om de waarheid in zijn eigen voordeel te verdraaien. Wat voor leugens had hij aan hun grootmoeder verteld dat ze Val met die angst opzadelde? Of had hun grootmoeder, terwijl ze met de gordijnen dicht in bed lag, nog steeds te depressief om op te staan, dat zelf bedacht? Had ze geraden wat er in werkelijkheid was gebeurd en zich zorgen gemaakt over wat Lydia aan de buitenwereld zou vertellen? Was ze meteen op een idee gekomen om Lydia de mond te snoeren? Of hadden ze dat met hun tweeën uitgedokterd? Deze gedachte was nog angstwekkender, omdat zij inhield dat haar grootmoeder bereid was om haar gemene, opvliegende echtgenoot te laten doen wat hij wilde.

Op dit moment was de favoriete straf van haar grootvader om Lydia in een hoek van de kamer te laten toekijken terwijl hij en Valerie aan tafel zaten te eten. 'Het is het beste voor je zus,' zei hij tegen Valerie terwijl hij nog een portie appeltaart met custard nam. 'Ze groeit te snel omdat ze te veel eet. Ze is een schrokop en haar eetlust moet aan banden worden gelegd. Je moet voor haar bidden.'

En Val bad voor Lydia. Voor het slapengaan zat ze op haar knieën hardop te bidden dat Lydia aan de greep van Satan zou ontsnappen. Ze bad ook dat ze zelf niet zou worden aangestoken door Lydia's weigering om te buigen voor de wil van God. Het brak Lydia's hart dat haar zusje tegen haar werd opgestookt. Wat zou hun arme moeder hier wel niet van zeggen? En ze had nog wel aan mam beloofd dat ze voor Val zou zorgen.

Hoe hecht haar band met Noah ook was, Lydia nam hem nooit in vertrouwen over wat er gebeurde in Hillside Terrace 33. Dat stond haar trots niet toe. Ze wilde niet dat hij wist hoe armzalig haar leven was vergeleken bij dat van hem. Ze zou het vreselijk vinden als hij medelijden met haar kreeg. Dus loog ze tegen hem. Ze loog erover waarom haar kleren te klein waren... het waren haar lievelingskleren en ze wilde ze niet missen. Ze zei dat de blauwe plekken op haar armen en benen kwamen doordat ze midden in de nacht uit bed was gevallen, of op de trap was uitgegleden.

En hoe ze aan negen hechtingen in haar hoofd kwam – die waren de vorige week verwijderd – daar gebruikte ze de leugen van haar grootvader voor. Ze zei dat ze van een stoel was gevallen. Ze maakte er zelfs een grapje over dat ze onhandig was geworden omdat ze zo snel groeide. Hetgeen niet helemaal onwaar was. Ze was ruim twee centimeter langer dan Noah, en het langste meisje van hun klas. Een poos had ze geprobeerd zich kleiner en minder opvallend te laten lijken, maar op een dag besloot ze dat het geen zin had. Met haar uiterlijk zou ze altijd opvallen.

Net als Noah. Niemand interesseerde zich minder voor zijn uiterlijk dan Noah. Zijn schooluniform was netjes, maar zijn thuiskleding was slordig en paste niet bij elkaar, en hij merkte nooit of iets te groot of te klein was of als er een knoop ontbrak. Hij was trots op het feit dat hij zelf zijn haar knipte en het zo slecht deed. 'O, kleren,' zei hij dan schouderophalend. 'Wie geeft daar nu om?'

Hoewel Lydia het heel erg vond om tegen Noah te liegen, had ze er nooit problemen mee om dat tegen haar grootouders te doen, zolang ze er zeker van was dat ze er niet achter zouden komen. De meeste leugens zorgden ervoor dat ze tijd met Noah kon doorbrengen. Vandaag moest ze zogenaamd meedoen met een netbalwedstrijd na school. Later in de week zou ze langer op school moeten blijven voor toneelles, of om blokfluit te oefenen.

'Ik heb nagedacht,' zei Noah toen ze terug was en zich voor het vuur verwarmde. 'Zullen we een verbond sluiten?'

Ze keek op van de snee brood die ze met boter besmeerde. 'Wat voor verbond?'

Hij keek haar aan. Zijn gezicht gloeide in het flakkerende licht van het haardvuur. Zijn gezicht stond peinzend en een klein beetje verbaasd. 'Een verbond dat betekent dat we altijd vrienden zullen zijn. Dat niets ons ooit zal scheiden.'

Zoals gewoonlijk sneed Lydia de weg naar huis af door over de muur aan het uiteinde van zijn tuin te klimmen en over de ongeveer anderhalve kilometer golvende heide te lopen die tussen hun huizen lag. Overdag deed ze er veel korter over, maar in het donker duurde het langer. Ze was niet bang, niet nu ze de weg uit haar hoofd kende en wist hoe ze de steilste of meest drassige en rotsachtige gedeeltes kon vermijden. De eerste keer in het donker was ze doodsbang geweest en had ze zich talloze manieren voorgesteld waarop ze aan haar einde kon komen: vampiers, gevaarlijke ontsnapte gevangenen, weerwolven of van die vreemde mannen over wie ze had gehoord, die gewoon hun broek wilden laten zakken om hun 'ding' te laten zien. Die eerste keer had ze Noah's zaklamp meegenomen, maar nu nam ze de moeite niet meer. Ze liet zich leiden door intuïtie en ervaring, want ze had ontdekt dat het nooit helemaal donker was.

Halverwege, bij de toegang tot het beboste kleine dal, dat zij en Noah de bijnaam Dal des Doods hadden gegeven, verschoof Lydia de schooltas op haar schouders en bleef staan om haar ogen aan de duisternis te laten wennen. Het sombere middaglicht was vrijwel verdwenen. In de ijskoude februarilucht sloeg de damp spookachtig van haar adem en verdween toen. Hier sloeg haar hart altijd een slag over en kreeg ze de opwelling om weg te rennen. Het was een kwestie van trots dat ze het niet deed, dat ze haar zenuwen in bedwang hield en gewoon bleef lopen. Het was eveneens belangrijk om haar fantasie in te tomen en niet stil te staan bij wat zich tussen de bomen verborgen kon houden. Normaal neuriede ze: 'What shall we do with the drunken sailor?' in haar hoofd. Maar toen ze daar deze keer mee begon, dacht ze aan het verbond dat zij en Noah zojuist hadden gesloten. Met zijn zakmes had hij in het midden van hun handpalmen een sneetje gemaakt en hun handen toen tegen elkaar gedrukt om hun bloed te laten vermengen, terwijl hij zei: 'Wat er ook gebeurt, we zullen nooit uit elkaar gaan.'

Terwijl Lydia de dikke laag gevallen bladeren voor zich uit schopte, raakte ze de pleister aan die Noah op haar hand had gedaan. Ze hoopte dat ze er een litteken aan over zou houden dat haar eraan herinnerde hoeveel Noah voor haar betekende.

Een plotseling geritsel links van haar deed haar verstijven. Elk haartje in haar nek ging overeind staan. Ze hield haar adem in en spitste haar oren, en haar hart sprong bijna uit haar borst toen een vogel met de grootste spanwijdte die ze ooit had gezien, uit de bomen vloog en vlak voor haar langs zweefde. Toen ze de krijsende roep hoorde, ontspande ze zich. Als een uil het griezeligste was dat het Dal des Doods had te bieden, dan had ze absoluut niets te vrezen.

25

DE ZOMERVAKANTIE SLEEPTE zich voort voor Lydia. Hij was nog maar een week geleden begonnen, toen ze Noah voor het laatst had gezien.

Ze zat in de tuin kettingen van madeliefjes te vlechten voor Valerie, en wenste dat ze een manier kon bedenken om over de muur te klimmen zonder dat iemand haar zou missen, en naar hem toe te gaan. Toen zij en Noah hadden berekend dat alles wat hen scheidde een bebost dal en een stuk heide waren, had Lydia zich de dag herinnerd dat ze voor het eerst op de takken van de verboden kastanjeboom was geklommen en zich afvroeg wie er aan de andere kant van de heuvel zou wonen. Hoe had ze toen kunnen weten dat haar beste vriend daar algauw zou komen wonen?

Met een plotseling, griezelig gevoel dat ze werden gadegeslagen, draaide Lydia zich om en keek naar het huis. En ja, hun grootmoeder stond door een kier in de slaapkamergordijnen naar hen te kijken. Zoals altijd droeg ze een nachtjapon en een peignoir. Lydia kon zich niet herinneren wanneer ze voor het laatst het huis had verlaten. Behalve in maart, toen ze weer naar het ziekenhuis moest voor een operatie. Vlak ervoor begon ze zich net wat beter te voelen. Ze was erin geslaagd zich aan te kleden en was een paar uur per dag naar beneden gekomen. Ze had zelfs een paar keer dominee Digby en de zusters op de thee uitgenodigd, en ze had het erover dat ze zich goed genoeg voelde om weer naar de kerk te gaan. Maar de eerste operatie was blijkbaar niet goed gedaan en er waren complicaties. Toen ze deze keer thuiskwam, was ze nog depressiever, en Lydia hoorde haar vaak 's nachts huilen met een soort klagend, zacht gejammer. Hun grootvader trok deze keer in de logeerkamer. En daar had hij sindsdien geslapen.

Ook kwam hij, in tegenstelling tot de vorige keer, niet meer thuis tussen de middag om een lunch voor haar te maken. In plaats daarvan werden de zusters aangemoedigd om elke dag een uurtje langs te komen. Lydia had hem tegen dominee Digby horen zeggen dat zijn vrouw wel kon zeggen dat ze geen bezoek wilde, maar wat ze wilde en wat ze nodig had waren twee heel verschillende dingen. Dominee Digby was het met hem eens en zei: 'Soms is er een stevige hand nodig.' Daarna citeerde hij uit de Bijbel hoe belangrijk het was dat vrouwen zich onderwierpen aan hun man.

Lydia wist alles van de stevige hand van haar grootvader. Hij had haar niet meer zo erg geslagen als eerder dat jaar, maar er waren momenten geweest dat ze werkelijk bang was dat hij het zou doen. Hij leek er plezier in te hebben om te weten dat hij haar zo makkelijk angst kon aanjagen. Het leek wel een spel voor hem, om opeens zijn hand op te heffen en dan haar reactie te zien. Dan lachte hij wreed, en zei dat ze binnenkort nog bang zou worden van haar eigen schaduw.

'Kijk, Val,' zei Lydia terwijl ze naar het raam wees. 'Grootmoeder is wakker. Wil je naar haar toe?'

Valerie krabbelde overeind en pakte de ketting van madeliefjes die zij aan het maken was. 'Zal ik dit voor haar meenemen?'

'Ja, toe maar, dat zal ze leuk vinden.'

Lydia keek haar zusje na, die over het tuinpad huppelde en in het huis verdween. Ze was nog maar een paar minuten alleen toen zuster Lottie bij de achterdeur verscheen. Ze veegde haar handen aan haar schort af en riep Lydia. 'Ik ben een picknicklunch aan het maken. Wil je helpen om die naar de tuin te brengen terwijl ik je grootmoeder wat sandwiches breng?'

Lydia aarzelde niet. De picknicklunches van zuster Lottie waren het hoogtepunt van de dag.

Na er bij hun grootvader op te hebben gestaan dat Lydia en Valerie niet elke dag van de lange zomervakantie alleen konden blijven als hij op zijn werk was, arriveerde de Morris Minor van zuster Lottie elke ochtend klokslag tien uur bij hun huis. Ze was altijd zo hartelijk en vrolijk. Ze bakte heerlijke cake en koekjes voor hen en zei dat ze zich geen zorgen moesten maken, dat hun grootmoeder binnenkort weer beter zou zijn en dat alles dan weer gewoon werd.

Was het erg verkeerd van Lydia dat ze hoopte dat het nooit meer gewoon zou worden? Nu hun grootmoeder steeds boven 'aan het rusten' was, was het leven veel leuker met zuster Lottie in huis. Jammer dat hun grootvader zich ook niet kon opsluiten in de logeerkamer.

Heerlijk verzadigd na sandwiches met sardientjes en tomatenpasta, chips met kaas- en uiensmaak, cakejes en koffiebroodjes met poedersuiker – iets wat hun grootmoeder nooit goedgekeurd zou hebben – ging Lydia op het gras liggen en zuchtte voldaan. 'Waarom is een picknick in de tuin altijd veel leuker dan binnen aan tafel zitten?'

Maar voordat zuster Lottie antwoord kon geven, klonk er een geluid dat Lydia niet meer had gehoord sinds ze in Swallowsdale was komen wonen. Het was de bel van een ijscowagen. Ze herkende zelfs de melodie: 'Edelweiss'. Haar vader zong dat altijd voor haar. Ze herinnerde zich dat hij vertelde dat edelweiss de naam was van een bloem die in de bergen van Zwitserland bloeide. Door het verband met haar vader en de opwinding omdat er iets nieuws en onverwachts gebeurde, sprong ze overeind en rende de tuin door over het pad langs de garage en naar de voortuin. Ja! Daar was hij. Vlak voor hun huis stond een ijscowagen geparkeerd. Hij was blauw met wit en het chroom glom zo dat de zon erin weerkaatst werd. Op het dak van de wagen, op zijn kant, stond een grote verlichte plastic ijshoorn waaruit een plastic chocoladevinger stak. Op de hoorn was met schuine letters in rood de naam 'Joey' geschreven. Opeens hield de muziek op en het zijraampje van de wagen gleed open. Een man met zwart krulhaar stak zijn hoofd naar buiten. Hij had een dikke, zwarte snor en zijn huid had de kleur van bruine suiker. Meteen zag hij Lydia. 'Hallo,' zei hij. 'En wat jij graag wil op deze mooie dag, kleine meisje?'

Wat zag hij er vreemd uit en wat klonk hij vreemd. Ze deinsde achteruit.

'Toe, niet weglopen. Komen uitkiezen. Ik heb alles. Naten, aardbeistroop, hoornties en lally's. Heel veel mooie lally's.'

'Ik heb geen geld,' zei ze, terwijl ze zich moest inhouden om niet te lachen over zijn grappige uitspraak.

Hij schudde zijn hoofd met zwarte krullen. 'Ah, ies grote problema. Ga in mooie huis geld vragen aan mama.'

'Mijn moeder is dood.' Lydia zei dat vaak, gewoon om te kijken welke reactie ze kreeg. Ze vond het altijd interessant om te zien hoe onhandig mensen dan gingen doen.

Deze man reageerde echter heel anders. Hij bracht een hand naar zijn voorhoofd, toen naar zijn borst en vervolgens naar beide schouders. Net zoals Lydia Noah had zien doen. 'O, *mama mia*! Zo erg, kleine meisje. Ik en die grote mond van mij. Jij kiezen wat jij wil. Toe, kom iets kiezen.'

Lydia aarzelde. 'Ik geloof niet dat ik dat mag.'

Hij knikte en wilde net iets zeggen toen voetstappen naderden. 'Ah, meer klanten,' zei hij terwijl hij in zijn handen wreef. 'Ies goed. Fijn om je ontmoeten, kleine meisje. Dag.'

Lydia zag dat hun buren zich om de wagen verdrongen en toen rende ze terug naar de achtertuin. 'Zuster Lottie, mogen we alstublieft een ijsje? Toe, zeg ja! Het is zo'n warme dag. Wilt u er ook niet een? Het zou zo'n mooi einde zijn van onze heerlijke lunch.'

Lydia wist dat zuster Lottie haar niet zou teleurstellen en binnen een mum van tijd stonden ze met hun drieën – Lydia, Valerie en zuster Lottie – voor het open raam van de ijscowagen. De andere klanten waren al weg. 'En, kleine meisje,' zei de grappige man met de krulharen. 'Ies deze mooie dame je grootmoeder?'

Zuster Lottie giechelde en bracht een hand naar haar gezicht.

'Nee,' zei Lydia. 'Ze is mijn vriendin. En dit is Valerie, mijn zusje. Ze is zes.'

De man glimlachte. 'En jouw naam?'

'Lydia. Lydia Turner.'

'Heel fijn je te ontmoeten, *signorina* Lydia Turner. Ik ben Joey Scalatore. Ik uit Italië. Heb je gehoord van Italië?'

'Is dat het land dat de vorm van een laars heeft?'

'*Sì! Brava!* En mijn huis bij Napoli. Maar je hebt me niet laten ontmoeten je mooie vriendin.'

'Dit is zuster Lottie.'

'Fijn u te ontmoeten, zuster Lottie. U bent non?' Lydia zag dat het gezicht van de man ernstig was geworden, respectvol. Ze zag ook in de open hals van zijn overhemd een gouden ketting met een kruis eraan.

‘O nee,’ zei zuster Lottie lachend, met een rood hoofd. ‘Daar ben ik veel te gewoontjes voor.’

Maar ze is een engel, dacht Lydia toen ze afscheid hadden genomen van de aardige man en aan hun ijsjes likten terwijl het tinkelende geluid van ‘Edelweiss’ steeds verder weg klonk.

Wat een prachtige dag.

26

DE VOLGENDE TWEE weken scheen de zon fel uit een helderblauwe hemel en kon je elke middag tussen twee en drie uur het geluid van 'Edelweiss' horen in Hillside Terrace.

Joey Scalatore was net als zuster Lottie altijd opgewekt. Hij heette eigenlijk Giuseppe, maar hij zei dat Joey makkelijker was voor de Engelsen. Ze vond het prachtig als hij haar zijn *bella* kleine vriendin noemde op die grappige toon van hem. Hij had uitgelegd dat *bella* mooi betekende. Hij leerde haar Italiaans door haar elke keer als hij haar zag een nieuw woord te laten onthouden. Tot nu toe wist ze dat 'dag' *ciao* of *buon giorno* was in het Italiaans, en dat *arrivederci* tot ziens betekende. Ze wist dat *va bene* hetzelfde was als oké, dat *gelato* ijs was, en dank je of dank u *grazie*. O, en *sì* was ja. Ze kon ook van een tot tien tellen en ze oefende om haar R's te laten rollen zoals Joey haar had geleerd, maar dat ging niet zo goed, vond ze. Het was heel anders dan Frans.

Joey moest tot de conclusie zijn gekomen dat zuster Lottie het zich eigenlijk niet kon veroorloven om elke dag ijsjes te kopen, dus als alle andere klanten uit hun straat weg waren, gaf hij hun vaak de gebroken ijslolly's die hij volgens hem toch niet kon verkopen. Gisteren beloofde hij Lydia wat foto's te laten zien van waar hij vandaan kwam in Italië, en nu, terwijl ze op haar beurt wachtte achter in de rij, hoopte ze dat hij het niet was vergeten. Ze was nu nieuwsgierig naar hoe Italië eruitzag. De enige foto's die ze ervan had gezien, stonden in een boek op school, en op een ervan stond een toren die zo overhelde dat hij elk moment leek te kunnen omvallen.

Het Sletje stond vooraan in de rij en ze bleef maar treuzelen. Misschien leerde Joey haar ook wat Italiaanse woorden. Ze zag er vandaag wel heel opgedirkt uit in een strakke, witte halternekjurk en rode sandalen met hoge hakken. Lydia zou ook graag zulke schoenen willen, met puntneuzen en bandjes. Ze kon zien dat Het

Sletje had liggen zonnebaden. Haar schouders zagen roze en er liepen witte strepen over. In de winkel op de hoek had Lydia mensen horen zeggen dat Het Sletje onlangs van baan was veranderd en nu ploegendiensten draaide in een van de fabrieken, wat inhield dat ze 's ochtends sliep, de middag vrij had en 's avonds ging werken. Lydia had nooit iemand over een echtgenoot horen praten, zelfs niet een die overleden was, en dat verbaasde haar. Ze had gedacht dat een aantrekkelijke vrouw als Het Sletje ooit wel een man moest hebben gehad. In elk geval leek ze genoeg vrienden te hebben. Op zaterdagavonden had Lydia zelfs een heleboel verschillende mannen zien komen om haar mee uit te nemen. Sommige mannen hadden bloemen bij zich, andere dozen chocola. Lydia kon zich niet herinneren dat haar grootvader ooit een doos chocola had meegebracht voor zijn vrouw. Zelfs niet de twee keer dat ze uit het ziekenhuis was gekomen. Dus misschien had Het Sletje gelijk dat je beter niet kon trouwen. Op deze manier was ze onafhankelijk, verdiende haar eigen geld en kon ze zoveel vrienden met cadeautjes krijgen als ze wilde.

Het Sletje draaide zich om met een ijsje in haar hand en wisselde een paar woorden met de andere vrouwen in de rij. Met een hees lachje zei ze: 'Van mij mag hij zo vaak aan mijn hoorntje likken als hij zou willen.'

'Van mij ook,' zei iemand anders.

'Voor een buitenlander is hij wel wat, hè?'

'Zeg dat wel. Heb je die harige borst al gezien?'

Opgelaten door die praat staarde Lydia naar de grond. Ze hoopte dat Joey niet kon horen wat ze zeiden. Of dat hij het anders niet zou begrijpen.

'Waar sta jij naar te kijken?'

Lydia schrok op. Het was Het Sletje. En ze had het tegen haar.

'Hoe gaat het? Zorgt die grootvader wel goed voor jou en je zus nu je grootmoeder moet herstellen?'

'Eh... ja. Een vriendin van ons komt tijdens de vakantie helpen als hij op zijn werk is.'

'Blij dat te horen. Klop maar aan als je iets nodig hebt. Je mag ook televisie komen kijken als je dat leuk vindt. Ik weet dat jullie die niet hebben. Neem nu dit maar. Dag!'

Lydia keek Het Sletje na toen die met klikkende hakken en wiegende heupen wegliep. Dit was het eerste gesprek dat ze ooit met de vrouw had gevoerd. Toen keek ze naar het geld dat zonet in haar hand was gedrukt: een glanzende munt van vijftig pence. Ze kwam tot de conclusie dat Het Sletje nooit zo slecht kon zijn als haar grootouders beweerden.

Eindelijk was Lydia aan de beurt

'*Ciao* mijn kleine *bella* vriendin,' begroette Joey haar.

'*Ciao*,' antwoordde ze verlegen, ook al waren ze alleen.

Hij schudde met een stompe, donkere vinger naar haar. 'Nee, nee. Je moet het luider zeggen en met meer passie. Niet vergeten, er bestaat geen verlegen Italiano! Vooral niet uit Napoli, waar ik van ben.'

Opgelaten probeerde ze weer te groeten, en vroeg toen of hij de foto's had meegebracht zoals hij had beloofd.

Hij stak zijn handen in de lucht. 'O, dat spijt me! Ik helemaal vergeten. Vergeef, alsjeblieft, maar ik veel aan mijn hoofd. Ik, hoe zeg je dat? Geen thuis. Ja, vanaf volgende week ik nergens te wonen. Mijn huisbaas zegt hij wil niet mijn wagen zien voor zijn huis.'

'Moet je dan terug naar Italië?' Lydia kende Joey amper, maar ze kon zich de rest van de zomervakantie niet zonder hem voorstellen.

'Nee, maar als ik niet ergens kan vinden te wonen, moet ik in de wagen slapen.'

Lydia kwam op een idee. Zuster Lottie had een logeerkamer, misschien zou ze wel een kostganger willen. 'Ik weet wat,' zei ze. 'Kun je even wachten?'

'*Sì*. Voor mijn kleine *bella* vriendin alle tijd van de wereld.'

Lydia legde zuster Lottie haar idee voor en ze spraken het door met Joey. 'Ik kan alleen maar een kleine kamer aanbieden,' zei zuster Lottie, 'dus zal ik niet veel huur rekenen.'

'En mijn wagen, niet *problema* voor u?'

'Ik heb een garage die ik nooit gebruik, dus je kunt hem daar zetten.'

Meteen was Joey de wagen uit en kuste hij zuster Lottie op beide wangen. 'Zo aardig! En als er iets gedaan moet worden in uw huis, ik kan ze voor u doen. O, *Dio mio*, wat een geluksdag dit is voor mij! Dank u, dank u!'

Blozend en met haar haren helemaal in de war schoot zuster Lottie uit Joey's donkere, harige armen als een kurk uit een fles. 'Je moet mij niet bedanken,' zei ze buiten adem met een beverige stem. 'Bedank Lydia; het was haar idee.'

Maar volgens Lydia kwam zuster Lottie met het beste idee van de dag. Ze zaten in de tuin met de gebroken aardbeienijslolly's die Joey hun had gegeven – Valerie was binnen om die van haar met haar grootmoeder te delen – toen zuster Lottie zei: 'Ik heb nagedacht, Lydia. Je zult je wel vervelen hier met alleen mij en Valerie als gezelschap. Zou je het leuk vinden om wat van de vakantie door te brengen met je vriend Noah?'

'Ik weet niet of mijn grootouders dat goed zullen vinden,' zei ze voorzichtig, terwijl ze tegelijkertijd het smeltende ijs van haar duim likte.

'O, ik denk dat je grootouders te veel aan hun hoofd hebben om zich te bemoeien met wat we overdag doen. We willen hen toch niet tot last zijn met onnodige zaken?'

Lydia wilde net in gedachten een vreugdesprongetje maken, toen ze opeens aan haar zus dacht. Val vertelde bijna alles aan hun grootmoeder. Zorgvuldig haar woorden kiezend omdat ze niet wilde dat het leek of ze kritiek had op haar zus, zei Lydia: 'Maar Valerie dan? Misschien, u weet wel, misschien zegt zij het wel tegen grootmoeder.'

Zuster Lottie gaf met een glimlach een klopje op Lydia's hand. 'Laat kleine Valerie maar aan mij over.'

Lydia kon bijna niet geloven dat ze zo bofte.

De volgende ochtend klom ze over de muur aan de achterkant van de tuin en ging op weg over de harde, droge grond. Het was lang geleden dat het had geregend. In de verte stond de hei in volle bloei en als ze haar ogen bijna dichtkneep, kon ze alleen een geheimzinnig wazig paars zien. Zuster Lottie had een cake gebakken die ze mocht meenemen naar Noah, en die zat in folie gewikkeld in haar rugzak. 'Het is niet beleefd om met lege handen aan te komen,' had zuster Lottie gezegd. Ze had ook broodjes met kaas en zoetzuur gemaakt en er een zak chips bij gedaan. Valerie had beloofd dat ze Lydia's bezoek aan Noah geheim zou houden omdat ze had gehoord dat hun grootmoeder van streek zou raken als er iets ongewoons gebeurde, en dat wilde ze natuurlijk niet. Lydia had niet geweten dat zuster Lottie zo heimelijk kon zijn.

Zoals ze gistermiddag hadden afgesproken aan de telefoon, wachtte Noah op haar aan zijn kant van het Dal des Doods. 'Ik dacht dat we misschien naar de beek konden gaan,' zei hij. Hij wees naar de kleine rugzak die hij droeg. 'Ik heb een picknick voor ons gemaakt.'

'Wat toevallig!' zei Lydia. 'Zuster Lottie heeft ook cake voor ons gebakken.'

Ze liepen door de hei en varens naar de beek en Lydia vertelde Noah het laatste nieuws; dat zuster Lottie elke dag kwam en over Joey Scalatore en dat hij haar Italiaans leerde. 'Als ik groot ben, ga ik naar Italië,' zei ze. 'Joey zegt dat ik het fantastisch zal vinden. Hij zegt dat het altijd warm en zonnig is waar hij vandaan komt, en dat het eten er het lekkerste van de wereld is.'

'Als het daar zo fijn is, wat doet hij dan in Swallowsdale?'

Verbaasd door Noah's vraag en zijn vlakke toon wist Lydia niet wat ze moest zeggen. Ze dacht dat ze misschien te veel had lopen kletsen en dat hij zich nu verveelde, dus zei ze: 'Vertel eens wat jij hebt gedaan?'

'Niet veel. Oom Brad was deze week weg.' Nog steeds klonk zijn stem vlak en ongeïnteresseerd.

'Het zal wel leuk zijn om het huis voor jezelf te hebben,' zei ze. Ze probeerde enthousiast te klinken om hem op te vrolijken.

'Niet veel anders dan wanneer hij er is.'

'Heb je genoeg te eten?' informeerde ze bezorgd, want hij had immers geen winkel in de buurt zoals zij.

'O, ja. Mijn oom heeft de koelkast en de kastjes gevuld voor hij vertrok. En nu ik mobieler ben en naar de bushalte kan lopen, heeft hij geld achtergelaten voor het geval er spullen opraken.'

'Waar is hij naartoe?'

'Bolivia.'

'Bolivia? Waar ligt dat?'

'Naast Brazilië en Peru.'

'Jeetje, waarom is hij helemaal daar?'

'Net als altijd, om inspiratie op te doen voor zijn schilderijen.'
'Hoe lang blijft hij weg?'
Noah haalde weer zijn schouders op. 'Niet zo lang, een paar weken.'
Ze liepen een poosje zwijgend verder. Lydia, zich als altijd ervan bewust dat Noah niet te ver of te snel kon lopen, hield haar pas in en deed of ze belangstellend naar een buizerd keek die boven hen cirkelde. Noah liep niet meer zo mank, vergeleken bij deze tijd vorig jaar toen de beugel verwijderd werd, en hij deed er nooit moeilijk over, maar ze wist dat zijn been niet sterk was. Misschien zou het dat ook nooit worden.
Ze waren bijna bij de beek toen Noah abrupt bleef staan. Hij legde een hand op haar arm. 'Lydia,' zei hij, 'ik wil alleen zeggen dat ik blij ben dat je gisteren opbelde. Ik...' Hij wendde zijn blik af en opeens zag hij er opgelaten en verlegen uit. Tot haar verbazing bloosde hij.
'Wat is er, Noah?' vroeg ze. 'Wat is er aan de hand?'
'Er is niets aan de hand,' zei hij. Hij keek haar weer aan, en slikte. 'Het is niets bijzonders, alleen, nou ja, ik heb je gemist. Echt gemist. En het spijt me dat ik zo raar deed zo-even, maar ik was jaloers. Het klonk of je meer plezier hebt gehad dan ik. Ik wou dat je me eerder had opgebeld.'
'Dat wilde ik ook, maar...'
'Het geeft niet,' onderbrak hij haar, terwijl zijn hand harder op haar arm drukte. 'Ik weet dat je niet wilt dat je grootouders denken dat ik meer ben dan gewoon iemand die bij je op school zit. Konden ze maar allebei tegelijk doodvallen, hè? Dat zou een hoop van je problemen oplossen.'
Ze lachte. 'Wat bedoel je? Het zou ál mijn problemen oplossen!'
Alleen zou dat natuurlijk niet zo zijn, dat wist Lydia maar al te goed. Het zou juist een heleboel nieuwe problemen opleveren. Zoals wat de dood van hun grootmoeder voor Valerie zou betekenen. Maar dat hield ze voor zich, en ze zei: 'Laten we het maar niet over die afschuwelijke grootouders van me hebben, en vertel wat jij zoal hebt gedaan. Vast wel iets interessants.'
Hij trok zijn hand terug en stak die in zijn broekzak. 'O, gewoon wat geklungeld. Weet je nog dat ik zei dat ik een radio met kris-

talontvanger in elkaar wilde zetten? Nou, dat heb ik gedaan en hij doet het nog ook.'

Ze gaf een duwtje tegen zijn schouder. 'Omdat ik weet hoe bescheiden je bent, doet hij het waarschijnlijk fantastisch.'

'Kan ik er wat aan doen dat ik een genie ben?'

'Moet je Einstein horen!'

Lachend liepen ze verder. Alle opgelatenheid tussen hen was verdwenen.

Bij de beek, toen ze op hun rug lagen te kijken naar de donzige witte wolkjes in de lucht, stelde Lydia zich voor dat de rest van de zomervakantie zoals nu zou verlopen. Wat zou dat heerlijk zijn.

Zolang zuster Lottie voor haar en Valerie zorgde en hun grootmoeder de hele tijd in bed zou blijven.

27

TOEN HUN GROOTMOEDER eindelijk uit bed kwam, was niets zoals voorheen. Lichamelijk was ze misschien sterker, maar geestelijk was ze helemaal veranderd. Precies een jaar na de eerste operatie van haar grootmoeder merkte Lydia dat ze vreemd deed, hoewel ze achteraf bezien besefte dat het al een poos aan de gang was. In het begin waren het kleine dingen, zoals het feit dat ze de deur niet wilde opendoen of de telefoon opnemen, dat ze overdag de gordijnen dichtdeed of dingen achter in de droogkast verstopte. Dingen begonnen zo regelmatig te verdwijnen, dat als Lydia de knijpermand, het deksel van een pan of het aardappelschilmesje niet kon vinden, ze meteen naar de droogkast liep. Net zo vreemd was dat alleen Lydia het raar leek te vinden. Haar grootvader en Val zeiden er niets over. En dus hield Lydia ook haar mond. Net zoals met een heleboel andere dingen werd ook dit beleefd in de doofpot gestopt en genegeerd.

Maar met Kerstmis was het bizarre gedrag van hun grootmoeder zo verergerd dat niemand het meer kon negeren. Als er nu op de deur werd geklopt of als de telefoon ging, verstopte ze zich bevend achter de bank en dwong Valerie soms om zich samen met haar te verstoppen. Het meest ongerust was ze echter dat ze iets zou oplopen. Haar grootste vijand waren ziektekiemen, en ze droeg de ene keer rubberhandschoenen of gebruikte de houten tang van de wastobbe om de post van de deurmat op te rapen. Voortdurend waste ze haar handen – soms boende ze zo hard dat ze begonnen te bloeden – en urenlang schrobde ze de stoep voor hun huis met een desinfecterend middel. Er ging zoveel van dat middel doorheen dat Lydia en Valerie om de haverklap naar de winkel werden gestuurd om het weer in te slaan. Dat was beter dan wanneer hun grootmoeder er zelf heen ging, want de winkel op de hoek was nu in handen van meneer en mevrouw Khan, een Pakistaans echtpaar. In de eerste week nadat ze de zaak hadden overgenomen van de oude mevrouw Gorton, was hun grootmoeder schandalig onbeleefd tegen hun geweest vanwege hun huidskleur.

Pas toen ze op een zondag hardop begon te mompelen in de kerk – net als de mensen van wie ze altijd had gezegd dat ze de kluts kwijt waren – leek hun grootvader eindelijk, al was het maar tegenover zichzelf, toe te geven dat er iets mis was. Op maandagochtend, nadat Lydia had gehoord dat hij zijn zelfbeheersing verloor en tegen zijn vrouw schreeuwde en haar zo te horen een klap gaf, reed hij haar naar de praktijk van dokter Bunch. Lydia had geen idee wat zich daar afspeelde, maar in de volgende weken leek hun grootmoeder veel minder geagiteerd.

Maar dat duurde niet lang. In de zomer van 1974 kon de stemming van hun grootmoeder omslaan als een blad aan een boom. Het ene moment zat ze kalm naast Valerie en het volgende raasde ze door het huis, gooide met dingen en krijste dat het een aard had. Die agressie beangstigde Lydia het meeste. Omdat ze daar de afgelopen jaren genoeg van had meegemaakt met haar grootvader, was ze bang dat nu haar grootmoeder haar zou slaan. Of nog erger, stel dat ze zich tegen Valerie keerde?

Lydia wist dat Valerie bezorgd en in de war moest zijn door hun grootmoeder, maar hoe ze ook haar best deed, ze kon haar zus er niet over aan de praat krijgen. Zonet had ze het nog geprobeerd, maar Valerie had Lydia een standje gegeven door te zeggen dat het onbeleefd was om achter hun grootmoeders rug over haar te praten. Met haar acht jaar kon ze opmerkelijk, om niet te zeggen irritant, koppig en laatdunkend zijn.

Ze waren terug uit school en waren in de tuin jeu de boules aan het spelen. Het leek zoiets onbenulligs na het nieuws dat Lydia die ochtend had gehoord. De directeur had tijdens de ochtendbijeenkomst aangekondigd dat Bena, die deze week niet op school was geweest, de vorige dag was overleden. Iedereen hield meteen op met wiebelen en draaien en tegen de stoel voor hen schoppen. Zelfs nu, in de warme julizon, voelde Lydia een rilling toen ze eraan dacht. Veertien jaar. Dood. Bena's hart had eindelijk gedaan wat ze allemaal hadden gezegd dat kon gebeuren. Het was er gewoon mee opgehouden.

Bij het geluid van verheven stemmen pakte Lydia de kleine bal en keek op. Hun grootmoeder was aan het ruziën met de buurvrouw; ze wees over de schutting heen naar het ondergoed van Het Sletje, dat aan de waslijn hing. 'Je bent gewoon een vuile, smerige hoer!' krijste ze.

Lydia had haar grootmoeder vaak met die woorden over Het Sletje horen praten, maar ze kon niet geloven dat ze het hardop tegen de vrouw zei.

Het Sletje haalde haar sigaret tussen haar roodgestifte lippen vandaan en schreeuwde terug: 'Beter dan een getikte, opgedroogde ouwe taart die haar man geen plezier kan geven.'

Geboeid door de woordenwisseling, maar omdat haar intuïtie haar vertelde dat Valerie hier geen getuige van mocht zijn, zei Lydia: 'Zullen we binnen wat gaan drinken, Val?'

Ze waren net bij de achterdeur toen Het Sletje een bloedstollende kreet slaakte. 'Nou is het genoeg! Ik ben het zat. Nou zul je eraan geloven. Wacht maar af.'

Lydia hield haar adem in; haar grootmoeder was als een razende handen vol aarde aan het gooien naar de waslijn van Het Sletje.

Ze trok haar zus mee naar binnen voor het geval dat Val haar grootmoeder te hulp zou schieten, en ze vroeg zich af wat er in vredesnaam zou gaan gebeuren.

Wat er gebeurde was dat hun grootvader thuiskwam van zijn werk terwijl Het Sletje met twee politieagenten op de voordeur bonsden en hun grootmoeder zich verstopte in de bezemkast onder de trap.

'Ze moet worden opgesloten!' schreeuwde Het Sletje tegen hun grootvader toen ze allemaal de gang binnenstormden, waar Lydia met haar armen om Val heen stond. Door de open deur zag Lydia dat een groepje buren zich buiten had verzameld om toe te kijken. 'Ze is niet goed snik!' schreeuwde Het Sletje. 'Compleet gestoord! Ik zeg het je, ze is totaal geschift.'

'Dank u, mevrouw, nu nemen wij het wel over,' zei een van de agenten.

'Dat had je gedacht! Ik blijf hier om te kijken of er wordt opgetreden. De afgelopen weken heeft ze mijn leven tot een hel gemaakt met die smerige brieven die ze in mijn brievenbus duwt. Om het nog maar niet te hebben over de rotzooi die ze over de schutting in mijn tuin gooit. Geef me een dwangbuis, dan trek ik haar die persoonlijk aan! En nu jullie er toch zijn, kijk eens naar die kinderen. Al zijn ze misschien nog niet zo geschift als zij, ze worden in elk geval niet goed behandeld. Vooral de oudste niet. Soms wordt er zo hard tegen haar geschreeuwd dat ik mijn eigen televisie niet eens kan horen.'

Uiteindelijk werd Het Sletje overtuigd dat ze alles had gedaan wat ze kon om te helpen, en alleen de twee agenten en hun grootvader bleven achter om hun grootmoeder uit de bezemkast te laten komen.

'Lydia,' beet hun grootvader haar toe, 'neem je zus mee naar jullie slaapkamer.'

Zodra ze boven waren, liet Lydia Val op haar bed zitten. 'Blijf hier, Val,' fluisterde ze. 'Dan ga ik kijken wat ze aan het doen zijn.'

Boven aan de trap, veilig uit het zicht, hield Lydia haar adem in en luisterde. Een van de agenten was aan het praten. 'Het spijt me, meneer, maar u moet uw vrouw uit die kast zien te krijgen. We moeten met haar praten.'

'Kan ik niet gewoon naar hiernaast gaan om excuses aan te bieden?'

'Nee, meneer. Er zijn beschuldigingen geuit en we moeten met uw vrouw praten.'

'Ik weet niet of u het gemerkt heeft, maar die vrouw van hiernaast is een vrouw van... twijfelachtige zeden. Ze is volgens mij in staat om de dingen die ze over mijn vrouw zei, te hebben verzonnen.'

'We denken niet dat dat het geval is, meneer. Wilt u nu zo vriendelijk zijn om...'

'Wilt u zeggen dat het woord van mijn vrouw, een goede, christelijke vrouw, niet opweegt tegen dat van die... die sloerie van hiernaast?'

'Laat me u een vraag stellen, meneer. Vindt u het normaal dat een goede, christelijke vrouw zich verstopt in een bezemkast?'

Er viel een lange stilte, toen klonk een diepe zucht en vervolgens: 'Moet u horen, ze is al een poos zichzelf niet. Een hoop gedoe over een misverstand zal haar niet helpen.'

'U zult aan ons moeten overlaten om te bezien wat dat misverstand inhoudt. Wilt u haar nu vragen om naar buiten te komen en onze vragen te beantwoorden?'

Hun grootmoeder gaf geen antwoord op de vragen die ze voor haar hadden. Nadat ze een van de agenten had gebeten, werd ze schoppend en schreeuwend in de politieauto gestopt en meegenomen. En dat terwijl de buren toekeken. Lydia keek uit het slaapkamerraam naar de straat en slikte de ongerustheid weg die zich daar had genesteld sinds de komst van de politie. Wat zou er met hun grootmoeder gebeuren? Als ze naar de gevangenis moest, zou dat dan betekenen dat Valeries grootste vrees zou uitkomen? Dat ze werden weggehaald en ergens anders moesten wonen?

En zou dat betekenen dat Lydia Noah nooit meer zou zien?

De volgende ochtend kwamen dominee Digby, zuster Vera en zuster Joan, een en al medeleven en Bijbelcitaten, om te zien waar ze mee konden helpen. Omdat er geen school was – het was zaterdag – werden Lydia en haar zus weer naar hun kamer verbannen. Hetgeen betekende dat Lydia weer haar afluisterpositie boven aan de trap innam. Ze wist al, nadat ze de vorige avond de telefoongesprekken van haar grootvader had afgeluisterd, dat hun grootmoeder niet naar het politiebureau was gebracht. Vlak nadat de politieauto gisteren was weggereden, had hun grootvader tegen Lydia gezegd dat hij weg moest. Pas na tien uur kwam hij terug. Het uur daarna bracht hij aan de telefoon door, met zachte stem. Een van de telefoontjes was met dokter Bunch geweest. Nu, terwijl Lydia naar de mompelende stemmen in de voorkamer luisterde, werd duidelijk dat hun grootmoeder in een speciaal ziekenhuis was. Een psychiatrische inrichting!

Gek. Hun grootmoeder was gek. Lydia huiverde. Het was erger dan ze had gedacht. En stel dat waanzin erfelijk was?

Dezelfde dag, toen hun grootvader zijn vrouw ging opzoeken, kwam zuster Lottie de middag doorbrengen bij Lydia en Valerie. Maar al was zuster Lottie net zo vrolijk en spraakzaam als altijd terwijl ze in de tuin erwten zaten te doppen, Valerie was het niet. Lydia was ongerust. Ze had haar best gedaan om Val over te halen bij hen in de zon te komen zitten, maar Val had haar hoofd geschud en was bij het slaapkamerraam blijven zitten, alsof ze op de uitkijk stond tot het moment dat haar dierbare grootmoeder thuis zou komen. Lydia was er zo aan gewend om ergens ongerust over te zijn en dat voor zich te houden, dat het een schok was toen ze zuster Lottie opeens hoorde zeggen: 'Lydia, wat gaan we aan Valerie doen? Ze heeft de hele middag nog geen woord gezegd.'

'Ze heeft sinds gisteravond niets meer gezegd,' zei Lydia.

'O ja? Lieve help. Dat is niet zo best.'

'Ik weet niet of het hetzelfde is en ze was toen nog maar klein, maar ik herinner me dat ze dit ook heeft gedaan toen onze moeder stierf.'

Zuster Lottie hield op met doppen. 'Ja,' zei ze nadenkend. 'Ik weet inderdaad nog dat ze heel stil was toen jullie hier kwamen wonen. Ze is zo'n teer meisje en ze is zo gehecht aan je grootmoeder. Gisteren moet een hele schok voor haar zijn geweest. Alles wat we nu kunnen doen is haar naar God tillen.'

Lydia wist dat het slecht en ongepast van haar was, maar ze voelde een steek van jaloezie. Ze had zuster Lottie altijd als háár speciale vriendin beschouwd en ze wilde niet dat ze te veel medelijden kreeg met Valerie. Ze veranderde van onderwerp en zei: 'Ik weet naar wat voor ziekenhuis onze grootmoeder is gebracht, maar is ze erg ziek? Ik bedoel, in haar hoofd?'

Zuster Lotties gezicht werd rood. 'Lieve help, tja,' zei ze onhandig. 'Je grootmoeder heeft veel meegemaakt met die operaties. Daardoor kunnen iemands gedachten heel vreemde kanten uitgaan. Dat kan ons allemaal overkomen. De vorige week nog kon ik me niet herinneren of ik de melkboer wel betaald had. Toen raakte ik helemaal van slag.'

'Maar u heeft hem vast niet uitgescholden of gemene brieven gestuurd.'

Zuster Lotties gezicht werd nog roder. 'Wat ben je toch een wijs kind. Veel te slim voor een eenvoudige oude vrouw als ik.'

'Vertel me de waarheid. Alstublieft.'

'Ik weet niet of ik dat kan. Ik kan alleen zeggen dat bij je grootmoeder haar geest waarschijnlijk heeft besloten dat hij genoeg heeft doorstaan en rust wil.'

'Wordt ze wel beter?'

'Vast wel. De dokters zullen heel goed voor haar zorgen. Over een poosje is ze weer thuis.'

'Ik hoop dat u gelijk heeft, want ik denk dat Val bang is dat als ze niet thuiskomt, we ergens anders moeten gaan wonen en dat ze grootmoeder nooit meer zal zien.'

Zuster Lottie gaf een klopje op Lydia's hand. 'Dat zal niet gebeuren. Jullie gaan nergens anders naartoe.'

Omwille van Valerie hoopte Lydia dat zuster Lottie gelijk had.

28

HUN GROOTMOEDER KWAM uiteindelijk nog voor de oogstdienst thuis, maar in januari, toen ze laat op de avond in haar nachtjapon zwervend op straat werd gevonden en als een gevaar voor zichzelf en mogelijk anderen werd beschouwd, kwam ze weer in de inrichting terecht. Lydia wist dat haar grootvader zich schaamde voor de ziekte van zijn vrouw. Ze stond inmiddels bekend als de gek van de buurt. En zoals Lydia al had verwacht, reageerde hij het op haar af. Als het huis niet schoon genoeg was naar zijn zin, maakte hij met opzet rommel en liet haar alles overdoen. Soms, om te controleren of ze echt overal had schoongemaakt, verstopte hij spijkertjes in huis. Als ze die niet allemaal had gevonden, moest ze zonder eten naar bed. En dat gebeurde dan nog als hij een goede bui had. In de keuken hield hij een rieten plantensteun gereed voor als hij een slechte bui had.

De persoon die het meeste onder dit alles leed, was arme Valerie. Ze had niet meer goed gesproken sinds de eerste keer dat hun grootmoeder werd weggehaald. Alles wat ze zei was met haar mond gevormd of gefluisterd. Soms zelfs dat niet, en dan nam ze haar toevlucht tot schrijven. Haar leerkrachten zeiden dat het een fase was die ze doormaakte, en vonden dat ze, in plaats van Valerie nog meer van streek te maken door haar te dwingen om te praten, geduldig moesten wachten tot ze er zelf weer aan toe was. Dominee Digby en de broeders en zusters waren van mening dat Val haar stem weer zou terugkrijgen wanneer, en alleen wanneer, God besloot dat het tijd was. Wie wist tenslotte wat God hun wilde vertellen door Vals zwijgen?

Lydia was niet overtuigd. Helemaal niet. Maar omdat niemand van de kerk ooit haar mening vroeg, gaf ze die ook niet. Zuster Lottie was de enige die opperde dat Val misschien naar een dokter moest, maar toen ze door dominee Digby en zuster Vera werd beschuldigd dat ze zich met Gods Grote Plan voor Valerie bemoeide, drukte ze een zakdoek tegen haar bevende lippen en zei er verder niets meer over.

Zuster Lottie kreeg ook kritiek omdat ze een ongehuwde man in huis had. En nog wel een buitenlander. Meer dan eens hoorde Lydia de zusters in de kerk onderling fluisteren over vleselijke zonden en dat Italiaanse mannen niet beter dan wilden waren als het vrouwen betrof. 'Het is bekend dat ze onnatuurlijke hartstochten hebben,' hoorde Lydia zuster Joan tegen zuster Vera zeggen tijdens de thee met koekjes. 'Daar zijn ze berucht om. Zuster Lottie zet zichzelf voor gek.'

Tot Lydia's verrukking sloeg zuster Lottie kalm terug door te zeggen dat Joey een goede en gelovige man was en dat hij twee keer per week naar de mis ging in de St. Jozef. Af en toe kon ze verrassend flink zijn, had Lydia gemerkt, terwijl ze andere keren wel een huilend kind leek. Ze was een grappig oud mens, en Lydia was dol op haar en ze zou altijd dankbaar zijn voor haar hulp en vriendelijkheid.

Zuster Lottie was degene die met Lydia was gaan 'vrouwenwinkelen', zoals ze het noemde, om haar eerste beha te kopen. Ook was zuster Lottie degene geweest die had uitgelegd waarom Lydia buikkrampen kreeg.

Lydia haatte de veranderingen in haar lichaam. Het leek wel verraad. Vooral die steeds groeiende borsten. Alfie Stone en Jack Horsley stonden er steeds naar te loeren. Jimmy Frommel had zelfs geprobeerd haar aan te raken. Ze had hem een flinke trap tussen zijn benen gegeven, zo hard dat ze hem naderhand hoorde overgeven in de toiletten. Jack en Alfie bleven vanaf toen op een afstand. Een heleboel andere meisjes uit hun klas hadden net zulke borsten als zij, maar die leken er blij mee te zijn en lieten de knopen van hun bloes zo ver open dat je hun beha kon zien. Zoe Woolf zorgde er zelfs voor om zo diep over haar lessenaar te buigen dat meneer Taylor, hun geschiedenisleraar en de knapste van de school, er goed zicht op had.

Het was niet zo leuk om vrouw te zijn, vond Lydia. Je moest je benen en oksels scheren als je geen gorilla genoemd wilde worden; elke maand kreeg je het gevoel alsof je doodging; en de jongens dachten opeens dat je iets was om mee te experimenteren. 'Kom, laat 's even voelen,' had gisteren nog een jongen in de bus uit school gezegd toen ze langs hem liep om met Valerie uit te stappen. Bij de halte stond Donna Jones te wachten, en als Lydia bewijs nodig had dat het vervelend was om vrouw te zijn, dan zag ze het nu voor zich. Donna stond een sigaret te paffen en haar buik puilde afschuwelijk uit. Donna was zwanger en woonde nu bij een tante aan Hillside Terrace omdat haar moeder haar op straat had gezet. Lydia kon zich niet voorstellen dat een meisje van haar leeftijd, bijna vijftien, een baby verwachtte. Er deden allerlei geruchten de ronde over wie de vader was, ook dat het de bestuurder van de roestige Jaguar kon zijn die tussen de middag voor het schoolhek wachtte en bij wie Donna vaak was in- en uitgestapt.

Hoe alles om Lydia heen ook veranderde, in elk geval bleef iets hetzelfde: Noah. In tegenstelling tot de andere jongens uit hun klas behandelde Noah haar nog precies zoals vroeger. Ze was niet meer langer dan hij; hij was het afgelopen jaar opeens gegroeid en was nu wel twaalf centimeter langer dan zij. Maar net als zij was hij nog steeds mager en slungelig, en hij begon niet breder en stevig te worden zoals de meeste andere jongens. Hij was nog een keer geopereerd aan zijn been, maar dat was niet het succes geworden waar de artsen op hadden gehoopt. Hij liep nog steeds mank en zou in zijn eigen woorden altijd een sukkel blijven met sport.

Lydia was nu naar hem onderweg. Het was een gure ochtend in maart. Pasgeboren lammetjes stonden tegen hun moeder aan in de beschutting van een stenen muur terwijl de wind uit het noorden gierde en de scherpe lucht van de stad meevoerde. Het was een deprimerende lucht, maar misschien zou die er niet veel langer zijn. Een van de wolfabrieken was eerder dat jaar gesloten en het gerucht ging dat Marsden, de grootste producent van kamgaren in de streek, de herfst niet zou halen. Volgens de lokale krant had Marsden te veel geld van de bank geleend en kon hij de lening niet aflossen. De eigenaren gaven de schuld aan de oliecrisis van vorig jaar, maar volgens de werknemers lag het aan het slechte beleid. Hoe dan ook was het slecht voor de stad.

Boven haar hingen lage, grijze wolken en Lydia hoopte dat het niet zou gaan sneeuwen. Ze trapte hard door op de oude fiets van haar vader. Het kostte minder moeite om te fietsen nu ze zoveel langer was. En omdat Joey ernaar had gekeken voor hij naar Italië ging – wat hij elk jaar deed als de zomer voorbij was – maakte hij ook niet meer dat vreselijke lawaai. Zuster Lottie had een brief van Joey gekregen waarin hij schreef dat alles goed was met hem en zijn familie in Napels, en dat hij eind april hoopte terug te keren naar Swallowsdale. Lydia verheugde zich erop om hem terug te zien en weer in het geheim haar Italiaanse lessen met hem te beginnen.

Haar leven was bijna helemaal gehuld in heimelijkheid. Als ze zichzelf niet op deze manier beschermde, zou haar grootvader haar waarschijnlijk verbieden om ooit nog het huis te verlaten. Soms dacht ze dat hij net zo ziek in zijn hoofd was als haar grootmoeder. Vooral als hij zijn afkeuring uitte over bijna alles wat ze op school deed. 'Wat heeft het voor zin om Frans te leren?' zei hij als ze haar huiswerk maakte. 'Daar ga je immers toch nooit naartoe?' Scheikunde en biologie werden ook afgedaan als overbodig. 'Tijdverspilling om een meisje als jij iets te leren. Het enige wat je ooit zult bereiken is zwanger raken en een domme vent erin luizen, net als je moeder heeft gedaan.'

Voor iemand die thuis voortdurend dom en lui werd genoemd, deed ze het verrassend goed op school. Samen met Noah en Zoe mocht ze op een hoger niveau eindexamen doen. Dat betekende meer huiswerk, maar mevrouw Drake, hun klassenlerares, had gezegd dat ze dat heel goed aankon. Dat kon mevrouw Drake makkelijk zeggen, want zij had thuis niet zo'n leven als Lydia!

Nog één heuvel en dan was ze er. Over de tuinmuur klimmen was een veel snellere weg naar Noah's huis, maar ze had Valerie eerst naar zuster Lottie moeten brengen. Dat was zwaar met Valerie op de dwarsstang, maar gelukkig was haar zus nog klein en zo licht als een veertje.

Vandaag was er weer iets wat Lydia voor haar grootvader geheim moest houden. Hij was weg voor de kerk – iets wat op het laatste moment geregeld was, had hij tijdens het ontbijt gezegd – en omdat ze wist dat dit een onverwachte gelegenheid voor haar was om Noah op een zaterdag te zien, had ze aan zuster Lottie gevraagd of Valerie een paar uur bij haar mocht zijn. Lydia was niet bang dat haar zus aan hun grootvader zou verklikken dat Lydia ergens anders naartoe was. Tegenwoordig was Val zich er heel goed van bewust dat het beter was om hun grootvader niet tegen zich in het harnas te jagen.

Vandaag werd Noah vijftien, en Lydia hoopte dat hij de cadeautjes leuk zou vinden die ze voor hem bij zich had. Door elke week wat van haar geld voor het eten op school te sparen en wat karweitjes voor zuster Lottie te doen, had ze een tweedehands exemplaar van Alexander Solzjenitsyns boek *Kankerpaviljoen* kunnen kopen. Ook had ze een overjas van verbluffend goede kwaliteit voor hem gekocht op een rommelmarkt, voor een pond. Vroeger vond ze het vreselijk om tweedehands spullen te dragen, maar nu vond ze het heerlijk om tussen stapels kleren iets te zoeken wat bijzonder was. Ze had geen belangstelling voor de laatste mode, zoals de andere meisjes op school. Ze snapte niet waarom ze er allemaal hetzelfde uit wilden zien met hun platformschoenen, topjes, geruite broeken met wijd uitlopende pijpen en glinsterende oogschaduw. Noah was rommelmarkten ook leuk gaan vinden, en vaak liepen ze samen de krant door om te zien wanneer de volgende zou worden gehouden. Ze was vooral op zoek naar grote mannenoverhemden zonder kraag en wijde, donkere vesten die veel te groot voor haar waren. Haar laatste koopje was een donkergrijze baret die ze nu voor het eerst droeg. Daarmee hield ze haar krullende haar in bedwang, dat tot haar schouders reikte nu haar grootmoeder er niet meer was om het te knippen.

Het leek of er een feest in volle gang was toen Lydia naar de achterkant van Upper Swallowsdale House reed. Ze pakte de tas uit de mand aan het stuur en klopte op de deur. Toen niemand opendeed, liet ze de klopper steeds harder bonzen. Enkele minuten gingen voorbij, en toen ging de deur open en daar stond Noah. Achter hem klonk luide muziek. Lydia herkende het; het was een van Noah's favoriete King Crimson platen, *In the Court of the Crimson King*. Het was ook een van oom Brads favoriete platen.

'Sta je al lang te kloppen?' vroeg hij boven het kabaal uit.

'Dagen,' zei ze met een glimlach terwijl hij opzij ging om haar binnen te laten.

'Sorry. Oom Brad herinnerde zich net dat ik jarig ben en heeft besloten een feest voor me te geven. Hij is in een wilde bui, dus kijk uit.'

Lydia was gewend aan de buien van oom Brad, zelfs de wilde. Vroeger bloosde ze om de dingen die hij kon uitkramen, maar nu negeerde ze hem of ze lachte hem uit. In elk geval kon je nooit van oom Brad zeggen dat hij saai was.

'We zijn in de keuken,' zei Noah. Ze trok haar jas uit en volgde Noah naar de keuken. Hij duwde de deur open naar de bron van de harde muziek. Die klonk zo hard dat het porselein in het dressoir rinkelde. Op een van de twee aanrechten stond een platenspeler met twee luidsprekers en oom Brad – op blote voeten en met zijn haar in een paardenstaart – stond op de keukentafel te doen of hij op een gitaar speelde. 'Hoi, Lyddie,' schreeuwde hij toen hij haar zag. Zo noemde Noah haar de laatste tijd. 'Noah is jarig! Dat zijn we aan het vieren.'

'Dat zie ik!' schreeuwde ze terug. Ze zag de geopende fles whisky op het aanrecht en de smeulende resten van een van oom Brads handgedraaide sigaretten. Ze zag ook dat het zoals altijd één grote wanorde was. Overal lagen boeken, onafgemaakte schilderijen, vuile borden en elektronische snufjes die Noah verzamelde. Het leek meer op een werkplaats dan op een keuken.

Oom Brad stak zijn handen naar haar uit. 'Kom gitaar met me spelen.'

'Dat kan ik niet,' schreeuwde ze.

'Het is heel makkelijk; ik leer het je wel.'

'Misschien straks, als ik Noah zijn cadeaus heb gegeven.'

Noah ging naar de stereo en zette het geluid zachter. Het porselein hield op met rinkelen, maar oom Brad bleef doorspelen, met gesloten ogen, en de tafel kraakte onheilspellend.

'Wat wil je het eerst?' vroeg Lydia aan Noah terwijl ze de cadeaus uit de tas haalde.

'Maakt me niet uit. Kies jij maar.'

Ze gaf hem het grootste pakje. 'Gefeliciteerd. Ik hoop dat je het leuk vindt.'

En dat was zo. Ze zag het aan zijn gezicht en de gretigheid waarmee hij de jas aantrok en de kraag opzette. 'Wat vind je?' vroeg hij met zijn handen diep in zijn zakken.

‘Eh...’ Ze zweeg even, onzeker. De jas was iets te groot voor hem, zoals ze al had vermoed, maar ze aarzelde omdat hij er zo anders door leek. Veel ouder. En eigenlijk, ja, knapper en opvallender. Bijna een vreemde. Een lange, donkere, heel knappe vreemde. ‘Je ziet eruit als een revolutionair,’ zei ze ten slotte. ‘Als de trotskist die oom Brad graag in je wil zien.’

‘Fantastisch,’ zei hij. ‘Bedankt, Lyddie. Hij is echt prachtig.’

Ze gaf hem haar volgende cadeau. ‘Het is niet nieuw,’ zei ze verontschuldigend. ‘Net als de overjas.’

‘Schitterend!’ zei hij toen hij het papier had verwijderd. ‘Precies wat ik wilde.’ Ze wist dat hij het meende, en ze bloosde van trots en blijdschap. Maar toen deed hij iets wat haar nog meer deed blozen: hij sloeg stevig zijn armen om haar heen. Nooit eerder had hij zoiets gedaan, en toen ze begon te denken dat ze het wel prettig vond om zijn armen om haar heen te voelen, liet hij haar los. Heel even leken ze geen van beiden te weten wat ze moesten zeggen en stonden ze elkaar alleen aan te kijken. Ze begon net te geloven dat hij spijt had van wat hij had gedaan, toen achter hen het dreigende gekraak van de tafel nog onheilspellender klonk. Tegelijkertijd riepen ze: ‘Springen!’

Maar het was te laat. Het geluid van splinterend hout, gevolgd door een enorme klap, klonk voor oom Brad ook maar een idee had van wat er gebeurde. ‘Ho!’ riep hij toen hij met zwaaiende armen en benen op de vloer terechtkwam. Lydia had nog nooit zoiets grappigs gezien.

‘Verdomme!’ stiet hij uit terwijl ze hem gierend van het lachen uit de houten tafeldelen hesen. ‘Het is maar goed dat ik geen glas in mijn handen had, anders had ik de inhoud gemorst. Hé, leuke hoed trouwens, Lydia. Te gek!’

Toen Lydia weer op de fiets zat, onderweg naar zuster Lottie, moest ze nog in zichzelf lachen. In geen tijden had ze zo genoten. Het hoogtepunt van de middag, behalve toen oom Brad met de keukentafel op de vloer stortte, was toen hij aankondigde dat hij Lydia en Noah zou leren walsen. ‘Je weet nooit wanneer het te pas komt,’ zei hij terwijl hij een andere plaat opzette. Noah, nog steeds met zijn overjas aan, had geweigerd om mee te doen, maar nadat Lydia hem een spelbreker had genoemd en een pan op zijn hoofd had gezet en daarna een op haar eigen hoofd, dansten ze door de keuken op de instructies van oom Brad. 'Het is Russisch,' deelde oom Brad haar mee toen ze vroeg van wie de muziek was. 'Sviridov.'

'Weet je zeker dat het geen wodkamerk is?' zei Noah.

'Cultuurbarbaar!' riep oom Brad. Hij zette de muziek harder en nam een foto van hen. 'Probeer Lyddie vast te houden zoals het hoort, Noah,' zei hij ongeduldig. 'Het lijkt wel of je als de dood bent om haar aan te raken!'

Verjaardagen vieren was een van de vele dingen die dominee Digby had verboden. Volgens hem was dat een zonde die voortkwam uit persoonlijke ijdelheid.

Glimlachend vroeg Lydia zich af wat dominee Digby en de broeders en zusters hadden gevonden van het feest waar ze net vandaan kwam. Maar door de gedachte aan hun reactie verdween de glimlach snel. Als ze ooit lucht kregen van wat zich afspeelde in Upper Swallowsdale House, dan zou het beetje vrijheid dat ze voor zichzelf had weten te verwerven, haar in een mum van tijd worden afgenomen.

Ze was bijna bij zuster Lottie toen ze op de hoek van een smalle zijstraat een auto zag staan. Het was een auto die ze maar al te goed kende en ze trapte nog harder. Wat deed haar grootvader in de stad? Hij had tegen haar gezegd dat hij die dag naar Skipton moest.

Doodsbang dat haar grootvader eerder thuis zou zijn dan zij en zou vermoeden dat ze iets had gedaan wat niet mocht, sloeg ze zuster Lotties aanbod af om een glas limonade te drinken en een koekje te eten, en ging ze op weg naar huis met Valerie op de dwarsstang.

'Wat is er?' vormde Valerie met haar mond.

'Niets,' loog Lydia terwijl ze de garagedeur opende en de fiets naar binnen duwde.

Via de achterdeur gingen ze naar binnen, en Lydia begon vlug aardappels te schillen voor het avondeten. Ze had net de pan aan de kook gebracht toen de bel ging.

Ze liep naar de deur, opende die op een kier en keek naar de man die buiten stond. Ze had hem nooit eerder gezien. Hij had borstelige bakkebaarden en een lelijk, verweerd gezicht, en op de grond naast hem stond een haveloze koffer. Misschien was hij wel zo'n man die borstels en blikken aan de deur verkocht.

'Hallo, schat,' zei hij met een slepend accent dat ze niet kende. 'Ik ben je oom Leonard. Mag ik binnenkomen?'

29

OOM LEONARD BLEEK de jongste broer van hun grootvader te zijn, waardoor hij niet echt een oom van hen was, maar een oudoom. Hij zei dat Lydia en Val hem gewoon oom Leonard mochten noemen.

Volgens zuster Lottie was hij als jongeman nogal een deugniet geweest. 'Hij was heel charmant en kon van alles uithalen zonder gestraft te worden,' had ze aan Lydia uitgelegd. 'Er was ook veel rivaliteit tussen de twee broers en daardoor ontstond er een slechte verstandhouding tussen hen, om het zo te zeggen.'

Lydia vond niets charmants aan de man die nu bij hen logeerde. Hij was een boom van een vent met een dikke nek, dikke handen en een zwaar accent. Hij had jaren in Australië gewoond in een plaats die Wollongong heette, en dat klonk alsof die plaats helemaal niet bestond. Hij zei dat hij was geëmigreerd om rijk te worden en vertelde verhalen over kangoeroes die voor auto's sprongen, over koalaberen en spinnen die zo groot waren als eetborden en zich onder de toiletbril verstopten. 'Fantastisch om daar te wonen,' pochte hij terwijl hij grote happen in zijn enorme mond schoof en nog een portie nam.

'Waarom ben je dan teruggekomen naar Swallowsdale?' informeerde Lydia's grootvader bars.

'Natuurlijk om mijn familie op te zoeken, Arthur.'

Lydia geloofde de helft niet van wat hij zei. Daarbij vond ze hem een engerd. Er was iets aan dat gezicht. Iets sluws en gevaarlijks. Hij zag eruit alsof hij problemen zou veroorzaken. Hij stonk naar dezelfde aftershave die bijna alle jongens op school over zich goten: Brut. Het hele huis stonk er zelfs naar; overal hing die lucht, alleen in de tuin niet. Maar vaak was hij daar ook. Omdat hij binnen niet mocht roken, stond hij bij de achterdeur te paffen. Naderhand spoot hij wat ademverfrisser in zijn mond.

Binnen enkele uren na de onverwachte komst van oom Leonard begreep Lydia dat haar grootvader het vreselijk vond dat zijn broer er was. Zelfs nog voor oom Leonard zijn koffer had uitgepakt en het bed in de logeerkamer had uitgeprobeerd, hoorde Lydia dat haar grootvader hem vroeg wanneer hij weg zou gaan.

'Ik moet zeggen dat ik dat niet erg hartelijk vind, Arthur,' had oom Leonard gezegd.

'En ik vind jou niet echt een broer,' klonk het antwoord. 'Je hebt wel lef om je hier weer te laten zien.'

'Je hebt het toch niet nog steeds over vroeger? Ik heb je gezegd dat ik veranderd ben. Ik ben herboren in het bloed van onze Verlosser Jezus Christus.'

'Dat valt te bezien.'

'Ik zal het je bewijzen. Wacht maar af.'

Tien dagen later leek oom Leonard nog geen haast te hebben om te vertrekken. Het huis stonk nog steeds naar zijn walgelijke aftershave en ademverfrisser. Deze ochtend zou hij met hen meegaan naar de kerk. De vorige week was hij niet op tijd opgestaan. Hij had gezegd dat hij door de lange reis moest uitslapen. Dat deed hij veel. Hij was nooit op als Lydia en Valerie naar school gingen. Lydia wist zeker dat hij het grootste gedeelte van de dag in bed bleef. Op de avonden dat hun grootvader op bezoek ging bij zijn vrouw in de inrichting, dofte Leonard zich na het eten op en ging uit. Hij zei niet waar hij naartoe ging, maar Lydia vermoedde dat het altijd de pub was.

In de kerk begroetten de broeders en zusters Leonard beleefd, maar niet met het gewone enthousiasme wanneer iemand voor het eerst kwam. 'Ik vrees dat zijn reputatie hem vooruit is gegaan,' fluisterde zuster Lottie tegen Lydia toen ze gingen zitten. 'Een heleboel mensen weten nog waarom hij destijds uit Swallowsdale is weggegaan.'

'Wat heeft hij dan gedaan?'

Maar zuster Lottie kon niets meer zeggen omdat dominee Digby al met opgeheven handpalmen stond. Dat was het teken dat ze allemaal hetzelfde moesten doen. Om een reden die Lydia niet helemaal begreep kon ze het nooit opbrengen om te zeggen dat ze het vreselijk vond om naar de kerk te gaan. Sommige dingen ervan haatte ze, om te beginnen de eenogige dominee Digby met zijn chagrijnige gezicht en al zijn stomme regels – onlangs had hij ingesteld dat ze geen koffie meer mochten drinken omdat die verslavend was – maar als het heel stil in de ruimte was en iedereen in gebed was verzonken, voelde ze een vreemde vredigheid die ze nergens anders kon voelen. Het was zo'n deel van haar leven geworden om naar deze stoffige, schimmelig ruikende zaal te gaan, dat ze zich niet kon voorstellen om weg te blijven. Daarbij kon ze het niet opbrengen om zuster Lottie teleur te stellen door niet meer te komen.

De dienst was bijna afgelopen toen dominee Digby zoals gewoonlijk aankondigde dat het tijd was om te delen en te bidden. Lydia hoopte dat deze keer niemand iets speciaals had waarvoor gebeden moest worden. De dienst duurde al lang genoeg zonder dat iemand, zoals vorige week, wilde bidden voor de ziel van de vrouw in de stomerij die eerder die week broeder Derek te veel had berekend. Geritsel verderop in de rij vertelde Lydia dat haar wens niet zou uitkomen. Maar toen ze zag dat oom Leonard was opgestaan, ging ze nieuwsgierig rechtop zitten. Zo, dit kon wel eens interessant worden.

'Ik wil alleen zeggen hoeveel het voor me betekent om hier te zijn,' begon hij. 'Zoals sommigen onder u zich ongetwijfeld herinneren, was ik geen goed mens in mijn jonge jaren. Broeders en zusters, het woord "zondaar" was nog te goed voor me. Laat ik u zeggen dat ik heb gezondigd op een manier die u nauwelijks kunt bevatten. Ik dronk meer dan goed voor me was. Ik dronk tot ik in mijn eigen braaksel in de goot lag. En dan sleepte ik me weer de goot uit om verder te drinken.'

Mensen hielden geschokt hun adem in.

'Ja, beste mensen, jullie hebben alle reden om met walging en minachting naar me te kijken. Maar dat is nog niet alles. Ik ben met vrouwen omgegaan. Honderden. Zoveel als ik maar kon krijgen.'

Nog meer stokkende adem.

'En zal ik eens wat zeggen? De duivel had me zo stevig in zijn hete, kleverige greep dat ik van elke minuut ervan heb genoten. Pas toen ik zo vol zonde was dat ik bijna wegzonk in het vuil van wellust en losbandigheid, werd ik eindelijk gered door de Heer.'

'Loof de Heer,' mompelde iemand achterin.

'Maar wat ik eigenlijk met u allen wil delen is iets dat me al jaren heeft bezwaard. Ik heb een grote behoefte om met u te delen wat voor man mijn broer eigenlijk is. Er zijn dingen die gezegd moeten worden, dingen die...'

'Ik denk dat je genoeg hebt gezegd, Leonard.'

Net als alle anderen draaide Lydia haar hoofd om naar haar grootvader. Zijn gezicht zag paars.

'Nee, Arthur, dat heb ik niet. Laat me dit alsjeblieft doen. Want ik ben bang dat het anders nooit goed komt tussen ons. Alleen als het goed is, weet ik dat je me het uit de grond van je hart hebt vergeven.'

Het was zo doodstil om haar heen, dat Lydia er niet aan twijfelde dat iedereen op het puntje van zijn of haar stoel zat om te horen wat oom Leonard nog meer te zeggen had. Ze zag dat haar grootvader naar dominee Digby keek om steun te vragen, maar die stak een hand op en schudde zijn hoofd. 'Ga door, Leonard,' zei hij. 'God luistert. Biecht alles op aan Hem.'

Hij is net zo nieuwsgierig als wij, dacht Lydia, terwijl ze haar best deed om niet te gniffelen.

'Dank u, dominee Digby. Dit is moeilijk voor me. Heel moeilijk. Maar ik ben hier niet alleen om vergiffenis aan mijn broer te vragen, maar om u de ogen te openen om te laten zien hoe mijn broer...'

'Dit is niet te tolereren! Dit sta ik niet toe!'

Lydia's grootvader sprong overeind. Hij zag eruit alsof hij elk moment kon ontploffen.

'Ga zitten, broeder Arthur.'

'Nee! Ik blijf hier niet zitten om deze onzin aan te horen.' Hij priemde met een vinger in de lucht naar oom Leonard. 'Je bent nog steeds hetzelfde. Na al die jaren wil je nog steeds een slechte indruk van me geven. Me vernederen in het bijzijn van mijn vrienden. Je bent net zomin vervuld van de Heilige Geest als ik Johannes de Doper ben!'

Naast Lydia boog Valerie haar hoofd en leunde tegen haar aan. Lydia pakte haar hand en kneep erin. Alstublieft, God, bad ze in stilte, zorg dat we niet weg hoeven. Niet nu het zo interessant wordt.

Maar 'interessant' was niet de juiste benaming voor wat er vervolgens gebeurde. Oom Leonard begon te huilen. 'Ik wist het,' jammerde hij terwijl hij met zijn enorme handen door zijn vette haar vol roos streek. 'Ik wist dat het niet mogelijk zou zijn om het verleden te laten rusten en werkelijk vergiffenis te krijgen van mijn eigen vlees en bloed.'

'Luister niet naar hem! Hij is een charlatan. Een oplichter en een bedrieger. Hij doet wat hij altijd heeft gedaan, een web van leugens weven om jullie allemaal voor hem in te nemen. Hij is tot alles in staat. Geloof me als ik zeg dat de duivel vele slimme vermommingen heeft, en dit is er een van!'

'Kom, broeder Arthur,' zei dominee Digby streng. 'Ga zitten. Het is altijd onze plicht om de zonde in ons te verwijderen, en dus stel ik voor dat we dit aan God overlaten.' Hij richtte zijn kraaloog op oom Leonard. 'Alleen als de demonen helemaal zijn verwijderd, zal het Lam Gods in ons hart komen.' Nu werd het kraaloog op Lydia's grootvader gericht. 'Er is blijkbaar iets duivels aan de hand en ik voel dat God van me vraagt om het uit te bannen.'

Ergens had Lydia bijna medelijden met haar grootvader toen hij zich verslagen op zijn stoel liet zakken. Maar voor de rest wilde ze niets liever horen dan wat oom Leonard zo graag met hen wilde delen.

'Ik zei al dat dit moeilijk voor me is,' begon oom Leonard. 'Maar ik weet dat ik alles moet opbiechten. Niets kan verborgen blijven voor God.' Hij zweeg even en keek rechtstreeks naar zijn broer.

Schiet op! had Lydia wel willen roepen. Vertel ons gewoon wat je hebt gedaan. Ze vermoedde dat hij ervan genoot dat iedereen aan zijn lippen hing.

'Broeder Arthur, ik bid dat je het over je hart kunt verkrijgen om te zeggen: "Ik vergeef het je, broeder Leonard." Is dat te veel gevraagd?' Toen hij geen antwoord kreeg en zelfs geen blik, richtte hij zich tot de congregatie. 'Mijn broer is een trotse man, en wie kan het hem kwalijk nemen? Want wat ik hem heb aangedaan, is verachtelijk. U denkt vast allemaal dat ik naar Australië ben geëmigreerd omdat ik van mijn broer gestolen heb. Niet één keer. Niet twee keer. Maar herhaaldelijk. In het begin kleine bedragen en toen stal ik zijn chequeboek en schreef cheques uit voor mezelf. Ik heb zijn hele rekening geplunderd. Een andere broer zou me hebben vermoord. Maar mijn broer niet. Niet mijn broer Arthur. Hij keerde me de andere wang toe. En wat deed ik terug? Ik zal u zeggen dat ik nog meer van hem wilde. Ik wilde alles wat hij had. Ook zijn vrouw. Zijn lieve vrouw.'

De hele congregatie hield de adem in.

'En nog steeds vermoordde mijn broer me niet. Hij gaf me het weinige geld dat hij nog had opdat ik een nieuw en degelijk leven kon opbouwen in Australië.' Hij sloeg met een vuist tegen zijn borst. 'Dat alles heb ik mijn eigen dierbare broer aangedaan. O, wat een ellendeling ben ik! Maar wat een geluk hebben jullie dat jullie een heilige in jullie midden hebben. Een man met zo'n goed hart dat hij me liet gaan, ook al had ik onbetamelijke toenaderingspogingen gedaan bij zijn vrouw.' Hij liet zich theatraal op zijn knieën zakken en sloeg zijn handen ineen in gebed.

De reactie op deze bekentenis was verdeeld. Sommige mensen maakten afkeurende geluiden, sommige schudden hun hoofd en sommige knielden net als oom Leonard om te bidden. Maar Lydia's grootvader bleef heel stil zitten. Zijn blik was strak gericht op oom Leonard, en aan zijn gezicht te zien dacht Lydia dat er van vergiffenis geen sprake zou zijn. Maar ze verbaasde zich over nog iets wat ze op zijn gezicht zag. Pas na enkele ogenblikken besefte ze wat het was: verwarring. Waarom keek haar grootvader verward? Tenzij hij had verwacht dat oom Leonard iets anders zou opbiechten.

Na een lange stilte hielp dominee Digby oom Leonard overeind. 'Ik moet niets hebben van zogenaamde christenen die niets doen om anderen tot de Heer te brengen. Of die het niet kunnen opbrengen om vergiffenis te schenken. Deze man heeft vandaag dapper en deugdzaam gehandeld en het is onze plicht om hem in ons midden op te nemen en hem te bewijzen wat geloof werkelijk betekent. Broeder Arthur, kom naar me toe en schenk broeder Leonard in het bijzijn van ons allen vergiffenis.'

'Ik peins er niet over!'

30

DE VERLOREN ZOON was niets vergeleken bij de Verloren Oom Leonard.

Hij was nu het absolute middelpunt van aandacht van de broeders en zusters in Christus. Ze kregen geen genoeg van hem en zwaaiden hem in alle toonaarden lof toe. Tijdens de paasweek loofden ze hem tijdens diners als een voorbeeld van wat God kon doen voor een zondaar die oprecht berouw had getoond. Daar ging de wederopstanding over: oom Leonard was gewassen in het bloed van Christus. Hij was herboren. Halleluja!

Lydia's grootvader kreeg ook enige aandacht. Maar niemand loofde hem. Dominee Digby maakte zich zorgen om hem. Net als de rest van de kerk. Ze hadden het allemaal druk met bidden voor broeder Arthur.

Het was net vijf uur 's middags, en na het strijkwerk te hebben gedaan luisterde Lydia nu naar de verheven stemmen achter de gesloten deur van de voorkamer. Dominee Digby zei dat als haar grootvader zo hard bleef ten opzichte van oom Leonard, hij het risico liep dat de duivel in zijn leven zou sluipen. 'Daar is het te laat voor,' hoorde Lydia haar grootvader antwoorden. 'De duivel heeft zich al in mijn leven gewurmd. Hij heeft zich in mijn logeerkamer geïnstalleerd en houdt jullie allemaal voor de gek. Het is niet te geloven dat hij jullie zo heeft kunnen inpalmen.'

'Broeder Arthur, ik raad u ten sterkste aan om uw gevoelens te herzien. Zoek goed in uw hart of daar niet iets is wat onze Heer en Verlosser niet zou goedkeuren. Jaloezie is een lelijk ding. Het bederft onze band met God. Ik zeg dit niet alleen als uw geestelijke mentor, maar als uw vriend.'

'Je weet toch wat ze zeggen over mensen die afluisteren?'

De vraag werd schor in Lydia's oor gefluisterd. Ze draaide zich vlug om, overdonderd door de nabijheid van oom Leonard en de misselijkmakende geur van Brut en ademverfrisser.

'Ik was niet aan het afluisteren,' loog ze.

'Natuurlijk niet. Je stond alleen met je oor tegen de deur om te luisteren of je houtwormen hoorde. En, wat zeggen ze allemaal?'

Hij was zo dicht bij haar dat ze bijna de rossige haren in zijn dikke, grijzende bakkebaarden kon tellen. Dat had hij in elk geval gemeen met zijn broer. 'Dat weet ik niet,' loog ze terwijl ze vlug wegliep.

'Hadden ze het over mij?' vroeg hij terwijl hij haar naar de keuken volgde.

'Ik zei toch dat ik het niet weet.'

Hij glimlachte, en de verweerde huid rond zijn ogen rimpelde. 'Kijk niet zo bang, Lydia,' zei hij. 'Ik sta aan jouw kant. Ik weet wat voor man mijn broer in werkelijkheid is. Ik wil dat je weet dat ik je vriend ben. Als je dat wilt, tenminste. Heb je een vriend nodig, Lydia? Iemand die je kunt vertrouwen?'

Ze slikte nerveus, maar gaf geen antwoord. Wat moest ze zeggen? Als haar grootvader ook maar een moment dacht dat ze een medestander had in zijn broer, zou hij haar leven tot een hel maken. Maar als oom Leonard werkelijk wist waar zijn broer toe in staat was? Was het dan niet beter dat hij aan haar kant stond? Misschien voorlopig, maar wat zou er gebeuren als oom Leonard wegging uit Swallowsdale, wat beslist het geval zou zijn? 'Ik kan beter aan het eten beginnen,' zei ze op neutrale toon.

Hij liet niet blijken of hij zich beledigd voelde. 'In dat geval,' zei hij, 'hoef je geen rekening te houden met mij. Ik ben weer uitgenodigd om ergens te gaan eten.'

'Wat leuk.'

Hij knipoogde. 'Inderdaad, heel leuk.'

Vlak nadat dominee Digby was vertrokken, kwam Lydia's grootvader de keuken in en kondigde aan dat hij die avond weg zou zijn. Prima, dacht Lydia. Dan konden zij en Valerie een leuke avond hebben. Geen grootvader. Geen oom Leonard. Het huis voor hen alleen. Kon het beter?

Na het eten fluisterde Val tegen Lydia dat ze boven ging lezen. Teleurgesteld dat haar zus niet beneden bij haar wilde blijven, besloot Lydia de afwas uit te stellen. Het was de laatste dag van de paasvakantie, dus kon ze even wat tijd voor zichzelf nemen. Nu het nog licht was, ging ze de tuin in en klom in de takken van de kastanjeboom. Ze keek over de hei in de richting van Noah's huis. Hij zou nu wel terug zijn van zijn vakantie in Londen met oom Brad. Londen. Dat klonk net zo ver weg als Joey's huis in Italië. Maar op een dag zou ze ernaartoe gaan. Naar Londen en naar Italië. Dat had ze zich voorgenomen. Ze leunde tegen de brede stam en liet haar handen glijden over de grote bladeren die haar bijna uit het zicht hielden. Ze hadden nog die frisse groene kleur die je alleen in de lente zag. In de koele avondlucht luisterde ze naar de vogels, die een laatste zangconcert gaven voordat het donker werd. Toen drong door het getjilp een ander geluid tot haar door, dat van een auto. Een auto die dichtbij was gestopt. Heel dichtbij. Vervolgens hoorde ze een portier dichtvallen.

Toen ze bedacht dat de afwas nog niet was gedaan, klom ze naar beneden en rende met bonzend hart door de tuin naar het huis.

Maar ze was te laat. Haar grootvader stond al in de keuken.

'Waar ben jij geweest?' wilde hij weten.

'Ik was in de tuin,' zei ze terwijl ze de achterdeur dichtdeed. Ze volgde zijn blik naar de vaat op het aanrecht.

'O, was je in de tuin?' zei hij. Zijn stem klonk langzaam en dreigend en er kwam een kille uitdrukking vol genoegen op zijn gezicht. Haar maag kromp van angst. 'Je had dus betere dingen te doen dan opruimen?' Hij trok zijn jasje uit en hing het over een stoel.

'Ik... ik wilde het doen als...'

'Wat?' onderbrak hij haar. Hij liep naar de gangdeur en deed die dicht. 'Omdat ik er niet was om een oogje op je te houden, wilde je het doen wanneer het jou uitkwam? Bedoel je dat? Alleen kwam ik eerder terug en heb ik je betrapt.' Hij ging vlak voor haar staan.

Ze trok haar mouwen op om te laten zien dat ze nu meteen aan de slag zou gaan. Nu meteen, als hij uit de weg ging.

Maar hij maakte geen aanstalten om uit de weg te gaan, en ook hij rolde zijn mouwen op. Ze wist wat dat betekende, en haar maag kromp nog meer ineen. 'Ik begin me af te vragen wat je nog meer uitvoert als ik er niet ben,' zei hij. 'Misschien was je helemaal niet in de tuin. Misschien was je ergens waar ik niets van weet.'

'Nee,' zei ze met een blik op de rieten stok bij de afvalbak. 'Ik was in de tuin. En heel even maar. Echt waar.'

'Dat geloof ik niet!' schreeuwde hij. Ze schrok. 'Ik zie het aan je gezicht. Je liegt.' Zijn ogen schoten vuur van woede en hij leek opeens groter te worden. Toen kwam het. Niet de stok, maar zijn hand tegen haar gezicht.

Lydia wankelde en verloor bijna haar evenwicht. Voor ze tot zichzelf kon komen gaf hij haar een klap tegen de zijkant van haar hoofd. En toen de andere kant. Het duizelde haar en ze proefde bloed. Ze raakte haar lip aan; die was gescheurd. Toen drong met een schok tot haar door dat dit geen gewoon pak slaag zou worden. De langzame, dreigende toon was verdwenen en hij schreeuwde nu tegen haar. Met de scheldwoorden die hij altijd gebruikte. Ze was tuig. Nog erger dan tuig. Ze was een hoer. Ze dwong haar gedachten om naar die plek te gaan waar ze altijd naartoe ging als ze weg wilde van wat er gebeurde. Ze stelde zich voor dat ze door de avondlucht werd weggedragen door haar vader. Hij bracht haar naar een plek waar het veilig was.

Maar die speciale plaats wist ze deze keer niet te bereiken. Haar grootvader schudde haar zo hard door elkaar bij haar schouders dat haar hoofd naar achter en voor vloog. 'Als ik je niet leer wat goed of slecht is,' schreeuwde hij tegen haar, 'wie moet het dan doen?' Vervolgens duwde hij haar zo hard weg dat ze op de vloer viel en geen lucht kon krijgen. Intuïtief sloeg ze haar armen om haar hoofd omdat ze zo dicht bij zijn voeten lag. Maar haar lijf was kwetsbaar. De eerste schop was op haar buik gericht. De volgende op haar schouder. Dit was nieuw. Hij had haar nog nooit geschopt. Hij was werkelijk zijn zelfbeheersing kwijt en ze wist dat ze iets moest doen. Ze moest hier weg zien te komen. Terwijl ze haar hoofd bleef beschermen, draaide ze zich om en keek naar de achterdeur. Tot haar verbazing was die open en iemand stond op de drempel toe te kijken. Het was oom Leonard.

'Zo zo, broertje,' zei hij terwijl hij binnenkwam. 'Kom je tegenwoordig zo aan je trekken?'

Haar grootvader hield meteen op met wat hij aan het doen was. Lydia voelde een golf van opluchting. Het was voorbij. Ze was veilig. Maar het gevoel van opluchting maakte al snel plaats voor schaamte. Ze wilde niet zo vernederd gezien worden.

‘Hou je erbuiten,’ snauwde haar grootvader tegen zijn broer. ‘Je hebt er niets mee te maken.’

‘O nee? Reageer je je frustraties af op een weerloos jong meisje omdat je te bang bent om met mij te vechten?’

Slap van pijn en angst kwam Lydia met moeite overeind. Ze durfde niet naar haar grootvader te kijken, maar ze wist dat de spanning in de keuken om te snijden was. Ze begon te rillen.

‘Niet alles draait om jou, Leonard,’ zei haar grootvader. ‘Ik leer haar een belangrijke les. Om niet tegen me te liegen. Je weet wat ik vind van leugenaars en bedriegers.’

‘Dat weet ik maar al te goed,’ zei oom Leonard met een strak glimlachje. ‘Dadelijk ga je me nog vertellen dat ze alleen gered kan worden door werkelijk te lijden.’ Hij liep naar Lydia. ‘Heb je tegen je grootvader gelogen, Lydia?’

‘Nee,’ antwoordde ze met een meelijwekkend stemmetje. Ze was één koude massa angst vanbinnen.

‘Natuurlijk niet. Je bent veel te lief en onschuldig om zoiets te doen.’ Hij draaide zich om naar zijn broer. ‘Je moet je schamen, Arthur. En nu uit de weg. Ik breng Lydia naar boven en zal kijken of alles goed met haar is. Misschien heeft ze wel een dokter nodig.’

Lydia werd bevangen door paniek. Ze was dankbaar dat hij tussenbeide was gekomen, maar als ze nog meer hulp van hem aannam, zou dat alles alleen maar erger voor haar maken. ‘Dank u,’ mompelde ze terwijl ze al naar de gangdeur liep en de veilige gang en kamer boven, ‘maar ik heb geen hulp nodig. Het gaat wel.’

Boven lag Valerie onder de dekens te huilen. ‘Het is goed, Val,’ stelde ze haar gerust. ‘Het was gewoon een dom misverstand en grootvader verloor zijn geduld, zoals altijd. Maak je geen zorgen. Toe, Valerie,’ smeekte ze. ‘Niet huilen. Je weet hoe erg ik het vind als je van streek bent.’

Maar toen Valerie haar hoofd onder de dekens vandaan stak en een blik op Lydia’s gezicht wierp, begon ze weer te snikken.

Lydia wist waar haar zus bang voor was, dus bleef ze haar het volgende uur troosten, zei dat alles goed zou komen, dat er niets voor hen zou veranderen. Haar zus had stabiliteit nodig en Lydia was blijkbaar de enige die haar dat kon bieden. Met leugens en wat er ook nog meer voor nodig was.

Toen Valerie sliep, ging Lydia ook naar bed. Het duurde een poos voor ze goed kon liggen. De pijn moest door de schrik zijn verdoofd, maar nu deed haar hele lijf zeer. Ze voelde zich misselijk en het bleef haar duizelen. Misschien had oom Leonard gelijk en moest ze naar een dokter. Ze zette die gedachte uit haar hoofd en sloot haar ogen.

De slaap wilde niet komen. Terwijl ze door een kier in de gordijnen naar het licht van de straatlantaarn keek, begon ze zich af te vragen wat ze tegen Noah moest zeggen om de blauwe plekken te verklaren. De smoes 'van de trap gevallen' had ze al te vaak gebruikt. En niet alleen tegen Noah. Juffrouw Drake had gevraagd naar de striemen op haar benen toen haar grootvader haar de laatste keer met de rieten stok had geslagen. Toen was ze 'gestruikeld over de traploper'.

Beneden hoorde ze haar grootvader ruziën met oom Leonard en toen hoorde ze een deur dichtslaan. Ze wist zeker dat het leven veel moeilijker zou worden na wat er zojuist had plaatsgevonden. Had ze maar de afwas gedaan zoals altijd... was ze maar niet naar de tuin gegaan. Ze kneep haar ogen dicht en duwde er met haar vuisten tegen. Waarom was het leven zo oneerlijk voor haar? Waar had ze dat aan verdiend?

Het antwoord kwam in een flits. *Wat je zaait, zul je oogsten.* Als ze haar moeder niet tot zelfmoord had gedreven, zou dit allemaal niet gebeuren. Maar door wat ze had gedaan, was dit haar straf: ze was een bliksemafleider voor alles wat slecht was. En ze kon er alleen zichzelf de schuld van geven.

31

DE VOLGENDE OCHTEND was Lydia op haar hoede toen ze brood roosterde en thee zette voor haar grootvader. Hij had geen woord tegen haar gezegd. Dat hoefde ook niet. Alles was te lezen op zijn grimmige gezicht. *Wacht jij maar*, betekende dat. Ze kon zelfs niets door haar keel krijgen en dus zorgde ze ervoor dat Val haar ontbijt at.

In de doodse stilte hoorde Lydia geluiden in de kamer boven hen, gevolgd door zware voetstappen op de trap. Toen verscheen oom Leonard voor het eerst sinds zijn komst aan het ontbijt. 'Zo zie ik het graag,' zei hij op luide, te opgewekte toon. 'Een gelukkig gezin aan de ontbijttafel. Is er nog plaats voor mij?' zei hij tegen zijn broer.

Zonder te antwoorden wierp haar grootvader zijn half opgegeten snee geroosterd brood neer en liep de kamer uit. En het huis.

Val had haar cornflakes op en ging naar boven om haar tanden te poetsen. Lydia wierp een blik op de klok en begon af te ruimen.

'Hoe gaat het vanmorgen, Lydia?' vroeg oom Leonard terwijl hij op de stoel van zijn broer ging zitten. 'Weet je zeker dat je wel naar school kunt?'

'Ik ben alleen een beetje stijf, meer niet.'

'Wil je niet liever thuisblijven?'

Ze had niets liever gewild dan zich de rest van de week in bed verstoppen. Ze wist niet waarom, maar ze voelde zich vies. Helemaal vies. Vanbinnen en vanbuiten. Hoe vaak ze zich ook waste, ze zou zich niet meer schoon voelen. 'Beter van niet,' zei ze. 'Ik wil liever geen lessen missen.'

'Goed zo. Laat je niet kennen. Kan ik een kopje thee krijgen?'

Ze pakte een beker en schonk het laatste restje uit de theepot in. 'Bedankt, lieverd,' zei hij. Na luidruchtig te hebben geslurpt leunde hij met zijn ellebogen op de tafel. 'Ik meende wat ik gisteren zei, Lydia. Ik ben je vriend. En ik durf er met mijn laatste dollar of pond om te wedden dat dit niet de eerste keer was dat mijn broer je heeft mishandeld. En dat je het nooit aan iemand hebt verteld. Nou?'

Lydia kon niets uitbrengen. Het was al erg genoeg dat hij haar vernedering had gezien. Maar om er zo openlijk over te praten... dat was te veel. Toen ze geen antwoord gaf, zei hij: 'Je weet dat hij erop rekent dat je te bang bent om je mond open te doen. Als hij zich zorgen zou maken dat je het aan iemand zou vertellen, denk je dat hij je dan naar school zou laten gaan met dat gezicht? Nee. Hij heeft je te veel in zijn macht. Maar zoals ik al zei, ik ben je vriend, Lydia, en als je wilt dat ik je tegen mijn broer bescherm, dan moet je me vertrouwen. Denk je dat je dat kunt?'

Tot haar eigen verbazing knikte Lydia. Een nauwelijks merkbaar knikje, alsof anders haar schande zou worden vertoond.

Oom Leonard glimlachte naar haar. Een brede grijns waardoor twee rijen verkleurde tanden te zien waren. 'Hou dan op met afruimen en kom zitten terwijl ik wat ga eten.'

'Het spijt me, maar daar heb ik geen tijd voor. De bus vertrekt over een kwartier.'

Onderweg naar school moest Lydia er steeds aan denken dat ze oom Leonard verkeerd had beoordeeld toen hij pas bij hen logeerde. Misschien had hij in het verleden vreselijke dingen gedaan, maar in elk geval was hij niet wreed en begon hij niet zomaar te slaan. Hij zou haar misschien niet altijd tegen haar grootvader kunnen beschermen, maar nu zou ze alle hulp aannemen die ze kon krijgen.

Wat maakte het uit of die hulp kwam door een situatie die ze niet helemaal begreep? De verhouding tussen haar grootvader en oom Leonard was een raadsel voor Lydia. Nu hij in het openbaar had geweigerd om zijn broer vergiffenis te schenken, snapte ze niet waarom haar grootvader hem wel in zijn huis liet logeren.

Uit flarden van gesprekken had ze begrepen dat oom Leonard helemaal niet rijk was geworden in Australië, en dat hij zonder een cent op zak was teruggegaan naar Engeland. Nu hij Jezus in zijn leven had toegelaten, wilde hij blijkbaar niets liever dan vergiffenis van zijn broer, zijn familie weer zien en vooral de twee achternichtjes die hij nooit eerder had ontmoet maar over wie hij had gehoord via een oude schoolvriend in Swallowsdale. Was de reden zo eenvoudig? Of stak er meer achter?

'Wat is er in godsnaam met jou gebeurd?' vroeg Noah zodra hij haar zag.

Lydia wenste dat hij voor een keer eens niet zo'n goede vriend was, en ze rommelde in haar schooltas. 'O, je weet hoe ik ben,' zei ze luchtig. 'Zo onhandig. Vandaag of morgen wordt die trap nog eens mijn dood.'

Toen ze niet langer in haar tas kon rommelen zonder argwaan te wekken, keek ze op. Noah stond naar haar te staren. Heel lang, terwijl zijn donkere ogen haar onderzoekend aankeken. Vervolgens gleed zijn blik over haar gescheurde lip en gezwollen kaak. Goddank zat de rest van haar blauwe plekken onder haar kleren. Opeens zag ze de uitdrukking op zijn gezicht veranderen. Er verscheen kwaadheid. Iets wat ze nooit eerder had gezien. Toen besefte ze dat hij haar niet geloofde. Dat hij haar waarschijnlijk nooit had geloofd. Geschrokken hoopte ze dat hij niet zou zeggen wat hij dacht. Toe, smeekte ze hem in stilte, laat me alsjeblieft mijn laatste restje waardigheid behouden.

Toen raakte hij heel voorzichtig haar kaak aan met zijn vingers en zei: 'Dat ziet er pijnlijk uit, Lyddie. Ben je bij een dokter geweest?'

Zijn bezorgdheid deed haar diep vanbinnen meer pijn dan haar gekneusde ribben. 'Het ziet er erger uit dan het is,' zei ze terwijl ze zich afwendde en haar tranen weg knipperde. 'Het gaat wel. Echt. Hoe was het in Londen? Heeft oom Brad je nog meegenomen naar het Planetarium, zoals hij had beloofd?'

Op school hadden ze de dag van hun leven met haar te pesten. Ze wilden weten met wie ze tijdens de paasvakantie zo'n ruzie had gehad. 'Je had die knul moeten zien toen ik klaar was met hem,' pochte ze tegen Alfie Stone. 'Dus kijk jij maar uit.'

Wat makkelijk om een en al bravoure te zijn tegen iemand voor wie je niet bang was.

Onderweg naar huis, na een conversatieles Frans, had Lydia er schoon genoeg van. In haar tas zat een brief over een schoolreis, maar ze zou toch niet mee mogen. De reis was al een poos geleden geregeld en haar grootvader had de eerste brief meteen weggegooid met de woorden dat het te duur was. Ze had er niet meer over nagedacht. Maar nu waren er extra plaatsen beschikbaar en haar leerkracht Frans had er bij Lydia op aangedrongen dat ze mee moest gaan.

Toen ze om de hoek van het huis aan de achterkant liep, zag ze oom Leonard in een tuinstoel in de tuin zitten. Ze werd er nog mismoediger van. Ze was moe en ze wilde alleen maar even op bed gaan liggen. Ze had hoofdpijn, haar ribben deden pijn en haar kaak ook.

'Hallo,' zei hij opgewekt. 'Leuke dag gehad?'

'Gaat wel,' zei ze beleefd.

'Dat klinkt niet zo best. Kan ik je ergens mee helpen?'

'Ik zou niet weten waarmee.'

'Probeer het eens?'

Met een zucht liep ze naar hem toe. 'De school heeft voor eind mei een reisje naar Parijs georganiseerd.'

'Vanwaar dan dat sombere gezicht?'

'U denkt toch niet dat mijn grootvader me zal laten gaan?'

Hij wreef over zijn kin en toen over die belachelijke bakkebaarden. 'Hm... ik begrijp wat je bedoelt. Nou, misschien kan ik mijn broer overtuigen dat je moet gaan. Dan gooi ik het op je ontwikkeling. Niemand weet beter dan ik dat reizen de blik verruimt.'

Hoe aanlokkelijk zijn aanbod ook was, Lydia besloot geen risico's te nemen. De bescherming van oom Leonard was belangrijker dan haar grootvader te dwingen om haar op een schoolreisje naar Frankrijk te laten gaan. Daarbij vertelde iets haar dat het geen goed idee was om alles op één kaart te zetten. Ze kon beter niet te veel bij oom Leonard in de schuld staan. 'Nee, dank u,' zei ze. 'Zo belangrijk vind ik het nu ook weer niet.' Ze draaide zich om en wilde naar binnen gaan.

'Niet zo'n haast,' zei hij. 'Blijf even praten terwijl ik mijn verboden sigaret rook.'

Omdat die bijna op was, gaf ze toe. 'Ik had niet gedacht dat u zich er iets van zou aantrekken dat u niet in huis mag roken.'

'Bedoel je dat een goed christen als ik met opzet mijn broer zou ergeren?'

'Nee, maar...'

'Het gaat om respect, Lydia. Ik kan weliswaar geen respect opbrengen voor wat mijn broer je heeft aangedaan, maar ik ben een gast in zijn huis en als zodanig moet ik zijn regels respecteren.'

Lydia bedacht dat dit antwoord net zo min aannemelijk was als zijn theatrale biecht in de kerk. Ze zei: 'Mag ik wat vragen?'

'Ga je gang.'

'Heeft u echt mijn grootmoeder willen versieren toen u jong was?'

Hij nam een flinke trek van zijn sigaret, inhaleerde en blies de rook toen door zijn neus uit in twee lange pluimen. 'Ik mag destijds niet hebben gedeugd, maar zo wanhopig was ik niet. Met alle respect, je grootmoeder was geen knappe vrouw.'

'Dus u hebt het niet gedaan?'

'Misschien heb ik in een dronken bui eens met haar geflirt om mijn broer dwars te zitten. Maar er is nooit iets van gekomen.'

'Waarom zei u dat dan in de kerk?'

Hij doofde zijn sigaret in het gras en tikte tegen zijn neus. 'Dat is uitsluitend iets tussen mij en mijn dierbare broer.'

32

OP DE DAG voor Lydia's vijftiende verjaardag nodigde zuster Lottie haar uit op de thee. Het was een speciale gelegenheid: Joey was net terug in Swallowsdale.

Toen Lydia de dunne sandwiches zonder korst zag, de chocoladekoekjes, de cakejes en taart te midden van de borden, zei ze: 'O, wat ziet het er mooi uit, net een echt verjaardagsfeest.'

Meteen raakte zuster Lottie in paniek. 'O, lieve help, nee! Dat zou dominee Digby niet goedkeuren. Maar als iemand ernaar vraagt, dan is dit om God te danken dat Joey veilig bij ons terug is.'

Lydia onderdrukte een glimlach. Ze vond het prachtig hoe zuster Lottie die stomme regels van dominee Digby wist te omzeilen.

'Ik heb nooit die rare kerk van jullie begrepen,' zei Joey. 'Al die regels, al die manieren om jullie geen plezier te laten hebben.'

'Nou, nou, Joey,' zei zuster Lottie. Ze klonk nogal streng, iets waar ze meestal niet in slaagde. 'Jullie, katholieken, hebben net zoveel vreemde regels.'

Joey lachte en schudde zijn hoofd met de zwarte krullen. 'Ja, maar die negeren wij meestal.'

Zuster Lottie maakte een afkeurend geluidje en hield hem de schaal met sandwiches voor. Lydia sloeg Joey gade terwijl hij at en ze verwonderde zich erover hoe goed zijn Engels was geworden sinds hij voor het eerst naar Swallowsdale was gekomen. En wat leek hij zich thuis te voelen in dit huisje. Hij was net de zoon die zuster Lottie nooit had gekregen, en Lydia genoot er altijd van om te zien hoe ze hem bemoederde. Joey had het vaak over zijn eigen moeder in Italië, die in haar eentje zes kinderen had moeten grootbrengen nadat haar man was gestorven bij een vreselijk ongeluk met een dorsmachine toen hij een vriend ging helpen op diens boerderij. Ze waren zo arm geweest dat ze vaak naar bed gingen met alleen water in hun maag. Zijn moeder had hun geleerd te fantaseren dat water een heerlijke stoofschotel van lamsvlees en aardappelen was. Twee van Joey's broers hadden net als hij werk in het buitenland gezocht opdat ze het gezin financieel konden steunen. Ze werkten nu in de keuken van een restaurant van een neef.

Desondanks zat Joey nooit in de put en Lydia had hem nooit horen klagen. Hij was heel trots op zijn familie en zette alles op alles om het leven makkelijker voor hen te maken, al hield dat in dat hij hen maanden niet zag. Hij was net zo toegewijd aan zuster Lottie, die hier in Engeland een tweede moeder voor hem was, zo zei hij. Lydia luisterde terwijl hij vertelde over de aardige vrachtwagenchauffeur die hem helemaal vanaf Dover een lift had gegeven. Zoals altijd ging het verhaal gepaard met handgebaren en gelach. Met zijn gitzwarte ogen, mooie witte tanden, strakke spijkerbroek en zwart overhemd zag hij er heel knap uit, en Lydia begreep heel goed waarom alle vrouwen van Hillside Terrace er zo lang over deden om te kiezen wat voor ijsje ze wilden kopen.

De volgende dag was Lydia jarig, en ze mocht op bezoek gaan bij Donna Jones, die onlangs uit het ziekenhuis was teruggekomen met een baby, een jongetje. Donna's tante had een briefje in de bus gedaan met de vraag of Lydia die middag naar haar nicht wilde komen. Lydia's grootvader had het briefje geopend en gelezen – privacy bestond niet in dit huishouden – en na een langdurig telefoongesprek met dominee Digby, die van mening leek te zijn dat het risico dat Lydia werd besmet en meegesleept in zonde niet opwoog tegen de gelegenheid om een groot zondares voor Jezus te winnen, mocht Lydia de uitnodiging aannemen. Ze kreeg een selectie traktaten van dominee Digby mee met de boodschap dat het haar plicht als christen was om Donna, omwille van de pasgeboren baby, tot Jezus te bekeren.

Lydia wist dat Donna net zomin zin had om de religieuze pamfletten te lezen als zij. Daarbij had ze plannen. Zodra ze weg kon, zou ze naar Noah gaan.

Nerveus klopte Lydia aan bij Donna. De tante, uitgedost in een korte, zijden peignoir met donzige pantoffels en verwarmde rollers in haar haar, deed open en nam haar mee naar de voorkamer. 'Ik laat jullie maar alleen,' zei ze, en ze deed de deur achter zich dicht.

Donna lag op een versleten bank van pvc, die eruitzag alsof hij aan een ernstige aanval van eczeem leed. Donna's voeten rustten op een poef en ze werd helemaal in beslag genomen door een kleurentelevisie. De enige televisie die Lydia kende was die van Noah, een klein, draagbaar zwartwittoestel met een antenne als een stralenkrans. Deze televisie was enorm. Op Donna's schoot rustte geen baby zoals Lydia had verwacht, maar een blikje bier. 'Hoi,' zei Donna terwijl ze even wegkeek van het scherm, waar een man met een hoed als een theemuts een blonde vrouw in tranen probeerde te troosten; hun gezichten hadden een vreemde oranje kleur. 'Ga zitten. Het is *Crossroads* maar. Dadelijk afgelopen.'

Terwijl Lydia wachtte tot de serie was afgelopen, ging ze in een stoel van pvc zitten. Die maakte een vervelend geluid toen ze zich erin liet zakken, alsof ze een wind liet. Ze keek om zich heen. Het was te zien dat er een baby was gekomen. Op de schoorsteenmantel stonden kaarten, op de vloer lagen wantjes, op de vensterbank stond een halflege fles melk in de zon te warmen naast een fles Aqua Manda, maar een baby was nergens te zien.

Hoewel Lydia Donna al sinds haar negende kende, kende ze haar eigenlijk helemaal niet. Donna was sinds de lagere school misschien geen pestkop meer, maar Lydia had nooit de wens gehad om vriendinnen met haar te worden. Ze had geen idee waarom haar was gevraagd om op bezoek te komen. Wat haar betrof zou ze zo snel mogelijk weggaan.

Muziek klonk als teken dat het programma was afgelopen. Donna nam een slok uit het blikje bier. 'Doe jij hem even uit? De knop zit rechts.'

Lydia deed wat haar was opgedragen, en toen zag ze de baby. Hij lag op de grond aan de andere kant van de bank, losjes gewikkeld in een gehaakte deken in een plastic wasmand. Dat leek een triest begin voor het arme kind.

'Lelijk jong, hè?' zei Donna.

Lydia was geen expert, maar zo erg zag hij er niet uit. Gewoon een beetje gerimpeld. Ze citeerde iets wat ze ooit ergens had gehoord: 'Dat uiterlijk komt wel goed.'

'Laten we hopen dat je gelijk hebt.'

Lydia ging weer zitten en zei: 'Hoe heet hij?'

'Kirk.'

Lydia herhaalde de naam in gedachten. Waarom kwam die haar zo bekend voor? Aha! Kapitein Kirk van Noah's favoriete televisieprogramma, *Star Trek*. Misschien was Donna daar ook een fan van. 'Hoe was het?' vroeg ze. 'De bevalling, bedoel ik.'

'Een nachtmerrie van begin tot eind. Vanaf nu ga ik aan de pil. En trouwens, ik vraag me af of ik ooit nog seks wil, zoals die buik van me aanvoelt. Ik ben daar beneden net een vuilnisvat.'

Lydia wenste dat ze niets had gevraagd. Ze duwde haar knieën tegen elkaar aan. Wat deed ze hier in vredesnaam? Waarom had Donna's tante dat briefje door de brievenbus geduwd?

Maar Donna had nog veel meer te zeggen over bevallingen. 'Mijn tieten zijn zo hard als steen en mijn buik is zo gerimpeld als een lege ballon. Ik ben een wrak. Vijftien jaar, en je kunt me wel bij het vuil zetten.'

'Is de vader al geweest?' vroeg Lydia, terwijl ze zich voornam dat ze zich nóóit door iemand zwanger zou laten maken.

'Nou, dus echt niet! Ik moet hem trouwens niet in mijn buurt hebben. Neem van mij aan, Lydia, je bent beter af zonder die knullen. Allemaal egoïstische rotzakken aan wie je niks hebt.' Ze bracht het blikje naar haar lippen en hield haar hoofd achterover. Toen het leeg was, gooide ze het door de kamer. Het viel een halve meter naast de prullenbak en belandde op een platenhoes van de Bay City Rollers. Vervolgens liet ze een harde boer. 'Volgens de vroedvrouw kan ik het beste aansterken door donker bier. Is het niet om je te bescheuren? Ik heb nog niet eens de leeftijd om te mogen drinken. Rare wereld. Wat heb jij met je gezicht gedaan?'

Het was anderhalve week geleden sinds die afschuwelijke avond in de keuken, en hoewel haar lip helemaal genezen was, zaten haar kaak, benen en rug nog vol vergelende blauwe plekken. Ze zou blij zijn als ze, vooral die in haar gezicht, verdwenen waren. Ze was het zat om tegen mensen te liegen. Gisteren had ze tegen zuster Lottie en Joey gelogen. En nu tegen Donna. 'Ik keek niet uit en toen struikelde ik,' zei ze.

'Dan moet je beter uitkijken. Wat heb je daar trouwens? Iets voor mij?'

Het werd tijd om het ergste achter de rug te hebben en dan zien weg te komen. 'We vroegen ons af of je deze wilde lezen.' Lydia overhandigde de pamfletten alsof ze hete kolen waren.

Zonder ernaar te kijken informeerde Donna: 'Wie zijn *we*?'

'Eh... dominee Digby, de man die de leiding heeft over de kerk waar ik naartoe ga.'

'Ik ken die kerk van jou wel. Nogal geschift, als ik het mag zeggen. Waarom ga je erheen? Waarom slaap je niet lekker uit op zondag zoals de meeste mensen die een beetje verstand hebben?'

Op die vraag had Lydia nooit een goed antwoord kunnen geven, zelfs niet aan zichzelf. 'Zo is het gewoon,' zei ze schouderophalend. Er was ook nog de vraag wat haar grootvader haar zou aandoen als ze ooit weigerde om te gaan. 'Je hoeft ze niet te lezen als je niet wilt.'

Donna wierp een blik op de pamfletten en gooide ze toen opzij. Ze liet een bitter lachje horen. 'Dat zit er ook niet in.'

'Ja, je zult het wel druk hebben met de baby en zo.'

Donna plukte aan de bladderende bank. 'Dat is het niet,' zei ze. Opeens klonk ze vreemd onzeker. 'Het...' Maar haar stem stierf weg. Ze trok een reepje pvc los en gooide het weg. 'Beloof dat je niet gaat lachen.'

Lydia knikte, hoewel ze niet wist waar ze mee instemde.

'Ik kan niet lezen. Een paar woorden, maar niet genoeg om het allemaal te snappen.'

Verbijsterd zei Lydia: 'Maar hoe heb je het dan op school gedaan?'

'Als je een grote bek opzet zodat de leerkrachten je met rust laten, kun je alles flikken. Ik dacht dat ik heel wat voorstelde. Maar moet je me nu zien. Ik zit hier vast met een baby die wel een trol lijkt.'

Een wereld zonder boeken was ondenkbaar voor Lydia, en voor ze het wist bood ze Donna aan om haar te leren lezen.

Nu was Donna verbijsterd. 'Waarom zou je dat doen?'

'Dat weet ik niet,' zei ze opgelaten. 'Het kwam gewoon bij me op.' Net als een herinnering aan haar vader, die haar op de rand van haar bed voorlas toen ze nog klein was. 'Niet ophouden,' smeekte ze hem, al had ze zo'n slaap dat ze amper haar ogen open kon houden. Ze slikte bij de herinnering en zei: 'Als Kirk groter is, zou het toch leuk zijn als je hem kunt voorlezen?'

Donna keek twijfelend. 'Niemand heeft mij voorgelezen toen ik klein was.' Ze haalde een pakje sigaretten van de poef. 'Misschien is het te laat voor me.'

'We kunnen het toch proberen? Dat kan toch geen kwaad?'

'Oké. Afgesproken. Maar niet bazig worden. En niets tegen wie dan ook zeggen. Anders maak ik je af. En absoluut geen huiswerk. Daar heb ik geen tijd voor.'

Als om te bewijzen dat ze gelijk had, klonk een snuivend geluid aan de andere kant van de bank, gevolgd door een luide, eisende kreet.

Lydia vatte dat op als een teken om weg te gaan.

Nadat ze had gezegd dat ze over een paar dagen zou terugkomen, verliet ze het huis en stak de straat over naar de telefooncel. Deze keer stond er voor de verandering niet een groep jongens smerige telefoontjes te plegen.

Toen haar grootvader opnam, kruiste ze haar vingers en legde uit dat ze was uitgenodigd om te blijven eten, en dat Donna's tante die avond weg zou gaan en dat Donna niet lang met de baby alleen wilde blijven. 'Waarom bel je uit een telefooncel?' wilde hij weten.

'Die van hen doet het niet. Mag het? Donna wil meer weten over de pamfletten.'

Met tegenzin stemde hij toe. Hij zei dat ze het niet laat moest maken en hing op.

Toen belde ze Noah op.

Om er zeker van te zijn dat niemand thuis uit een raam boven keek, moest ze een omweg maken, en dat betekende een langere weg over de hei naar Noah. Dat vond ze niet erg. Het was een mooie lentemiddag. De aarde rook fris en schoon. De brem was bijna in bloei, en kleine gele trosjes gluurden tussen de struiken uit. Een volmaakte dag om jarig te zijn, dacht ze terwijl ze sneller ging lopen in de richting van het Dal des Doods.

Noah had nu een blauw met wit emaillen bordje met PRIVÉ – TOEGANG VERBODEN op zijn deur. Oom Brad had het ergens gezien en meegebracht voor Noah.

Zoals altijd schopte Lydia haar schoenen uit en ging met gekruiste benen op Noah's bed zitten. Ze zou deze kamer nooit beu worden. Elke keer als ze hier kwam, was er iets nieuws of interessants waar ze meer over wilde weten. Hij had er een hekel aan om iets weg te gooien, met als gevolg dat de kamer propvol was met de vreemdste zaken. Vaak waren het dingen die hij verzamelde om te tekenen, zoals de schedel van een vogel, een dennenappel, een hoopje gladde kiezels, een opgezette spreeuw, een pop uit de serie *The Man from U.N.C.L.E.* Aan de wanden hingen gedetailleerde tekeningen van die voorwerpen. Ook waren er dingen die hij graag uit elkaar haalde om te zien of hij ze weer in elkaar kon zetten, zoals een koekoeksklok, een radio, een kleine stoomlocomotief en een platenspeler.

Op school had hij de bijnaam 'de professor', maar dat was niet onvriendelijk bedoeld. Hij werd al heel lang door iedereen uit hun klas gerespecteerd omdat er niets was wat hij niet kon repareren met een tube lijm of een soldeerbout. Ook verdiende hij wat bij door karweitjes op te knappen, en daar rekende hij vijftig penny's per keer voor. Lydia kende niemand die zo geduldig was als hij, en hij vond het heerlijk om uren achtereen een of ander elektronisch apparaatje uit te vinden, of een kapot ornament te repareren. Zijn nieuwste hobby was driedimensionale houten puzzels. Lydia verraste hem regelmatig door ze eerder in elkaar te kunnen zetten dan hij. Ze wist niet waarom, maar ze kon altijd meteen zien hoe de stukken in elkaar pasten. Dat gold ook voor wiskunde of algebra. En Frans. Ze had geen enkele moeite met de tijden en werkwoorden.

'Gefeliciteerd, Lyddie,' zei hij nadat hij in de kast had gerommeld en de deur had gesloten. 'Ik hoop dat je leuk vindt wat ik voor je heb.'

Ze pakte twee in cadeaupapier verpakte voorwerpen aan en genoot van het moment. Het waren de enige cadeaus die ze zou krijgen. 'Welke moet ik het eerst openmaken?' vroeg ze.

Hij ging naast haar op het bed zitten. 'Kies jij maar.'

Ze koos het pakje dat duidelijk de vorm van een boek had. Hij was zo grondig te werk gegaan met plakband dat ze het papier er wel af moest trekken. 'O!' riep ze verrukt toen ze zag dat hij haar een boekje met de complete gedichten van Christina Rossetti had gegeven. 'Je wist het dus nog,' zei ze.

Hij trok een wenkbrauw op. 'Natuurlijk. Waar zie je me voor aan?'

Ze glimlachte en dacht terug aan de dag dat ze zogenaamd langer op school moest blijven voor een netbalwedstrijd. Zij en Noah waren naar de stad gegaan en hadden wel een uur staan neuzen in de winkel met tweedehands boeken. Ze had het stoffige, vergeelde boekje ontdekt maar het teruggezet op de plank omdat het veel te duur was voor haar.

Ze snakte ernaar om het te gaan lezen, maar omdat ze wist dat er nog een cadeau wachtte, pakte ze dat op en wikkelde vlug het papier eraf.

'Wat mooi!' bracht ze uit. Ze streek over de broze ketting van pareltjes en zilver in de met fluweel beklede doos. 'Maar dat is toch veel te duur.'

'Ik heb er niets voor betaald,' zei hij. 'Hij was van mijn moeder.'

Geschokt deed ze het deksel dicht. 'Dat mag je dan toch niet aan mij geven. Dat is veel te dierbaar.'

'Ik wist dat je dit zou zeggen, maar ik wil het aan jou geven. Ik kan me niemand voorstellen die ik het liever zie dragen.'

'Meen je dat?'

Hij fronste zijn wenkbrauwen. 'Lyddie, waarom twijfel je altijd aan me? Als ik iets zeg, meen ik het.'

Verbijsterd zei ze: 'Maar ik twijfel niet aan je. Jij bent de enige aan wie ik nooit twijfel.'

Hij stond vlak bij haar en keek haar recht aan met zijn donkere ogen. Tot diep in haar schuldige, heimelijke ziel. Het deel wat ze nooit aan hem had willen prijsgeven. 'Dat denk ik niet,' zei hij zacht.

Zijn stem klonk een beetje triest, waardoor ze het gevoel kreeg dat ze hem had teleurgesteld. Omdat ze niet wist waar het gesprek toe zou leiden, opende ze het doosje weer en pakte de ketting eruit. 'Wil je me helpen om hem om te doen?'

Na enige aarzeling pakte hij de ketting en zei dat ze zich moest omdraaien. Ze tilde haar haren op. Zijn handen voelden warm en zeker aan in haar nek. 'Zo,' zei hij. 'Kijk maar in de spiegel en zeg wat je ervan vindt.'

Ze sprong van het bed en ging voor de kledingkast staan. Ze bestudeerde haar spiegelbeeld, en wenste dat ze ook maar een beetje van de schoonheid had als de ketting. Of, nu ze aan het portret dacht dat oom Brad van Noah's moeder had geschilderd op haar achttiende verjaardag, zo knap als het meisje dat de ketting oorspronkelijk had gedragen. Waarom was ze zo slungelig? Waarom had zij geen zacht, steil haar en mooie wenkbrauwen die elkaar niet in het midden raakten? 'Hij is prachtig,' zei ze.

Noah kwam achter haar staan. Hun blikken ontmoetten elkaar even in de spiegel.

Misschien kwam het doordat ze naar zijn spiegelbeeld keek en nict direct naar hem, maar Lydia zag Noah opeens met andere ogen, net als een maand geleden toen ze hem die jas voor zijn verjaardag had gegeven en had gedacht hoe anders hij leek. Een lange, donkere, heel knappe vreemdeling, dacht ze toen. En hier was die vreemdeling weer. Alleen leek hij nu nog knapper. Hoe meer ze naar dat gezicht keek – dat ze ooit zo vertrouwd had gevonden – hoe onbekender en unieker het werd. Ze probeerde dit gevoel te begrijpen door te bestuderen wat ze altijd had gekend maar misschien nooit echt had gezien: de rechte neus die niet te groot of te klein was, de wenkbrauwen – zo anders dan de hare – die expressief waren en volmaakt gebogen; de gladde jukbeenderen die een volmaakte driehoek vormden met zijn kin; het lichtbruine haar, met goudblonde kleurschakeringen, en het mooiste van alles, de donkere intelligente ogen.

Ogen die haar aankeken in de spiegel.

'Waar denk je aan?' vroeg hij.

Te opgelaten om de waarheid te vertellen, zei ze het eerste wat bij haar opkwam. 'Ik bedacht dat we wel broer en zus konden zijn,' zei ze. 'Niet uiterlijk, maar omdat we elkaar al zo lang kennen.'

'Dat zou kunnen,' zei hij neutraal.

Onbewust moest ze aan het schilderij van oom Brad met Noah's moeder hebben gedacht, en Lydia zei: 'Je klinkt niet erg overtuigd.'

'Omdat ik dat niet ben.' Hij legde zijn handen op haar schouders en de uitdrukking op zijn gezicht in de spiegel werd zo intens dat ze zich afvroeg of ze iets verkeerds had gezegd. Iets waardoor hij van slag was.

Ze schrokken toen er hard op de deur werd gebonsd.

'Mag ik binnenkomen?' Het was oom Brad.

'Nee!' riep Noah terug.

'Toe, Noah, wees geen spelbreker.'

'Ik heb bezoek.'

'Dat weet ik.'

'Ga dan weg en laat ons met rust.'

'Maar ik heb een verjaardagskaart voor Lydia.'

'Schuif hem maar onder de deur door.'

'Dat is niet aardig, Noah,' zei Lydia.

'Komt mijn lieve Lydia voor me op?'

Lydia giechelde.

'Aha, de boodschap is overduidelijk. Jullie zijn daar iets aan het uithalen wat niet door de beugel kan.'

Noah rolde met zijn ogen en streek met zijn handen door zijn haar, zodat het aan alle kanten overeind stond. 'Sorry. Hij heeft zeker zitten drinken.'

Lydia streek zijn haar voor hem glad en fluisterde: 'Is het niet beter om hem gewoon binnen te laten?'

'Niet nu je die ketting draagt.'

'Help me hem dan afdoen.'

'Ik zeg wel dat hij straks moet terugkomen.'

'Maar dan denkt hij dat we echt iets stiekems aan het doen zijn.'

'Ik hoor jullie fluisteren. Zijn jullie je netjes aan het maken? Ik hoop dat je voorzichtig bent, Noah. Als je snapt wat ik bedoel. Als jongens onder mekaar, hè?'

'Ga weg!'

'Hé, maak je niet zo druk. Ik weet wanneer ik niet welkom ben. Amuseren jullie je maar. Lydia, lieverd, dit is voor jou.' Een witte envelop gleed onder de deur door.

Terwijl Lydia zijn voetstappen hoorde wegsterven, voelde ze zich twee keer zo onaardig toen ze zag dat oom Brad speciaal voor haar een kaart had getekend. Er stond een meisje op dat veel op haar leek en ze schermde haar ogen af tegen de felle zon terwijl ze in de verte tuurde. Aan de binnenkant was geschreven: 'Je boft, want de toekomst ligt voor je. Maak er het beste van!'

'Hij is tegenwoordig bezig over oud worden,' zei Noah. 'Bang dat hij niet veel tijd meer heeft. Nu we het daar toch over hebben, laten we het beste maken van de tijd dat je hier bent en gaan wandelen voor het donker wordt.'

Terwijl Noah zijn schoenen aantrok, raakte ze de ketting aan die hij haar had gegeven en dacht aan de uitdrukking op zijn gezicht toen ze suggereerde dat ze wel broer en zus konden zijn. Waarom had hij dat vervelend gevonden?

33

HET WAS DONKER toen Lydia de gewone weg naar huis nam over de hei. Ze had haar cadeaus en kaart niet bij Noah willen achterlaten, maar omdat ze geen tas bij zich had kon ze ze niet veilig het huis in smokkelen. Dus leek het haar beter dat hij ze voor haar bewaarde. Ze had gevoeld dat hij er iets over wilde zeggen, maar hij deed het gelukkig niet. Net zoals hij niets had gezegd toen ze hem vertelde dat ze volgende maand niet mee zou gaan op het schoolreisje naar Parijs. Hij zei alleen dat hij zijn plannen ook niet had veranderd; hij ging nog steeds mee met oom Brad in het weekend.

Meer uit nieuwsgierigheid dan uit hoop had ze haar grootvader de brief van school gegeven en zoals ze had kunnen weten, scheurde hij die doormidden en zei: 'We hebben het geld niet. Je gaat niet.'

'Ik kan een bijbaantje nemen en het zelf betalen,' had ze geopperd. Weer om te zien hoe hij zou reageren.

'Ik zei nee. Je gaat nergens naartoe en daarmee uit. Ik wil niet dat je terugkomt met je hoofd vol buitenlandse onzin. Je stelt je al genoeg aan. Het wordt tijd dat je je plaats kent, dat niemand er ooit iets mee is opgeschoten om pretenties te hebben en te ambitieus te zijn.'

Wat een contrast met de aanmoedigingen die oom Brad Noah had gegeven. Volgens hem kon je niet ambitieus genoeg zijn. 'Moet je die Margaret Thatcher zien,' zei hij dan. 'Een vreselijk mens, maar niets heeft haar ervan weerhouden om de eerste vrouw te worden die de leiding had van een Britse politieke partij. Goed, dat heeft ze maar een maand gedaan, maar ik kan je verzekeren dat ze verdomd ambitieus is. Het zou me niet verbazen als ze op een dag het land zal leiden. Maar God sta ons bij als dat gebeurt. Dan ben ik er allang niet meer.'

Oom Leonard had zijn aanbod herhaald om te helpen zijn broer over te halen om haar naar Parijs te laten gaan. Lydia bleef echter bij haar besluit om niet te veel risico's te nemen. Er was al genoeg spanning in huis zonder dat oom Leonard daar nog een schepje bovenop zou doen. Daarbij had ze duidelijk de indruk dat oom Leonard ervan genoot om zijn broer onder de duim te hebben. Hoe ze ook haar best deed, Lydia kon zich niet veroorloven om niet op haar hoede te zijn en te geloven dat de situatie kon blijven zoals die was. In haar achterhoofd was altijd de gedachte dat de bescherming van oom Leonard niet lang zou duren. De dag zou onvermijdelijk komen dat hij wilde vertrekken. Hetgeen betekende dat deze periode van betrekkelijke veiligheid niets meer was dan stilte voor de storm. Alles zou weer worden als voorheen: leven in angst en je te veel schamen om aan wie dan ook de waarheid toe te geven.

Ook al vertrouwde ze erop dat ze niet gezien zou worden in het donker, klom Lydia zo voorzichtig mogelijk over de muur aan het einde van de tuin. Tenslotte was ze die avond zogenaamd bij Donna geweest en vanaf Donna hoefde je alleen maar de straat uit te lopen.

Lydia liep net langs de schuur van haar grootvader toen ze erbinnen een flauw licht zag branden. Nieuwsgierig bleef ze staan om door een kier in de haveloze oude gordijnen voor het raam te gluren. Haar grootvader was er en met zijn broek los deed hij dat... dat walgelijke waar ze jongens op school over had horen opscheppen. En hij deed het terwijl hij naar een tijdschrift keek als Alfie Stone een keer mee naar school had genomen.

Doodsbang dat haar aanwezigheid gemerkt zou worden door een te haastige beweging, deed Lydia langzaam een stap achteruit en stootte prompt een bloempot om. Door het lawaai draaide haar grootvader vlug zijn hoofd om.

Ze had het op een lopen moeten zetten. Maar ze kon zich niet bewegen. Ze kon amper ademhalen. Ze kon alleen maar terugkijken naar de geschrokken uitdrukking op het gezicht van haar grootvader. Alles behalve kijken naar dat weerzinwekkende ding in zijn hand.

Toen, in een flits, begreep ze dat ze hier gebruik van kon maken. Haar grootvader wist dat hij betrapt was toen hij iets deed waar hij zich diep voor zou moeten schamen en generen. Het was iets wat niemand ooit mocht weten. Deze keer was zijn schaamte misschien groter dan die van haar.

Dit is macht, dacht ze. Echte macht. Ze hoefde alleen maar vastberaden te blijven.

34

EN DAT DEED Lydia. In het donker wachtte ze tot haar grootvader uit de schuur kwam. Om niet te beven, concentreerde ze zich op hoeveel erger dit voor hem moest zijn. Hij was degene die in de zenuwen moest zitten, niet zij.

Ze keek toe terwijl hij de schuur op slot deed, en toen hij over het pad liep en haar daar zag staan, keek hij naar alles behalve naar haar.

Ze besloot hem aan te vallen over de minst belangrijke van de drie eisen die ze hem wilde stellen. 'Ik wil op die schoolreis naar Parijs,' zei ze ijzig kalm. 'Denkt u dat u misschien van gedachten wilt veranderen?'

Hij kneep zijn lippen opeen en keek haar eindelijk aan, met een blik vol walging en minachting. Alle oude vrees trok door haar heen en ze moest zich inhouden om zich niet te verontschuldigen en weg te rennen. Maar ze deed het niet. Dit was een cruciaal moment en dat mocht ze zich niet laten ontnemen. Anders zou ze het zichzelf nooit vergeven.

'En als ik je niet laat gaan?'

'Dan moet ik aan iemand van de kerk vragen wat het was dat ik u in de schuur zag doen.'

'Kreng!' Met opgeheven hand deed hij een stap in haar richting.

Ze slaagde erin om niet terug te deinzen. 'Dan moet ik ook vragen over dat tijdschrift waar u naar keek. Dominee Digby zal daar vast wel iets over te zeggen hebben.'

Zijn hand viel langs zijn zij. 'De hel is nog te goed voor je.'

'Dat kan best, maar na hier te hebben gewoond zal het vast een verbetering zijn. Morgen wil ik mijn geboortebewijs, zodat ik zo snel mogelijk een paspoort kan regelen. Geef het bij het ontbijt maar aan me.'

Ze haalde vlug en diep adem. Nu kwam de belangrijkste eis.

'Ik wil ook nog zeggen dat ik mijn aandeel in het huishouden blijf doen, maar op een redelijke manier. Geen verstopte spijkertjes meer. En u schreeuwt niet meer tegen me als ik iets vergeten ben.

En ten slotte raakt u me met geen vinger meer aan. Is dat duidelijk? Nooit meer.'

Toen liep ze weg en liet hem in het donker achter.

Vanaf nu wordt alles anders, hield ze zichzelf voor toen ze weer binnen was. Dit was een verjaardag die ze beslist heel lang niet zou vergeten.

De volgende dag stond ze vroeg op. Haar grootvader moest nog vroeger zijn opgestaan, want op de tafel naast zijn lege ontbijtbord lag Lydia's geboortebewijs.

Die ochtend hadden ze het eerste uur Frans, en toen de les was afgelopen ging Lydia naar mevrouw Roberts en vroeg of ze nog meekon met het schoolreisje. En dat kon! Dolblij haastte ze zich naar Noah om het hem te vertellen.

Hij vroeg niet hoe ze haar grootvader van gedachten had kunnen veranderen, en ze piekerde er niet over om het hem uit te leggen. 'Fantastisch,' zei hij. 'Denk je dat ik ook nog meekan?'

'Maar ik dacht dat je eind mei weg zou zijn?'

Hij glimlachte. 'De plannen zijn plotseling veranderd.'

'Hoe komt dat?'

'Dat lijkt me duidelijk,' zei hij, nog steeds glimlachend. 'Ik zou toch niet zonder jou gaan?'

'Je bedoelt dat jij en oom Brad helemaal niet weg zouden gaan?'

'Ja. Nu weet je het. Ik heb tegen je gelogen. Scheld me maar uit als je wilt, maar nu ga ik naar mevrouw Roberts.'

Na school liet Lydia Val alleen naar huis lopen vanaf de bushalte, en ging ze zelf naar de winkel op de hoek. Mevrouw Khan, gekleed in een mooie roze sari met een Aziatisch vest erover, was dozen crackers op een plank bij de toonbank aan het opstapelen. Een petroleumkachel liet zware dampen opstijgen in de toch al bedompte lucht. 'Hallo,' begroette ze Lydia opgewekt met haar zangerige stem. 'Ik kom zo. Ik moet dit even afmaken nu het nog rustig is.'

Dat was de opening die Lydia nodig had. 'Mevrouw Khan,' zei ze. 'Heeft u misschien extra hulp nodig hier?'

Mevrouw Khan zette de laatste doos op de plank. 'Zoek je een baantje?'

'Ja. Natuurlijk parttime. Tijdens school kan ik op zaterdag werken en na school, maar in de vakanties kan ik werken wanneer u maar wil. Ik kan heel goed rekenen. Uit mijn hoofd. Vraagt u maar sommen.' Lydia kruiste haar vingers achter haar rug en hoopte dat mevrouw Khan haar de krankzinnige onbeschoftheid van haar grootmoeder niet kwalijk zou nemen.

'Meneer Khan en ik zeiden onlangs nog dat we wel wat hulp konden gebruiken. Ik krijg namelijk een baby en in de komende maanden zal ik het wat rustiger aan moeten doen. Maar we willen wel iemand die we kunnen vertrouwen.'

'Ik zou u nooit teleurstellen.'

Er kwam een glimlach op het gezicht van mevrouw Khan. 'In dat geval, wanneer kun je beginnen?'

Zonder zich zorgen te maken over wat haar grootvader zou zeggen, regelde Lydia dat ze de volgende dag na school zou beginnen.

Het kwam niet vaak voor dat Lydia de gelegenheid kreeg om God te danken dat haar gebeden verhoord waren, maar toen ze naar huis liep, had ze het gevoel dat hij eindelijk wat aandacht aan haar had geschonken. Dus nu had ze een baan en daarbij ging ze naar Parijs. En Noah ging ook mee! Ze was heel ontroerd dat hij de moeite had genomen om te verzinnen dat hij niet meekon, opdat zij zich niet achtergesteld zou voelen. Het raakte haar nog meer dat hij zich meteen had aangemeld voor de laatste vrije plek zodra hij hoorde dat ze meeging. Nu hoefde ze alleen nog geld van haar grootvader te krijgen en haar paspoort te regelen. En dan te bedenken dat ze nooit verder weg van Swallowsdale was geweest dan in Maywood, waar ze was geboren.

In de volgende dagen en weken zag Lydia haar grootvader amper, omdat ze haar tijd moest verdelen tussen werken in de winkel op de hoek, Donna leren lezen, haar huiswerk maken, op Valerie passen en haar aandeel in het huishouden doen. Ze wist het niet zeker, maar ze had sterk de indruk dat hij haar ontweek. Nou, mooi zo! Ze zou het niet erg vinden als ze hem nooit meer hoefde te zien. Soms, als ze dacht aan waar ze hem die avond op had betrapt, draaide haar maag om. Maar op een dag in de kerk was ze bijna in lachen uitgebarsten toen ze fantaseerde dat ze overeind zou springen en hem zou ontmaskeren als de walgelijke viezerik die hij was. 'Hij bekijkt porno in de tuinschuur en speelt met zichzelf! Wat vinden jullie daar wel niet van?!'

Ze had gezien dat het hangslot op de schuur was vervangen en dat er in plaats van de haveloze oude gordijnen nieuwe, dikke hingen. Hij was er dus nog duidelijk mee bezig daarbinnen.

Oom Leonard had haar op een dag gevraagd naar de reden waarom haar grootvader van gedachten was veranderd over Parijs, en ze had haar schouders opgehaald en gezegd: 'Weet ik veel waar hij aan denkt. Misschien komt het omdat u hier bent.' Ze wilde hem best met de eer laten strijken voor iets wat hij niet had gedaan. Ze peinsde er niet over om te vertellen wat er werkelijk was gebeurd.

Hoewel ze oom Leonard heel dankbaar was geweest, wilde ze nu niets liever dan dat hij zou vertrekken uit Swallowsdale, hoe onaardig dat ook was. Ze had zijn bescherming niet langer nodig. Die had ze zelf verkregen. Meerdere malen noemde hij zich haar redder in de nood. Dan knipoogde hij en noemde hij haar zijn kleine meisje in nood. En door dat alles had ze zin om haar vingers in haar keel te steken.

Toen meneer Khan op een zaterdagmiddag vroeg thuiskwam van zijn werk en Lydia naar huis mocht omdat het zo rustig was, ging ze via de achterdeur naar binnen. Het was doodstil in huis. Toen herinnerde ze zich dat Valerie bij zuster Vera zou gaan eten en dat haar grootvader pas laat thuis zou komen. Joost mocht weten waar oom Leonard was.

Ze zette de ketel op om een kop thee te zetten en ging naar boven om zich te verkleden. Toen ze bijna boven was, hoorde ze een geluid. Ze bleef stokstijf staan en spitste haar oren. Daar was het geluid weer. Er was iemand in haar slaapkamer.

Lydia dacht aan alle kostbare dingen die ze zorgvuldig had verborgen, waaronder de ketting die Noah haar had gegeven, en ze wist dat ze niet zou toestaan dat de een of andere gemene dief ermee vandoor zou gaan. Ze pakte het zware, bronzen kruis van de vensterbank, sloop de laatste paar stappen zo geruisloos als een kat, en stortte zich toen de slaapkamer in, in de hoop dat ze de inbreker zou overrompelen.

De inbreker was niet de enige die versteld stond.

Lydia keek naar het kreunende lichaam op de vloer en kon haar ogen niet geloven. Evenmin kon ze geloven wat hij had gedaan: in haar spullen snuffelen. Hoe durfde hij!

Maar wat zocht hij?

Na koortsachtig onderzoek in de la met haar ondergoed bleek dat haar zelfverdiende geld weg was. Alles. Ze ging terug naar het lichaam op de vloer en gaf er een harde schop tegen.

'Sta op, oom Leonard,' zei ze.

Hij bracht een hand naar zijn achterhoofd, waar ze hem had gevloerd met het kruis. 'Waar heb je me verdomme mee geslagen?'

'Met God.'

Hij tuurde naar haar op. 'Ben je gek geworden?'

'Ja. Stapelgek. En geef me nu mijn geld terug, anders sla ik weer.'

Hij kwam overeind en ging op de rand van Valeries bed zitten terwijl hij over zijn hoofd wreef. 'Lydia, ik ben geschokt. Hoe kun je me ervan beschuldigen dat ik van je steel?'

'Ik heb gezien wat u deed. U doorzocht mijn spullen.'

'Ik zocht iets.'

'Leugenaar! Geef me nu mijn geld, of anders...'

'Anders wat?'

Lydia pakte het kruis dat ze op de kaptafel had gelegd. 'Anders sla ik u weer. Misschien sla ik u wel dood.'

Hij hees zich overeind, schudde zijn hoofd en maakte afkeurende geluidjes, alsof ze iets heel irritants had gezegd. Hij kwam naar haar toe en torende boven haar uit. 'We weten allebei dat je daar niet flink genoeg voor bent. Als je niet tegen mijn broer opgewassen bent, ben je al helemaal niet in staat om mij te vermoorden voor een paar pond. Nou?'

Ze slikte en greep het kruis steviger beet, woedend dat hij haar niet serieus nam. Hij behandelde haar als een kind. 'Dus u geeft het toe. U hebt mijn geld gestolen.'

'Ik geef niets toe, schatje. Geef me dat kruis voor ik boos op je word. En dat zou heel jammer zijn, nu we zulke goede vrienden zijn.'

'Misschien wordt het een ander verhaal als je het aan de politie vertelt, Leonard.'

Ze draaiden zich allebei om. Lydia's grootvader stond in de deuropening.

'Hij heeft mijn geld gestolen!' schreeuwde Lydia. 'Alles! Ik kwam vroeg thuis en betrapte hem toen hij in mijn spullen zat te snuffelen.' Ze beefde van woede.

Haar grootvader kwam de kamer binnen. Er lag een triomfantelijke uitdrukking op zijn gezicht. 'Een vos verliest nooit zijn streken, Leonard. Dat heb ik altijd geweten.' Hij stak een hand uit. 'Geef me Lydia's geld. Anders haal ik de politie erbij.'

'Nee, dat doe je niet. Eén woord van mij en je hele wereld stort in.'

'Ik heb genoeg van je dreigementen. Pak je spullen en verlaat mijn huis. Nu meteen.'

'Maar je weet wat er gebeurt als je dat probeert. Dan moet ik dominee Digby laten weten wie de ware Arthur Turner is. De Arthur Turner die het straffen van zijn kleindochter iets te serieus neemt.'

'En dan zal ik hem en iedereen in de kerk moeten vertellen dat jij van je eigen vlees en bloed steelt. Alweer. En zodra ik dat heb verteld, en Lydia zal dat bevestigen, hoe lang denk je dan dat het duurt voor ze je zogenaamde bekering doorzien en geen woord meer uit die smerige leugenachtige mond van je geloven?'

Oom Leonard grijnsde. 'Dat is dan een patstelling. Hoewel ik persoonlijk denk dat jij meer te verliezen hebt. Om te beginnen je op werkelijk niets gebaseerde reputatie als hoeksteen van de samenleving. Maar weet je wat? Ik begon me hier toch al te vervelen. Het wordt tijd om te vertrekken en ergens heen te gaan waar mijn gezelschap wel op prijs wordt gesteld.' Hij wendde zich tot Lydia. 'Ik hoop dat het goed met je blijft gaan, lieverd. Vergeet niet dat ik altijd je redder in nood zal zijn.'

Lydia deinsde terug. 'Geef me mijn geld,' zei ze, terwijl ze haar hart verhardde. 'Dat is het enige wat ik wil.'

'O Lydia,' zei hij met een zucht. 'Ik kan je niet zeggen hoe dat me kwetst. Na alles wat ik voor je heb gedaan. Wat een verraad.' Hij liet zijn blik nog even op haar rusten en richtte zijn aandacht toen weer op zijn broer. 'Ik moet je feliciteren, Arthur. Je hebt haar goed gemanipuleerd. Goed afgericht. Ik heb gelezen dat zelfs de bangste gijzelaar afhankelijk kan worden van zijn of haar gijzelnemer, hoe wreed die ook is.'

'Genoeg! Lydia, ga naar beneden en laat dit verder aan mij over.'

Lydia wierp haar grootvader een blik toe. 'Laat hem niet weggaan met mijn geld.'

'Doe wat ik zeg! Ga weg!'

35

BINNEN EEN UUR was oom Leonard weg en had Lydia haar geld terug. Op instructie van haar grootvader haalden zij en Val het bed in de logeerkamer af, wasten de lakens en hingen ze op aan de waslijn in de avondzon. Ze openden ook het raam in de logeerkamer om die kleffe geur van Brut en ademverfrisser te verwijderen.

De volgende ochtend in de kerk hoorden de broeders en zusters het nieuws van oom Leonards plotselinge vertrek geschrokken en verdrietig aan. Algauw veranderden ze van mening toen ze de feiten hoorden: dat hij van Lydia aan het stelen was. 'Ik heb jullie allemaal voor hem gewaarschuwd,' zei haar grootvader tegen de zwijgende congregatie tijdens de tijd om te delen en te bidden. 'Ik heb jullie gewaarschuwd dat hij een verderfelijke leugenaar is, en hoe erg ik het ook vind om het te zeggen, denk ik dat we moeten accepteren dat sommige mensen op deze wereld gewoon niet in staat zijn om volledig verlost te worden. De duivel heeft een veel sterkere greep op mijn broer dan iemand van ons had kunnen weten. Hadden jullie maar naar me geluisterd.' Hij wierp een veelbetekenende blik op dominee Digby en ging toen zitten. Verontschuldigingen werden gemaakt en Lydia's grootvader was weer helemaal terug in de schoot van de kerk.

Dat verontrustte Lydia. Haar greep op haar grootvader kon eerder verslappen dan ze had gehoopt. Nu was bewezen dat hij gelijk had wat zijn broer betrof, zou niemand van de kerk ooit nog aan hem twijfelen. Als hij zei dat Lydia loog – net als haar oudoom Leonard – zou zijn woord bijna net zo waar zijn als dat van God. Dus dan zou er weinig overblijven van haar dreigement dat ze aan dominee Digby zou vertellen wat hij 's avonds laat uitvoerde in zijn schuur. Voorlopig werd er echter niet aan de overeenkomst getornd.

Een week voor het reisje naar Parijs zou plaatsvinden, kwamen Lydia en Valerie uit school en zagen ze een vreemde vrouw met een gedeukte hoed en een regenjas aan de tafel zitten. Ze leek ineengedoken van de kou te zitten, ook al was het een warme dag. Valerie zag als eerste wie het was. Ze liet haar schooltas op de vloer vallen en stortte zich op de vrouw.

Ze hadden hun grootmoeder vier maanden geleden voor het laatst gezien en in die tussentijd leek ze wel tien jaar ouder te zijn geworden. Haar haar was helemaal wit en ze was afgevallen. Onder haar jas stond de kraag iets open en was een magere kippenhals te zien. Haar handen waren knokig, met dikke blauwe aderen erop. Ze zag er zo broos uit als een verdroogde twijg. Uit een krijtwit gezicht staarden twee doffe ogen naar de bovenkant van Valeries hoofd; ze leken niet goed te kunnen focussen. Eén afschuwelijk moment was Lydia bang dat haar grootmoeder haar lievelingskleindochter niet herkende. Wat zou dat met Valerie doen? Hoewel ze hun grootvader herhaaldelijk had gevraagd om Valerie mee te nemen als hij op bezoek ging in het ziekenhuis, had hij gezegd dat het geen zin had en zelfs slecht kon zijn voor hun grootmoeder. Nu wenste Lydia dat hij het wel had gedaan. Een regelmatig contact met hun grootmoeder had er misschien voor gezorgd dat Valerie niet vergeten zou worden.

Maar toen, alsof haar brein even nodig had gehad om alles in zich op te nemen, vouwden de armen die slap langs het lijf van de oude vrouw hadden gehangen, zich om Valerie en omklemden haar stevig.

Lydia hoorde haar grootvader naar beneden komen. Hij kwam de keuken in met een paars vest en leek verbaasd toen hij Lydia en Valerie zag. 'Ik wist niet dat het al zo laat was,' mompelde hij met een blik op de klok.

'Waarom hebt u niet gezegd dat grootmoeder vandaag thuis zou komen?' fluisterde Valerie schor. Tranen glommen in haar ogen. 'Is ze nu voorgoed thuis?'

'O, dus ik moet tegenwoordig alles via jou regelen, jongedame? Ga nu uit de weg. Smoor je grootmoeder niet voordat ze haar jas uit heeft.'

'Is ze voorgoed thuis?' herhaalde Valerie dringend.

'Hoe moet ik dat weten?' snauwde hij. 'Daar beslist God over.' Hij klonk niet erg blij met de situatie.

Maar Valerie omhelsde verrukt haar grootmoeder. Lydia kreeg een brok in haar keel omdat ze zoveel van haar hield.

Voor degenen die naar Parijs gingen, was er maar één onderwerp van gesprek op school. Het aftellen was begonnen. Nog zes dagen, en dan zouden ze Het Kanaal oversteken. Voor de meesten was het de eerste keer dat ze naar het buitenland gingen. Zoe Woolf was al eens naar Parijs geweest en schepte op over wat ze allemaal wist van de Eiffeltoren en de Champs-Élysées. Ze vond het leuk om te pochen dat ze slakken en kikkerbilletjes had gegeten, en dat ze in een rosse buurt was geweest waar prostituees met gespreide benen in etalages zaten. Algauw zeiden alle jongens dat ze mevrouw Roberts zouden ontglippen en er meteen naartoe zouden gaan.

Het was een openbaring dat Noah ook al eerder in Parijs was geweest. 'Waarom heb je dat niet verteld?' vroeg Lydia toen hij toegaf dat dit zijn tweede bezoek zou worden.

Ze hadden net een ijsje gekocht bij Joey's wagen – die op mooie dagen bij het hek geparkeerd stond als de school uit ging – en ze liepen naar de stad om in de boekwinkel te neuzen en naar het postkantoor te gaan. Nadat Lydia haar geld had teruggekregen van oom Leonard, had ze meteen een spaarrekening geopend en ze stortte daar regelmatig haar loon op. 'Het stelt niets voor,' zei Noah als antwoord op haar vraag. 'Toen was ik nog maar klein en ik kan me er niets van herinneren.'

Het was heel lang geleden dat een van hen iets had verteld over hun leven vóór Swallowsdale, en Lydia kon zich bijna niet voorstellen dat Noah door iemand anders was grootgebracht dan door oom Brad. Soms was het ook moeilijk om zich te herinneren dat zij voorheen ook een ander leven had gehad. 'Heb je nog iets meegemaakt wat ik zou moeten weten?' vroeg ze.

'Je doet net alsof ik met opzet dingen voor je verborgen houd.'

Ze likte aan de aardbeisiroop op het hoorntje dat Joey haar had gegeven, en vroeg: 'Is dat dan niet zo?'

'Niet meer dan jij.'

Ze zweeg. Waarom was ze er eigenlijk over begonnen?

'Nou?' drong hij aan.

'Nou wat?'

'Toe, Lyddie, ik ben niet gek.'

Nu wist ze zeker dat ze zich op gevaarlijk terrein bevonden. Vlug stapte ze van de stoep om de straat over te steken.

Ze had de auto niet gezien die met een vaart de hoek om kwam, en voelde dat ze met een ruk naar de stoep werd teruggetrokken. De bestuurder drukte nijdig op de claxon en reed snel verder.

'Hoor eens even,' zei Noah terwijl hij haar nog vasthield bij de arm. 'Ik weet dat je altijd dingen voor me hebt achtergehouden. Ik heb geen idee waarom, maar je moet weten dat ik er altijd voor je ben als je mijn hulp nodig hebt.' Met een frons voegde hij eraan toe: 'Ik wil dat je weet dat ik alles voor je zou doen.'

O god, dacht ze, opeens slap van paniek. Toch geen medeleven en begrip. Dat niet! Maar tegelijkertijd bedacht ze wat een opluchting het zou zijn om Noah in vertrouwen te nemen, nu ze eindelijk haar leven een beetje in de hand leek te hebben. Noah, haar beste vriend. Haar grootste bondgenoot. De enige wiens respect ze wilde en boven alles op prijs stelde. Opeens voelde ze een golf van liefde voor hem. Er waren zo weinig mensen om wie ze gaf, maar voor Noah was ze bereid haar leven te geven.

Dus waarom zou ze hem geen deelgenoot maken van de dingen die ze voor zich had gehouden?

Doe het niet, gromde een stem dringend in haar hoofd. *Geef niets toe. Anders ziet hij de echte Lydia Turner. De smoezelige, beschaamde, bange Lydia Turner. Hij zei toch een keer dat hij je zo fantastisch vond omdat je nergens bang voor was? Als hij weet hoe teleurstellend je bent, zal hij je anders behandelen. En stel dat hij begint te denken dat je verdient wat er thuis gebeurt*? De stem had gelijk. Het risico was te groot. Ze wilde niet dat Noah de waarheid wist.

'Noah,' zei ze, 'ik heb echt geen idee waar je het over hebt. Je hebt toch niet aan de marihuana van je oom gezeten?'

De frons werd dieper en hij schudde zijn hoofd. Heel langzaam liet hij haar arm los. Hij hield zijn handen op. 'Soms begrijp ik niets van je. Of denk ik dat ik je helemaal niet ken.'

Weer, net als op haar verjaardag, zag ze dat ze hem had teleurgesteld. Alleen was het deze keer veel erger. De pijn op dat vriendelijke, gevoelige gezicht van hem was haar te veel. Het verscheurde haar hart. Hoe kon ze zo wreed tegen hem zijn? 'Het spijt me,' bracht ze uit.

'Mij ook, Lyddie. Meer dan je ooit zult weten.'

Na het eten die avond ging Lydia naar Donna, onder het mom dat ze haar ziel voor Jezus probeerde te redden door haar te leren lezen.

Kapitein Kirk, zoals Lydia Donna's baby in het geheim noemde, was niet langer de makkelijke baby zoals toen Lydia pas op bezoek was gekomen. Hun lessen werden vaak onderbroken door zijn oorverdovende eisen om gevoed te worden of een schone luier te krijgen. Donna was niet altijd in de juiste stemming en dus probeerde Lydia vaak het jammerende, onhandelbare kind te troosten. Het deed haar denken aan toen Valerie een baby was.

Zij en Donna hielden er een vreemde vriendschap op na, in aanmerking genomen hoe ze elkaar jaren geleden op de speelplaats hadden leren kennen. Lydia vermoedde dat Donna snakte naar vriendschap. Ze leek in elk geval geen vriendinnen meer te hebben. Vanaf het moment dat ze de school verliet, hadden haar zogenaamde vriendinnen haar laten vallen. Misschien waren ze bang dat ze zelf een baby zouden opdoen.

Donna vond het geen punt om tegenover Lydia de vuile was buiten te hangen over haar familie. Haar vader was jaren geleden vertrokken en sindsdien had haar moeder een reeks afschuwelijke vrienden gehad. Een van hen had de neus van haar moeder gebroken tijdens een ruzie over wiens beurt het was om het volgende rondje te betalen. Een andere ging de gevangenis in omdat hij auto's had gestolen. De laatste vriend had ervoor gezorgd dat Donna's moeder haar op straat had gezet. Hij werkte in ploegendienst bij Ravencroft, en had gezegd dat hij zijn slaap niet wilde laten verstoren door een baby.

'Wat is dit een ellende!' riep Donna uit. 'Je hebt geen idee hoe je boft.' Ze stond bij het open raam en probeerde een van Valeries oude Bijbelboekverhalen te lezen. Ze wierp het boek op de vloer, stak een sigaret op en inhaleerde diep.

'Waarom bof ik?' vroeg Lydia.

'Misschien ben je niet moeders mooiste, maar je hebt hersens. En dat moet meer waard zijn dan alleen een knap uiterlijk.'

Lydia glimlachte. 'Volgens mij hoor ik ergens een compliment.'

Nu Lydia Kapitein Kirk in slaap had gekregen, legde ze hem voorzichtig in zijn plastic wasmand en trok de deken over hem heen. Over een paar weken zou hij te groot zijn voor de wasmand. Ze hoopte dat Donna iets anders voor hem klaar had liggen. Ze pakte het boek op en ging naast Donna bij het raam zitten. Daar had ze uitzicht op een verwaarloosde tuin. Donna's tante was net zo goed in tuinieren als Donna in tactvol zijn.

'Waar had je moeite mee?' vroeg Lydia geduldig aan Donna, terwijl ze het boek bij de eerste pagina opensloeg.

Donna wimpelde het af. 'Met alles. Mag ik je wat raad geven?'

'Het is niets voor jou om dat te vragen. Meestal zeg je meteen wat ik moet doen met mijn haar, mijn kleren, en laten we mijn wenkbrauwen niet vergeten.'

Donna wierp een vernietigende blik op Lydia's laatste mix van koopjes op de rommelmarkt – een mannenoverhemd zonder kraag met een riem om het middel, boven een uitwaaierende rok – en zei: 'Dat moet zeker een studentenlook voorstellen.'

'Nee, de wat-kan-het-mij-schelen-look. Dus wat voor raad wil je me geven?'

Donna inhaleerde diep. Nadat ze twee kringetjes rook had uitgeblazen, zei ze: 'Onlangs kwam ik Alfie Stone tegen, en hij zei dat Zoe Woolf achter jouw Noah aan zit. Hou die griet in de gaten. Die wordt anders een probleem met een hoofdletter P!'

36

HET WAS DE algemene opinie dat Zoe een stuk was en dat ze elke knul kon krijgen die ze wilde. Alle jongens wilden wat met haar, en net zoals bij elk meisje dat zo knap was als zij, kon ze haar bewonderaars net zolang aan het lijntje houden als ze wilde zonder ooit een kwelgeest te worden genoemd. Tot dusver was ze met drie jongens uit een hogere klas uitgegaan, maar nooit met iemand van haar eigen leeftijd.

Dus waarom had ze opeens besloten dat ze belangstelling had voor Noah? Waarom niet voor andere jongens uit de klas? Er was keus te over.

Dominee Digby waarschuwde hen voortdurend dat jaloezie een van de grootste poorten naar de hel was, en Lydia werd er meteen door opgezogen. Ze voelde de jaloezie door haar lijf gaan als gesmolten lava. Ze deed haar best om haar reactie op Donna's 'raad' te verbergen en zei: 'Donna, ik begrijp niet waarom je hem míjn Noah noemt.'

Donna snoof. 'Ja hoor, doe me een lol. Jullie zijn al jaren onafscheidelijk. Jullie zijn net een broodje kaas, peper en zout, patat met mayo, Tom en...'

'Ja ja, ik snap het,' onderbrak Lydia haar ongeduldig. 'Maar we zijn gewoon vrienden. Maatjes.' Ze zou niets zeggen over haar uiteindelijke gevoelens voor Noah. Die zou Donna toch niet begrijpen.

'En de rest?' zei Donna minachtend. 'Heb je het al met hem gedaan?'

'Wat?'

Donna rolde met haar ogen. 'Seks. Je weet wel, heb je het al met Noah gedaan?'

Lydia's wangen werden bloedrood. 'Natuurlijk niet!'

'Nou, doe niet zo kwaad. Maak je niet zo druk. Ik vraag het alleen maar.'

'Nou, hou dan op met vragen!'

'Komt het door die kerk van je dat je niks doet?'

'Ik zei ophouden!'

'Verdikkeme, het zit je allemaal wel dwars, hè?'

'Jammer dat dat bij jou niet het geval was voordat jij zwanger raakte!'

Donna drukte haar sigaret uit op de vensterbank buiten en kneep haar lippen op elkaar.

Vol spijt zei Lydia: 'Sorry, dat had ik niet mogen zeggen.'

'Maar dat heb je wel gedaan. Zomaar.'

'Dat meende ik niet. Ik weet dat je van Kirk houdt en dat je hem niet kwijt zou willen.'

'Ja, dat is misschien het probleem. Misschien houd ik niet van hem en kan ik wel zonder hem. Heb je daar ooit aan gedacht?'

Lydia liep somber naar huis. Wat mankeerde haar vandaag? Eerst had ze Noah van streek gemaakt, en nu Donna. Wat was ze voor vriendin?

Maar wat nog belangrijker was, wat ging ze aan Zoe doen? Ze hoopte maar dat Alfie zich vergiste. Meestal wist hij van voren niet dat hij van achteren nog leefde, dus hoe kon je erop vertrouwen dat hij wist wat er om hem heen gebeurde? Daarbij kon hij zich vergissen tussen Noah en iemand anders op school.

Maar dat was nutteloos wensdenken van Lydia. Je kon Noah niet met een ander verwarren. Om te beginnen was hij de enige jongen op school die mank liep. Hij was ook de enige die alles wist van elke Monty Python-aflevering en werkelijk de hele tekst kende van *Dark Side of the Moon.* Volgens Lydia – nu ze het eindelijk had gezien – was hij ook de knapste jongen van school. Niemand had zulke ogen. Of wenkbrauwen die je zo kon optrekken. Hij had scherpe en duidelijke gelaatstrekken, niet zoals die pafferige gezichten van Jack en Alfie, met die stekelige bovenlippen en pukkelige huid. En in tegenstelling tot een heleboel jongens in hun klas had hij niet dat atletische lijf waar de meisjes naar floten tijdens sporturen. In plaats daarvan had hij een sterke, bijna geheime innerlijke kracht. En iets mysterieus. Noah sprak nooit over zijn leven thuis, behalve als hij bij haar was. Hij was heel teruggetrokken.

Lydia hield haar pas in en besefte dat alles wat ze van Noah vond, hem aantrekkelijk zou maken voor een heleboel meisjes. Dat stond vast: Noah Solomon stond aan de top van lekkere stukken. Natuurlijk was Zoe geïnteresseerd in hem. Het zou een wonder zijn als ze dat niet was. Maar hoe had Lydia dat dan aan zich voorbij kunnen laten gaan? Was het iets nieuws, dat Zoe het op Noah had gemunt, of was het al langer gaande?

En waarom deed het er iets toe? Waarom had ze het gevoel alsof een mes in haar borst was gestoken dat langzaam werd rondgedraaid bij de gedachte aan Zoe met Noah? Dat Zoe haar onvoorstelbaar steile, blonde haar naar achter wierp en Noah kuste? Dat Zoe...

Ze wierp verdere kwellende beelden een halt toe.

Maar voelde Noah zich aangetrokken tot Zoe?

Lydia had hem nooit naar Zoe zien kijken zoals de andere jongens, maar ze werd zo in beslag genomen door wat er de laatste tijd thuis gebeurde, dat ze het waarschijnlijk niet eens had gemerkt als een ruimteschip vol eenogige marsmannetjes in Swallowsdale was geland.

Ze dacht aan haar gesprek met Noah die middag, en kreunde inwendig. Opeens had hij zomaar aangeboden haar te helpen, en ze had zijn vriendelijke gebaar gewoon afgewimpeld. Als ze hem in de armen van een ander meisje wilde drijven, dan had ze het niet beter kunnen doen.

Donna had gelijk toen ze zei dat Noah van Lydia was. Hij hoorde inderdaad bij haar. En niet alleen als een vriend. Haar mond werd droog en haar hart begon te bonzen toen ze bedacht wat dat werkelijk inhield. Heel voorzichtig stelde ze zich voor dat hij zich naar haar toe boog en haar kuste. Opeens werd ze licht in haar hoofd en hield ze haar adem in.

Ze had geen idee of hij de gedachte om haar te kussen walgelijk vond of niet, maar ze wist wel dat ze daar nu achter moest zien te komen. Betekende het dat ze Zoe moest wegwerken? En wat dan nog? Ze zou doen wat nodig was.

Maar hoe? Wat had ze Noah te bieden dat Zoe niet had? Of was het misschien al aangeboden?

Precies, fluisterde het stemmetje in Lydia's hoofd. *Hoe denk je het op te kunnen nemen tegen een volmaakt meisje als zij? Een mooi meisje dat een heel mooie leventje leidt zonder schandelijke geheimen.*

Lydia verdrong de stem. Noah was van haar. Niet van Zoe. En met een plotselinge ingeving wist ze hoe ze voor Noah zou vechten. Of liever gezegd wáár ze dat zou doen. In Parijs. Mevrouw Roberts had gezegd dat het de meest romantische stad ter wereld was. Lydia zou Noah daar apart nemen en Parijs zou hem betoveren. Dat zou Zoe een lesje leren!

Tijdens de laatste dagen op school hield ze Zoe als een havik in de gaten. Het meisje probeerde Noah inderdaad in haar greep te krijgen. Het ene moment vroeg ze zijn mening over iets en het volgende bood ze aan om hem een lp of iets dergelijks te lenen. Het kostte Lydia grote moeite om Zoe niet ter plekke te confronteren. Maar vastberaden dwong ze zichzelf te wachten tot haar moment van triomf in Parijs. De liefde zou het winnen!

Intussen werd ze zo nerveus dat ze in de verleiding kwam om een van haar grootmoeders tabletten te slikken, zo'n tablet waardoor de oude vrouw zo slaperig werd dat ze bijna niet wakker kon blijven. Ze had nu iets onschuldigs en kinderlijks. Vergeleken bij de periodes dat ze angstaanjagend agressief was, was het vreemd om haar zo gedwee te zien. Valerie was nu voortdurend bij haar als ze uit school kwam. Ze hielp met de eenvoudigste taken, zoals thee zetten of de was afhalen. Haar toewijding was beschamend voor Lydia. De zusters kwamen weer vaak op bezoek en hadden hun grootmoeder overgehaald om te helpen een wandkleed te borduren dat ze voor de kerk maakten. Lydia zag vaak dat haar zus in het geheim de onhandige steken van haar grootmoeder overdeed.

Het goede nieuws was echter dat Valeries stem weer bijna normaal was. Soms klonk die nog een beetje rauw en hees – als een hek dat geroest was omdat het lang niet was gebruikt – maar de stem was weer grotendeels zoals Lydia zich herinnerde. Of zoals zuster Lottie het veel poëtischer beschreef: zo vreugdevol en lief als vogelgezang in de zomer.

Op zaterdagochtend, toen de bus hen over twee dagen naar Dover zou brengen waar ze de nachtboot naar Dieppe zouden nemen, werd Lydia wakker met het gevoel alsof er een golfbal vol stekels in haar keel zat. Ze had het ook warm. Heel warm. Ze ging naar de badkamer en drukte een koud washandje tegen haar gezicht. Heerlijk. Dat deed ze een paar keer en overtuigde zichzelf dat er niets aan de hand was. Zolang ze niet slikte, was de stekelige golfbal geen probleem. En zolang ze niet te veel aanhad, zou de hitte die van haar lichaam opsteeg, ook geen probleem zijn.

Ze vergiste zich.

Mevrouw Khan wierp één blik op haar toen ze kwam werken, en stuurde haar meteen naar huis. 'Je bent ziek, Lydia. Je hoort in bed te liggen.'

'Nee, het gaat echt wel,' zei ze terwijl haar tanden begonnen te klapperen. De hitte en transpiratie hadden plaatsgemaakt voor ijskoude rillingen.

Mevrouw Khan wilde er niet van horen. 'Ik wil niet dat je mij en mijn ongeboren baby aansteekt.' Iets vriendelijker voegde ze eraan toe: 'Ga naar bed en rust uit, Lydia, anders kun je maandag niet mee naar Parijs.'

Niets had haar meer kunnen aansporen. Het was ondenkbaar dat ze niet mee zou kunnen op het schoolreisje. Tegen de tijd dat ze weer naar huis was gewankeld, was de transpiratie terug en was de stekelige golfbal nog groter en pijnlijker. Zuster Lotties Morris Minor stond voor het huis geparkeerd, en Lydia kon wel huilen van opluchting. Zuster Lottie zou wel weten wat haar mankeerde en precies weten hoe ze haar moest genezen.

Haar grootmoeder nam niet eens de moeite om op te kijken van de moesappels die ze met Valerie aan het schillen was toen Lydia in de keuken kwam. Zuster Lottie zette echter meteen de zak bruine suiker neer die ze in een mengkom aan het gieten was, en zei: 'Lieve kind, wat heb je? Je ziet er helemaal niet goed uit.'

'Ik weet niet wat ik heb. Mijn keel doet pijn en het ene moment heb ik het gloeiend heet en het volgende ijskoud. Mevrouw Khan heeft me naar huis gestuurd.'

'En dat is maar goed ook. Kom, dan stop ik je in bed en dan bel ik dokter Bunch.'

'Dokter Bunch?' herhaalde haar grootmoeder terwijl ze de appel in haar hand liet vallen.

'Niet voor u, grootmoeder,' zei Valerie. 'Voor Lydia. Ze heeft kougevat.'

'Het lijkt meer dan een kou,' zei Lydia mismoedig. Ze voelde zich zo ziek dat ze wel kon huilen. Ze voelde dat Parijs haar steeds meer ontglipte.

Uiteindelijk reed zuster Lottie Lydia naar dokter Bunch om tijd te sparen. Binnen enkele minuten had ze de diagnose acute keelontsteking. Ze kreeg antibiotica voorgeschreven. En veel drinken en bedrust. 'Kan ik maandag wel mee naar Parijs?' bracht ze schor uit.

Dokter Bunch keek haar door zijn vieze brillenglazen aan alsof ze gek was. De moed zonk haar in de schoenen. Ze zou niet naar Parijs gaan. De hele weg naar huis zat ze te huilen, maar ze kon niet tegen zuster Lottie zeggen waarom.

Het grootste gedeelte van de dag sliep ze met tussenpozen en lag ze te woelen in de verwarde, klamme lakens. Ze had nachtmerrieachtige koortsdromen die haar in een ijzeren greep terugtrokken in de tijd en weer vooruit. Ze droomde over Diane Dixon. Diane zei tegen Lydia dat haar amandelen geknipt moesten worden, net als bij haar. Het meisje bood toen aan de operatie te doen opdat Lydia naar Parijs kon gaan. Ze deed haar hoofd achterover zodat Diane de operatie kon doen, en zag toen dat een buikspreekpop op het punt stond die te doen. De pop had een gemene blik in zijn ogen terwijl hij met een bebloede schaar naar haar zwaaide. Vervolgens droomde ze over Zoe. Zoe stond met Noah boven in de Eiffeltoren. Ze hielden elkaars hand vast en ze droeg de ketting die Noah aan Lydia had gegeven. Lydia was er ook in haar droom, en ze sloop van achteren naar Zoe om haar over de balustrade te duwen. Alleen vergiste ze zich en viel Noah zijn dood tegemoet. Ze probeerde hem te pakken en rekte zich zo ver uit als ze durfde. 'Noah!' riep ze terwijl hij steeds kleiner werd tot hij nog maar een stipje was. 'Noah, het spijt me. Vergeef het me alsjeblieft.'

Met een schok werd ze wakker en zag dat het donker was. Ze voelde zich nog steeds vreselijk. Haar keel was rauw en brandde, en haar lichaam was bedekt met zweet. Ze duwde haar gezicht in het kussen om het geluid van haar snikken te smoren. 'O, Noah,' huilde ze.

37

LYDIA HAD NIET harder om een wonderbaarlijke genezing kunnen smeken en bidden, maar op maandagmiddag, toen ze met haar koffer, paspoort en Franse francs op school had moeten aankomen, had ze alleen de kracht om een paar minuten rechtop in bed te zitten of naar het toilet te wankelen. De koorts was weliswaar gezakt en de golfbal minder stekelig, maar haar keel deed nog vreselijk pijn als ze slikte. Ze had niet meer zelfmedelijden kunnen hebben. Ze zag in gedachten hoe iedereen lol maakte in de bus en mevrouw Roberts tot wanhoop dreef, samen met de andere leerkrachten die waren gestrikt om mee te gaan. Het was niet eerlijk. Waarom had God haar dit aangedaan? Begreep hij niet wat er op het spel stond?

Pas deze ochtend hadden ze de school kunnen meedelen dat ze niet meekon. Toen ze terugkwam van het toilet had Lydia boven aan de trap gehoord dat haar grootvader aan de directrice vertelde dat ze ziek was en dat hij al het geld voor de reis terugverwachtte. Uit het vervolg van het gesprek leidde Lydia af dat de directrice dit niet waarschijnlijk achtte. Vanaf dat moment had haar grootvader een slecht humeur.

De belangrijkste persoon die moest weten dat Lydia ziek was, was Noah, maar ze kon het niet opbrengen om haar grootvader te vragen om hem op te bellen. In elk geval niet nu hij dit humeur had. Als hij het vermoeden kreeg dat ze een vriend had om wie ze heel veel gaf, zou hij waarschijnlijk dominee Digby laten komen om haar om de oren te slaan met allerlei Bijbelcitaten en vervolgens de duivel uit haar te drijven. Ze kon Val ook niet vragen om te bellen. Nu het vakantie was, was ze bijna niet weg te slaan bij hun grootmoeder. Toen Lydia weer een hallucinerende droom had, droomde ze dat ze over de tuinmuur was geklommen en naar Noah was gegaan om hem te vertellen dat ze toch niet met hem meekon naar Parijs. Ze droomde dat hij haar had omhelsd en op het voorhoofd had gekust. 'In dat geval ga ik ook niet,' had hij gezegd. De droom leek zo echt dat ze, toen ze wakker werd, had kunnen zweren dat het echt was gebeurd.

Zelfs nu nog voelde ze Noah's lippen op haar voorhoofd en zijn troostende armen om haar heen. Ze staarde naar het plafond en volgde met haar ogen de barsten die als aderen van de ene kant van de kamer naar de andere liepen, en ze deed haar best om niet te hopen dat Noah elk moment kon komen. Dat hij een handvol kiezels tegen het raam gooide en naar boven riep dat hij niet zonder haar naar Parijs ging.

Wat was ze toch dwaas om toe te geven aan dat soort belachelijke romantische onzin. Noah ging zonder haar naar Parijs en dat was dat.

Toch wierp ze steeds een blik op de wekker op haar nachtkastje. Het was negen over halfvijf. Nu moest hij weten dat ze niet zou komen, en waarschijnlijk had hij het al aan mevrouw Roberts gevraagd. Misschien zou hij wegglippen om haar te bellen, al had hij beloofd dat hij het nooit zou doen. Maar dit was een noodgeval en dan zou hij bellen, al was het maar om te zeggen hoe jammer hij het vond dat ze niet meeging en dat hij haar zou missen. Ja, daar zou ze zich in elk geval beter door voelen, en dan zouden de komende dagen bijna door te komen zijn.

De barsten in het plafond vervaagden en, uitgeput door de inspanning van al dat wensen, deed Lydia haar ogen dicht en wachtte op het geluid van de telefoon in de gang beneden. Ze wilde dat ze dood was.

Het was zeven uur in de avond en na wakker te zijn geworden uit een diepe slaap en nog een droom die haar zich deed afvragen wat echt en wat niet echt was, hoorde ze van Valerie dat zij en hun grootouders die middag naar een bijeenkomst in het huis van dominee Digby waren geweest. 'Maar dan was er dus niemand thuis om de telefoon op te nemen toen ik sliep,' bracht Lydia schor uit. Ze klonk griezelig veel als Valerie destijds.

Haar zus keek haar verbaasd aan. 'Als het belangrijk is, bellen ze wel terug.'

Niet waar! had Lydia willen schreeuwen. Ze zijn nu op een veerboot op Het Kanaal, op weg naar Joost mocht weten wat in Parijs.

Tijdens de volgende dagen wist Lydia niet wie ze meer haatte, Zoe of zichzelf. Ze haatte zichzelf omdat ze de boel zo in de war had gestuurd, en ze haatte Zoe om redenen die overduidelijk waren: omdat ze zo knap was, zo volmaakt, maar boven alles omdat ze op Noah uit was.

Een poosje haatte Lydia Noah zelfs. Hoe had hij zonder haar naar Parijs kunnen gaan? Maar door die boosheid op Noah kreeg ze een nog grotere hekel aan zichzelf. Noah kon er niets aan doen. Zij was de schuldige. Haar lijst van alle keren dat ze dingen had verpest, sprak voor zich.

Ze strafte zichzelf opzettelijk door zich Zoe en Noah samen voor te stellen.

Alleen.

Steeds alleen.

Voor zover Lydia wist had Noah nooit eerder een meisje gekust, net zomin als zij ooit een jongen had gekust, maar Zoe had veel meer ervaring en zou Noah maar wat graag leren wat zij wist. Op school ging het gerucht dat ze fantastisch kon tongzoenen.

Bij de gedachte aan Zoe's volmaakte tongetje in Noah's mond moest Lydia denken aan dominee Digby en al zijn waarschuwingen over de ellende die ongelovigen in de hel te wachten stond. Die stomme vent had geen idee waar hij het over had. Lydia was er al, en het was wel honderd keer erger dan wat hij ooit had beschreven.

Op vrijdagochtend, de dag dat de Frankrijkgangers terug werden verwacht, was Lydia in zoverre hersteld dat ze weer kon werken. De Khans waren blij, want meneer Khan moest na de lunch met zijn vrouw naar het ziekenhuis voor haar zwangerschapscontrole, dus het grootste gedeelte van de middag was Lydia alleen en luisterde ze naar de radio. Ze was net de snoepuitstalling op de toonbank aan het aanvullen toen de winkelbel ging en Donna binnenkwam. Kapitein Kirk stond buiten in zijn kinderwagen, naast de collectebus voor de Vereniging van Spastische Patiënten.

'Wat doe jij in godsnaam hier?' vroeg Donna met opgetrokken, te dun geplukte wenkbrauwen, zodat die bijna haar geverfde haarlijn raakten. 'Ik dacht dat je in Parijs zat?'

'Ik kon niet mee. Ik heb de hele week met keelontsteking in bed gelegen.'

'Jezus, wat een ellende.'

'Ja, dat kun je wel zeggen.'

'Wacht 's even. Je zei toch dat Zoe Woolf ook meeging?'

'Laat me daar alsjeblieft niet aan denken.'

'Allemachtig! Zij en Noah zonder jou! Geen wonder dat je kijkt alsof je laatste uur is geslagen. O, zet de radio eens harder, dit vind ik leuk.'

Wat treffend, dacht Lydia toen haar vriendin begon mee te zingen met 'Bye bye baby' van de Bay City Rollers. 'Je wordt bedankt, Donna,' zei ze. 'Kan ik nog iets voor je doen of kwam je alleen om te zorgen dat ik me nog afschuwelijker voel?'

'Een pakje sigaretten, Silk Cut, en een doosje lucifers. En wat ga je nu doen?'

'Helemaal niets. Het is waarschijnlijk toch al te laat.'

'Toe nou, zo ken ik je niet. Ik dacht dat je meer lef had. Hou eens op met dat zelfmedelijden.'

Donna had gelijk. Maar wat moest ze doen? Niets had Lydia op dit moment voorbereid. Hoe moest je vechten om iemand van wie je nu besefte dat je niet zonder hem kon?

Het antwoord, besloot ze, was om helemaal open kaart te spelen tegenover Noah. Ze zou hem alles zeggen wat ze op haar hart had. Als het hem niet interesseerde, dan kon ze zich in elk geval troosten met de gedachte dat ze het had geprobeerd.

Toen de Khans terugkwamen uit het ziekenhuis zeiden ze dat ze weg mocht. Maar ze ging niet naar huis. In plaats daarvan liep ze naar het Dal des Doods en vervolgens naar Upper Swallowsdale House, want ze vermoedde dat Noah elk moment thuis kon komen. Ze was halverwege de tuin toen ze een auto over het grind van de oprit hoorde knerpen. Met bonzend hart liep ze voorzichtig naar het huis en tuurde om de hoek. Ze verwachtte Noah uit de donkerrode Capri van oom Brad te zien stappen.

Maar ze zag Noah uit een oranje Volvo stationcar stappen. Lydia herkende niet alleen de auto, maar ook het blonde meisje voorin, die hevig naar Noah zwaaide terwijl hij zijn rugzak over zijn schouder hees en op de zak van zijn spijkerbroek klopte om zijn huissleutels te zoeken. Net toen de auto wegreed, zag Lydia dat ze was ontdekt. Eerst keek Zoe alleen verbaasd, maar toen leunde ze uit het autoraampje, zwaaide weer naar Noah en wees in Lydia's richting. *'Bonne chance!'* riep ze.

Lydia wilde zich alleen maar verstoppen. De vernedering! De schande! Betrapt als een stiekeme gluurder.

'Lyddie?' Noah kwam om de hoek van het huis waar ze als een idioot stond te wensen dat ze in de grond kon wegzakken.

Ze raapte al haar waardigheid bijeen. 'Hallo,' zei ze. 'Ik wilde je verwelkomen. Maar dat heb je blijkbaar niet nodig.'

Hij gooide zijn rugzak op de grond, en vervolgens sloeg hij zijn armen om haar heen en trok haar tegen zich aan.

Ze wilde hem ook omhelzen, maar ze kon het niet. Ze kon alleen maar als verstijfd in zijn omhelzing staan en zeggen: 'Was het leuk in Parijs? Met jou en Zoe?'

Hij liet haar los en deed een stap achteruit. 'Waarom vraag je naar Zoe?'

'Omdat... omdat ze een oogje op je heeft en jij op haar. Dat is toch zo? Lieg alsjeblieft niet tegen me.'

'Denk je dat echt?'

'Natuurlijk heb je een oogje op haar! Welke jongen niet? Ze is mooi. Ze is intelligent. En ze kan tongzoenen.'

Hij trok een wenkbrauw op. 'Dat wist ik niet.'

'Nou, dan kun je je daarop verheugen.'

Hij haalde zijn schouders op. 'Dat betwijfel ik. Mag ik je iets vragen?'

'Ga je gang.'

'Heb jij...' Hij schraapte zijn keel en slikte, en opeens keek hij ongerust. 'Heb jij een oogje op mij? Gaat het daar allemaal om? Ben je kwaad en zo?'

Dapper zijn, dacht ze. Dapper zijn. Ze keek hem recht in de ogen. 'Ja,' zei ze. 'Ja, dat is zo.'

Hij schudde zijn hoofd en glimlachte toen. 'Goddank!'

Met tintelende wangen van schaamte zei Lydia: 'Dat is helemaal niet om te lachen. Eigenlijk...'

'Kom hier, jij!' En weer sloot hij haar in zijn armen. 'Lydia Turner, mag nu officieel gezegd worden dat jij op mij valt en ik op jou?' Hij tilde haar kin op met zijn hand. 'Ik wil ook officieel aankondigen dat ik je nu ga kussen.'

Dat deed hij, en het was nog fijner dat ze zich had durven voorstellen. Zijn mond was warm en zacht op de hare en ze had hem voor eeuwig kunnen blijven kussen als ze niet aan Zoe had gedacht. Bruusk trok ze zich terug. 'Heeft Zoe je dat geleerd?'

'Ik denk dat jij en ik eens moeten praten. Ga mee naar binnen.'

'En oom Brad dan?'

'Die is in Londen. Daarom heeft de vader van Zoe me een lift naar huis gegeven.'

Ze gingen aan de keukentafel zitten, een nieuwe en steviger versie dan die was vernield tijdens de dansmanifestatie van oom Brad. De tafel was bezaaid met tekenen dat zijn oom in alle haast was vertrokken, of nog waarschijnlijker, had vergeten om af te ruimen nadat hij de laatste keer had gegeten. Toen Noah de schimmelende resten van een brood en een stuk verdroogde kaas had weggegooid, zei hij: 'Je denkt zeker dat Zoe en ik in Parijs iets hebben uitgehaald?'

'Is dat dan niet zo?'

'Waarom denk je dat?'

'Alfie had tegen Donna gezegd dat Zoe het op je voorzien had, en Donna vond dat ik het moest weten.'

'En het kwam niet bij je op om me te vragen wat ík vond?'

Toen ze niets zei, boog hij zich naar haar toe. 'Ik zal je de waarheid vertellen, goed? Joost mag weten waarom, maar Zoe probeerde inderdaad met me te flirten en toen heb ik meteen gezegd dat het vergeefse moeite was. Ik zei tegen haar dat ik maar voor één meisje belangstelling had en dat zij dat niet was.'

Lydia kon haar oren niet geloven. 'Heb je Zoe afgewezen? Zoe Woolf? Dé Zoe Woolf? Dan zal ze wel kwaad zijn geworden.'

'Nee hoor. Ze vermoedde over wie ik het had en ze wilde weten waarom ik dat tussen ons niet met je besprak.'

Ons, herhaalde Lydia nog ongeloviger in stilte. 'Wat heb je geantwoord?'

'Ik zei dat het probleem was dat het meisje in kwestie geen belangstelling voor me had. Dat ze het altijd heel duidelijk maakte dat we alleen vrienden waren. Of nog erger, zoals op mijn verjaardag, bijna broer en zus.'

Lydia hield haar adem in. 'Bedoel je... dat je toen... maar waarom zei je dan niets?'

'Dat wilde ik ook, maar toen stuurde mijn oom mijn geplande toespraak in de war.'

'En wat was die toespraak?'

Hij glimlachte. 'Heel gênant, bij nader inzien. Oom Brad heeft me een dienst bewezen.'

'Had ik maar geweten wat je toen voelde.'

'Bekijk het van mijn kant. Elke keer als ik je probeerde te benaderen, duwde je me weg. Net als die keer in de stad toen ik zei dat ik wist dat je dingen voor me verzweeg.'

Ze wendde zich af. 'Dat spijt me. Ik was heel lelijk tegen je.'

'Je moet begrijpen dat ik om je geef, Lyddie.' Hij raakte haar hand aan. 'Is dat zo moeilijk voor je?'

Ze keek hem aan. 'Misschien niet.'

'Mag ik je dan weer kussen?'

'Straks neem je mijn keelontsteking nog over.'

'Te laat om dat nog te voorkomen.' Hij streek zacht met zijn lippen over de hare. Ze huiverde. Hij kuste haar weer en ze drukte haar mond tegen de zijne. Ze sloot haar ogen, vol verwondering dat zoiets eenvoudigs als een kus zo'n magische uitwerking op haar had.

'Ik dacht dat je altijd je neus en tanden tegen elkaar zou stoten,' zei Noah toen ze elkaar eindelijk loslieten.

'Ik had gehoord dat het leek of je een natte vaatdoek over je gezicht kreeg.'

'In dat geval doen we het verkeerd of we hebben een aangeboren talent.'

'Het leek wel of mijn maag binnenstebuiten werd gekeerd.'

'Die van mij ook. Vlinders?'

'Ontelbare.'

'Ik weet dat ik dit niet mag toegeven omdat ik een jongen ben en zo, maar het is verbijsterend om je te kussen. Jij bent ook verbazingwekkend.'

Ze glimlachte verlegen. 'Waarom heb je me niet opgebeld voor je naar Dover vertrok?'

'Zodra mevrouw Roberts vertelde dat je ziek was, ging ik naar de telefooncel bij de supermarkt. Maar er werd niet opgenomen. De volgende avond probeerde ik het weer in Parijs en toen kreeg ik je grootvader aan de lijn. Het spijt me, maar ik durfde niets te zeggen toen ik zijn stem hoorde, omdat ik weet dat je niet wilt dat hij iets over me te weten komt. Vond je het erg dat ik zonder jou ben gegaan?'

'Ja,' zei ze. 'Maar alleen omdat ik ervan overtuigd was dat je als Zoe's nieuwe vriend zou terugkomen.'

'Ik wist dat ik niet had moeten gaan. Maar ik had slechts tien minuten om een besluit te nemen. Uiteindelijk redeneerde ik dat ik je toch niet zou kunnen zien als ik bleef, dus kon ik beter gaan en iets voor je mee terugbrengen.' Met een glimlach stond hij op.

'Heb je een cadeautje voor me gekocht?'

'Natuurlijk.' Hij trok een trui uit zijn rugzak en haalde er een verkreukelde papieren tas uit. 'Niets bijzonders. Gewoon een boekje met prentbriefkaarten om je te laten zien wat je hebt gemist, en een reep noga.'

Maar voor Lydia waren het de mooiste cadeautjes van de wereld.

38

EEN JAAR LATER vierden ze op de dag zelf dat ze verkering hadden, door bij de beek in de buurt van Noah's huis te gaan picknicken en Frans te oefenen voor hun mondelinge examen. Ze waren er al een uur en alles wat Noah tot dusver in het Frans had gezegd, met wat Lydia zijn baret-met-gestreepte-trui-accent noemde, was *Je t'aime,* Lyddie. *Je t'aime.*

Lydia kon bijna niet geloven dat twee mensen zo'n hechte band konden hebben als Noah en zij. Ze hield van hem en hij hield van haar. Zo hoorde het altijd te zijn. Het was volmaakt.

Alleen was het dat niet. Een schaduwachtige duisternis kroop naderbij. Een duisternis die Lydia maar al te goed kende, zou uiteindelijk hun liefde voor elkaar overschaduwen. Kon ze Noah maar voorgoed op een afstand houden, dan was alles in orde.

Met haar zestien jaar wist ze beschamend weinig over seks, en ze was ervan overtuigd dat Noah er veel meer van wist dan zij. In elk geval niet minder! Oom Brad was natuurlijk een grote bron van informatie over het onderwerp, vooral als hij dronken was. Er waren nooit bewijzen dat oom Brad een seksleven had, tenzij de vele ingelijste en oningelijste naakten in het huis strepen op zijn kerfstok voorstelden, maar Noah zei dat zijn oom zo vaak in Londen was omdat hij daar een vriendin had.

Het meest wat Lydia van seks wist – of meende te weten – was gebaseerd op biologielessen, het luisteren naar de waarschuwingen van dominee Digby in de kerk en Donna's smerige, uitvoerige verslagen van haar eigen ervaringen. Kapitein Kirk was nu een peuter met een mollig gezichtje die binnenkort een broertje of zusje zou krijgen. Donna had aan Lydia opgebiecht dat ze zich na een avond in een club in Bradford met een dronken kop in een steeg had laten gaan. 'Mijn eigen rotschuld,' zei ze tegen Lydia. 'Je zou toch denken dat ik mijn lesje wel had geleerd.'

In Lydia's gedachten moest seks koste wat het kost worden vermeden, om de volgende redenen: ten eerste was het gevaarlijk en kon je zwanger worden, waardoor alle kansen op een goede toekomst verkeken waren; ten tweede was het een schande en zou haar grootvader haar vermoorden als hij het te weten kwam; en ten derde was het verkeerd, een zonde. Zo was het toch?

Maar diep vanbinnen, waar haar verlangen naar Noah als een sluwe slang lag opgerold, zag de boodschap er heel anders uit. Met schuldige begerigheid wilde ze dat hij haar aanraakte op die plekken die in haar hoofd waren gebarricadeerd en voor de zekerheid ook nog met een hangslot waren beveiligd. Als ze samen op zijn bed lagen, werd ze ademloos van zijn kussen en lag ze duizelend te beven terwijl ze zich vanbinnen voelde smelten. Lydia en Noah. Noah en Lydia. Dat was het enige belangrijke. Waarom zou ze zich zorgen maken over de gevolgen? Haal de barricades weg en verwijder de hangsloten.

Maar altijd, net als Noah's hand langzaam van haar schouder onder haar kleren gleed om haar borst aan te raken, kreeg ze aan paniekaanval. Ze wist dat Noah al in het begin had gemerkt hoe ze veranderde zodra hij haar probeerde aan te raken, en op zijn beurt was hij altijd heel voorzichtig over waar hij zijn handen naartoe liet glijden. Hoewel zijn inzicht haar geruststelde en ontspande, duurde het nog maanden voor ze hem kon toestaan om haar blote huid aan te raken. Niet dat ze hem niet vertrouwde. O nee. Lydia Turner was degene die ze niet vertrouwde.

Lydia Turner en die sluwe slang die op problemen uit was. Zodra je toegaf, wist je niet wat voor problemen je te wachten stonden.

Toch gingen hun dagen samen niet alleen maar over seks, of liever gezegd, het vermijden ervan wat haar betrof. Vaak lagen ze op zijn bed of op de zachte grond vol bladeren van het Dal des Doods elkaar voor te lezen. Soms waren het gedichten van Blake, John Donne en sonnetten van Shakespeare. Andere keren kozen ze voor iets leuks zoals *De wind in de wilgen* of *Drie mannen in een boot*, waar oom Brad Lydia een exemplaar van had gegeven voor haar zestiende verjaardag. 'Dit hoort in alle bibliotheken te staan,' had hij beweerd. 'Dit moet iedereen lezen.' Dat waren de intiemste momenten die Noah en zij samen doorbrachten. Waarschijnlijk omdat ze zich dan niet bedreigd en op haar hoede voelde.

Nu lagen ze op hun rug bij de beek in de warme zon, met hun benen in een hoek van negentig graden. In Noah's geval was dat zijn goede been. Dat deden ze altijd, kijken wie de positie het langste volhield. Noah droeg zijn oude zwartwitte basketbalschoenen met de gerafelde veters en zijn strakke spijkerbroek, en Lydia had een nieuw paar rode klompen aan. Het enige contact tussen hen ging via hun handen. Ze hadden het cruciale punt bereikt waarop het leek of de laatste druppels bloed uit hun benen vloeide, het moment waarop ze hun adem moesten inhouden en zich op iets moesten richten. Lydia kwam altijd in de verleiding om haar ogen te sluiten, maar dan had ze het spel verloren omdat haar been dan een paar centimeter zou zakken. Er was nog een reden waarom ze haar ogen wijd open moest houden. Ze had ontdekt dat Noah in staat was om vals te spelen. Ze had hem een keer betrapt en dat had ze hem ingepeperd. 'Je speelt vals!' had ze geroepen terwijl ze op hem sprong. 'Vals, vals, vals!'

'Het is maar een spel, Lyddie,' had hij lachend gezegd.

'Maar een spel dat ik eerlijk heb gewonnen. Geef het toe!'

'Nooit!'

In de meeste gevallen bestond er een gemoedelijke competitiegeest tussen hen. Ze deden amper voor elkaar onder. De ene week was zij de beste in een vak, de andere week hij. De twee vakken waarin ze niet konden wedijveren waren Frans en kunst. Lydia wist dat al haar pogingen vergeefs waren en ze liet kunst vallen zodra ze de gelegenheid kreeg; ze wilde geen enkel slecht cijfer op haar schoolrapporten, waar altijd tienen op stonden. Frans was haar beste vak en ze wilde het op D-niveau doen, net als Engels en wiskunde, maar Noah had er moeite mee. Omdat het een verplicht vak was, moest hij doorbijten en zijn uiterste best doen. Hij had zich niet geschaamd om Lydia's hulp te vragen, en dat bewees wat een hechte band ze hadden. Maar hij was wel verbaasd toen ze had toegegeven dat ze zich op de lagere school had voorgenomen om net zo slim te worden als hij. Omdat ze zelfs toen al begreep dat je dan een beter leven kon krijgen. Hij had lachend gezegd dat hij juist altijd net zo goed probeerde te zijn als zij.

Toen Lydia Noah's been een beetje zag bewegen, wist ze dat ze bijna had gewonnen. Ze haalde een laatste keer diep, langzaam en zorgvuldig adem. Het lag allemaal aan je ademhaling. Aan je concentratie. Je moest een enkel doel in gedachten hebben en dan was alles mogelijk. Volgens die filosofie leefde ze nu. Haar doel was om zo goed mogelijk haar best te doen op school, doorstromen naar de bovenbouw van het hoger onderwijs en daarna hopelijk naar de universiteit om Frans en Italiaans te studeren. Noah had nog niet besloten of hij technische wetenschappen of kunst wilde studeren.

Zoals Lydia al verwachtte, had haar grootvader haar al gezegd dat hij geen geld meer aan haar wilde verspillen; als ze in een wereld van seks en drugs wilde leven – zo beschouwde hij de universiteit blijkbaar – dan zou ze dat zelf moeten bekostigen. Gelukkig waren er beurzen. Noah en oom Brad dachten dat ze er wel voor in aanmerking kwam. Ze hoopte maar dat ze gelijk hadden. Maar er moest hard gewerkt worden voordat ze zich daar zorgen over hoefde te maken. Intussen moesten ze examen doen. Zij, Noah en Zoe en een paar anderen van hun klas mochten hun examen op beide niveaus doen. Sinds januari kregen ze bijles om hen voor te bereiden, en dat zou zo blijven tot in juni de examens voorbij waren. Het was ploeteren, maar elke minuut waard als het inhield dat Lydia aan Swallowsdale en haar grootouders kon ontsnappen.

Met een bons kwam Noah's basketbalschoen in het gras terecht. 'Jij hebt gewonnen,' kreunde hij terwijl hij zijn armen om zijn buikspieren sloeg. Hij liet zich op zijn zij rollen en langzaam liet ze haar been zakken en draaide zich met een triomfantelijk gezicht naar hem toe. 'Je wordt hier veel te goed in,' zei hij.

'Gewoon een kwestie van concentratie.'

Hij plukte een grasspriet en liet die over haar wang glijden. 'Vertel eens waar je al die tijd aan hebt gedacht?'

'Zoals altijd, ontsnappen aan Swallowsdale. Waar dacht jij aan?'

Hij streek met de grasspriet over haar lippen. 'Zoals altijd aan jou.'

'Maar dat hielp niet echt, hè?' plaagde ze. 'Je kon je niet concentreren.'

'Dat is zo,' zei hij. Maar hij glimlachte niet, zoals ze had verwacht. Er was iets aan de hand. En ze meende te weten wat het was.

Verontrust ging ze zitten. 'Wil je iets eten?'

Hij bleef op zijn zij liggen. 'Nee. Ik wil met je praten.'

'Het een sluit het ander niet uit, hoor.'

Hij raakte haar pols aan. 'Ligt het aan mij, Lyddie? Doe ik iets verkeerd? Zeg het alsjeblieft als het zo is.'

Ze wenste dat ze geen idee had wat hij bedoelde, maar ze wist maar al te goed wat hem bezighield. En het was een teken van hoeveel ze van hem hield en hem respecteerde, dat ze niet deed alsof. 'Nee, het ligt niet aan jou, Noah, maar aan mij.'

Hij ging zitten en sloeg een arm om haar schouder. 'Je weet dat ik je nooit pijn zou doen.'

'Dat weet ik.'

'Ben je bang om zwanger te raken? Is dat het probleem?'

Dat greep ze aan als excuus, en ze knikte. 'Dat zou alles bederven. Weg zijn mijn kansen om op D-niveau examen te doen en naar de universiteit te gaan. Voor jou maakt het geen verschil, maar ik zit dan hier vast in Swallowsdale, net als Donna. Als mijn grootvader me niet eerst vermoordt. En bij nader inzien zou dat de beste optie zijn.'

Hij kneep in haar schouder. 'Dat mag je nooit meer zeggen. Ook niet als grapje. En als ik je beloof dat ik altijd zal opletten? Dat we het alleen doen met een...'

Ze viel hem in de rede. 'Donna zegt dat die niet altijd honderd procent veilig zijn.'

'In elk geval niet bij Donna,' zei hij nijdig. Na een moment stilte zei hij: 'Hoor eens, we hoeven niet alles te doen als je dat niet wilt. Er zijn nog andere dingen.'

Lydia werd nog ongeruster. Waarom was het zo belangrijk? Waarom kon het niet blijven zoals het was tussen hen? Alleen kussen. Alleen strelen en elkaar vasthouden. 'Wat voor andere dingen?' vroeg ze zenuwachtig.

'Nou ja, gewoon, andere dingen.'

Ze voelde aan dat hij zijn geduld begon te verliezen. 'Zeg dan wat. Aangezien jij de expert bent,' voegde ze er geërgerd aan toe. Het kon haar niet meer schelen of ze naïef of dom leek.

Hij slikte. 'Nou, ik zou... ik...' Hij schraapte zijn keel. 'Ik kan jou een orgasme geven en dat kun je ook bij mij.'

'Hoe dan?'

Hij haalde diep adem alsof hij een antwoord wilde geven, maar hij bedacht zich. 'Hoe denk jíj dat het kan?'

Ze haalde haar schouders op. 'Ik heb het nooit eerder gedaan, dus hoe moet ik dat weten?'

'Ik ook niet, maar ik heb wel zo'n idee over hoe het moet.'

'Prima. Vertel me dan maar wat we moeten doen.' Nu klonk ze nog meer geërgerd.

Hij trok zijn arm weg en keek voor zich uit. 'Mijn god, Lyddie, doe je met opzet zo moeilijk? Of wil je dat ik me als een idioot gedraag?'

Vol schaamte en vernedering sprong ze overeind en liep naar de rand van de beek. Ze had altijd geweten dat het zover zou komen. Wat dom dat ze op iets anders had gehoopt. Ze liet zich op de grond vallen, pakte een handvol kiezels en begon die een voor een in het stromende water te gooien.

Plons! Dominee Digby had gelijk.

Plons! Seks was een vloek.

Plons! Het bedierf werkelijk alles.

Ze boog haar hoofd en legde haar hoofd in haar handen, een en al ellende door het gevoel van verlies. Nu was ze Noah kwijt. Ze hoorde iets bewegen, en toen ze zich omdraaide, zag ze hem naast haar zitten.

Hij zat met opgetrokken knieën en opeens leek hij zo jong en kwetsbaar. Zijn haar zat slordig omdat hij er met zijn handen door had gestreken. Ze wilde het gladstrijken, zoals ze vaak had gedaan. Alles gladstrijken tot hoe het vroeger tussen hen was. 'Het spijt me,' zei hij. 'Dat was de grootste onzin die ik heb uitgekraamd. Zeg maar dat ik een klootzak ben.'

Ze trok aan het gras om haar heen. 'Ik kan er niets aan doen dat ik ben zoals ik ben, Noah. Je kunt beter een andere vriendin zoeken. Een meisje met meer ervaring dat op de hoogte is en niet zulke stomme vragen stelt.'

'Als je het niet erg vindt, ruk ik liever mijn ogen uit dan dat ik een andere vriendin wil.'

'Wat moeten we dan?'

'Ik zal mijn gevoelens voor jou leren beheersen.'

Ze keek hem aan. 'Wat bedoel je?'

‘Ik bedoel dat ik aan iets anders moet denken dan hoeveel ik van je hou, als ik je kus.’

‘Zou dat gaan?’

‘Weet ik veel, want wat ik voor je voel lijkt wel kernenergie. Maar ik wil niets doen waardoor ik je kan verliezen, Lyddie.’

‘En die andere dingen waar je het over had? Waarom leg je die niet uit?’

Hij glimlachte en wierp haar een lange, peinzende blik toe. ‘We zijn zestien. Er is nog tijd genoeg voor dat soort dingen. Zullen we ons eerst op ons eindexamen concentreren en er daarna over praten?’

Ze knipperde tranen weg terwijl ze wenste dat ze het meisje kon zijn dat hij graag wilde. ‘Ik verdien je niet.’

‘Onzin. Je verdient een veel beter iemand dan ik.’ Hij pakte haar hand. ‘Maak je geen zorgen. Beloof je dat? Niet nu het zo’n belangrijke periode is voor ons.’

Ze knikte, en om hem te laten geloven dat alles in orde was, stak ze vermanend een vinger op en zei: ‘In dat geval, *mon ami*, moet je maar even de onvoltooid verleden tijd van *avoir* opzeggen.’

‘*Merde!*’ riep hij uit terwijl hij zijn hoofd lachend in de nek wierp. ‘Alles behalve dat!’

Na diverse pogingen lukte het hem eindelijk, en ze gingen weer in het gras liggen en keken naar de lucht.

Maar ondanks Noah’s inschikkelijkheid wist Lydia dat hij haar alleen maar uitstel van executie had gegeven. Deze pijnlijke scène zou zich herhalen. Net zo vernederend en net zo pijnlijk. En wat zou ze dan doen of zeggen? Ze moest er niet aan denken dat ze Noah zou kwijtraken. Maar de andere optie leek nog veel erger.

39

LYDIA HAD NOG nooit meegemaakt dat een zomer zo snel verstreek als deze. En evenmin had ze zo'n hete zomer meegemaakt. Joey kwam voortdurend ijs en ijslolly's tekort, en hij zei als grap dat als deze hittegolf bleef duren, hij terug kon naar Italië en nooit meer zou hoeven werken.

Bliksemsnel kreeg de zelfgemaakte kalender boven Lydia's bed een rood kruis voor elk examen dat was afgelegd, tot alles voorbij was en ze de kalender in de vuilnisemmer kon gooien. De examens waren eigenlijk een nodige afleiding geweest van wat haar werkelijk verontrustte: wat haar en Noah te wachten stond.

Gebeden worden altijd verhoord, alleen niet hoe we dat ons voorstellen, zei zuster Lottie vaak, dus toen na hun laatste examen Noah humeurig tegen Lydia zei dat oom Brad hem meenam gedurende de rest van de zomer, slaakte Lydia inwendig een zucht van opluchting. 'Je zult het vast leuk vinden,' zei ze. 'Het wordt fantastisch.'

'Nee,' antwoordde hij triest. 'Ik blijf veel liever hier bij jou. We zijn nooit eerder zo lang niet bij elkaar geweest.'

Ze waren er niet aan gewend om qua afstand zo ver uit elkaar te zijn, en Lydia kwam er al snel achter dat ze het vreselijk vond dat Noah duizenden kilometers van haar vandaan was. Brieven op dun luchtpostpapier geschreven uit verre plaatsen als Caracas, Nicaragua en Guatemala – gestuurd naar Donna's huis – zorgden ervoor dat ze haar schoolatlas pakte en de afstand tussen hen berekende.

Terwijl de weken voorbijvlogen en Noah binnenkort weer terug zou komen, had Lydia een heel andere vriend voor ogen dan degene van wie ze met een kus afscheid had genomen. Deze zou gebruind zijn, en dingen hebben gezien die haar begrip te boven gingen. Hij zou zo veranderd zijn dat hij haar met een nieuwe blik zou bekijken en zijn gevoelens voor haar van zich af zou schudden als een paar oude schoenen die niet meer pasten.

Ze troostte zichzelf door te denken dat ze in elk geval altijd vrienden zouden blijven, en dat dit haar vrijwaarde om verder te moeten gaan met 'dat'.

Seks mocht dan een zorg zijn voor Lydia, maar het onderwerp werd irritant vaak ter sprake gebracht door Donna. Terwijl Lydia op het droge gras knielde en zich over de rand van het kinderbadje boog om met Kapitein Kirk te spelen, slaakte Donna een diepe zucht en vervloekte degene door wie ze in deze toestand verzeild was geraakt. Zo klaagde ze steeds, en Lydia moest zich inhouden om niet tegen Donna te zeggen dat ze voorzichtiger had moeten zijn en zich niet in dat steegje tegen de muur met haar rok omhoog had moeten brengen. Maar in plaats van te preken, waar Donna haar van zou beschuldigen, draaide ze zich om naar haar vriendin, die een poging deed om een goede houding te vinden in de tuinstoel. 'Is de baby aan het bewegen?' vroeg ze.

'Bewegen! Het lijkt wel of een verdomde inktvis de twist aan het doen is! Ik zal blij zijn als het eruit is en ik wat rust kan krijgen.' Donna streek over haar enorme blote buik die als een rijzend brood in de hete augustuszon lag te bakken. Haar navel leek wel een monsterlijk grote krent.

'Verdomde inktvis,' herhaalde Kapitein Kirk met een lach vol tanden terwijl hij de gieter aan Lydia gaf. Lydia had het opgegeven om hem te verbeteren. Zijn beperkte woordkeus was vol scheldwoorden, net als die van zijn moeder. Ze doopte de gieter in het zwembadje en gaf hem aan hem opdat hij de zogenaamde bloemen kon begieten die ze net had geplant.

'O, laat hem toch,' zei Donna geërgerd, terwijl ze het tijdschrift opzij gooide waarin ze zat te bladeren; ze las allerlei vrouwenbladen nu ze kon lezen. 'Kom bij me zitten.'

'Dat lijkt me geen goed idee. We kunnen Kirk niet alleen in het badje laten,' zei Lydia. Ze probeerde om niet te klinken alsof zij het beter wist dan Donna wat haar zoon betrof.

Donna blies haar wangen op. 'Je hebt meer tijd voor dat jong dan voor mij.'

'Dat komt omdat ik altijd op hem moet passen.'

'Zeg, rotgriet, ik moet er ook wel eens uit. Ik kan hier niet de hele dag zitten. Wat is daar voor lol aan? Jij hebt mooi praten.

Over twee jaar ga jij de hort op en zit ik hier nog steeds luiers te verschonen.'

'Je kunt dingen veranderen als je het echt wilt.'

'O, begin daar niet weer over. Ik weet wat ik heb gedaan. Ik heb mijn billen gebrand en nu moet ik op de blaren zitten.' Ze zuchtte. 'Kon ik maar een goeie vent vinden, dan was ik uit de problemen.'

'Je kunt proberen een vent te vinden die meer van je wil dan alleen maar seks.'

Donna wierp haar een vernietigende blik toe. 'Hou je zelfingenomen mening voor je. Jij eindigt nog als de oudste maagd van Swallowsdale, als je zo doorgaat.'

Door een stoot tegen Lydia's elleboog begreep ze dat de gieter van Kapitein Kirk weer gevuld moest worden. Ze deed wat hij vroeg, en werd vervolgens door Donna onder vuur genomen. 'Ik snap niet waarom jij en Noah het nog niet gedaan hebben. Hij is toch niet van de verkeerde kant? Je weet wel, een homo? Een nicht?'

Kapitein Kirk rees op zijn mollige beentjes uit het water en zei trots: 'Nicht! Nicht!' terwijl een straal urine in het water belandde.

Donna lachte. 'De kleine smeerlap.'

Lydia haalde meteen haar hand uit het water. 'Waarom denk je dat van Noah, alleen omdat hij me niet heeft gedwongen om seks met hem te hebben?'

'Wie heeft iets over dwingen gezegd?' Donna pakte het tijdschrift en begon ermee te wapperen. 'Het lijkt mij dat je bang bent voor seks. Probeer het gewoon en ontdek hoe fijn het kan zijn. Maar vergeet niet dat de eerste keer altijd een teleurstelling is. Dan is het in een mum van tijd voorbij. Noah heeft geen idee waar hij mee bezig is, en jij krijgt het gevoel alsof je een heet strijkijzer tussen je benen hebt.'

En dat moet me aanmoedigen om seks te hebben, dacht Lydia even later, toen ze in de rij voor Donna's huis ging staan om ijsjes voor hen te kopen bij Joey's wagen.

Het Sletje stond vooraan. Ze deed er zoals gewoonlijk heel lang over. Toen Lydia eindelijk aan de beurt was, veegde Joey zijn voorhoofd af met een zakdoek. 'Je werkt vandaag toch niet?' vroeg hij.

'Vanmiddag niet. Vanavond draai ik avonddienst in de winkel.'

'En wanneer krijg je de uitslag van je examen?'

'Overmorgen. Ik heb trouwens dat Italiaanse huiswerk gedaan dat je me hebt opgegeven.'

'*Brava!* Je bent mijn beste leerling.'

Lydia moest lachen. 'Ik ben je enige leerling, Joey.'

Hij moest ook lachen. 'Ik heb een heel exclusieve school.'

Hun lessen vonden eens per week plaats bij zuster Lottie, en hoewel Joey en Lydia er bij zuster Lottie op hadden aangedrongen om mee te doen met de lessen, had ze steeds gezegd dat God haar niet de gave had geschonken om nog een taal te leren. Tegenwoordig sprak Joey bijna onberispelijk Engels, en volgens hem was dat helemaal aan zuster Lottie te danken. 'Ze had les moeten geven,' zei hij tegen Lydia. 'Ze is zo geduldig. Echt een engel.'

Lydia had vaak gedacht dat zuster Lottie haar leven had weggegooid door voor haar zieke moeder te zorgen toen ze jong was. Maar pas onlangs had ze gehoord dat zuster Lotties vader ervandoor was gegaan toen ze nog klein was, en dat ze op haar vijftiende van school moest omdat haar moeder erop aandrong dat ze nuttiger werk deed voor God in een van de fabrieken dan te zitten niksen in een klaslokaal. Wat Lydia fascineerde was dat zuster Lottie zich op haar negentiende verloofde met een man die op de boekhouding van het bedrijf werkte, en dat vlak na de verloving haar moeder het bed moest houden door een onverklaarbare ziekte, en dat die moeder beweerde dat ze niet zonder haar enige dochter kon. De volgende vijfentwintig jaar werkte zuster Lottie in de fabriek en zorgde ze voor haar moeder. Er was geen tijd om te trouwen. En uiteraard trouwde haar verloofde met een ander en verhuisde.

Zuster Lottie sprak nooit kwaad over haar overleden moeder, maar Lydia kon zich niet voorstellen dat ze nooit wrok had gevoeld jegens de vrouw die haar de kans had ontnomen die ze had moeten krijgen.

Niemand zou dat ooit Lydia aandoen. Voor haar geen verloren mogelijkheden!

Hoewel ze zichzelf moed insprak en ondanks haar plannen voor de toekomst had Lydia toch haar zwakke plek.

Valerie was nu tien, en totaal anders dan andere meisjes van tien. Bij mensen van de kerk was ze heel open, maar buiten de kerk was ze heel anders. Vaak wilde ze niets zeggen, zelfs niet tegen Joey. Ze verschool zich achter haar mooie, blonde haren die tot haar middel reikten. Op school had ze geen vriendinnen en soms weigerde ze er naartoe te gaan. Als de school informeerde naar de reden van haar afwezigheid, zei hun grootmoeder – die zich nu al een hele poos normaal gedroeg, voor haar doen in elk geval – dat ze Valerie thuis lessen gaf die veel beter waren dan haar leerkrachten konden bieden. Voor zover Lydia kon zien, bestonden die lessen alleen maar uit uren in de Bijbel lezen om zich voor te bereiden op de terugkeer van Jezus.

Een van die lessen, ook al was het vakantie, vond plaats toen Lydia via de achterdeur binnenkwam. Ze wist maar al te goed dat ze hen niet moest storen, dus liep ze op haar tenen naar boven om zich om te kleden. Kapitein Kirk was erin geslaagd om oranje vlekken op haar T-shirt te maken met zijn lolly, terwijl hij deed of het een raket was.

Met de slaapkamerdeur dicht controleerde Lydia vlug of alles in orde was in de kamer. Sinds oom Leonard in haar spullen had lopen snuffelen, was ze als de dood dat iemand anders in haar privéspullen zat. Toen ze de vorige week dezelfde controle deed, had ze per ongeluk een potlood van de kaptafel laten vallen en toen ze die onder Valeries bed vandaan haalde, had ze naast de sinds lang afgedane Belinda Bell een koffertje ontdekt dat ze niet kende. Ze had het geopend en erin lagen een Bijbel, wat netjes opgevouwen kleren en een nog ingepakte tandenborstel. Toen ze naderhand aan Valerie vroeg waarom ze een ingepakte koffer onder het bed verstopte, had haar zus gezegd dat de reden overduidelijk was en dat Lydia er ook een klaar zou moeten hebben voor als de Dag des Oordeels kwam.

Lydia was ontzet. Valerie stond al te wachten tot zij gered zou worden en naar de hemel werd gebracht met de rest van Gods uitverkoren volk! Er viel ook niet met haar te praten. Valerie was ervan overtuigd dat ze voorbereid moest zijn op de vreselijke Dag des Oordeels. Dus moest ze, net als grootmoeder, haar koffer klaar hebben liggen en zich afzijdig houden van de goddelozen, voor het geval dat het Lam Gods haar over het hoofd zou zien als de tijd daar was.

Lydia had geprobeerd uit te leggen dat over de hele wereld generaties christenen al tweeduizend jaar het einde van de wereld verwachtten, en dat volgens haar niemand ooit een koffer klaar had liggen.

'Hoe weet je dat?' had Valerie gevraagd.

Omdat Lydia geen goed antwoord wist te bedenken, had ze gezegd: 'Laat me zien waar in de Bijbel wordt gezegd dat we kleren en een tandenborstel moeten inpakken. Zeg maar in welke Bijbeltekst het staat.'

'Er staat wel duizend keer dat we voorbereid moeten zijn,' had Valerie geduldig geantwoord.

'Misschien geestelijk, maar niet met een ingepakte koffer!'

'O, Lydia,' zei haar zus met een diepe zucht. 'Ik wou dat je niet zo twijfelend en koppig was. Zie je niet wat je koppigheid met je doet? Laat me voor je bidden. Kom, geef me je handen.'

Te verbijsterd om te protesteren hoorde Lydia hoe haar zus God smeekte om genade te tonen voor haar onsterfelijke ziel. 'Help Lydia om in te zien dat uw weg de enige is, Vader,' bad Val. 'Dat Jezus de macht heeft om haar te redden als ze zich tot hem wendt en berouw heeft over haar zonden. Ik wil niet van mijn zus gescheiden worden als de Dag des Oordeels komt, dus God, help me alstublieft om Lydia op het rechte pad te brengen voor het te laat is. Amen.'

Dat vond Lydia nog het ergste. Het oprechte geloof van Val, gepaard met haar oprechte wens om haar eigenzinnige zus te behoeden voor de hel. Daardoor had ze het gevoel dat ze vreselijk tekortschoot. En ze voelde zich schuldig. Valerie was haar verantwoordelijkheid en ze had haar heel lang verwaarloosd. Met haar studie voor het eindexamen, haar werk voor de Khans, babysitten voor hen en voor Donna, om het nog maar niet te hebben over haar taken thuis en af en toe een bezoek aan Noah, had ze geen tijd gehad voor Valerie. En daardoor had ze toegestaan dat ze door hun grootmoeder werd gehersenspoeld. Wat voor zus kon dat doen?

Een egoïstische zus die alleen maar één gedachte had: ontsnappen.

Lydia durfde nauwelijks verder te denken, maar ze wist dat de realiteit was dat, hoeveel ze ook van Valerie hield – en, nog belangrijker, hoe ze zich ook aan de belofte probeerde te houden die ze haar moeder had gedaan – ze Val op een dag achter zou moeten laten. Wat had ze anders voor keus? Ze kon Valerie toch niet meenemen naar de universiteit? Toen het sluwe stemmetje van haar geweten tegen haar zei dat ze niet naar de universiteit moest gaan, dat ze hier in Swallowsdale bij Valerie hoorde te blijven, verdrong ze de stem door die van haar vader, die zei hoe trots hij op haar was en dat hij alleen maar het beste voor haar wilde.

Maar Lydia mocht dan slecht slapen door haar schuldgevoel, ze begreep er niets van dat Val ook maar een oog dicht kon doen als ze werkelijk geloofde dat het einde van de wereld nabij was.

Lydia's eigen gedachten over God maakten diverse stadia van geloof en ongeloof door. Op sommige dagen wilde ze graag geloven dat er een god was die onvermoeibaar op de achtergrond van hun leven werkte. Op andere dagen vond ze het allemaal maar poppenkast. En dan waren er dagen waarop ze God wel eens even de waarheid wilde zeggen omdat hij er zo'n zootje van had gemaakt.

Toch kon ze God nooit helemaal afwijzen. Niet de God in wie zuster Lottie geloofde, de God van liefde die zijn enige zoon opofferde om de mensheid te redden. Als vergiffenis de hoeksteen van hun geloof was, dan waren liefde en opoffering de volgende belangrijke bouwstenen. Zuster Lottie beweerde dat het er alleen om ging om anderen belangrijker te vinden dan jezelf.

Als dat zo was, dan was er geen hoop voor Lydia. Ze dacht immers altijd alleen aan zichzelf.

40

IN DE BUS, nadat ze een boodschap in de stad had gedaan voor haar grootmoeder, besloot Lydia eerst bij Donna langs te gaan voor ze naar huis ging. Het zou een kort bezoek worden; ze wilde niet dat haar grootmoeder zich zou opwinden omdat ze haar te lang liet wachten.

Lydia vond haar grootmoeder nog steeds een gekke, gevaarlijk onbeheerste vrouw die een hele tijd in een inrichting was opgenomen geweest, en dus behandelde ze haar met fluwelen handschoenen. Er werd nooit over die bizarre periode gesproken, en het verbaasde Lydia dat iemand die zo ziek was geweest, blijkbaar helemaal normaal kon worden. Hoewel dat waarschijnlijk te danken was aan de tabletten die haar grootmoeder nog steeds moest slikken. Toch gold 'helemaal normaal' niet voor de relatie tussen haar grootouders. Ze deelden nog steeds niet dezelfde slaapkamer, en af en toe, als hun grootmoeder een slechte dag had – vol vermoeidheid, angst en huilbuien – zag Lydia de onderdrukte woede op het gezicht van haar grootvader. Dan klemde hij zijn kaken opeen en balde zijn vuisten. Ze had hem tegen zijn vrouw horen schreeuwen dat hij niets aan haar had, dat ze zich moest beheersen, of anders... Of anders wat? Zou hij haar dan weer laten opnemen? Waar ze niet langer overlast voor hem betekende?

Maar wat er ook tussen hen plaatsvond, Lydia was vastbesloten om erbuiten te blijven. Hoe meer ze op de achtergrond kon verdwijnen, hoe beter. En net zoals haar grootvader niet meer in dezelfde kamer als zijn vrouw was gaan slapen, mishandelde hij ook Lydia niet meer. Ze dacht geen seconde dat het kwam door het dreigement dat ze een keer had gemaakt toen ze hem in de schuur had betrapt met zijn geheime hobby. Het leek meer alsof hij onverschillig was geworden jegens haar. Hij was nog steeds onredelijk streng, maar gelukkig waren ze allebei zo uithuizig dat ze elkaar zelden tegenkwamen. Ze wilde graag geloven dat zijn geweten had gesproken en hij spijt had van wat hij haar had aangedaan, maar Lydia wist wel beter, net zoals hij zijn broer had beschuldigd dat hij een vos was die nooit zijn streken verloor.

Lydia stapte uit de bus en liep naar het huis van haar vriendin. Toen ze Donna de vorige dag had gezien, was die heel somber geweest. Ze klaagde over alles: de hitte, de wespen, de verveling, haar gezwollen enkels, dat Kirk niets anders wilde eten dan aardappelpuree met ketchup, en het feit dat haar tante zonder haar op vakantie was gegaan.

Lydia klopte aan. En nog eens. Toen nam ze aan dat Donna en Kirk in de tuin waren, en ze liep achterom. Donna's ligstoel was leeg en in het kinderbadje dreef een naakte Action Man. Donna en Kapitein Kirk waren nergens te bekennen. Toen ze zag dat de achterdeur op een kier stond, ging ze naar binnen. 'Donna?' riep ze. 'Ik ben het, Lydia.'

Stilte.

Ze liep naar de gang en riep weer naar Donna. Deze keer hoorde ze boven een geluid. Ze dacht aan de dag waarop ze oom Leonard had betrapt toen hij van haar stal, en ze hoopte dat ze niet een gevaarlijke inbreker zou tegenkomen. Toen Kapitein Kirk boven aan de trap verscheen, met een luier die over de vloer sleepte, hield het angstige bonzen van haar hart op. 'Hallo, Kirk,' zei ze. 'Waar is mama?'

Hij ging op zijn tenen staan en wees achter zich met een keukenschaar. 'Bed,' zei hij.

Lydia ging naar boven. Het was niet ongewoon dat Donna halverwege de dag in bed lag. Soms, als haar tante naar haar werk was, stond ze pas tegen lunchtijd op en liet ze Kirk zichzelf amuseren. Lydia moest er niet aan denken hoe haar vriendin zich zou redden als de nieuwe baby er was.

'Huilen,' zei Kirk. 'Daar.' Hij wees naar Donna's slaapkamerdeur, die dicht was, net als alle andere deuren. De overloop zag er donker en benauwd uit. Lydia zag dat tussen de stapels gewassen kleren en luiers een telefoon ondersteboven lag, met een stukje koord eraan. Fronsend vroeg ze Kirk om haar de schaar te geven.

Ze had die net in haar zak gedaan, toen een luid gekreun, gevolgd door een bloedstollende kreet klonk. Haar haren gingen ervan overeind staan.

Lydia aarzelde niet. Ze stormde Donna's slaapkamer binnen, doodsbang voor wat ze daar zou aantreffen.

Donna lag op haar rug met slechts een lang T-shirt aan. Haar knieën waren opgetrokken en het zweet stroomde van haar af. Haar gezicht was zo verwrongen dat Lydia haar bijna niet herkende.

'Goddank dat je er bent,' bracht Donna uit. 'De baby komt.'

Lydia verstijfde. 'Maar dat kan niet... je bent pas over meer dan een maand uitgerekend.'

De lelijke grimas verdween van Donna's gezicht en haar lichaam verslapte. 'Wil je ruzie, of ga je me helpen?' snauwde ze.

Nog nooit had Lydia zich zo hulpeloos of onwetend gevoeld. Helpen? Hoe? 'Zeg wat ik moet doen,' smeekte ze.

'Bel een ambulance. Ik heb geprobeerd om aan Kirk uit te leggen hoe hij het alarmnummer moest bellen, maar die sukkel heeft het waarschijnlijk niet gedaan.'

Lydia zag in gedachten de telefoon op de overloop met het afgebroken snoer. Heel kalm zei ze: 'Donna, ik denk dat de telefoon het niet doet. Ik ga naar de buren om te vragen of ik daar mag bellen.'

Donna's ogen rolden achterover en ze begon hard te hijgen. Opeens kwam weer die grimas op haar gezicht en ze stiet een dierlijke kreet uit. Lydia ging naar haar toe. Het beangstigde haar dat haar vriendin zoveel pijn had. Kirk kwam ook bij het bed staan.

'Weeën,' hijgde Donna. 'Ze komen snel achter elkaar. Laat me niet alleen, alsjeblieft.'

'Maar ik moet om een ambulance bellen,' wierp Lydia tegen.

Donna graaide naar haar hand. 'Daar is het te laat voor. Ik zei toch dat... het komt!' En alsof ze dat wilde bewijzen, schreeuwde ze het weer uit, deed haar ogen stijf dicht en kneep zo hard in Lydia's hand dat Lydia dacht dat ze elk botje kon voelen verbrijzelen. Ze wilde het zelf uitschreeuwen, maar dat durfde ze niet omdat Donna zoveel pijn had.

Toen Donna weer stil en slap werd, kwam Lydia in actie. 'Kirk,' zei ze, 'ik wil dat je me heel goed gaat helpen. Wil je uit de badkamer alle handdoeken halen die je kunt vinden?'

'Straks zeg je nog tegen hem dat hij heet water moet brengen,' merkte Donna op terwijl ze het zweet van haar voorhoofd veegde en Kirk weg drentelde.

Lydia wist dat ze geen keus had en de leiding moest nemen, en ze zei: 'Donna, jij bent de enige van ons tweeën die dit eerder heeft gedaan. Zeg me wat ik moet doen.'

'Vang dat wurm op zodra het eruit komt. En dat is...' Haar gezicht vertrok. 'Zo ongeveer nu. Ga naar het voeteneind, want ik pers het er dadelijk uit.'

Lydia deed wat haar was gezegd, en net toen Kirk terugkwam met een stapel handdoeken, verscheen er iets donkers vol bloed. Lydia's maag draaide zich om. O god, wat moest ze doen? Het opvangen zoals Donna had gezegd? Haar vriendin gilde het nu uit, de ene lange, angstaanjagende kreet na de andere. Kirk begon ook te huilen van angst, en wierp zich onder het bed. Dit is waanzin, dacht Lydia. Ik ben zestien. Ik kan geen baby op de wereld brengen!

Opeens werd het besluit haar uit handen genomen. De baby kwam zelf op de wereld. De bovenkant van een zwartharig hoofdje verscheen, gevolgd door iets meer. En nog meer. Maar toen leek het vast te zitten. Er klopte iets niet. 'Hou op met persen!' riep Lydia. Ze bukte zich en zag dat iets wat op een blauw en bloederig koord leek om de hals van de baby zat. Voorzichtig maakte ze het zachte, warme, glibberige koord los. 'Goed,' bracht ze uit. 'Persen!'

Dat deed Donna, en in één bloederige beweging glipte de baby naar buiten.

Pas toen Donna was opgehouden met gillen, besefte Lydia dat de baby niet bewoog.

41

DOKTER BUNCH NOEMDE haar een heldin. Als ze niet zo goed had nagedacht, zou de baby vrijwel zeker zijn gestorven. De plaatselijke krant publiceerde het verhaal met op de voorpagina een foto van Lydia met de baby, terwijl Donna naast haar in bed zat. 'Je zou bijna denken dat jij de moeder was,' had Donna gezegd. 'Moet je kijken hoe ik eruitzie! Ze hadden toch wel kunnen wachten tot ik mijn uitgroei had bijgeverfd.'

Destijds was Donna helemaal niet zo achteloos en eigenwijs geweest, toen Lydia haar mond op de blauwe lippen van de baby had gelegd in de hoop dat ze wat zuurstof in de longetjes kon brengen. Ze had geen idee of ze het op de juiste manier deed, maar ze liet zich leiden door intuïtie. Toen huilde Donna met zachte, jammerende geluiden, en Kirk verstopte zich nog steeds onder het bed, maar Lydia verspilde geen tijd met geruststellende woorden, maar bleef kleine stootjes lucht in de mond van de baby blazen. Opeens begon het magere ribbenkastje te bewegen en toen trok er een rilling doorheen.

Vervolgens klonk een luid gekrijs. Lydia kon niet geloven dat er zo'n lawaai kon komen uit iets wat enkele seconden geleden volkomen levenloos had geleken. Met trappelende beentjes en gebalde vuistjes maakte Donna's dochter een kabaal dat het een aard had. Lydia vroeg zich af wat ze met de navelstreng moest doen, en toen herinnerde ze zich de schaar die ze van Kirk had afgepakt. Ze haalde hem uit haar zak en met een schietgebedje knipte ze de navelstreng door. Toen het bloed begon te spuiten griste ze een elastiekje van de kaptafel en bond dat gejaagd om de navelstreng. Als door een wonder werd de stroom van bloed minder en stopte toen. Lydia wikkelde de baby in een van de handdoeken die Kirk had gebracht, en gaf het krijsende, spartelende bundeltje aan Donna. 'Precies haar moeder,' zei Lydia. 'Een en al praatjes.'

Toen Donna en de baby waren gekalmeerd en Kirk uit zijn schuilplaats was gekomen, was Lydia naar de buren gegaan om een ambulance te bellen. De buurvrouw, een bejaarde vrouw met spinnende katten die om haar benen liepen en een gehoorapparaat in een van haar oren, zei: 'Ik dacht al dat ik wat hoorde, maar ik dacht dat de radio of televisie hard stond.'

In het ziekenhuis, toen moeder en dochter grondig waren onderzocht, verkondigde Donna dat ze haar dochter naar Lydia zou noemen. 'Je wordt toch niet sentimenteel?' vroeg Lydia, terwijl ze haar best deed om niet te laten zien hoe ontroerd ze was.

'Verdikkeme! Ik noem mijn baby naar jou en je weet niets beters te zeggen? Ik kan uit een heleboel andere namen kiezen, hoor.'

Lydia veegde met de rug van haar handen langs haar ogen en zei: 'Ja, maar die zijn niet zo bijzonder als die van mij.'

'Hou op, idioot. Als je blijft huilen begin ik dadelijk ook nog.'

Nog dagen daarna werd Lydia overal door mensen aangesproken die haar feliciteerden met wat ze had gedaan. Iedereen die in de winkel kwam, wilde het verhaal horen, maar Lydia hield de details voor zich. Het was al erg genoeg om het te hebben meegemaakt zonder het opnieuw te moeten beleven. Ze had steeds nachtmerries waarin zij aan het bevallen was en lag te krijsen omdat de baby er niet uit wilde komen. Ze dacht dat zij nooit wilde meemaken wat voor alle andere vrouwen ter wereld blijkbaar iets natuurlijks was. Hoe konden al die pijn en dat bloed natuurlijk zijn?

Lydia had dominee Digby vaak horen zeggen dat de pijn van baren Gods manier was om Eva te straffen voor haar ongehoorzaamheid, maar tot nu toe had ze daar niet bij stilgestaan. Nu ze dit had meegemaakt, kon Lydia niet geloven dat God zo wraakzuchtig kon zijn.

Tot Lydia's ontzetting werd ze de volgende zondag in de kerk naar voren geroepen. Meestal schonk de congregatie weinig aandacht aan haar. Dominee Digby legde zijn handen op haar hoofd opdat hij God kon loven omdat hij via een lid van zijn kudde een wonder had verricht. Lydia wist niet of dominee Digby Gods kudde bedoelde of zijn eigen fanclub. 'Je moet de Heer danken dat hij jou heeft uitverkoren,' zei hij tegen haar toen ze weer mocht opstaan. 'God heeft jou gekozen toen je vriendin in nood was. Misschien is het zijn bedoeling dat je verpleegster wordt.'

Toen ze haar hoofd schudde en zei dat ze volgens haar een heel slechte verpleegster zou zijn, richtte hij zijn doorborende oog op haar. 'Wij worden geroepen om anderen te helpen, Lydia. Vergeet dat nooit. We zijn niet op deze aarde om onszelf te behagen.'

In het openbaar zeiden Lydia's grootouders dat ze heel trots op haar waren, maar thuis zei haar grootvader dat ze al die lof niet naar haar hoofd moest laten stijgen. 'Geen pretenties, meisje,' waarschuwde hij. 'Je hebt alleen een bastaardkind gered van waar het eigenlijk naartoe had moeten gaan: regelrecht naar de hel.'

Toen Noah terug zou komen van zijn reizen met oom Brad, was Lydia's plaatselijke beroemdheid oud nieuws en klaagde iedereen over het weer. Wat was het toch benauwd, en ging het dan nooit regenen? Zelfs mevrouw Khan, die eerder had gezegd dat ze nooit aan dat koude weer in Engeland zou wennen, droeg geen dikke vesten meer. Hier en daar in het land was het water op rantsoen en mocht je je auto niet wassen of de tuin sproeien. Maar voor Joey gingen de zaken zo goed dat hij een tweedehands auto kocht.

De laatste brief die Lydia van Noah had gekregen, kwam uit Lima in Peru, om haar te laten weten dat hij op de dag voor de examenuitslag laat in de avond terug zou zijn. Aan het eind van de brief had hij geschreven: 'Ik kan niet wachten om je weer te zien! Kom om tien uur naar het Dal des Doods en dan gaan we samen naar school om de uitslag te krijgen.' Lydia moest lachen om de rij ietwat uitgelopen kussen.

De hete augustuszon brandde op Lydia's schouders toen ze op weg ging naar Noah. Ze was zo opgewonden dat ze hem weer zou zien, dat ze de hele weg wel had willen rennen. Maar ze hield zich in omdat ze hem niet met een rood gezicht en buiten adem en zwetend wilde begroeten.

Ter ere van zijn terugkeer droeg ze iets nieuws: een rok in lagen, die bij elke stap ruiste, en een haltertopje dat haar grootouders beslist zouden afkeuren. In haar tas lag het vest dat ze had gedragen toen ze wegging. Ook haar haar zat anders. Ze had het boven op haar hoofd vastgebonden met hier en daar een losse lok, om het geheel wat te verzachten. Gewoon om Noah de indruk te geven dat ze de moeite waard was om naar terug te komen. Hoe graag ze hem ook wilde zien, ze was nog steeds bang dat zijn gevoelens voor haar misschien waren veranderd. Daarom had ze meer aan haar uiterlijk gedaan. Voor deze keer had ze Donna's advies opgevolgd en wat lipgloss gekocht, en haar wenkbrauwen geëpileerd. Donna had het voor haar willen doen, maar omdat Lydia bang was dat ze zou eindigen met dunne streepjes op haar voorhoofd zoals bij haar vriendin, had ze het aanbod afgeslagen en zich twee avonden terug in de badkamer opgesloten. Nu had ze keurige wenkbrauwen die elkaar niet meer raakten in het midden. Het verschil was opvallend.

Toen Lydia in de welkome schaduw van het dal stapte en in de verte een specht hoorde timmeren, voelde ze dat haar hart sneller ging kloppen. Een blik op haar horloge vertelde haar dat ze twee minuten te vroeg was. Zou Noah er al zijn? Zouden ze onwennig zijn tegenover elkaar? Of was hij na al dat reizen blijven slapen en was hij vergeten dat hij met haar had afgesproken?

Ze liep verder het dal in, naar de halve kring omgevallen bomen die hun officiële ontmoetingsplaats was. Hun speciale plaats, zoals ze die noemden.

En daar zat hij, op de stam van de grootste omgevallen boom. Zodra hij haar zag, kwam er een brede glimlach op zijn gezicht en stond hij op. Met uitgestrekte armen kwam hij naar haar toe. Ze liet zich omhelzen, en toen ze elkaar kusten vroeg ze zich af waarom ze zo dom was geweest om aan hem te twijfelen. Hij hield haar stevig vast en ze drukte zich tegen zijn compacte, warme lijf. Ze sloeg haar handen om zijn hals, legde haar wang tegen die van hem en ademde zijn vertrouwde geur in: tandpasta, zeep en ietwat zweet. 'Je bent hetzelfde,' fluisterde ze. 'Precies hetzelfde.'

Hij hief zijn hoofd op om haar aan te kijken. 'Jij niet. Je bent nog mooier dan ik me herinner.' Hij fronste zijn wenkbrauwen. 'Je hebt iets met je gezicht gedaan. Het ziet er anders uit. Hoe komt dat?'

Ze bloosde. 'Een tip van Donna. Ik heb mijn wenkbrauwen geëpileerd.'

Hij glimlachte en kuste haar weer, langzaam en intens. Ze hield zoveel van hem dat het pijn deed, en ze voelde een dromerige voldoening over zich komen. En opeens voelde Lydia voor het eerst haar lichaam reageren zoals nooit tevoren. Haar verlangen naar hem was zonder angst of schuldgevoel. Ze voelde geen enkele afweer. Zo is het als je naar iemand verlangt, dacht ze. Het was een openbaring. Werkelijk een bewustwording. Maar net toen ze dit dacht, trok Noah zich terug.

'Wat is er?' vroeg ze.

De pupillen in zijn ogen waren heel groot. Hij slikte. 'Niets. Maar beneden zit er even iets dwars...'

Ze liet haar blik zakken en zag wat hij bedoelde. Voorheen zou ze meteen op haar hoede zijn geweest, maar nu trok ze hem met een glimlach in haar armen en drukte zich tegen hem aan. Hij kuste haar hals. Toen zijn hand zich om haar borst sloot door het dunne katoen van haar topje, voelde ze zich vanbinnen smelten. Zijn lippen gleden zacht over haar huid en hij mompelde haar naam. 'Heb je me gemist?' vroeg hij terwijl hij zich terugtrok en haar in de ogen keek.

'Elke dag. Ik wil dat we nooit meer uit elkaar gaan.'

'Ik ook. Tijdens die lange vlucht naar huis kon ik alleen maar aan jou denken. Maar ik was bang. Bang dat je anders over me was gaan denken.'

'Nee. Ik hou zelfs nog meer van je.'

'Echt waar? Want voordat ik wegging dacht ik... dat je misschien genoeg van me had. Je leek het helemaal niet erg te vinden dat ik wegging.'

Ze had kunnen weten dat hij heel gevoelig was voor de manier waarop ze hem behandelde. Maar ze kon niet tegen hem liegen, en ze zei: 'Omdat ik wist hoe graag je... seks wilde hebben. Ik wist dat ik daarmee te maken zou krijgen na de eindexamens. En toen je zei dat je de hele zomer weg zou zijn...' Ze zweeg even en bloosde. 'Sorry, maar toen was ik opgelucht.'

Hij deed een stap achteruit om een kleine maar betekenisvolle afstand tussen hen te scheppen. 'Mijn god, Lyddie, ik zou je nooit tot iets dwingen wat je niet wilt. Dat weet je toch? Ik ben geen monster.'

'Dat heb ik nooit gedacht. Maar nu voel ik me anders. Nu ik je weer zie... nou ja, ik ben niet meer bang.' Ze overbrugde de afstand tussen hen en kuste hem, omdat ze niets liever wilde dan dat hij wist dat ze het meende.

Hij hield haar in zijn armen en streelde haar haren. Ze zeiden niets. Lydia voelde zich veilig en vertrouwd, alsof de wereld buiten het dal niet bestond. Hun liefde was het enige belangrijke.

'Oom Brad gaat dit weekend naar Londen,' zei Noah uiteindelijk. 'Dan hebben we het huis voor onszelf. Lijkt je dat wat?'

Ze drukte zich nog meer tegen hem aan. 'Heerlijk,' mompelde ze.

'En vergeet niet,' zei hij, 'dat ik altijd van je zal houden en voor je zal zorgen, wat er ook gebeurt. Vergeet dat nooit.'

Zoe kwam vlak na Lydia en Noah op school.

'Hoi!' begroette ze hen terwijl ze wachtten tot de belangrijke enveloppen werden uitgereikt. 'Leuke zomer gehad, Noah?'

'Heel leuk.'

'En wat was het leukste?'

Hij lachte, wierp een blik op Lydia en kneep in haar hand. 'De terugkomst.'

Zoe rolde met haar ogen. 'O, jullie twee!'

Terwijl Lydia met een half oor luisterde toen Zoe Noah vertelde dat ze een fantastisch idee had om die zomer met een stel te gaan kamperen, sloeg ze Noah gade. Sinds ze het Dal des Doods hadden verlaten, hadden ze zo veel gepraat – meest over Noah's vakantie – dat ze eigenlijk niet had gekeken of hij was veranderd. Zijn haar was langer en slordiger en hij was bruiner, maar dat was eigenlijk het enige. Ze vroeg zich af of hij wist hoe knap hij was. Waarschijnlijk niet. Hij had zich nooit hoeven bewijzen. En net zoals ze hem vroeger had benijd om zijn intelligentie, zo benijdde Lydia nu het gemak waarmee hij mensen tegemoet trad en hen meteen voor zich innam.

Ze dacht aan het dal en hoe haar lichaam had gereageerd toen ze elkaar kusten en aanraakten. Alleen al bij de herinnering werd haar mond droog en draaide haar maag zich om. Ze dacht er weer aan terug. En nog eens.

'Gaat het, Lydia?'

Met gloeiende wangen keerde Lydia terug tot de werkelijkheid. 'Sorry, Zoe, wat zei je?'

'Ik vertelde net aan Noah dat jij Donna's baby op de wereld hebt geholpen en dat je op de voorpagina van de krant stond.'

Voor ze kon antwoorden, kwam meneer Johnson de gang in. 'Zo jongens, kom maar. Tijd om jullie uit je ellende te verlossen. Succes.' Hij deelde de enveloppen uit. Zoals ze van tevoren hadden afgesproken, gingen Lydia en Noah buiten zitten om hun enveloppen te openen.

Lydia verbrak als eerste de stilte. 'Blij met jouw uitslag?'

'Allemaal tienen, behalve voor Frans. Daar heb ik een zes voor.' Hij grinnikte. 'Dat komt door mijn privélerares. Die leidde me steeds af. En jij? Nee, laat me raden. Voor alles een tien. Heb ik gelijk?'

Ze knikte. 'Vind je het niet erg?'

'Wat? Dat ik verliefd ben op het intelligentste meisje van de school en dat ze zo slim is om op mij verliefd te zijn? En dan ook nog een plaatselijke heldin!'

Zijn woorden omarmden haar net zo warm als zijn armen. Ze koesterde zich in zijn lovende woorden, en in de wetenschap dat ze nu echt aan Swallowsdale konden ontsnappen.

Op een dag, zwoer ze, zou ze echt iets worden. Dan zou ze haar grootvader het nakijken geven. Dan hoefde hij het niet meer over pretenties te hebben.

42

TERWIJL DONNA'S WOORDEN nog in haar hoofd galmden toen ze uit de koele schaduw van het Dal des Doods kwam – *de eerste keer is altijd de ergste* – begon Lydia langzamer te lopen. Stel dat het echt pijn deed en ze het niet aankon? Of nog erger, stel dat ze het wel aankon en zwanger raakte?

Noah had beloofd dat hij nooit iets zou doen dat haar kon kwetsen, en hij had ook gezworen dat hij altijd voorzichtig zou zijn. 'Het laatste wat ik niet wil is jou zwanger maken,' had hij haar herhaaldelijk verzekerd. 'Dat zou voor ons allebei een ramp zijn.' Ze klampte zich vast aan het besef dat hij net zo paranoïde was als zij.

Sinds de geboorte van haar dochter had Donna gezworen dat ze de rest van haar leven zo kuis als een non zou zijn, al was het maar omdat ze vaak vergat om elke dag de pil in te nemen. Lydia zou weliswaar niet hetzelfde probleem hebben, maar ze kon het niet opbrengen om dokter Bunch om de pil te vragen. Het idee dat hij zou vragen waarom ze aan geboortebeperking wilde doen, was te vernederend voor woorden. Ze wist gewoon dat hij door zijn bril naar haar zou staren en dat ze zich vies en beschaamd zou voelen.

Maar het was niet schandelijk wat zij en Noah zouden doen. En ook niet vies, zoals dominee Digby het ongetwijfeld zou noemen. Wat wist dominee Digby trouwens over seks? Waarschijnlijk had hij het nog nooit van zijn leven gedaan. Of geweten hoe het was om iemand te kussen en weten dat die persoon net zoveel van jou hield als jij van hem. Dat was het probleem met haar grootouders en iedereen in de kerk. Ze bleven maar doorgaan over de juiste manier van leven, maar had een van hen ooit écht geleefd?

Ze liep de heuvel op. De warme zon scheen op haar neer. Boven haar vlogen een paar buizerds sierlijk rond en klommen steeds hoger in de wolkeloze lucht. De melancholieke miauwende roep was het enige geluid in de stilte. Ze besloot dat als het moment daar was, als het pijn deed, ze alleen aan Noah zou denken en dat dit het offer was dat ze voor hem zou brengen. Had de Bijbel het niet altijd over opofferende liefde?

Waarom, vroeg ze zich nijdig af, dacht ze op een moment als dit aan de Bijbel?

Omdat een klein, knagend deel van haar niet helemaal overtuigd was dat het geen zonde was wat ze ging doen. Ze hoefde maar te denken aan hoe Donna haar leven had verpest door zich niet aan de veronderstelde regels te houden, om te weten dat ook zij makkelijk gestraft kon worden door de waarschuwingen te negeren.

Genoeg! hield ze zichzelf voor. Geen twijfels meer! Geen zorgen meer! In plaats daarvan denken aan die ochtend in het Dal toen alles veranderde. Hoe kon ze ooit vergeten hoe intens haar gevoelens waren toen ze zich aan Noah had willen geven? Helemaal. Zonder enige terughoudendheid.

Noah wachtte haar op aan het eind van zijn tuin. Hij hielp haar over de muur en kuste haar, een lichte aanraking van zijn mond tegen de hare. Toen een iets diepere kus. Zijn haar was vochtig en hij rook alsof hij net uit bad kwam.

'Ik weet niet meer wanneer ik voor het laatst zo zenuwachtig ben geweest,' biechtte hij op met een vluchtig glimlachje toen hij haar mee naar binnen nam.

'Ik ook niet,' zei ze.

Hij draaide zich naar haar om. 'Weet je zeker dat je het wilt?'

Ze slikte. 'Hoezo, ben je van gedachten veranderd?'

Hij pakte haar handen. 'Nee. Ik wil je alleen niet teleurstellen. Stel je voor dat...'

'Ik heb onderweg naar hier alle "stel je voors" al bedacht,' onderbrak ze hem.

'Ik wil alleen dat er niets tussen ons verandert. Ik ben bang dat als we dit doen, alles bedorven wordt. Straks krijg je nog een hekel aan me. Dan ga ik nog liever dood.'

'Ik kan nooit een hekel aan je krijgen. In geen duizend jaar.' Opgelucht dat zij niet de enige was die last had van de zenuwen, voegde ze eraan toe: 'Kom, dan gaan we naar boven. We doen alsof het een gewone dag is en dat ik zoals altijd bij je langskom.'

Ze lagen op bed zoals altijd, luisterden naar muziek, bekeken Noah's vakantiefoto's, en lachten omdat oom Brad er zo belachelijk uitzag op een ezel, en ze maakten plannen voor als ze over ruim een week naar het lyceum zouden gaan.

Ontspannen en blij steunde Lydia op een elleboog en bestudeerde Noah, die nu met zijn handen onder zijn hoofd lag. Zijn ogen waren gesloten, en zijn oogleden waren helemaal stil. Ze hield van de rust die van hem uitging. Ze liet haar blik dwalen naar de boog van zijn wenkbrauwen, zijn jukbeenderen, zijn gladgeschoren kin, en de zachte onderkant van zijn armen, waar blauwe aderen onder het oppervlak liepen. Omdat hij zijn armen had opgeheven, was zijn T-shirt omhooggegaan en kon ze zijn platte buik zien. In een opwelling bukte ze zich en gaf een zachte kus vlak boven de band van zijn spijkerbroek. Ze voelde zijn spieren spannen. Ze deed het nogmaals en ging toen langzaam naar boven om hem op de mond te kussen. Hij beantwoordde haar kus, streek haar haren achterover en legde zijn handen om haar gezicht. Hun blikken ontmoetten elkaar en opeens wist Lydia dat het allemaal goed zou komen.

43

IN HET VOLGENDE jaar, een maand na haar zeventiende verjaardag, hielp oom Brad Lydia herinneren aan iets wat hij lang geleden tegen haar had gezegd.

Zij en Noah waren brood aan het roosteren voor ze aan de keukentafel hun huiswerk voor wiskunde gingen doen, toen oom Brad kwam binnenstormen. 'Lydia!' riep hij uit, zo hard dat ze het mes uit haar hand liet vallen. 'Precies het meisje aan wie ik de hele middag heb gedacht!'

'O ja?' zei Noah en hij keek en klonk twijfelachtig.

'Niet op die manier, slechterik!' zei oom Brad berispend. Hij liep nogal onhandig – omdat hij aan zijn ene voet een cowboylaars droeg en aan zijn andere een zwarte instapschoen – naar het aanrecht waar Lydia het mes onder de kraan afspoelde. Zonder waarschuwing pakte hij haar bij de kin, draaide haar gezicht naar rechts naar het licht en vervolgens naar links. Zijn handen stonken naar lijnzaadolie en zaten onder de opgedroogde verf. Ze moest lachen toen hij over haar neus streek. 'Perfect,' verklaarde hij terwijl hij met een duim tegen haar jukbeen drukte. 'Helemaal perfect. Kom mee. Er mag geen moment verloren gaan. Ik had toch beloofd dat ik je op een dag zou schilderen?' Hij greep haar hand beet en zou haar uit de keuken hebben meegetrokken als Noah niet tussenbeide was gekomen.

'Alles leuk en aardig, oom B, maar op deze planeet aarde moeten Lyddie en ik huiswerk maken.'

Verbijsterd staarde oom Brad Noah aan. 'Huiswerk?' herhaalde hij. 'Maar... het licht. Dat is net goed.' Hij keek smekend naar Lydia. 'Lydia, zeg het tegen hem. Het licht. Dat is perfect.'

'Hoe lang duurt het?' vroeg ze.

Ze kreeg medelijden met de arme man. Hij zag eruit als een kind dat van volwassenen te horen had gekregen dat het de kamer uit moest.

Hij haalde zijn schouders op en strekte zijn handen uit. 'Hoe moet ik dat weten? Het duurt zolang het duurt. Ik ben kunstenaar, geen automonteur!'

Noah schudde zijn hoofd. 'Een andere keer, oom B. Ons huiswerk moet morgen worden ingeleverd.'

Oom Brad moest daar even over nadenken. 'Morgen!' riep hij toen, zich op het woord stortend alsof dat het antwoord op alles was. 'Morgen ga je voor me poseren. Zo, dat staat vast.'

'Je kunt ook aan Lydia vragen of ze voor je wíl poseren,' onderbrak Noah hem weer. 'En probeer niet om haar uit de kleren te praten. Geen naaktportretten, afgesproken?'

'O, Lydia, hij heeft tegenwoordig zoveel praatjes. Ik weet niet van wie hij dat heeft.'

'In elk geval niet van jou,' mompelde Noah terwijl hij naar het broodrooster liep.

Oom Brad zei, nog steeds tegen Lydia: 'Zijn moeder zou zich in haar graf omdraaien als ze wist dat hij zo burgerlijk zou zijn geworden.'

'Wat voor portret wilt u van me maken?' vroeg Lydia. Ze was ondanks alles toch wel gevleid dat oom Brad haar zo graag wilde schilderen.

'Een schitterend portret!' antwoordde hij zonder enige bescheidenheid. 'Misschien mijn beste tot nu toe!'

Door de jaren heen had Lydia heel vaak dit soort praat gehoord van oom Brad. Ze wist dat hij elk moment zijn artistieke hoogtepunt najoeg. Tegenwoordig maakte hij enorme schilderijen van stormachtige landschappen waarvan de verf er in zulke dikke lagen was opgebracht dat het leek of die er met een tuinschepje op was gelegd. Het laatste portret dat hij had gemaakt was van Noah, het vorige jaar. Het was Lydia's favoriete portret en het hing in de hal onder Adolf de hertenbok.

'Je hoeft niet voor hem te poseren als je niet wilt,' zei Noah toen ze naar zijn slaapkamer waren verhuisd om daar hun huiswerk te maken. Oom Brad had de keuken opgeëist om een van zijn superhete curry's te maken. Noah tikte met een potlood tegen zijn tanden en voegde eraan toe: 'Als je het geen prettig idee vindt, zeg ik wel dat je het te druk hebt.'

'Ik heb het druk, maar zolang het geen eeuwen duurt, vind ik het niet erg. Eerlijk gezegd ben ik wel nieuwsgierig.'

Noah draaide het potlood rond, gooide het in de lucht en ving het weer op. 'En eerlijk gezegd ben ík jaloers. Ik vind het vreselijk dat mijn oom iets doet wat ik al tijden heb willen doen.'

'Maar je tekent me toch altijd.'

Hij wuifde haar woorden weg met een gebaar dat grappig veel op dat van zijn oom leek. 'Dat zijn maar schetsen. Ik denk al een poos aan iets speciaals.'

'O ja?'

'Ik wil je echt tekenen, maar op een manier die jij misschien niet leuk vindt. Ik heb geprobeerd het uit mijn hoofd te doen, maar dat gaat niet. Dan doe ik je geen recht.'

Lydia schoof haar lesboek opzij. De wiskunde zou moeten wachten. Ze schonk hem haar volledige aandacht. 'Hoe wil je me dan tekenen?'

Hij speelde met het potlood en zei toen één woord: 'Naakt.'

Toen ze niets zei, zei hij: 'Niemand zou het ooit zien. Het is voor mij. Voor ons.' Hij zweeg even en slaakte toen een zucht. 'Je wilt er niets van weten, hè? Ik had het niet moeten zeggen.'

'Ik vind het niet vreselijk. Het... ik had het alleen niet verwacht. Hoe zou jij het vinden als ik wil dat jij naakt voor mij gaat poseren?'

Er gleed even een glimlachje over zijn gezicht. 'Vreselijk. Ik ben bepaald geen Mister Universe.'

Zij glimlachte ook. 'En ik geen Miss World.'

'Jij ziet jezelf niet zoals ik.' Hij kwam naast haar op bed zitten. Hij kuste haar en ze kuste hem terug, langdurig en diep, en al na enkele seconden voelde Lydia haar lichaam verslappen en weer tot leven komen toen een golf van begeerte door haar heen trok. Ze wist echter dat ze niet verder konden gaan. Ze hadden de stelregel dat ze nooit meer zouden doen dan kussen als oom Brad in huis was. Ze deden altijd de deur op slot, maar geen van beiden wilde het risico lopen dat oom Brad hoorde wat ze aan het doen waren. Noah zei dat het zijn oom waarschijnlijk geen barst kon schelen wat ze deden, maar toch hielden ze zich aan hun regel. Het was trouwens veel beter als er verder niemand in huis was. Dan hoefden ze zich geen zorgen te maken over het oude, krakende bed van

Noah of de geluiden die ze maakten als dat heerlijke moment bezit van hen nam.

Ze hadden een heleboel over hun lichamen geleerd sinds die eerste keer. Tot Lydia's grote opluchting had het ook lang niet zoveel pijn gedaan als ze had gevreesd. Noah was zo zacht en voorzichtig geweest als hij had beloofd, en hoewel hij zich opgelaten had gevoeld omdat het zo snel voorbij was, genoot Lydia de volgende dag toen ze op hun zij tegen elkaar aan in bed lagen, van het bijzondere en onverwachte mooie van wat ze deden. Hoe kon dat als een zonde beschouwd worden als het aanvoelde als een van de meest liefhebbende dingen die je kon doen?

Enkele weken later, toen oom Brad in Londen was, ervoer ze haar eerste orgasme. Ze had gehuild toen het gebeurde, uit verbazing en ongeloof. Noah was bang dat hij haar pijn had gedaan, maar toen ze de verbijsterende gevoelens beschreef, had hij met een glimlach toegegeven dat hij stiekem in een van de boeken van zijn oom had gekeken en op haar had uitgeprobeerd wat hij had gelezen.

Terwijl ze aan het babysitten was voor Donna was ze heimelijk in de tijdschriften van haar vriendin gaan lezen, vooral de pagina's met ingezonden brieven. Ze had ontdekt dat een orgasme de droom van elke vrouw was, alleen was niet elke man in staat om dat te bewerkstelligen. Zij bofte, dacht ze zelfvoldaan.

Toen ze de volgende zaterdag klaar was met haar werk, ging ze poseren in het atelier van oom Brad. Noah had rijles. Ze zat met haar handen ineengevouwen op haar schoot, met gesloten mond en ingehouden adem naar het raam en het zachte middaglicht te kijken, zoals haar was opgedragen.

'Nee, nee, *nee*!' schreeuwde oom Brad tegen haar. 'Wie is dit meisje met dat belachelijk preutse gezicht? Waar is Lydia? Waar is de Lydia die ik van een onhandig, verlegen kind heb zien opgroeien toe de mooie, zelfverzekerde vrouw die ik ken?'

Lydia ademde uit en bloosde. 'Ik deed alleen wat u zei.'

'Leugen, leugens! Heb ik gezegd dat je eruit moest zien als een wasbeer met constipatie die zijn adem inhoudt? Ontspan, Lydia. Ik zei *ontspan*!'

'Ik wou dat u niet zo tegen me schreeuwde,' zei ze, van haar stuk gebracht.

'Schreeuwen? Noem je dit schreeuwen? Dit is het zachtaardig mompelen van een...'

'Psychopathische tiran?' opperde ze.

Hij lachte, en zij begon ook te lachen.

'Zo is het beter, meisje. Leg die elleboog op de armleuning van de stoel, leun met je kin in je handpalm en kijk uit het raam. Ik wil dat je aan Noah denkt.'

'Waarom?'

'Omdat je van hem houdt, schat, en hij van jou. En nu opschieten. Elleboog omhoog, en denk aan die heerlijke liefde.'

De sessie leek wel eeuwen te duren, hoewel het in werkelijkheid maar een uur was. 'Ik ben helemaal stijf,' klaagde ze toen hij zei dat ze voor die dag klaar waren. Meteen hing hij een oude, vuile doek over de ezel zodat ze niet kon zien wat hij had gedaan. 'Volgende week om dezelfde tijd,' zei hij.

Dat was een bevel.

De volgende zaterdag doorliepen ze hetzelfde proces. Oom Brad schreeuwde tegen haar tot ze de juiste ontspannen houding had aangenomen. Ze wist niet hoe hij kon verwachten dat ze zich ontspande als hij zo grof tegen haar deed, maar het werkte zodra hij opdracht gaf dat ze aan Noah moest denken. Terwijl oom Brad schilderde, stond hij in zichzelf te mopperen en te vloeken. Ze dacht net dat hij haar niet als een persoon maar als een voorwerp beschouwde – als een appel in een stilleven – toen hij zei: 'Praat Noah ooit wel eens over zijn ouders met je?'

Verbaasd door de vraag draaide ze zich naar hem om, maar ze kreeg meteen de wind van voren. Ze nam weer de juiste houding aan.

'Nou?'

'Bijna nooit,' antwoordde ze.

'Meer naar rechts. Kin omhoog. Dat is beter. En hoe komt dat, denk je?'

'Omdat ze zo lang geleden zijn gestorven?'

'Is dat een vraag of een antwoord?'

'Gewoon een vermoeden.'

Hij vloekte en stootte met zijn penseel tegen het doek. Enkele minuten verstreken. 'En jij?' wilde hij toen weten. 'Jouw ouders zijn rond die tijd overleden. Praat je met Noah over hen?'

'Niet echt.'

'Wat betekent "niet echt"?'

'Toen we elkaar op de lagere school leerden kennen, wisselden we verhalen uit; dat hadden we gemeen. Daardoor zijn we bevriend geraakt, denk ik. Maar nu hebben we dat niet nodig.'

'Jullie hebben nu elkaar gemeen, bedoel je dat?'

'Ja.'

'Hm. Dus in het begin, toen jullie verhalen uitwisselden, heeft hij je toen over zijn been verteld?'

'Zijn been?'

'Doe niet zo dom, Lydia. Zijn nutteloze, verbrijzelde been. Heeft hij je ooit over het ongeluk verteld?'

Hoe vreemd het ook was, Noah had nooit aan Lydia verteld hoe hij dat manke been had opgelopen. En het was misschien nog vreemder dat ze hem er nooit naar had gevraagd. Ze had eigenlijk aangenomen dat hij ermee geboren was, net als Lisa Fortune en haar kunsthand. 'Nee,' antwoordde ze. En geïntrigeerd vroeg ze: 'Gaat u het mij dan vertellen?'

'De tijd is om.'

De week daarop had ze Noah makkelijk kunnen vragen naar het 'ongeluk' waar oom Brad het over had gehad, maar intuïtief deed ze het niet. Als Noah dat met haar wilde delen, zou hij het al gedaan hebben.

Maar dat weerhield haar er niet van om oom Brad aan te sporen om door te gaan waar hij was gebleven, toen ze weer de juiste houding had aangenomen. Het was een heldere, glinsterende meimiddag en een briesje schudde de laatste bloesem van de kersenboom buiten het atelier van oom Brad. Lydia keek toe terwijl de blaadjes vielen en in het lange, ongemaaide gras verdwenen. In een stuk grond trok een merel aan een worm en rekte die uit als een stuk elastiek tot hij eindelijk los van de grond kwam. Als dit een tekenfilm was, dacht Lydia, zou de merel op zijn gevederde achterwerk zijn gevallen en zou de worm zich in allerijl in veiligheid hebben gebracht. Maar nu had de worm geen schijn van kans, en omdat Lydia zich niet kon afwenden, was ze gedwongen om zijn afgrijselijke dood mee te maken. Ter afleiding zei ze: 'Vertel me hoe Noah aan dat been is gekomen. Was het een auto-ongeluk?' Ze kromp ineen toen ze de vraag stelde. Noah had nu zijn op een na laatste les voor zijn rijexamen. Haar hart ging tekeer bij de gedachte dat hem iets kon overkomen.

'Nee, geen auto-ongeluk,' zei oom Brad.

'Wat dan?' vroeg ze na een poos van stilte.

'Het was een ongeluk dat nooit had mogen gebeuren. Zijn moeder gaf zichzelf de schuld. Daar is ze nooit overheen gekomen.'

Lydia dacht aan het lelijke, tweehoofdige portret van Noah's moeder en voelde iets van haat. 'Heeft ze het met opzet gedaan?'

'Natuurlijk niet! Ingrid zou nooit iemand iets hebben aangedaan, laat staan haar eigen zoon.'

'Wat heeft ze dan gedaan? Hoe oud was Noah toen?'

'Vijf. Bijna zes. Zijn vader was op zakenreis. Dat gebeurde vaak. Hij begreep niet hoe eenzaam Ingrid dan was. Ze was een kuddedier. Ze had gezelschap nodig, veel gezelschap.'

'Ze had Noah toch?' onderbrak Lydia hem.

'Hij was een kind, Lydia.' Oom Brads stem klonk scherp. 'Ingrid had de stimulans nodig van ander volwassen gezelschap.'

Opeens hoorde Lydia Donna weer klagen dat ze gezelschap nodig had. 'Ga door,' drong ze aan.

'Ingrid besloot een feestje te geven. Net als vroeger, voordat ze met Stephen trouwde. Je moet weten dat Stephen een goede vent was, maar niet erg charismatisch. Hij was dol op Ingrid, maar toewijding is niet altijd genoeg. In elk geval nodigde ze tijdens Stephens afwezigheid de oude vriendengroep van de universiteit uit. Die waren nogal losgeslagen.'

'Was u er ook bij?' vroeg Lydia.

'Nee. Ik kon niet.' Hij leek er even over na te denken en zei toen: 'Ik heb me vaak afgevraagd of alles dan anders zou zijn gelopen.'

'Hoe weet u wat er is gebeurd, als u er niet bij was?'

'Dat heeft Ingrid me later verteld. Ze stortte haar hart bij me uit, gebaseerd op wat ze zelf wist en wat Noah en enkele gasten aan haar hadden verteld.' Hij zweeg weer. Een poos later begon hij luid te vloeken. 'Verdomme, Lydia. Ik ben de draad kwijt. Waar was ik gebleven?'

'Dat ze nogal losgeslagen waren.'

'O ja, dat is waar ook. Nou, het feest was in volle gang toen Noah wakker werd en iets wilde drinken. Je kunt je voorstellen dat hij boven aan de trap stond en om zijn moeder riep, en geen antwoord kreeg. Wat doet een kind dan? Hij ging naar de keuken om een glas melk in te schenken uit de koelkast. Er waren allerlei mensen die hem allemaal aandacht schonken. Onderweg naar boven zag hij wat schalen met chocoladecake. Toen niemand keek, stopte hij de zakken van zijn ochtendjas vol en ging naar zijn kamer om van zijn verboden feestje te genieten.'

'Waar was zijn moeder toen dat gebeurde?'

'Dat doet er niet toe. Val me niet steeds in de rede. Noah wist niet dat de cake die hij at geen gewone cake was. De plakken zaten vol met lsd.'

'Nee!'

'Joost mag weten hoeveel hij ervan had gegeten, maar de uitwerking was rampzalig. Hij moet letterlijk buiten zinnen zijn geweest, want hij... hij deed het raam van zijn slaapkamer open en om welke reden dan ook – misschien dacht hij dat hij kon vliegen, of dat hij door iets achterna werd gezeten – sprong hij. Pas de volgende ochtend werd hij gevonden. Ingrid dacht eerst dat hij dood was. Het was een wonder dat hij nog leefde en dat zijn enige verwondingen...'

Lydia kon niet langer stil blijven zitten. Ze werd verteerd door woede jegens die zorgeloze, onverantwoordelijke moeder die had moeten zorgen dat haar kind nooit zoiets zou overkomen. Ze sprong op van de stoel. 'Uw zus was een monster! Ze had naar de gevangenis moeten gaan voor wat ze heeft gedaan!'

Er stonden tranen in de ogen van oom Brad. 'Het was nog erger, Lydia. Ze ging naar de hel. Ze is nooit meer dezelfde geworden.'

'Mooi! Want daar hoort ze thuis.'

'Misschien heb je gelijk,' mompelde hij terwijl hij met de rug van zijn handen zijn ogen afveegde. 'Maar daarom mis ik haar niet minder. Ze was niet alleen mijn tweelingzus, ze was mijn beste vriendin. Je hebt geen idee hoe het is om iemand van wie je houdt voor je ogen te zien instorten. Ze begon een reeks doelloze verhoudingen en confronteerde Stephen ermee om hem te dwingen haar te straffen voor wat ze Noah had aangedaan. Ze stuurde doelgericht aan op zelfvernietiging, zo simpel was het. En op een dag zei ze tegen Stephen dat ze bij hem wegging voor een andere man. Toen kreeg ze eindelijk haar zin. Stephen greep haar bij de keel en doodde haar. Hij wurgde haar tot het laatste beetje lucht uit haar was. Heb je enig idee wat dat met mij heeft gedaan? De wetenschap dat ik, die meer van haar hield dan wie ook, haar niet tegen haarzelf heeft kunnen redden? Er gaat geen dag voorbij of ik denk dat ik meer mijn best had moeten doen.' Hij gooide zijn penseel neer en pakte een doek om dat over de ezel te hangen.

Toen Lydia het gekwelde gezicht van oom Brad zag, was zijn schuldgevoel net zo tastbaar als dat van haar over de dood van haar moeder.

'Waarom hebt u me dit alles verteld?' vroeg ze.

'Omdat Noah dingen heeft gezien en gehoord die een kleine jongen nooit had mogen zien. Hij was op een heel gevoelige leeftijd. Ik wil weten hoeveel hij er nog van in zich meedraagt. Ik dacht dat als iemand het kon weten, jij het moest zijn.'

'U had het ook gewoon aan mij kunnen vragen, oom Brad.'

Ze draaiden zich allebei om en zagen Noah in de deuropening van het atelier staan.

44

PAS DE VOLGENDE week dinsdag, toen het voorjaarsvakantie was, zag Lydia Noah weer. Ze had zich die zaterdagmiddag snel uit de voeten gemaakt nadat Noah dat vreselijke gesprek had gehoord, want ze besloot dat wat er ook werd gezegd, dat uitsluitend tussen hem en zijn oom was.

Ze was aan het werk in de winkel, en omdat de Khans bij de groothandel waren en er weinig klandizie was, haalde ze kratten cola uit het magazijn om de schappen aan te vullen. Ze had net het laatste krat leeggemaakt toen ze een rode sportauto zag stoppen. De kap was naar beneden en Noah zwaaide naar haar van achter het stuur. Hij was alleen. En dat kon maar één ding betekenen. Ze haastte zich naar buiten om hem te feliciteren.

'Ik dacht dat ik het wel op mijn buik kon schrijven,' zei hij terwijl hij uit de auto stapte en haar omhelsde. 'Fileparkeren ging slecht en de hellingproef nog slechter. Moet je morgen werken?'

'Nee, dan ben ik vrij.'

'Mooi! Zin om ergens naartoe te gaan?'

De auto was een cadeau van oom Brad voor Noah's zeventiende verjaardag, en Noah had al zijn lessen erin gedaan. Hij was jaren oud, maar Lydia wist dat het zijn grote trots was. Hij bracht uren door met wassen en poetsen en onder de kap prutsen. Het was een Sunbeam Alpine, bijna identiek aan de auto die oom Brad meer dan tien jaar geleden had gehad, voordat Lydia en Noah elkaar kenden. Noah kon geen auto besturen met een gewone versnelling, vanwege zijn been, dus had oom Brad in het geheim naar allerlei garages en dealers gebeld tot hij er een had gevonden met een automatische versnelling. Wat Noah zo belangrijk vond, zei hij tegen Lydia, was dat hij voor het eerst van zijn leven echt onafhankelijk was. Hij kon overal naartoe zonder een lift aan iemand te vragen.

Hij klaagde nooit dat hij niet ver kon lopen of fietsen, maar Lydia wist dat hij het vervelend vond. Ze wist ook dat hij vreselijke pijn in zijn knie en enkel kreeg als hij te veel van zichzelf vergde. Ze had hem letterlijk misselijk zien worden en wit zien wegtrekken toen hij een keer struikelde. Wat ging er door zijn hoofd als dat gebeurde? Gaf hij de schuld aan zijn moeder? Haatte hij haar om wat hem was overkomen?

Ze wachtte tot Noah haar kwam ophalen aan het eind van haar straat, waar ze hoopte gevrijwaard te zijn van speurende blikken, al was het maar uit gewoonte.

Haar grootvader was met pensioen, maar toch was hij zelden thuis. 'Kerkelijke zaken' hielden hem de meeste dagen en avonden bezig. Als hij thuis was, speelde hij zoals gewoonlijk de baas, ook over hun grootmoeder, maar Lydia voelde aan dat het, hoe ironisch ook, niet van harte ging. Hij deed alleen alsof hij een tiran was. Vroeger was het huis te klein als het eten niet op tijd klaarstond of als het niet precies was zoals hij wilde. Tegenwoordig at hij zelden mee en toonde hij geen enkele belangstelling voor wat er gaande was. Als Lydia niet al die pijnlijke herinneringen had aan de keren dat hij haar sloeg – de bamboestok stond nog in de keuken – zou ze gebruik hebben gemaakt van zijn kennelijke apathie en vaker en tot later zijn weggebleven. Misschien had ze dan zelfs gevraagd of ze af en toe naar de disco in de stad mocht. Of naar een concert waar Zoe altijd naartoe ging. Nu was ze al blij dat ze een makkelijker leven had. Ze hoefde niet alles. Ze had tegenwoordig alle vrijheid die ze nodig had. Het had geen zin om alles op het spel te zetten.

Lydia wist het niet zeker, maar ze vermoedde dat haar grootvader zo vaak weg was omdat zijn vrouw zich weer vreemd begon te gedragen. Ze sloeg blikken met voedsel op in de kast, weigerde de telefoon op te nemen en verstopte zich als er iemand aan de deur kwam. Ze verliet het huis alleen om naar de kerk te gaan. Dan haastte ze zich naar de auto, als de dood dat iemand naar haar keek. Ze kreeg ook meer last van stemmingswisselingen. Ze huilde vaker en leek rusteloos en opgewonden. Ze sliep ook slecht en begon zichtbaar te beven en in elkaar te duiken als haar man zijn geduld verloor en tegen haar schreeuwde. Op een dag sloot hij haar in de slaapkamer op en riep dat hij haar er pas uit zou laten als hij zeker wist dat ze zich goed zou gedragen.

Onlangs had Lydia de oude vrouw midden in de nacht beneden in de keuken hardop uit de Bijbel horen lezen. De afgelopen twee nachten was Valerie bij haar geweest. Het was duidelijk voor Lydia dat hun grootmoeder naar dokter Bunch moest. Waarom regelde hun grootvader dat dan niet? Misschien interesseerde het hem niet. Of nog erger, misschien wachtte hij tot zijn vrouw weer helemaal gek werd zodat hij net als voorheen van haar verlost werd.

Toen Noah's auto in het zicht kwam, vergat Lydia haar grootouders en vroeg ze zich af wie het gesprek tussen oom Brad en haar zou aankaarten, Noah of zij?

Noah wist haar altijd te verrassen, en vandaag ook.

'Ik wil zien waar je eerst hebt gewoond voor je naar Swallowsdale kwam,' zei hij nadat ze een picknick van knapperige broodjes, een pakje gesneden kaas, twee zakjes chips en wat blikjes frisdrank in de kofferbak van de auto had gelegd.

Verbijsterd ging ze naast hem zitten. 'Waarom?'

Hij glimlachte raadselachtig. 'Omdat het er de dag voor is om elkaar nog beter te leren kennen.'

'Maar ik ben nooit meer teruggegaan naar Maywood. Ik... Het klinkt raar, maar ik weet de weg niet.'

Hij reikte naar de achterbank. 'Geen probleem. Ik heb een kaart. En zo ver is het niet, dat heb ik al gezien.'

'Je meent het dus?'

'Ja.' Hij aarzelde. 'Tenzij je het liever niet wilt omdat het te veel nare herinneringen naar boven brengt.'

Ze keek hem aan. 'Misschien wordt het tijd,' zei ze. 'Voor ons allebei.'

Hij gaf een kus op haar wang. 'Precies wat ik dacht.'

Lydia kon zich niet veel herinneren van de rit die zij en haar zus al die jaren geleden naar Swallowsdale hadden gemaakt, alleen dat het warm en bedompt was geweest in de auto, en dat zij met Val op haar schoot in slaap was gevallen.

Deze keer viel ze niet in slaap omdat ze kaart moest lezen. Er werd ook niets gezegd over de reden waarom ze deze tocht maakten. Dat kwam later wel, waren ze overeengekomen. En met de kap omlaag, de warme meizon en de wind die door Lydia's haren waaide, reden ze Swallowsdale uit en volgden de bochtige, klimmende en dalende weg naar Cheshire.

En naar het verleden.

Het was markt in Maywood en in de smalle straten wemelde het van winkelende mensen. 'Herken je iets?' vroeg Noah.

'Een beetje. Maar het lijkt onwerkelijk. Als een droom. Alsof ik hier eerder ben geweest, maar dan in mijn slaap.'

'Ik zal een beetje rondrijden. Geef een gil als je iets ziet wat je nader wilt bekijken.'

Vijf minuten later deed ze dat.

'Wat is er?' vroeg Noah toen hij was gestopt en op haar verzoek een paar meter achteruit was gereden.

Lydia kon geen woord uitbrengen. Ze staarde naar de etalage. Die was niet veranderd. Het speelgoed natuurlijk wel, maar door de manier waarop het daar was gestouwd, moest ze meteen terugdenken aan toen ze zo had verlangd naar die vreselijke buikspreekpop. Ze zag zich weer voor de etalage staan en bedenken wat ze moest doen om die voor haar verjaardag te krijgen. Ze herinnerde zich hoe de pop terugstaarde alsof alles weer goed zou worden in haar wereldje. Nu begreep ze dat ze de pop als een vriend had beschouwd. Iets om de leegte te vullen die haar vader had achtergelaten.

'Als je de dood van mijn vader buiten beschouwing laat, is het hier allemaal begonnen,' bracht Lydia bijna onhoorbaar uit. Ze voelde Noah's hand op de hare.

'Wil je naar binnen?'

'Nee. Dit is genoeg.' Ze vertelde hem het verhaal. Dat ze haar moeder tot het uiterste had gedreven omdat ze iets zo graag wilde. Hij zei niets, maar hield alleen haar hand vast.

'Ik weet waar ik nu naartoe wil,' zei ze vastberaden, nadat ze een poosje zwijgend waren blijven zitten.

'Naar de kerk waar je ouders begraven zijn?' vroeg Noah.

'Nee. Naar een plek die belangrijker voor me is.' Ze bestudeerde de kaart en wees toen aan waar Noah naartoe moest rijden.

Het kostte enige moeite om de juiste weg te vinden, maar geleidelijk aan gingen de huizen en gebouwen en trottoirs over in hagen en grasvelden vol madeliefjes en paardenbloemen. Lydia wist niet goed wat ze zocht. Dit werd gestuurd door een onbekend instinct, een herinnering die zo diep verborgen was dat ze er nauwelijks in geloofde.

'Langzaam!' zei ze terwijl ze recht overeind ging zitten. 'Hier. Hier parkeren, als het kan.'

De weg was smal en Noah moest helemaal tegen de haag parkeren. Lydia moest over zijn stoel klimmen om uit te kunnen stappen. Op haar voorstel namen ze de picknickmand mee. 'Een rare plaats om te lunchen,' zei ze tegen hem, 'maar zoals je zelf al zei, het is er de dag voor.'

Ze ging voor en nadat ze zich een weg hadden gebaand door de meidoornhaag, zei ze: 'Vind je het erg als ik alleen verder loop? Ik wil graag even alleen zijn.'

'Ik wacht hier. Zwaai maar als ik kan komen.'

Toen Lydia op het effen terrein met het hoge gras was gekomen, keek ze over haar schouder naar Noah, en toen ze zich herinnerde hoe ze die nacht met moeite Valerie in de kinderwagen langs de steile helling had gereden, hoopte ze dat het niet te moeilijk zou zijn voor hem. Net zoals haar moeder had gedaan, inspecteerde ze het gras om een goede plek te vinden waar ze kon zitten. Toen ze een geschikte plek had gevonden, sloeg ze haar armen om haar knieën, deed haar ogen dicht en probeerde zich haar moeder voor de geest te halen. Niet de verontruste, afgematte vrouw die ze was geworden na de dood van pap, maar de vrouw die zich graag mooi aankleedde en lachte als pap een arm om haar middel sloeg en zei hoe knap ze was en dat hij de meest trotse man van de wereld was omdat hij zo'n mooie vrouw en twee schatten van dochters had. Een beeld van een tere, exotische vogel kwam bij Lydia op. Een vogel die misschien niet sterk genoeg was om het ergste aan te kunnen dat je in het leven kon overkomen. Er kwamen tranen in haar ogen. Ze probeerde zich haar vader voor te stellen, maar ze kon zich zijn gezicht niet herinneren. In plaats daarvan kwamen de woorden waarmee Lydia in slaap was gevallen tijdens die afschuwelijke nacht: *Vertel het aan de lucht, Lydia... Vertel het aan de lucht...*

Was dat het antwoord? Als ze hier op deze plek de woorden hardop kon zeggen, zou het dan voorbij zijn? Zou dan de knoop van haar schuldgevoel ontward worden? Zou ze ophouden met zichzelf te haten om wat ze had gedaan?

Er was maar één manier om dat te weten te komen. Ze haalde diep adem, opende haar ogen, hield haar hoofd achterover en staarde naar een grote wolk die door de lucht dreef. 'Ik ben je niet vergeten,' zei ze zacht. 'Ik hou nog steeds van jullie allebei.' En tegen haar moeder zei ze met een iets krachtiger stem: 'Vergeef het me alsjeblieft, mam. Vergeef me wat ik je heb aangedaan. Het spijt me zo. Het was nooit mijn bedoeling om je pijn te doen. Geloof me alsjeblieft.'

Ze begon te huilen. Eerst zachtjes, maar toen boog ze haar hoofd en huilde zo hard dat ze leek te stikken in het gesnik. Terwijl ze op adem probeerde te komen, bleven de tranen stromen. Dat had ze zichzelf nooit eerder toegestaan: rouwen om haar ouders. De stekende pijn was ondraaglijk. Haar hart werd verscheurd. Nog nooit had ze zich zo ongelukkig en alleen gevoeld.

Maar opeens was ze niet langer alleen. Noah was er. Hij hield haar in zijn armen. Ze beefde, maar hij hield haar tegen zich aan. Strak. Beschermend. Niet in staat om iets te zeggen, klampte ze zich aan hem vast en drukte haar gezicht tegen zijn schouder.

Hij streelde over haar haren en suste haar. 'Het spijt me,' zei hij. 'Het spijt me zo. Ik had je hier nooit moeten brengen. Ik breng je meteen naar huis. Vergeef het me alsjeblieft, Lyddie.' Zijn woorden waren een veelzeggende echo van die van haar enkele minuten geleden, en daardoor moest ze nog harder huilen.

Maar ze gingen niet meteen naar huis. Toen Lydia was gekalmeerd, zaten ze naar de spoorlijn te staren. 'Hier heeft ze het gedaan,' zei Lydia. 'Terwijl Valerie en ik hier lagen te slapen, gooide ze zich voor een trein. Maar dat had je al begrepen.'

Hij knikte. 'Weet je zeker dat je wilt blijven?'

'Het gaat wel.'

'Dat is niet waar. En dat gebeurt pas als je jezelf niet langer de schuld geeft. Jij kon er niets aan doen dat je moeder zelfmoord heeft gepleegd. Net zomin als ik schuldig was voor wat mijn ouders elkaar hebben aangedaan.'

Verbaasd door zijn woorden zei ze: 'Je hebt jezelf toch nooit de schuld gegeven van hun dood?'

'Vroeger wel. Dan dacht ik dat als ik die cake niet had gegeten, ze nog steeds in leven zouden zijn. Toen kwam ik tot de conclusie dat ik mezelf gek zou maken als ik zo bleef denken. Ik hoefde maar naar mijn oom te kijken om te zien wat schuldgevoel met iemand kan doen.'

Ze keek hem aan. 'Mag ik jou vragen over die avond en je ongeluk?'

'Er valt weinig over te zeggen. Het was een ongeluk dat in ieder gezin had kunnen gebeuren waar ze op een feest cake met lsd serveerden.'

'Heb jij je moeder gehaat om wat er met je is gebeurd?'

'Een poos, ja. Ik haatte alles aan haar. Haar egoïsme. Haar ongeschiktheid. De manier waarop ze mijn vader behandelde. Maar toen begreep ik dat ze zichzelf nog meer haatte dan wij tweeën. Nu heb ik medelijden met haar.'

'Wat is er gebeurd nadat je naar het ziekenhuis werd gebracht?'

'Het meeste herinner ik me niet. Ik was heel ziek. Kinderen horen niet zoveel lsd binnen te krijgen. Het voordeel was, denk ik, dat ik de pijn niet voelde toen ik viel.'

'Weet je nog dat je uit het raam sprong?'

'Vaag. Of misschien denk ik dat ik het nog weet.'

'Kwam de politie erbij? Je weet wel, omdat het met drugs te maken had.'

'Ik weet niet hoe, maar die kant werd op een wonderbaarlijke manier verzwegen.'

'En hoe erg was het met je been?'

'Verbrijzeld. Daar kwam ik met mijn volle gewicht op terecht. Het was een dubbeltje op zijn kant, anders hadden ze het moeten amputeren.'

Lydia kromp ineen. 'Waarom heb je me dat niet eerder verteld?'

'Om dezelfde reden waarom jij me nooit hebt verteld dat je grootouders jou als boksbal gebruiken. Je voelt je nutteloos, waardeloos. Bijna alsof je verdient wat ze beweren.'

Geschokt hield ze haar adem in. Geschokt omdat hij zich niet aan de onuitgesproken regel tussen hen had gehouden en gewoon had gezegd wat hij dacht, maar net zo geschokt omdat hij precies had beschreven wat ze voelde. Ze bracht met moeite uit: 'Je hebt het altijd geweten, hè?'

'Ja, knap van me, vind je niet?' Hij schudde zijn hoofd. 'Zo moeilijk was het niet, Lyddie. Je weet niet hoe vaak ik naar je huis heb willen gaan om je grootouders in elkaar te timmeren. Ze doen het toch allebei?'

Opgelaten liet ze haar hoofd zakken terwijl ze de moed bijeenraapte om eerlijk tegen hem te zijn. 'Alleen mijn grootvader,' mompelde ze ten slotte.

'Maar je grootmoeder laat het gebeuren? Ze heeft nooit geprobeerd om hem tegen te houden?'

'Ik denk dat ze net zo bang voor hem is als ik.'

'Waarschijnlijk komt hij ermee weg door mensen bang te maken. Dat is zo met die types. Slaat hij Valerie?'

Lydia keek abrupt op. 'Dat zou hij niet durven. Dat staat mijn grootmoeder niet toe. En ik ook niet.'

'Die keer toen je met een gescheurde lip en een gezwollen kaak naar school kwam, was dat dus geen ongeluk?'

Heel even, uit gewoonte, omdat ze nog steeds de afschuwelijke waarheid wilde verbergen, wilde Lydia liegen, maar ze kon het niet opbrengen. Waarom zou ze? Noah kende de waarheid al een hele tijd. 'Nee,' zei ze. 'Die keer verloor mijn grootvader zijn zelfbeheersing.'

'Om een speciale reden?'

Ze wist hoe onbenullig die reden klonk, en ze voelde haar laatste restje trots en waardigheid verloren gaan. 'Ik had de afwas niet gedaan toen het moest.'

Noah klemde zijn kaken opeen. 'De schoft! Wat een gore schoft!'

'Hij heeft me in geen tijden meer aangeraakt,' zei ze vlug om Noah te kalmeren. 'Het lijkt wel of ik niet meer voor hem besta.'

'Mooi. En laat het zo blijven. Want als zoiets ooit weer gebeurt, dan maak ik je grootvader af, dat zweer ik. En ik meen het.'

Ze zag de felheid in zijn ogen en haar hart sloeg een slag over.

45

TIJDENS DIE ZOMER op het lyceum was alles in Zoe's wereld helemaal te gek of te wauw en het einde. Lydia en Noah's dagelijkse wandeling met haar naar de broodjeszaak, waar een groep vijfdeklassers tussen de middag bij elkaar kwam, was niet compleet zonder dat ze minstens tien keer die overdreven termen hadden gehoord.

Zoe had nu gitzwart haar, een piercing in haar neus en een vriend op de universiteit van Exeter. Rick was echt het einde, zei ze steevast tegen hen, en een te gekke gitarist met een eigen punkband. Volgens Zoe was de band zo schokkend en buitensporig, dat de Sex Pistols er oprichters van een bandje uit de jaren zestig bij leken. Die zomer hadden ze optredens in Devon en Cornwall, en zodra het vakantie was zou Zoe naar de band in Devon gaan. 's Nachts zouden ze op het strand slapen. Als ze al gingen slapen. Het zou allemaal te wauw worden, het perfecte tegengif voor het jubileum van de koningin en al die stomme straatfeesten.

Dat was het dan met Zoe's voorstel van vorig jaar om met een hele groep te gaan kamperen. Het achteloze negeren van het oorspronkelijke plan was een opluchting voor Lydia. Het zou meer problemen geven dan het waard was om toestemming aan haar grootvader te vragen. Ze had al genoeg met hem te stellen gehad toen ze voor het eerst in huis haar Doc Martens had gedragen. Hij had naar haar gesnauwd als de vervaarlijke rottweiler op nummer 25, en hij had haar verboden om ze te dragen als ze naar de kerk ging. Waarschijnlijk dacht hij dat ze de zusters en broeders ermee zou schoppen en hen van hun pensioen beroven, of ervandoor gaan met het collectegeld.

In een ander rottweilermoment, na toenemend vreemd gedrag van hun grootmoeder, had hij Lydia de schuld gegeven van haar ziekte. Hij zei dat zijn vrouw helemaal niets mankeerde tot zij bij hen was komen wonen en de spanning om iets slechts onder hun dak te hebben, haar te veel was geworden.

Eindelijk liet hij dokter Bunch komen en er werden nieuwe pillen voorgeschreven. In het begin leken ze te werken, maar toen, nu ze gewend waren dat hun grootmoeder te bang was om het huis te verlaten, moesten ze haar voortdurend in de gaten houden voor het geval dat ze de deur uit glipte en de buren lastigviel. Tot hun schaamte was ze ervan overtuigd geraakt dat God haar opriep om de goddelozen die op Hillside Terrace woonden, te verdrijven.

'Maar als ze nu echt een bevel van God heeft gekregen?' had Noah een keer aan Lydia gevraagd toen ze de laatste escapade van haar grootmoeder aan hem vertelde, die waarin ze 's avonds laat Bijbelcitaten door de brievenbus van een van de buren schreeuwde, en erop aandrong dat de buurman zijn zondige leven zou opgeven en zich tot Christus zou wenden.

'Dat is niet grappig, Noah.'

'Ik speel alleen advocaat van de duivel,' had hij geantwoord. 'Stel dat iedereen Christus een waanzinnige had genoemd?'

'Er staat niet in de Bijbel dat hij in het donker door brievenbussen schreeuwde, dus zeg ik dat je het bij het verkeerde eind hebt. En daarbij klink je net als Val.'

Val was nu elf, een leeftijd waarop ze zich bewuster hoorde te zijn van wat echt en niet echt was, maar ze wilde nog steeds graag geloven dat het gedrag van hun grootmoeder normaal was. Het leek of ze zichzelf als een toegewijde discipel beschouwde, en dat beangstigde Lydia meer dan alles wat hun grootmoeder uithaalde.

Ongeveer twee weken later moest Lydia daar weer aan denken, toen ze om twee uur 's nachts haar grootmoeder in de keuken op haar knieën zag zitten terwijl ze met een botte schaar haar haren afknipte.

De volgende avond schrok Lydia wakker omdat ze door elkaar werd geschud. Ze opende haar ogen en verwachtte eigenlijk dat ze zou sterven door een aardbeving. Maar, en dat was misschien nog erger, haar grootvader stond over haar heen gebogen.

'Sta op!' gelastte hij terwijl hij tegelijkertijd haar bedlampje aandeed.

Knipperend tegen het plotselinge licht greep ze de lakens beet en hield die stevig tegen zich aan. 'Wat is er?' vroeg ze.

Hij wees naar Vals bed. Het was leeg, netjes opgemaakt alsof er niet in geslapen was. 'Ze zijn verdwenen,' zei hij. 'Ik heb het hele huis doorzocht.'

'Ze?' herhaalde ze, nog slaperig.

'Je grootmoeder en Valerie.'

Opeens klaarwakker sprong Lydia uit bed. Op handen en knieën tuurde ze onder Vals bed.

'Ben je gek geworden?' viel haar grootvader uit. 'Denk je soms dat ze zich daaronder hebben verstopt?'

Lydia kwam overeind. 'Wist u dat grootmoeder en Val allebei sinds vorig jaar koffers hebben ingepakt voor als de tijd kwam om naar de hemel gehaald te worden? Val had die van haar onder het bed verstopt. Hij is weg.'

Haar grootvader zat bijna nooit om woorden verlegen, maar nu wel. Ongelovig schudde hij zijn hoofd.

'We moeten hen zoeken,' zei Lydia, terwijl ze haar spijkerbroek en T-shirt pakte. Ze voelde aan dat zij nu het initiatief moest nemen. De veiligheid van haar zus was het belangrijkste, en omdat ze wist dat hun grootmoeder zich de laatste tijd steeds vreemder had gedragen, voegde ze eraan toe: 'Als we grootmoeder en Val niet kunnen vinden, moeten we de politie bellen.'

De politie vond hen enkele kilometers verder, op de hei. Het beeld dat ze naderhand beschreven, was ijselijk.

Valerie was met haar nachthemd en pantoffels aan in de beschutting van een stenen muurtje gevonden, waar ze lag te slapen. Hun grootmoeder, ook alleen in haar nachthemd, zat op haar knieën te bidden. Door haar jammerende smeekbeden tot God dat haar en Val het Armageddon bespaard zou worden, hadden de twee agenten hen gevonden. Ze kenden haar waarschijnlijk als 'mevrouw Turner, dat gekke oude mens', en hoewel ze haar met respect probeerden te behandelen, moest ze er niets van hebben en had ze opeens een vleesmes uit haar koffer gepakt.

Vanaf toen moesten ze haar wel als gewapend en gevaarlijk behandelen en hadden ze haar tegen de grond gedwongen en haar handboeien aangedaan met haar armen op haar rug. Pas toen merkten ze dat er iets aan de hand was met Valerie. Ze lag niet rustig te slapen, zoals ze hadden gedacht, maar ze was buiten bewustzijn; ze had verdovende middelen gekregen. En niemand wilde zeggen waarom.

Daarom moest Lydia aan het ondenkbare denken. Had hun grootmoeder Valerie met haar eigen medicijnen verdoofd – medicijnen die ze in het geheim in de koffer had opgespaard – om een soort obsceen offer te brengen? Waarom had ze anders dat mes ingepakt?

Uiteraard kreeg de pers lucht van het verhaal. Lydia was blij. Dat betekende dat haar grootvader niet langer zijn ogen kon sluiten voor wat er gebeurd was, of te negeren wat voor kwaad het Valerie had gedaan.

Valerie kreeg nu wekelijkse gesprekken met een kinderpsycholoog. Lydia had geen idee wat er tijdens die gesprekken gebeurde, want haar zus weigerde alweer om te praten. Het verlies van haar stem werd officieel toegeschreven aan een psychologisch trauma... alsof ze dat zelf niet konden achterhalen. De broeders en zusters schoten te hulp, vooral zuster Lottie, maar ondanks al hun pogingen hield Val haar mond stijf dicht. Ze wilde niet naar school – omdat het over een week al vakantie was, vond niemand dat belangrijk – maar ze wilde ook niet de tuin in, laat staan het huis uit. En dat hield in dat ze niet naar de kerk ging. En omdat ze niet alleen kon blijven, moest Lydia ook thuisblijven.

Intussen was hun grootmoeder opgenomen op de psychiatrische afdeling waar ze eerder was geweest. Er werd geopperd dat ze schizofreen was, dat ze handelde in opdracht van stemmen in haar hoofd. Een maand na haar opname had niemand het erover wanneer ze zou thuiskomen.

'Het komt allemaal door die operatie die ze heeft gehad,' zei zuster Lottie op zo'n zachte toon dat Lydia haar amper kon horen. 'Sindsdien is je grootmoeder nooit meer de oude geweest.'

Lydia hield zich vast aan die gedachte. De waanzin van haar grootmoeder kwam door de operatie. Het was niet een vreemd gen dat zij of Val kon erven. Maar als zuster Lottie zich eens vergiste?

Nee, hield ze zichzelf voor. Die angst moest ze uit haar hoofd zetten. Ze koesterde een nog grotere angst.

'Denkt u dat ze... u weet wel, Valerie iets had kunnen aandoen?' Lydia's blik gleed naar het plafond, waar boven hen Valerie in de slaapkamer was.

Zuster Lottie schonk een kop thee in en zette de roestvrijstalen pot neer. Ze trok de gehaakte theemuts recht en deed een lepel suiker in haar kopje. 'Daar wil ik niet aan denken, Lydia. Irene hield zoveel van Valerie. En nog steeds. Dat kind is haar oogappel.'

'Abraham hield van zijn zoon Isaac, maar kijk waartoe hij bereid was.'

'God hield hem toch tegen?'

'Grootvader zegt dat grootmoeders ziekte mijn schuld is. Hij zegt dat haar niets mankeerde tot ik hier kwam.'

Zuster Lottie roerde langzaam in haar thee. 'Je grootvader heeft de laatste jaren veel spanningen gehad, en daardoor zegt hij dingen waar hij naderhand spijt van zal hebben. Probeer het hem niet kwalijk te nemen. En ik heb toch zojuist gezegd dat de operatie van je grootmoeder de oorzaak is?'

'U denkt altijd zo goed over mensen.'

Zuster Lottie bloosde. 'Niet altijd.'

'Dat geloof ik niet. Over wie hebt u wel eens slecht gedacht?'

De blos werd dieper. 'Met sommige broeders en zuster ben ik het niet altijd eens. Ik keurde de manier af waarop dominee John werd behandeld. Hij had een kans moeten krijgen om boete te doen. Je herinnert je hem waarschijnlijk niet meer? Het is zo lang geleden gebeurd. De arme man.'

'Nee, ik herinner me hem nog goed.' Lydia begreep dat het tijd was om te biechten, en ze zei: 'De eerste keer dat ik hem ontmoette, heb ik een boek van hem gestolen. Een woordenboek.'

Zuster Lottie glimlachte. 'Dat heb ik je zien doen.'

'O ja? Waarom hebt u niets gezegd?'

'Je had net je moeder verloren. En daarvoor je vader. Wat was een gestolen woordenboek vergeleken bij wat je moest hebben doorstaan?'

Er kwamen tranen in Lydia's ogen. 'U bent altijd zo aardig voor me geweest, als een beschermengel. U was mijn eerste echte vriendin hier.'

Het theekopje rammelde op het schoteltje in zuster Lotties hand, en de oude vrouw drukte haar in gymschoenen gestoken voeten tegen elkaar. 'Jij was ook aardig voor mij,' zei ze zacht. 'Je nam me zoals ik was, met al mijn fouten. En dat is iets wat sommige broeders en zusters nooit is gelukt. O, ik weet heus wel dat ze me achter mijn rug gekke Lottie noemen. Maar zo heeft de Heer me geschapen, als een simpele vrouw. En als broeders en zusters in Christus horen we niet over anderen te oordelen. Dat is niet aan ons.'

'Ik denk dat ik nooit zo goed zal worden als u. Ik kan heel gemene gedachten hebben over sommige mensen. Vreselijke gedachten.'

Zuster Lottie stak een hand uit over de tafel en gaf een klopje op Lydia's hand. 'Je bent nog zo jong en je moet nog zoveel leren.'

'Hebt u er nooit spijt van dat u niet bent getrouwd en geen eigen gezin hebt?'

'Soms wel. Maar dan denk ik wat een zegen het is dat ik jou en Valerie in mijn leven heb. En Joey natuurlijk. Hij is als een zoon voor me.'

'Hij is dol op u.'

'En ik op hem. Ik zal die jongen missen als hij niet meer in Swallowsdale komt werken.'

Lydia ging rechtop zitten. 'Komt hij niet meer terug na deze zomer?'

'O, dat weet ik niet. Maar op een dag komt hij niet meer terug. Dan vindt hij een lieve vrouw in Italië en zal hij daar met haar een gezin willen stichten. Dat is onvermijdelijk.'

'Een zomer zonder Joey is onmogelijk. Dan is het niet meer hetzelfde.'

Zuster Lottie schonk hun kopjes bij. 'Jij gaat binnenkort ook weg. Naar de universiteit. Wat zal ik trots op je zijn. Ik heb toch altijd al gezegd dat je zo slim bent? Lydia? Wat is er? Je kijkt opeens zo ernstig. Heb ik iets verkeerds gezegd?'

Lydia haalde diep adem. 'U kunt het net zo goed nu horen; ik ga aanstaand jaar niet naar de universiteit.'

'Wat?'

'Hoe zou ik dat kunnen? Ik moet hier voor Valerie zorgen. Ik kan haar niet alleen achterlaten bij onze grootvader. Dat zou helemaal verkeerd zijn.'

46

ZUSTER LOTTIE WAS niet als enige ontzet door Lydia's besluit.

Joey bleef de hele zomer kwaad op haar. In september, toen hij zijn spullen in de kofferbak van zijn oude, geroeste auto laadde – die eruitzag of hij het eind van de straat niet zou halen, laat staan dat hij er helemaal naar Dover en door Frankrijk en Zwitserland naar zijn dorp in de buurt van Napels mee kon rijden – zei hij tegen haar dat hij nooit meer een woord tegen haar zou zeggen als ze niet van gedachten veranderde.

'Dat risico zal ik dan moeten nemen,' zei ze. Ze was het beu dat iedereen tegen haar zei wat ze moest doen.

Geërgerd hief hij zijn handen in de lucht. '*Mamma mia!* Je hebt een gezicht als een koppige, domme muilezel! En je gedraagt je precies hetzelfde!'

Joey kon wel zo doorgaan, net als iedereen die zijn mening wilde geven, maar ze wilden niet inzien dat het niet om haar ging, maar om Valerie. Lydia had de plicht om voor haar zusje te zorgen, want hun grootvader gaf geen snars om haar of Val, hoe vroom hij zich ook voordeed naar de buitenwereld. Als ze morgen dood neervielen, zou hij alleen maar blij zijn dat hij van hen verlost was.

Nog niet zo lang geleden zou hun grootvader Lydia's vertrek naar de universiteit geen strobreed in de weg hebben gelegd; waarschijnlijk had hij haar met genoegen uitgezwaaid. Maar nu was alles anders. Ze had dokter Bunch tegen hem horen zeggen dat hij twijfelde of hun grootmoeder ooit helemaal zou herstellen van haar laatste en dramatische inzinking. En dat hield twee dingen in: hun grootmoeder kwam waarschijnlijk nooit meer thuis en hun grootvader, hoe erg hij het ook vond om het toe te geven, had Lydia's hulp nodig voor Valerie.

Oom Brad was net zo kwaad op haar geworden als Joey. 'Stomme kleine idioot!' had hij tegen haar geschreeuwd. 'Kom niet bij me aan met die vrome onzin van "ik moet doen wat juist is"! Je vergooit je leven. Begrijp je dat dan niet?'

'U dacht toch ook niet dat u uw leven vergooide toen u Noah in huis nam?'

'Dat was heel anders!' had hij geschreeuwd, en toen beende hij weg naar zijn atelier. Vijf minuten later kwam hij terug met het portret dat hij van haar had geschilderd, en waarvan hij had aangekondigd dat hij het tijdens zijn volgende tentoonstelling zou verkopen. Hij had gezegd dat hij het niet meer wilde zien nu hij wist dat ze zo verschrikkelijk stom kon zijn.

Hoewel ze gekwetst was door de woorden van oom Brad, waren die niets vergeleken bij de afschuwelijke, lege eenzaamheid die door Noah's stilzwijgen werd veroorzaakt. Ze snakte ernaar dat hij zich zou uiten, maar ze kreeg alleen een verontruste, voortdurend verstrooide blik.

De leerkrachten deden hun best, maar slechts even. Wat moesten ze trouwens zeggen? Ze mompelden alleen tactvol dat ze over een paar jaar als volwassen student naar de universiteit kon.

De enige die niet van ophouden wist, was Donna. Elke keer als Lydia haar zag, herinnerde Donna haar eraan dat ze een grote vergissing maakte. Ook nu, terwijl ze bij elkaar zaten en de kinderen televisiekeken. 'Nou, vertel me maar eens waar je altijd van hebt gedroomd sinds je in dit gat bent komen wonen.'

'Begin eens over iets anders,' zei Lydia. 'Ik heb het allemaal al gehoord en je kunt niets zeggen wat me van gedachten zal doen veranderen.'

'Dat had je verd...'

'Niet vloeken waar de kinderen bij zijn,' onderbrak Lydia haar, net toen Kirk opsprong van het langharige kleed en naar het geldkistje op de televisie reikte.

'Ik maak zelf wel uit wat ik doe. Dit is mijn huis, voor het geval je dat was vergeten.'

Wat een ironie dat in Donna's leven alles op zijn pootjes terechtkwam terwijl het leven van Lydia steeds meer in de knoei raakte. Donna was onlangs uit het huis van haar tante vertrokken en woonde nu tot tevredenheid in haar eigen gemeentewoning. Ze had 's avonds een parttimebaan bij een nieuwe supermarkt in de stad, waar ze vakken vulde. Noah werkte daar ook, samen met Alfie Stone, en soms vulden ze samen de vakken. Af en toe werkte Noah op zaterdag achter de traiteurtoonbank, en dan moest hij een papieren muts dragen met de woorden 'De smaak van Europa' erop. Hij moest vlees snijden zoals pepersalami, en plakjes Poolse worst uitdelen om te proeven. Lydia had die een keer gekocht, en een ronde camembert in een soort dun houten doosje, maar toen ze thuiskwam had haar grootvader het buitenlandse troep genoemd.

Als Donna aan het vakken vullen was, paste Lydia op Kapitein Kirk, die nu tweeënhalf was, en op Lydia junior, nu dertien maanden. Als hun grootvader 's avonds weg was, en dat gebeurde vaak, ging Valerie mee met Lydia. Ze was op haar hoede voor Donna – maar wie niet? – en ze speelde met de kinderen en bouwde geduldig torens van houten blokken die ze dan omver mochten gooien. Ze wilde nu graag het huis uit en ging weer naar de kerk. Ze zat zelfs op de middelbare school en sprak inmiddels op een schorre fluistertoon, waardoor Kirk en Lydia junior gefascineerd werden. Deze avond ging ze eten bij zuster Vera en zuster Joan.

'Weet je wat me echt dwarszit?' zei Donna nadat ze een sigaret had opgestoken. 'Dat ik in je geloofde. Ik dacht echt dat je wist waar je mee bezig was. En ik was zo stom om respect en bewondering voor je te hebben. Jezus te pletter, ik wilde zelfs worden zoals jij!'

Weer sprong Kirk overeind en rammelde met het geld onder de neus van zijn moeder.

'Toe, Kirky, ik heb niet gevloekt.'

Lydia wisselde een glimlach met Kirk en zei: 'Voor godslastering krijg je ook een boete.'

'Dan schrijf ik wel een schuldbekentenis, Kirky,' zei Donna. Vervolgens wees ze naar Lydia. 'De keuken. Nu. We moeten even praten.'

In de keuken begon Donna met kastdeurtjes te slaan alsof ze koffie ging maken.

'Je krijgt de gemeente nog over de vloer als je zo'n kabaal maakt,' merkte Lydia op. 'Tenslotte is het huis van hen.'

Donna zette de bus oploskoffie met een klap op het aanrecht. 'Wat kan mij dat schelen! Hou je mond en luister een keer naar me.

Denk aan wat ik zonet heb gezegd. Ik geloofde in je. Jíj hebt me lezen geleerd. Door jóú ben ik een betere moeder geworden. Niet door zo'n zelfingenomen hufter van een leerkracht of maatschappelijk werkster in tuinbroek. En daar heb je heel bijzondere en speciale kwaliteiten voor nodig. Jij bent de slimste persoon die ik ken, dus waarom wil je dat in jezusnaam allemaal weggooien?'

'Ik gooi het niet weg, ik maak er alleen op een andere manier gebruik van.'

'En dan? Je blijft thuis tot Val achttien is, en dan?'

'Valerie gaat naar de universiteit en ik...'

Alsof ze niets had gezegd, stak Donna op een paar centimeter van Lydia's gezicht een theelepel in de lucht. 'Ik zal je zeggen wat er gebeurt. Val gaat nergens naartoe als ze achttien is. Na wat die grootmoeder van je dat kind heeft laten doorstaan, blijft ze de rest van haar leven in Swallowsdale.'

'Nou, als dat zo is, des te meer reden voor mij om hier te blijven en te zorgen dat het niet gebeurt.'

De theelepel raakte bijna Lydia's neus. 'Het is te laat!' beet Donna haar toe. Toen, minder nijdig, zei ze: 'Luister, Lydia, ik weet dat je van je zus houdt en dat je het beste voor haar wilt, maar volgens mij is ze beter af als die kerk van jullie voor haar zorgt. Ze is toch een van hen? Zoals jij nooit geweest bent en nooit zult worden. Je hebt toch een keer gezegd dat ze het gelukkigste is in de kerk?'

Lydia voelde zich nu minder zeker van zichzelf. 'Wat jij zegt, daar is geen sprake van. Ik kan haar niet aan hen toevertrouwen.'

'Dat hoef je niet. Die zuster Lottie zal er voor haar zijn. Ik kan ook altijd een oogje in het zeil houden. Tenslotte kent ze me nu goed genoeg. En de kinderen. En je gaat niet naar een universiteit aan de andere kant van de wereld. Je kunt in de vakanties en de weekends thuiskomen om te zien of alles goed gaat.'

Donna's woorden hadden haar ene oor in en het andere uit moeten gaan. Maar dat gebeurde niet. Ze bleven nog dagen in Lydia's hoofd hangen, en fluisterden haar in dat het misschien toch goed kon gaan, met de hulp van zuster Lottie. Maar het was veel gevraagd van zuster Lottie. En het schuldgevoel dat Lydia altijd zou meedragen door de wetenschap dat ze haar eigen wensen boven die van Valerie had gesteld?

De enige aan wie Lydia geen mening had gevraagd, was de belangrijkste persoon: Valerie.

Er waren vier maanden voorbijgegaan sinds Valerie die avond met hun grootmoeder was weggegaan in de veronderstelling dat ze beiden naar de hemel gehaald zouden worden en dat hun ziel voor altijd gered zou zijn. Niemand, zelfs de kinderpsycholoog niet – naar wie Valerie nu niet meer toe ging – was erin geslaagd om haar iets over die nacht te laten zeggen. Dokter Bunch zei dat ze de herinneringen waarschijnlijk had geblokkeerd, net als toen Lydia in het ziekenhuis wakker werd en zich niet meer kon herinneren hoe ze daar terecht was gekomen. Behalve natuurlijk dat ze het zich uiteindelijk toch herinnerde. Dus misschien hield Valerie het voor zich, net als Lydia destijds.

Nu zei ze dat God tegen haar sprak en dat ze visioenen had. Mystieke visioenen. Die kwamen heel vaak, zei ze. Door haar beweringen liepen de rillingen Lydia over de rug. Joost mocht weten wat de kinderpsycholoog hiervan zou hebben gedacht. Ze nam zuster Lottie in vertrouwen en ze besloten er het beste van te hopen en dat het misschien een fase van aandacht zoeken was door op te scheppen over een ingebeelde vriend. Hoewel zuster Lottie Lydia er vlug op wees dat er niets denkbeeldigs was aan God. En hoewel ze beiden vonden dat Val te oud was om een denkbeeldige vriend te hebben, leek het hun niet ondenkbaar dat ze er troost in vond.

Valerie had weliswaar geen echte vrienden gemaakt op school, maar ze had wel een voorzichtige vriendschap gesloten in de kerk. Een nieuw gezin had zich bij hen gevoegd, broeder Gordon en zijn vrouw, zuster Prue. Ze hadden een zoon die Brian heette. Brian was twee jaar ouder dan Valerie en ging nooit ergens heen zonder een lappenkonijn met slappe oren. Vanaf het begin klampte hij zich aan Valerie vast. Ze zaten altijd naast elkaar en hij volgde haar als het tijd was voor thee en koekjes, terwijl zijn slungelige lijf boven haar uittorende. Soms werd hij een beetje druk en stootte hij dingen om, en dan legde Valerie hem het zwijgen op met een blik en een vinger tegen haar lippen. Iedereen in de kerk zag dat hij de grond onder Valeries voeten aanbad.

'Maar je moet weten dat ik niet naar de universiteit ga als jij het niet eens bent met wat ik heb voorgesteld,' zei Lydia. 'Dan blijf ik hier om voor je te zorgen. Ik zal doen wat jij wilt.'

Het was zaterdagmiddag en Lydia en Valerie liepen terug van de bushalte nadat ze in de stad Valeries eerste beha hadden gekocht. Ze was erg gegroeid dit jaar, en Lydia had al een gesprek met haar gehad over wat haar te doen stond als ze begon te menstrueren.

'Natuurlijk moet je gaan, Lydia,' antwoordde Val korzelig. 'Hoe haal je het in je hoofd om niet te gaan?'

'Maar ik vind het vreselijk om jou alleen bij onze grootvader achter te laten.'

'Maar ik zal niet alleen zijn. Binnenkort komt grootmoeder thuis. En ik denk niet dat jouw aanwezigheid hier veel goed doet.'

Lydia ging langzamer lopen. Ze negeerde de opmerking over hun grootmoeder en zei: 'Voor wie of wat niet?'

'Wees alsjeblieft niet boos, maar ik kan beter voor grootvader zorgen als jij er niet bent. Je weet hem blijkbaar altijd van streek te maken.'

Lydia hield zich in. 'Hoort hij niet voor jóú te zorgen?'

'Ik ben geen kind, Lydia. Ik wou echt dat je me niet als een kind behandelde.'

'Je bent nog geen twaalf,' hield Lydia vol.

'Leeftijd is niet belangrijk. Waar het om gaat is wat God van me wil.'

'En wat wil God precies van je?' Lydia durfde er nauwelijks aan te denken.

'Dat ik hem in alle opzichten dien. Het is tijd dat ik "mijn kinderlijkheid achter me laat", Korinthiërs 13, vers elf. Ik weet dat je het goed bedoelt, maar je hebt me lang genoeg in de watten gelegd. Ik moet op eigen benen leren staan.'

Door Vals antwoorden had Lydia blij moeten zijn dat ze weg kon gaan, maar door dat irritante Ik-ben-nu-een-groot-meisje kon ze wel gillen van frustratie. 'Ik ga niet voorgoed weg,' zei ze zo kalm mogelijk. 'Ik kom vaak terug.' Ze probeerde even te lachen. 'Je zult schoon genoeg van me krijgen.'

Valerie zei niets, maar liep gewoon door terwijl ze voor zich uit keek met haar kin in de lucht. Het begon te regenen. Ze deinsde niet eens terug toen de rottweiler zijn tanden ontblootte en tegen het hek van nummer 25 sprong.

Gekwetst en verward probeerde Lydia nog een keer wat emotie los te maken bij haar zus, een echt gevoel en niet een of ander evangelisch cliché. 'Zul je me missen?' vroeg ze.

'Doe niet zo raar, natuurlijk zal ik je missen. Je bent mijn zus. En ik zal elke dag bidden dat je niets zal overkomen. Laten we er nu over ophouden. Als de tijd daar is, ga je naar de universiteit, klaar uit.'

47

DE AVOND VOOR Lydia's eerste examen werd ze heel onaangenaam verrast. Vergeleken bij alle rampen die zich tot dusver in haar leven hadden voltrokken stelde het niet veel voor, maar toch was het naar en kwam het helemaal niet uit. En het gebeurde net toen ze zich door niets wilde laten afleiden. Sinds zij en Noah aanbiedingen van de universiteit in Oxford hadden gekregen, had ze zich geconcentreerd op de vereiste punten die gehaald moesten worden. Punten die haar zouden bevrijden! Amen en halleluja met alle toeters en bellen!

Hun grootvader was weg en Valerie deed open – Lydia zat aan de keukentafel nog wat citaten uit Hamlet in haar hoofd te stampen – en zodra ze de hartelijke begroeting hoorde die Valerie kreeg, was ze overeind. Er waren drie jaar verstreken, maar die stem zou ze overal herkennen. Het laatste wat ze hadden gehoord, was dat hij terug was naar Australië, dus wat deed hij hier? En hoe durfde hij terug te komen? Wat zou haar grootvader wel niet zeggen?

Om de een of andere onverklaarbare reden liet Valerie hem binnen. Je kon de andere wang toekeren, maar je kon ook verschrikkelijk stom zijn!

Lydia liep naar de gang. Een kille wind waaide door de open deur naar binnen. 'Oudoom Leonard,' zei ze.

Ze werd begroet met een bewonderend gefluit. 'Als dat mijn achternichtje niet is! Moet je jou eens zien! Wat een aangename verrassing. Je bent nu achttien, klopt dat?'

'Wat doet u in Swallowsdale?' antwoordde ze koel. 'Zo dichtbij zijn we toch niet?'

'Dat klinkt niet aardig, als ik het mag zeggen. Maar ik kan je afweer wel begrijpen. Ik zei net tegen je lieve zusje dat God me hier bij mijn nek naartoe heeft gesleept. Ik zei tegen hem: "God, daar kan ik niet naar terug. De vorige keer heb ik een grote fout gemaakt. Ik wil overal naartoe gaan, maar niet naar Swallowsdale." Weet je wat hij tegen me zei?'

'Ik ben benieuwd.'

'Hij zei: "Leonard, je mag dan mijn zwartste schaap zijn, maar neem van mij aan: daar bevinden zich de enige mensen die je kunnen redden. Je redding hangt ervan af of zij je kunnen vergeven."'

'Ik kan me herinneren dat u zoiets al eerder hebt gezegd.'

'Inderdaad. En tot mijn schande heb ik mijn kans toen verpest.' Hij lachte. 'Maar wat kan ik zeggen? God is blijkbaar van plan om me te redden.'

En voordat Lydia nog iets kon zeggen, had oom Leonard de deur achter zich gesloten en schoof hij zijn haveloze koffer naar de trap, waarbij het kleed werd mee geschoven en het telefoontafeltje bijna omviel. Hij stonk naar aftershave. Geen Brut, zoals voorheen. Maar iets wat net zo sterk en overweldigend was.

Terwijl oom Leonard boven in de badkamer urineerde – door de beschamend luide Niagara Waterval leek het wel of hij dat niet meer had gedaan sinds hij hier voor het laatst was geweest – was Lydia in de keuken met haar zus. 'Val,' zei ze, 'je moet naar me luisteren. Dit is heel belangrijk. Die man is niet te vertrouwen. Hij liegt en steelt en het kan hem niets schelen wie hij tegenover zich heeft.'

Haar zus keek onaangedaan terug. 'We kunnen hem niet wegsturen. Dat is verkeerd. Als God tegen oom Leonard heeft gezegd dat hij hiernaartoe moest gaan, dat zal dominee Digby vast zeggen dat het onze plicht is om hem te helpen.'

Boven hun hoofden kwam de waterval sijpelend tot een eind. 'Ik kan je garanderen dat dominee Digby hem niet zal willen helpen,' zei Lydia.

Maar Valerie keek haar met een serene blik aan. 'Wel als ik hem vertel over een visioen dat ik een paar weken geleden heb gehad.'

Lydia probeerde zich te beheersen. Ze was die zogenaamde gave van haar zus zat, en ze had te veel van die zogenaamde visioenen aangehoord. Die varieerden van eenvoudige aankondigingen dat God van iedereen hield, of dat Valerie voorspelde dat iemand de komende dagen goed of slecht nieuws kreeg, tot ingewikkelde en ambitieuze voorspellingen die te maken hadden met engelen en plagen en gouden bekers. Dat laatste weet Lydia altijd aan het feit dat Vals fantasie met haar op de loop ging als dominee Digby in de kerk uit Openbaring las.

'Waar ging die droom over?' vroeg ze aan haar zus.

Valerie fronste haar wenkbrauwen. 'Ik heb je al eerder gezegd dat het een visioen is, geen droom. God liet me een man zien die bij ons aanklopte en vroeg of hij mocht schuilen voor de naderende storm.'

Nou, en of het zou gaan stormen, dacht Lydia terwijl zware voetstappen op de overloop klonken. Maar dat visioen van aankloppen was niet nieuw. Valerie had al eerder dergelijke scènes beschreven. Het waren gewoon dromen, opgeroepen door de lessen uit het Nieuwe Testament: Wijs niemand de deur want misschien staat Christus op de drempel, vermomd in de vodden van een zwerver.

Oom Leonard was halverwege de trap toen Lydia hun grootvader de sleutel in het slot van de voordeur hoorde steken.

Vanuit de keukendeur zag ze het allemaal: de uitdagende uitdrukking op oom Leonards gezicht terwijl hij langzaam verder naar beneden liep, en de uitdrukking van verbijstering en haat op het gezicht van de andere man. Als blikken konden doden, dan zou oom Leonard boffen als hij de nacht doorkwam.

Zorgvuldig sloot hun grootvader de deur. Hij zei vier woorden. 'Lydia. Valerie. Naar boven.'

Door een masochistische wens om het vuurwerk mee te maken, zei Lydia: 'Maar ik was aan het leren.'

'Doe dat dan boven!' Toen zij noch Valerie ook maar bewoog, schreeuwde hij tegen hen: '*Nu!*'

De volgende ochtend, net toen ze klaar was met ontbijten, werd Lydia naar de voorkamer geroepen. Ongetwijfeld wilde haar grootvader haar in vertrouwen nemen zodat ze samen een manier konden bedenken om de sluwe, onbetrouwbare man te lozen die op dit moment de badkamer in beslag nam terwijl zij haar tanden moest poetsen om de bus te halen.

Ze had zich niet erger kunnen vergissen.

'Mijn broer blijft een poos logeren,' zei haar grootvader met zijn rug naar Lydia toe, terwijl hij uit het raam naar de voortuin keek en de wind en regen al sinds die nacht de ruiten geselden. Hij draaide zich om. 'Ik verwacht dat je hem in ons huis verwelkomt en hem met respect behandelt. Is dat duidelijk?'

Lydia's mond viel open.

48

AL JAREN VOND Lydia de broeders en zusters maar een wispelturig en naïef stel, dus had het geen verrassing moeten zijn dat ze zich weer lieten inpakken door oom Leonards bewering dat hij verloren was zonder hun hulp en vergiffenis.

Over die vergiffenis – aan de zelfbenoemde en hopeloze zondaar die hij was – zou worden beslist tijdens een spoedbijeenkomst van de oudste leden van de kerk, en die werd gehouden op Hillside Terrace 33, precies vierentwintig uur na zijn komst. Oom Leonard was blijkbaar eerder die dag naar dominee Digby gegaan en had zich overgeleverd aan diens genade. Met als gevolg dat ze allemaal hier in de voorkamer opeengepakt zaten.

Iedereen had iets te zeggen, ook Valerie. Ze had gevraagd of ze haar persoonlijke getuigenis mocht geven om oom Leonard te steunen. Zijn terugkeer naar Swallowsdale was voorspeld in een visioen dat God haar persoonlijk had gegeven, zo legde ze uit. Met haar schorre stem beschreef ze tot in detail haar mystieke visioen, en borduurde verder op het verhaal met allerlei extra feiten die ze vreemd genoeg de vorige avond niet aan Lydia had verteld. Het riekte naar theatrale aanstellerij. Val genoot er iets te veel van; haar knappe gezicht was geanimeerd, haar ogen groot en glanzend, en er lag een blos op haar wangen. Maar toen kwam Val met haar troefkaart, en dat deed ze met zo'n gelukzaligheid dat het leek of ze zonet water in wijn had veranderd. 'God vertelde me dat na de terugkomst van oom Leonard...' – ze zweeg even om het dramatische effect te verhogen, met nog grotere ogen en uitgestrekte handen – '... er een vreselijke storm zou volgen.' De aanwezigen hielden scherp de adem in. Een storm! En wat was er die nacht gebeurd? Terwijl oom Leonard in de logeerkamer luidkeels lag te snurken, had boven hen onweer gedreund en had het gestortregend. Zo erg dat zelfs een deel van het geroeste golfdak van de kerk het had begeven, water naar binnen was gestroomd en de elektriciteit was uitgevallen.

Hoe konden de aanwezigen niet vallen voor dit verhaal? Maar ook, hoe kon Lydia's grootvader daar gewoon zitten zonder iets te zeggen? Hij geloofde toch niets van deze belachelijke kletspraat? Waarom had hij die afschuwelijke man zelfs maar laten logeren?

Als klap op de vuurpijl, voor het geval dat er misschien nog een paar twijfelaars waren, stond oom Leonard op en bood zijn bouwvaardigheden gratis aan om het dak van de kerk te repareren. O, wat goed van hem! 'Ik heb geen benul van wat de Heer van me wil, maar zolang ik hier ben, kan ik net zo goed proberen om iets nuttigs te doen,' zei hij.

'In het licht van wat zuster Valerie ons heeft verteld,' zei dominee Digby terwijl hij ook opstond, 'lijkt het me een goed idee als u even naar buiten gaat, zodat wij een besluit kunnen nemen.'

Oom Leonard was niet de enige die uit de kamer werd verbannen. Lydia en zuster Lottie werd verzocht om thee te zetten. Vreemd genoeg mocht Valerie blijven. Misschien wilden ze weer vol verrukking naar haar verhaal luisteren?

'Ik hoop dat we niet te haastig zijn geweest,' fluisterde zuster Lottie naderhand, toen zij en Lydia de afwas deden en oom Leonard weer tot de kerk was toegelaten.

Het verbaasde Lydia dat juist zuster Lottie haar bedenkingen had. Ze wilde altijd zo graag het beste zien in een ander. Haar welwillendheid was grenzeloos. 'Waarom zegt u dat?' vroeg Lydia.

Met haar hoofd gebogen over het schoteltje dat ze zo zorgvuldig afdroogde, zei de oude vrouw: 'Valse profeten kunnen heel overtuigend zijn, om niet te zeggen innemend, en...' Haar stem stierf weg.

Lydia begreep waarom. Val stond in de deuropening. Rechtop, en ze zag er heel zelfingenomen uit. 'Christus heeft niets aan twijfelaars en roddelaars,' zei ze nuffig.

Achter haar stond oom Leonard. Hij keek Lydia lachend aan, alsof hij wilde zeggen: je kunt toch niets doen om van me af te komen. Ik blijf hier zo lang als ik wil. Hij had zelfs het lef om naar haar te knipogen. Ze had zin om dat lelijke smoel van hem tot moes te slaan.

Hoe erg deze gedachte ook was, die was niets vergeleken bij de aanblik toen hij bezitterig een hand op Vals schouder legde. Hij wist precies van wie hij het moest hebben. Valerie had het voor hem opgenomen op een manier die hij nooit had kunnen voorzien, dus was zij nu opeens zijn nieuwe beste vriendin.

Noah had eens gezegd dat hij niets van haar begreep, toen hij bij Lydia probeerde te vissen naar wat er thuis gebeurde en ze zijn aanbod om te helpen had afgewezen. Maar sinds die dag de afgelopen zomer, toen hij met haar naar Maywood was gereden en ze hem had verteld wat ze zo lang voor zich had gehouden, had hij haar niet alleen laten beloven dat ze nooit meer tegen hem zou liegen, maar zich ook verontschuldigd omdat hij niet eerder had begrepen waarom ze alles zo geheim had gehouden. Hij had haar ook laten beloven dat ze nooit meer zichzelf de schuld zou geven voor de dood van haar moeder. Op sommige dagen wist ze zichzelf te overtuigen dat hij gelijk had, maar op andere dagen sloop het schuldgevoel terug, tikte op haar schouder en zei: 'Hallo, ken je me nog?' Het antwoord was druk bezig blijven, had ze gemerkt. Opdat ze geen tijd had om bij de oude herinneringen stil te staan en die uit haar hoofd kon zetten.

Studeren voor haar examens was een prima manier om alles te blokkeren waar ze niet aan wilde denken, en vandaag lag ze op haar buik in de tuin op een oude handdoek een ijsje te eten dat ze bij Joey had gekocht, terwijl ze voor haar laatste examen studeerde dat de volgende dag zou plaatsvinden. Op een plek waar geen spiedende buren haar over de schutting heen konden zien, genoot ze van de warme zon op haar rug.

Ze had net de laatste hap van het ijs op toen een schaduw over haar aantekeningen van het boek *De woeste hoogte* viel. Ze krabbelde overeind en greep naar haar topje, dat ze had uitgetrokken omdat ze ervan overtuigd was dat ze die middag het huis en de tuin voor zich alleen had. Grootvader was op bezoek bij grootmoeder, Val was op school en oom Leonard was het dak van de kerk aan het repareren. Hij hoorde hier niet te zijn, terwijl ze half ontkleed aan het zonnebaden was!

Maar ze was niet snel genoeg. Met een grijns liet oom Leonard het topje voor haar neus bungelen. In verlegenheid gebracht stond ze op en wilde het pakken, maar hij trok het terug. 'Wat krijg ik ervoor terug, mijn kleine dame in nood?' vroeg hij.

Haar verlegenheid veranderde in woede, ze bedekte zich met de handdoek en klemde die onder haar armen. Ze wierp hem een woedende blik toe. 'Ik ben uw kleine dame niet,' zei ze.

'O, doe toch niet zo onaardig. Niet na alles wat ik voor je heb gedaan. Hier, pak aan.'

Weer stak ze een hand uit, maar net als voorheen trok hij het topje buiten haar bereik. Ze was nu zo dicht bij hem dat ze de weeïge lucht van zijn aftershave rook. En om te weten dat hij had gedronken. Hij stonk na een zware dag in de pub.

'Geef op,' zei ze.

'Zeg alstublieft.'

'Alstublieft,' zei ze met opeengeklemde tanden. Maar ze stak haar hand niet uit. Ze vertrouwde hem niet. Ze kon zien dat hij haar weer voor de gek zou houden.

Grijnzend zei hij: 'Toe maar. Het is van jou. Pak aan.'

Met toenemende woede deed ze wat hij zei, maar opeens bevond ze zich in zijn sterke greep. Geschrokken slaakte ze een kreet. 'Dit is beter,' zei hij, nu met beide handen om haar heen. 'Is dit niet gezellig?'

'Laat me los,' bracht ze uit.

'Doe niet zo raar. Ik wil gewoon dat we vrienden zijn. Speciale vrienden. Is dat te veel gevraagd?'

'Vrienden stelen niet van elkaar.'

'Alle anderen hebben het me vergeven, waarom kun jij dat ook niet?'

'Omdat ik u niet vertrouw. Laat me los!' Ze probeerde zich los te wurmen uit die walgelijke handen van hem.

Maar hij lachte alleen en verstevigde zijn greep. 'Ik wil alleen een beetje erkenning voor toen ik je te hulp kwam, Lydia. Je bent me toch wel een bedankje verschuldigd?' Hij streek met een vinger over haar blote schouder tot hij bij het bandje van haar beha kwam. 'Wat vind je van een kus? Om te beginnen. Als je begrijpt wat ik bedoel.'

Geschrokken en in paniek probeerde ze hem weg te duwen. Maar dat lukte niet. Hij was veel groter en sterker dan zij. Ze begon tegen hem te schreeuwen, in de hoop dat een van de buren het zou horen.

Hij sloeg een hand over haar mond. 'Niet zo hard, dametje van me. We willen toch niet iemand storen? En je hoort niet halfnaakt rond te lopen zonder problemen te verwachten. Het ligt helemaal aan jezelf. Maar dat weet je eigenlijk wel, hè?' Toen trok hij langzaam zijn hand van haar mond, en voor ze kon inademen stootte hij zijn ruwe, droge lippen tegen de hare en stak zijn dikke tong in haar mond. Door zijn stinkende adem kon ze wel kokhalzen, en ze wilde niets liever dan over hem braken. Ze probeerde zich los te rukken, maar zijn enorme handen hielden haar vast en zijn vingers drukten in haar huid. Toen hij tegen haar aan begon te wrijven en een van zijn handen onder de handdoek tussen haar benen stopte, veranderde haar woede in een verlammende angst. Stel dat hij haar zou verkrachten? Er was niemand thuis. Ze waren alleen. Hoe kon ze hem tegenhouden?

Toen, net zo plotseling als hij haar had vastgegrepen, liet hij haar los. 'Dat is een voorproefje van wat er gaat komen,' zei hij. 'Want ik zal je dit zeggen: voor ik uit Swallowsdale vertrek betaal jij me terug wat je me verschuldigd bent. Dat is mijn goed recht. Mijn beloning. En wie weet, misschien vind je het wel leuk.'

'Voor die tijd maak ik u af! Dat zweer ik.'

Hij lachte. 'Wat een dappere, flinke taal. Maar ik heb je in het bos gezien, Lydia. Je bent niet zo onschuldig als je je voordoet, hè? Ik heb je meerdere malen gevolgd en heb je gezien met die kreupele vriend van je. Kijk niet zo verontwaardigd. Jullie voeren een aardig stukje toneel op. Ik werd er helemaal opgewonden van.'

'Ik zal tegen mijn grootvader zeggen wat u zonet gedaan hebt,' siste ze hem toe, bevend van moordlustige haat.

'Vertel hem maar wat je wilt. Het maakt toch niets uit. Ben je er nu nog niet achter?'

'Achter wat?'

'Dat ik nu de leiding heb. Ik ben de baas. Je grootvader zal alles doen wat ik wil. Als ik hem zou vragen om je naakt in mijn kamer af te leveren, dan doet hij het. Waarom denk je dat hij me weer hier heeft toegelaten?'

'Dat weet ik niet. Ik weet niet eens waarom u eigenlijk bent teruggekomen.'

Een lelijke grijns verscheen op zijn pafferige, verweerde gezicht. 'Ik heb altijd geloofd dat een goede zwendel het proberen meer dan eens waard is. Een vogeltje heeft me namelijk ingefluisterd wat je grootvader uitspookt. Hij is een heel slecht mens, weet je. Hij doet zich voor als een goed en deugdzaam mens, terwijl hij al die tijd een duister, smerig geheim koestert. Maar dat vind ik prima, want dan ga ik er financieel op vooruit. En dat komt goed uit, nu ik weer een periode van pech heb gehad.'

Toen drong het tot Lydia door. 'Weet u iets van mijn grootvader? Chanteert u hem?'

'Wat dacht je? Het is iets wat niemand mag weten. Terwijl zijn geschifte vrouw mandjes van raffia zit te vlechten in het gesticht, gaat hij tekeer als een bronstige ram. En meneer doet zich tegenover die idioten van die kerk van jou voor alsof hij de deugdzaamheid in eigen persoon is.'

'Heeft hij een verhouding?' Lydia klonk bijna net zo schril als de merel die in de boom naast hen zat te zingen. 'Een verhouding?' herhaalde ze. 'Dat geloof ik niet.'

'Zo waar als ik hier voor je sta. En dat is al jaren zo. En als het niet waar zou zijn, mijn lieve, weelderige Lydia, waarom heeft hij me dan weer in huis genomen? Nou?'

'Waarom hebt u hem dan niet ontmaskerd toen u hier drie jaar geleden was?'

'Omdat ik toen alleen wist dat hij Irene ontrouw is geweest toen ze pas getrouwd waren. Hij was als de dood dat ik alles zou zeggen, maar toen bedierf jij alles door zijn kant te kiezen. Mijn woord tegen dat van jullie twee... Ik wist dat ik alles tegen had.'

'En nu?'

'Nu is het anders.' Hij tikte tegen zijn neus. 'Ik heb alle informatie die nodig is om mijn broer te houden waar ik hem wil hebben.'

'Waarom deed u dan alsof u vergiffenis wilde van dominee Digby en de anderen?'

'Volgens mijn ervaring kan een beetje extra zekerheid nooit kwaad. En ik kan het niet laten. Ze zijn zo naïef. Zo makkelijk te manipuleren.'

'U bent door en door slecht.'

'Als dat zo is,' zei hij met een knipoog, 'dan zou ik maar oppassen als ik jou was.'

Hoe meer Lydia er die avond in bed over nadacht, hoe meer ze overtuigd was dat het waar moest zijn. Natuurlijk had haar grootvader een verhouding. Waarom was hij anders zo vaak weg? Waarom weigerde hij Val mee te nemen als hij beweerde dat hij hun grootmoeder ging opzoeken? Ze herinnerde zich een dag, lang geleden, toen ze met Val naar huis fietste en zijn auto in de stad geparkeerd had zien staan terwijl hij ergens anders hoorde te zijn. Had hij toen iets met een ander? Was het na al die jaren nog dezelfde vrouw? En wie dan? Iemand van de kerk? Vast niet. Ze liep de lijst van zusters van de congregatie na en kon zich niemand van hen in bed met haar grootvader voorstellen. Ze kon zich trouwens haar grootvader met niemand anders in bed voorstellen dan haar grootmoeder, en dan alleen maar om te gaan slapen. Was hij niet te oud voor seks?

Niet als ze op zijn broer moest afgaan.

Ze huiverde. Na wat oom Leonard haar die middag in de tuin had aangedaan, had ze gewacht tot hij weer wegging en had zich vervolgens een uur opgesloten in de badkamer. Ze had haar hele lichaam afgeschrobd in het bad en haar tanden gepoetst tot haar tandvlees bloedde. Maar niets kon het gevoel wegnemen dat ze geschonden was. Ze voelde zich vies, vanbuiten en vanbinnen. En beschaamd omdat ze het had laten gebeuren. Nooit meer zou ze zo in de tuin gaan zonnebaden.

En als hij het nog eens probeerde? Als hij het meende dat ze hem moest terugbetalen? Dat hij zijn beloning wilde? O god, en dan te bedenken dat ze hem ooit vertrouwd had.

Ze zou waakzaam moeten zijn. Ervoor zorgen dat ze nooit alleen met hem in huis was. Ze zou zich altijd wapenen met Val. Hij zou nooit iets durven als Val in de buurt was.

Net zo afschuwelijk als wat hij die middag had gedaan, was het feit dat hij haar en Noah had bespioneerd in het dal. Ze waren altijd zo voorzichtig geweest, maar het was al zo lang aan de gang dat ze waarschijnlijk zelfvoldaan hadden verondersteld dat zij er de enigen waren.

Ondanks haar belofte dat ze niets voor Noah verborgen zou houden, was Lydia niet van plan om hem te vertellen wat oom Leonard die middag tegen haar had gezegd en met haar had gedaan.

Ze wist dat hij woedend zou worden. Maar de volgende dag op school, toen ze hun laatste examen achter de rug hadden en hij zich in de auto naar haar toe boog om haar te kussen, deinsde ze terug. Dat was niet haar bedoeling. Haar lichaam had puur instinctief gereageerd.

Zoals gewoonlijk, als ze iets deed wat hij niet begreep, reageerde Noah niet meteen. Hij wierp haar alleen een verbaasde blik toe, waardoor ze zich waardeloos en schuldig voelde. Naderhand bracht hij het echter wel ter sprake, toen hij naar zijn huis was gereden en ze aan de houten tafel in de schaduw van de kersenboom zaten en hij een appel in stukken sneed met zijn zakmes. Omdat ze hem gerust wilde stellen dat hij niets had gedaan om haar van streek te maken, vertelde ze hem met tegenzin alles. Ze voelde zich meteen beter.

Maar niet lang. Noah bleef heel stil. Zijn gezicht was vertrokken van woede. Toen hij sprak, klonk zijn stem zo zacht dat ze zich naar hem toe moest buigen om hem te verstaan. 'Ik wil niet dat je teruggaat, Lyddie,' zei hij. 'Blijf vannacht hier bij mij. Dan weet ik dat je veilig bent.'

'Dat kan niet, Noah.'

'Ik zie niet in waarom niet. Je bent achttien. Je kunt doen en laten wat je wilt.'

'Dank je, maar het zal wel gaan. Zolang ik op mijn hoede blijf.'

Noah greep het zakmes beet en stootte de punt hard in het tafelblad. 'Zorg daarvoor. Maar ik zeg je nu dat als hij je ook maar met een vinger aanraakt of je weer bedreigt, ik hem te pakken zal nemen. Dan duw ik dit mes dwars door zijn ribben tot het er aan de andere kant weer uit komt.' Weer klonk zijn stem zacht en ingehouden.

'Het spijt me dat ik je moet teleurstellen, maar als iemand een mes in hem zal steken, ben ik het.'

'Ik meen het, Lyddie.'

Ze liep naar huis, vol spijt dat ze het aan Noah had verteld. Ze had moeten liegen, een verhaal verzinnen. Nog nooit had ze hem zo lang kwaad gezien. Ze hadden moeten vieren dat de examens voorbij waren. Maar Noah was somber geweest en in gedachten verzonken. Het was haar schuld. Zij en die grote mond van haar altijd. Wanneer zou ze eindelijk leren om zich in te houden?

Terwijl ze over de muur aan het einde van de tuin klom en zich afvroeg wat haar thuis te wachten stond, overwoog ze haar grootvader eveneens te chanteren door te zeggen dat ze aan iedereen in de kerk zou vertellen dat hij een verhouding had, als hij zijn broer niet zou wegsturen. En doordat haar grootvader dan tussen twee vuren kwam te staan, deed de interessante vraag zich voor welke van de twee hij zou kiezen.

Lydia schrapte de aardappels voor het avondeten en luisterde naar wat oom Leonard boven deed. Ze wist dat hij er was, maar wat hij ook deed, hij deed het heel stilletjes. Val liet zich ook niet horen. Misschien had ze weer een van haar mystieke visioenen. Meteen werd Lydia kwaad op zichzelf om die gemene gedachten. Voor hetzelfde geld kon Val wel een soort moderne profeet worden. Ze glimlachte bij de gedachte en stelde zich voor hoe pelgrims van over de hele wereld op bezoek kwamen bij Hillside Terrace 33 om verlichting te zoeken.

Ze was bijna klaar met de aardappels toen de telefoon ging. Als haar grootvader thuis was, zou ze er niet over piekeren om zo 'brutaal' te zijn om de telefoon op te nemen, maar omdat hij 'op bezoek was bij hun grootmoeder' veegde ze haar handen af en liep naar de gang.

'Mag ik meneer Turner spreken?' vroeg een vrouw op een kordate toon.

'Nee, hij is er helaas niet.' Omdat hij zich als een bronstige ram gedraagt, wilde ze eraan toevoegen: 'Kan ik de boodschap aannemen? Ik ben zijn kleindochter.'

'Tja, het is nogal vervelend.' De kordate stem klonk niet meer zo kordaat. 'Maar ja, het is niet anders. Ik ben mevrouw Vickers en ik bel vanuit het ziekenhuis. Zijn vrouw is verdwenen. We kunnen haar nergens vinden.'

Lydia werd even afgeleid door een deur die boven werd geopend, en vanuit haar ooghoek zag ze oom Leonard over de overloop naar de badkamer gaan. 'We vroegen ons af,' vervolgde mevrouw Vickers, die nu helemaal niet meer professioneel klonk, 'nou ja, om eerlijk te zijn, we hopen dat ze naar jullie toe zal gaan, net als een postduif. Als dat het geval is, willen jullie ons dan meteen bellen? Nu moeten we helaas de politie inschakelen. Ze kan wel overal zijn.'

Vlak na het gesprek dacht Lydia allereerst hoe ze dit voor haar zus moest verzwijgen. Val zou zich doodongerust maken bij het idee dat hun grootmoeder verdwaasd over straat zwierf. Ze schrok op toen er werd aangebeld. Heel even vroeg ze zich af of hun grootmoeder de weg naar huis inderdaad had gevonden.

Maar het was hun grootmoeder niet, het was Joey. Lydia zag meteen dat er iets aan de hand was. 'Ik wilde niet weggaan zonder afscheid te nemen, Lydia,' zei hij. 'Ik wilde je het beste wensen voor als je naar de universiteit gaat.'

'Afscheid? Waar ga je dan naartoe?'

'Naar huis. Vandaag hoorde ik dat mijn moeder heel ziek is. Geen goed nieuws. Ze heeft een aanval in het hoofd gekregen, nee, sorry, in het hart. Vergeef me, ik ben zo van streek dat mijn Engels nergens op slaat.'

'O, Joey, wat erg. Wanneer ga je weg?'

'Morgenochtend vroeg.' Hij glimlachte bijna. 'Maar na het ontbijt. Ik denk dat die lieve zuster Lottie me niet laat weggaan zonder te hebben gegeten voor mijn lange reis.'

'Denk je dat je volgend jaar terugkomt?'

Hij haalde zijn schouders op. '*Chi sa?* Wie weet? Als mijn arme moeder sterft, dan moet ik voor de rest van het gezin zorgen.'

Het idee dat ze Joey nooit meer zou zien maakte Lydia zo verdrietig dat ze haar armen om hem heen sloeg. 'Als je niet terugkomt, kom ik je ooit opzoeken in Italië, dat beloof ik.'

Ze hadden zich net uit hun omhelzing teruggetrokken toen Lydia Noah's rode sportauto met topsnelheid over de weg zag naderen. Vlak voor Joey's roestige oude Ford kwam hij met gierende banden tot stilstand. Hij smeet het portier achter zich dicht en liep over het tuinpad. Ze kon zien dat hij iets van plan was. Hij was zo opgewonden dat hij Joey niet eens zag. 'Lyddie,' zei hij. 'Ik wil die klootzak van een oom van je spreken. Ik kan maar niet uit mijn hoofd zetten wat hij je heeft aangedaan.'

Joey fronste verontrust zijn wenkbrauwen. 'Wil je dat ik blijf, Lydia?'

‘Eh... nee, het is wel goed, Joey. Ga maar. Ik regel dit wel.’

Noah draaide zich om naar Joey. ‘Dat is het hem net, ze kan dit niet regelen. Hij heeft gedreigd dat hij haar zal verkrachten. En hij is haar oudoom! Hoe pervers kun je zijn? En wat voor vriend zou ik zijn als ik dat zou laten gebeuren?’

Lydia stak een hand uit om Noah tot bedaren te brengen. Zijn luide stem trok de aandacht van nieuwsgierige buren. Maar Noah trok zich er niets van aan. ‘Lyddie, toe, je hebt genoeg meegemaakt. Ik wil niet dat je nog meer te lijden krijgt door die geschifte familie van je.’

‘Is dit waar?’ vroeg Joey. ‘Heeft die man je aangeraakt? Je oom Leonard?’

‘Hallo, hallo! Wat is hier aan de hand? Bedriegen mijn oren me of hoorde ik mijn naam noemen?’

Oom Leonard kuierde op zijn gemak de trap af. Noah wierp een blik op hem en stormde naar binnen. ‘Jij! Ik wil een woordje met je spreken. En daarna maak ik je af!’

49

NOAH'S VUIST RAAKTE oom Leonard vol in het gezicht.

Oom Leonard wankelde achterover, bracht een hand naar zijn mond, zag dat hij bloedde en wierp Noah een woedende blik toe. Er kwam een kwaadaardige blik in zijn ogen. 'Hier zul je voor boeten, jongen.'

'O ja?' schreeuwde Noah. 'Nou, jij ook omdat je Lydia hebt aangerand.' Hij hief weer een vuist op, maar deze keer was oom Leonard voorbereid en hij hield Noah's arm tegen en schopte tegen zijn been. Zijn slechte been. Noah zakte in elkaar. Hij greep kreunend naar zijn enkel.

'Jongens die nog niet droog achter hun oren zijn, moeten het niet opnemen tegen volwassen mannen,' zei oom Leonard smalend, alsof hij alleen maar een vlieg had weggeslagen.

In een opwelling van woede sloeg Lydia zelf toe. Tot haar verbazing belandde haar vuist op zijn neus en voelde ze iets verbrijzelen onder haar knokkels. Er stroomde bloed. Het was zo'n bevredigende aanblik plus de verbijsterde uitdrukking op zijn gezicht, dat ze zin kreeg om weer toe te slaan. Ze hief haar arm op, maar Joey hield haar tegen. '*Basta*,' zei hij zacht. 'Het is genoeg.' Hij wees naar de trap, waar Valerie bovenaan naar hen stond te kijken. 'Dit is niet goed voor haar.'

Joey had gelijk. Lydia negeerde oom Leonards geschreeuw dat iemand hem een zakdoek moest geven, en ze hielp Noah overeind.

Dat was haar net gelukt toen haar grootvader in de deuropening verscheen. Hij overzag het tafereel met een ijzig afkeuren. 'Wat is hier aan de hand?' wilde hij weten.

'Vraag dat maar aan uw broer,' wierp Lydia hem voor de voeten.

Noah wilde niets liever dan het ter plekke uitpraten met beide mannen, maar Lydia smeekte hem om het niet te doen. 'Toe,' smeekte ze terwijl ze hem met Joey naar buiten sleepte. 'Je kunt beter gaan.'

'Maar zo kan ik je niet achterlaten,' zei hij, terwijl hij zich probeerde los te rukken en weer het huis in te gaan.

'Als je blijft, maak je het alleen maar erger,' zei Lydia vastberaden. 'Ik wil niet dat Valerie nog meer van streek raakt. Laat alles nu maar aan mij over.'

Hij was nog zichtbaar kwaad, maar ze kon zien dat hij begreep dat hij geen keus had, en met tegenzin liet hij zich door haar naar zijn auto duwen. 'Ik zal het mezelf nooit vergeven als jou iets overkomt. Bel me als je me nodig hebt. Beloof je dat?'

'Ja. Maar alleen als jij belooft om kalm te blijven en je geen zorgen te maken.' Toen herinnerde ze zich dat zijn oom pas de volgende dag zou terugkomen, en ze zei: 'Als de boel hier weer tot rust is gekomen, dan kom ik straks naar je toe, goed?'

Hij opende het portier en stapte in. 'Nee, ik heb een beter idee. Ik wacht halverwege op je. In het dal. Om middernacht. Dan weten we zeker dat we er alleen zijn.'

'Gaat het met je been?'

Hij knikte en legde zijn hand in haar nek om haar te kussen. 'Wees voorzichtig,' zei hij. Ze kuste hem terug. Maar heel kort. Ze wist dat er toeschouwers waren.

Hij startte de auto, reed achteruit van Joey's auto en gaf toen gas. 'Ik wacht op je!' riep hij terwijl hij wegreed.

Ze zwaaide hem na en draaide zich toen om naar Joey. Hij keek ernstig. 'Daarbinnen huist iets heel slechts, Lydia,' zei hij met een blik naar het huis. 'Ik vind het vervelend om naar Italië terug te gaan nu ik dit weet. Net als Noah wil ik je hier niet achterlaten.'

'Maar je moet gaan, Joey. Je moeder heeft je nodig. Ik heb trouwens zo'n idee dat van nu af aan alles anders zal zijn.'

Hij keek twijfelend. 'Ik kan afmaken wat Noah is begonnen,' zei hij.

Ze glimlachte. 'Jij was degene die er juist een eind aan maakte.'

Hij glimlachte niet terug. In plaats daarvan omhelsde hij haar en zei: 'Beloof me dat je goed voor jezelf zult zorgen.'

Dat doe ik al jaren, dacht ze terwijl ze hem uitzwaaide.

Ze negeerde de buren die nog steeds in de buurt rondhingen voor het geval dat er nog iets interessants zou gebeuren, liep om hen heen en stond toen oog in oog met oom Leonard, die bij het hek stond. Hoe lang had hij daar gestaan met een zakdoek tegen zijn neus? 'Ik zou maar naar de dokter gaan als ik u was,' zei ze terwijl ze langs hem liep.

'Denk maar niet dat ik mijn gelijk niet zal halen,' snauwde hij.

'O, wat bent u toch een flinke vent. Meisjes bedreigen en jongens schoppen die nog niet droog achter hun oren zijn. Wat is uw probleem? Een te kleine piemel?'

Binnen wachtte haar grootvader haar op in de voorkamer. 'Ik eis een verklaring,' zei hij.

'Zoals ik al eerder zei, vraag die maar aan uw broer,' antwoordde Lydia. 'En zeg daarna tegen hem dat hij voorgoed uit Swallowsdale moet verdwijnen.'

Met opengesperde neusvleugels keek hij haar aan, en toen naar oom Leonard, die achter haar de kamer was binnengekomen. Ze probeerde het gevoel te verdringen dat ze tussen hen in gevangen zat.

'En waar haal jij het recht vandaan om mij te zeggen wat ik moet doen?' zei haar grootvader terwijl hij zijn borst opzette om autoriteit uit te stralen.

Ze deed een stap naar hem toe, en ze moest denken aan de allereerste keer dat ze in deze kamer had gestaan en ineenkromp onder zijn scherpe blik. Maar dat was toen. Dit was nu. Nog nooit had ze zich zo zelfverzekerd gevoeld.

'Uw tijd van terreur is voorbij, grootvader,' zei ze. 'Stop die pompeuze, zelfingenomen, superieure houding maar ergens waar de zon zich nooit laat zien. Ik weet dat u een verhouding heeft. Ik weet ook dat uw broer u chanteert. Maar, en dat is uw dilemma, als u hem morgen om deze tijd niet buiten de deur hebt gezet, zal ik iedereen, maar dan ook iedereen, vertellen over uw smerige dubbelleven. O, en misschien wilt u dit wel weten, het ziekenhuis heeft gebeld om te zeggen dat grootmoeder is verdwenen. Ze hebben geen idee waar ze is en ze hebben de politie gebeld. Maar het zal u wel als muziek in de oren klinken als u hoort dat ze ergens dood in een greppel is gevonden. Wat zou u dat goed uitkomen.'

De energie die ze in de voorkamer had gevoeld, ebde snel weg, en toen Lydia boven aan de trap was gekomen, voelde ze zich geestelijk en lichamelijk uitgeput.

Ze klopte op de deur van de slaapkamer – iets wat zij en Valerie altijd deden om elkaars privacy te respecteren – en ging naar binnen. Maar Valerie was er niet.

En ook niet in de badkamer.

Waar was ze naartoe? En wanneer? Lydia bleef ongerust op de overloop staan. Als haar zus eens had gehoord wat Lydia over hun grootmoeder had gezegd? Als muziek in de oren... *Dood in een greppel...* Lydia vervloekte zichzelf. Waarom dacht ze niet na voor ze iets zei?

Lydia had alle reden om ongerust te zijn over haar zus. Ze kwam op tijd terug voor het avondeten – gelukkig waren ze met hun tweeën – maar Val vertikte het om te zeggen waar ze was geweest. Ze weigerde zelfs om ook maar iets te zeggen. Zelfs niet op fluisterende toon. Ook wilde ze niets schrijven, wat ze voorheen wel had gedaan als ze van streek was. Lydia kon alleen maar vermoeden dat Val, na Lydia's gesprek met hun grootvader te hebben gehoord, er meteen vandoor was gegaan om haar dierbare grootmoeder te zoeken. Lydia probeerde haar gerust te stellen door te zeggen dat ze zich geen zorgen hoefde te maken en dat morgenochtend alles weer in orde zou zijn. Maar dat maakte geen verschil. Valerie bleef zwijgend en met een glazige blik in haar ogen aan tafel zitten. Ze was niet te bereiken.

Ze gingen vroeg naar bed. Lydia wilde niet beneden zijn als haar grootvader of oom Leonard thuiskwam. Haar grootvader was de hele avond weggebleven. Hij was weggereden nadat ze hem haar ultimatum had gesteld. Even later was oom Leonard ook weggegaan.

Lydia was van plan om een paar uurtjes te slapen, en als het helemaal stil was in huis, zou ze naar Noah gaan.

Maar ze viel in een diepe slaap. Midden in een droom schrok ze wakker. Ze dacht dat iets, misschien een voetstap, haar had gewekt.

Ze keek op de verlichte wijzers van haar wekker en zag tot haar ontzetting dat het tien over een was. Arme Noah. Al die tijd moest hij op haar hebben gewacht. Waarschijnlijk maakte hij zich grote zorgen en dacht hij dat haar iets vreselijks was overkomen.

Nadat ze aan Valeries ademhaling hoorde dat ze diep in slaap was, duwde ze de dekens van zich af. Ze raapte haar schoenen op en pakte haar zorgvuldig opgevouwen kleren, en liep zachtjes de kamer uit en ging naar beneden naar de keuken. Daar kleedde ze zich vlug aan en deed de achterdeur van het slot.

Het was volle maan en de lucht was zo helder en vol sterren, dat het haar geen moeite kostte om de weg naar het dal te vinden. Eenmaal daar aangekomen, volgde ze de bekende weg tussen de bomen door. Haar ogen raakten snel gewend aan de duisternis en ze hoorde in de verte dieren ritselen. Toen ze rechts van haar geluid hoorde, draaide ze zich om en zag een paar ogen naar haar terugstaren. Een vos. Even later was hij verdwenen.

Ze liep verder. Dadelijk zou ze op het punt halverwege hun huizen komen. Vanaf daar was het maar een korte afstand naar het speciale plekje van Noah en haar. Een plekje dat nu voor altijd bezoedeld zou zijn door de wetenschap dat oom Leonard al hun intimiteiten had bespied. Ze zou zich daar nooit meer op haar gemak voelen.

Het was mogelijk dat Noah het wachten had opgegeven en naar huis was gegaan, maar dat betwijfelde ze. Hij had zich altijd aan zijn woord gehouden. Ze hoopte dat hij in dat geval in slaap was gevallen. Dan had hij zich geen zorgen om haar hoeven te maken.

Ze glimlachte even toen ze in de duisternis twee benen achter een van de omgevallen bomen zag uitsteken. Wat kende ze Noah toch goed! En hij lag zo stil, dat hij niet wakker had kunnen blijven terwijl hij op haar wachtte.

Zo zachtjes mogelijk sloop ze verder om hem wakker te maken met een kus. De Schone Slaper in dit geval, zou ze plagend zeggen. Dan zou ze naast hem gaan liggen en zouden ze de rest van de nacht in elkaars armen doorbrengen om warm te blijven. Het zou hun eerste hele nacht samen zijn, en de volgende ochtend zouden ze ontwaken door het gezang van de vogels.

Door de geur kreeg ze argwaan. De misselijkmakende geur van aftershave. Toen besefte ze dat Noah niet degene was die tegen de omgevallen boom lag te slapen. Ze slaakte een kreet van schrik en deed onhandig een stap achteruit om meteen te kunnen vluchten. Als hij haar inhaalde, hier in het dal, dan kon hij haar van alles aandoen. Maar na een paar stappen struikelde ze over een boomwortel. Weer slaakte ze een kreet, deze keer luider, omdat haar angst in paniek was omgeslagen. Ze krabbelde overeind terwijl haar handen in de droge, stoffige grond graaiden. Ze was bijna in tranen, doodsbang dat hij achter haar aan zou komen.

Maar toen drong enige logica tot haar door. Waarom was hij niet wakker geworden door het lawaai dat ze maakte?

En dan nog iets. Als hij sliep, waarom snurkte hij dan niet? Hij snurkte altijd, dat smerige varken.

Haar hart ging tekeer toen ze al haar moed bijeenraapte en terugliep. Toen bleef ze stokstijf staan. Stel dat hij een spelletje met haar speelde? Dat hij haar steeds dichterbij liet komen om zich dan op haar te storten?

Links van haar zag ze een tak. Die zag er stevig uit. 'Ik weet dat je er bent,' zei ze terwijl ze met beide handen de tak optilde. Als het moest, zou ze hem desnoods onthoofden. 'Dus hou op met die ongein.'

Toen hij geen antwoord gaf, deed ze nog een stap naar voren. En nog een. Tot ze vlak naast hem stond.

Het eerste wat ze zag was dat hij met zijn hoofd opzij lag, met wijd open ogen. Die staarden haar recht in het gezicht aan. Toen zag ze het bloed. Op de zijkant van zijn hoofd. De voorkant van zijn overhemd was er ook door doorweekt. Ze bukte zich, en zag de gaten in zijn overhemd. Hij was gestoken. Meerdere malen.

En ze wist dat hij dood was.

50

DE VOLLE OMVANG van wat Noah had gedaan, drong steeds sterker tot Lydia door.

In het begin was ze kalm gebleven en had ze zich geconcentreerd op wat er gedaan moest worden. Maar nu, de volgende ochtend, in het kille daglicht, trof de realiteit van Noah's daad haar als een atoombom.

Noah had oom Leonard vermoord. Hij had gezegd dat hij het zou doen. En hij had het nog gedaan ook.

En ja, ook zij had gedreigd die smerige vent te vermoorden. Gisteravond, in het dal, had ze die tak opgepakt met het plan om zijn hoofd eraf te slaan. Maar zou ze het ook echt hebben gedaan? Was het niet iets wat je in een verhitte opwelling zei?

Ze begon onbeheerst te beven. Haar maag draaide om. Ze sloeg een bevende hand voor haar mond, maar dat hielp niet. Ze liep achterom naar de achterkant van de garage, boog zich over de struiken en braakte tot haar maag zich wel binnenstebuiten leek te keren.

Uitgeput leunde ze tegen de muur van de garage en sloot haar ogen, duizelend door de storm die in haar hoofd raasde.

Moord. Als Noah gepakt werd, zou hij naar de gevangenis gaan. Voor de rest van zijn leven, en allemaal door haar. Hij had deze afschuwelijke daad begaan omwille van haar. Omdat hij van haar hield.

Maar hoe had hij gedacht de gevolgen te kunnen ontlopen? Hij had niet nagedacht. Dat was het. Hij had in een opwelling gehandeld om haar te beschermen.

Noah had de vorige avond misschien niet goed nagedacht, maar Lydia had die onoplettendheid meer dan goedgemaakt. Ze had de situatie van alle mogelijke kanten beschouwd, en geprobeerd te bedenken hoe ze kon voorkomen dat Noah de gevangenis in zou moeten. Met zijn tweeën weglopen was geen optie. Waar moesten ze heen? Wat moesten ze doen? Binnen enkele dagen zou de politie hen gevonden hebben; twee jonge mensen op de vlucht vielen meer op dan één. En als ze gepakt werden, dan zou Noah opbiechten dat hij oom Leonard had vermoord, en dan zou hij voorgoed achter de tralies verdwijnen. Dan was zijn leven voorbij. En dat van haar ook.

Ze kon Noah niet laten lijden om iets wat hij uit liefde voor haar had gedaan. De vreselijke waarheid was dat dit allemaal haar schuld was. Alles kwam altijd neer op haar. Alles wat ze aanraakte, werd vernietigd. Haar moeder was dood door haar schuld. Valerie was niet het vrolijke, zorgeloze kind dat ze had moeten zijn omdat Lydia niet goed genoeg voor haar had gezorgd. En nu had Noah, om haar, een man vermoord. Daar kon en zou ze hem niet voor laten boeten.

Die gedachte sterkte haar in wat ze nu deed; dat gaf haar de moed voor wat ze in het dal had gedaan. Er was geen andere mogelijkheid. Hoe snel zouden de buren aan de politie vertellen dat ze gistermiddag nog een ruzie hadden meegemaakt, dat ze Noah tegen oom Leonard hadden horen schreeuwen dat hij hem zou afmaken? Ook haar grootvader zou hun beweringen steunen, en zeggen dat hij een gewelddadige jongeman op de vloer van zijn gang had zien liggen toen hij thuiskwam. Al was het maar om Lydia dwars te zitten.

Tranen gleden over haar wangen. Waarom moest Noah zo veel van haar houden?

Weer probeerde ze te bevatten wat er was gebeurd, en ze zag de gebeurtenissen maar al te duidelijk voor zich. Na het gevecht had oom Leonard gehoord dat ze in het dal hadden afgesproken – waarom was hij anders bij het hek blijven rondhangen? – en was hij van plan geweest om hen daar te bespioneren. Of om gewoon problemen te veroorzaken. Noah was op de afgesproken tijd naar hun speciale plekje gekomen en had daar oom Leonard gezien. Vervolgens nog meer pesterijen en beledigingen van oom Leonard. Misschien had Noah net als Lydia, nog steeds beledigd door die gemene trap, een zware tak gepakt en oom Leonard ermee geslagen. Hij was buiten bewustzijn geraakt en daarna had Noah kans gezien om zijn zakmes te pakken en...

Niet in staat om verder te denken, kneep Lydia haar ogen dicht. Ze begon weer te beven en ze dacht dat ze de aanblik van al dat bloed nooit meer zou kwijtraken.

Ze hoorde een auto naderen en drukte zich tegen de muur van de garage. Ze keek toe terwijl de auto uit het zicht verdween over de eenbaansweg. Zou haar leven voortaan altijd zo zijn? Moest ze altijd over haar schouder kijken? Zich altijd afvragen of iemand het op haar gemunt had?

Zelfs dan had ze geen keus dan haar uiterste best doen om de politie op een verkeerd spoor te zetten. Ze moesten ervan overtuigd zijn dat zij degene was die oom Leonard had vermoord, want dan konden ze Noah niet als verdachte beschouwen.

Het eerste deel van haar plan was om het juiste bewijs op het lichaam van oom Leonard aan te brengen. Ze had een van die walgelijke handen van hem gepakt en hard met zijn nagels over haar arm gekrast. Vervolgens had ze wat haren uit haar hoofd getrokken – niemand kon die van haar met die van Noah verwarren – en daarna had ze de bladeren rond zijn lichaam opgeschopt om er zeker van te zijn dat alleen haar voetsporen zichtbaar waren. Ze wist niet wanneer het lichaam ontdekt zou worden, maar omdat ze wist dat maar weinig mensen door het dal kwamen, hoopte ze dat ze allang weg zou zijn voor dat gebeurde.

Vervolgens had ze overwogen om naar Upper Swallowsdale te gaan om Noah te vertellen wat ze in gang had gezet. Maar al snel bedacht ze zich. Noah zou proberen om haar tegen te houden en zeggen dat het risico te groot was. Daarom was ze, uitgeput en verdoofd door de gebeurtenissen, naar huis gegaan. Maar ze ging niet slapen. Aan de keukentafel had ze twee brieven geschreven, een aan zuster Lottie en een aan Noah, en vervolgens was ze naar boven gegaan. Heel zachtjes, om Valerie niet wakker te maken, had ze een rugzak ingepakt, haar paspoort en geboortebewijs erbij gedaan plus wat dingen die ze niet achter wilde laten. Net toen het licht begon te worden, was ze helemaal gekleed naar bed gegaan.

Ze was later wakker geworden dan ze van plan was. Valerie was al op, en zo te horen aan het stromende water was ze in bad. Haar grootvader was nergens te bekennen.

Het moeilijkste was weggaan zonder afscheid te nemen van Valerie, maar ze kon het risico niet nemen. Als ze haar zus zag, zou ze terugkomen op haar besluit. Ze hees haar rugzak over haar schouder, deed de deur achter zich dicht, nam de bus naar de stad en ging meteen naar het postkantoor. Daarna had ze zich achter de garage van zuster Lottie verstopt tot ze de persoon zag op wie ze al haar hoop had gevestigd.

Als Joey weigerde om haar mee te nemen naar Italië, zou het niet het einde van de wereld betekenen. Dat was toch al gekomen? Nee, dan kon ze terugvallen op plan B.

Terwijl ze geduldig wachtte tot ze Joey zag, voelde ze haar maag weer omdraaien. Kon ze dit echt doorzetten? Kon ze echt zonder Noah?

Ze haalde diep adem, streek met haar vingers over de striemen die ze met de nagels van oom Leonard over haar arm had gemaakt, en beefde. Ja, ze kon het. Als Noah daardoor niet naar de gevangenis hoefde, dan kon ze het. Ze hadden toch altijd beloofd dat ze alles voor elkaar zouden doen? Ging ze nu bewijzen dat die belofte niets had voorgesteld? Dat de woorden die ze had gezegd, niets betekenden? Het zou een offer zijn dat ze nooit had gedacht te hoeven maken, maar ze zou het doen.

Daarbij zou het niet voor altijd zijn. Op de een of andere manier zouden ze een manier vinden om weer bij elkaar te komen. Ze moesten gewoon geduld hebben. Als Noah maar precies deed wat ze in de brief had geschreven die ze net op de post had gedaan, dan zou alles uiteindelijk in orde komen.

Heden

51

LYDIA'S HOOFD TOLDE. Zij en Fabio hadden zoveel espresso's gedronken terwijl ze haar verhaal vertelde, dat ze vast een week lang niet zou kunnen slapen. Als ze geen verstuikte enkel had, zou ze heen en weer hebben gelopen. Nu moest ze tot haar ergernis blijven zitten en wachten tot Fabio haar de onvermijdelijke vraag stelde. Plus de andere die zouden volgen.

'Wat gebeurde er toen, *cara*? Heeft Joey je naar Italië gebracht?'

Ze knikte. 'Ik wist hem meteen over te halen. Ik zei dat ik oom Leonard had vermoord, dat hij me midden in de nacht naar het dal was gevolgd en me overviel terwijl ik op Noah wachtte. Vergeet niet dat ik die striemen op mijn armen had als bewijs voor mijn verhaal.' Ze zweeg even toen ze zich de woede op Joey's gezicht herinnerde, en hoe goed hij voor haar was geweest. 'Ik heb me altijd schuldig gevoeld omdat ik tegen Joey heb gelogen,' zei ze. 'Maar ik was tot alles bereid om Noah te beschermen.'

'Was het niet moeilijk om weg te gaan uit Engeland?'

'Helemaal niet. Ik wilde eigenlijk verdwijnen voor het lichaam werd gevonden en heel legaal met de veerboot naar Frankrijk gaan, maar daar was Joey het niet mee eens. Ondanks het grote risico dat hij nam, wilde hij me per se over Het Kanaal smokkelen in de kofferbak van zijn auto. Daar wilde ik niets van weten. Als we gesnapt werden, kon hij ook de gevangenis in. Hij vond het beter dat niemand wist dat ik op dezelfde dag als hij uit Engeland was vertrokken. De mensen konden beter in de veronderstelling zijn dat ik me ergens in Engeland schuilhield.'

'Maar toen het lichaam was gevonden, met het bewijsmateriaal dat je had achtergelaten, moet de politie toch hebben uitgevist dat de kans bestond dat je met Joey was weggegaan?'

En dat was ook het geval. De politie in Engeland nam contact op met de autoriteiten in Italië, en twee agenten van de plaatselijke *questura* kwamen naar Joey's dorp om hem te ondervragen. Hij zei dat hij geen idee had waar ik was, en dat hij me in elk geval niet had meegenomen naar Italië.'

'Hebben ze geen huiszoeking gedaan?'

'Ja, maar heel globaal. Het interesseerde hen niets, hoorde ik later van Joey. Natuurlijk was ik er niet. Toen we in Italië kwamen, heeft hij me meteen naar vrienden van hem in Napels gebracht. Hij zei dat Napels zo groot was en zo druk dat niemand me daar zou vinden; het zou de spreekwoordelijke zoektocht naar een speld in een hooiberg zijn. Met mijn donkere haar zou ik trouwens niet opvallen. Om in mijn onderhoud te voorzien ging ik meteen aan het werk, als bordenwasser in een restaurant. Ik leerde snel Italiaans spreken, dat kan ik je wel vertellen.'

'*Dio mio!* Je was achttien, Lydia. Er had je van alles kunnen overkomen. Stel je eens voor dat Chiara op die leeftijd iets dergelijks zou doen.'

Lydia zuchtte. 'Ik weet het, Fabio. Maar weet je nog toen jij achttien was? Je denkt dat je onoverwinnelijk bent en alle antwoorden kent. Vergeet niet dat ik vastberaden was om te zorgen dat Noah in veiligheid was. Ik was bereid om alles voor hem te doen.'

'Dat heb je ook gedaan, *cara*. Naar wat je me hebt verteld, verbaast het me dat je jezelf niet bij de politie hebt gemeld om te zeggen dat jij de man hebt vermoord.'

'Dat had geen zin. Noah zou meteen de waarheid hebben gezegd, dat ik hem probeerde te beschermen. Ik ben altijd bang geweest dat hij alles zou opbiechten.'

'Zou je echt voor hem naar de gevangenis zijn gegaan?'

'Ja, als het had gemoeten. Maar omdat oom Leonard zo'n afschuwelijke man was, rekende ik erop dat een jury een beetje medelijden met me zou hebben. Dat ze me zouden zien als een jong meisje dat zich probeerde te verdedigen, en dat ik dan een minder zware straf zou krijgen. Maar Noah zou schuldig zijn bevonden aan moord.'

'Het was een enorm risico.'

'Dat weet ik, maar ik hoopte dat het nooit zover zou komen. Alles hing af van mijn ontsnapping naar Italië. Toen ik hier eenmaal was, wist ik dat ik kon verdwijnen zo lang als het nodig was, en uiteindelijk, als de kust veilig was, zou Noah naar me toe komen. Ik dacht dat we wel een manier zouden vinden om bij elkaar te zijn.

Hoe dan ook. Waar dan ook.' Ze schudde haar hoofd. 'Ik zie aan je gezicht wat je denkt, Fabio. Het waren domme en ondoordachte plannen. Maar dat weet je pas achteraf. Ik was achttien. Ongelooflijk naïef. En heel bang. Destijds vond ik het heel logisch.'

'Je vergist je,' zei Fabio. 'Ik zat te denken dat Noah hier geen goede rol in heeft gespeeld. Hij vermoordt iemand, jij zorgt ervoor dat de verdenking op jou valt en hij doet geen poging om je te zoeken en te bedanken. Waar is hij al die tijd gebleven? Wat heeft hij gedaan? Nog meer mensen vermoord?'

'O, doe niet zo boos, Fabio.'

'Maar dat ben ik wel! Je hebt zo veel voor hem opgeofferd. Waarom heeft hij je niet gezocht? Iemand met een beter karakter zou de hele wereld hebben afgezocht om het meisje te vinden van wie hij echt hield.'

'Denk je dat ik daar nooit zelf over heb nagedacht? Je weet niet hoe vaak ik me in slaap heb gehuild omdat Noah me liet zitten. Ik kon het niet geloven. Niet van Noah. Toen ik eindelijk geen keus meer had en moest accepteren dat hij me in de steek had gelaten, veranderde de pijn in boosheid. En toen verbittering.'

Ze zweeg en keek naar haar handen. Die lagen tot lelijke vuisten gebald in haar schoot. Zelfs nu kon Noah's verraad haar nog kwetsen. Ze ontspande haar handen en schraapte haar keel. 'Je hebt me afgeleid, Fabio. Ik wilde zeggen dat ik, op de ochtend dat ik wegging uit Swallowsdale, al mijn spaargeld bij het postkantoor heb opgenomen en twee brieven op de bus heb gedaan, een voor Noah en een voor zuster Lottie.'

'Ja, ik herinner me dat je dat hebt gezegd. Wil je trouwens nog iets drinken?'

'Geen koffie meer, maar een glaasje Vin Santo lijkt me wel lekker.'

Terwijl Fabio door de kamer naar de wandtafel achter de bank liep, waar een verzameling karaffen en flessen op een zilveren dienblad stond, dacht Lydia aan de brief die ze aan zuster Lottie had geschreven. Het waren maar enkele regels om de oude vrouw gerust te stellen. Ze had gezegd dat ze na de druk van het eindexamen een poosje weg moest uit Swallowsdale. Het laatste wat Lydia wilde, was dat zuster Lottie zich zorgen maakte over haar, en zou denken dat ze ontvoerd was en misschien de politie zou inschakelen om haar te zoeken. Maar Lydia wist niet of ze helemaal gerustgesteld was door de brief. Waarschijnlijk niet. Vooral niet omdat Joey had toegegeven dat, toen hij Lydia met tegenzin had achtergelaten op het trottoir van Hillside Terrace, hij meteen naar zuster Lottie was gereden en zijn bezorgdheid had uitgesproken over die vreselijke oom Leonard. Ze was erg geschrokken door het nieuws, had Joey aan Lydia verteld, en ze had hem beloofd dat ze er iets aan zou doen. Wat zuster Lottie van plan was geweest, zou Lydia nooit weten.

De brief aan Noah was moeilijker om te schrijven en ze had zorgvuldig haar woorden gekozen voor als hij in verkeerde handen terecht zou komen. Ze had gehoopt dat hij tussen de regels door kon lezen en haar ware boodschap begrijpen. Ze had geschreven dat hij zich geen zorgen moest maken, dat ze alles had geregeld. Hij moest haar alleen vertrouwen, dan kwam alles in orde. Ze had erop aangedrongen dat hij rustig moest blijven en niet moest proberen om haar te zoeken. Ze had ook benadrukt hoeveel ze van hem hield en dat ze altijd van hem zou houden.

Toen Fabio weer naast haar op de bank kwam zitten, vertelde Lydia verder over de brieven. 'Ik durfde niet meer naar Noah of zuster Lottie te schrijven zodra ik het land uit was, want ik wist zeker dat de politie hun post in de gaten zou houden en zat te wachten tot er een brief uit Italië kwam, waardoor hun vermoeden werd bevestigd. Maar tegen Kerstmis schreef Joey zoals gewoonlijk naar zuster Lottie, alleen zei hij deze keer dat hij de volgende zomer niet zou terugkomen in Swallowsdale omdat hij en twee neven een restaurant gingen openen in Sorrento. Twee maanden later kreeg hij de kaart terug met een brief van een notaris, waarin hem werd meegedeeld dat zuster Lottie dood was en dat ze hem een klein geldbedrag had nagelaten. Ze had een hersenbloeding gekregen en die werd haar fataal. Ik was er kapot van. Ik kende haar sinds ik negen was, en ik hield van haar alsof...' Lydia zweeg abrupt. Ze zette haar glas neer en probeerde weer tot zichzelf te komen. 'Zuster Lottie was altijd zo lief voor me.' Haar stem haperde weer en ze legde een hand tegen haar mond.

Fabio sloeg een arm om haar heen.

'Ik voel me zo stom,' zei Lydia. 'Dat ik na al die jaren zo van streek raak. Maar ze was zo'n lieve, onschuldige vrouw die nooit ook maar iets slechts heeft gedaan. Volgens de meeste mensen was ze misschien een beetje raar, maar ik hield van haar. Ik hield zo veel van haar en ik heb nooit de kans gekregen om afscheid te nemen. Of om haar te bedanken voor alles wat ze voor me heeft gedaan. Daar heb ik altijd spijt van gehad.'

Een van de dingen die Lydia zo aardig vond van Fabio, was dat hij altijd het juiste wist te zeggen en te doen. Nu begreep hij dat ze alleen stilte nodig had, en in de welkome rust legde ze haar hoofd tegen zijn schouder. Er gingen enkele ogenblikken voorbij. In het kanaal beneden pufte een motorboot voorbij, en iemand in de buurt sloot de luiken. Toen drukte Fabio Lydia's vergeten glas Vin Santo in haar hand. 'Op zuster Lottie,' zei hij terwijl hij met zijn glas tegen het hare stootte.

Lydia herhaalde zijn woorden. 'Op zuster Lottie.'

'En Noah?' vroeg hij toen ze een slokje had genomen en haar emoties weer onder controle had.

'Ik durfde hem geen brief in Swallowsdale te sturen, dus stuurde ik er een naar Oxford, naar de universiteit waar hij zich voor had aangemeld, maar ik wist niet of hij wel of niet was toegelaten. Ik heb weken op een antwoord gewacht. Maanden. Er kwam niets. Er was een jaar voorbijgegaan sinds ik was vertrokken. Ik probeerde naar het huis in Swallowsdale te bellen, en ik wist dat ik het juiste nummer had, maar de lijn leek wel dood. Ik kreeg helemaal geen beltoon.'

'Kwam je niet in de verleiding om terug te gaan naar Engeland om hem te zien?'

'Wel honderd keer per dag, maar ik wist zeker dat ik opgepakt zou worden zodra ik voet op Engelse bodem zette.'

'Je had op dezelfde manier in Engeland kunnen komen als je bent weggegaan.'

'Ik heb altijd geloofd dat je nooit te veel risico's moet nemen, niet als je geluk zo beperkt is. Ik was erin geslaagd om het land stiekem te verlaten, dus ik piekerde er niet over om te proberen er stiekem weer in te komen. Nee, ik vroeg aan een Brits echtpaar of ze een brief voor me op de bus wilden doen als ze terug waren. Toen ik drie maanden later nog geen antwoord had, probeerde ik het via een ander echtpaar uit Londen, maar weer hoorde ik niets. Ik probeerde ook te bellen, maar kreeg geen beltoon.'

'Waarom schreef je niet naar Donna? Vertrouwde je haar niet?'

'Ik heb erover gedacht, maar ze was altijd zo nonchalant. Stel dat ze een vriend had en hij de brief in handen kreeg? Ik overwoog zelfs om naar Valerie te schrijven, al was het maar om haar te laten weten dat ik veilig was, maar ik besloot het niet te doen. Als mijn zus geloofde dat ik iemand had vermoord, dan wist ik niet hoe ze op een brief van mij zou reageren.'

Fabio haalde diep adem en zei: 'Dus uiteindelijk deed je wat iedereen in die omstandigheden had gedaan. Je gaf het op?'

Lydia knikte. 'Ja. Ik kon Noah niet bereiken. En ik denk dat toen de kwaadheid kwam en ik begon te denken dat als Noah echt in contact wilde komen met me, hij dat al wel gedaan zou hebben. Hij had tot dezelfde conclusie kunnen komen als de politie, dat ik met Joey naar Italië was gegaan. Hij had van zuster Lottie het adres van Joey kunnen krijgen en naar hem kunnen schrijven. Hij had het kunnen proberen. Het leek zo...'

'Ondankbaar van hem, na alles wat jij had gedaan?'

'Ja. Precies. Ik moest accepteren dat hij de voors en tegens had afgewogen en had besloten dat hij de universiteit en al zijn plannen zou moeten opgeven als we samen wilden zijn. Het was gewoon een te groot offer voor hem. Hij was er goed van afgekomen en wilde alles achter zich laten en opnieuw beginnen.'

'Misschien heeft hij wel naar Joey geschreven en heeft Joey de brief niet aan je gegeven omdat hij je wilde beschermen?'

'Dat bestaat niet. Joey wist wat ik voor Noah voelde.'

'Maar hij geloofde ook dat je iemand had vermoord en naar de gevangenis zou gaan als iemand wist waar je was. Dus misschien vertrouwde hij jou wel, maar Noah niet.'

Lydia fronste haar wenkbrauwen. 'Dat is al die jaren niet bij me opgekomen. Wat vreemd.'

Ze dronken allebei hun glas leeg. 'Nog eentje?' vroeg Fabio.

'Nee, ik niet. Maar ga je gang.'

'Nee, dank je.' Hij leunde achterover, legde zijn ene been over het andere en speelde afwezig met een schoenveter. Toen keek hij ernstig. Hij zette zijn benen naast elkaar. 'Er schoot me juist iets te binnen,' zei hij terwijl hij haar aankeek. 'Je kunt nog steeds schuldig bevonden worden aan een moord die je nooit hebt gepleegd.'

Lydia knikte langzaam. 'Daar heb ik al die jaren wel vaak aan gedacht.'

'Hoe kun je zo kalm zijn?'

'Ik heb jaren de tijd gehad om me erbij neer te leggen. Ik leerde algauw om niet te schrikken als er op de deur werd geklopt.'

'Maar je zei zelf dat geluk hebben beperkt is. Als het eens opraakt? Wat dan? Als het verleden je inhaalt?'

'Wie weet wat ik dan zal doen,' zei ze, opeens uitgeput ondanks de cafeïne die door haar bloed raasde. Ze keek naar de foto's op de tafel en voelde het verleden aan haar trekken en haar tegelijkertijd afstoten.

'Ik zal zorgen dat je niets overkomt, Lydia,' zei Fabio. 'Dat heb ik Marcello beloofd en daar houd ik me aan.'

'Nu doe je dramatisch.'

Toen een sleutel in het slot werd omgedraaid en blije stemmen klonken, zo in tegenstrijd met hun eigen ernst, keken Lydia en Fabio elkaar aan.

'Je moet hem vertellen dat je zijn vader hebt gekend,' zei Fabio terwijl Lydia vlug de foto's bijeenraapte. 'Ik ga niet weg tot je het hebt gedaan.'

'En dan moet ik zeker tussen neus en lippen door zeggen: o, en wist je trouwens dat je vader een moordenaar is, Ishmael?'

'Wie doet er nu dramatisch?'

52

DE CONFRONTATIE WERD Lydia bespaard omdat Fabio niet mee naar binnen kwam met Chiara; hij was alleen zo voorkomend geweest om haar thuis te brengen. Maar toen Fabio zijn jas aantrok en weg wilde gaan en Chiara buiten gehoorsafstand was, liet hij Lydia beloven dat ze binnen vierentwintig uur aan Chiara zou vertellen wat ze hem had verteld.

Na een uiteraard rusteloze nacht werd Lydia de volgende ochtend wakker met een zwaar hoofd en een ongerust gevoel. Ze trok haar ochtendjas aan en ging naar de keuken. Haar stemming werd er niet beter op omdat ze weer een kruk nodig had. Chiara was neuriënd ontbijt aan het maken, en haar hoofd en schouders bewogen mee met de muziek op de radio. Ze straalde geluk uit, als zonlicht op een lentedag.

'Ik wilde voor vanavond iets speciaals koken,' zei Chiara toen ze haar zag. 'Als je het goedvindt, wil ik Ishmael ook uitnodigen. Gaat het, Lydia? Je ziet er niet goed uit. Heb je weer last van je enkel? Oom Fabio vertelde over jou en de trapleer. Wat bezielde je in godsnaam?'

'Mijn hemel, wat ben jij aan het kwetteren vanmorgen. Mag ik eerst een kop thee voor ik me aan nog meer vragen moet onderwerpen? Vind je het erg om de radio uit te zetten?'

Chiara was eén en al glimlach. 'Natuurlijk. Sorry. Ga zitten, dan krijg je je ontbijt van me. Wat wil je? Wat fruit?'

'Alleen thee, graag.'

Weer neuriënd maakte Chiara haar ontbijt verder klaar en ging zitten. 'Wat vind je ervan als Ishmael vanavond komt eten? Ik wilde je favoriete *spaghetti con le vongole* maken. We kunnen oom Fabio en Paolo ook uitnodigen.' Haar gezicht betrok. Intuïtief als altijd vroeg ze: 'Wat is er?'

'Niets. Waarom denk je dat er iets is?'

'Ik zie het aan je gezicht. Je maakt je zorgen over iets. Komt het door mij? Heb ik iets verkeerd gedaan? Ben ik te bazig geweest door je te laten thuisblijven?'

Lydia glimlachte. 'Nee, Chiara, het heeft niets te maken met werk of dat je bazig was. Maar dat moet wel ophouden.'

Chiara stak een lepel in haar yoghurt en glimlachte ook. 'Jij bent de baas.' Toen, ernstiger en duidelijk niet bereid om de zaak te laten rusten, zei ze: 'Waar maak je je dan zorgen over?'

Om tijd te rekken en tegen beter weten in dat het antwoord op haar vraag haar zou vrijwaren van bekentenissen, duwde Lydia tegen het schijfje citroen in haar thee. 'Wat voel je eigenlijk voor Ishmael?' vroeg ze. Als de kans bestond dat de relatie tussen Chiara en Ishmael binnenkort als een kaars zou doven, hoefde Lydia niets te vertellen. Dan zou alles weer worden zoals vroeger.

'Wat heeft dat ermee te maken?' vroeg Chiara argwanend.

Meer dan jij je kunt voorstellen, dacht Lydia. 'Geef me alsjeblieft antwoord. Ik weet dat het nog vroeg is en dat jullie elkaar amper kennen, maar denk je dat het serieus is tussen jullie?'

Chiara zette haar potje yoghurt neer. 'Ja,' zei ze. 'Heel serieus. Ik heb nog nooit zoiets voor iemand gevoeld.' Ze glimlachte en ontspande zich een beetje. 'We hebben allebei het idee dat we elkaar altijd gekend hebben. Heel bijzonder.'

'In dat geval moet ik je vertellen dat ik er honderd procent zeker van ben dat ik zijn vader heb gekend.'

'O ja?' Chiara boog zich naar voren en leunde met haar ellebogen op de tafel. 'Hoe is het mogelijk. Hoe weet je dat zo zeker?'

Het werd tijd om de foto's erbij te halen. 'In de la van mijn nachtkastje ligt een envelop met foto's. Wil je die even halen? Als je ze ziet, zul je mijn reactie van gisteravond begrijpen.'

Zodra Chiara de foto's in handen had, floot ze zacht. 'Nu begrijp ik waarom je zo vreemd deed. Het had Ishmael kunnen zijn.'

'Ik heb het je nog niet verteld, maar Ishmael is er de oorzaak van dat ik mijn enkel heb verstuikt. Ik zag hem lopen en ik was zo verbijsterd dat ik struikelde.'

'Vertel eens over de man op wie hij lijkt.'

'We leerden elkaar op school kennen, toen we negen waren. We werden onafscheidelijk. Als broer en zus. Maar dat veranderde toen we ouder werden, toen we tieners waren... toen werd onze relatie... anders.' Lydia struikelde onhandig over haar woorden. Hoe kon ze met zo weinig ontoereikende woorden beschrijven wat zij en Noah voor elkaar hadden betekend?

Chiara kwam haar te hulp. Met glanzende ogen en een geanimeerd gezicht zei ze: 'Werden jullie verliefd? Geliefden?'

Lydia knikte. 'We dachten dat niets ter wereld ons kon scheiden.'

'Wat fantastisch!' riep Chiara uit. Ze gedroeg zich als een meisje dat pas verliefd was en dat wilde dat iedereen ook verliefd zou zijn. 'Wat prachtig. Als het natuurlijk waar is dat Ishmael de zoon is van die man die je hebt gekend.' Weer keek ze naar de foto van Noah. 'Maar het kan niet anders. Dit kan geen toeval zijn. Wat een romantisch verhaal!'

Romantisch was niet het woord dat Lydia wilde gebruiken. 'Het is niet zo duidelijk als je denkt, Chiara. Er zit meer aan vast. Ishmaels vader en ik hebben elkaar niet meer gezien sinds we achttien waren.'

'Waarom niet? Hadden jullie ruzie?'

'Nee, we hadden nooit ruzie, we...'

'Je... je wilt toch niet zeggen dat Ishmael...' Chiara's ogen werden groot. 'Hij is toch niet jouw zoon? Een liefdeskind dat je moest afstaan omdat je te jong was om hem te kunnen houden? Niet dat het verschil zou maken voor Ishmael en mij. Jij en ik zijn geen bloedverwanten.'

Die opmerking stak. Lydia slikte. Ze wist dat Chiara haar niet wilde kwetsen, maar toch kreeg ze het gevoel dat zij alleen maar een verzorgster was geweest. Maar het feit dat Chiara er zo'n opmerking uitflapte, betekende dat zij en Ishmael echt een band hadden. Lydia wist dat ze het zich niet had ingebeeld toen ze hen de vorige avond had zien weggaan. 'Nee, Chiara,' zei Lydia kalm, blij dat ze zich in elk geval over één ding geen zorgen hoefde te maken. 'Ishmael is zeer beslist niet mijn zoon. Hij was geen liefdeskind dat ik moest afstaan.'

'Waarom zie je er dan zo ellendig uit? Ik dacht dat dit je blij zou maken. We leggen alles uit aan Ishmael en hij brengt je in contact met je verloren liefde. Wat kan er spannender en romantischer zijn?'

Lydia wilde opperen dat Ishmaels moeder misschien niet zo enthousiast zou zijn, maar toen ging Chiara's mobiele telefoon in haar handtas aan de andere kant van de keuken. Ze liep ernaartoe.

'Een sms van Ishmael,' zei ze met een gelukzalige glimlach. Nog steeds glimlachend keek ze op haar horloge. 'O, ik moet opschieten! Ik wil vroeg op het werk zijn, dan kan ik vanmiddag eerder weg om boodschappen te doen. Ik zal Fabio en Paolo bellen. Ik popel om Ishmael alles te vertellen.' Ze dronk haar koffie op en gaf Lydia een kus op de wang. 'Ik bel je straks nog wel.'

Had het zin om Chiara te laten beloven dat ze niets tegen Ishmael zou zeggen? vroeg Lydia zich af toen ze Chiara's voetstappen op de trap hoorde wegsterven.

Nee. Waarom wachtte ze niet gewoon af wat er zou gebeuren? Ze leek midden in een situatie te zitten waar ze niets over te zeggen had.

De verdere dag zat Lydia op hete kolen. Ze zag op tegen de avond. Ze kon zich niet voorstellen hoe ze de beleefde gesprekken met Noah's zoon moest doorstaan. Er zouden voortdurend verwijzingen zijn en al die tijd zou Fabio ongeduldig tussenbeide komen en zeggen: '*Sì, sì*, alles goed en wel, maar oom Leonard dan?'

Vlak na lunchtijd, toen ze probeerde te lopen zonder kruk – en tot haar ergernis merkte dat het niet lukte – ging de telefoon. Het was Chiara. 'Ik heb Ishmael net gesproken, en de plannen voor vanavond zijn veranderd,' zei ze. 'Ishmael en ik gaan uit eten. Je vindt het toch niet erg?'

'Helemaal niet,' zei Lydia, hoewel ze het tot haar eigen verbazing toch erg vond. 'Heb je gezegd dat ik zijn vader kende?'

'Nee, dat bewaar ik voor straks. Ik moet ophangen, want over tien minuten moet ik iemand een appartement laten zien. Wacht maar niet op me vanavond.'

'Kom je je dan niet verkleden voordat je uit eten gaat?'

'Nee, Ishmael haalt me op van het werk. *Ciao, ciao.*'

De middag strekte zich lang en eindeloos uit. Lydia probeerde wat vriendinnen te bellen, maar niemand was thuis. Zeker inkopen aan het doen voor Kerstmis, veronderstelde ze.

Na een dutje dat ze niet van plan was – maar geen wonder na de slechte nacht die ze achter de rug had – werd ze wakker in een donker appartement. Het was bijna zes uur. Nu hoefde ze alleen de avond nog zien door te komen.

Ze stond op en bewoog zich voorzichtig door de kamer, deed de lampen aan en ging toen naar het raam om de gordijnen dicht te doen. Sinds de dood van Marcello sloot ze zelden de luiken. Ze vond het niet prettig om de wereld te veel buiten te sluiten.

Snakkend naar gezelschap zapte ze langs de televisiekanalen om te zien of er iets was waarmee ze de tijd kon verdrijven. Niets. Weer pakte ze de telefoon en toetste het nummer van Fabio en Paolo in. Tot haar ergernis kreeg ze alleen hun voicemail. Ze maakte een afkeurend geluid. Waarom had iedereen het druk behalve zij?

Toen de bel ging, had ze wel een kreet van blijdschap kunnen slaken. Gered! Gezelschap! En niet zomaar gezelschap; waarschijnlijk kwam Fabio controleren of ze zich wel aan haar belofte had gehouden. De dwaas. Ze zou hem de rest van de avond niet meer laten gaan. Misschien had hij zelfs Paolo wel meegebracht.

Ze liep naar de gang en bedacht dat de hoofddeur beneden open moest zijn gebleven of dat een van de buren Fabio had binnengelaten. Leunend op haar kruk draaide ze de sleutel om en opende de deur.

Ze bleven een eeuwigheid naar elkaar kijken. Dit kon niet. Het was niet mogelijk. Haar brein hield haar voor de gek. Als ze de deur sloot en weer opendeed, zou hij weg zijn. Een hersenspinsel.

'Lyddie,' zei hij.

Ze slikte. 'Noah.'

53

'IS DIT HET moment om flauw te vallen?' vroeg ze.

'Dat vroeg ik mezelf ook af.'

'In dat geval kun je beter binnenkomen.'

Hij stapte naar binnen en meteen zag ze dat hij manker liep dan ze zich herinnerde, en dat hij een elegante wandelstok met een zilveren knop had. Ze deed de deur dicht en weer stonden ze elkaar aan te kijken.

'Bingo!' zei hij terwijl hij met zijn stok naar haar kruk wees.

'Ik ben gevallen,' zei ze. 'Ik keek niet goed uit.'

'Naar wat ik gehoord heb was mijn zoon de schuld.'

Ze knipperde met haar ogen en schudde haar hoofd alsof alles dan weer helder zou zijn. 'Sorry,' zei ze. 'Ik weet het niet meer. Ik moet even gaan zitten. Dan kun je me uitleggen wat er aan de hand is. Hoe je na al die jaren opeens uit het niets op mijn drempel staat.'

Hij volgde haar naar de zitkamer. Ze wees naar een stoel, maar hij zei: 'Als je het niet erg vindt, loop ik liever wat rond.' Het klonk alsof hij liever een bewegend dan een zittend doelwit was.

'Doe dan in elk geval je jas uit en je das af.'

Toen hij zijn jas uittrok, zag ze dat hij nog steeds die slanke bouw had waardoor elke Italiaanse *mama* hem zou willen bijvoeren. Ze pakte de jas en das aan en legde ze over de rugleuning van een stoel. De zwarte wollen jas was heel mooi van snit. Kasjmier. Duur. Heel anders dan de stijve overjas van de rommelmarkt die ze hem ooit had gegeven.

Ze ging zitten en probeerde tot zichzelf te komen. De schok werd alleen maar groter. 'Achtentwintig jaar,' wist ze uit te brengen. 'En je ziet er nog hetzelfde uit. Anders. Maar hetzelfde. Als dat enige logica heeft.'

'En jij hebt bewezen dat de voorspelling van mijn oom helemaal is uitgekomen. Je bent zelfs nog mooier geworden.'

'Oom Brad,' herhaalde ze met een verbijsterd stemmetje. 'Hoe gaat het met hem?'

'Hij woont in Zuid-Frankrijk met zijn laatste grote liefde en gedraagt zich nog steeds vreselijk. Als hij zin heeft, maakt hij een schilderij, en dat is niet vaak. Hij is nu tweeënzeventig. Niet te geloven.'

'Dat geloof ik eerder dan dat ik geloof dat ik je nu zie.'

Noah porde met zijn stok in het kleed. 'Mooi gezegd. Het is nu zeker tijd om de beleefde praatjes aan de kant te schuiven?' Hij liep stram naar een van de ramen en draaide zich toen naar haar om. 'Ishmael heeft me vanmorgen opgebeld. Hij vertelde over een meisje dat hij hier had ontmoet, Chiara, en dat haar Engelse stiefmoeder Lydia heette. Toen vroeg hij of ik als kind een Lydia had gekend, want deze Lydia had blijkbaar verteld dat ze was opgegroeid met een jongen die Noah Solomon heette. Ik wist meteen over wie hij het had. Het spijt me, maar vanaf dat moment had alleen het einde van de wereld me ervan kunnen weerhouden om naar hier te komen. Zodra ik een vlucht kon boeken, belde ik Ishmael om me van het vliegveld af te halen. Dat deed hij, samen met je stiefdochter. Je moet niet boos worden, maar Chiara was degene die voorstelde dat ik je op deze manier zou verrassen. Ik wilde je eerst bellen, om je de tijd te geven om je voor te bereiden, maar daar wilde Chiara niet van horen.' Hij glimlachte even en ging voor de haard staan. 'Ze vond deze manier blijkbaar romantischer.'

'Neem het haar niet kwalijk. Op dit moment zit haar hoofd vol romantische onzin.'

'Eerlijk gezegd was ik bang dat je zou vertrekken als ik je eerst had gebeld.'

'Waarom zou ik dat doen?'

'Omdat...' Hij haalde zijn schouders op en streek met een hand door zijn haar, zich er niet van bewust dat het nu helemaal in de war zat. 'Omdat ik niet kan geloven dat het na al die tijd echt zou gebeuren. Dat we weer in dezelfde kamer zijn.'

Wat ziet hij er nog jong uit, dacht Lydia. En nog net zo knap. Haar handen jeukten om zijn verwarde haren glad te strijken, en ze moest denken aan alle keren in dat andere leven dat ze dat daadwerkelijk had gedaan.

'Wat?' zei hij.

'Hoezo?'

'Je kijkt zo vreemd naar me.'

Ze ontspande zich een beetje en glimlachte. 'Kijk eens in de spiegel achter je.'

Hij draaide zich om en keek in de spiegel boven de schoorsteenmantel. 'Aha, ik zie wat je bedoelt.' Hij streek zijn haren glad en draaide zich weer naar haar om. 'Ik moet opbiechten dat ik niet veel ben veranderd. Ik heb net zoveel verstand van uiterlijk als een eekhoorn.' Hij hief zijn wandelstok op. 'Die heeft Ishmael voor me gekocht, met het idee dat ik me dan wat bewuster van mezelf zou worden. Hij durft me ervan te beschuldigen dat ik een pervers gevoel voor humor heb.'

'Je hebt altijd een eigen manier van kleden gehad,' zei ze terwijl ze naar het witte T-shirt onder de grijze trui met V-hals keek, en naar de zwarte spijkerbroek die gekreukt was bij de knieën.

'Jij ook.'

'Zijn we weer terug bij de beleefde praatjes?'

'Dat krijg je.'

'Misschien helpt het als we iets drinken.' Ze hees zich overeind. 'Wijn? Of iets sterkers?'

'Ik drink tegenwoordig niet meer.'

'O nee?'

'Ik heb er een poos problemen mee gehad.'

'Wanneer?'

'Toen jij wegging uit Swallowsdale. Of om preciezer te zijn, toen ik eindelijk uit het ziekenhuis werd ontslagen.'

Ze zaten nu aan de keukentafel met ieder een omelet voor zich, plus een kom sla en een fles bronwater.

Terwijl Lydia hun maaltijd klaarmaakte, had ze Noah gevraagd om in de woonkamer te blijven en naar wat muziek te luisteren. Ze had tijd voor zichzelf nodig om haar gedachten te ordenen en haar zenuwen te kalmeren. Zelfs zonder zijn aanwezigheid in de keuken was ze nog steeds helemaal in de war. Twee keer was ze bijna een vingertopje kwijtgeraakt toen ze de tomaten sneed. De tweede keer had ze luid gevloekt en het mes kletterend laten vallen. 'Gaat het?' had hij gevraagd terwijl hij naar de keuken kwam.

'Het is niets,' zei ze. 'Ik lette niet op.'

'Laat eens zien.'

Opgelaten stak ze haar hand uit. 'Het is niets,' herhaalde ze, ondanks het tegenovergestelde bewijs. Bloed droop al op haar verbonden enkel.

Hij trok een stuk keukenpapier van de rol, vouwde het doormidden en bond het strak om haar vinger. 'Waar heb je pleisters?'

'In de la achter je.'

Terwijl hij zijn hoofd boog om de pleister om haar vinger te doen, moest Lydia haar adem inhouden. Het kwam door zijn geur en aanraking. Opeens leek hij echter. Dit was geen droom. Hij was echt hier.

Toen hij de pleister om haar vinger had geplakt, raapte hij het mes op dat ze had laten vallen. Hij gaf het aan haar en heel even ontmoetten hun blikken elkaar. Herinnerde hij zich net als zij die nacht in het dal?

Geen van beiden zei iets. Hij liet haar alleen om de maaltijd klaar te maken en kwam pas terug toen ze hem riep.

Nu ze tegenover hem zat, maakte ze zich weer vertrouwd met zijn gezicht. Ze kende een heleboel mannen die, als ze halverwege de veertig waren, een buikje hadden gekregen door de leeftijd en het goede leven; ze hadden hangwangen en waren de scherpe trekken uit hun jeugd kwijt. Alles werd nogal vaag en flets. Maar Noah niet. Op de een of andere manier had hij het verstrijken der jaren weten te trotseren. Er waren rimpeltjes bij zijn ooghoeken gekomen en hier en daar wat grijze haren, maar zijn gelaatstrekken waren juist scherper en karakteristieker. Zijn wenkbrauwen waren nog net zo expressief, volmaakt gebogen, waardoor hij die ietwat verbaasde uitdrukking had. Het leven had hem niet slecht bedeeld, concludeerde ze. Hij zag er goed uit. Maar toen dacht ze aan wat hij eerder had gezegd, dat hij een poos problemen met alcohol had gehad, en dat hij in een ziekenhuis had gelegen.

'Hoe gaat het met je vinger?' vroeg hij, haar gedachten onderbrekend.

'Goed,' loog ze. Hij klopte in werkelijkheid heel pijnlijk, maar er waren belangrijkere dingen te bespreken. 'Vertel eens over dat drinken. Wanneer is het begonnen? Je was er altijd zo tegen. Je zei dat je het vreselijk vond wat het met je oom deed.'

Hij legde zijn mes en vork neer en leunde achterover. 'Wat was ik een schijnheilige zelfingenomen knul.'

'Dat ben je nooit geweest.'

'Toch wel. Oom Brad dronk en gebruikte drugs omdat hij wilde ontsnappen. En dat bleek ik toen het erop aankwam ook te willen.'

Dat kon Lydia begrijpen. Hij had iemand vermoord, dus waarom zou hij niet zijn schuldgevoel willen ontvluchten door zijn zorgen weg te drinken? Maar het was veel te vroeg om zo'n mening te geven. Hoewel ze niet wist of ze ooit zouden praten over wat hij die nacht had gedaan. Zou hij na al die jaren verwachten dat ze hem bedankte? *Dank je, Noah, dat je me wilde beschermen door oom Leonard te vermoorden. Dank je dat je de rest van ons leven hebt verpest.*

Daar had je het weer. De bittere pijn van zijn verraad.

'Je zei dat je in het ziekenhuis bent geweest,' zei ze terwijl ze haar vijandigheid bedwong. 'Waarom?'

Hij opende zijn mond om iets te zeggen, maar fronste toen zijn wenkbrauwen en masseerde zijn slaap. 'Sorry dat ik van onderwerp verander, maar heb je misschien paracetamol?' vroeg hij.

Ze ging naar dezelfde la waar ze de pleisters bewaarde en gaf hem een pakje. Hij pakte er twee uit en werkte ze met een slok water naar binnen, met zijn hoofd achterover. Bij de aanblik van die gladde, bleke huid van zijn hals kreeg ze een opwelling om hem te omhelzen.

Verbijsterd dat ze nog steeds zoiets voor hem kon voelen, ging ze vlug zitten in de hoop dat hij het niet had gemerkt, en ging door met eten. Noah niet. Hij leunde met zijn ellebogen op de tafel, vouwde zijn handen ineen en zei: 'Ik vertel later wel over mijn verblijf in het ziekenhuis. Je weet dat ik altijd een muggenzifter ben geweest. Ik ben niet veranderd, dus houd ik me aan de chronologische volgorde van de gebeurtenissen, als je het niet erg vindt. Ik heb tijdens de reis naar hier geprobeerd om me te herinneren hoe alles precies is gebeurd.'

Als ze niet had geweten waartoe het gesprek zou leiden, zou ze om die zelfbeschrijving hebben geglimlacht. 'Het kan geen kwaad om je aan details te houden,' zei ze luchtig. 'Ga door.'

'Het begon allemaal op die afschuwelijke middag toen ik het tegen je oom probeerde op te nemen en je grootvader verscheen en jij erop stond dat ik naar huis ging. God, als ik had geweten wat er zou komen, dan had ik nooit naar je geluisterd. Dan was ik gebleven, en...' Hij zweeg even, haalde diep adem en slaakte een vermoeide zucht. 'Sorry, het heeft geen zin om iets te vertellen wat overduidelijk is. Maar goed, toen ik naar huis reed was ik helemaal van slag. Ik bleef maar denken dat ik het mezelf nooit zou vergeven als die man je nog iets zou aandoen. Ik wilde weer terugrijden. Maar in plaats daarvan beging ik de grootste fout van mijn leven. Ik besloot dat ik iets nodig had om te kalmeren. Een paar glazen van wat mijn oom in huis had. Gewoon om de scherpe kantjes er vanaf te halen.'

Zijn mond vertrok van zelfverwijt. 'En dat gebeurde,' zei hij. Opeens deed hij zijn handen voor zijn gezicht en wreef toen over zijn kin. 'Over een paar details is mijn herinnering wat wazig,' vervolgde hij, 'maar ik weet wel dat toen ik eenmaal begon, in de wetenschap dat mijn oom pas de volgende dag zou terugkomen uit Londen, ik besloot dat ik volslagen vergetelheid nodig had. Dus nam ik me voor om mezelf bewusteloos te drinken, om de schaamte weg te nemen dat ik je niet kon beschermen zoals ik had gewild. Dat ik je zo in de steek had gelaten. Pas toen besefte ik wat een trotse idioot ik was. Tijdens dat drinken wilde ik naar een plaat luisteren in mijn kamer. Ik weet nog heel goed dat ik de trap op wankelde en dat ik me belachelijk onfeilbaar voelde. Ik kon alles aan, dacht ik. Nu kon ik het echt opnemen tegen die schoft en mezelf bewijzen tegenover het meisje van wie ik hield.'

Lydia voelde zich misselijk worden. Ze wilde de rest horen van wat hij te zeggen had, maar tegelijkertijd ook weer niet. Het was te veel om Noah te horen bekennen wat hij die nacht had gedaan.

'Dus stond ik boven aan de trap, en toen herinnerde ik me dat ik met jou had afgesproken in het dal. Ik had geen idee hoe laat het was en toen ik op mijn horloge wilde kijken, verloor ik mijn evenwicht. Het volgende dat ik me herinner is dat ik in het ziekenhuis wakker werd en dat oom Brad naast mijn bed in een stoel lag te doezelen. Hij bleek een vervelende tijd in Londen te hebben gehad en toen hij even na elf uur thuiskwam, vond hij me bewusteloos onder aan de trap. Ik had blijkbaar geluk dat ik mijn nek niet had gebroken. Het zat natuurlijk helemaal tegen, want ik had mijn slechte been weer verbrijzeld en moest nog maanden een rekverband dragen. Nu heb ik van die metalen pennen. Lyddie? Je zit weer naar me te staren. Wat is er?'

'Maar...' Lydia zweeg abrupt. Als hij eens een klassiek geval was met een selectief geheugen? Ontkende hij het tegenover zichzelf? Had zijn brein dat vreselijke deel van de nacht geblokkeerd?

'Lyddie,' herhaalde hij. 'Wat is er? Zeg het.'

'Maar dan kan niet. Je bent om middernacht naar het dal gegaan. Zoals we hadden afgesproken.'

Er kwam even een uitdrukking van trieste spijt op zijn gezicht. 'Had ik het maar gedaan.'

'Maar dat heb je gedaan,' hield ze vol. 'Je ging er om middernacht naartoe om mij te zien.'

Langzaam schudde hij zijn hoofd. 'Nee. Ik had niet eens de weg naar de achterdeur kunnen vinden, laat staan naar het dal. Zoals ik al zei, heeft oom Brad me even na elf uur bewusteloos onder aan de trap gevonden.

'Maar dat kan niet. Je was er wél.' Lydia verhief haar stem uit ongeduld. Hoe durfde hij na achtentwintig jaar de geschiedenis te herschrijven!

Weer schudde hij zijn hoofd. 'Ik kan je niet zeggen hoe vaak ik heb gewenst dat ik ernaartoe was gegaan. Was ik maar niet dronken geworden, dan zou alles zo anders zijn gegaan. Dan had die smeerlap je niet aangevallen en had jij hem niet hoeven...'

'Wat niet hoeven?' zei ze toen hij zijn zin niet afmaakte.

Hij keek haar aan. 'Verdedig jezelf, Lyddie. Ik wou alleen dat je niet zonder mij was weggelopen. Ik zou zijn meegegaan. Ik had alles gedaan wat je vroeg. Alles.'

Lydia had het gevoel dat ze in een zee van verwarring verdronk. Dit alles sloeg nergens op. 'Maar ik heb het niet gedaan, Noah. Jíj hebt het gedaan. Je weet het alleen niet meer.' Ze voelde dat ze beefde. 'Jíj hebt mijn oom vermoord, ik niet.'

Hij keek verbijsterd. 'Maar toen de politie me ondervroeg in het ziekenhuis, zeiden ze dat ze jou zochten. Ze zeiden dat er bewijs was. Het stond ook in de kranten.'

Tot het uiterste gedreven sloeg Lydia met haar handen op tafel. 'Dit is er gebeurd! Oké? Ik had me verslapen. Ik ging veel later naar het dal dan we hadden afgesproken. Ik vond het lichaam. Toen bracht ik het bewijs aan opdat de politie zou denken dat ik het had gedaan.'

'Waarom? Waarom deed je dat?'

'Opdat ze niet zouden denken dat jij het had gedaan, natuurlijk! Ik deed het om je in te dekken.'

'Maar ik zeg toch steeds dat ik het niet heb gedaan?' Hij streek door zijn haren. 'Ik had het niet gekund, dat zweer ik.'

'Maar als jij het niet was, en ik weet absoluut zeker dat ik het niet heb gedaan, wie dan wel?'

Ze gingen terug naar de woonkamer. Hun omelet hadden ze amper aangeraakt. Lydia huiverde. 'Kom, laat me dit om je heen doen,' zei Noah.

Dankbaar accepteerde ze het aanbod van zijn jas. Hij ging naast haar op de bank zitten, pakte haar handen en wreef er zacht over alsof hij ze wilde verwarmen. 'Ik heb het niet koud,' zei ze. 'Het komt door de schok.'

'Ik weet het,' zei hij. 'Maar dan heb ik iets te doen terwijl ik tot me door probeer te laten dringen wat je me net hebt verteld.'

'Ik kan het niet geloven,' mompelde Lydia. 'Ik kan het gewoon niet geloven. Al die tijd dacht je dat ík oom Leonard had vermoord.'

'Dat dacht ik vanaf het moment dat ik in het ziekenhuis in de plaatselijke krant over de moord las. Daardoor en door je brief, die oom Brad meebracht. Hij was vergeten dat de post zich thuis opstapelde, en toen hij je brief kwam brengen, stond de krant vol met artikelen over dat het lichaam van je oom in het dal was gevonden en dat jij vermist was en dat de politie je wilde spreken om hen te helpen met hun onderzoek, zoals ze het uitdrukten. Hij moet je handschrift hebben herkend en zijn vermoedens hebben gehad, want toen hij me de brief gaf, zei hij: 'Laat niemand anders dit lezen. Of nog beter, gooi hem weg als je hem gelezen hebt.'

'Denk je dat hij hem open heeft gestoomd en hem zelf heeft gelezen?'

'Absoluut niet. Je kunt veel van oom Brad zeggen, maar hij is niet stiekem. Wil je weten hoe ik de brief heb laten verdwijnen?'

Ze knikte.

'Ik heb hem opgegeten.'

Ondanks alles – ondanks het gevoel dat ze hopeloos de kluts kwijt was, dat een leven van geloof in iets was weggevaagd – moest Lydia lachen.

'Hoe moest ik anders vernietigen wat de politie als belangrijk bewijsmateriaal zou beschouwen, terwijl ik in bed lag?'

'Dus je las de brief en wat dacht je toen?'

'In het begin was ik opgelucht. Het verklaarde waarom je grootvader tegen oom Brad had gezegd dat hij niet wist waar je was, toen ik hem jou liet bellen om te zeggen dat ik in het ziekenhuis lag. Toen drong het tot me door. Je was in grote moeilijkheden. Je had zo goed als toegegeven dat je je oom had vermoord. Je zei dat je alles geregeld had, dat ik kalm moest blijven en je vertrouwen. En dat ik je in geen geval mocht gaan zoeken.'

'Nee! Dat bedoelde ik niet. Ik probeerde tussen de regels door te zeggen, voor het geval dat iemand anders de brief las, dat ik wist wat je had gedaan en dat ik alles onder controle had. Dat zolang je niets zei, de politie zou denken dat ik het had gedaan en dan was jij veilig. Ik beschermde je.'

'Wat had je gedaan als de politie je had gevonden?'

'Dat was mijn plan B. Ik zou me aan het verhaal houden dat oom Leonard me probeerde te overweldigen en dat het zelfverdediging was.'

'Mijn god, Lyddie. Was je bereid om dat voor me te doen?'

'Zonder enige bedenking.' *Had jij dat ook voor mij gedaan?* lag op het puntje van haar tong, maar ze durfde het hem niet te vragen.

Hij liet zijn hoofd zakken en drukte met zijn handpalmen tegen zijn ogen. 'Sorry,' zei hij toen hij weer opkeek. 'Die hoofdpijn wil maar niet weggaan. Mag ik nog wat water?'

Ze haalde zijn glas uit de keuken en gaf het aan hem. 'Waarom heb je mijn brieven niet beantwoord?' vroeg ze.

'Welke brieven?'

'Die ik naar Swallowsdale heb gestuurd. En de brief die ik naar het college in Oxford heb gestuurd waar je een plaats was aangeboden.'

'Ik ben nooit naar Oxford gegaan. Eind van de zomer werd ik uit het ziekenhuis ontslagen en toen raakte ik aan de drank. Ik gaf mezelf de schuld van alles. Ik had moeten kunnen voorkomen wat er was gebeurd. Elke dag dat ik niets van je hoorde, was weer een dag dat ik mezelf de schuld gaf en weer ging drinken. Tegen de tijd dat ik naar Oxford zou gaan, was het helemaal uit de hand gelopen. Ik kon alleen functioneren als ik 's morgens aan de wodka ging, hoewel het meestal middag was als ik wakker werd. En toen moest ik de verdere dag zorgen dat het glas steeds werd bijgeschonken.'

'Heeft oom Brad niets gedaan?'

'Hij heeft het wel geprobeerd, maar hij had het druk in Londen. Toen kondigde hij op een dag aan dat hij smoorverliefd was op een dichteres uit Cork en dat hij het huis ging verkopen en dat we naar Ierland zouden verhuizen. Ik denk dat hij ergens het idee had dat verandering van omgeving me goed zou doen. Het laatste wat ik wilde was weggaan uit Swallowsdale. Ik klampte me vast aan de hoop dat je misschien terug zou komen. Maar mijn oom hield vol. Dus vertrokken we. Ik hoef je niet te zeggen dat hij niet lang smoorverliefd bleef, en ongeveer een jaar lang waren we steeds op reis. We waren net twee zigeuners.'

'Nou, dat verklaart waarom je nooit een brief van me hebt ontvangen.'

'Oom Brad had geregeld dat onze post zou worden doorgestuurd, maar omdat we nooit ergens lang bleven, was er weinig kans dat die ons ooit zou bereiken.'

'Ik hoopte dat je zou raden wat ik had gedaan en dat je me dan zou komen zoeken.'

'Het spijt me, maar ik had het te druk met mijn eigen ellende om ook maar goed na te kunnen denken. Ik begon zelfs te geloven dat je dood was. En toen wenste ik dat ik ook dood was. Af en toe had ik dronken momenten vol bravoure, als ik me voorstelde dat ik je zou vinden, maar dan werd ik weer nuchter en herinnerde ik me je brief. Je instructies waren heel duidelijk. Ik was doodsbang dat ik iets verkeerd zou doen en de politie op je spoor zou brengen.'

'Weet je wanneer het lichaam van oom Leonard werd gevonden?'

‘Niet precies, maar het moet ongeveer twee weken na je verdwijning zijn geweest. Vlak erna kwamen twee agenten naar het ziekenhuis. Ze zeiden dat het heel belangrijk was dat ze je zouden vinden. Ze beweerden dat ze belangrijk bewijs hadden dat je in het dal met je oom had geworsteld voor hij stierf. Ik had geen idee over wat voor bewijs ze het hadden, maar ik deed mijn best om hen te overtuigen dat ze zich vergisten. Ik loog en zei dat je inderdaad met je oom had geworsteld, maar dat het die middag was gebeurd toen ik naar je huis was gegaan, en dat ik daarom had gedreigd dat ik hem zou doden, zoals je buren ook aan de politie hadden verteld. Niemand kon iets inbrengen tegen wat ik zei, en ik hoopte dat ik hun iets had gegeven waardoor jij vrijuit kon gaan of dat ze in elk geval afgeleid zouden zijn. Wat voor bewijs had je achtergelaten voor de politie?’

‘Mijn huid onder de nagels van oom Leonard, en wat haren. Stond er ook in de krant wie hem heeft gevonden?’

Noah pakte haar handen weer, alsof ze zich moest voorbereiden op weer een schok. ‘Ja,’ zei hij. ‘Je zus.’

54

VALERIE. ZE MOEST nu veertig zijn. Een volwassen vrouw. Getrouwd? Kinderen? Had ze nog steeds mystieke visioenen? Lydia had geen idee. Maar voor haar gemoedsrust en om haar schuldgevoel te sussen omdat ze Valerie in de steek had gelaten, moest Lydia wel geloven dat haar zus een gelukkig leven en voldoening had gevonden. Het schuldgevoel was echter groot. Niet alleen had ze Noah verkozen boven de behoeftes van haar zus, maar Lydia had in alle jaren erna nooit geprobeerd contact te zoeken met Valerie. Egoïstisch, uit zelfbehoud, had ze de banden doorgesneden. Achteromkijken zou haar hoop hebben gegeven op iets wat nooit zou kunnen. Valse hoop, zo had ze geleerd, was te kostbaar. Het was beter om opnieuw te beginnen. Om een nieuwe persoon te worden. Maar nu had Lydia ook nog gehoord dat haar twaalfjarige zusje het ontbindende lichaam van oom Leonard had gevonden. Wat kon dat nog meer hebben gedaan met haar toch al broze gemoedstoestand?

'Het is jouw schuld niet, Lyddie,' zei Noah terwijl hij nog steeds haar handen vasthield. Ze had geen woord gezegd, had haar gedachten niet uitgesproken, en toch wist hij hoe ze zou reageren.

'Ik denk dat ik nu liever alleen wil zijn,' zei ze.

Hij sprak haar niet tegen, maar hees zich overeind. 'Natuurlijk,' zei hij.

Dankbaar voor zijn begrip reikte ze hem zijn jas aan. 'Je logeert zeker bij Ishmael?'

'Ja.'

'Kun je de weg naar het appartement vinden? Venetië kan je alle gevoel voor richting ontnemen.'

'Net als het verleden,' zei hij. 'Maar maak je geen zorgen, ik heb een plattegrond.'

Bij de voordeur keek ze toe terwijl hij zijn jas dichtknoopte en opeens schoot haar iets te binnen. 'Ben je al eens eerder in Venetië geweest?'

Hij schudde zijn hoofd. 'Nee. Dit is de eerste keer.'
Ze glimlachte heimelijk van voldoening. 'Dat dacht ik al.'
'Hoezo?'
'Ik zou het hebben geweten. Dat is alles.'
Zijn blik hield de hare vast en hij legde een hand op haar arm. 'Mag ik morgen terugkomen? Er valt nog zo veel te zeggen.'
'Natuurlijk. En het spijt me dat ik je er nu uitgooi. Ik denk alleen dat ik niet meer helder kan denken vanavond.'
Hij verstevigde de druk op haar arm en boog zijn hoofd, alsof hij haar wilde kussen, maar toen trok hij zich terug. 'Welterusten, Lyddie,' zei hij.
'Ik betwijfel of ik kan slapen.'
'Ik ook.'
Ze ging bij het raam staan en hield het gordijn opzij terwijl ze hem nakeek en hem op de *fondamenta* beneden zag verdwijnen. Weer moest hij hebben geweten wat ze ging doen, en hij bleef in de gloed van de straatlantaarn staan om zijn das dichter om zijn hals te trekken en zijn kraag op te slaan. Toen keek hij op en zag haar. Hij glimlachte even en liep toen verder.
Ze keek hem na tot hij uit het zicht was verdwenen. Een diep gevoel van verlies kwam over haar en ze had zin om het raam te openen en hem na te roepen. Als hij eens in het donker verdween en ze hem nooit meer zou zien?
Ze ging meteen naar bed omdat ze wilde doen of ze sliep als Chiara thuiskwam. Ze kon het niet aan om antwoord te geven op het verhoor dat Chiara haar zou afnemen. Dat kon wachten tot morgen.

Ze bleek niet te hoeven doen of ze sliep. Ze was helemaal onder zeil tot ze iemand in haar kamer hoorde bewegen. Ze hoorde dat de gordijnen werden geopend en het zonlicht viel naar binnen. 'Ik heb je een kop thee gebracht,' zei Chiara.
'Hoe laat is het?' vroeg Lydia met een slaperige kreun. Het leek wel of ze medicijnen had geslikt.
'Halftien.'
Lydia kwam overeind. 'Maar dat kan niet. Zo lang heb ik toch niet kunnen slapen?' Met een wazige blik keek ze op haar wekker, en het was inderdaad halftien.

'Ik kwam even kijken toen ik gisteravond thuiskwam,' zei Chiara terwijl ze op het bed ging zitten. 'Je was diep in slaap. Ik moet zeggen dat ik heel teleurgesteld was. Ik verheugde me op een praatje.'

'Dat wil ik geloven.'

Chiara glimlachte. 'En? Hoe ging het?'

'Om te beginnen ben je heel stiekem geweest. Je hebt gisteren meerdere grote leugens verteld. Al dat gedoe over veranderde plannen. Dat is zacht uitgedrukt! Jij en Ishmael hebben het samen zitten uitdokteren. Jij hebt Noah zeker beneden binnengelaten?'

'Ik beken alle schuld. Je bent toch niet boos?'

'Dat niet. Maar het was een hele schok.'

'Maar toch wel een fijne schok?'

Lydia nam peinzend een slokje thee. 'Dat weet ik nog niet.'

'Hij leek heel aardig. Misschien een beetje serieus, maar heel knap. Ishmael lijkt werkelijk sprekend op hem, vind je niet?'

'Inderdaad.' Toen zag Lydia dat Chiara nog niet aangekleed was, en ze zei: 'Moet jij niet naar je werk?'

'Het is zaterdag. En dat betekent dat ik hier op je bed blijf zitten tot je me alles van gisteravond hebt verteld.'

'Nee!... Je dacht al die jaren dat hij een moordenaar was!... Je bent weggelopen!... Je hebt alles achter je gelaten voor hem!... Je nam het risico om naar de gevangenis te moeten!... Nee!'

Chiara sprong op en neer en draaide zich als een wervelwind om in een typisch Italiaanse reactie op Lydia's verhaal. Ten slotte kwam ze tot rust en ging op de rand van het bed zitten, en toen sprak ze de eerste kalme, redelijke woorden sinds Lydia haar verhaal was begonnen. 'Heeft mijn vader hier iets van geweten?' vroeg ze.

'Nee. Maar ik denk dat hij diep vanbinnen altijd heeft geweten dat ik iets voor hem verborgen hield. En het is van belang dat je weet dat ik nooit werkelijk tegen je vader heb gelogen. Hij heeft gewoon nooit de vragen gesteld waardoor ik gedwongen zou zijn om tegen hem te liegen.'

Chiara's gezicht stond peinzend. 'Hetgeen erop wijst dat hij iets vermoedde, maar zo veel van je hield dat hij niets wilde bederven. Hij accepteerde je zoals je was.'

Lydia knikte triest. 'Hij was een fantastische man die altijd anderen probeerde te accepteren zoals ze waren.'

'Oom Fabio zegt dat hij een van de meest integere mensen was die hij kende.'

'Je oom heeft gelijk. Misschien voelde ik me daarom tot hem aangetrokken. Misschien hoopte ik dat zijn fatsoen op me zou overgaan.'

Chiara fronste haar wenkbrauwen. 'Waarom zou uitgerekend jij dat denken?'

'Omdat vroeger, lang voordat ik naar Venetië kwam, ik het ergste aan mezelf de leugen vond die ik leefde, dat ik niet eerlijk en echt mezelf kon zijn.'

'Dat begrijp ik niet.'

'Door naar Italië te komen moest ik mijn ware identiteit verliezen. Ik woonde bijna twee jaar illegaal in het land toen Joey besloot om mijn papieren in orde te maken. Dus via een vriend van een vriend in Napels waar, zoals we allebei weten, bijna alles geregeld kan worden, kreeg ik een nieuw paspoort en alle officiële documenten die ik nodig had om legaal in het land te kunnen blijven.'

'Is Lydia je echte naam?'

'Ja, die heb ik gehouden, maar in mijn paspoort is dat mijn middelste naam. Voor ik met Marcello trouwde, heette ik Teresa Lydia Jones. Als ik dat aan iemand moest uitleggen, ook aan je vader, zei ik dat ik mijn middelste naam mooier vond.'

Opeens bezorgd over wat Chiara misschien zou denken, zei Lydia: 'Ben je erg geschokt door wat ik je heb verteld? Vind je dat ik je op een bepaalde manier heb bedrogen? Dat ik niet de vrouw ben die je dacht dat ik was?'

Chiara glimlachte. 'Helemaal niet. Je bent een fantastische moeder en vriendin voor me. Niets kan dat ooit veranderen.'

Met tranen in haar ogen boog Lydia zich naar voren en omhelsde Chiara. 'Ik zou het niet kunnen verdragen als ik je liefde en respect zou verliezen,' zei ze. 'Of je vriendschap.'

Na van tevoren te hebben gebeld, kwamen Noah en Ishmael samen bij Lydia, vlak voor twaalf uur. Toen Lydia hen naast elkaar zag staan, was ze sprakeloos. Ze staarde langer dan beleefd was naar hen. 'Nu weet ik hoe het voelt om een voorwerp in een museum te zijn,' zei Ishmael als grapje.

Noah liet Ishmael en Chiara alleen en kwam naar Lydia, die bij het raam stond. 'Hoe voel je je?' vroeg hij.

'Goed, hoor. En jij? Heb je geslapen?'

'Ik heb geen oog dichtgedaan. Ik dacht steeds dat als ik in slaap viel en wakker werd, ik zou merken dat gisteren een droom was en dat ik je nog steeds kwijt was.'

'Dat dacht ik ook toen ik je gisteren zag weggaan.'

Hij stond heel dicht bij haar. Behalve de lichte geur van zijn aftershave rook ze ook de frisse winterlucht op zijn jas. Het deed haar verlangen om naar buiten te gaan.

'Ik hoop dat je het niet erg vindt,' zei hij, 'maar ik heb alles aan Ishmael verteld.'

'Chiara kent nu ook het hele verhaal.'

Toen ze hun namen hoorden noemen, wierpen Chiara en Ishmael een blik op hen. Chiara zei: 'Wat wil je met de lunch doen, Lydia? Zal ik iets voor ons koken?'

Lydia wilde overal zijn behalve binnen, en ze zei: 'Als jullie nu eens doen wat je zelf wilt. Het is de eerste mooie dag sinds tijden, en het wordt tijd dat ik de trap uitprobeer. Ik word gek als ik niet wat frisse lucht krijg en verandering van omgeving. Ik beloof dat ik rustig aan zal doen,' voegde ze eraan toe toen ze de waarschuwende uitdrukking op Chiara's gezicht zag. 'Noah helpt me wel, ja toch?'

Noah deed mee en met een hand onder haar elleboog hielp hij Lydia het huis ontvluchten. Het duurde een hele poos voor ze de korte afstand naar de Zattere hadden overbrugd, en daar liet Lydia zich dankbaar op een stoel op een van de terrassen zakken. Met hun gezicht in de heldere decemberzon en de zonnebrillen op zei Noah: 'Je bent helemaal niet veranderd, hè? Je bent nog net zo doelbewust en vastberaden.'

'Waarschijnlijk moet ik het later bezuren als mijn enkel opzwelt ter grootte van een voetbal, maar nu is het heerlijk. Je hebt het toch niet te koud?'

'Helemaal niet.' Hij keek om zich heen. 'Zo te zien is dit een populaire gelegenheid.'

De meeste klanten waren chic geklede Italianen; veel vrouwen droeg lange bontjassen. Op zachte toon zei Lydia: 'Het is nogal gericht op toeristen, maar op een dag als vandaag vind ik het niet erg. Ik vind het leuk om alle dingen te doen die je volgens puristische snobs niet hoort te doen in Venetië.' Ze zag een kelner komen en, denkend aan wat Noah haar de vorige avond had verteld, zei ze: 'Vind je het erg als ik een glas prosecco neem?'

'Ga je gang. Neem wat je wilt. Ik neem warme chocolademelk.'

Toen hun bestelling was gebracht, ging het gesprek de enig mogelijke kant op: Lydia vertelde over haar leven in Napels. 'Daarna verhuisde ik naar Sorrento, waar Joey met een paar neven een restaurant had geopend,' legde ze uit. 'Ik heb een jaar of drie voor hem gewerkt en besloot toen dat het tijd was om mijn eigen weg te kiezen. Ik ging naar Positano, waar ik een baan in een hotel kreeg en daarnaast Engelse les gaf. Het duurde niet lang of ik gaf fulltime Engelse lessen.'

'God weet hoeveel spijt je moet hebben gehad omdat je als het ware in ballingschap leefde, en ik wil niet ongevoelig klinken, maar vond je het niet het ergste dat je niet naar de universiteit kon? Het was zo'n belangrijk doel voor je.'

'Ik heb mezelf nooit toegestaan om daaraan te denken. Ik richtte al mijn energie op het nieuwe leven dat ik voor mezelf schiep.'

'En Joey? Heb je nog contact met hem?'

'Niet zo vaak als we beiden zouden willen, maar af en toe bellen we elkaar op. Hij is getrouwd, heeft vijf kinderen en wordt binnenkort grootvader. Hij heeft nu drie restaurants. Ik denk dat je niet eens de reden wist waarom hij zo plotseling terug moest naar Italië.'

Noah schudde zijn hoofd.

'Zijn moeder had een hartaanval gekregen en hij zette alles opzij om naar haar toe te gaan. Ze overleefde het niet alleen, ze leeft nog steeds en verheugt zich erop om overgrootmoeder te worden.'

Een bejaard echtpaar met een hondje in een geruit jasje kwam aan de tafel bij hen in de buurt zitten. Noah zei: 'Dus als dat met Joey's moeder niet gebeurd was, zou je niet naar Italië zijn gegaan?'

Lydia keek naar de vlekkeloos blauwe lucht; die leek prachtig oneindig en kristalhelder, echt Venetiaans. Dit was haar thuis. 'Wie weet waar ik dan naartoe zou zijn gegaan,' zei ze peinzend.

'En Positano? Hoelang ben je daar gebleven?'

'O, jaren. Lang genoeg om er voorzichtig te settelen.'

'Een man?'

Ze knikte, zich bewust dat Noah diep in zijn lege kopje zat te staren.

'Ben je met hem getrouwd?'

'Hij vroeg me ten huwelijk, maar dat was voor mij het teken om te vertrekken. Tot ik Chiara's vader ontmoette, hield ik die dingen liever oppervlakkig.'

'Ben je uit Positano naar Venetië gekomen?' Noah keek haar nu weer aan.

'Nee, ik ging naar Sardinië, daarna een tijdje naar Rome en toen ben ik hier gekomen. Ik heb altijd makkelijk werk kunnen vinden, of het nu Engelse lessen waren, receptiewerk, als gids of vertaalwerk. Ik vond de afwisseling prettig. Ik vind vooral leuk wat ik nu doe. Chiara's vader en ik zijn samen het bureau begonnen.' Ze draaide zich om en keek over het glinsterende water naar de kerk van de Redentore, waar Marcello en zij elk jaar in juli een kaars aanstaken met al hun vrienden en familie. 'We waren een goed team,' zei ze weemoedig. 'Vier jaar geleden stierf hij aan een hartaanval. Ik mis hem nog steeds.'

'Het spijt me,' zei Noah. 'Het spijt me echt dat het geluk dat je gevonden had, je weer werd afgepakt.'

Met haar blik nog op de kerk aan de andere kant van het water gericht, zei ze: 'Soms denk ik dat hij me gelukkiger heeft gemaakt dan ik verdiende.'

'Nu lijk je wel erg hard voor jezelf.'

'Ik ben bang dat het waar is. Ik heb me nooit helemaal aan Marcello gegeven. Ik heb altijd iets achtergehouden.' Ze draaide zich langzaam weer om en keek Noah aan. 'Dat heb ik ooit eerder gedaan, mijn hart gegeven, en kijk waar dat op is uitgelopen.'

Een poosje bekeek Noah het papieren servetje in zijn handen, vouwde het zorgvuldig op en legde het op tafel. 'Wat had het allemaal anders kunnen zijn, Lyddie. Als...'

Ze hief een hand op om hem te laten zwijgen, want opeens vond ze het te pijnlijk om te denken aan wat had kunnen zijn. 'Zeg het alsjeblieft niet. Vertel me maar hoe jouw leven is verlopen. En over je vrouw. Wat vond ze ervan dat je zonder haar naar Venetië bent gegaan?'

'Ik heb geen vrouw.'

'Jawel, de moeder van Ishmael.'

'Ze is mijn ex-vrouw, Lyddie. We zijn zes jaar geleden gescheiden.'

'O. En je bent niet hertrouwd?'

Hij keek haar strak aan, en haar gezicht werd weerspiegeld in zijn zonnebril. 'Nee,' zei hij. 'Ik ben erg op mijn hoede om niet weer een vergissing te begaan. Ik ben met Ishmaels moeder om alle verkeerde redenen getrouwd. Ik was geen goede echtgenoot voor haar. Niet dat ik vreselijk was, maar gewoon niet echt goed.'

'Nadat ik uit Swallowsdale ben weggegaan droomde ik vaak dat ik naar Engeland zou terugkomen en ontdekken dat je getrouwd was.'

'Met iemand in het bijzonder?'

Lydia beet op haar lip en keek naar een *vaporetto* die wegvoer van de kade. Als ze de naam zou zeggen, zou het dan waar worden? Doe niet zo belachelijk, hield ze zichzelf voor. En wat dan nog, als Noah in haar armen troost had gevonden? 'Het was iemand van school,' zei ze. 'Misschien herinner je je haar niet meer. Ze heette Zoe Woolf.'

Noah schoof zijn kopje opzij en boog zich naar voren. Hij zette eerst zijn eigen zonnebril af en toen die van Lydia. 'Dat lijkt me iets te toevallig, vind je ook niet?' Hij legde zijn hand tegen haar wang en hield die daar. 'Al die jaren heb ik in mijn onderbewustzijn je aanwezigheid gevoeld. Soms in mijn dromen. Soms als ik een liedje uit onze jeugd hoorde. En soms door de blik van een vreemde of een gebaar. Ik probeerde je te vergeten. Daar deed ik erg mijn best voor. Maar je was er altijd, en ik hoopte dat ik op een dag dit zou kunnen doen.' Zijn hand ging naar haar kin, bracht haar mond naar de zijne en heel teder kuste hij haar op de lippen.

Het was alsof ze nooit uit elkaar waren geweest.

55

ZE BESTELDEN IETS te eten zonder dat het hun iets kon schelen wat het was. Het was niet meer dan maagvulling. En om iets te doen te hebben tijdens de ongemakkelijke stiltes.

'Waarom heb je niet geprobeerd om me te zoeken?' vroeg Lydia. 'Niet meteen, maar later, toen het je veilig leek?'

'In het begin wilde ik niets doen dat je in gevaar zou brengen. Toen ik bedacht dat je zonder mij verder was gegaan met je leven, deed ik iets doms en in een oogwenk zat mijn verdere leven op een koers waar jij niet in paste.'

'Wat heb je dan gedaan?'

'Een meisje zwanger gemaakt. Ik ontmoette Jane in Londen, waar ik mezelf voor de gek hield door te denken dat ik de kunstacademie kon doorlopen. Zij dacht dat ze me van mezelf kon redden. En een poosje geloofde ik bijna dat ze het kon. We trouwden binnen een maand nadat ze had ontdekt dat ze zwanger was. Het feit dat we allebei katholiek waren, hoewel ik er zelf bijna niets aan deed, in combinatie met mijn wens om een betere persoon te worden, om één keer in mijn leven iets goed te doen, betekende dat er geen sprake van was dat ze een abortus zou laten doen. En natuurlijk waren de dingen toen anders. Op abortus en eenoudergezinnen rustte nog een stigma. Trouwen was het enige antwoord.'

'Je moet gelukkige momenten hebben gekend, anders waren jullie niet zo lang bij elkaar gebleven.'

'Jane heeft me inderdaad stabiliteit gegeven, dus dat bood wel enig geluk. Maar Ishmael maakte het allemaal de moeite waard. Daar was ik niet op voorbereid. Hij werd een week voor mijn eenentwintigste verjaardag geboren en ik was helemaal onder de indruk. Ik kon er niet over uit dat dit leventje totaal afhankelijk was van zijn moeder en vader, terwijl we zelf nog zo jong waren. Het effect dat hij op me had, verbijsterde me. Ik begreep dat ik niet kon doorgaan met zwelgen in zelfmedelijden. Ik moest me vermannen en me normaal gaan gedragen. Ik mocht niemand anders teleurstellen. En dat betekende geen drank meer.' Hij zweeg even. 'En niet meer aan jou denken,' voegde hij er op strakke toon aan toe.

Hij wendde zich af en staarde over het water. Lydia kon het verdriet en de diepe spijt in zijn ogen zien. Opeens leek hij eronder gebukt te gaan. Haar hart ging naar hem uit. Hij had net zoveel geleden als zij. Hij had haar niet vergeten of in de steek gelaten. Door dat besef trok een golf van verlangen en begeerte door haar heen. Ze wilde hem tegen zich aan houden, zijn geur inademen. Ze wilde hem kussen zoals hij haar zonet had gekust en haar hart ging sneller kloppen. Was het werkelijk mogelijk dat door de tijd heen het sterke effect dat hij op haar had, niets minder was geworden? Terwijl hij in gedachten verzonken was, stond ze zichzelf toe om hem te bestuderen, te kijken naar de rimpeltjes bij zijn ooghoeken, de vorm van zijn mond, de stevige, gladde kaaklijn. Ze vroeg zich af hoe het zou zijn om na al die jaren met hem te vrijen. Zou hij nog steeds zo teder en liefhebbend zijn als vroeger? Zouden hun lichamen nog zo goed bij elkaar passen?

Opeens draaide hij zich om en keek haar aan. Bang dat hij zijn gave om haar gedachten te lezen niet had verloren, zei ze: 'Toen ik Ishmael voor het eerst ontmoette, zei hij als grap dat zijn vader verantwoordelijk was voor zijn naam uit het Oude Testament. Hij schreef het toe aan je vreemde gevoel voor humor.'

'Dat zegt hij tegen iedereen.'

'Jullie hebben een heel hechte band, nietwaar? Jullie konden bijna broers zijn.'

'In dat opzicht heb ik geluk gehad. Heb jij nooit kinderen gewild?'

'Jarenlang wilde ik er niets van weten, en toen ik Marcello ontmoette dacht ik dat door een kind van ons samen alles volmaakt zou worden. Maar om welke reden dan ook gebeurde het niet.'

'Maar in elk geval heb je Chiara.'

'Ja, Chiara heeft mijn leven echt betekenis gegeven. Ze was pas negen toen ik haar leerde kennen en ze miste haar moeder, die kort daarvoor was overleden. Ze deed me aan mezelf denken op die leeftijd. Ik wilde haar in de watten leggen en haar beschermen tegen de buitenwereld. Haar vader had besloten dat Engels leren misschien een afleiding voor haar was, iets om haar bezig te houden. Zo heb ik Marcello ontmoet. Hij reageerde op een van mijn advertenties.'

'En nu hebben Ishmael en Chiara elkaar ontmoet. Wat vind je daarvan?'

'Ik weet niet wat het is met de mannen Solomon,' zei Lydia met een glimlach, 'maar Chiara is helemaal verliefd. Ik heb haar nog nooit zo meegemaakt.'

'Dat geldt ook voor Ishmael. Ze zijn helemaal voor elkaar gevallen.'

'Maar ze zijn nog zo jong.'

'Niet zo heel erg jong.'

'Dat klinkt alsof je hun relatie wilt aanmoedigen.'

'Ja. Om de eenvoudige en zelfzuchtige reden dat jij en ik dan een mooi excuus hebben om elkaar te blijven zien.'

'Hebben we een excuus nodig?'

'Ik dacht dat jij dat misschien wilde.'

'O, Noah, hoe kun je dat denken?'

Hij pakte haar hand. 'Eerlijk gezegd ben ik bang. Bang omdat het zo onwerkelijk lijkt dat ik hier met jou zit. Het lijkt te mooi om waar te zijn.'

Ze rekenden af en gingen weg. Zodra ze uit de zon waren, voelden ze de kou en toen ze terugkwamen in het appartement – Chiara en Ishmael waren nergens te bekennen – waren ze blij dat ze in de warmte waren.

'Het is een prachtig appartement,' zei Noah terwijl hij goedkeurend om zich heen keek. 'De proporties zijn voornaam zonder opzichtig te zijn.'

'Dank je. Je vindt het zeker wel heel wat anders dan Hillside Terrace.'

'Een beetje.' Hij liep naar de achterwand, die was behangen met zijde. 'Niet oud, denk ik.' Dat was meer een conclusie dan een vraag. Hij zette een bril op en streek met een vinger over de Venetiaanse rode stof. 'In een te goede staat. Ik denk dat het gemengd is met polyester.'

Ze lachte en ging zitten om haar enkel te laten rusten. 'Je hebt in beide gevallen gelijk. Ik heb het hier in Venetië gekocht en het is een fractie van de prijs van het echte behang, maar het zou langer moeten meegaan. Je klinkt als een expert.'

'Ik heb mijn goede momenten,' zei hij met een glimlach, terwijl hij zijn aandacht op een van Lydia's favoriete aquarellen richtte: San Giorgio in de schemering. Ze zag dat hij het schilderij aandachtig bekeek. Aan zijn gezicht kon ze zien dat hij het mooi vond.

'In wat voor huis woon jij?' vroeg ze. 'Waar woon je eigenlijk, en wat doe je voor de kost?'

Hij borg zijn bril op en liep naar het raam. Hij leek rusteloos en op zoek naar van alles. 'Nu geven we ons echt over aan kletspraatjes,' zei hij.

'Sorry. Ik weet heel veel van je, maar heel veel ook niet. Ik moet een enorme leemte zien te zullen.'

'Goed dan. Ik woon in een dorp in Northamptonshire, in een huis dat ik drie jaar geleden heb laten bouwen. Ik heb een textielbedrijf dat meubelstoffen maakt. Onlangs hebben we een klein Italiaans bedrijf in de buurt van Padua gekocht, dat gespecialiseerd is in een bepaalde afwerking die we willen gebruiken. Daarom studeert Ishmael hier in Venetië. Hij werkt voor me, of zoals hij graag zegt, hij is mijn toekomstige opvolger en in de naaste toekomst zal hij in Padua werken. Je kijkt verbaasd.'

'Dat ben ik ook. Ik heb je me nooit kunnen voorstellen in een baan waar je in pak en stropdas moet lopen. Hoe ben je in de textielwereld terechtgekomen?'

'Dat is de schuld van oom Brad; tenslotte was hij degene die me belangstelling voor tekenen bijbracht. Toen Jane en ik trouwden en ik van de kunstacademie afging, deed ik wat in grafisch ontwerp, en toen bezorgde mijn oom me een baan als textielontwerper bij een oude vriend van hem. Ik ontdekte dat ik er talent voor had en begon er iets naast te doen dat ik makkelijk kon verkopen. Toen ik Ishmaels leeftijd had, richtte ik een eigen bedrijf op met twaalf personeelsleden. Nu hebben we er bijna honderd.'

'Indrukwekkend. Doe je ook nog wat van het creatieve werk?'

'Ik doe bijna niet anders. Een paar jaar geleden had ik geen zin meer in de saaiere kanten van een bedrijf voeren, en nu heb ik een uitstekend team dat dat voor zijn rekening neemt. Ik ben in de gelukkige positie dat ik over niet al te lange tijd wat meer vrije tijd kan nemen.'

'Ben je ooit voor je werk in Italië geweest?'

'Je had en hebt de handelsbeurzen in Milaan en Bologna, maar omdat Jane daar altijd goed in was, ging ik er na een paar jaar niet meer naartoe en liet dat graag aan haar over.'

'Werkte Jane met je samen?'

'Nog steeds. Zij runt het bedrijf samen met mij. Dat is nog een reden waarom we niet overhaast zijn gescheiden. Wat had het voor zin als we elke dag samenwerkten? Het was iets anders geweest als we elkaar in de haren vlogen, maar dat was niet zo.'

Opeens voelde Lydia een steek van jaloezie. 'Een echt familiebedrijf dus?'

Noah fronste zijn wenkbrauwen en liep stram door de kamer. 'Zo ging het nu eenmaal. Had jij niet dezelfde situatie toen Marcello nog leefde? Alleen was het anders voor jou; jullie hielden van elkaar. Jane en ik hebben een uitstekende werkrelatie, maar voor de rest is er jaren alleen vriendschap tussen ons. Achttien maanden geleden is ze hertrouwd en ze is nu gelukkiger dan ze ooit bij mij is geweest.'

Lydia sloot haar ogen en ze voelde zich rood worden van schaamte. 'Sorry,' zei ze met gebogen hoofd, terwijl ze aan de pleister frunnikte die Noah de vorige avond om haar vinger had gedaan. 'Ik weet niet hoe dat opeens kwam. Ik voelde me opeens zo jaloers. Let maar niet op me. Ik ben gewoon onredelijk.'

Hij streek met een hand over haar rug en zei: 'Ik vind je anders volkomen redelijk.'

Redelijk of niet, Lydia kon één ding niet uit haar hoofd zetten: de gedachte dat Noah niet had geprobeerd haar te zoeken. 'Die keren dat je naar Milaan en Bologna ging,' zei ze, 'heb je toen nooit gedacht dat ik wel eens in Italië kon zijn? Je moet hebben vermoed dat ik er met Joey naartoe was gevlucht.'

Noah's hand kwam tot stilstand. Hij bleef een poos zwijgend zitten en keek voor zich uit. Toen keek hij haar weer aan en zei op zachte toon: 'Overal waar ik kwam dacht ik dat jij er kon zijn, Lyddie. Toen ik in Londen woonde, wist ik zeker dat je met opzet verdween op de dag van Joey's vertrek om de politie in de waan te brengen dat je naar Italië was gegaan, terwijl je in werkelijkheid helemaal niet het land uit was. Hoe vaker ik dit dacht, hoe meer ik ging geloven dat je naar de plaats was gegaan waar elke wegloper naartoe gaat: Londen. Ik werd bijna gek van het idee dat je misschien vlak om de hoek woonde. Ik zocht alle nummers met de naam Turner in het telefoonboek en belde ze. Het was absurd. Als je je identiteit verborgen wilde houden, zou je immers niet in het telefoonboek laten zetten waar je woonde?' Zijn hand ging naar haar schouder. 'Het spijt me, maar omwille van mijn huwelijk en Ishmael moest ik het loslaten. Ik moest geloven dat je gelukkig was, waar je ook zat.'

Het begon te schemeren toen Noah op het onderwerp kwam waar ze tot nu toe omheen hadden gedraaid.

'Lyddie,' zei hij, 'je beseft toch wel dat je met me mee terug moet naar Engeland? We moeten erachter zien te komen wie je oom werkelijk heeft vermoord. Als je dat niet doet, zullen de mensen altijd denken dat jij de dader was. Je moet je naam zuiveren. Je kunt niet de rest van je leven zo doorgaan.'

Het was precies waar Lydia zo tegenop had gezien. Ze wilde niet terug naar Swallowsdale. Niet als ze bang was dat ze misschien nooit meer terug zou kunnen naar Venetië.

56

TWEE DAGEN LATER was alles geregeld en stapte Lydia in het vliegtuig naar Heathrow. Ze was op van de zenuwen. Ze had zich nooit op haar gemak gevoeld in vliegtuigen, iets wat Marcello nooit had begrepen tijdens de paar keren dat ze samen hadden gevlogen. Maar hij kende de oorzaak van haar ongerustheid dan ook niet en had aangenomen dat ze de gewone angst koesterde dat hun vliegtuig zou neerstorten. Hoe kon hij weten dat de aanblik van een douanebeambte met zijn of haar hand uitgestrekt naar haar paspoort, Lydia veel banger maakte dan de gedachte aan een ontploffing in de lucht?

Lydia staarde naar het tarmac terwijl ze haar veiligheidsriem vastmaakte, en vroeg zich af of het te laat was om van gedachten te veranderen. Waarom kon ze niet gewoon het risico nemen en de rest van haar leven in Venetië slijten zonder ooit te weten wie oom Leonard had vermoord? Wat deed het ertoe na al die tijd?

Toen ze die gedachten de vorige avond tijdens het avondeten had uitgesproken tegen Fabio en Paolo, kreeg ze hetzelfde argument te horen als dat van Noah, dat ze haar naam moest zuiveren. Fabio had er nog een waarschuwing aan toegevoegd en had Noah laten beloven dat hij goed voor Lydia zou zorgen als ze weg waren. Maar hoe kon Noah dat als de politie ontdekte dat ze in het land was? Hij dacht weliswaar dat de zaak allang verjaard was en dat ze het politiebureau in Swallowsdale kon binnenlopen zonder dat iemand ook maar een spier vertrok, maar daar was zij niet zo zeker van. Ook niet door zijn geruststelling dat haar paspoort geen alarmbellen zou doen rinkelen. 'Je bent Italiaans staatsburger, je hebt een Italiaans paspoort, en je naam is Tomasi. Waarom zou iemand je ervan verdenken dat je een misdaad in Engeland hebt begaan die al die jaren geleden gepleegd is?' redeneerde Noah. Hij was er meer dan honderd procent zeker van dat haar niets zou overkomen.

Maar toen het vliegtuig opsteeg en ze het tarmac onder zich zag verdwijnen, voelde Lydia zich helemaal niet veilig. Ze wou dat ze nooit had toegegeven aan Noah en de anderen. Nu ze had bewezen dat ze zonder veel pijn en zonder een kruk kon rondlopen, hadden Fabio en Paolo hen gisteravond uitgenodigd voor een diner. Lydia was er niet ingetrapt. Ze wist dat Fabio Noah wilde ontmoeten om te zien wat hij voor iemand was. 'En wat vind je van Noah?' had ze hem discreet in het Italiaans gevraagd toen hij haar naderhand in haar jas hielp. 'Ik mag hem wel, Lydia,' had hij gefluisterd. 'En zijn zoon ook. Maar wees alsjeblieft voorzichtig. Hij heeft je hart al eens eerder gebroken. Ik wil niet dat je weer gekwetst wordt.'

Er was geen sprake van dat Lydia weer helemaal opnieuw verliefd zou worden op Noah. Dat was onmogelijk, om de eenvoudige reden dat ze nooit was opgehouden van hem te houden. Ze was er dan wel in geslaagd om hem het grootste deel van haar leven weg te duwen, maar de band was er nog. En de aantrekkingskracht was zelfs nog groter.

Het vliegtuig was nu op hoogte en Venetië en de lagune waren uit het zicht verdwenen. Het gemis trok aan Lydia's hart. Zou ze de stad ooit terugzien? Waarom zette ze alles op het spel? Ze wierp een blik op Noah, alsof ze geruststelling zocht.

'Gaat het?' vroeg hij.

'Nee,' zei ze. 'Ik ben als de dood.'

Hij legde een hand op haar pols en streelde die vol liefde. 'We doen dit samen. Vergeet dat niet.'

Eenmaal geland hield Noah haar hand vast onderweg naar de paspoortcontrole. 'Er gebeurt niets,' fluisterde hij in haar oor toen het eindelijk haar beurt was om naar voren te stappen. En inderdaad werd er slechts een oppervlakkige blik op haar paspoort geworpen en kon ze doorlopen.

Toen ze hun bagage van de loopband hadden gehaald, namen ze de uitgang met 'Niets aan te geven' en kwamen in de aankomsthal. Een enorme kerstboom domineerde de drukke ruimte. Op van de zenuwen wilde Lydia als een kind Noah's geruststellende hand weer voelen, maar hij duwde de kar met hun bagage.

'Dat hebben we gehad,' zei hij toen ze hun bagage in de kofferbak van een zilverkleurige sportauto, een Mercedes, hadden gestouwd. 'Nu hoeven we alleen nog maar de verschrikkingen van de M25 te ondergaan.'

Op het vasteland, buiten Venetië, was Lydia gewend aan Italiaanse autobestuurders en hun liefde voor snelheid – zelf was ze ook niet bepaald langzaam – maar zodra Noah het vliegveld achter zich had gelaten, trapte hij het gaspedaal in op een manier waar geen Italiaan aan kon tippen. Maar niet eenmaal was ze bang. Hij reed vol zelfvertrouwen, nooit onzorgvuldig, en hij hield zijn blik op de weg gericht.

'Leuke auto,' merkte ze op.

'Dank je. Auto's zijn een van mijn zwakheden, vrees ik, en dit is beslist een auto waardoor een man in moeilijkheden kan raken.'

Lydia ontspande zich een beetje en glimlachte. 'Kom op, ik weet dat je zit te popelen. Welk model en welke motor?'

Zijn ogen lichtten op. 'Het is de SL600 en een V12 biturbo 5,5 liter motor, die in vierenhalve seconde op negentig kilometer zit. Ik heb er bijna tien maanden op moeten wachten.'

Ze lachte. 'Ik vond de auto leuk die oom Brad op je zeventiende verjaardag voor je had gekocht. Wat is ermee gebeurd?'

'Die heb ik in de prak gereden. Ik was destijds steeds dronken.'

Het was donker toen Noah eindelijk de auto parkeerde op een met grind bedekte oprit voor een portiek met pilaren. Van wat Lydia van het huis kon zien, zag het er elegant en apart uit. Een beetje zoals de eigenaar.

Binnen zette Noah hun bagage in de hal, deed de lichten aan en drukte knopjes van een alarmsysteem in. 'Sorry dat het niet erg warm is,' verontschuldigde hij zich. 'Ik had de thermostaat op de laagste stand gezet. Ik zal hem even hoger zetten.'

Ze volgde hem naar een grote, L-vormige keuken en terwijl hij door een andere deur verdween bekeek ze haar omgeving, nieuwsgierig om Noah als volwassene in zijn woning te observeren. Hij was heel netjes, bedacht ze toen ze de keurige granieten oppervlakken zag. Wat een verschil met oom Brads slordige keuken in Upper Swallowsdale House. De inrichting was strak, koel en neutraal.

Niets vloekte met elkaar. In het midden van de keuken stond een kookeiland en in het crèmekleurige kastje ertegenover een discreet ingebouwde flatscreentelevisie. Lydia stelde zich Noah voor terwijl hij hier at en naar het avondnieuws keek. Naast een groot fornuis van roestvrij staal was een plank met kookboeken en een set professionele keukenmessen. Kon hij goed koken? Op een plank boven de kookboeken stond een ingelijste foto van een jonge Ishmael, misschien tien of elf jaar oud. Het had makkelijk een foto van Noah op die leeftijd kunnen zijn.

'De thermostaat is geregeld,' zei Noah terwijl hij weer in de keuken kwam. 'Koffie?'

'Graag.'

Hij zette de waterkoker aan en ging naar een koelkast op ooghoogte. 'Mooi zo,' zei hij. 'Niet alleen hebben we melk, maar ook iets om te eten vanavond. Een ovenschotel van gehakt en aardappelpuree. Wat zou ik moeten zonder mevrouw Massey?'

'En wie mag dat zijn?'

'Mijn huishoudster. Ze komt drie keer per week en is een godsgeschenk. Helaas had ik vergeten haar te vragen om de verwarming hoger te zetten.'

Mevrouw Massey was ook gevraagd om de grootste logeerkamer in gereedheid te brengen, en toen Noah Lydia mee naar boven nam, zagen ze dat op de toilettafel een vaas met een mooi boeket stond en dat in de aangrenzende badkamer schone handdoeken hingen.

'Wel een groot huis voor één persoon,' merkte Lydia op toen ze weer op de grote overloop waren en ze het koepelplafond bewonderde.

Met zijn handen op de eiken balustrade zei Noah, terwijl hij naar de lichte eiken vloer beneden keek: 'Wat kan ik zeggen? Ik heb graag ruimte om me heen.'

'Dan moet je Venetië heel benauwend hebben gevonden. Sommige mensen vinden het claustrofobisch en moeten er niets van hebben.'

'Dat vond ik helemaal niet. Integendeel zelfs. Kom mee, ik wil je iets laten zien. Maar je moet beloven dat je niet helemaal van slag raakt als je het ziet.'

'Waarom dacht je dat ik van slag zou raken?' vroeg Lydia nadat hij de deur van zijn slaapkamer had geopend en ze naar binnen waren gegaan. Aan de muur tegenover zijn bed, boven een ladekast, hing het portret dat oom Brad van Lydia vlak na haar zeventiende verjaardag had geschilderd.

'Ik was bang dat je het raar zou vinden dat ik het nog steeds heb,' zei hij. 'Vooral omdat het in mijn slaapkamer hangt. En voor je het vraagt, nee, tijdens mijn huwelijk was het zorgvuldig opgeslagen.'

'Wanneer zag het het daglicht weer?'

'Toen ik hier kwam wonen. Mevrouw Massey is de enige die het heeft gezien. Niemand anders komt ooit in mijn slaapkamer.'

Lydia liep erheen om haar zeventienjarige zelf beter te kunnen bekijken. Wat zag ze er jong uit. En wat ernstig en melancholiek. Had oom Brad haar zo gezien? Ze vroeg zich af hoe hij haar nu zou schilderen. Zou hij de lijntjes om haar ogen benadrukken, de grijze haren aanbrengen die haar kapper zo kunstig voor haar wist te verbergen, om haar ware ik te tonen? Om het leven te onthullen dat ze leidde? 'Destijds wist ik nooit precies of oom Brad een goede schilder was,' zei ze terwijl ze een stap achteruit deed van het olieverfschilderij en haar verloren jeugd, 'maar nu kan ik zien dat hij meer dan goed was. Hij had een bedreven penseelstreek. Geen wonder dat hij altijd in Londen was voor exposities.' Opeens lachte ze. 'Ik weet nog dat toen ik voor het eerst bij je thuis was en al die kaarsen zag, ik dacht dat jullie zo arm waren dat jullie je geen elektriciteit konden veroorloven.'

Noah kwam achter haar staan. 'Ik werd het nooit beu om naar dat gezicht te kijken,' zei hij. Ze voelde zijn hand op haar schouder en toen dat haar haren werden opgetild opdat hij haar nek kon kussen. Ze smolt bij zijn aanraking en wilde zich omdraaien om hem te kussen, maar ze wist dat er dan maar één gevolg zou zijn met het bed zo dichtbij. Waren ze daar wel aan toe? Ze dacht aan de logeerkamer die Noah voor haar in orde had laten maken. Lag dat aan zijn goede manieren, of wees het op tegenzin van zijn kant om die stap te zetten?

Nadat ze hadden gegeten en alles hadden afgeruimd en omdat ze de volgende ochtend vroeg zouden vertrekken, spraken ze af dat het verstandig zou zijn om vroeg te gaan slapen.

'Weet je zeker dat je alles hebt wat nodig is?' vroeg Noah op de overloop buiten haar kamer.

'Dat heb je me al twee keer gevraagd.'

Hij glimlachte opgelaten. 'Ik weet het. Ik denk dat ik het moment aan het uitstellen ben.'

'Welk moment?'

'Het moment waarop ik je vraag wat ik je in werkelijkheid wil vragen.'

'En dat is?'

'Zullen we ophouden met die onzin van de logeerkamer? Ik dacht dat het juist was om te doen, maar ik kan het niet volhouden. Ik kan niet in de kamer naast die van jou liggen in de wetenschap dat je maar een paar meter van me vandaan slaapt. Ik wil je vannacht in mijn bed. Ik wil met je vrijen. Ik wil morgenochtend wakker worden met jou in mijn armen.

Ze boog zich naar hem toe. 'Dat wil ik ook.'

Noah hield haar in zijn armen, kuste haar en raakte haar zacht aan. 'Ik heb je zo gemist,' zei hij schor.

Ze streelde zijn gezicht en keek in zijn donkere, vertrouwde ogen. 'Ik heb je mijn hele leven gemist.'

Hij nam haar mee naar het bed en begon haar weer te kussen, terwijl zijn vingers aan de knoopjes van haar bloes frunnikten. 'God, wat ben ik opeens zenuwachtig,' zei hij. 'Ik lijk wel een puber.'

'Ik ook,' biechtte ze op, en opeens verlegen pakte ze zijn handen. 'Noah, je beseft toch wel dat het niet hetzelfde zal zijn tussen ons? Ik... ik ben ouder geworden.'

Hij trok vragend een wenkbrauw op. 'Wat bedoel je?'

'Ik zie er niet meer zo uit als vroeger.'

Hij glimlachte, trok zijn T-shirt uit en wierp het op de vloer. 'Gelukkig maar. Want dat geldt ook voor mij.' Hij kuste haar weer. 'Maak je geen zorgen,' fluisterde hij. 'Het is goed.' Hij maakte haar bloes los, trok die uit en sloeg zijn armen om haar heen om haar beha los te maken.

'Zeg niet dat ik je niet heb gewaarschuwd,' zei ze, half als grapje en half serieus.

Hij legde haar met een langdurige, tedere kus het zwijgen op en legde haar toen op het bed. Zijn lippen gleden naar haar hals en toen naar haar borsten. Het duizelde haar.

Toen ze allebei helemaal uitgekleed waren, legde Lydia haar handen plat tegen zijn borst en legde vervolgens haar oor ertegen. 'Dat deed ik altijd zo graag,' mompelde ze, 'naar je hart luisteren.'

'Je lichaam is helemaal niet veranderd,' zei hij. 'Je ziet er nog steeds uit als achttien.' Er lag een uitdrukking van verwondering op zijn gezicht.

'Dat komt door het licht hier,' zei ze. 'Dat zou een rinoceros nog flatteren.'

'Laten we iets afspreken. Terwijl jij doorgaat met het over alles oneens met me zijn, ga ik met je vrijen. Hoe klinkt dat?'

Lydia lachte en hield haar adem in toen hij zachtjes zijn hand tussen haar benen legde. Ze sloeg haar armen om hem heen. Zijn aanraking was soepel en vaardig, en toen hij naar beneden gleed en ze zijn mond op haar voelde, reageerde haar lichaam zoals het in geen jaren had gedaan. Ze sloot haar ogen en gaf zich over aan het intense genot.

Hij nam de tijd, en hield haar op het randje tot eindelijk de tintelende bevingen uitbarstten in een orgasme dat zo doortrokken was van liefde dat ze amper kon ademen. De verlossing was immens, bijna spiritueel. Toen ze stil bleef liggen kwam hij naast haar en klemde haar tegen zich aan.

Toen ze eindelijk weer kon praten, zei ze: 'Ik zie dat je nog steeds de natuurlijke gave hebt om een orgasme op te wekken.'

'Het helpt als je met de juiste vrouw samen bent,' zei hij zacht, terwijl hij op een elleboog steunde. Hij keek haar diep aan, met donkere ogen, en streelde haar wang. 'Het voelde altijd goed aan met jou. Nog steeds.'

Lydia draaide haar gezicht om en kuste zijn handpalm. 'Ik droomde er vroeger van dat we weer samen waren zoals nu. In bed. Ik werd altijd huilend wakker. Ik moest mezelf aanleren om nooit aan je te denken. Dat was het moeilijkste dat ik ooit heb gedaan.'

'Het spijt me,' zei hij. 'Van al die verspilde jaren.' Zijn stem klonk gesmoord.

'Mij ook.' Ze liet haar hand over zijn lange, slanke lijf glijden. In het zachte licht van de lamp achter hem zag ze de talloze littekens op zijn toegetakelde been. Hij zag dat ze ernaar keek en wilde het dekbed pakken om het te bedekken. Ze hield hem tegen. 'Doe dat alsjeblieft niet,' zei ze. 'Het hoort bij je.' Ze duwde hem op zijn rug en kuste hem zacht op de mond. Zijn lippen gingen van elkaar en ze streek erlangs met haar tong. Hij huiverde en opende zijn mond wijder, terwijl hij haar met een hand tegen zich aan drukte. Ze maakte zich met een glimlach los. 'Ik denk dat ik deze keer bepaal wat er gebeurt,' zei ze.

Hij trok een vragend gezicht.

Lachend sloeg ze een been om zijn heupen en ging schrijlings op hem zitten, met rechte rug. 'Hoe lang zei je dat je auto er over deed om negentig kilometer per uur te halen?'

Hij kreunde. 'Wees lief voor me, Lyddie. Het is een poos geleden.'

57

DE VOLGENDE OCHTEND had een dun laagje sneeuw Noah's tuin in een magisch winterwonderland veranderd. In het donker had Lydia de formele buxushagen of de stenen urnen langs de oprit niet gezien. In de verte voorbij een kerktoren en achter zacht golvende heuvels, rees een bal van glinsterend gouden licht op. Het was een verbluffend mooie dag. Ze stouwden hun bagage in de kofferbak van de auto en hun adem vormde wolkjes in de koude lucht.

Aan het einde van de oprit draaide Lydia zich om en wierp een laatste blik op het huis, alsof ze het in haar geheugen wilde opslaan.

'Maak je geen zorgen,' zei Noah. 'Ik beloof je dat je het terugziet.'

Hun bestemming was Swallowsdale. Noah had alles gepland, tot waar ze zouden logeren en wat ze het eerst zouden doen. Voordat ze uit Venetië vertrokken, had hij een kamer gereserveerd in het Oak Manor Court Hotel, en daar gingen ze nu heen. Lydia had gedacht dat ze vervolgens naar de bibliotheek in Swallowsdale zouden gaan en daar uren microfilms met krantenartikelen over de moord gingen bekijken. Maar blijkbaar niet. Noah zei dat ze eerst zouden rondneuzen en daarna naar de bibliotheek gingen.

Ze waren op de snelweg toen Noah een knop indrukte en er muziek weerklonk. Ze herkende het niet, maar ze was natuurlijk meer op de hoogte van Italiaanse bands en zangers. 'Waar luisteren we naar?' vroeg ze.

'Een album van Thom Yorke, *The Eraser*.'

Toen ze nietszeggend keek, zei hij: 'Radiohead?'

'Dat klinkt bekend,' zei ze vaag.

'Zeg niet dat we ons eerste cultuurverschil hebben.'

Ze glimlachte en keek uit het raam naar het landschap. Engeland, achtentwintig jaar later. Ze had het een en ander in te halen.

Het Oak Manor Court Hotel, met uitzicht op een golfterrein in het westen en Swallowsdale en de heidevlakten in het oosten, ging prat op drie sterren die waren aangebracht op een bordje dat aan een geroeste arm hing. Het zwiepte knarsend heen en weer in de stormachtige wind die hen met een felle klap in het gezicht verwelkomde toen ze uit de auto stapten. Er lag geen sneeuw die het sombere landschap verzachtte, en je kon je moeilijk voorstellen dat het ergens anders nog meer afgelegen of deprimerend kon zijn.

Ze stonden in de kleine receptieruimte te wachten tot er iemand zou komen. Boven hun hoofden klonken kerstliedjes uit een luidspreker die, net als het bordje buiten, gevaarlijk scheef hing. Bij het raam stond een kunstkerstboom vol versiersels en knipperende lichtjes. 'Ik weet wat je denkt,' zei Noah, 'maar geloof me, dit was het beste wat er op zo'n korte termijn nog vrij was. Wedden dat Basil Fawlty hier ergens op de loer ligt?'

'Je hebt altijd al te veel televisiegekeken,' zei Lydia. 'Laten we gewoon bellen.' Op het bureau stond naast een miniatuurkerstboom een kleine, koperen bel. Ze tikte ertegen en meteen riep een stem: 'Ik kom eraan!'

Even later ging de deur met glazen bovenkant achter het bureau open en een stevige vrouw trok rubberen handschoenen uit en begroette hen. 'Neem me niet kwalijk,' zei ze. 'Probleem met de afvoer. Zo. Wilt u zich inschrijven? Of alleen koffiedrinken?'

'Inschrijven,' zei Noah. 'Meneer en mevrouw Solomon. We hebben gereserveerd.'

De vrouw raadpleegde iets wat Lydia en Noah niet konden zien, en zei: 'O ja, ik zie het.' Ze schoof een vel papier naar hen toe. 'Wilt u uw naam en adres en kenteken van uw auto invullen, dan zal ik u uw kamer laten zien. Wilt u 's morgens gewekt worden en een ochtendkrant?'

'Schat?'

Lydia aarzelde, en schudde toen haar hoofd. Noah zette zijn bril op, vulde het formulier in en gaf het terug aan de vrouw. 'Prima,' zei ze. 'Dat waren de formaliteiten. 'Gaat u mee?' Ze klapte een deel van het bureau omhoog en kwam naar hen toe. Toen ze Noah's stok zag, zei ze: 'De trap zal toch geen probleem zijn?'

Noah verzekerde haar van niet, maar toch stond ze erop hun bagage te dragen. 'Ik heb de Hardcastle-suite voor u gereserveerd,' zei ze. 'Die heeft het mooiste uitzicht en een grote jacuzzi. U blijft drie nachten? Bent u hier met vakantie?'

'Zo ongeveer,' zei Noah. 'Terug naar het verleden, om zo te zeggen. Ik heb hier vroeger gewoond.'

'Wat leuk.'

'En u?' vroeg Noah. 'Komt u hier vandaan?'

'Nee. Mijn man en ik hebben dit hotel tien jaar geleden gekocht. Daarvoor hadden we een pub in Coventry. We wilden eens wat anders. En dat hebben we gekregen.'

Boven aan de trap, terwijl de vrouw de paneeldeur naar de Hardcastle-suite opende, wisselden Noah en Lydia een blik. Ze wist wat hij dacht: in elk geval was er geen gevaar dat de eigenaars van het hotel haar zouden herkennen.

De kamer werd hun zo enthousiast getoond – alles was van uitstekende kwaliteit of luxe – dat het leek of ze potentiële kopers waren. Toen ze eindelijk alleen waren, gingen ze op de rand van het hemelbed zitten. De dunne nepombouw kraakte onheilspellend. Ze keken elkaar aan en lachten. 'Seks is uitgesloten,' zei Lydia. 'Tenzij we de andere gasten willen vermaken.'

'We kunnen altijd nog in de jacuzzi,' opperde Noah. 'Hoewel je nooit weet wat voor luxe verschrikkingen die voor ons in petto heeft. Je vindt het trouwens toch niet erg dat ik ons heb ingeschreven als echtpaar? Het leek me eenvoudiger. Ik wil niet dat je me voorbarig vindt dat ik het in Venetië heb gedaan. Aparte kamers of twee bedden zouden meer vragen hebben opgeroepen.'

'Natuurlijk vind ik het niet erg. Maar je verraste me wel met dat "schat".'

'Ik verbaasde mezelf.' Hij glimlachte. 'Zullen we de thee en koffie van uitstekende kwaliteit eens uitproberen en bespreken wat we gaan doen, schat?'

Het was niets voor Lydia om iemand anders allerlei beslissingen voor haar te laten nemen, maar ze had aangevoeld sinds ze uit Venetië waren vertrokken, dat de waarheid achter de dood van oom Leonard zoeken iets was wat Noah wilde doen. Omdat ze zo veel voor hem had opgegeven – al was het een vergissing – beschouwde hij dit waarschijnlijk als zijn manier om het goed te maken. Desondanks vond ze het moeilijk om dingen voor haar te laten regelen. Als volwassene had ze altijd zelf haar leven in handen gehad, en ze was geneigd om snel te besluiten, of ze nu gelijk had of niet. En vaak eenzijdige beslissingen. Het was een gewoonte die was gebaseerd op een behoefte om niet alleen zichzelf te verdedigen en te beschermen, maar ook degenen van wie ze hield.

Jammer dat ze zich zo vreselijk had vergist tijdens die nacht in het dal.

Ze reden de korte afstand naar Swallowsdale en stopten eerst bij Upper Swallowsdale. Met draaiende motor keken ze op naar oom Brads vroegere huis. Er waren witte kunststof kozijnen aangebracht, en een satellietschotel. Aan het hek was een zelfgemaakt reclamebord gebonden met een aankondiging voor een geldinzameling met warme bisschopswijn en zoete pasteitjes voor de plaatselijke Conservatieve partij.

'Oom Brad zou ter plekke een hartaanval krijgen,' zei Lydia.

'Zeg dat wel,' beaamde Noah, met zijn voet al op het gaspedaal. 'Genoeg gezien?'

'Ja.'

'Centrum van Swallowsdale, daar komen we. Tenzij je eerst naar Hillside Terrace wilt?'

Ze schudde haar hoofd. 'Laten we dat maar tot het laatste bewaren.'

In het sombere licht leek de stad totaal niet zoals ze zich herinnerden. De haveloze rij winkels met platte daken langs de hoofdstraat was verdwenen. Net als de sjofele oude kapperszaak tegenover de bank. Waar was het postkantoor? En de stomerij en de oude boekwinkel? En de supermarkt waar Noah had gewerkt?

Alles was onherkenbaar veranderd. Er was nu een voetgangersgebied waar vroeger de hoofdstraat was geweest, en toen ze tussen de menigte mensen door liepen die aan het winkelen waren voor Kerstmis, hoorden ze kerstliedjes in de koude middaglucht. Er waren straatlantaarns in oude stijl, bijpassende vuilnisbakken en een heleboel tearooms. Ook zagen ze veel antiekzaken en een winkel met dure vrijetijdskleding en wandellaarzen. Waar vroeger hun favoriete tweedehands boekwinkel stond, was nu een Italiaans restaurant dat *Il Trattoria* heette, compleet met roodwit geblokte tafelkleedjes en nephammen en -salamiworsten die aan haken boven de bar hingen. Ernaast bevond zich een winkel die beweerde kwaliteitskleding van vroeger te verkopen. 'Precies als die spullen die we op rommelmarkten kochten,' zei Lydia terwijl ze in de etalage keek.

'Ik vind het vervelend om je slecht nieuws te brengen, Lyddie, maar die kleren worden tegenwoordig beschouwd als echte klassiekers.'

Ze gaf hem speels een stomp. 'En jij kunt die leeftijddiscriminerende opmerkingen voor je houden. Het ziet er allemaal veel welvarender uit dan ik me herinner.'

Ze gingen op zoek naar de Kerk van de Broeders en Zusters in Christus. Maar die was weg, spoorloos verdwenen. Er stond nu een openbaar toilet, compleet met helling en draaihek waar je moest betalen voor je erin kon. De ironie was te treffend om grappig te zijn. 'Dominee Digby en zijn soort voor eeuwig weggespoeld,' merkte Lydia op. Ze voelde zich triester dan ze had verwacht.

Ze hadden de lunch overgeslagen, maar durfden niet in een van de opgeleukte tearooms iets te eten. Lydia was bang om ergens te lang te blijven staan en herkend te worden, zelfs met haar hoed en zonnebril op en een das tot aan haar kin geknoopt. Ze gingen in de rij staan in een broodjeswinkel en bekeken de lijst. Erachter was de hele wand bedekt met een spiegel, waarschijnlijk om de zaak groter en lichter te laten lijken.

'Wie kan ik helpen?'

Noah stootte Lydia aan. 'Wij zijn aan de beurt,' zei hij tegen een man achter de toonbank, die een gestreept schort droeg. Zijn haar was heel kort en aan de voorkant waren met gel piekjes gevormd. 'Een baguette met bacon en avocado graag,' zei Noah. Hij draaide zich om naar Lydia, die aarzelde. 'Eh... doe voor mij maar hetzelfde.'

'Dat is dan vijf pond negentig.'

Ze waren nu de enige klanten, en terwijl de man de baguettes klaarmaakte, wierp Noah fronsend een blik op Lydia. 'Wat is er?' fluisterde hij.

Lydia gebaarde met haar hoofd naar de man. 'Hij doet me aan iemand denken,' fluisterde ze terug.

'Aan wie?'

'Dat weet ik niet. Maar ik wil hier weg. Nu.'

'Ga jij maar vast naar de auto.' Hij gaf haar de sleutels. 'Ik kom zo.'

Ze zat al bijna tien minuten in de auto terwijl ze zich afvroeg of ze zich door haar paranoia had laten leiden, toen Noah verscheen. Hij ging naast haar achter het stuur zitten met een zelfvoldane uitdrukking op zijn gezicht. 'Je had gelijk dat die man je bekend voorkwam. Herinner je je Donna Jones nog?'

Lydia knikte. 'Natuurlijk. Ik heb haar achternaam gebruikt voor mijn nieuwe identiteit.'

'Nou, dat was niemand anders dan haar zoon, Kirk.'

Terwijl Noah uitlegde hoe hij aan de praat was geraakt met de man in de broodjeszaak – tenslotte waren ze hier om zoveel mogelijk informatie in te winnen – maakte Lydia een rekensommetje. 'Dan is hij eenendertig. Niet te geloven! Kapitein Kirk, eenendertig.'

'Het maakt niet uit hoe oud Kapitein Kirk is,' zei Noah. 'Hij vertelde dat zijn moeder nog steeds in Swallowsdale woont. Geef me dat telefoonboek dat ik stiekem heb meegenomen uit het hotel.'

'Ik wist dat ik gelijk had met mijn ingeving om hierheen te gaan en rond te neuzen,' zei Noah toen ze door een mooie woonwijk reden. De huizen zagen er allemaal vrij nieuw uit.

Ze hadden Donna's adres gevonden onder de naam van haar man, die Kirk had genoemd toen Noah vertelde dat hij bij Donna op school had gezeten en nu hier was om een paar vrienden van vroeger op te zoeken. Het plan was dat Noah de auto op enige afstand van Donna's huis zou parkeren en dat Lydia erin zou blijven terwijl hij met Donna een praatje over vroeger ging maken. Het gesprek zou onvermijdelijk leiden tot Lydia en de moord op haar oudoom.

Het leek een waterdicht plan. Noah was steeds overtuigd geweest dat ze beter in Swallowsdale mensen van vroeger konden tegenkomen om een wat hij een 'verantwoord inzicht' noemde te krijgen wat de moord betrof. 'Donna is perfect,' zei hij tegen Lydia terwijl ze een straat insloegen die Lark's Close heette. 'Ze heeft er vast een mening over en misschien weet ze wel iets belangrijks.'

Lydia zei niets. Ze kon niet geloven dat het misschien zo eenvoudig was.

Nu ze Donna's huis hadden gevonden – een groot, vrijstaand huis met een dubbele garage en een BMW op de oprit – reed Noah naar een aangrenzende straat. 'Zo,' zei hij met een vastberaden gezicht. 'Het kan een poos duren.'

Ze keek hem na terwijl hij stram wegliep in de vallende schemering.

Niet op de tijd letten, zei ze tegen zichzelf, toen ze het al na een paar minuten niet kon laten om steeds op haar horloge te kijken. Noah had de sleutels in het contactslot gelaten zodat ze de motor kon starten als ze het te koud kreeg. Nog vijf minuten, en dan zou ze dat misschien moeten doen.

Als afleiding telde ze de huizen met buitenlampen in de vorm van ijspegels. Daarna telde ze de brandende lichtjes in de kerstboom in de tuin naast haar. Vervolgens besloot ze Chiara te bellen en haar op de hoogte te brengen. Maar de lijn was bezet.

Ze stopte haar mobiele telefoon in haar tas en leunde tegen de hoofdsteun van de zachte, comfortabele, leren stoel. Ze liet haar gedachten de vrije loop. Swallowsdale. Ze was echt hier. Tegen alle verwachtingen en vaste voornemens in was ze toch teruggekomen. En nog wel om een moordenaar te zoeken. Of in elk geval om te ontdekken wie de moordenaar was geweest. De mogelijkheid bestond dat de persoon die een einde aan oom Leonards leven had gemaakt, nu ook dood was. Wie weet, misschien lagen de twee mannen zelfs naast elkaar begraven. Wat zouden ze dat een vreselijk idee hebben gevonden!

Ze dacht niet dat de een of andere gek die nacht toevallig door het dal had gezworven, en haar grootvader was de voor de hand liggende verdachte. Hij had het meest baat bij oom Leonards dood, dus aan een motief ontbrak het hem niet. Zij en Noah hadden in het telefoonboek een A. Turner gezocht, maar niet gevonden. Als haar grootvader nog leefde – hij moest nu in de negentig zijn – dan woonde hij niet meer in Hillside Terrace 33. Of anders stond zijn nummer niet in het telefoonboek. Lydia zag er vreselijk tegenop om naar het huis te gaan. Ze had tegen Noah gezegd dat ze dat tot het laatste moesten bewaren, en ze meende het.

Nu draaide ze de sleutel in het contactslot om om de verwarming aan te zetten. Ze trok haar handschoenen aan en sloot haar ogen, peinzend over Donna's reactie toen Noah onverwacht voor haar deur stond. Meteen dacht ze aan haar eigen reactie toen Noah in Venetië voor haar eigen deur stond. Schrik. Ongeloof. Zelfs kwaadheid. Maar bovenal de wetenschap dat niets ooit meer hetzelfde zou zijn.

De vorige avond laat had Noah opgebiecht dat toen hij die eerste avond was weggegaan uit haar appartement, hij in bed had liggen denken hoe graag hij haar in zijn armen had willen sluiten. Hoe graag hij haar had willen kussen. En dat alles op die eerste avond.

Ze schrok op toen er tegen de zijruit werd getikt. Ze keek naar buiten en zag Noah. Hij opende het portier en boog zich voorover. 'Ik denk dat je beter mee kunt komen en horen wat Donna me net heeft verteld.'

58

'ALLEJEZUS!' RIEP DONNA luidkeels. 'Kijk nou wat er eindelijk is komen aanwaaien! Wie had dat kunnen denken?'

Lydia omhelsde haar vroegere vriendin, oprecht blij om haar weer te zien. 'En wie had kunnen denken dat jij zo'n verlegen, teruggetrokken vrouwtje zou worden?'

Donna lachte. 'Weinig kans! Kom binnen en ga zitten en laat me je eens goed bekijken. Zeg, Noah, als jij eens thee gaat zetten terwijl wij meisjes hier even bijkletsen? Je kunt alles wat je nodig hebt op de logische plekken vinden. O, en er zijn wat zoete pasteitjes in het blik op het aanrecht. Vooruit!' voegde ze er met een ondeugende knipoog aan toe.

Toen ze alleen waren, zei Lydia: 'Je ziet er goed uit, Donna. Heel goed.'

'Zo voel ik me ook. Een beetje dikker dan me lief is, maar dat komt door het goede leven en omdat ik niet meer rook. Maar moet je jou eens zien! Echt een chique madam, hoor! Je bent dus eindelijk eens iets aan die vreselijke kledingsmaak van je gaan doen. Wacht maar tot ik Alfie vertel dat je hier was. Je herinnert je Alfie toch nog wel?'

'Natuurlijk. Wat is Kirk gegroeid.'

'Ja, nogal. Noah zei dat jullie hem in de stad hadden gezien. Hij is getrouwd en heeft nu zelf een kind. Ik ben oma. Wat vind je daarvan?'

'Gefeliciteerd. En Lydia junior?'

Donna wees naar een grote, ingelijste foto op de schoorsteenmantel. 'Kijk zelf maar.'

Lydia ging ernaar kijken, en naar alle andere foto's die gedeeltelijk verscholen waren achter een rij kerstkaarten. 'Zij is de slimmerik,' zei Donna. 'Lijkt zeker op jou. Je moet iets in haar oor hebben gefluisterd toen je haar op de wereld zette. Ze is lerares. Woont in Birmingham met haar vriend, een advocaat.'

'Je zult wel heel trots zijn op allebei. Heb je nog meer kinderen gekregen?'

'Ben je niet goed bij je hoofd? Nee, na Lydia heb ik mijn onderbroek goed aangehouden. Toen was ik zo verstandig om mijn energie in iets anders te stoppen. Ik ben weer naar school gegaan. Precies waar jij altijd over liep te zeuren! Daarna ben ik een eigen zaak begonnen. Je treft het, want ik ben zelden vroeg thuis. Ik heb een bedrijf in vloeren. Ik heb het helemaal zelf opgebouwd, en nu iedereen laminaat en houten vloeren wil, draait de zaak de laatste jaren als een tierelier. Ik vind het alleen jammer dat Kirk niet bij me wilde werken zoals Alfie een paar jaar geleden. Hij is een koppig jong en hij wil doen wat hij zelf leuk vindt.'

'Goed zo,' zei Lydia. 'En wat goed van jou.' Toen keek ze om zich heen in de ruime zitkamer met de roomkleurige vloerbedekking, het oesterkleurige leren bankstel en de grote plasmatelevisie, en ze zei: 'Ik zie hier geen houten vloer.'

'Nee, van mijn leven niet! Ik hou zelf alleen van vloerbedekking. Als ik niet in de keuken of badkamer ben, wil ik lekkere wol onder mijn voeten voelen. Daar gaat niets boven, vind ik.'

Lydia lachte. 'Sinds wanneer zijn jij en Alfie samen?' Ze pakte een foto op van Donna en Alfie op hun trouwdag. Donna's haar was één grote permanent. Alfies haar zag eruit alsof het dezelfde behandeling had ondergaan. Nu was Donna's haar kastanjebruin en gekapt in een boblijn die haar heel goed stond. Net als de zilvergrijze coltrui.

'Sinds twee jaar nadat jij 'm gesmeerd was,' zei Donna, 'en zonder jouw permissie, moet ik eraan toevoegen.'

Lydia zette de foto terug. 'Sorry dat ik ben weggegaan zonder afscheid te nemen. Ik moest wel.'

'En of je spijt hoort te hebben. Ik was woest op je, maar toen al dat gedoe over je oom in de kranten kwam, snapte ik het. Maar toen later de waarheid naar buiten kwam, dacht ik: oké, nu kan ze terugkomen...'

'De waarheid?' onderbrak Lydia haar. 'Weet je dan wat er is gebeurd?'

'Natuurlijk. Maar daar komen we zo op. Waar ben je om te beginnen al die tijd geweest?'

'In Italië.'

Op dat moment kwam Noah wankelend binnen met een dienblad met bekers en een schaal zoete pasteitjes. Donna sprong op en pakte het aan. Ze zette het dienblad op de glazen salontafel voor de bank. 'Heb je het haar al verteld, Donna?' vroeg hij.

'Geef ons even de tijd om bij te praten, ja?' Donna gaf Lydia een beker thee. 'Ik kan me niet herinneren dat hij vroeger zo bazig en ongeduldig was. Dat moet je in de gaten houden.'

Geamuseerd ging Lydia zitten. 'Ik zal mijn best doen,' zei ze. Wat was het fijn om Donna weer te zien. Ze mocht dan door de tijd en welvaart veranderd zijn – haar taalgebruik en platte accent waren beslist verbeterd – maar in wezen was ze nog hetzelfde.

'Zo,' zei Donna toen ze allemaal zaten. 'Nu is het jullie beurt om mij bij te praten. Laat me raden, zijn jullie getrouwd? En dat kan ik je niet kwalijk nemen, Lydia. Op dat chronische ongeduld na van hem ziet hij er goed uit. En ook nog goed van lijf en leden. Als ik Alfie niet had, zou ik misschien zelf in de verleiding komen.'

'Donna!' berispte Noah haar met een opgelaten gezicht. 'Vertel nu maar aan Lydia wat je mij hebt verteld.'

'Nou,' begon Donna. 'Je kunt je voorstellen wat een heisa het was toen de kranten te weten kwamen dat hier in Swallowsdale, vlak onder onze neus, een vent was vermoord. Binnen de kortste keren had iedereen een theorie over wie het kon hebben gedaan. De meeste mensen dachten dat het Joey was, de ijscoman, omdat hij een buitenlander was en omdat hij zo plotseling vertrok. Toen bekend werd dat jij werd vermist, zeiden de mensen dat het een dubbele moord moest zijn geweest, dat Joey je oudoom had vermoord en daarna jou en dat hij je lichaam had verstopt. Of het had meegenomen naar Italië.' Donna lachte. 'Je hebt geen idee hoeveel mensen zeiden dat ze altijd al hadden geweten dat Joey niet te vertrouwen was, dat hij een massamoordenaar was die gewoon het juiste moment afwachtte om toe te slaan.'

'En wat dacht jij?' vroeg Lydia toen Donna even op adem kwam en een slokje thee nam.

'Ik? O, ik moest niks van al die onzin hebben. Ik dacht dat jij die ouwe smeerlap had opgeruimd. Kijk niet zo geschokt. Misschien had ik het zelf gedaan als ik de kans had gehad.'

Lydia voelde een kil, ongemakkelijke gevoel opkomen. 'Waarom noem jij hem een ouwe smeerlap?' vroeg ze.

'Omdat hij dat was. Ik wist dat hij iets met je geprobeerd had.'

'Waarom denk je dat?'

Donna sloeg haar ogen ten hemel. 'Wij meisjes weten dat soort dingen. Hou nu eens op met me in de rede te vallen en laat mij het middelpunt van de aandacht zijn. Waar was ik gebleven?'

'De smeerlap,' zei Noah.

'Ja, de ouwe smeerlap. Ja, die vieze vent probeerde het bij mij. Op een dag kwam hij naar mijn huis met de vraag of ik nog klussen had, en toen ik zei dat hij kon kijken naar de aansluiting van de wasmachine, zei hij dat hij iets anders in gedachten had. Ik zei dat ik zijn lul zou afhakken en aan de honden voeren als hij ooit nog in de buurt durfde te komen. De volgende keer dat ik hem zag, toen ik op een avond uit mijn werk naar huis ging, probeerde hij me mijn geld te ontfutselen en toen heb ik hem toch uitgescholden!'

'Waarom heb je me dat nooit verteld?'

'Toe nou! Geen enkel meisje wil toegeven dat een hitsige ouwe smeerlap het bij haar heeft geprobeerd. Het is een ander verhaal als het om een knappe kerel gaat. Dan roepen we het zowat van de daken. Maar goed, hij werd gevonden en jij was verdwenen, dus trok ik mijn conclusie, net als de politie. Toen lazen we in de krant dat jij werd gezocht in verband met de moord. Iedereen die jou kende, werd ondervraagd. Natuurlijk heb ik niks losgelaten. Het heeft nooit in de kranten gestaan, maar op de een of andere manier kwam het toch zoals zo vaak naar buiten, dat er bewijs was dat jij op de plek van de moord was geweest. Nou ja, wat ons betrof was het duidelijk. Toen, en ik weet niet meer precies wanneer, maar dat zal een paar maanden later zijn geweest, stond in de krant dat de moordenaar gevonden was. Voor zover ik weet was er geen arrestatie, maar de politie had een bekentenis en de zaak was gesloten. Einde verhaal.'

'Wie was het, Donna? Wie heeft bekend?'

'Je grootmoeder. Knettergek als ze was, stak ze die ouwe smeerlap met een mes en om de een of andere reden, toen het nieuwtje er al af was, begon ze erover op te scheppen. Ze zei tegen de politie dat God het haar had opgedragen.'

Lydia zweeg verbijsterd. Ze kon het niet geloven. Haar grootmoeder? Op de avond dat ze was weggelopen uit het ziekenhuis? Dat klopte wel. 'Maar het bewijs van mij waardoor de politie dacht dat ik het had gedaan? Hoe dachten ze dat het er dan terecht was gekomen?'

'Ze gingen mee in de theorie dat je eerder die dag een worsteling had gehad met je oom.'

'Is ook bekend waarom mijn grootmoeder het heeft gedaan?' vroeg Lydia.

'Moet je horen, met alle respect, je grootmoeder was compleet geschift, en in staat om van alles en om welke reden dan ook te doen. Het is een wonder dat ze ons niet allemaal heeft vermoord! Volgens het verhaal verdwaalde ze op de hei, kwam in het dal je oom tegen en toen sprak God tegen haar. Hij zei dat zij zijn wraakengel was en dat ze je oom moest vermoorden. Eigenlijk was dat het enige goede dat ze ooit in haar leven had gedaan.'

'Wat is er met haar gebeurd?'

'De zaak kwam nooit voor omdat ze niet toerekeningsvatbaar werd verklaard. Ze werd in een gesloten psychiatrische inrichting opgenomen. Drie jaar later stond in de krant dat ze was gestorven, vlak nadat Alfie en ik terugkwamen van onze huwelijksreis.'

Terwijl Lydia probeerde alles tot zich door te laten dringen wat Donna had verteld, vroeg Noah: 'Leeft Lydia's grootvader nog, Donna?'

'Nee. Die heeft lang geleden het loodje gelegd. Maar toen die geschifte vrouw van hem stierf, is hij nog hertrouwd met de vrouw die...'

'Mijn zus,' onderbrak Lydia haar abrupt. 'Valerie. Weet je wat er met haar is gebeurd, waar ze is en wat ze doet?'

'Ik kan niet garanderen wat ze nu doet, maar destijds, toen die idiote kerk van jullie dichtging, is ze non geworden. En laten we eerlijk zijn, daar kan niemand zich over verbazen.'

Tijdens het diner in een halflege eetzaal in het Oak Manor Court Hotel, met sentimentele kerstliedjes als achtergrondmuziek, bespraken Lydia en Noah wat hun volgende stap zou zijn.

'Leefde zuster Lottie nog maar, dan had ze ons kunnen helpen,' zei Lydia. 'Zij zou wel weten waar Valerie naartoe was gegaan.' Valerie zoeken was nu de grootste prioriteit voor Lydia.

'Donna wist vrijwel zeker dat het een klooster in Staffordshire was. Zouden kloosters op internet of in het telefoonboek te vinden zijn?'

'Nadat we vandaag zoveel geluk hebben gehad, ben ik bereid om alles te geloven. Hoe voel je je trouwens? Wat beter?' Toen ze terugreden van Donna's huis had Noah over hoofdpijn geklaagd.

'Eigenlijk niet,' zei hij. 'Ik zal nog wat paracetamol nemen als we naar bed gaan.'

'Heb je tegenwoordig vaak last van hoofdpijn? Dat had je vroeger nooit.'

'Niet meer dan anderen. Waarschijnlijk moet ik mijn ogen weer eens laten nakijken.'

Een ober bracht het hoofdgerecht en toen hij wegging, terwijl Johnny Mathis 'When a Child is Born' begon te zingen, hief Noah zijn glas water op en zei: 'Laten we vieren dat we de zaak binnen enkele uren na onze aankomst in Swallowsdale hebben opgelost, en nog belangrijker, dat je officieel niet meer op de lijst van "Gezocht" staat.'

'Helemaal mee eens.'

Ze klonken.

'Als je het niet erg vindt dat ik het zeg, vind ik dat je er niet erg blij uitziet met wat we vandaag bereikt hebben.'

Lydia liet haar glas zakken. 'Dat komt omdat ik het gevoel heb dat ik al die tijd vreselijk stom ben geweest. Al die maatregelen die ik nam om mezelf en jou veilig te stellen, waren allemaal voor niets. Mijn hele leven is een schijnvertoning geweest. Een belachelijke illusie. Een slechte grap.'

'Wees niet zo hard voor jezelf. Het is heel begrijpelijk dat je je zo voelt. Het is moeilijk om te veranderen wat je altijd hebt gedacht. Je hebt zo lang geloofd dat iets waar was, en nu merk je dat het helemaal niet zo was. Het zal tijd vergen om dat te verwerken.'

'Dat zal voor jou ook wel gelden. Al die jaren heb je gedacht dat ik de moord had gepleegd.'

Hij keek haar aan. Zijn ogen waren donker en schitterden in het licht van de kaars tussen hen. 'Zo heb ik het nooit beschouwd. Ik zag een bang meisje van achttien voor me dat zichzelf probeerde te beschermen. Beschouwde jij mij als een kille, berekenende moordenaar?'

'Nee. Nooit.' Ze pakte haar mes en vork op, maar slaakte toen vermoeid een zucht. 'Ik ben een echte spelbreekster met mijn somberheid. Ik bederf de avond. Sorry. Mijn god, wat is deze biefstuk taai! Heb jij hem al geproefd?'

Noah sneed een stukje van zijn biefstuk en kauwde erop. En bleef kauwen. 'Je hebt gelijk. Het is niet te eten.'

Ze aten wat ze weg konden werken en logen beleefd tegen de ober toen hij de borden kwam weghalen. 'We hebben tijdens de lunch te veel gegeten,' zei Noah verontschuldigend.

Ze bestelden koffie. Met 'White Christmas' van Bing Crosby als serenade boog Noah zich voorover en zei: 'Morgen zullen we proberen je zus te vinden, goed?'

Lydia boog zich ook naar voren, schoof de kaars opzij en kuste hem. 'Ja, Sherlock.'

Toen ze boven in hun kamer aanstalten maakten om naar bed te gaan, ging Lydia's mobiele telefoon. Het was Donna.

'Er schoot me net iets te binnen wat je kan helpen om je zus te vinden,' zei ze. 'Herinner jij je Lisa Fortune nog? Zij was dat meisje met die kunsthand.'

'Ja, ik had altijd nachtmerries door haar.'

'O ja?'

'Ik vertel je nog wel eens waarom.'

'Nou, ik zie haar vaak bij de Weight Watchers, en het zal wel door de opwinding komen omdat ik je weer heb gezien, maar ik had helemaal vergeten te vertellen dat zij lid werd van die kerk van jullie. Ze ging er zelfs helemaal in op, en ondanks het leeftijdsverschil raakte ze bevriend met je zus. Ik had haar net aan de telefoon. Heb je pen en papier bij de hand? Dan zou je dit moeten opschrijven.'

De volgende ochtend was het zo mogelijk nog kouder. Het regende ook nog. Echt een slechte dag, en die werd er niet beter op door de rusteloze nacht die ze achter de rug hadden.

Alles ging goed tot ze in bed stapten en beseften hoe het aan alle kanten kraakte en piepte. Ze legden het dekbed op de vloer en vrijden zo discreet mogelijk, omdat de planken bijna net zo knerpten als het hemelbed. Om te slapen riskeerden ze het bed, maar als ze niet werden gestoord door het gekraak zodra een van hen zich bewoog, dan kwam het wel door de wind die door de schoorsteen floot of de niet zo luxe ramen in hun rottende kozijnen deed rammelen. Ook werd Noah wakker gehouden door de hoofdpijn waar hij eerder over had geklaagd. Die werd erger als hij ging liggen, dus probeerde hij wat te slapen door rechtop te zitten.

Bij het ontbijt waren zij de enige gasten in de eetzaal, en dat vonden ze prima. Ze werden bediend door dezelfde ober van de vorige avond. Waarschijnlijk was hij de enige ober in het hotel.

Toen ze Swallowsdale binnenreden, was de regen overgegaan in natte sneeuw. Omdat het nog niet druk op de weg was, konden ze vlak voor de apotheek parkeren. Noah was in een mum van tijd terug. Hij overhandigde Lydia een papieren zak. 'Volgens de apotheker heb ik misschien migraine,' zei hij terwijl hij de motor startte.

Vervolgens hielden ze halt om te tanken en een fles water te kopen. Noah slikte twee van de tabletten en spoelde die weg met een slok water. 'Dadelijk ben ik weer helemaal de oude,' zei hij met een glimlachje, terwijl hij wegreed van het tankstation in de winterse natte sneeuw. 'Hoe moeten we naar het huis van zuster Lottie rijden? Hopelijk weet jij het nog, want ik kan het me niet herinneren.'

'Linksaf,' zei Lydia zonder aarzelen. 'En dan rechtsaf, Cuckoo Lane in.'

Maar het huis van zuster Lottie was er niet meer. In plaats van het rijtje huizen stond er nu een videotheek met een groot parkeerterrein ernaast. Noah reed het parkeerterrein op.

'Wat deprimerend allemaal,' zei Lydia, terwijl ze keek naar de plek waar haar dierbare vriendin had gewoond. 'Al die veranderingen.'

'Wil je kijken waar ze is begraven?'

Lydia schudde haar hoofd met een brok in haar keel. Na een poos zei ze: 'Ik had zo'n goede band met haar, maar toch kon ik nooit helemaal eerlijk tegen haar zijn. Ik heb haar nooit verteld hoe mijn grootouders in werkelijkheid waren. Dat had haar te veel van streek gemaakt. Ik wilde haar laten geloven dat we in een mooie wereld leefden waar niemand echt slechte bedoelingen had. Ze accepteerde dat mensen fouten maakten, maar ze geloofde niet dat ze ooit wreed en door en door slecht konden zijn. "Niemand is reddeloos verloren", zei ze altijd. Daar had ik mijn bedenkingen bij.'

'Dan was je niet de enige. Wil je nu naar Hillside Terrace?'

Weer schudde ze haar hoofd. 'Nee. Ik heb genoeg van Swallowsdale. Zullen we ons bezoek bekorten? Laten we onze bagage halen en dan naar Staffordshire rijden om Valerie te zoeken.'

Volgens Donna was Valerie op haar achttiende in het klooster gegaan, en had Lisa Fortune tien jaar geleden voor het laatst contact met haar gehad. Het zou verstandig zijn om naar het klooster te bellen en te informeren of Valerie daar nog was, maar – noem het intuïtie – Lydia was ervan overtuigd.

Het kind in haar wilde onaangekondigd komen en haar zus verrassen.

59

LYDIA HAD VERWACHT dat het klooster een somber, grimmig gebouw was op een afgelegen plek, met een groot hek eromheen om de wereld buiten te sluiten en de nonnen binnen te houden.

Maar nee. Ze zagen een indrukwekkend victoriaans huis aan het eind van een rustige straat in een woonwijk. Het was een welvarende buurt met grote huizen die verscholen lagen achter keurige hagen en hoge muren, en met grote tuinen.

Er was wel een hek naar de Orde van St. Agnes, maar in tegenstelling tot wat Lydia had gedacht, stond dit wijd en verwelkomend open. De voortuin zag er onberispelijk uit, met grote rododendrons en coniferen. Ze parkeerden naast een vies, wit busje op de oprit. Iemand had in het vuil op de achterkant geschreven: *Ik ben een vieze slak!*

Toen ze waren uitgestapt, gaf Lydia Noah een hand en samen liepen ze naar het huis. Aan weerskanten van de imposante voordeur waren twee glas-in-loodramen. Op het ene was een lam met dunne pootjes afgebeeld en op het andere de boom des levens. Na beter te hebben gekeken, zag Lydia tuingereedschap tegen de boom staan: een schoffel, een hark en een schop.

Aan een muurhaak hing een geboende koperen bel. Lydia liet die beleefd rinkelen en probeerde de vijandigheid de kop in te drukken die zich van haar meester had gemaakt tijdens de rit vanaf Swallowsdale. Wat de reden ook was dat haar zus hier op haar achttiende was gekomen, Lydia vond het niet normaal dat Val de beste jaren van haar leven hier had verspild, afgesloten van de buitenwereld, als een gevangene.

'Ik denk dat je wat meer je best moet doen,' zei Noah terwijl hij naar de bel wees.

Lydia liet iets van haar boosheid blijken door een harde ruk te geven aan het korte touw.

Vlak daarna werd de deur geopend door een vrouw in een zwart, lang gewaad. Alleen haar oude gezicht met bril en handen waren te zien. Niet Valerie, was Lydia's eerste gedachte. Zo beknopt mogelijk legde ze uit waarom ze hier waren. Met een knikje nodigde de vrouw hen uit om naar binnen te komen. Met een ruisend gewaad en knerpende schoenen op de geboende houten vloer liet ze hen een kamer binnen aan de andere kant van een ruime hal met een brede trap. 'Neem koffie,' zei ze terwijl ze naar een verrassend modern apparaat op een eiken dressoir wees. 'Druk op de juiste knop, dan kan er niets misgaan.'

Toen de deur zachtjes achter haar werd gesloten, liep Noah naar het koffiezetapparaat en las Lydia het bord naast een schilderij van de heilige naar wie het klooster was vernoemd. 'Moet je horen,' zei ze. 'Hier staat dat St. Agnes de beschermheilige is van verloofde paren, tuiniers en maagden.'

'Wat een opluchting,' zei Noah. 'Stel je voor dat ze de beschermheilige was van verloren zielen. Dat zou geen goed voorteken zijn geweest.'

'Dat is niet grappig,' zei Lydia. 'Jij bent trouwens katholiek, dus hoor jij dit alles te weten.' Ze las verder. 'Omdat de naam van Agnes op de Latijnse naam voor lam leek, is haar embleem sinds de zesde eeuw dat van een lam.'

'Vandaar dat glas-in-loodraam bij de voordeur. Hier is je koffie.'

Lydia pakte het porseleinen kopje aan en ging zitten. 'Maar die tuiniers. Vreemd om daar een beschermheilige van te zijn.' Ze nam voorzichtig een slokje. 'Stel dat er geen bezoek is toegestaan?' zei ze ongerust.

'Drink je koffie op en maak je geen zorgen. We weten dat bezoek is toegestaan omdat we binnen mochten en we zitten in wat overduidelijk een bezoekersruimte is. Maar natuurlijk kan ik me vergissen.'

Ze meenden tien minuten te moeten wachten, maar dat werden er twintig, toen dertig, en toen veertig. Bijna een uur later kwam de non terug die hen had binnengelaten, en zei dat de moeder-overste hen nu kon ontvangen.

Moeder Francis Ann was echt een kouwe kikker. Het woord BAAS straalde uit haar kille, afstandelijke houding. Met haar kap om haar volmaakt ovale gezicht zat ze achter haar bureau onaangedaan te luisteren naar wat Lydia te zeggen had, terwijl ze haar met een scherpe blik in haar grijze ogen aankeek. Lydia schatte haar op een jaar of zestig. Ze had iets van een hooghartige schooldirectrice. Misschien leek het bestieren van een klooster wel op dat van een school. Haar kantoor, als je het zo kon noemen, was spaarzaam ingericht met een bureau, vier stoelen en twee boekenkasten. Het hout glom van het boenen. Boven de schoorsteenmantel werd de voornaamste positie ingenomen door een schilderij van het kindje Jezus in de armen van zijn moeder.

'Waarom hebt u niet van tevoren gebeld?' zei de vrouw toen Lydia haar verhaal had gedaan. 'Dan had u zichzelf de lange rit en een grote teleurstelling kunnen besparen.'

De moed zakte Lydia in de schoenen. Valerie was dus toch niet hier. Nou, dan had haar intuïtie haar mooi in de steek gelaten.

'Maar uw reis is uiteindelijk toch niet vergeefs geweest,' vervolgde de IJskoningin nog net zo onaangedaan. 'Ik heb met zuster Valerie Michael gesproken, en ze zei dat ze u wel wil zien.'

En het nut van dit gesprek? wilde Lydia vragen. Maar wat maakte het uit als ze uiteindelijk Valerie weer kon zien? Opeens opgewonden kon Lydia niet geloven dat het eindelijk zou gebeuren.

De vrouw stond op, streek haar habijt glad en hing het kruis recht dat om haar hals hing. Ze leek zo beheerst en zelfverzekerd, alsof ze nooit een moment van twijfel of onzekerheid had gekend. Dat irriteerde Lydia. Ze had zin om die vrouw uit haar zorgeloze zelfvoldaanheid te schudden en haar te vertellen hoe moeilijk de echte wereld was.

'Ik weet niet of u iets over ons weet,' zei moeder Francis Ann terwijl Lydia en Noah met haar naar de deur liepen. 'Wij zijn een anglicaanse orde en we sluiten ons niet af van de buitenwereld. We doen veel werk in de gemeenschap. We hebben echter wel enkele contemplatieve leden die hebben besloten om nooit een stap buiten de muren hier te zetten. Daar is zuster Valerie Michael er een van.'

Lydia had al met Noah afgesproken dat ze haar zus alleen wilde ontmoeten, dus werd hij uitgenodigd om in de bezoekersruimte weer met het koffiezetapparaat te spelen. Lydia werd naar buiten gebracht, waar een man boven op een ladder een kapot raam aan het repareren was. Waarschijnlijk was hij de eigenaar van het busje op de oprit. 'Volg het pad naar de kapel,' kreeg ze te horen. 'Ga dan door de boog in de muur en dan komt u in de kruidentuin. U zult zuster Valerie Michael in de kas vinden.'

Ze hadden waarschijnlijk het ergste weer achter zich gelaten in Swallowsdale, maar de wind was hier nog net zo koud. Hij striemde tegen Lydia's gezicht en deed haar ogen tranen. Ze liep langs enkele nonnen die donkerblauwe wollen jasjes droegen. Ze harkten bladeren van het gazon en probeerden tegelijkertijd te voorkomen dat de rokken van hun habijt opvlogen in de wind. Een oneerbiedig beeld van Marilyn Monroe, gekleed als non, kwam opeens op bij Lydia. In de kruidentuin was weer een groep hard aan de slag om planten die op spruitjes leken, op te binden. Een van de vrouwen zwaaide naar Lydia en wees naar de grote kas in de verte. Het gerucht had zich blijkbaar al verspreid.

De deur van de kas gleed terug toen Lydia naderbij kwam, en een non ging opzij om haar binnen te laten. Lydia wilde haar bedanken, toen tot haar doordrong dat ze oog in oog stond met Valerie.

Lydia werd heel even onzeker. Wat was de etiquette in dit soort situaties? Omhelsden nonnen andere mensen? Ze besloot op haar intuïtie af te gaan. Wat kon het haar schelen! Valerie was al haar zus lang voordat ze een bruid van Christus werd! Vol euforie stak ze haar armen uit en omhelsde Valerie.

Maar Valerie beantwoordde de omhelzing niet. Ze verstijfde zelfs in Lydia's armen en Lydia, in verlegenheid gebracht, liet haar los. 'Sorry,' zei ze. 'Is dat niet toegestaan?'

'Ik zal de deur even dichtdoen,' zei Valerie zonder antwoord te geven. 'Het is koud buiten. Kom, ga zitten.' Ze nam Lydia mee naar een plek waar twee houten stoelen naast een verwarming stonden op het middenpad van de kas. Lydia maakte geen aanstalten om haar jas uit te doen. Ze zag dat Valerie niets over haar habijt droeg. 'Hoe houd je het vol?' vroeg ze terwijl ze haar handen naar de verwarming uitstak. 'Voel je de kou niet?'

'Je raakt eraan gewend. Thermisch ondergoed helpt ook.'

'O, dit is zo onwerkelijk,' riep Lydia uit. 'Ik heb je in geen achtentwintig jaar gezien en we hebben het over het weer en thermisch ondergoed!'

Iets van een glimlach verscheen even op Valeries gezicht terwijl ze haar habijt rechttrok. Onder de strenge kledij kon Lydia het mooie kind onderscheiden dat ze ooit was geweest. Haar tere gezicht werd zelfs benadrukt door de kap. Ze zag er broos en kwetsbaar uit, veel jonger dan haar veertig jaar. En heel mooi. Waarschijnlijk was haar prachtige blonde haar afgeknipt om ijdelheid te voorkomen. Maar in elk geval klonk haar stem normaal. Goddank was ze dat lelijke, raspende geluid kwijt.

'Je ziet er goed uit, Valerie,' zei Lydia.

Met een kaarsrechte rug en haar handen gevouwen op haar schoot, waardoor ze bijna kinderlijk leek, zei Valerie: 'Jij ook. Ik wist wel dat God voor je zou zorgen. Ik heb er nooit aan getwijfeld dat hij je ooit veilig bij me terug zou brengen en dat we...' Haar stem haperde en opeens kwamen er tranen in haar ogen. 'Ik wist alleen niet hoe ik me zou voelen als ik je terugzag,' voegde ze er met moeite aan toe.

Lydia boog zich meteen voorover om haar te troosten, maar Valerie trok zich abrupt terug. 'Niet doen,' zei ze. 'Het komt door de emotie. Dat is alles.' Ze deed haar ogen dicht en kneep haar handen in elkaar. Lydia voelde zich buitengesloten en keek hulpeloos toe terwijl haar zus zich probeerde te beheersen. Het was pijnlijk om te zien. Ten slotte opende Valerie haar ogen. 'Waar ben je al die tijd geweest?' vroeg ze kalm.

Nu sprongen de tranen Lydia in de ogen en ze zocht in haar tas naar een papieren zakdoekje. 'In Italië,' zei ze.

'Al die tijd?' Valeries toon was veranderd. Weg was de ontroering van zonet. Nu klonk ze beleefd, bijna formeel, alsof ze vreemden waren. Ze had haar emoties blijkbaar onder controle.

Maar Lydia dolf algauw het onderspit. Zo had ze zich de hereniging met haar zus niet voorgesteld. Waar bleven de spontane blijdschap en liefde nu ze elkaar hadden teruggevonden? 'Ja,' zei ze terwijl ze haar ogen depte. 'Ik ben nu voor het eerst terug in Engeland sinds... sinds ik uit Swallowsdale ben weggegaan.'

'O ja?'

De kille, onverschillige manier waarop ze dat zei gaf Lydia het idee dat haar zus haar niet geloofde. Daarom maakte ze zich nog meer zorgen over Valeries reactie op wat ze vervolgens zou zeggen. 'Het spijt me dat ik ben weggegaan zonder afscheid van je te nemen,' zei ze. 'Dat heb ik mezelf nooit vergeven.'

'Het verleden is zo lang geleden,' antwoordde Valerie automatisch, zonder dat ze over Lydia's woorden leek na te denken. 'Daar moeten we niet bij stil blijven staan.'

Lydia wist niet of ze de zelfbeheersing van haar zus bewonderde of dat ze er kwaad om werd. Leerde je dit als je jezelf afsloot van de wereld? Om je emoties uit te sluiten en diep te begraven? 'Dat ben ik niet met je eens,' zei ze. 'Het verleden is hier in deze kas. Het gaat om ons, Val. Om jou en mij. Daarom hebben we elkaar achtentwintig jaar niet gezien. Wil je niet weten waarom ik ben weggegaan zonder afscheid te nemen? Ben je niet een klein beetje nieuwsgierig?'

'Het is al genoeg dat je er nu bent,' zei Valerie gladjes. 'Dat is het enige belangrijke voor mij.'

'Bedoel je dat je me hebt vergeven?'

'Ben je daarvoor gekomen?'

Verrast door Valeries botte openhartigheid – en de waarheid ervan – hapte Lydia naar adem. 'Ik... ik ben gekomen omdat je mijn zus bent en ik van je hou.'

'Maar je wilt ook dat ik het je vergeef.'

'Is dat zo erg?'

Valerie keek zwijgend terug naar Lydia.

Toen wist Lydia dat ze haar zus diep had gekwetst. Misschien wel onherroepelijk. Daar was ze altijd bang voor geweest. Ze klampte zich vast aan de emotie die Valerie eerder had getoond, en zei: 'Ik kan niet ongedaan maken wat ik heb gedaan, Val, maar laat me het alsjeblieft uitleggen. Wil je me dat laten doen?'

'Als je denkt dat je er iets aan hebt.'

'Ik hoop dat het ons allebei zal helpen,' zei Lydia, terwijl ze probeerde om zich niet al te teleurgesteld te voelen door de koele reactie van haar zus. 'Ik vind het belangrijk dat je weet dat ik het niet had voorbereid. Ik werd die ochtend niet wakker met de bedoeling jou te kwetsen.' Toen vertelde Lydia zo beknopt mogelijk wat er in het dal was gebeurd en wat er volgde.

Toen ze klaar was, verscheen een kleine frons tussen Valeries wenkbrauwen. 'Maar iedereen wist direct dat Noah het niet kon hebben gedaan,' mompelde ze. 'De politie beschouwde hem niet als verdacht omdat hij van de trap was gevallen en bewusteloos was geraakt. Ik begrijp niet waarom je hem bleef beschermen.'

'Ik heb onlangs pas gehoord dat Noah van de trap was gevallen en in het ziekenhuis was opgenomen. Van Noah zelf.'

De frons werd dieper. 'Maar waarom heeft hij je dat niet eerder verteld?'

'We hebben elkaar pas vorige week teruggezien. Al die tijd dacht hij dat ik oom Leonard had vermoord, en ik dacht dat hij het had gedaan. Daarom ben ik weer in Engeland. Om erachter te komen wie die afschuwelijke man in werkelijkheid heeft vermoord. Noah en ik waren gisteren bij Donna. Herinner jij je Donna Jones nog?'

'Ja.'

'Ze vertelde me over grootmoeder. Dat zij oom Leonard had vermoord op de avond dat ze uit het ziekenhuis was ontsnapt. Donna zei dat grootmoeder aan de politie bekende dat ze had gehandeld volgens de wens van God.'

Iets van de spanning verdween uit Valerie. 'Je moet begrijpen dat grootmoeder heel ziek was,' zei ze zacht, met een licht bevende stem. 'Ze wist niet wat ze deed. Haar geest werd al heel lang in evenwicht gehouden door medicijnen. Hoe kon ze dan controle hebben over wat ze deed?'

'Ik oordeel niet,' zei Lydia vlug, want ze wist hoe toegewijd Valerie was aan hun grootmoeder, zelfs nu nog. 'Dat moet je niet denken. Ik was al jaren geleden tot de conclusie gekomen dat onze grootvader waarschijnlijk een van de grootste oorzaken was dat ze zo ziek werd. Hij was een ontzettend wrede man. Ik kan me niet voorstellen in wat voor god hij geloofde.'

Valerie dacht even na en antwoordde toen: 'Jij hebt nooit echt een geloof gehad, hè?'

'Toch wel. Nog steeds. Alleen niet zo vastomlijnd als dat van jou. Ik heb gehoord dat je een contemplatieve non bent. Houdt dat in dat je nooit meer buiten deze muren bent geweest sinds je komst hier?'

Valerie knikte. 'Inderdaad. En ik ga hier nooit meer weg.'

'Vraag je je nooit af wat er in de buitenwereld gebeurt?' Lydia had bijna gezegd: 'in de echte wereld', maar ze hield zich in. Dit hier was voor Valerie de echte wereld.

'Ik heb hier alles wat ik nodig heb. Hier hoor ik thuis.'

Geïntrigeerd zei Lydia: 'Hoe breng je de dagen door?'

'Behalve God dienen door te bidden, delen we onze liefde voor God met onze buren. En we bakken communiewafels en we maken kaarsen. We telen zelf fruit en groente en die verkopen we aan een aantal winkels in de buurt. Dat geldt ook voor de honing die we produceren. We hebben genoeg omhanden, Lydia, voor het geval dat je daar een ander idee over had.'

Lydia hoorde de verdedigende toon in de stem van haar zus en veranderde van onderwerp. 'Donna vertelde dat onze grootouders allebei zijn overleden. Dus zijn wij de laatsten van de familie.' Ze glimlachte spijtig. 'Als wij dood zijn, zijn er geen Turners meer.'

'Ik dacht dat jij wel kinderen had.'

'Ik heb een stiefdochter, Chiara. Ze is mooi, heel intelligent en ik hou heel veel van haar.'

'Hoe oud is ze?'

'Vierentwintig. Ze was negen toen ik haar leerde kennen.'

'En haar vader?'

'Hij is vier jaar geleden gestorven.'

'En nu is Noah terug in je leven?'

'Het is nog wonderbaarlijker: hij heeft een zoon van ongeveer dezelfde leeftijd als Chiara.' Toen vertelde ze Valerie het hele verhaal over hoe ze Ishmael voor het eerst op de trappen van de Rialtobrug had gezien en alles wat er daarna was gebeurd.

Valerie keek peinzend, en opeens was ze veel minder gespannen. 'Als God wil dat iets gebeurt, dan kan niets hem tegenhouden,' zei ze.

'Je hebt gelijk. Het lijkt inderdaad of het zo moest gebeuren.'

Valerie maakte een afkeurend geluidje. Maar ze glimlachte ook, waardoor haar gezicht leek te stralen. 'Weet je nog wat dominee Digby zei over het lot? Dat het de manier van de heidenen was om het bestaan van God te ontkennen.'

'Misschien hebben jij en dominee Digby daar gelijk in. Maar voor de rest van wat die man uitkraamde laat ik geen spaan heel.

Hij had een gevaarlijk slechte invloed op een heleboel kwetsbare mensen en hij genoot van zijn machtspositie.'

Ze draaiden zich om toen de deur van de kas open gleed. Een non met een rood gezicht kwam buiten adem binnen. Valerie wierp haar een afkeurende blik toe. 'Zuster Peter Margaret,' zei ze. 'Ik heb speciaal verzocht om me niet te storen.'

'Het is meneer Solomon. Hij is niet goed geworden. We hebben hem op de vloer gevonden.'

60

LYDIA NAM ELKE slechte gedachte over moeder Francis Ann terug. Er viel niets aan te merken op haar kordate optreden, en toen Lydia bij Noah kwam, had ze alles onder controle. De hulpdiensten waren gebeld en de twee jonge nonnen die Noah hadden gevonden, waren ondervraagd en weggestuurd. Na een kort gesprek met Lydia trok ze zich discreet terug om hen wat tijd samen te geven.

Lydia was gewaarschuwd dat Noah duizelig en gedesoriënteerd was. Op neutrale toon zei ze: 'Ze denken dat je een soort attaque hebt gehad, Noah. Is dat wel eens eerder gebeurd?'

Ze zag dat hij zijn blik op haar probeerde te richten, alsof hij dronken was. 'Waar is Lydia?' mompelde hij.

'Ik ben hier, Noah. Hier bij jou.' Ze legde een arm om zijn schouder. Zijn lichaam was gespannen.

'Waar is Lydia?' herhaalde hij. 'Ik wil dat Lydia komt.'

In de ambulance, onderweg naar het ziekenhuis, bleef hij verward. Hij wist nog steeds niet wie Lydia was, maar nadat hij was onderzocht door het ambulancepersoneel, vond hij het goed dat ze zijn hand vasthield. Hij bleef in zichzelf mompelen en deed steeds zijn ogen dicht, maar als zijn ogen gesloten bleven, omdat ze bang was voor wat dat kon betekenen, kneep Lydia in zijn hand om hem wakker te maken.

Hij werd meteen onderzocht in het ziekenhuis. 'Meneer Solomon,' zei de jonge arts terwijl ze met een lampje in zijn ogen scheen, 'weet u waar u bent?'

Door de woorden van de arts leek Noah bij te komen en opeens zag hij er alerter uit. Hij deed zijn mond open om iets te zeggen, maar aarzelde toen. Onzeker keek hij naar Lydia. 'Mijn kantoor?' zei hij, als een ongerust jongetje dat zijn best deed om het juiste antwoord te geven. Lydia glimlachte hem bemoedigend toe.

De dokter legde het lampje opzij en kwam aan het voeteneind van het bed bij Lydia staan. 'Wat heeft hij?' vroeg Lydia zacht, al was ze er zeker van dat Noah geen idee had dat ze het over hem hadden. 'Het lijkt wel of hij geheugenverlies heeft.'

'Ik ben overtuigd dat het geheugenverlies tijdelijk is, net als de desoriëntatie. De grootste zorg is dat de optische schijf achter de ogen gezwollen is. Dat heet papilledema en wordt veroorzaakt door druk van de hersenvloeistof. Morgenochtend krijgt hij meteen een scan.'

Opeens leek geheugenverlies een veel betere optie. Lydia slikte. 'Wat denkt u dat de scan zal aantonen?'

'Het is heel goed mogelijk dat er sprake is van een hersentumor.'

De wereld leek weg te glijden onder Lydia's voeten. 'Maar toch niet altijd?' Alsjeblieft, God, niet altijd.

'Na wat u ons verteld hebt over die aanhoudende hoofdpijn, de attaque en de daaropvolgende verwarring en desoriëntatie, vrees ik dat het er wel degelijk op wijst. We kunnen hem het beste hier houden ter observatie.'

Binnen een uur was Noah naar een zaal gebracht. Het was acht uur, bezoektijd, en Lydia mocht bij hem blijven. Ze hadden de gordijnen om het bed dichtgetrokken en Lydia schonk net een glas water in uit de kan op het nachtkastje, toen Noah met een slaperige, vage stem zei: 'Lyddie, wat is er aan de hand?'

Ze ging op de rand van het bed zitten. 'Weet je nu wie ik ben?'

Hij fronste zijn wenkbrauwen. 'Natuurlijk. Maar hoe zijn we hier terechtgekomen?' Hij sprak traag en met een dikke tong, alsof hij net uit een diepe slaap was ontwaakt. 'Hebben we een ongeluk gehad?' Hij streek met een hand door zijn haar. 'Ik ben zo moe.'

'Wat is het laatste dat je je kunt herinneren?'

Hij knipperde met zijn ogen. 'Je zus. We... we waren ergens en ik wachtte op je. En toen... O god, ik weet nog dat ik bang was. Ik beefde. Ik dacht dat ik doodging.' De kleinste herinnering leek als een steen te wegen. Lydia zag hoe hij zich afmatte door al die concentratie. Ze had zo met hem te doen, en ze wilde niets liever dan hem de woorden in de mond te leggen, maar ze zweeg, in de hoop dat hij zelf zijn weg door de mist zou kunnen vinden. Ten slotte keek hij wanhopig naar haar op. 'Help me, Lyddie, alsjeblieft. Zeg wat er aan de hand is.'

Lydia mocht die avond niet bij Noah blijven, en in de lift naar beneden kwam ze in de verleiding om terug te gaan en iedereen te tarten die haar probeerde tegen te houden. Maar ze wist dat het geen zin had. Ze moest vertrouwen op wat de dokter had gezegd: dat Noah in goede handen was.

De liftdeuren gingen open op de begane grond. Bij de receptie stond een koor om een kerstboom kerstliederen te zingen. Het deed haar zo denken aan de kerstliederen op school, als ze naast Noah stond en ze grinnikend de coupletten zongen, dat Lydia wel in tranen had willen uitbarsten. Ze had geen onderdak. Geen vervoer. Een het allerergste, misschien geen Noah meer.

Buiten zocht ze in haar tas naar haar mobiele telefoon om het belangrijke telefoontje naar Chiara te plegen, die dan alles zou moeten uitleggen aan Ishmael.

De volgende ochtend werd ze stram en met een kater wakker. Niet door alcohol, maar door angst. Terwijl ze haar ogen liet wennen aan het licht dat door de slecht sluitende gordijnen naar binnen viel, bleef ze heel stil liggen en dwong ze de spanning uit haar lijf. Door de muur aan het hoofdeind kon ze een televisie horen, en stemmen op de gang buiten haar deur. Tekenen dat voor sommige mensen dit weer een gewone dag was. Ze sloeg de dekens terug en sjokte naar de badkamer. Ze had behoefte aan een warme, opwekkende douche. Ze kreeg niet meer dan een lauw straaltje. Daarna moest ze dezelfde kleren aantrekken die ze de vorige dag had gedragen.

Een portier van het ziekenhuis had de vorige avond dit ziel-loze hotel aangeraden omdat het binnen loopafstand was. De locatie was nog het beste. Beneden, in een zogenaamd mediterraan ingerichte eetzaal, onderging Lydia een ontbijt van grapefruit uit blik en slappe geroosterde boterhammen, terwijl ze dikke mannen borden vol gebakken eieren, spek en worstjes naar binnen zag werken. Lydia stelde zich voor hoe ze later die ochtend aan Noah zou vertellen hoe vreselijk dit hotel was, en ze zou zeggen dat ze nooit meer een kwaad woord over het Oak Manor Court Hotel zou uiten.

Ze schreef zich uit en liep langs de drukke straat naar het ziekenhuis. Ze was er bijna toen haar mobiele telefoon ging. Het was Fabio. Hij kwam meteen ter zake en zei dat Chiara hem alles had verteld. Het geluid van zijn dierbare stem, zo vol liefde en bezorgdheid, was haar te veel, en ze verslikte zich bijna in de tranen van angst die ze probeerde tegen te houden. Voorbijgangers wierpen vreemde blikken in haar richting, en pas toen ze afscheid nam van Fabio, begreep ze waarom. Ze had Italiaans gesproken. Ze was vergeten dat Britten altijd keken naar mensen die anders waren dan zij.

Toen Lydia langs de afgesloten kerk links van haar kwam, dacht ze aan haar zus. Ze kon zich niet eens herinneren of ze de vorige dag afscheid had genomen van Valerie. Op de een of andere manier was ze op de achtergrond verdwenen tussen de andere nonnen. Lydia hoopte dat Valeries kille gereserveerdheid zou zijn verdwenen als ze elkaar weer zagen. Ze mocht niet hopen dat ze zo gauw vergiffenis kreeg, maar nu Valerie de waarheid wist, zou ze gaan beseffen wat voor offer Lydia had gebracht, en zou ze de pijn loslaten die haar al die jaren had gekweld. Dat had Lydia tenslotte ook gedaan wat Noah betrof. Zij had toch ook vijandigheid en wrok gevoeld toen ze was verblind door misverstand?

Noah was veel beter dan toen ze de vorige avond was weggegaan. Hij voelde zich nog moe, waardoor hij zich langzaam bewoog, maar geestelijk was hij zich helemaal bewust van wat er gaande was. Lydia mocht met hem mee voor de scan en hield zijn hand vast toen werd bevestigd dat het inderdaad om een tumor ging. In lekentaal bevond die zich aan de voorkant van de schedel, boven zijn linkeroog. De tumor had de omvang van een mandarijn. Het goede nieuws was dat het zeer waarschijnlijk geen kwaadaardige tumor was. En daarbij zat hij op een plaats waar ze hem makkelijk konden verwijderen. Gezien de attaque en het feit dat hij zo lang versuft was geweest, werd aangeraden dat hij zo snel mogelijk geopereerd moest worden. Dankzij zijn uitstekende ziektekostenverzekering werd hij verwezen naar een particuliere neurochirurg in de buurt van zijn huis in Northamptonshire. Over een paar dagen kon hij er terecht. Het klonk zo alledaags. Alsof ze een vakantie aan het boeken waren.

Maar hoe zat het met het: stel dat?

Ze hadden het wel over een hersenoperatie, niet over een afspraak bij de tandarts om een kies te laten vullen. Als je de schedel van iemand opende, kon er van alles gebeuren. Stel dat er iets misging tijdens de operatie en Noah de rest van zijn leven moest vegeteren? Of als de tumor toch kwaadaardig bleek te zijn?

En het allerbelangrijkste: stel dat Noah haar werd afgenomen? Voorgoed?

Toen Noah uit het ziekenhuis was ontslagen, namen ze een taxi naar het klooster waar ze Noah's auto hadden achtergelaten. Het vieze witte bestelbusje stond nog steeds naast zijn Mercedes op de oprit. De woorden op de achterkant waren weggeveegd.

Lydia betaalde de taxichauffeur en ze belden aan. Noah had gezegd dat hij moeder Francis Ann wilde bedanken voor haar hulp de vorige dag, en zich verontschuldigen voor alle heisa. En natuurlijk wilde Lydia haar zus weer spreken.

De vrouw, weer helemaal de kouwe kikker, wimpelde Noah's bedankjes af met een luchtig handgebaar. Toen wendde ze zich tot Lydia. 'Als u met zuster Valerie Michael praat, neem ik meneer Solomon mee naar de kapel om met hem te bidden.'

Lydia had niet verbaasder kunnen zijn als de vrouw haar een viltstift had gegeven om een snor en bril te tekenen op het schilderij van de Madonna met kind boven de schoorsteenmantel. Hoewel ze blij was dat ze Val weer kon zien, vond ze het maar niets dat ze geen oogje kon houden op Noah. De Stel Dats lieten haar niet los. Hij was weliswaar weer bijna helemaal de oude, zoals de arts had voorspeld, maar als hij weer een attaque kreeg? Alsof Noah haar gedachten had gelezen, zei hij: 'Maak je geen zorgen, Lyddie. Het komt wel goed.'

Alsof ze dat wilde bevestigen, zei de kouwe kikker: 'Ik zal zuster Valerie Michael laten halen. Dan kunt u hier met haar praten.'

Toen Lydia alleen achterbleef, begon ze ongerust te piekeren. Waarom wilde de kouwe kikker Noah zo graag meenemen naar de kapel? Hij had de non niet verteld over de tumor – ze hadden amper gelegenheid gehad om er samen over te praten. Vermoedde de vrouw dat zijn leven aan een zijden draad hing en wilde ze hem aansporen om boete te doen voor het te laat was?

De minuten verstreken langzaam terwijl Lydia geduldig op Valerie wachtte. Ze begon in gedachten een puntenlijst op te stellen van alles wat ze aan haar zus wilde vragen. Bijvoorbeeld met wie hun grootvader was getrouwd na de dood van hun grootmoeder.

Een klopje op de deur, gevolgd door de verschijning van een broze, bejaarde non. 'Het spijt me, maar zuster Valerie Michael zegt dat ze u vandaag niet kan spreken. Kan ik u iets te drinken aanbieden?'

'En ze zei niet waarom ze je niet kon spreken?' vroeg Noah toen ze weer in de auto zaten. Deze keer zat Lydia echter achter het stuur van de dure auto. Omdat ze nooit eerder links had gereden, deed ze kalm aan tot ze gewend was aan de krachtige motor.

Met haar blik op de weg gericht zei ze: 'Nee, ik kreeg geen enkele reden te horen.'

Even later zei Noah: 'Je hebt me niet verteld hoe het gisteren is gegaan met je zus. Ik heb natuurlijk met mijn stomme kop de aandacht van jullie reünie afgeleid en op mezelf gevestigd.'

Vol van teleurstelling en boosheid dat Valerie haar zo achteloos had kunnen afwijzen, zei Lydia: 'Als je het niet erg vindt, wil ik het nu even niet over Valerie hebben. Ik heb het liever over jou.' Ze vond het vreselijk om te denken dat haar zus op deze manier wraak wilde nemen: Kijk, zo voelt het om in de steek te worden gelaten!

'Wat klink je boos, Lyddie.'

'Dat ben ik ook.'

'Niet doen. Vooral niet als je in mijn auto rijdt.'

Ze wierp hem een zijdelingse blik toe en zag dat hij glimlachte. Ze glimlachte terug.

'Dat is beter,' zei hij.

Enkele kilometers verder, nadat Noah haar naar de snelweg had gedirigeerd, kreeg ze meer zelfvertrouwen achter het stuur. 'Je hebt me niet verteld wat jij en de moeder-overste in de kapel hebben uitgespookt.'

'Het is raar, maar ze heeft precies gedaan wat ze aanbood. Ze heeft voor me gebeden. En voor de komende dagen.'

'Heb je haar de diagnose van de artsen verteld?'

'Dat was juist zo vreemd. Het leek wel of ze wist dat het vrij ernstig was.'

Er viel weer een stilte. Later, toen Lydia een blik op Noah wierp, zag ze dat zijn ogen gesloten waren. Ze hoopte dat hij niet lang zou slapen; ze had zijn aanwijzingen nodig om bij zijn huis te komen.

Opeens ging Noah's mobiele telefoon via de handsfree-installatie op het dashboard. Meteen boog hij zich voorover, alsof hij helemaal niet had geslapen, en drukte een knop in. Een stem die Lydia meteen herkende, klonk luid door de auto. Hij was dieper en voller dan toen ze die voor het laatst had gehoord, maar het was onmiskenbaar dezelfde stem.

'Noah, met mij, Brad. Ishmael heeft me gebeld. Hoe gaat het? Vergeet niet dat die artsen van tegenwoordig er de ballen verstand van hebben.'

'In elk geval herkennen ze een hersentumor als ze die zien. Ik heb hem zelf op de foto gezien.'

'Dat geloof ik niet!'

'Ik kan het zelf nauwelijks geloven.'

'En wat nu?'

'Een operatie. Misschien overmorgen al.'

'Verdomme! Ze laten er geen gras over groeien. Hoe voel je je?'

'Alsof ik gemangeld ben.'

'Hebben ze het over K gehad?'

'Dat wordt niet uitgesloten. Hoewel ze het niet aannemelijk achten. Ze weten het pas tijdens de operatie.'

'Is Lydia bij je?'

'Ja. Wil je haar spreken?'

Maar Lydia wilde niemand spreken. Zij kon ook amper iets zien. De tranen stonden in haar ogen. Zodra ze een afslag naar een tankstation zag, reed ze die op. Zodra ze kon stopte ze. Ze huilde nu zo erg dat ze helemaal beefde.

'Ik bel je later nog wel, oom Brad.' Noah beëindigde het telefoontje. 'Lyddie?'

'Sorry,' zei ze met haar voorhoofd op het stuur. 'Ik kan het gewoon niet aan dat je er zo kalm over praat. Je lijkt alles onder controle te hebben terwijl ik me volslagen nutteloos voel. Ik moet sterk en een steun voor je zijn, en ik ben een wrak!'

Zachtjes tilde hij haar hoofd op van het stuur en draaide het naar zich toe. 'Ik wilde wachten tot we thuis waren,' zei hij, 'maar ik kan het net zo goed nu zeggen. Je moet heel goed luisteren naar wat ik zeg en begrijpen dat dit is wat ik wil. Wat ik nodig heb. Goed, Lyddie?'

Ze veegde haar ogen af. 'Ik luister.'

'We hebben precies gedaan waarvoor we zijn gekomen. We hebben gehoord wie je oudoom Leonard heeft vermoord en nu heb je niets meer te vrezen. Vanaf nu kun je gaan en staan waar je wilt en van je leven genieten. Zonder schuldgevoel. Zonder spijt.' Hij zweeg even en haalde diep adem. 'Ik wil dat je morgen teruggaat naar Venetië.'

'Ben je gek geworden? Ik ga morgen nergens naartoe zonder jou.'

Hij schudde ongeduldig zijn hoofd, alsof hij het al een paar keer had uitgelegd. 'Ik bedoel dat ik je hier niet nodig heb. Ik wil dat je naar huis gaat. Ik wil dat je belooft dat je in Venetië blijft en je oude bestaan oppakt en nog lang en gelukkig zult leven.'

61

NIETS ANDERS HAD alle zwakheid uit Lydia kunnen wegnemen. Ze veegde weer langs haar ogen en snoot haar neus. 'Ik dacht dat ik degene was die steeds verkeerde eenzijdige beslissingen nam,' zei ze.

Hij wendde zich af en keek voor zich uit. 'Je hoeft er niet bij betrokken te zijn.'

'Maar dat ben ik al. Dus aanvaard maar dat ik je niet in de steek laat. Ik blijf gewoon hier.'

'Ik meen het, Lyddie. Ik wil niet dat je er bent als...' Hij maakte zijn zin niet af. Lydia wachtte. 'Als het verkeerd gaat,' zei hij ten slotte.

'Ik ga niet met je in discussie, Noah. Dus vergeet het maar, ik ga niet terug naar Venetië. En wie zegt trouwens dat het verkeerd kan gaan? Volgens de arts is het een routineoperatie met een heel grote kans van slagen.'

Hij draaide zich om en keek haar aan. Na een poos vroeg hij: 'Waarom ben je dan zo bang?'

Ze legde haar hand op die van hem. 'Het zou niet menselijk zijn als ik dat niet was. Ik hou van je, Noah. Ik wil niet dat jou iets overkomt. Nooit.'

'En ik wil niet dat jij me ziet als het verkeerd gaat en ik een of andere kwijlende...'

'Houd op,' onderbrak ze hem. 'We zijn allebei verbijsterd en uitgeput en we denken alleen maar aan het ergste. Hoe zit het trouwens als de rollen omgedraaid waren? Als ik dit moest ondergaan?'

Regendruppels begonnen tegen de voorruit te tikken. Hij ademde diep in en toen langzaam uit. 'Verdomme, Lyddie.' Hij bracht haar hand naar zijn lippen. 'Dan zou ik geen seconde van je zij wijken. En dat weet je maar al te goed.'

Ze sloeg haar armen om hem heen en kuste hem. 'We hebben te veel meegemaakt om dit probleempje niet aan te kunnen, Noah.' Ze kuste hem weer. 'En daarbij moeten we volgend jaar je verjaardag vieren. Dan wil ik dat je bij me bent in Venetië en dan maken we er iets speciaals van. Iets heel extravagants.'

'Ik ga niet bungeejumpen van de klokkentoren van de St. Marcus. Zelfs niet voor jou.'

Ze glimlachte. 'Spelbreker.'

Lydia was niet de enige die het heft in handen nam. Toen ze nog maar twintig minuten van huis verwijderd waren, belde Ishmael met de mededeling dat hij de volgende dag naar huis zou vliegen. 'Kan ik je overhalen om het niet te doen?' vroeg Noah.

'Absoluut niet,' was Ishmaels antwoord. 'O, en ik heb het ook aan mam verteld. Ze belt je morgen.'

Na het telefoontje zei Noah: 'Jullie zijn allemaal tegen me aan het samenspannen.'

'En dat verbaast je? Nou, geef het dan maar op.'

Hij legde een hand op Lydia's been en liet die daar de rest van de rit liggen.

Het was een lange dag geweest en ze gingen vroeg naar bed. Maar geen van beiden kon slapen. Noah kreeg meer hoofdpijn als hij lag, en Lydia dacht te veel aan Stel Dat om te kunnen slapen. 'Er is maar één oplossing,' zei Noah terwijl hij Lydia zachtjes op haar rug duwde en haar nachthemd uittrok. 'We kunnen er beter van genieten nu het kan, want wie weet wanneer ik je na morgen weer in mijn bed kan krijgen.'

'En vergeet niet al die jaren die we nog moeten inhalen.'

'Precies,' zei hij terwijl hij het dekbed terugsloeg om naar haar te kijken. Hij legde een hand op haar buik. 'Herinner jij je nog de naaktschetsen die ik van je heb gemaakt?'

'Die heb je toch niet bewaard?'

'Natuurlijk wel. Die kon ik niet wegdoen. En voordat je het vraagt, niemand heeft ze ooit gezien.'

'Waar zijn ze?'

'Verstopt achter oom Brads schilderij van jou. Daar heb ik ze verborgen toen ik me neerlegde bij het ondenkbare feit dat ik je nooit meer zou zien.'

'Ik heb de paar foto's van jou ook bewaard,' gaf ze toe. 'Ik had er in geen jaren naar gekeken. Tot vorige week, nadat ik Ishmael had ontmoet. Teken jij nog steeds?'

'Als ik tijd heb. Ik zou je graag weer willen tekenen.' Hij liet zijn hoofd zakken en kuste haar.

Een kort, heerlijk moment gingen ze in elkaar op en duwden de spanning en ongerustheid van de afgelopen vierentwintig uur weg. Maar het vrijen ging gepaard met een schrijnende, bitterzoete intensiteit. Bij elke aanraking, elke kus, kwam de angst dat hun hervonden geluk van korte duur kon zijn.

Ze lagen nog in bed toen net voor negen uur de telefoon ging. Het was het ziekenhuis, met de mededeling dat Noah de volgende dag geopereerd zou worden.

Nog geen tien minuten later, toen ze nog steeds in bed lagen, ging de telefoon weer. Deze keer was het Jane, de ex-vrouw van Noah. Lydia ging naar beneden om het ontbijt klaar te maken. Na een telefoontje van Noah gisteren had mevrouw Massey de koelkast aangevuld voor de komende dagen. Een kan koffie en roerei leken een goede manier om de dag te beginnen.

Lydia zette eerst de waterkoker aan, en toen ze de koelkast opende om eieren te pakken, viel haar blik op de ingelijste foto van Ishmael. Terwijl hij glimlachend naar haar terugkeek, bedacht ze hoe anders zijn jeugd moest zijn geweest dan die van zijn vader. Wist hij iets over Noah's ouders en hoe die om het leven waren gekomen? Of was dat iets waar Noah het nooit over had gehad? Net zoals zij nooit aan Marcello en Chiara de waarheid had verteld over haar jeugd en die zo goed mogelijk had verbloemd? Lydia had gelezen over mensen die geobsedeerd waren door hun afkomst om bevestiging te zoeken van wie ze zelf waren, maar zij had nooit de behoefte gevoeld om verder te kijken dan haar eigen ouders. Haar moeder was een wees en Lydia had geen idee wie haar grootouders van moederskant waren. Het interesseerde haar ook niet. Ze had het heden altijd belangrijker gevonden.

Toen Lydia alles op een dienblad had gezet, nam ze het mee naar boven. Noah was nog aan de telefoon toen ze de deur opende. Hij wenkte haar naar binnen toen ze aarzelde. 'Bedankt, Jane,' zei hij.

'Nee, ik beloof dat ik me geen zorgen zal maken over het werk. Ik weet dat jij het allemaal in de hand hebt. Ja, ik zal tegen Ishmael zeggen dat hij je moet bellen zodra hij iets weet. Jij ook het beste. Tot gauw. Dag.'

'Zullen we de telefoon maar van de haak leggen?' vroeg hij toen Lydia het dienblad op het voeteneind van het bed zette en hem zijn ontbijt gaf. 'Ik weet niet hoe ik mensen kan geruststellen dat alles wel in orde zal komen. Die arme Jane deed zo haar best om niet te klinken alsof ze voor het laatst afscheid van me nam.'

'Jullie zijn nog steeds erg op elkaar gesteld,' merkte Lydia op terwijl ze naast hem in bed ging liggen en tot haar verbazing merkte dat ze geen enkele jaloezie voelde jegens de vrouw die het geluk had gehad om met Noah getrouwd te zijn geweest.

'We waren niet geschikt als man en vrouw, maar daarbuiten kunnen we heel goed met elkaar opschieten. Ik heb haar over jou verteld. Over ons.'

'Wat zei ze?'

'Dat dit alles verklaarde. Ze heeft nooit gedacht dat ik haar ontrouw was, maar ze wist altijd dat er iemand anders was geweest. Ze wenste ons veel geluk. En dat meende ze.'

'Ik zou haar graag eens ontmoeten.'

Noah glimlachte. 'Dat zei zij ook.'

Ze namen samen een douche, kleedden zich aan en besloten te gaan wandelen. Ze lieten hun mobiele telefoons thuis omdat ze niet gestoord wilden worden.

Het was een bitterkoude dag. De zon was niet meer dan een witte glimp in de grauwe lucht. De velden en hagen waren nog bedekt met een dikke laag rijp. Plassen waren bevroren en kale boomtakken zagen er zwart en versteend uit.

Aan het einde van Noah's oprit volgden ze de hoofdweg tot ze de huizen – allemaal met kransen van hulst op de deur en kaarten voor het raam – achter zich hadden gelaten. Vervolgens volgden ze een slingerweg naar een grote eik op de top van een heuvel.

Bovenaan stopten ze om het uitzicht te bewonderen. Het enige wat ze hoorden was het krassen van de kraaien in de hoogste takken van de boom. Het landschap was hier heel anders dan bij Swallowsdale. Het leek zachter, niet zo somber. Geen donkere, uitgestrekte heidevlakten. Alleen een bevredigend gevoel van rust.

Noah zette zijn stok tegen de boom en kwam achter Lydia staan. Hij sloeg zijn armen om haar heen en legde zijn kin op haar hoofd. 'Het lijkt wel of de dag in de tijd bevroren ligt, vind je niet?' zei hij.

Lydia wenste dat dit moment nooit voorbij zou gaan, de dag voor Noah's operatie, nu hij nog steeds veilig was, en ze zei: 'Het moet heerlijk zijn om hier te wonen. Het is prachtig.'

'Ik zou het leuker vinden als jij er was.'

Ze drukte hem steviger tegen zich aan.

'Ik weet wat je denkt,' zei hij. 'Je probeert te bedenken hoe het mogelijk kan zijn. Nou, laat maar. Ik heb het helemaal voor elkaar. We kunnen onze tijd verdelen tussen onze huizen en ons werk. Ik kom naar jou. Jij komt naar mij. Makkelijker kan niet.'

Ze draaide zich om en keek hem aan. 'Zoals altijd heeft slimme Solomon op alles een antwoord, hè?'

Ishmael kwam net toen Lydia's mobiele telefoon ging. Ze liet Noah en zijn zoon alleen en ging naar boven om het telefoontje te beantwoorden. Het duurde even voor ze de stem herkende. 'Valerie?' vroeg ze onzeker.

'Lydia, ik wil je weer spreken.'

Opeens kwamen alle pijn en kwaadheid dubbel zo hard weer boven. 'Waarom wilde je me gisteren niet spreken?'

'Dat kon ik niet.'

'Kon niet of wilde niet?'

'Maak het niet moeilijker voor me dan het al is. Kom morgen, dan zal ik alles uitleggen.'

'Sorry, maar dan kan ík niet. Ik blijf bij Noah. Hij wordt morgen geopereerd en niets ter wereld kan me op dat moment van hem scheiden.'

Er viel een lange stilte. Zo lang dat Lydia dacht dat de verbinding was verbroken. 'Val?' zei ze. 'Ben je er nog?'

'Ja. Ik moest er opeens aan denken dat je Noah altijd belangrijker hebt gevonden dan mij.'

Die beschuldiging sneed door Lydia. 'Zeg dat niet. Ik heb alles voor je gedaan wat ik kon, Val. Álles.'

'Is dat echt zo?'

Weer die klap. Degene die de uitdrukking 'de waarheid doet altijd pijn' had bedacht, wist waar hij of zij het over had. 'Ik weet dat je me nooit zult vergeven dat ik je zo in de steek heb gelaten, maar vergeet niet dat ik pas achttien was. Ik heb mijn best gedaan. Ik zal de rest van mijn leven moeten doorbrengen met de wetenschap dat het niet genoeg was voor jou.'

Toen Lydia zichzelf hoorde, raakte ze nog meer van streek. Haar gevoelens gingen te diep om rationeel te worden besproken, en dus deed ze een laatste wanhopige poging om het nog goed te maken tussen haar en Valerie. 'Volgens jouw geloof, Valerie, moet je het toch kunnen opbrengen om het me te vergeven?'

Toen zelfs dat geen reactie bij haar zus ontlokte, zei Lydia: 'Als je me echt wilt spreken, dan kom je toch naar mij toe?'

'Je weet dat dat niet kan.'

'Niets is onmogelijk, Val. Niet als je het echt wilt.'

Die ochtend reed Ishmael hen naar het ziekenhuis. Ze maakten kennis met de chirurg die de operatie zou uitvoeren. Hij klonk vol zelfvertrouwen en geruststellend, en hij deed zijn best om de procedure tijdens en na de operatie te beschrijven. Hij zei dat als alles volgens plan verliep, de operatie een uur of vijf zou duren en dat Noah dan tien dagen in het ziekenhuis moest blijven om te herstellen. Lydia klampte zich vast aan het woord 'herstellen' terwijl ze naar de handen van de man keek. De handen waar Noah's leven nu van afhing. Hoe capabel en ervaren waren die?

Toen kwam het moment waar Lydia zo tegenop had gezien. Ze moest afscheid nemen van Noah. Ishmael was al een poos alleen geweest met zijn vader. Nu was het Lydia's beurt.

'Voor het geval dat je me niet herkent als ik je weer zie, dan ben ik degene die eruitziet als een gekookt ei met het kapje eraf,' zei Noah als grap.

'Dan weet ik nu wat ik als kerstcadeau voor je moet kopen,' zei ze. 'Een muts.' Ze kneep in zijn hand. 'Ik zal op je wachten.'

Hij wenkte dat ze dichterbij moest komen.

Ze bukte zich. 'Ja?'

'Dichterbij,' zei hij. 'Ik wil je iets belangrijks zeggen.'

Ze gehoorzaamde en boog zich zo ver voorover dat zijn mond haar oor raakte. 'Voor het geval dat je enige twijfel hebt,' fluisterde hij. 'Ik hou van je, Lyddie. Altijd al, en dat zal altijd zo blijven.'

Ze forceerde een glimlach. 'Ik hou ook van jou, Noah.'

Toen de operatie drie uur aan de gang was, liet Lydia Ishmael alleen in de wachtkamer en ging naar de benedenverdieping. Vanaf daar volgde ze de borden. Na enkele gangen was ze in de hal. Meteen zag ze twee nonnen met hun rug naar haar toe zitten.

Ze liep naar hen toe en hoewel ze de ene niet kende, die zat te breien en met een jonge moeder met een kind in een buggy praatte, was de andere non geen vreemde. Ze zat kaarsrecht met haar handen op haar schoot, en niemand kon er zo niet op haar plaats lijken als Valerie. Lydia voelde medelijden en ook medeleven. Omdat ze allebei een soortgelijke cultuurschok beleefden. Na achtentwintig jaar Italië was Engeland net zo vreemd voor Lydia als het voor Valerie moest zijn.

Ze raakte even de schouder van haar zus aan.

Valerie schrok zichtbaar. Toen Lydia haar gespannen gezicht zag, begreep ze hoeveel moeite dit bezoek haar kostte. De andere non brak haar gesprek met de jonge moeder af, legde haar breiwerk weg en stelde zich voor als zuster Catherine John. Ze was waarschijnlijk tien jaar jonger dan Valerie en veel meer ontspannen en zelfverzekerd. 'Ik ben meegekomen met zuster Valerie Michael,' verklaarde ze op opgewekte toon. 'We hebben een uitstekende reis gehad. En heel interessante mensen ontmoet.'

Lydia bespeurde ergernis op Valeries gezicht. Ze kon het haar niet kwalijk nemen. Zuster Catherine John dacht ongetwijfeld dat ze behulpzaam was, maar Lydia zag dat ze op het punt stond om haar metgezellin te betuttelen en te beledigen. Lydia kwam tussenbeide. 'U zult wel iets willen eten of drinken,' zei ze tegen zuster Catherine John. 'Hier op de benedenverdieping is een uitstekende cafetaria.' Lydia had geen idee hoe goed of slecht die was – zij en Ishmael hadden van de automaat op hun verdieping gebruikgemaakt – maar hoe eerder ze Valerie alleen kon spreken, hoe beter.

‘Dank je,’ zei Valerie toen Lydia haar meenam naar waar haar zus zich hopelijk meer op haar gemak zou voelen. ‘Zuster Catherine John bedoelt het goed, maar ze moet nog leren hoe lonend het is om te zwijgen.’

‘Wat tactvol gezegd,’ zei Lydia met een glimlach. ‘Was het erg voor je, de reis?’

‘Ik deed voor het grootste gedeelte of ik sliep.’

Er was niemand in de kapel van het ziekenhuis, en met alleen het eenvoudige altaar en houten kruis dat subtiel verlicht werd door een lamp, voelde zelfs Lydia zich prettig bij de rust die hen omringde toen ze naar binnen gingen. Ze was blij dat Noah de tegenwoordigheid van geest had gehad om moeder Francis Ann hun mobiele telefoonnummers te geven, zodat Valerie op een later tijdstip contact kon opnemen als ze dat wilde. Het feit dat Valerie het offer had gebracht om het klooster te verlaten, betekende heel veel voor Lydia. Het hield in dat haar zus van gedachten was veranderd.

Ze gingen op de voorste rij zitten en begonnen ieder op hun eigen manier te bidden. Lydia wist niet wat Valerie aan God vertelde, maar zijzelf was in de stemming om hem regelrecht te chanteren: als u me Noah afneemt, zo waarschuwde ze God, dan is onze relatie voorgoed voorbij. *Finito!*

Lang nadat Lydia klaar was met haar dreigementen, hief Valerie haar hoofd op en terwijl ze met beide handen het kruis om haar hals vasthield, zei ze: ‘Je had gelijk toen je zei dat het verleden ons altijd bijblijft, dat we niet kunnen doen of het anders is. Het zal nooit weggaan, hoe we ook ons best doen om ons ervan af te zonderen.’

‘Waardoor ben je van inzicht veranderd?’

‘Door jou. Je riep te veel herinneringen op. Herinneringen die ik niet nog eens wilde beleven.’

‘Dat spijt me.’

‘Dat hoeft niet. Ik heb mijn hele leven boete gedaan en tot mijn schande moet ik zeggen dat het niet helemaal heeft geholpen.’

Verbaasd door deze bekentenis, maar van mening dat ze zich daar later wel mee bezig zou houden, stelde Lydia de eerste van de vele vragen die ze wilde stellen. ‘Waarom beschuldigde je me er gisteren door de telefoon van dat ik niet voor je had gezorgd?’

'Ik moest er opeens aan denken dat jij als kind had wat ik altijd wilde, een vriend. Een echte vriend.'

'Maar je wekte de indruk dat jij daar geen behoefte aan had. Je had de broeders en zusters. En onze grootmoeder. Jullie hadden een hechte band, ik nooit. Ze was dol op je.'

'Je hebt het over relaties die ik met volwassenen had. Is dat normaal voor een jong meisje?'

'Ik weet inmiddels dat niets normaal is op deze wereld, Val. Toen we kinderen waren, dacht ik dat iedereen normaal was behalve ik.'

'Maar jij had Noah. Je kon met hem dingen delen.'

'Niet altijd. Een hele poos waren er dingen waar ik me zo voor schaamde, dat ik ze zelfs voor Noah verborgen hield, omdat ik er zeker van was dat ik hem kwijt zou raken als hij de waarheid wist. Sindsdien heb ik ontdekt dat we het allemaal doen. We zijn allemaal bang en kwetsbaar. We zijn allemaal zelfs zo abnormaal dat we helemaal normaal zijn.'

Valerie keek naar haar handen en zei op zachte toon: 'Ik heb zo mijn best gedaan om te zijn zoals grootmoeder graag wilde. Ik vertrouwde haar en geloofde alles wat ze zei. En al die tijd was ze ziek. Op een dwaalspoor.' Ze keek Lydia aan. 'Maak jij je nooit zorgen dat we het van haar geërfd kunnen hebben? Dat wij misschien ook zo worden?'

'Schizofreen, bedoel je?'

Valerie knikte.

'Als volwassene heeft het me nooit beziggehouden. Maar als tiener, toen we te maken hadden met de ziekte van grootmoeder, wel. Toen maakte ik me soms wel zorgen. Ik moest ook denken aan moeders gedrag na de dood van pap. Ik zag in dat er problemen aan beide kanten van ons gezin waren.'

'Maak je je nu nog zorgen?'

'Nee. Jij?'

'Voortdurend. Ik lijd al jaren aan depressies. Soms voel ik me zo vreselijk dat ik het gevoel heb dat ik niet nog een dag aankan.'

'O Val, wat erg. Krijg je hulp? In het klooster?'

'Ik heb een geestelijke mentor. Ze is heel geduldig en aardig, maar we weten allebei dat de ziekte die mijn problemen veroorzaakt, nooit zal genezen door onze sessies.'

'Ben je eerlijk tegen haar?'

Valerie schudde haar hoofd.

Heel behoedzaam zei Lydia: 'Kun je eerlijk zijn tegen mij?'

Valerie zei, alsof ze haar niet had gehoord: 'Al twee nachten, sinds jij naar St. Agnes bent gekomen, heb ik nachtmerries. Vreselijke nachtmerries. Ik schreeuw het uit in mijn slaap en slaapwandel. Dat is heel lang niet gebeurd. Moeder Francis Ann hoorde er gisterochtend over en stelde voor dat het misschien nuttig kan zijn om weer met jou te praten.' Ze slikte. 'Eigenlijk was het meer een bevel dan een voorstel.'

Weer bedacht Lydia dat de kouwe kikker zo slecht nog niet was. Waar de intuïtie van de vrouw ook vandaan kwam, Lydia werkte graag mee. Ze koos haar woorden zorgvuldig en zei: 'In welk opzicht leek een gesprek tussen ons haar nuttig, Val?'

Het duurde een eeuwigheid voordat Valerie antwoord gaf. 'Ik kan niet voor moeder Francis Ann spreken,' begon ze, maar ik...' Ze hakkelde en kneep haar ogen dicht. En opende ze toen. 'Ik ben tot de conclusie gekomen dat jij mijn enige hoop bent. Je bent de enige aan wie ik dit kan vertellen. En ik ben bang dat als ik het niet doe, ik zal eindigen zoals grootmoeder.'

62

DE DEUR VAN de kapel ging open en licht kwam binnen, tegelijk met een ademloze oude man. Hij ging op de achterste rij zitten met gebogen hoofd. Zijn piepende ademhaling weerklonk in de ruimte. Maar hij bleef niet lang. Toen de deur weer achter hem dichtging, zei Lydia: 'We kunnen wel ergens anders heen als je dat liever hebt?'

'Nee, het is goed zo.'

Voordat ze op het onderwerp doorgingen, wilde Lydia iets zeggen, iets wat haar behalve de rest erg dwarszat. 'Het spijt me dat ik zo kortaf deed door de telefoon,' zei ze. 'Ik was kwaad op je. Maar dat is geen excuus, dat weet ik. Ik vond het alleen zo erg dat ik je niet meer zou zien.'

'We doen veel dingen uit kwaadheid,' zei Valerie zacht. 'Het is een sterke emotie. Waarschijnlijk het gevaarlijkste wapen dat iemand bezit. Zelfs Christus maakte zich er schuldig aan.'

Lydia had altijd gevonden dat die episode toen Jezus de tafels in de tempel omvergooide, overeenkwam met de overdreven pogingen van slechtgehumeurde christenen om een excuus te zoeken. Maar dat zei ze niet.

'Ik moet me ook verontschuldigen,' zei Valerie, 'omdat ik zo afstandelijk deed toen je me kwam opzoeken. Ik hoop dat je aan het einde van dit gesprek zult begrijpen waarom ik onze ontmoeting zo moeilijk vond. Niet dat deze makkelijker zal zijn. Opeens weet ik niet meer hoe ik moet beginnen.'

'Misschien met die nachtmerries waar je het over had?'

Valeries handen gingen weer naar het kruis, en ze hield haar blik strak op het altaar gericht. 'Die hebben te maken met oom Leonard. Hij is niet vermoord door onze grootmoeder, wat iedereen denkt.'

'Maar ze heeft het opgebiecht,' zei Lydia. 'Donna vertelde dat het in de kranten heeft gestaan, en dat ze naar een gesloten inrichting is gebracht toen de politie begreep dat ze te ziek was om berecht te worden.'

'Dat weet ik wel,' zei Valerie. Ze draaide zich langzaam om en keek Lydia aan. 'Vergeet niet dat ik het allemaal van dichtbij heb meegemaakt. Ik merkte dat het ziekenhuis onze grootmoeder maar al te graag naar elders liet overbrengen en dat de hele zaak werd doodgezwegen. Ze wilden natuurlijk liever niet dat iemand hun de schuld gaf omdat ze haar hadden laten ontsnappen. Maar ik weet wie oom Leonard in werkelijkheid heeft vermoord. Dat heb ik altijd geweten. En ik garandeer je dat het niet onze arme, zieke grootmoeder was.'

Valerie klonk zo indringend dat er even een stilte viel. Lydia dacht koortsachtig na. Als hun grootmoeder het niet had gedaan, wie dan wel? Haar grootvader? Dat kon niet anders. Precies wat ze had gedacht.

'Vraag je me niet wie het was?' zei Valerie.

'Onze grootvader, neem ik aan?' antwoordde Lydia.

Valerie zuchtte en schudde vermoeid haar hoofd, alsof Lydia de eenvoudigste vraag niet had begrepen. 'Nee, Lydia, niet onze grootvader, maar ik. Ik heb oom Leonard vermoord.'

Lydia voelde een ijzige steek in haar hart. Ze probeerde die uit te bannen. Dit kon niet waar zijn. Maar waarom zou Valerie het anders zeggen? Bestond de mogelijkheid dat ze een totaal misplaatste toewijding voor hun grootmoeder vertoonde? 'Maar je kunt het niet gedaan hebben,' wierp Lydia tegen. 'Je was een kind. Je was nog maar twaalf.'

'Ik was een kwaad, verward en heel bang kind. Ik was heel goed in staat om een moord te plegen.'

Weer een ijskoude steek. Verbijsterd zei Lydia: 'Maar waarom?'

Valerie knipperde met haar ogen. 'Die middag... kwam oom Leonard in onze slaapkamer en hij... hij dwong me...' Ze klemde haar vingers om het kruis, en haar knokkels werden net zo wit als haar gezicht.

Lydia voelde zelf het bloed uit haar gezicht wegtrekken. Nee! Dat kon hij toch niet gedaan hebben. Niet Valerie. 'Val,' zei ze, 'zeg dat hij je niet heeft aangeraakt. Zeg alsjeblieft dat het niet is gebeurd.'

Valerie huiverde. Maar ze zei niets. Haar ogen waren groot en Lydia kon de afschuw en pijn erin zien.

'Zeg wat hij heeft gedaan, Val.'

Valerie opende haar mond, maar er kwam geen geluid uit. In plaats daarvan vertrok ze haar gezicht van ellende. Tranen liepen over haar wangen. 'Ik... ik probeerde hem te laten ophouden, maar...' Haar schouders schokten. 'Maar dat deed hij niet. Hij zei steeds dat het uit naam van Jezus was. Hij zei dat God het wilde en dat ik het prettig zou vinden. Hij zei dat ik bijzonder was. Zijn speciale vriendin.' Ze begon hevig te beven en sloeg haar armen om haar lichaam.

Een kille, meedogenloze woede nam bezit van Lydia. 'Wil je zeggen dat hij je heeft verkracht?'

Valerie stiet een kreunend geluid van pijn uit. De tranen sprongen Lydia in de ogen, en ze sloeg haar armen om Valerie. Maar Valerie bleef zo stijf als een plank zitten en Lydia voelde dat ze terugdeinsde. 'Het spijt me,' snikte Val terwijl ze naar lucht hapte. 'Zelfs nu nog kan ik geen aanraking verdragen.'

Lydia liet haar los. Ze zocht koortsachtig in haar tas naar papieren zakdoekjes. Toen legde ze voorzichtig een hand op de schouder van haar zus en veegde Valeries tranen weg. 'Waarom heb je niets tegen me gezegd?' vroeg Lydia toen Valerie eindelijk weer in staat leek om iets te zeggen. 'Dan had ik er iets aan kunnen doen. Ik zou naar de politie zijn gegaan. Ik zou hem zelf vermoord hebben!'

'Ik was in een shock. En meteen nadat het was gebeurd kwam Noah naar ons huis en toen had jij natuurlijk alleen maar aandacht voor hem.'

Lydia verstrakte. Ze herinnerde zich duidelijk dat oom Leonard op zijn gemak de trap af was gekomen. Ze herinnerde zich ook dat Valerie op de overloop stond. Destijds hadden zij en Joey gedacht dat haar zus was geschrokken van alle commotie in de gang, terwijl in werkelijkheid... terwijl ze in werkelijkheid net was verkracht door dat monster. Die afschuwelijke misdaad had plaatsgevonden toen zij, Lydia, die hun moeder had beloofd dat ze altijd voor Valerie zou zorgen, in de keuken bezig was om het avondeten te bereiden, zonder zich bewust te zijn van wat zich boven haar hoofd afspeelde.

'Toen we de afwas deden, besloot ik dat ik hem zou vermoorden,' zei Valerie zacht. 'Het was zo duidelijk dat ik zeker wist dat het niet anders kon. Ik had Noah op de drempel horen schreeuwen dat oom Leonard jou ook iets had aangedaan, en ik wist dat daar een einde aan moest komen. Ik moest alleen het juiste moment afwachten. Dat kwam eerder dan ik had verwacht. Diezelfde avond. Ik kon niet slapen en toen ik voetstappen op de trap hoorde, en vervolgens dat de achterdeur werd geopend, sloop ik naar het badkamerraam waar ik de achtertuin kon zien. Ik zag oom Leonard over de achtermuur klimmen. Ik nam niet de moeite om me aan te kleden. Ik ging naar beneden, pakte mijn schoenen en jas en het vleesmes uit de la, en volgde hem.'

'Maar hoe dacht je dat je het tegen hem kon opnemen?' vroeg Lydia. 'Zo'n grote kerel als hij.'

'Als jij in mijn plaats was geweest, zou jij je dan druk hebben gemaakt over zo'n onbelangrijk detail? Ik kon er alleen maar aan denken dat ik dat mes diep in zijn borst zou steken. Ik werd bijna gehypnotiseerd door die gedachte, en die voerde me door het donker, samen met het maanlicht. Het leek wel of ik geleid werd. Ik had gewoon geen keus.'

Lydia sloeg haar zus aandachtig gade. Haar lippen. Haar handen. Ze zat nu heel stil. Heel kalm. Heel beheerst. Op een onnatuurlijke manier. Het leek wel of ze in een trance was, weer gehypnotiseerd door de herinnering aan die afschuwelijke avond.

'Weer had ik geluk,' vervolgde Valerie. 'Want toen hij bij een stuk met omgevallen bomen kwam, ging hij achter een ervan zitten, alsof hij op iemand wachtte. Het was veel makkelijker dan ik had gedacht. Ik zag dat hij op zijn gemak ging zitten, en toen sloop ik van achter naar hem toe met een dikke tak in mijn hand. Ik wilde hem eerst bewusteloos slaan en dan doodsteken. En dat deed ik. Met beide handen duwde ik zo hard mogelijk het mes in zijn hart. Meerdere malen. Voor de zekerheid. Om er zeker van te zijn dat hij me nooit meer zou aanraken. Of jou.' Ze draaide zich om naar Lydia. 'Ben je erg geschokt door wat ik je heb verteld?'

Lydia slikte. 'Hij verdiende het, Val. Hij verdiende het echt. Wat heb je daarna gedaan?'

'Ik rende naar huis. Ik waste het mes af in de gootsteen, legde het weer in de la en stopte mijn jas en nachtpon onder mijn bed om die de volgende dag te wassen. Ik had er niet op gerekend dat er zo veel bloed aan te pas zou komen. Ik lag nog maar een paar minuten in bed toen ik jou in het donker zag opstaan. Ik deed of ik sliep. Toen ik je naar beneden hoorde gaan en de achterdeur hoorde openen, ging ik weer naar het badkamerraam en keek naar de tuin. Jij klom over de muur. Ik nam aan dat je met Noah had afgesproken en ik wilde eigenlijk achter je aan om te vertellen wat ik had gedaan. Opeens wilde ik gerustgesteld worden door jou. Ik wilde dat iemand tegen me zou zeggen dat het niet verkeerd was wat ik had gedaan. Maar ik durfde niet. Als jij eens zou zeggen dat het wel verkeerd was? Of heel kwaad op me zou worden?'

'O, Val, ik zou je op alle mogelijke manieren hebben geholpen. Net zoals ik dacht dat ik Noah hielp.'

'Echt waar?'

Met een gesmoorde stem van verdriet zei Lydia: 'Natuurlijk.' Ze stak voorzichtig een hand uit naar haar zus, met de palm naar boven. Na enige aarzeling legde Val haar hand er heel licht op. Heel behoedzaam vouwde Lydia haar vingers om die van Valerie. Haperend zei ze: 'Wil je verder praten, of is het zo genoeg voor je?'

Valerie knipperde met haar ogen om de tranen te verdringen. 'Ik wil je alles vertellen,' zei ze. 'Daarom ben ik naar hier gekomen. En ik ga niet weg voor ik het heb gedaan. Ik wil je vertellen wat voor slechts ik verder heb gedaan.'

'Zeg dat niet. Het was niet slecht.'

'Laat me uitpraten en dan verander je misschien van gedachten. Nadat ik je over de muur had zien klimmen, ging ik weer naar bed en ik bad dat je het lichaam niet zou ontdekken. Vervolgens was het opeens ochtend en ik wilde alleen maar mezelf in de badkamer opsluiten en me schoonwassen. Steeds weer. Toen ik eindelijk uit de badkamer kwam, was je weg. Ik dacht dat je vroeg naar je werk was gegaan. Ik had geen idee dat het zo lang zou duren voor ik je weer zou zien.'

'Wanneer merkte onze grootvader dat zijn broer vermist werd?'

'Pas toen jij en hij er 's avonds nog niet waren, toen ik met de was binnenkwam. Toen je er met bedtijd nog niet was, werd hij kwaad, en hij zei dat hij je er de volgende dag van langs zou geven. Twee dagen later vroeg hij aan zuster Lottie of zij iets wist, maar ze zei dat ze je niet had gezien. Maar in de kerk zei ze iets raars tegen me, iets waardoor ik dacht dat ze meer wist dan ze liet blijken. Ze zei dat ik me geen zorgen moest maken, dat ze zeker wist dat je in Gods hand was.'

Lydia knikte. 'Ik had haar een brief gestuurd met de mededeling dat ik een poos weg moest uit Swallowsdale. Ik vroeg haar om tegen niemand te zeggen dat ik haar geschreven had. Ze kon verrassend goed geheimen bewaren.'

'Voor zover ik weet heeft ze die brief geheimgehouden. Je weet dat ze datzelfde jaar is gestorven?'

Lydia knikte weer. 'Het was heel dapper van je, maar waarom ben je weer naar het dal gegaan en deed je of je het lichaam van oom Leonard had ontdekt?'

'Herinner jij je Brian nog, van de kerk?'

'Die jongen met dat speelgoedkonijn?'

'Ja. Toen zijn ouders bij ons thuis een gesprek hadden met dominee Digby en onze grootvader, stelde ik voor dat Brian en ik gingen wandelen. Ik wist zeker dat de politie mij als meisje van twaalf niet van moord zou verdenken, maar het leek me beter dat er iemand bij me zou zijn als ik per ongeluk het lichaam vond. Maar alles ging verkeerd. Er kwamen roddels dat jij oom Leonard vermoord zou hebben. En dat je daarom verdwenen was. Toen begon het me te dagen. Je was weggelopen omdat je dacht dat Noah oom Leonard had vermoord, zoals hij had gedreigd, en dat je hem in bescherming nam. Ik kon niet geloven wat een rotzooi ik ervan had gemaakt. Ik wist niet wat ik moest doen. Ik wilde helemaal niet dat jij de schuld zou krijgen van iets wat ik had gedaan, en ik wilde naar de politie om de waarheid te zeggen, maar ik werd ziek bij de gedachte dat ik dan de reden moest vertellen. Dat kon ik niet aan. Ik dacht er zelfs over om met Noah te gaan praten, maar hij lag in het ziekenhuis. En eerlijk gezegd kon ik het niet opbrengen om aan wie dan ook te vertellen wat er was gebeurd.' Ze boog haar hoofd. 'Het spijt me, Lydia. Ik heb je leven vergald door een banneling van je te maken. Dat is nooit mijn bedoeling geweest. Dat moet je geloven.'

'Ik ben een banneling geworden door mijn liefde voor Noah,' zei Lydia. 'Het was mijn eigen besluit.'

'Maar als ik oom Leonard niet had vermoord, dan had jij dat besluit nooit hoeven nemen. Ik heb de ergste misdaad begaan die er bestaat, een moord, en die heb ik niet opgebiecht. Ik heb toegestaan dat jij de zondebok werd.' De tranen stonden in Valeries ogen en ze zag er zo kwetsbaar uit. Lydia zag een glimp van het bange, kleine meisje dat nooit ergens naartoe kon zonder Belinda Bell in haar armen.

'Het geeft niet,' zei Lydia. 'Dat doet er allemaal niet meer toe. Het is nu van belang dat je het achter je probeert te laten. Het is heel begrijpelijk wat je hebt gedaan. Je was een kind dat werd verkracht, en je hebt je geweerd op de enige manier die je mogelijk leek.'

Maar Lydia zag dat Valerie niet naar haar luisterde. Ze liet Lydia's hand los en tastte in haar habijt. Ze pakte een zakdoek en veegde haar ogen af. Toen ze de zakdoek weer had weggeborgen, pakte ze Lydia's hand weer. 'Ik heb je nog niet alles verteld,' zei ze. 'Na verloop van tijd bedacht ik een manier om het goed te maken voor je. Ik hoefde alleen te zorgen dat iemand anders de moord opbiechtte. Op die manier kon jij weer veilig naar huis komen en zou alles weer normaal worden.'

'En die iemand was grootmoeder?'

'Een maand nadat ze was gevonden terwijl ze twee hele dagen en nachten over de hei had gedwaald, ging ik bij haar op bezoek. Onze grootvader ging niet meer, dus kwam ik er alleen. En heel langzaam vergiftigde ik wat er nog van haar brein over was. Ik ging hardop met haar bidden. Ik bad dat God haar zou vergeven dat ze oom Leonard had vermoord. Soms bad ik dat ze zichzelf zou bevrijden en de misdaad zou opbiechten, en andere keren bad ik dat God genade zou tonen omdat ze had geloofd dat zij zijn engel der wrake was. O, Lydia, wat kan er slechter en waanzinniger zijn dan misbruik maken van zo'n zieke geest? Maar ik wilde zo graag dat je terugkwam. Ik miste je zo. Maar je kwam niet terug, en dus was alles voor niets geweest. Grootmoeder stierf terwijl iedereen dacht dat zij een moordenares was, en mijn schuldgevoel en schaamte werden steeds groter. Ik begon je te haten. Ik gaf jou de schuld van wat ik grootmoeder had aangedaan. Het zou allemaal de moeite waard zijn geweest als je was teruggekomen.'

Wat voor woorden van troost kon Lydia haar zus bieden? Niet meer dan de woorden die ze bijna haar hele leven had gedacht. 'Het spijt me, Val. Ik had een betere zus voor je moeten zijn. Ik heb je op een heleboel manieren in de steek gelaten.'

'Nee. Ik was de schuldige. Ik was geen makkelijke zus. Ik kreeg alle aandacht van onze grootmoeder, dus kreeg jij die niet. Alleen haat van onze grootvader. Het ergste was dat ik zo graag het lievelingetje van grootmoeder wilde zijn, dat ik jou niet kon tonen hoeveel ik van je hield. Ik weet dat ze, als ik het had geprobeerd, jaloers zou zijn geworden en dan was het leven voor jou nog moeilijker geweest. En toen ze echt ziek was en werd opgenomen, werd een deel van mij ook afgenomen. Ik wilde me tot jou wenden, maar dat kon ik niet. Dan zou ik grootmoeders liefde voor mij verraden. Ik overtuigde mezelf dat je toch niet echt om me gaf, en dat ik dus ook niet om jou hoefde te geven. Jouw liefde voor Noah versterkte dat gevoel alleen maar. En als alles me te veel werd, was het makkelijker om alles te blokkeren en me in mezelf terug te trekken. Als ik mijn stem kwijtraakte, was dat een afweermechanisme. Zelfs nu nog kan ik dat nauwelijks begrijpen.'

'Hoe wist je dat Noah en ik meer dan gewoon vrienden waren?'

'Niet boos worden, maar ik ben je een keer gevolgd naar het dal en ik zag jullie kussen. Ik wilde weten waar je naartoe ging.'

'En die visioenen die je beweerde te krijgen?'

'Destijds leek het echt, meer kan ik er niet over zeggen. En natuurlijk genoot ik van de aandacht die ik erdoor kreeg.'

Weer werden ze gestoord omdat de deur openging. Deze keer kwam een echtpaar binnen. De vrouw huilde zacht met een papieren zakdoek tegen haar gezicht gedrukt. De man zag eruit alsof hij ook had gehuild. Ze fluisterden tegen elkaar. Tien minuten later gingen ze weg.

Door de onderbreking kon Lydia het gesprek een andere wending geven, om weer een stukje van de puzzel op zijn plaats te laten vallen. 'Waarom heeft de politie onze grootvader nooit als verdacht beschouwd?' vroeg ze.

'Hij had een goed alibi. Hij kwam die avond niet thuis. Hij kwam zelfs pas de volgende dag tegen de middag terug.'

'Waar was hij geweest?'

'Bij een vrouw. Niet dat ik dat mocht weten. Maar ik hoorde hem dat zeggen tegen de twee agenten die bij ons thuis kwamen nadat Brian en ik zogenaamd het lijk in het dal hadden ontdekt. Hij had al een poos een verhouding met die vrouw.'

'Was het iemand die wij kenden?'

Valerie schudde haar hoofd. 'Hij werkte met haar samen bij de gemeente. Ze was iemand uit de typekamer. De echte details van hun relatie kwamen pas naar voren toen dominee Digby werd ontmaskerd omdat hij geld had gestolen uit het fonds dat was bestemd voor het nieuwe dak. Uit rancune klapte hij uit de school over alle zwakheden en overtredingen van de broeders en zusters, en dus ook over die van onze grootvader. Zuster Vera was een kleptomaan, broeder Walter had bijna al zijn spaargeld vergokt, en de zusters Mildred en Hilda waren meer dan goede vriendinnen. Ik heb geen idee hoe hij dat allemaal te weten is gekomen.'

'Is de kerk daarom opgehouden te bestaan? Omdat dominee Digby het geld had ingepikt en door de gevolgen daarvan?'

'Ja en nee. Toen hij wegging, was er niemand die geschikt was om zijn plaats in te nemen. De mensen bleven langzamerhand gewoon weg. Ondanks al zijn fouten kon hij goed leidinggeven. Hij hield de kerk bijeen.'

'Dat zeiden mensen ook over Hitler en het Derde Rijk,' zei Lydia met bitterheid.

Er viel een lange pauze. Achter de witgeschilderde muren van de kapel kon Lydia een andere wereld horen. Hier, bij Val, voelde ze zich opgesloten in het verleden. Het begon haar te benauwen. Ze zou het dadelijk moeten ontvluchten. Misschien had Valerie hetzelfde gevoel. 'Gaat het?' vroeg ze aan haar zus.

'Ik voel me als verdoofd. En bang. Ik ben bang voor de gevolgen van dit gesprek. Ik kan naar de gevangenis gaan voor wat ik heb gedaan.'

'Oom Leonard had naar de gevangenis moeten gaan voor wat híj heeft gedaan.'

Valerie schudde haar hoofd. 'Begin alsjeblieft niet over oog om oog en tand om tand. Dat kan ik niet verdragen.'

'Dat zal ik niet doen, maar je moet leren geloven dat je genoeg gestraft bent voor wat er die dag is gebeurd. Je moet jezelf niet de schuld blijven geven. En ik denk dat de gevolgen van dit gesprek positief zullen zijn. Je hoeft niemand te vertellen wat je aan mij hebt verteld, maar je mag ook nooit meer denken dat je dit in je eentje moet dragen. Vanaf nu ben ik er altijd voor je, Valerie. Dat meen ik.'

'Maar begrijp je nu waarom ik zo deed toen je me kwam opzoeken? Ik wist dat ik zou instorten als ik liet blijken hoe blij ik was je te zien. Ik kon het gewoon niet riskeren. Het leek te pijnlijk.'

Weer werden ze gestoord toen de deur openging. Deze keer was het geen vreemde die troost zocht in de kapel, maar Ishmael.

Hij liep naar hen toe en zijn knappe, jonge gezicht stond strak van spanning. 'Sorry dat ik jullie stoor, Lydia,' zei hij zacht, 'maar je zei dat ik moest komen zodra er nieuws was. Ik heb net gehoord dat de operatie van mijn vader achter de rug is.'

En toen...

63

LYDIA ZAT ALLEEN aan tafel. Het was elf uur 's avonds en cafetaria Florian deed goede zaken. De obers in hun witte jasje stonden discreet samen te praten terwijl ze een oogje hielden op de klanten.

Het was een aangenaam warme maartse dag geweest, maar nu was de avond kil en klam. Een ondoorzichtige mist was komen opzetten vanaf de Adriatische Zee, en op het San Marco-plein heerste een melancholieke sfeer die in tegenstelling was met wat de muzikanten speelden: 'New York, New York'. Dat was altijd een favoriet nummer voor de toeristen die hier net zo hardnekkig bijeenkwamen als de duiven.

Lydia had altijd de voorkeur gegeven om 's avonds naar de *piazza* te gaan. Dan waren er minder toeristen en helemaal geen duiven. Na de dood van Marcello, als ze niet kon slapen, was ze vaak laat in de avond naar het plein gegaan en door de zuilengalerijen gelopen terwijl haar voetstappen weergalmden in de spookachtige leegte.

Ze keek naar de mist die kwam opzetten. De punt van de *campanile* was als bij toverslag verdwenen, net als de twee koepels van de *basilica*. Het was een bijzonder en griezelig gezicht, dat ze al vaak had gezien. Ze raakte de parel aan de dunne ketting om haar hals aan en wenste dat Noah het had kunnen zien.

Er waren meer dan drie maanden voorbijgegaan sinds ze haar enkel had verstuikt op de Rialtobrug. In sommige opzichten was de tijd als in een oogwenk verstreken, maar in andere opzichten leek het wel of ze in die paar maanden een heel leven had geleefd. Het was een periode van grote verandering en aanpassing geweest.

En al helemaal voor Chiara. Zij en Ishmael waren zo mogelijk nog verliefder, en nu Ishmael in Padua werkte, waren ze van plan om te gaan samenwonen. Lydia, heel egoïstisch, was blij dat er geen sprake van was dat Chiara bij Ishmael in Padua zou intrekken. Het was maar een halfuur met de trein naar Padua, maar toch hield

Chiara vol dat ze niet naar het vasteland zou gaan. Venetië was haar thuis, had ze tegen Ishmael gezegd; hier was ook het bureau en nu ze meer werk van Lydia overnam, wilde ze blijven. Ze was een meisje met een sterke wil en gelukkig was Ishmael bereid om te forenzen vanaf Venetië. Ze hadden een pas gerestaureerd appartement gevonden en Lydia was heel blij voor Chiara.

Een andere bron van geluk voor Lydia was dat zij en Valerie regelmatig contact hielden per brief. Na al die jaren leerden ze elkaar eindelijk goed kennen. Ze hoopte vurig dat Valerie nu de gemoedsrust kon vinden die ze verdiende. En vergiffenis. Als gevolg van hun briefwisseling had Lydia een andere mening gekregen van de Orde van St. Agnes. Ze voelde geen vijandigheid meer jegens de wereld die Valerie had gekozen. Ooit had Lydia het klooster beschouwd als een soort gevangenis die haar zus het rijke en gevarieerde leven ontzegde dat ze had moeten ervaren. Nu begreep ze dat het een toevluchtsoord was geweest voor Valerie, een plek waar ze werd omgeven door medeleven en vriendelijkheid. Een plek waar ze zich veilig voelde.

Door de briefwisseling konden ze ook de leemtes in hun leven vullen. Lydia wist nu dat hun grootvader vier jaar na die afschuwelijke nacht in het dal was hertrouwd, een jaar na de dood van hun grootmoeder, en het jaar waarin Valerie zestien werd. Het leven in Hillside Terrace 33 veranderde als een blad aan een boom toen Doris er kwam wonen. Het huis werd van boven tot beneden opnieuw ingericht, de wand tussen de keuken en woonkamer werd doorgebroken, er kwam een ontbijtbar, de schuur in de tuin werd vervangen door een tuinhuisje, en een deel van het gazon moest plaatsmaken voor een vijver en een terras. Doris was weliswaar geen onsympathieke vrouw, maar ze had geen idee hoe ze moest omgaan met een meisje van zestien, en vooral niet met een meisje dat zo moeilijk was als Valerie. Toen Valerie op haar achttiende aankondigde dat ze zich wilde aansluiten bij de Orde van St. Agnes, was het voor iedereen een opluchting.

Lydia had haar zus beloofd dat de waarheid over de dood van oom Leonard altijd hun geheim zou blijven. Misschien was het niet eerlijk dat hun grootmoeder was gestorven terwijl iedereen dacht dat zij een moordenares was, maar het was ook niet eerlijk dat Valeries onschuld op zo'n wrede manier kapot was gemaakt, en dat haar leven als gevolg ervan was verwoest.

De enige die blijkbaar in geen enkel opzicht had geleden onder wat er was gebeurd, was hun grootvader. Dat vond Lydia vreselijk. Ze haatte de gedachte dat hij niet had moeten boeten voor wat hij had gedaan. Ze zou nooit weten waardoor hij zo'n kille, gemene sadist was geworden, of waardoor zijn broer een walgelijk monster was geworden dat het voorzien had op jonge meisjes, maar ze wist dat ze het hen nooit zou kunnen vergeven. Als er echt een hel bestond – vooral die nachtmerrieachtige plek waar dominee Digby altijd over stond te tieren – dan hoopte ze dat ze allebei daar waren.

Op de avond voor zijn operatie had Noah als grapje gezegd dat hij liever niet naar de hel ging als het verkeerd zou aflopen. Uiteraard hadden ze geen van beiden kunnen slapen. De hele dag had Lydia zich kunnen inhouden, maar alleen in bed met Noah kon ze zich niet langer beter voordoen dan ze was. 'Ik weet waar je je zorgen over maakt,' had hij in het donker gezegd. 'Je vraagt je af of, als het ergste gebeurt, ik in de hemel of de hel terechtkom.'

'Maak alsjeblieft geen grapjes over morgen,' zei ze, terwijl ze zich op haar zij draaide en naar hem keek. 'Iedereen die me ooit dierbaar was, is me afgenomen voor het hun tijd was.'

Hij had haar genegeerd, zijn handen onder zijn hoofd gevouwen en gezegd: 'Ik moet zeggen dat ik de voorkeur geef aan de hemel. Dan krijg ik eindelijk de kans om jouw ouders te zien en die van mij ook weer. En Marcello. Ik geef hem een high five en ik zal hem laten weten dat hij een uitstekende smaak had wat vrouwen betreft. Natuurlijk zal ik discreet zijn. Ik zal niet...'

Ze had hem met een kus het zwijgen opgelegd. Een heel langdurige kus. Als hij maar geen grapjes maakte over wat zo dierbaar voor haar was.

Het deed haar heel veel pijn om nu aan dat gesprek te denken, en ze liet haar gedachten gaan naar de mensen wier levens haar zo hadden geraakt, en de band tussen hen: Lydia's moeder was op heel jonge leeftijd wees geworden, Lydia en Valerie hadden hun ouders verloren, net als Noah en Chiara. Was het toeval dat ze allemaal elkaar hadden gevonden? Of kwam het door het lot? Opeens moest ze glimlachen toen ze dacht aan hoe Valerie haar zou berispen omdat ze het woord 'lot' gebruikte.

Hoog in de donkere, mistige lucht sloeg de klok in de toren het halve uur. Het was halftwaalf. Lydia keek over het plein. Het vochtige oppervlak glom in het heldere licht uit de zuilengalerijen. Toen zag ze dat ze niet langer hoefde te wachten. Haar hart begon sneller te slaan en ze voelde een golf van liefde. Ze wist dat het effect van dat gezicht op haar nooit zou verminderen, zo lang ze leefde. Ze stak een hand op om te laten zien waar ze was, en er werd teruggezwaaid.

Ook al waren ze maar heel kort uit elkaar geweest, kuste Noah haar voordat hij ging zitten. 'Heb je oom Brad veilig teruggebracht naar zijn hotel?' vroeg ze.

'Ik ging weg toen hij een drankje bestelde aan de bar. Hij zit wel goed vanavond, denk ik zo.'

Nu ze niet langer alleen was, kwam een ober naar hun tafeltje en ze bestelden twee espresso's.

Noah keek op naar de gedeeltelijk verhulde *campanile* en *basilica* en zei: 'Ik heb nog nooit een mist zo snel zien opkomen.'

'Dat is Venetië. Uniek.' Opeens verontrust vroeg Lydia: 'Je vindt het hier toch wel fijn? Eerlijk zeggen.'

Hij boog zich naar haar toe en streek met zijn lippen langs haar wang. 'Dat heb ik je al eerder gezegd: Ik voel me hier thuis.'

Dat had ze ook gezegd over zijn huis in Engeland. Toen de artsen in het ziekenhuis hadden gezegd dat hij na Kerstmis naar huis mocht, was Lydia de hele tijd bij hem gebleven, bijna bang om hem uit het oog te verliezen. Ze dacht dat ze nooit de afschuwelijke uren zou vergeten waarin zij en Ishmael wachtten tot hij bij zou komen uit de narcose. Hoewel de chirurg had gezegd dat er geen complicaties waren geweest tijdens de vijf uur durende operatie – de tumor was goedaardig – en dat er geen reden was om eraan te twijfelen dat Noah weer helemaal zou herstellen, was ze ervan overtuigd dat hij nooit meer bij zou komen of in elk geval niet meer de man zou zijn die hij was geweest. En wat was ze blij toen ze het mis bleek te hebben. In twee opzichten.

Tijdens Noah's herstel was ze van zijn huis en het dorp waar hij woonde, gaan houden. Zodra hij sterk genoeg was, kwamen vrienden en buren op bezoek, en werd Lydia een deel van die vriendschappen. Noah's ex-vrouw, Jane, kwam regelmatig langs, en hoewel ze in het begin erg op hun hoede waren naar elkaar toe, werden ze algauw bondgenoten in hun voornemen om Noah te genezen, hoofdzakelijk door hem zoveel mogelijk rust op te dringen als ze konden.

Drie weken na Noah's operatie vloog oom Brad van Frankrijk naar Engeland. Het was een emotioneel weerzien voor Lydia. Zijn eerste woorden waren dat zij en Noah stommelingen waren geweest door elkaar niet eerder te zoeken. Vervolgens had hij Noah een chique hoed gegeven die hij kon dragen tot zijn haar weer was aangegroeid. Hij was bepaald niet milder geworden met het klimmen der jaren. Hij was zelfs nog opvliegender, en Lydia vond het prachtig. Nu was hij hier in Venetië, en had zonder op de kosten te letten een kamer in het Gritti Paleis geboekt. Goed zo!

Noah had de afgelopen twee weken bij Lydia in haar appartement gelogeerd. Dat was het begin van wat er zou komen. Zoals hij op die koude winterdag voor zijn operatie had gezegd, waren ze van plan om hun tijd tussen hier en Engeland te verdelen. Noah had al stappen gezet om meer van zijn werk over te dragen, en nu Chiara een niet te onderschatten kracht in het bedrijf bleek te zijn, hoopten ze het beste van hun ietwat onconventionele werkleven.

Hun koffie kwam, en terwijl de ober het dienblad op de tafel zette, boog Noah zich naar Lydia toe en fluisterde iets in haar oor. '*Grazie*,' zei ze terwijl ze over Noah's hoofd naar de muzikanten keek. De violist wierp haar een vragende blik toe. Ze knikte.

'Hebben jij en de ober iets wat ik zou moeten weten?' vroeg Noah toen ze alleen waren. 'Zeg het maar als ik in de weg zit.'

Ze glimlachte. 'Ik heb iets met elke ober in Venetië. Op die manier hoef ik nergens de volle prijs voor te betalen.'

Terwijl ze hun koffie dronken, kwam een Sri Lankaanse jongen met een boeket rode rozen naar hen toe. Ze waren een makkelijk doelwit. 'Een roos voor de mooie dame?' zei hij hoopvol tegen Noah.

Noah pakte zijn portefeuille, maar aarzelde toen. 'Hoeveel kost het hele boeket?' vroeg hij.

De jongen keek verbijsterd.

'Ik meen het,' zei Noah met zijn portefeuille in zijn hand.

'Twintig euro,' zei de jongen vlug, toen hij de onverwachte mogelijkheid inzag dat hij vroeg naar huis kon gaan.

Noah overhandigde het geld en gaf de bloemen aan Lydia. De mensen aan de andere tafeltjes glimlachten goedkeurend. 'Waardeloos, ik weet het,' zei hij zacht. 'Maar waar anders dan in Venetië kan een man iets romantisch doen voor de vrouw van wie hij houdt?'

Ze lachte blij en kuste hem. 'Als je dit al gek vond, wacht dan maar af wat ik voor jou in petto heb.'

Met een perfect gevoel voor timing beëindigden de muzikanten het nummer dat ze speelden, en in de plotselinge stilte sloegen de klokken in de campanile twaalf uur. 'Gefeliciteerd met je verjaardag,' zei Lydia. Ze schoof haar stoel achteruit en stond op, net toen de muzikanten begonnen te spelen. Ze stak haar hand uit. 'Noah Solomon, mag ik deze dans van je?'

Het begon Noah te dagen. Hij keek ontzet. Hij schudde zijn hoofd. 'Lyddie, nee!'

Ze pakte zijn handen. 'Jawel!'

'Maar dat kan ik niet. Niet met al die mensen erbij.'

'Ja, dat kun je wel. Denk maar dat we hier alleen zijn.'

'Maar mijn been! Ik kan alleen maar onhandig schuifelen.'

'Daar neem ik genoegen mee.'

In de ruimte naast hun tafel – de tafel die Lydia met opzet had gekozen toen ze kwam en haar verzoek had gedaan aan de violist – hielden ze elkaar vast en keken elkaar aan. Ze gaven zich over aan het ritme, en tot verrukking van iedereen om hen heen dansten ze op de wals van Sviridovs 'Sneeuwstorm', zoals een dronken oom Brad hun had geleerd in de keuken van Upper Swallowsdale House, op Noah's vijftiende verjaardag.

'Lyddie?' zei Noah.

'Je wilt toch niet zeggen dat je liever gaat bungeejumpen van de *campanile*?'

'Nee. Maar ik ben blij dat het geen tango was die oom Brad ons heeft geleerd.'

Ze lachte. 'Ik dacht dat je me ging bedanken omdat ik je niet heb gedwongen om een pan op je hoofd te zetten.'

Hij lachte ook, en ze voelde dat hij zich ontspande. 'Ik denk dat ik dit weer eens een keer wil doen, weet je dat?' zei hij.

'Wanneer, denk je?'

'Misschien als we gaan trouwen?'

'Ik wist niet dat we dat gingen doen.'

'Ik dacht dat het duidelijk was.'

'Een meisje wil graag een aanzoek krijgen.'

Hij hield haar steviger vast en keek haar ernstig aan. 'Wil je met me trouwen, Lyddie? Trouw met me, opdat we eindelijk als man en vrouw samen kunnen zijn, wat altijd al had gemoeten.'

'Ja,' zei ze bijna voordat hij was uitgesproken.

'Misschien wil je eerst nadenken voor je antwoordt?'

'Dat heb ik al gedaan. Bijna mijn hele leven.' Ze bleef staan en kuste hem.

En zo stonden ze nog, in elkaars armen, toen de muziek allang was opgehouden.

Dankwoord

Terwijl ik zwoegde om dit boek te schrijven, had ik het geluk te worden gesteund en aangemoedigd door enkele fantastische vrienden.

Mijn eindeloze dank gaat uit naar Ray Allen voor zijn vele wijze woorden en omdat hij me zo regelmatig aan het lachen maakte. Wie had kunnen denken dat hij zo'n verstandige man kon zijn?

Mijn oprechte dank aan Sheila en Alan Jones. Alan, hoewel we het gelukkig nooit eens zullen worden over allerlei zaken, feliciteer ik je omdat je bent getrouwd met een van de aardigste mensen die er bestaan.

Dank aan Max en Keith omdat ze me vorig jaar nog veel meer van Venetië hebben laten genieten. Vooral voor de buitenissige bos rode rozen, een gebaar dat ik heb ingepikt – ik kon het niet laten – voor dit boek!

Ook dank aan Kathleen, mijn 'Engelse lerares' in Venetië.

Ik zal niet de eerste auteur zijn die zich hier en daar wat vrijheden heeft veroorloofd, maar hopelijk valt het niemand op. En anders zullen ze aangezien worden voor de artistieke invallen van een creatieve geest.

Lees ook de volgende roman van Erica James:

Dan en Sally Oliver en hun vriendin Chloe Hennessey mogen van geluk spreken dat ze nog leven. Drie jaar na de tsunami op tweede kerstdag, de natuurramp die de wereld schokte, zijn hun levens totaal veranderd. Dan en Sally hebben in het jaar na de ramp een zoontje gekregen. Dan is thuis om voor de tweejarige Marcus te zorgen en Sally is de kostwinner als partner bij een advocatenkantoor. Deze rolverdeling heeft nooit tot problemen geleid, maar wanneer Dan zich hardop begint af te vragen of Sally niet wat meer aandacht aan hun zoon moet besteden, komen er barsten in hun relatie.
Chloe is huisarts geworden en ze verlangt naar het leven van haar vrienden Dan en Sally: een gelukkig huwelijk en een mooi kind. Nadat haar vriend een paar weken na de tsunami hun relatie beëindigde, is ze voortdurend op zoek geweest naar de perfecte man, met wie ze graag kinderen zou willen. Als ze in de sportschool tegen Seth Hawthorne aanloopt, lijken haar dromen uit te komen. Maar is Seth wel wie hij lijkt te zijn?

Paperback, 400 blz., ISBN 978 90 325 1157 9

Op de volgende pagina's vindt u een voorproefje uit *De kleine dingen.*

1

DOKTER CHLOE HENNESSEY had sinds lang de kunst onder de knie om een volkomen neutrale uitdrukking op haar gezicht te bewaren.

'Hoeveel groter wil je ze eigenlijk, Chelsea?' vroeg ze.

Chelsea Savage bracht haar handen voor haar borst – die ongeveer dezelfde omvang leek te hebben als die van Chloe – maar voor het meisje haar mond kon openen, sprak haar moeder: 'Ze wil een cupmaat 75E.' Mevrouw Savage, een gezette vrouw van halverwege de veertig, gekleed in een wijde bloes, werkte parttime achter de bar van de Fox and Feathers en stond bekend om haar vermogen potentiële barruzies in de kiem te smoren. Ze stond er ook om bekend dat ze zelf vroeger enkele ruzies was begonnen en haar naam meer dan eer aandeed. Niet voor niets werd ze in de praktijk de pitbull genoemd.

'En welke maat heb je nu, Chelsea?' vroeg Chloe aan haar patiënte. Ze gaf de schuld van het toenemende aantal vrouwen en jonge meisjes die een borstvergroting wilden, aan al die metamorfoseprogramma's op de televisie. Je kon die tegenwoordig niet aanzetten of je zag wel de een of andere zielige vrouw wier lichaam in een zogenaamd betere vorm werd geflanst.

'Ze heeft nu 75A,' antwoordde mevrouw Savage ongevraagd. 'En ze wordt er depressief door. Af en toe is ze onuitstaanbaar, neem dat maar van mij aan. Altijd thuis rondhangen met een gezicht als een oorwurm.'

Chloe bleef opzettelijk naar het zestienjarige meisje voor zich kijken. Ze was wel knap, op een middelmatige, onopvallende manier, maar zoals bij veel tienermeisjes was haar gezicht onhandig en te sterk opgemaakt. 'Ben je depressief, Chelsea?' vroeg ze indringend.

Chelsea verschoof haar kauwgom van de ene kant van haar mond naar de andere en knikte, terwijl ze met een grote oorring speelde. 'Af en toe, ja.'

Ja, dacht Chloe. Laat mij een tiener zien die dat niet is.

'De kwestie is,' kwam mevrouw Savage weer tussenbeide, 'dat ze ze groter moet laten maken als ze model wil worden.'

Sinds Chelsea vorig jaar tot meikoningin van Eastbury was gekroond en door het dorp werd gereden in een kanariegele Smart met open dak, had mevrouw Savage tegen iedereen die het maar wilde horen, lopen opscheppen dat dit nog maar het begin was. Haar dochter zou beroemd worden; ze zou op de voorkant van elk tijdschrift en elk roddelblad staan dat je maar kon bedenken.

'Als ik me niet vergis, mevrouw Savage,' zei Chloe geduldig, 'hebben de meeste mannequins geen E-cup. Integendeel zelfs.'

'Ik heb het niet over die idioten met maat nul, die geen eten binnen kunnen houden,' zei de vrouw. 'Chelsea wordt een glamourmodel.' Ze draaide zich om naar haar dochter en glimlachte trots naar haar. 'Zo is het toch, schat?'

Weer knikte Chelsea en friemelde ze aan haar oorring. 'Wat denkt u, dokter? Kan ik geopereerd worden? Gratis?'

'Zo eenvoudig is het niet, Chelsea. Je bent namelijk pas zestien en we moeten beslissen of je echt...'

De pitbull hief een zwaar beringde hand op en ontblootte haar tanden. 'Ho! Klaar, uit. Ik ga hier niet zitten luisteren naar zoetsappig terugkrabbelen.'

'Mevrouw Savage, ik probeerde alleen maar...'

'Nee, luister nu maar eens naar mij, dokter. Ik ken mijn rechten. En die van Chelsea. Als ze niet gelukkig is met haar lichaam en het haar geestelijke problemen geeft, dan heeft ze recht op implantaten via het ziekenfonds. Geef ons de formulieren of wat we ook nodig hebben om de bal aan het rollen te brengen voor de verwijzing, en dan gaan we. Over tien minuten hebben we een afspraak in een zonnestudio. En ik wil u niet beledigen, maar als ik het mag zeggen, kunt u zelf ook wel implantaten gebruiken. Met een stel mooie tieten hoeft u misschien niet zoveel nachten in uw eentje door te brengen.'

Fijn, dacht Chloe. Na al die jaren studie, ploeteren en slapeloze nachten word je verbaal in elkaar geslagen en vertellen ze je hoe je je werk moet doen.

Nu het middagspreekuur voorbij was en ze maar een paar minuten te laat was voor haar huisbezoeken, glipte Chloe ongemerkt weg naar het parkeerterrein aan de achterkant van het gebouw, voor de praktijkmanager haar in de kraag kon grijpen. Het was Chloe's eerste dag terug na een week skiën in Oostenrijk, maar ze twijfelde er niet aan of Karen vond wel iets om over te zeuren. Meestal over haar tijden. Ze werd vaak gewaarschuwd dat ze veel te veel tijd aan haar patiënten besteedde. De andere artsen konden zich aan hun schema houden, waarom zij dan niet?

Ze wilde graag denken dat het kwam doordat ze een individualist was, die op de wereld was gezet om te verrassen en te frustreren, maar eigenlijk kwam het doordat ze gewoon ouderwets grondig was en graag veel tijd doorbracht met haar patiënten. Ze had er een hekel aan om oudere en verlegen patiënten van streek te maken door hen onbeleefd tot haast te dwingen. Er waren echter uitzonderingen. Sommigen verwarden vriendelijkheid en begrip met medelijden, en zij hadden een veel krachtiger aanpak nodig.

Met haar zevenendertig jaar was Chloe de jongste arts in de praktijk van Eastbury, en misschien, zoals de andere artsen vaak plagend zeiden, nog steeds de meest idealistische. In de afgelopen tien jaar was de praktijk in grootte verdubbeld doordat het dorp was gegroeid, omdat het binnen pendelafstand van Manchester lag. Boerenland dat al generaties in handen van families uit Cheshire was geweest, was verkocht om plaats te maken voor woningen, variërend van huisjes voor starters tot luxe huizen met vijf slaapkamers met sauna's en vloerverwarming. De nieuwste rage voor die dure woningen was een jacuzzi in de tuin.

Chloe had zolang ze zich kon herinneren dokter willen worden. Waarschijnlijk omdat haar vader arts was geweest en ze hem de knapste en dapperste man had gevonden die er bestond. Maar als je zes jaar bent denk je dat iedereen een genie is als die je kan genezen van oorpijn, en je moest wel heel moedig zijn als je naar een dode kon kijken zonder te gillen of in tranen uit te barsten. Nu wist ze natuurlijk wel beter: het was allemaal schone schijn.

Haar eerste huisbezoek was op nog geen vijf minuten rijden, Chapel Hill op en dan naar Lark Lane. Ron Tuttle woonde in een van de oorspronkelijke zandstenen landarbeidershuisjes. In Lark

Lane had al meer dan honderdzeventig jaar een Tuttle gewoond. Maar dat zou niet lang meer duren, tenzij Ron, de laatste van de lijn Tuttles, beter voor zichzelf ging zorgen.

Ze parkeerde op de weg voor het huisje en liep met haar tas in de hand het korte pad op waar aan weerskanten narcissen bloeiden; ze waren sterk en duurzaam en ze leken wel op wacht te staan. Ze gaf een harde slag met de deurklopper en nam haar resoluutste houding aan. Anders zou het als betutteling worden beschouwd en Ron een reden geven om haar met zijn wandelstok te bedreigen.

Minuten gingen voorbij, en ze nam het risico om nog eens met de klopper op de deur te slaan. 'Ik heb je de eerste keer al gehoord!' werd binnen nijdig geschreeuwd, en de deur werd van het slot gehaald en geopend. 'Wie denk je wel dat ik ben, Roger Bannister of zo?'

'Roger wie?'

'De eerste man die in minder dan vier minuten een mijl rende. Weet je dan helemaal niets, mens?'

'Ik weet een heleboel. Kan ik binnenkomen, of moet ik je prostaat hier op de drempel onderzoeken?'

'Je bent de bastaard van moeder Teresa!' schreeuwde hij.

'Dat is al beter dan twee weken geleden, toen ik de bastaard van Harold Shipman was. Je moet ophouden met die lieve woordjes van je, anders gaan de mensen nog roddelen.'

Er blonk iets van een glimlach in de ogen van de oude man, en zwaar leunend op zijn wandelstok ging hij opzij om haar binnen te laten. Het viel haar op dat hij zoals gewoonlijk een poging had gedaan om zich op te doffen voor haar huisbezoek. Ze zag ook dat de kraag van zijn overhemd iets losser om zijn hals zat, een teken dat hij nog steeds afviel. Hij deed de deur achter haar dicht en zei: 'Met je vader heb ik nooit problemen gehad. Hij gaf me nooit een grote mond. Hoe gaat het met hem?'

'Aan het genieten met mijn moeder. Ze zijn bijna nooit thuis tegenwoordig. Als ik langsga of opbel staan ze steeds op het punt om ergens naartoe te gaan. Net een stel kleine kinderen.'

'Wat had je dan gewild? Dat ze thuis gaan zitten wachten tot ze doodgaan? Doe de dokter mijn groeten als je hem weer ziet. Een kop thee voor we aan de slag gaan?'

‘Misschien een andere keer, maar bedankt voor het aanbod.’

Ron Tuttle snoof minachtend. ‘Je vader had altijd wel tijd voor een kop thee.’

Toen ze klaar was met haar laatste huisbezoek besloot Chloe een uurtje naar huis te gaan voordat ze aan het avondspreekuur begon. Enkele patiënten die ze deze middag had bezocht, waren bejaard, en ze hadden hoofdzakelijk vol heimwee gesproken over die aardige dokter Hennessey senior. Chloe vond het niet erg om te aanvaarden dat aan haar vader moeilijk te tippen viel of dat ze altijd met hem zou worden vergeleken. Of dat sommige mensen haar niet serieus namen omdat ze zich haar herinnerden als kind toen ze op haar fiets met haar broer Nick door het dorp scheurde. Dat interesseerde haar niet, omdat de meerderheid van haar patiënten nieuwkomers waren die haar vader nooit hadden ontmoet of haar hadden gekend toen ze klein was. Ze werd ook aangemoedigd door haar vaders eigen verklaringen. Deze zelfde patiënten die nu beweerden dat hij geen kwaad kon doen, hadden ooit voortdurend geklaagd dat hij niets meer was dan een mooi pratende parvenu die niet eens het verschil kende tussen een eeltknobbel en een botfractuur.

Pap was vijf jaar geleden met pensioen gegaan nadat hij een praktijk had gehad sinds hij zo oud was als Chloe nu. In die tijd gold het woord van de huisarts als het woord van God. Wat was het nu anders, nu de Savages van deze wereld hun rechten konden eisen en konden voorschrijven hoe ze behandeld wilden worden. Chloe was nooit van plan geweest om terug te verhuizen naar Newbury, maar ze was ook nooit van plan geweest om bijna haar leven te verliezen en de man met wie ze dacht te trouwen.

Toen dat was gebeurd en haar leven overhoop lag, had de aantrekkingskracht van haar kinderjaren hét antwoord op haar crisis geleken, en als door een wonder was alles op zijn plaats gevallen. In de praktijk van Eastbury was een nieuwe huisarts nodig en Pocket House, een hoekhuis met uitzicht op het dorpsplantsoen, kwam op de markt. Het lag op een steenworp afstand van haar ouders en haar beste vrienden, Dan en Sally. Gelukkig had niemand het gewaagd om de woorden ‘zo heeft het moeten zijn’ te uiten; anders was Chloe misschien in de verleiding gekomen om hun een dodelijke injectie te geven. Tegen Pasen van 2005, bijna vier maanden nadat ze een van de ergste natuurrampen van de wereld had overleefd, was ze van Nottingham teruggegaan naar Cheshire en had haar leven weer wat normaals gekregen. Net als het leven van Dan en Sally, want ook zij waren, op vakantie met Chloe en Paul, betrokken geraakt bij de ramp die voor altijd bekend zou zijn als de tsunami op tweede kerstdag.

Ze deed haar auto op slot en liep naar de achterkant van het huisje. Het was een mooie middag in maart, en het was duidelijk te voelen dat de lente in aantocht was. Haar kleine maar dierbare tuin krioelde van nieuw leven. De magnoliaboom, de forsythiastruiken en de camelia's baadden in de namiddagzon tegen de stenen muur van de garage, en stonden in volle bloei. Net als de narcissen en hyacinten die haar moeder de afgelopen herfst had helpen planten. In het weekend was de klok weer een uur vooruitgegaan en tot Chloe's grote vreugde waren de dagen langer en lichter. Dit was haar favoriete tijd van het jaar, als tegen alle verwachtingen in er altijd hoop gloorde.

Ze ging naar binnen en liep naar de serre die ze tegen de keuken had laten aanbouwen. Daardoor was de ruimte heel mooi geopend en had ze nu een lichte en grote woonruimte met niet alleen uitzicht op de achtertuin, maar ook op het plantsoen aan de voorkant. Het was haar favoriete kamer geworden door de houtkachel die ze in de haard had laten zetten, die de vorige bewoners hadden dichtgetimmerd.

Met nog maar vijfenveertig minuten te gaan voor ze terug moest zijn op het werk, maakte ze een kop koffie en keek naar de berichten op haar antwoordapparaat. De eerste boodschap was van haar broer, die zich verontschuldigde omdat haar skihandschoenen per ongeluk in zijn koffer terecht waren gekomen, en hij zou ze opsturen.

De volgende boodschap was van haar moeder, die hoopte dat ze een leuke vakantie had gehad met Nick en zijn vrienden, en die haar eraan herinnerde dat pap vrijdag jarig was. 'Hij wil per se de nieuwe recepten uitproberen die hij tijdens dat kookweekend heeft geleerd, dus wees gewaarschuwd. Tot vrijdag om acht uur.'

De derde boodschap was van haar vader. 'Ik wil alleen even zeggen dat ik op bevel van je moeder zaterdag haar geliefde risotto met schelpdieren moet koken. Tot dan, om zeven uur.'

Haar ouders blonken uit in het geven van verkeerde informatie. Ze deden het zonder enige moeite en met grote gevolgen. De een wist bijna nooit wat de ander van plan was.

De vierde boodschap was van...

Chloe zette haar koffiekopje neer en deinsde terug van het apparaat alsof het op het punt stond te ontploffen. Ze voelde haar ingewanden tekeergaan toen ze die stem, zíjn stem hoorde. Vroeger zou dat door verlangen naar hem zijn gekomen. Nu niet.

'Hallo, Chloe, met Paul. Ja, ik weet dat dit waarschijnlijk wel de laatste stem ter wereld is die je verwachtte te horen. Wat ik wilde zeggen...' Er klonk een ritselend geluid en het schrapen van een keel. 'Jezus, ik wist niet dat dit zo moeilijk zou zijn; wat ik wil zeggen is... ik...' Weer keelgeschraap. 'Is er misschien een kans dat we kunnen praten? Waar en wanneer het jou uitkomt. Dat mag je helemaal zelf uitmaken. Je kunt me bereiken op mijn mobiele telefoon. Het nummer is...'

Maar Paul – Die vent! Die adder onder het gras! – zoals haar moeder hem had genoemd, had zo lang over zijn boodschap gedaan dat de tijd voor zijn boodschap voorbij was Hij had ook niet teruggebeld om het nummer door te geven. Waarschijnlijk had hij aangenomen dat ze zijn boodschap in zijn geheel had gekregen.

En dat was ook gebeurd, luid en duidelijk, precies drie weken nadat ze waren teruggevlogen naar Nottingham na die rampzalige vakantie op Phuket. Toen ze in de ziektewet zat met haar been in het gips, een gebroken sleutelbeen en talloze snijwonden en blauwe plekken, had hij aangekondigd dat hij niet meer van haar hield. 'Toen we de tsunami overleefd hadden, drong tot me door dat we maar één kans krijgen in het leven,' had hij gezegd. Vervolgens kwam hij met alle mogelijke clichés over dat er geen generale repetitie was, dat dit leven het enige was dat je werd geboden, en dat je een kans op geluk met beide handen moest aangrijpen. Hij had zelfs gezegd dat ze hem op een dag dankbaar zou zijn dat hij de moed had om bij haar weg te gaan.

Het bleek dat hij al wie weet hoelang een verhouding had, en doordat hij aan de dood was ontsnapt, had hij een besluit kunnen nemen met wie hij verder wilde. Vanaf toen werd Paul Stratton, ooit de aanstaande schoonzoon van Jennifer en Graham Hennessey, 'Die vent! Die adder onder het gras!'

Nu, drie jaar en acht maanden later, wilde hij met haar iets gaan drinken en praten.

Dacht hij echt dat ze zou instemmen?

2

HET WAS DE avond om haren te wassen in Corner Cottage.

Dan en zijn zoon Marcus hadden er een hekel aan. Marcus vond het vreselijk om schuim in zijn ogen te krijgen en Dan vond het vreselijk om zijn zoon te zien huilen. Terwijl Dan over de rand van het bad leunde met een plastic kan in de vorm van een kikker in zijn linkerhand en het hoofd van zijn zoontje tegen zijn rechterhand, zei hij zoals altijd: 'Ik beloof dat ik je niet loslaat. Doe je ogen dicht en je hoofd achterover. Klaar?'

Marcus kneep zijn ogen dicht, huiverde en zette zich schrap. 'Koud!' gilde hij toen het water over zijn babyzachte haar golfde en het schuim wegspoelde. 'Koud, koud, KOUD!'

'Dat komt omdat we er zo lang over hebben gedaan. Sorry.'

'Meneer Piep, meneer Piep!'

Dan pakte het washandje – dat meneer Piep heette omdat het ooit een piepend geluid had gemaakt toen hij het uitkneep – en gaf het aan Marcus, die zijn ogen ermee bedekte. Dan vulde de kan opnieuw en spoelde het laatste schuim weg.

'Klaar, vriend,' zei Dan terwijl hij salueerde. 'Weer een gevaarlijke missie volbracht. Morgen vliegen we steuntroepen in en dan doen we een aanval op je teennagels. Dat is gevaarlijk werk, maar we vormen een prima team en we kunnen het makkelijk aan.'

Marcus keek twijfelend naar zijn tenen terwijl zijn haar nat en glanzend tegen zijn hoofd plakte, waardoor hij een vreemd wijs en edel uiterlijk kreeg. Toen glimlachte hij en gaf het washandje aan Dan. 'Laat hem piepen.'

Dan gehoorzaamde met plezier en opperde toen dat het tijd was om de stop eruit te trekken. Marcus krabbelde overeind. Sinds hij de fout had gemaakt om op het afvoerputje te gaan zitten en het leek of hij door dat kleine donkere gat werd meegezogen, bleef hij nooit treuzelen zodra het water gorgelend begon weg te lopen.

In Dans geheugen waren bepaalde geuren opgeslagen die hem zo scherp en duidelijk bijstonden als foto's in een fotoalbum. De geur van pijptabak deed hem denken aan toen hij nog klein was en vol verwondering toekeek terwijl de tuinman van zijn ouders met een zakmes een stuk hout bewerkte, dat als door een wonder veranderde in een dier dat Dan had uitgekozen. De dennengeur van een luchtverfrisser bracht hem terug naar zijn eerste auto, een tweedehands Ford Escort, en Camilla Dawson-Bradley. Met zomervakantie thuis en een week nadat hij zijn rijexamen had gehaald, had hij de moed verzameld om Camilla mee uit te vragen. Ze was twee jaar ouder dan hij en het opwindendste meisje van het dorp in de Cotswolds, waar hij was opgegroeid. De hele middag had hij de auto van binnen en van buiten schoongemaakt, en vervolgens had hij zo'n luchtverfrisser in de vorm van een dennenappel aan de achteruitkijkspiegel gehangen. Hij had Camilla mee naar de film genomen en daarna waren ze naar een afgelegen plek gereden om te doen wat hij al sinds het begin van de vakantie van plan was.

Een andere geur die fijne herinneringen bracht, was de geur van anijszaad. Het deed hem denken aan ouzo en Sally, aan het exacte moment tijdens een zwoele zomeravond op het terras van een visrestaurant in Paxos, waar hij haar ten huwelijk had gevraagd. Op van de zenuwen – hij wist werkelijk niet hoe Sally zou reageren – had hij gezegd dat hij van haar hield en de rest van zijn leven met haar wilde doorbrengen. Vervolgens had hij haar een ring gegeven en gevraagd of ze met hem wilde trouwen. Terwijl ze amper een blik op de ring wierp, had ze haar arm uitgestrekt over de tafel, een koele hand op die van hem gelegd, hem met haar lichtgrijze ogen aangekeken en ja gezegd. Toen de andere gasten, meest plaatselijke inwoners, beseften dat er iets gedenkwaardigs was gebeurd, ging de eigenaar van het restaurant langs de tafels en vulde ieders glazen bij opdat op het gelukkige paar geproost kon worden. Toen was het dansen begonnen en kwamen ze pas tegen vier uur in de ochtend terug bij hun vakantiehuis.

Maar de geur en de aanraking van zijn pas gewassen, in pyjama gestoken zoon ontroerde Dan het meest. Dan moest hij altijd denken aan de keer dat hij Marcus voor het eerst in zijn armen had gehouden, en dat zijn hele wezen een ingrijpende verandering had ondergaan. Het leek alsof hij voorheen alleen maar wat had aangerotzooid in zijn leven, Maar opeens had hij een hoofdrol gekregen met een heel nieuw en beangstigend script dat hij moest leren. Zelfs nu, als hij terugdacht aan de dag waarop hij op de stoel naast Sally's ziekenhuisbed zat met Marcus vredig liggend in zijn armen terwijl zijn verfomfaaide gezichtje naar de wereld tuurde, herinnerde Dan zich hoe gelukkig hij zich had gevoeld. Een geluk dat hij nooit eerder had ervaren. En ja, hij was helemaal van slag geweest en hij had gehuild. Dat had hij kunnen wijten aan opluchting en uitputting – tenslotte had Sally zesendertig uur zware weeën achter de rug – maar het was veel meer dan dat. Hij was overweldigd door het wonder van de geboorte van zijn kind.

Zo voelde hij zich nog steeds. En vooral als het bedtijd was voor zijn zoon.

Marcus, nu tweeënhalf, was dol op bedtijd. Hij had een ritueel: eerst zette hij zijn hele leger van knuffels tegen de muur langs de rand van zijn bed, maar aan weerskanten van zichzelf hield hij ruimte voor zijn speciale knuffels, Rory Beer en Rumpus Rode Beer, en dan ging hij rechtop zitten met zijn armen om de twee grote beren terwijl hij gretig wachtte tot Dan hem ging voorlezen.

Toen ze zich deze avond voorbereidden op de verrukkingen van de altijd hongerige Rupsje Nooitgenoeg, dacht Dan aan Sally. Het was kwart voor zeven en ze zou waarschijnlijk pas over een uur thuiskomen. Ze werkte te hard. Toch kon hij dat nooit tegen haar zeggen. Niet nu hij besefte dat hij in het voordeel was en zich er af en toe schuldig over voelde.

Als iemand hem tijdens die volmaakte avond in Paxos had gezegd dat Sally uiteindelijk de kostwinner van het gezin zou worden en hij huisman, zou hij die persoon hebben uitgelachen. Zijn carrière opzijzetten? Hoe kon je het verzinnen? Nee, daar peinsde hij niet over! En toch was hij nu een goddelijke huisman, zoals Chloe hem noemde, die niets leuker vond dan stempels snijden in een aardappel en daarmee verftekeningen maken, pizza's bakken, naar de eendenvijver wandelen en over het algemeen plezier hebben. Hij had nog geen dag spijt gehad dat hij zijn carrière opzij had gezet. Zijn vroegere collega's hadden gewed dat hij binnen zes maanden terug zou zijn. Die weddenschap hadden ze verloren. Zijn nieuwe leven was ontegenzeglijk beter dan veeleisende cliënten te woord staan en onuitstaanbare hogergeplaatste partners van een groot accountantsbedrijf. Met Marcus viel er elke dag wel weer iets nieuws te genieten. Er waren mijlpalen zoals de eerste tand die doorkwam, een eerste stapje dat werd genomen, een eerste woordje dat werd gezegd, of gewoon plezier toen Marcus een amusante en obsessieve voorkeur kreeg voor augurken en die bij het ontbijt, tussen de middag en bij het avondeten wilde hebben.

Natuurlijk kon Dan Sally niet onder de neus wrijven hoe hij genoot, net zoals hij ook andere dingen niet aan haar kon toegeven. Hij zou nooit aan Sally kunnen uitleggen hoe kwetsbaar hij zich voelde door het vaderschap. Het was een grote schok voor hem geweest om te beseffen dat zoiets puurs en eenvoudigs als zijn liefde voor Marcus, plus de aangeboren behoefte om hem tegen de wereld te beschermen, ervoor zorgde dat hij een makkelijk doelwit was voor angst. Door de tsunami had hij beseft hoe vergankelijk het leven was, en nu als vader was dat besef vlijmscherp geworden.

Maar daar zei hij niets over tegen Sally. En ook niet dat hij af en toe midden in de nacht nog wakker werd met een bonzend hart en zich angstaanjagend bewust van de gebeurtenissen op de tweede kerstdag van iets meer dan drie jaar geleden. De nachtmerrie was onlangs echter veranderd. Heel lang had het dezelfde droom geleken, een kristalheldere herhaling van wat er was gebeurd: de ontzagwekkende, niet tegen te houden kracht van het water, het oorverdovende gebulder ervan, het gegil, en zijn falen. Maar nu had de droom een nieuwe en veel ergere wending gekregen. Een wending waardoor hij buiten adem uit bed strompelde en de deur van de kamer van zijn zoon opende om te kijken of alles in orde was. De vorige nacht had hij zichzelf extra moeten overtuigen dat alles goed was met Marcus, en hij had op de vloer geknield en geluisterd naar zijn gestadige ademhaling om zijn eigen angst te bedwingen. Twee uur later was hij verstijfd en koud wakker geworden en was hij teruggeslopen naar zijn eigen bed, terwijl hij zich nogal dwaas voelde. Sally had zich even bewogen toen hij naast haar in bed glipte, maar hoe aanlokkelijk het ook was, hij had niet egoïstisch zijn armen om haar heen geslagen om zich aan haar te warmen en zich gerustgesteld te voelen. Hij was in het donker aan zijn kant van het bed blijven liggen terwijl hij zich heel alleen en nutteloos voelde. Stel dat hij nooit die nachtmerrie zou kwijtraken en het schuldgevoel dat ermee gepaard ging? Destijds werd hij een held genoemd omdat hij het leven van een vijfjarig meisje had gered, maar haar broertje dan, het jongetje dat hij niet had kunnen redden?

'Papa nu lezen.'

'Sorry,' zei Dan terwijl hij zich vermande. 'Ik was even heel ver weg in mijn gedachten.'

Marcus raakte glimlachend het boek op zijn schoot aan. Het was een glimlach die een grote tederheid in Dan wist op te roepen. Die alles goed leek te maken. Hij klampte zich eraan vast.

3

OMDAT HAAR TIJD geld kostte, maakte Sally Oliver duidelijke en nauwkeurige aantekeningen, en zorgde ze ervoor om op de juiste momenten te knikken en neutrale geluiden te maken.

Adamson versus Adamson had alle kenmerken van een langdurige, vreselijke strijd die weinig te maken zou hebben met de twee betrokken advocatenkantoren. Julia en Murray Adamson zorgden ervoor dat er geen eind kwam aan deze zaak. Sally had het allemaal al eens meegemaakt. Twee strijdende partijen die zich zo vastbeten op 'Ik heb gelijk en jij niet!', dat ze zich er zo op blindstaarden dat ze geen redelijke uitweg meer konden zien. Wees toch eens realistisch! wilde ze vaak zeggen tegen mensen die bij haar kwamen in de hoop dat de wet de pijn zou wegnemen en alles weer in orde zou maken. Besef wat er gebeurt; dit wordt een akelig, bloeddorstig gevecht als jullie niet tot bezinning komen. Ze werden natuurlijk gedreven door de behoefte aan wraak. Zelden had een vrouw of man die onrecht was aangedaan, aan de andere kant van haar bureau gezeten zonder op wraak uit te zijn. Als ze niet fysiek de zogenaamde schuldige partij konden pijndoen – en enkele cliënten hadden dat wel geprobeerd, met diverse maten van succes – wilden ze wat er het dichtste bij in de buurt kwam: een grootscheepse, felle, venijnige aanval op de portefeuille van degene die hen ooit het meest dierbaar waren.

Toen Sally pas bij de firma McKenzie Stuart was, waren haar meeste cliënten vrouwen geweest, en meestal huilende, verbijsterde vrouwen van middelbare leeftijd, wier man hen had ingeruild voor jongere, nieuwere exemplaren. Maar nu ze partner was geworden, stond ze aan het hoofd van een afdeling die uitsluitend te maken had met echtscheidingen regelen waaraan veel publiciteit werd besteed en waar veel geld mee was gemoeid. Veel van haar cliënten waren mannen, en niet degenen die onrecht was aangedaan. Het kwam steeds vaker voor dat mannen voor de tweede keer gingen scheiden en dus dubbel zo graag hun bezittingen wilden behouden, omdat ze de eerste keer al veel op tafel hadden moeten leggen.

'Uit ervaring weet ik dat dit me geld gaat kosten. En dan heb ik het niet alleen over uw honorarium.'

Sally legde haar pen neer en keek haar cliënt, Murray Adamson, aan. Als man die zich had opgewerkt, zou hij best op zijn plaats zijn geweest bij dat absurde programma, *Dragon's Den*. Hij had een keuken- en badkamerimperium opgebouwd en dat eind jaren negentig voor een vermogen verkocht. Nu hield hij zich bezig met kleine beginnende bedrijven. Hij wekte graag de indruk dat hij een veel onbaatzuchtiger zakenman was dan hij vroeger was geweest. Zijn privéleven was niet zo'n toonbeeld van succes. Hij was eenenvijftig en pas in de steek gelaten door echtgenote nummer twee nadat ze had ontdekt dat hij haar op dezelfde manier bedroog als hij echtgenote nummer een had bedrogen. 'Ja,' zei Sally eerlijk. 'Dit zal duur worden. Het heeft geen zin om te doen alsof dat niet zo is. Maar ik zal natuurlijk mijn best doen om de schade zo klein mogelijk te houden.'

'En u denkt waarschijnlijk: de sukkel. De inkt is amper droog van zijn vorige echtscheiding en daar heb je hem weer. Leert hij het dan nooit?'

'U betaalt me niet om dat te denken.'

'Maar het ging wel door uw hoofd, nietwaar?'

Nee, dacht Sally terwijl ze naar het verkeer beneden op straat luisterde. Door mijn hoofd gaat dat ik nooit had moeten instemmen om je na de gewone kantooruren te ontvangen, alleen omdat je door je drukke werkschema niet eerder kon. Ze zei: 'Volgens de statistieken gaan tweede huwelijken vaker mis dan eerste.'

Hij schonk haar een van zijn niet te overtreffen glimlachjes, die ze herkende van toen hij de eerste keer om hulp kwam bij haar. Ongetwijfeld gebruikte hij die om te krijgen wat hij wilde van vrouwen. 'Ik weet dat het geen excuus is,' zei hij, 'maar ik kan gewoon geen weerstand bieden aan de charmes van een mooie vrouw. Ik ben een ongelukkige romanticus, denk ik.'

Ze zette een streep onder haar aantekeningen, deed de dop op haar vulpen en keek nadrukkelijk op haar horloge. 'Goed, ik heb alle informatie die nu nodig is,' zei ze. 'Als ik van de andere kant hoor, neem ik weer contact op. Belt u me maar als u nog iets wilt bespreken.'

'Ik stel het op prijs dat je tijd voor me vrijmaakt, Sally. Dat betekent veel voor me.'

Ze probeerde geen spier te vertrekken. Ze had er een hekel aan als mannelijke cliënten haar bij haar voornaam noemden. Vooral cliënten van het type Murray Adamson. Ze zag dat hij zijn benen naast elkaar zette en opstond. Ze stond zelf ook op en begon haar bureau op orde te brengen, hoewel alles op zijn plaats lag. Volgens Chloe was ze obsessief netjes en hoorde ze daar eigenlijk voor in therapie te gaan. Chloe zei vaak voor de grap dat ze gedwongen moest worden om in een huis te wonen waar nooit werd opgeruimd of schoongemaakt, dat ze met een dosis gezonde rommel alles weer in het juiste perspectief zou zien. Chloe wist niet dat Sally precies in zo'n huis was opgegroeid. Daarom wilde ze alles zo schoon en netjes om zich heen hebben.

'Kan ik je overhalen om iets te gaan drinken?'

Ze keek op, maar zonder verbazing. Het zou haar meer verbaasd hebben als er geen drankje werd voorgesteld. 'Het spijt me,' zei ze. 'Als ik nog later thuiskom, krijg ik met een boze echtgenoot te maken. Waarschijnlijk is hij op dit moment al een verpieterde maaltijd in de vuilnisbak aan het schrapen.' Ze kreeg meteen spijt van haar woorden, omdat ze Dan net had weggezet als de typische zure, vittende huisvrouw met een deegroller in zijn hand en een sigaret in zijn mondhoek. Tijdens al die vele keren dat ze laat was thuisgekomen, had Dan nooit geklaagd of kritiek geleverd op de lange uren die ze maakte. Hij zei wel eens dat ze laat was, maar hij klaagde nooit.

'Een aanbod voor een etentje lijkt in dit geval een beter idee,' zei Murray Adamson.

Sally werd een antwoord bespaard toen er op de deur werd geklopt. Ze verwachtte dat het een van de schoonmakers zou zijn, maar tot haar verbazing zag ze Tom McKenzie binnenkomen. 'O, sorry, Sally,' zei hij vriendelijk. 'Ik wist niet dat er iemand bij je was.'

'Het geeft niet,' zei ze, dankbaar voor de onderbreking. 'Je komt op het juiste moment. We zijn net klaar.'

De twee mannen begroetten elkaar hartelijk. Murray Adamson was een zeer gewaardeerde cliënt – echtscheidingen vormden slechts een deel van de diensten die de firma hem verleende – en als gevolg kreeg hij altijd de volle aandacht.

'Kan ik je nog even spreken voor je naar huis gaat?' vroeg Tom aan Sally.

'Natuurlijk. Ik zal meneer Adamson even uitlaten.'

Sally bracht hem kordaat door de met tapijt beklede gang naar de verlaten receptie en drukte op de knop om de lift te laten komen. Terwijl ze wachtten, stak Murray Adamson een hand uit. 'Dan hoor ik nog wel van je.'

'Ja, ik neem contact op zodra ik iets te melden heb,' antwoordde ze, terwijl ze haar hand geen moment langer dan nodig was in de zijne liet liggen.

Het zoemen van een stofzuiger in de verte viel samen met de komst van de lift, en ze liep al weg voor de deuren zich hadden gesloten. Terwijl ze terugliep naar het kantoor, strekte ze de spieren van haar schouders. Ze was moe. Ze was al heel vroeg wakker geworden toen Marcus om drinken had gevraagd. Nadat Dan hem wat water had gegeven, had hij hem mee naar hun kamer gebracht en hem tussen hen in laten liggen. Binnen de kortste keren waren Dan en Marcus weer diep in slaap, maar zij was klaarwakker geweest, met in gedachten al wat haar die dag te wachten stond. Toen ze niet meer kon slapen, stapte ze zachtjes uit bed, kleedde zich aan en vertrok stilletjes naar haar werk. Dat deed ze vaak.

Tom zat boven op haar bureau de aantekeningen te lezen die ze tijdens het gesprek met Murray Adamson had gemaakt. 'Hier staat in je angstwekkend nette handschrift dat de man een onverbeterlijke rokkenjager is en het verdient om elke cent van zijn onrechtmatig verkregen winst kwijt te raken.'

Sally glimlachte en pakte haar aantekenblok af. 'Dat staat er helemaal niet. Wilde je me echt spreken?'

'Natuurlijk niet. Bill vertelde wie er bij je zou komen en omdat de reputatie van deze cliënt hem vooruit is gesneld, besloot ik te blijven en mezelf nuttig te maken.'

Dat vermoedde Sally al. Als oudste vennoten waren Bill en Tom vijftien jaar ouder dan zij, en Tom was van karakter absurd galant, bijna op een ontroerende manier. 'Ik ben oud genoeg om op mezelf te kunnen passen, hoor,' zei ze.

'Geen gemopper, Oliver! Niet zo'n hoge toon aanslaan! Ik heb je alleen maar een handig excuus gegeven om van de man af te komen.'

'Op een dag zal ik dat ook voor jou doen.'

Hij glimlachte. 'Daar verheug ik me op.'

'En als je er een warm, doezelig gevoel door krijgt, je kwam precies op het juiste moment. Hij had me net gevraagd voor het verplichte drankje.'

'Ik hoorde iets zeggen over een etentje.'

Ze lachte. 'Hoe lang heb je met je oor tegen de deur gestaan?'

'Lang genoeg om te weten wanneer de hulptroepen nodig zijn. En ga nu maar naar huis voordat je man de politie belt om je als vermist op te geven.'

Lees verder in *De kleine dingen.*